T0283350

VIL DAMA DE LA FORTUNA

GRANTRAVESÍA

CHLOE GONG

VIL DAMA DE LA FORTUNA

Traducción de Karina Simpson

GRANTRAVESÍA

Ésta es una obra de ficción. Los nombres, personajes, lugares e incidentes son producto de la imaginación del autor, o se usan de manera ficticia. Cualquier semejanza con personas (vivas o muertas), acontecimientos o lugares reales es mera coincidencia.

VIL DAMA DE LA FORTUNA

Título original: *Foul Lady Fortune*

Publicado según acuerdo con Triada US Agencia Literaria, a través de IMC Agencia Literaria

Traducción: Karina Simpson

Ilustración de portada: © 2022, Skeeva
Diseño de portada: © 2022, Simon & Schuster, Inc.

D.R. © 2023, Editorial Océano de México, S.A. de C.V.
Guillermo Barroso 17-5, Col. Industrial Las Armas
Tlalnepantla de Baz, 54080, Estado de México
www.oceano.mx
www.grantravesia.com

Primera edición: 2023

ISBN: 978-607-557-744-9

IMPRESO EN MÉXICO / *PRINTED IN MEXICO*

PARA MIS ABUELAS
Y TÍAS ABUELAS

谨此献给我的阿娘、外婆，
和我的小阿奶、二姨婆、小姨婆

El tiempo cabalga a marcha distinta según la persona.
Yo os diré con quién va al paso, con quién trota,
con quién galopa y con quién se para.

Shakespeare, *Como gustéis*

Prólogo
1928

Allá afuera, en el campo, no importa lo fuerte que grites. El sonido viaja a través del almacén, resuena una vez más en las altas vigas del techo, retumba por el espacio y se adentra en la oscura noche. Cuando escapa, se funde con el aullido del viento hasta convertirse en una parte más de la tormenta que azota el exterior. Los soldados se dirigen nerviosos hacia la entrada del almacén y jalan la pesada puerta hasta que se cierra, aunque la lluvia cae con tanta fuerza que ya ha empapado el suelo y manchado el concreto con un semicírculo oscuro. El débil silbido de un tren se escucha a la distancia. A pesar de la infinitesimal posibilidad de ser sorprendidos por cualquier alma que pase por allí, sus instrucciones son claras: vigilar el perímetro. Nadie puede saber lo que ocurre aquí.

—¿Cuál es el veredicto?

—Exitoso. Creo que es exitoso.

Los soldados están repartidos por todo el almacén, pero dos científicos permanecen de pie alrededor de una mesa en el centro. Observan impasibles la escena ante ellos, al sujeto de pruebas atado con gruesas hebillas, con la frente perlada de sudor. Otra convulsión recorre al sujeto de pies a cabeza, pero su voz se ha vuelto ronca de tanto gritar, por lo que esta vez su boca se limita a abrirse de par en par, sin emitir sonido alguno.

—Entonces funciona.

—Funciona. Ya tenemos la primera parte completa.

Uno de los científicos, tras colocarse un bolígrafo detrás de la oreja, hace una señal a un soldado, quien se acerca a la mesa para soltar las hebillas por turnos: las de la izquierda, luego las de la derecha.

Las hebillas caen al suelo con un ruido metálico. El sujeto intenta darse la vuelta, pero entra en pánico, da un tirón demasiado fuerte y cae de la mesa. Es un espectáculo terrible. El sujeto aterriza a los pies de los científicos y jadea como si no pudiera llenar del todo sus pulmones, y tal vez nunca vuelva a hacerlo.

Una mano desciende sobre la cabeza del sujeto. El tacto es suave, casi tierno. Cuando el científico examina su trabajo, alisando el cabello del sujeto, su expresión se dibuja con una sonrisa.

—Está bien. No debes luchar.

Aparece una jeringa. Bajo las altas luces, la aguja brilla una vez al bajar el émbolo y otra vez cuando la sustancia roja del interior desaparece en la suave piel.

El dolor es inmediato: una llamarada líquida que abruma cada nervio enclavado en su camino. Pronto llegará adonde necesita, y entonces se sentirá como nuevo.

Afuera, llueve a cántaros. Gotea por las grietas del almacén y los charcos ocupan cada vez más espacio.

El primer científico da al sujeto una palmada más cariñosa.

—Tú eres mi mayor logro, y lo más grande aún está por venir. Pero hasta entonces...

El sujeto ya no puede mantener los ojos abiertos. La debilidad hace que cada miembro le pese, todo pensamiento de su mente es fugaz como barcos que se avistan entre la niebla. El sujeto quiere decir algo, gritar, pero no formará palabra alguna. Entonces, el científico se inclina para susurrarle al oído, asestando el golpe final y atravesando la niebla tan limpiamente como una espada:

—*Oubliez.*

1
Septiembre de 1931

El pasillo del tren estaba en silencio, salvo por el rumor de las vías bajo los pies. Ya había anochecido, pero las ventanillas parpadeaban cada tres segundos, un pulso de iluminación proveniente de las luces instaladas a lo largo de las vías que luego desapareció, engullido por la velocidad del tren. Por lo demás, los estrechos compartimentos estaban atestados de luz y ruido: los suaves candelabros dorados y el traqueteo de los cubiertos contra los carritos de la comida, el tintineo de una cuchara golpeando contra una taza de té y las resplandecientes lámparas de cristal.

Pero aquí, en el pasillo hacia el vagón de primera clase, sólo se oyó el súbito silbido de la puerta cuando Rosalind Lang la abrió de un empujón y se adentró en la penumbra con el chasquido de sus tacones.

Los cuadros de las paredes la miraban fijamente al pasar, con sus ojos brillantes en la oscuridad. Rosalind aferró la caja entre sus brazos, cuidando que sus guantes de cuero rodearan los bordes con delicadeza, con los codos extendidos a ambos lados. Cuando se detuvo ante la tercera puerta, llamó con el zapato, golpeando delicadamente su base.

Pasó un tiempo. Por un momento, sólo se oyó el traqueteo del tren. Después, un suave arrastrar de pies llegó desde el otro lado y la puerta se abrió, inundando el pasillo con una nueva luz.

—Buenas noches —dijo Rosalind cortésmente—. ¿Es un buen momento?

El señor Kuznetsov la miró fijamente, con el ceño fruncido mientras le daba sentido a la escena que tenía ante él. Rosalind llevaba días intentando conseguir una audiencia con el comerciante ruso. Se escondió en Harbin y sufrió, sin éxito, las gélidas temperaturas, luego lo siguió a Changchun, una ciudad más al sur. Allí, su gente tampoco respondió a sus peticiones, y casi parecía una causa perdida —que tendría que resolver a la mala—, hasta que se enteró de sus planes de viajar en tren con comodidades en primera clase, donde los compartimentos eran grandes y los techos bajos, donde rara vez había gente y el sonido quedaba amortiguado por las gruesas paredes.

—Llamaré a mi guardia...

—Oh, no sea tonto.

Rosalind entró sin invitación. Las habitaciones privadas de primera clase eran tan amplias que fácilmente habría podido olvidar que estaba a bordo de un tren... si no fuera por las paredes oscilantes, cuyo tapiz con motivos florales vibraba cada vez que las vías chirriaban. Miró a su alrededor un rato más, fijándose en la escotilla que subía a la parte superior del tren y en la ventana al otro extremo de la habitación, con las persianas abajo para bloquear el rápido movimiento de la noche. A la izquierda de la cama con dosel, había otras puertas que daban a un armario o a un baño.

Un golpe seco hizo que Rosalind volviera a centrar su atención en el comerciante, mientras él cerraba la puerta del compartimento principal. Cuando se dio la vuelta, el hombre recorría a Rosalind con la mirada y luego se fijó en la caja que ella llevaba en las manos, pero no se fijaba en su qipao ni en flores rojas que adornaban la estola de piel que llevaba sobre los hombros. Aunque el señor Kuznetsov intentó ser sutil al respecto, le preocupaba la caja que llevaba en las manos y si la mujer iba armada.

Rosalind ya estaba levantando con cuidado la tapa de la caja, presentando su contenido con un elegante ademán.

—Un regalo, señor Kuznetsov —dijo con tono amable—. De la Pandilla Escarlata, que me ha enviado aquí para conocerlo. ¿Podríamos charlar?

Ella empujó la caja hacia delante con otro movimiento ostentoso. Era un pequeño jarrón chino de porcelana azul y blanca sobre un lecho de seda roja. Adecuadamente costoso. Aunque no tanto para provocar indignación.

Rosalind contuvo la respiración hasta que el señor Kuznetsov metió la mano y lo levantó. Examinó el jarrón a la luz de las lámparas que colgaban del techo, girando el cuello de un lado a otro y admirando los personajes tallados a los lados. Al cabo de un rato, lanzó un gruñido de aprobación, se acercó a una mesita que había entre dos grandes asientos y dejó el jarrón en el suelo. Dos tazas de té ya estaban servidas sobre la mesa. Había un cenicero cerca, cubierto de ceniza negra.

—La Pandilla Escarlata —murmuró el señor Kuznetsov en voz baja. Se arrellanó en una de las sillas, con la espalda rígida contra el tapizado—. Hacía tiempo que no oía ese nombre. Por favor, siéntese.

Rosalind se dirigió a la otra silla, colocó de nuevo la tapa sobre su caja y la hizo a un lado. Cuando se dejó caer en el asiento, sólo se posó en el borde, echando otra mirada a las puertas del armario a su izquierda. El suelo tembló.

—Supongo que usted es la misma chica que ha estado acosando a mi personal —el señor Kuznetsov cambió del ruso al inglés—. Janie Mead, ¿cierto?

Habían pasado cuatro años, pero Rosalind seguía sin acostumbrarse a su alias. Tarde o temprano iba a meterse en un lío por aquella fracción de segundo de retraso en reaccionar, por la mirada perdida que siempre tenía antes de recordar que debía llamarse Janie Mead, por la pausa antes de alargar su acento francés cuando hablaba en inglés, fingiendo haber crecido en Estados Unidos y ser una más entre los muchos que volvían a la ciudad inscritos en las filas del Kuomintang.

—Correcto —dijo Rosalind con tono uniforme. Quizá debió bromear, dar un paso atrás y declarar que sería prudente recordar su nombre. El tren retumbó sobre un bache en las vías y toda la habitación se estremeció, pero Rosalind no añadió nada más. Se limitó a cruzar las manos, arrugando el frío cuero.

El señor Kuznetsov frunció el ceño. Las arrugas de su frente se hicieron más profundas, al igual que las patas de gallo que marcaban sus ojos.

—¿Y está aquí por… mis propiedades?

—Correcto —volvió a decir Rosalind. Ésa era siempre la forma más fácil de ganar tiempo. Dejar que supusieran para qué estaba allí y seguirles la corriente, en lugar de soltar una extraña mentira y verse atrapada en ella demasiado pronto—. Estoy segura de que habrá escuchado que los Escarlatas ya no comerciamos mucho con tierras desde que nos fusionamos con los nacionalistas, pero ésta es una ocasión especial. Manchuria ofrece una gran oportunidad.

—Parece bastante lejos de Shanghái como para que a los Escarlatas les importe —el señor Kuznetsov se inclinó hacia delante y echó un vistazo a las tazas de té sobre la mesa. Se dio cuenta de que una estaba todavía medio llena, así que se la llevó a los labios, aclarándose la garganta para humectarla—. Y usted parece un poco joven para hacerle los mandados a los Escarlatas.

Rosalind lo observó beber. Su garganta se movía. Estaba expuesto al ataque. Vulnerable. Pero ella no buscó un arma. No portaba ninguna.

—Tengo diecinueve años —respondió Rosalind, quitándose los guantes.

—Diga la verdad, señorita Mead. Ése no es su verdadero nombre, ¿verdad?

Rosalind sonrió y dejó los guantes sobre la mesa. Era sospechoso, por supuesto. El señor Kuznetsov no era un simple magnate ruso con negocios en Manchuria, sino uno de los últimos Flores Blancas del país. Ese solo hecho era suficiente para aterrizar en las listas del Kuomintang, pero también estaba desviando dinero a las células comunistas, apoyando su esfuerzo de guerra en el sur. Y como los nacionalistas necesitaban acabar con los comunistas, debían romper todas sus fuentes de financiamiento de la forma más fácil posible, Rosalind había sido enviada aquí con órdenes de… ponerle fin a todo esto.

—Por supuesto que no es mi verdadero nombre —dijo con ligereza—. Mi verdadero nombre es chino.

—No me refiero a eso —el señor Kuznetsov tenía ahora las manos apoyadas en los costados. Ella se preguntó si él trataría de tomar un arma oculta—. La investigué después de sus peticiones anteriores para reunirnos. Y se parece mucho a Rosalind Lang.

Rosalind no se inmutó.

—Lo tomaré como un cumplido. Sé que usted debe estar al tanto de los sucesos en Shanghái, pero Rosalind Lang no ha sido vista en años.

Si alguien afirmaba haberla visto, seguramente se trataba de fantasmas, vestigios de un sueño desvanecido, un recuerdo de lo que había sido Shanghái. Rosalind Lang: criada en París antes de regresar a la ciudad y ascender a la infamia entre las mejores bailarinas del cabaret nocturno. Rosalind Lang: una chica de paradero desconocido, dada por muerta.

—Me he enterado —dijo el señor Kuznetsov, inclinándose para examinar de nuevo su taza de té. Ella se preguntó por qué no bebía también la segunda si tenía tanta sed. Se preguntó por qué se había servido una segunda taza.

Bueno, lo sabía.

El señor Kuznetsov levantó la vista de repente.

—Aunque —continuó— corría el rumor entre los Flores Blancas de que Rosalind Lang desapareció debido a la muerte de Dimitri Voronin.

Rosalind se quedó helada. Por la sorpresa sintió un hueco en el estómago y un pequeño suspiro escapó de sus pulmones. Ya era demasiado tarde para fingir que no la había tomado desprevenida, así que dejó que el silencio se prolongara, que la ira cobrara vida en sus huesos.

Con aires de presunción, el señor Kuznetsov tomó una cuchara miniatura y la golpeó contra el borde de la taza de té. Sonó demasiado fuerte dentro de la habitación, como un disparo, como una explosión. Como la explosión que había sacudido la ciudad cuatro años atrás, la que provocó Juliette, la prima de Rosalind, dando su vida sólo para detener el reinado de terror de Dimitri.

De no haber sido por Rosalind, Juliette Cai y Roma Montagov seguirían vivos. De no haber sido por la traición de Rosalind contra la Pandilla Escarlata, Dimitri nunca habría ganado el poder que obtuvo, y quizá los Flores Blancas nunca se habrían separado. Tal vez la Pandilla Escarlata no se habría fusionado con el Kuomintang para convertirse en el partido político de los nacionalistas. *Tal vez, tal vez, tal vez,* éste era un juego que atormentaba a Rosalind hasta altas horas de sus noches eternas, un ejercicio inútil de catalogar cada cosa que había hecho mal para llegar hasta donde estaba hoy.

—Usted lo sabría todo sobre los Flores Blancas, ¿verdad?

Se había bajado el telón. Cuando Rosalind habló, se escuchó su verdadera voz, aguda y con acento francés.

El señor Kuznetsov dejó la cuchara con una mueca.

—Lo curioso es que los Flores Blancas que sobrevivieron también tienen conexiones duraderas que nos alimentan de advertencias. Y yo estaba preparado desde hace tiempo, señorita Lang.

La puerta de su izquierda se abrió de golpe. Salió otro hombre, vestido con un traje occidental y una daga simple en la mano derecha. Antes de que Rosalind pudiera moverse, el hombre ya estaba detrás de ella, agarrando con firmeza su hombro, manteniéndola sentada en la silla, con la daga en su cuello.

—¿Cree que viajaría sin guardaespaldas? —preguntó el señor Kuznetsov—. ¿Quién la envió?

—Ya se lo dije —respondió Rosalind. Intentó mover el cuello. No era posible. La hoja ya atravesaba su piel—. La Pandilla Escarlata.

—La disputa de sangre entre la Pandilla Escarlata y los Flores Blancas terminó, señorita Lang. ¿Por qué la enviarían a usted?

—Para complacerlo. ¿No le gustó mi regalo?

El señor Kuznetsov se levantó. Se llevó las manos a la espalda, con los labios entreabiertos por el enojo.

—Le daré una última oportunidad. ¿Qué partido la envió?

Intentaba tantear a los dos bandos de la guerra civil que se estaba desarrollando en el país. Calibrar si había caído en las listas de los nacionalistas o si los comunistas lo estaban traicionando.

—Va a matarme de todos modos —afirmó Rosalind. Sintió que una gota de sangre se deslizaba por su mentón. Corrió a lo largo de su cuello, luego manchó la tela de su qipao—. ¿Por qué debería perder el tiempo con sus preguntas?

—Bien —el señor Kuznetsov le hizo un gesto a su guardaespaldas. No vaciló antes de cambiar al ruso y dijo—: Mátala, entonces. *Bystreye, pozhaluysta.*

Rosalind se preparó. Inspiró y sintió que la hoja susurraba una bendición a su piel.

Y el guardaespaldas le cortó la garganta.

La conmoción inicial era siempre lo peor, esa primera fracción de segundo en la que apenas podía pensar a causa del dolor. Sus manos volaron sin previo aviso hacia su cuello para apretar la herida. Un rojo caliente se derramó a través de las líneas de sus dedos y corrió por sus brazos, goteando sobre el suelo del compartimento del tren. Cuando se levantó de la silla y cayó de rodillas, se produjo un instante de incertidumbre, un susurro en su mente que le decía que ya había engañado bastante a la muerte y que esta vez no se recuperaría.

Entonces Rosalind inclinó la cabeza y sintió que la hemorragia se ralentizaba. Sintió que su piel se volvía a unir, centímetro a centímetro. El señor Kuznetsov estaba esperando a que se desplomara, con la mirada perdida en el techo.

En lugar de eso, levantó la cabeza y apartó las manos.

Su cuello ya había sanado, aún estaba manchado de rojo, pero parecía como si nunca hubiera sido cortado.

El señor Kuznetsov emitió un ruido ahogado. Su guardaespaldas, mientras tanto, susurró algo indescifrable y avanzó hacia ella, pero cuando Rosalind le tendió una mano, él obedeció, demasiado aturdido para oponerse.

—Supongo que te lo diré ahora —comenzó Rosalind, ligeramente sin aliento. Se limpió la sangre de la barbilla y se levantó sobre un pie, luego sobre el otro—. ¿No has oído hablar de mí? Los nacionalistas tienen que mejorar sus redes de inteligencia.

Ahora el comerciante se daba cuenta. Ella podía verlo en sus ojos, en esa expresión de incredulidad por estar presenciando algo tan antinatural, relacionándolo con las historias que habían comenzado a difundirse unos años atrás.

—Dama de la Fortuna —susurró.

—Ah —Rosalind se enderezó por fin, recuperando la respiración—. Ese nombre es inapropiado. Es sólo Fortuna. *Atrápalo.*

Con un movimiento suave, tomó uno de sus guantes para sujetar la boca del jarrón y lo levantó de la mesa. El guardaespaldas atrapó el jarrón con rapidez cuando ella se lo lanzó, quizá preparándose para algún ataque, pero el jarrón sólo aterrizó en sus palmas tranquilamente, acunado como un animal salvaje hecho de porcelana.

Fortuna, se rumoraba en voz baja, era el nombre en clave de una agente nacionalista. Y no una agente cualquiera: una asesina inmortal, que no dormía ni envejecía, que acechaba a sus objetivos por la noche y aparecía bajo la apariencia de una simple chica. Dependiendo de la floritura que se añadiera a las historias, específicamente era una amenaza para los Flores Blancas supervivientes, a los que perseguía con una moneda en la mano. Fortuna haría girar el metal por los aires, y si al caer la moneda mostraba su cara, las víctimas morirían de inmediato. Si salía cruz, ellos tendrían la oportunidad de intentar huir, pero se decía que ningún objetivo había logrado escapar de ella.

—Abominable criatura —dijo el señor Kuznetsov entre dientes. Se abalanzó hacia atrás para alejarse de ella, o al menos lo intentó. El comerciante no había dado ni tres pasos antes de caer bruscamente al suelo. Su guardaespaldas se quedó inmóvil, paralizado, sosteniendo el jarrón entre las manos.

—Veneno, señor Kuznetsov —explicó Rosalind—. No es una forma tan abominable de morir, ¿cierto?

Sus miembros empezaron a temblar. Su sistema nervioso se estaba apagando: los brazos se debilitaban, las piernas se convertían en papel. Ella no se alegró por ello. No lo trató como una venganza. Pero habría mentido si negara que se había sentido como el duro mazo de la justicia con cada golpe, como si ésta fuera su forma de despojarse de sus pecados capa por capa hasta que hubiera respondido completamente por sus acciones de hacía cuatro años.

—Usted… —el señor Kuznetsov resopló—. Usted no… tocó el… té. Yo estaba… estaba mirando.

—Yo no envenené el té, señor Kuznetsov —replicó Rosalind. Se volvió hacia su guardaespaldas—. Envenené el jarrón que tocaste con tus propios dedos.

El guardaespaldas tiró el jarrón con repentina saña, y éste se hizo trizas junto a la cama de cuatro postes. Era demasiado tarde; llevaba más tiempo sujetándolo que el señor Kuznetsov. Se abalanzó hacia la puerta, tal vez para buscar ayuda o para lavarse el veneno de las manos, pero también él se desplomó antes de poder salir.

Rosalind lo observó todo con una mirada inexpresiva. Lo había hecho muchas veces. Los rumores eran ciertos: a veces llevaba consigo una moneda para dar a los nacionalistas combustible para su propaganda. Pero el veneno era su arma preferida, así que no importaba lo lejos que corrieran. Cuando sus objetivos pensaban que los había dejado libres, eran alcanzados.

—Usted...

Rosalind se acercó al comerciante y se metió los guantes en el bolsillo.

—Hazme un favor —dijo dulcemente—. Saluda a Dimitri Voronin de mi parte cuando lo veas en el infierno.

El señor Kuznetsov dejó de resollar, dejó de moverse. Estaba muerto. Se había cumplido otra misión, y los nacionalistas estaban un paso más cerca de perder su país a manos de los imperialistas en lugar de los comunistas. Momentos después, su guardaespaldas sucumbió también, y la sala se sumió en un silencio hueco.

Rosalind se dirigió al lavabo, junto a la barra, abrió totalmente el grifo y se enjuagó las manos. A continuación se salpicó agua por el cuello y se restregó la piel con los dedos. Toda aquella sangre era suya, pero sintió un asco amargo en la lengua cuando vio que como se manchaban los bordes del lavabo mientras ella se limpiaba, como si las partículas de un veneno distinto estuvieran desprendiéndose de su piel, como si fuera un tipo de veneno que contaminara su alma en lugar de sus órganos.

"Es más fácil no pensar en ello", solía decir su prima cuando en Shanghái había una disputa de sangre entre dos bandas rivales, cuando Rosalind era la mano derecha de la heredera de la Pandilla Escarlata y veía cómo Juliette mataba gente día tras día

en nombre de su familia. *"Recuerda sus caras. Recuerda las vidas arrebatadas. Pero ¿qué sentido tiene darle vueltas? Si ocurrió, ocurrió."*

Rosalind exhaló lentamente, cerró el grifo y dejó que el agua color óxido se deslizara por el desagüe. Desde la muerte de su prima poco había cambiado la actitud de la ciudad con respecto al derramamiento de sangre. Poco, excepto el que ya no mataban los mafiosos sino los políticos que pretendían que ahora habría algo parecido a la ley y el orden. Un intercambio artificial, nada diferente en el fondo.

Un rumor de voces resonó en el pasillo exterior. Rosalind se tensó y miró a su alrededor. Aunque no creía que pudieran procesarla por los crímenes cometidos allí, necesitaba escapar antes de poner a prueba esa teoría. El Kuomintang estaba al frente del país, presentando su gobierno como defensor de la justicia. Por el bien de su imagen, sus miembros nacionalistas la echarían a los lobos y la repudiarían como agente si era sorprendida dejando cadáveres fuera de la ciudad, aunque su rama secreta encubierta les diera todas las instrucciones.

Rosalind levantó la barbilla y flexionó la nueva piel lisa de su cuello mientras buscaba en el techo del compartimento. Había estudiado los planos del tren antes de subir y, cuando vio una cuerda fina y apenas visible que colgaba cerca de la lámpara, tiró de un panel del techo y descubrió una escotilla metálica que conducía directamente a la parte superior del vagón para su mantenimiento.

En cuanto bajó la escotilla, el viento se precipitó en la habitación con un rugido. Se apoyó en los cajones cercanos y se alejó de la escena del crimen a gran velocidad.

—No resbales —se dijo, trepando por la escotilla y saliendo a la noche, con los dientes castañeando contra la gélida temperatura—. *No* resbales.

Rosalind cerró la escotilla. Se detuvo un instante para orientarse en lo alto del tren que circulaba a toda velocidad. Por un momento sintió vértigo, convencida de que se iba a volcar y caería. Luego, con la misma rapidez, recuperó el equilibrio y sus pies se mantuvieron firmes.

—Una bailarina, una agente —se susurró Rosalind, mientras empezaba a moverse por el tren con la mirada fija en el extremo del vagón. Su superior le grabó ese mantra en la mente durante los días más duros de entrenamiento, cuando se quejaba de que no podía moverse rápido, de que no podía luchar como lo harían los agentes tradicionales, excusa tras excusa para explicar por qué no era lo bastante buena para aprender. Solía pasar todas las noches en un escenario iluminado. La ciudad la había erigido como su estrella, la bailarina que todo el mundo tenía que ver, y las habladurías se movían más rápido que la realidad misma. No importaba quién era Rosalind ni que, en realidad, no fuera más que una niña vestida de oropel. Estafaba a los hombres y les sonreía como si fueran reyes hasta que soltaban las propinas que ella buscaba, y entonces cambiaba de mesa antes de que la canción terminara.

—Déjame escabullirme en la oscuridad y envenenar a la gente —insistió en aquel primer encuentro con Dao Feng. Estaban en el patio de la universidad, donde Dao Feng trabajaba encubierto, y Rosalind lo acompañaba a regañadientes porque hacía calor, la hierba le picaba los tobillos y el sudor se acumulaba en sus axilas—. De todas formas, no pueden matarme. ¿Por qué necesito algo más?

En respuesta, Dao Feng le dio un puñetazo en la nariz.

—¡Jesús! —sintió crujir el hueso. Sintió que la sangre le corría por la cara y que estallaba también en la otra dirección, con un líquido caliente y metálico bajando por entre su lengua y hasta su garganta. Si alguien los hubiera visto en ese momento, habría sido una escena terrible. Por fortuna, era temprano y el patio estaba vacío, hora y lugar que se convirtieron en su campo de entrenamiento durante meses.

—Por eso —respondió—. ¿Cómo vas a poner tu veneno si estás intentando curar un hueso roto? Este país no inventó el wǔshù para que no aprendieras nada. Eras bailarina. Ahora eres agente. Tu cuerpo ya sabe cómo girar y doblarse; sólo hay que darle dirección e intención.

Cuando le lanzó el siguiente puñetazo a la cara, Rosalind se agachó indignada. La nariz rota se había curado con la rapidez habitual, pero su ego seguía herido. El puño de Dao Feng aterrizó en el aire.

Y su superior sonrió.

—Bien. Así está mejor.

En el presente, Rosalind se movía más rápido contra el viento rugiente, murmurando su mantra en voz baja. Cada paso era una garantía para sí. Sabía que no debía resbalar; sabía lo que hacía. Nadie le había pedido que se convirtiera en asesina. Nadie le había pedido que abandonara el club burlesque y dejara de bailar, pero había muerto y despertado como una criatura abominable —como lo dijo tan amablemente el señor Kuznetsov—, y necesitaba un propósito en su vida, una forma de alterar cada día y cada noche para que no se confundieran con monotonía en su mente.

O tal vez se mentía. Tal vez había elegido matar porque no sabía de qué otra forma demostrar su valía. Más que cualquier otra cosa en el mundo, Rosalind Lang quería redención, y si así era como la obtendría, que así fuera.

Tosiendo, Rosalind disipó con la mano el humo que se acumulaba a su alrededor. La máquina de vapor traqueteaba ruidosamente, dispersando una corriente interminable de polvo y arenilla. Más adelante, las vías se alargaban y desaparecían en el horizonte, más allá de lo que alcanzaba la vista.

Sólo entonces un movimiento a lo lejos interrumpió la imagen inmóvil.

Rosalind se detuvo y se inclinó hacia delante con curiosidad. No estaba segura de lo que veía. La noche era oscura y la luna sólo era una fina media luna que colgaba delicadamente de las nubes. Pero los faroles eléctricos instalados junto a las vías cumplieron a la perfección su función de iluminar a dos figuras que huían de las vías y desaparecían entre los campos elevados.

Faltaban unos veinte o treinta segundos para que el tren se acercara a las vías por donde habían estado merodeando las figuras. Cuando Rosalind se acercó al final del vagón, trató de entrecerrar los ojos y enfocar la vista, segura de que se había equivocado.

Por eso no se dio cuenta de que la dinamita había estallado en las vías, hasta que el sonido retumbó en la noche y el calor de la explosión le abrasó el rostro.

2

Rosalind lanzó un grito ahogado y se aferró a la parte superior del tren para mantener el equilibrio. Pensó en gritar una advertencia, pero nadie dentro del tren la escucharía; tampoco podían hacer nada cuando los vagones avanzaban a tal velocidad, dirigiéndose directo al lugar de la explosión.

Sin embargo, las llamas en las vías se desvanecieron rápido. A medida que el tren se acercaba más y más al lugar de la explosión, Rosalind se preparó para un descarrilamiento repentino, pero entonces el frente se acercó a las llamas menguantes y siguió adelante. Ella miró por encima del hombro, forcejeando contra el viento. El tren retumbó sobre el lugar de la explosión. En cuestión de segundos, dejó atrás el sitio; la explosión había sido demasiado débil para afectar a las vías de forma significativa.

—¿Qué *fue* eso? —preguntó a la noche.

¿Quiénes eran esas personas que corrían hacia los campos? ¿Tenían intención de causar daños?

La noche no le dio ninguna respuesta. Rosalind contuvo otro acceso de tos provocado por el incesante humo del tren, salió de su estupor y se deslizó por un lado hasta aterrizar en el espacio de paso entre dos vagones. Una vez que se apartó el cabello de la cara, abrió la puerta y entró en el tren, volviendo al calor de un pasillo de clase turista.

Estaba lleno. Aunque entró en el vagón en compañía de tres personas que llevaban uniformes de camareros, no le prestaron atención. Un chico puso una bandeja en las manos de otro, soltó unas palabras y se apresuró a entrar en un compartimento. Después de que éste se marchó, la puerta detrás de ella volvió a abrirse y entraron cinco camareros más.

Uno de ellos miró de reojo a Rosalind mientras pasaba a toda prisa. Aunque el contacto visual fue muy breve, le erizó la piel a Rosalind como una advertencia, y el malestar se instaló de inmediato en sus tensos hombros. En cuanto el camarero sacó un mantel de la estantería, giró sobre sus pasos y se separó del resto del personal del tren para avanzar por los vagones.

Rosalind se dispuso a seguirlo. De todos modos, se dirigía a la parte delantera del tren, aunque aún no decidía si bajaría en la siguiente parada —Shenyang— o si se acercaría a Shanghái. Supuso que dependía de qué tan rápido encontraran los cadáveres. O si los encontraban. Si tenía suerte, se quedarían inmóviles hasta que el tren llegara al final de la línea y a alguien se le ocurriera limpiar las habitaciones.

Con una mueca, Rosalind se llevó la mano al interior de la manga, donde guardó su boleto del tren. JANIE MEAD, el nombre que estaba impreso en él. Su alias, públicamente conocido por estar relacionado con los Escarlatas. La mejor manera de sostener una identidad falsa era mantenerla lo más cercana posible a la verdad. Era más difícil equivocarse en los detalles, más difícil olvidar un pasado que corría casi paralelo al propio. Según su historia inventada, Janie Mead era hija de un antiguo miembro de la Pandilla Escarlata que se convirtió en un socio indeciso de los nacionalistas. Si se indagaba un poco más sobre quiénes eran sus padres, cuál era su nombre chino legal bajo el nombre inglés que adoptó durante los años que supuestamente estudió en Estados Unidos, todo se disolvía en el aire.

Un inspector pasó junto a ella. De nuevo, le lanzó una mirada sospechosa, que duró un segundo de más. ¿Acaso había dejado Rosalind una mancha de sangre en algún sitio? Creía que se había limpiado bien el cuello. Creía que estaba actuando perfectamente normal.

Rosalind apretó con fuerza el boleto en la palma de la mano, luego dio un paso a otro vagón, donde las ventanillas mostraban un paisaje exterior que se desplazaba cada vez más lento. El tren se acercaba a la estación, los campos verdes se convertían en pequeños edificios municipales y luces eléctricas. A su alrededor, el murmullo de las conversaciones se intensificaba, con acentos individuales que flotaban de un asiento a otro.

Se le erizaron todos los pelos de la nuca. Aunque no parecía haber nada raro, sólo otros pasajeros que se apresuraban a bajar su equipaje y acercarse a las salidas antes de que el tren se detuviera, Rosalind llevaba años trabajando como asesina. Aprendió a confiar primero en sus instintos y luego en su cerebro. Tenía que estar alerta.

Dos asistentes se apresuraron a pasar, con un bulto de mantas entre sus brazos que iban recogiendo de los pasajeros que se marchaban. Rosalind dejó pasar a las mujeres, con el hombro pegado a las paredes. A punto estuvo de tirar un calendario de hojas sueltas, pero antes de que se sacudiera demasiado y cayera a la alfombra, Rosalind lo enderezó y alisó la página en la que estaba abierto: 18 de septiembre.

Las asistentes volvieron a pasar, ya sin las mantas entre los brazos y dispuestas a recoger más. Se oyó un chasquido, y ambas ignoraron a Rosalind al pasar junto a ella, por suerte.

—¿Vamos a parar en Fengtian? —preguntó una a la otra.

—¿Por qué usas el nombre japonés? Todavía no nos han invadido, no tenemos que cambiarlo.

Rosalind avanzó, arrastrando la mano por las intrincadas vigas de madera que corrían a lo largo de las paredes. *Fengtian.* Se había cambiado a Shenyang hacía casi dos décadas, después de que los chinos recuperaran el control del territorio, pero cuando estudió la región con sus tutores, éstos usaron el inglés con el que ella estaba más familiarizada: Mukden.

En este nuevo vagón había mucha más gente. Rosalind se acercó al pasillo central y se abrió paso entre los pasajeros. Justo en el centro de la aglomeración era fácil conectarse y desconectarse de las conversaciones que escuchaba al pasar, absorbiendo convenientemente lo que captaban sus oídos.

—¿Ya llegamos?

—... qīn'ài de, ven aquí antes de que Māma no pueda encontrarte.

—Con todo este alboroto, uno pensaría que hay un incendio en alguna parte...

—¿... has visto mi zapato?

—... miembro de la Pandilla Escarlata a bordo. Tal vez sea más seguro entregarla a los japoneses hasta que alguien con más autoridad los apacigüe.

Rosalind aminoró el paso. No dio muestras visibles de sorpresa, pero no pudo evitar detenerse un instante para asegurarse de que no había escuchado mal. *Ah.* Ahí estaba. Sabía que algo no andaba bien, y los instintos que le inculcaron durante su formación aún no la habían llevado a equivocarse. A veces, en su trabajo, identificaba a su objetivo antes de darse cuenta conscientemente; otras veces, sentía que ella misma se había convertido en un objetivo antes de comprenderlo.

¿Entregarme a los japoneses?, pensó salvajemente. *¿Para qué?* Seguro que no por el asesinato del comerciante ruso. Para empezar, no había policía a bordo, pero incluso si la hubiera, no habían tenido tiempo de reportarlo a los departamentos externos, sin hablar de por qué los japoneses estarían implicados.

Recorrió los asientos con la mirada. No pudo distinguir de dónde procedía la voz. La mayoría de los rostros a su alrededor parecían normales. Civiles comunes y corrientes, abrigados y con zapatos de tela suave, lo que le indicaba que volvían a casa, a su pueblo, y no a una gran ciudad.

Estaba sucediendo algo más allá de ella. Esto no le gustaba nada.

Cuando el tren se detuvo en Shenyang, Rosalind se unió a la multitud de pasajeros para salir. Dejó caer el boleto al bajar del vagón y tiró al andén la pequeña bola de papel estrujada con la misma facilidad con que se lanza una moneda a un pozo. El ruido la rodeaba desde todos los ángulos. El silbato del tren se adentraba en la noche, soplando vapor caliente alrededor de las vías, lo que hacía sudar la espalda de Rosalind. Incluso al abrirse paso entre la multitud del andén y entrar en la estación, el sudor persistía.

Rosalind observó la estación. La pantalla de llegadas y salidas del andén hizo un rápido *clic-clic-clic* al cambiar para mostrar los trenes más próximos. Shanghái era un destino popular, pero el próximo tren salía hasta dentro de una hora. Sería una presa fácil si merodeaba por los asientos de la sala de espera.

Mientras tanto, la salida principal estaba vigilada por una hilera de oficiales de policía, que paraban a todo civil que cruzaba por las puertas para hacer una comprobación rápida de su boleto.

Lentamente, Rosalind sacó su collar de debajo del qipao, con paso firme, mientras tomaba una decisión, y caminó hacia la salida. Si lograba cruzar, podría instalarse primero en Shenyang y salir por la mañana, para regresar a Shanghái sin llamar la atención. Si no...

Se metió la cuenta del collar dentro de la boca, luego desabrochó el fino cierre y deslizó el cordón hacia fuera. No había tenido tiempo de cambiarse de ropa. Tal vez habría pasado más desapercibida si hubiera llevado otra cosa encima, pero ahora era la mejor vestida de la estación, y estaba claro que exhalaba cierta categoría de ciudad. No hacía falta un boleto para identificarla.

En cuanto uno de los oficiales la vio llegar, le dio un codazo al hombre que tenía al lado, que llevaba una insignia distinta en la solapa.

—¿Boleto? —preguntó el hombre de la insignia en la solapa.

Rosalind se encogió de hombros con despreocupación.

—Lo perdí. Supongo que no estarán exigiendo un boleto para que me *pueda ir*, ¿cierto?

Otro hombre se inclinó para susurrarle algo al oído. Su voz era demasiado suave y ella sólo escuchó "lista de pasajeros", pero eso ya le decía lo suficiente.

—Janie Mead, ¿verdad? —confirmó cuando su atención se volvió hacia ella—. Necesitamos que vengas con nosotros. Estás bajo sospecha por colaboración con la Pandilla Escarlata en conspiración para causar disturbios a gran escala.

Rosalind parpadeó. Movió la perla en su boca, moviéndola de un lado a otro bajo la lengua. Así que esto no tenía nada que ver con su trabajo como Fortuna. Estaban utilizando a la Pandilla Escarlata como chivo expiatorio. Se trataba de un caso más de una larga serie de sucesos en todo el país, en los que los gánsteres de las ciudades eran culpados de incidentes a diestra y siniestra porque los imperialistas extranjeros seguían intentando culpar a las infraestructuras defectuosas y a las multitudes amotinadas. Los gánsteres de la ciudad eran señalados porque los jefes militares a cargo necesitaban culpar a alguien, antes de que los imperialistas pudieran decir que los chinos no eran capaces de controlar a su propio pueblo e instalaran gobiernos intrusos en el país.

Tal vez sea más seguro entregarla a los japoneses hasta que alguien con mayor autoridad los apacigüe.

Debió haberlo imaginado. A estas alturas ya era rutina: algo iba mal en una ciudad, y los extranjeros con intereses en la zona lo utilizaban para evidenciar que los chinos necesitaban ser despojados de las tierras.

La única solución era apresurarse a arreglar el problema antes de que los imperialistas se interpusieran y marcharan con sus armas y tanques. Para las autoridades chinas, "Janie Mead" estaba en el lugar adecuado en el momento oportuno.

Llevó las manos hacia delante con las muñecas juntas, listas para ser esposadas.

—De acuerdo.

Los hombres parpadearon. Quizá no esperaban que fuera tan fácil.

—¿Entiendes la acusación?

—¿Por aquella explosión? —respondió Rosalind—. No importa cómo lo hice desde dentro del tren, pero veo que debe ser más fácil buscar en la lista de pasajeros que cazar a los culpables por los campos cercanos a las vías.

O no captaron su burla o fingieron no escucharla. Su conocimiento de la explosión era prueba suficiente. Uno de los oficiales le puso unas frías esposas en las muñecas, la empujó y la sacó de la estación. La tomó por un brazo y el otro oficial por el otro. El resto del grupo la siguió de cerca, rodeándola por precaución.

Rosalind volvió a pasar la perla bajo la lengua. La hizo girar alrededor de su boca. *Vamos,* pensó.

Aunque la actividad disminuía a esas horas, todavía había muchos civiles con negocios en la estación de tren; algunos mostraban una curiosidad sutil, otros se asomaban por encima del hombro para ver a quién había detenido la policía. Se preguntó si les resultaría familiar, si alguno de ellos leía los periódicos de Shanghái y recordaría cuando, un año después de la revolución, habían publicado bocetos de ella, especulando que Rosalind Lang había muerto.

—Por aquí.

En el patio exterior de la estación, sólo había un farol encendido cerca de una fuente de agua. Más allá, un auto estacionado al otro lado de la calle, casi oculto, cerca de un callejón.

Los policías la llevaron en esa dirección. Rosalind obedeció. Caminó pacientemente con ellos hasta que se acercaron a la patrulla, con su pintura negra y los barrotes de las ventanillas casi al alcance de la mano.

Entonces, *por fin,* la capa exterior de la perla que tenía en la boca se derritió. El líquido estalló dentro de su boca tan repentinamente que Rosalind casi tosió a causa de la sensación, luchando por controlarse, mientras el sabor picante recorría su lengua. Se le escapó un ruido de la garganta. El policía de su izquierda se volvió hacia ella.

—Nada de bromas —ordenó, visiblemente molesto—. Xiǎo gūniáng, tienes suerte si…

Rosalind le escupió el líquido en la cara. Él se echó hacia atrás con un grito, soltándola para tocarse los ojos ardientes con las manos. Antes de que el otro oficial a su derecha pudiera darse cuenta de lo que ocurría, Rosalind ya le había pasado los brazos por encima de la cabeza y le estaba apretando la cadena de las esposas alrededor del cuello. El oficial gritó alarmado, pero Rosalind tiró lo bastante fuerte para oír un chasquido y el hombre se quedó callado. Ella le clavó su rodilla en la espalda. Y retiró las manos de su cuello.

Los otros oficiales se abalanzaron para cercarla, pero ya era demasiado tarde. Rosalind se alejaba a toda velocidad por el camino.

Una bailarina, una agente. Utilizaría cada centímetro del escenario, cada objeto de su arsenal. La perla del collar era una de sus pequeñas invenciones de estafadora, estaba recubierta con la misma sustancia que las farmacias utilizaban para sus pastillas. El líquido que contenía era inofensivo si se tragaba accidentalmente, pero capaz de cegar a alguien durante un día entero si le entraba en los ojos.

Echó un vistazo a sus espaldas y vio que los oficiales se estaban quedando atrás. Había edificios residenciales a los lados de la calle, con las escaleras medio derrumbadas y las ventanas rotas. Justo cuando Rosalind se acercaba a la esquina para dar vuelta, saltó y enganchó la cadena entre las esposas en una lámpara que sobresalía de una de las casas. Con las manos desnudas no habría tenido un agarre firme, pero la cadena era casi perfecta, lo que le dio la oportunidad ideal para conectar una patada contra uno de los alféizares de la ventana y lanzarse al balcón; las esposas metálicas repiquetearon contra el barandal. Con un aullido ahogado, Rosalind rodó por encima de él y cayó de bruces sobre el suelo de baldosas. El brusco aterrizaje la dejó sin aliento. Abajo, los policías ya se estaban abriendo en abanico para encontrar una manera de subir.

—No estoy en buena forma para esto —se dijo Rosalind jadeando, y rodó sobre un costado antes de levantarse a trompicones y abrir de golpe las puertas del balcón. Entró en un restaurante oscuro y vacío, y navegó por el laberinto de mesas con la respiración agitada. Cuando salió del restaurante y corrió por el pasillo del segundo piso del edificio, no parecía que los oficiales la hubieran alcanzado, pero vendrían a registrar el restaurante porque la habían visto entrar, y vigilarían la planta baja alrededor del edificio porque era su única escapatoria. Tenía muy pocas salidas viables y muy pocos lugares donde esconderse.

—¡Bloqueen el segundo piso! ¡Apresúrense!

Sus voces llegaban al patio interior del edificio. Rosalind buscó a su alrededor y fijó la vista en una puerta más delgada que las demás entradas de tiendas y pasillos residenciales. Un baño.

Justo cuando los pasos empezaron a retumbar hacia las escaleras, Rosalind se deslizó por la puerta y permaneció inmóvil al otro lado. Alguien había cumplido con su deber de limpiar a fondo los escuálidos retretes, por lo que sólo olía a cloro en el pequeño espacio. Rosalind midió la anchura. Volvió a mirar las bisagras de la puerta y observó que se abría hacia dentro.

Se apretó contra la esquina del baño y contuvo la respiración, contando uno, dos, tres…

La puerta azotó hacia dentro y rebotó sobre las bisagras antes de detenerse a un pelo de su nariz. Al ver que el lugar estaba vacío, el oficial siguió avanzando y les gritó a los demás:

—¡Todo despejado!

Lentamente, Rosalind soltó el aliento. La puerta del retrete crujió y se cerró sola; el pomo emitió un suave chasquido, en tanto los oficiales se dispersaban y buscaban por las residencias. Ella no se movió. Ni siquiera se rascó la nariz que le picaba mientras seguía escuchando el movimiento.

—¿Adónde podría haber ido la chica?

—Estos agentes son mañosos. Sigue buscando.

—¿Agente? ¿No es la Pandilla Escarlata de Shanghái?

—Probablemente comunista también. Ya sabes cómo son las cosas en esa ciudad.

Rosalind casi resopló. Estaba muy lejos de ser comunista. Su hermana, Celia, sí lo era. A diferencia de Rosalind, a Celia le resultó fácil abandonar un día la mansión Escarlata y desaparecer. Fue conocida como Kathleen Lang cuando estuvieron en la casa, el nombre de su tercera hermana, que adoptó después de que la verdadera Kathleen falleciera en París, para que a su regreso a Shanghái tuviera una identidad que la mantuviera a salvo mientras vivía de forma auténtica. Al nacer le asignaron el sexo masculino y, aunque su padre no le permitió ser abiertamente Celia, *sí* le permitió ocupar el lugar de Kathleen como mecanismo de protección, viviendo como alguien a quien la ciudad ya creía conocer. Cuando la revolución arrasó Shanghái, cuando el poder cambió de manos y las lealtades viraron y su otrora poderosa familia empezó a fracturarse, Celia entró en los círculos comunistas con el nombre que eligió para sí en lugar de perpetuarse como Kathleen. Si quería, podía fingir que nunca había formado parte de la Pandilla Escarlata; al fin y al cabo, la Pandilla sólo había conocido a su precoz heredera, Juliette, y a sus dos queridas primas, Rosalind y Kathleen.

Mientras Celia sólo les contó a unos pocos elegidos de la organización sobre su pasado con la Pandilla Escarlata, Rosalind era vigilada en todo momento por los nacionalistas como una bomba escarlata lista para estallar. Después de todo, la habían enviado tras los Flores Blancas por una razón. Ella y los nacionalistas entendían por qué ella trabajaba para ellos.

Rosalind pegó la oreja a la puerta para escuchar a los oficiales cuando buscaban. Sus gritos irritados se volvían cada vez más débiles, y afirmaban que debía haber escapado sin ser vista. Sólo cuando las voces y se dirigieron a otra calle y desaparecieron por completo, Rosalind se atrevió a asomarse por la esquina de la puerta del baño, levantando las muñecas esposadas y empujando la puerta con un dedo para abrirla un poco.

El edificio se había quedado en silencio. Exhaló un suspiro y por fin liberó la tensión de sus hombros. Cuando abrió bien la puerta, la escena estaba completamente inmóvil ante ella.

Casi podía escuchar los elogios de Dao Feng, su voz retumbante y cómo le daba un fuerte golpe en el hombro a manera de aprobación. Rosalind llevaba más veneno escondido en su qipao, polvos de emergencia ocultos en la cintura y cuchillas recubiertas de toxinas en los tacones de los zapatos. Pero nada de eso había sido necesario.

—Hice lo que siempre dices —murmuró para sí—. Huir si no tienes que combatir. Nunca atacar de frente si tienes opción de atacar por la espalda.

Rosalind había fracasado en su primera misión. El cuchillo había fallado en su mano; la hoja había escapado de su alcance. Su objetivo se había abalanzado sobre ella... a segundos de estamparle una bota en la cara y poner a prueba los límites de su sanación.

Pero Dao Feng había sabido vigilarla. La había seguido de cerca e intervino para lanzar un dardo venenoso antes de que el objetivo se hubiera dado la vuelta, para dejarlo caer como un saco de piedras. Rosalind no había pensado en agradecerle. Mientras respiraba con dificultad y temblaba llena de adrenalina, cuando Dao Feng se acercó a ofecerle una mano sus únicas palabras fueron una exigencia: "Enséñame".

Rosalind comprobó la firmeza de las esposas que le rodeaban las muñecas. Sin darse tiempo para dudarlo, levantó la rodilla y golpeó la cadena. Las esposas se soltaron y su carne quedó muy lastimada. La piel en carne viva aulló, tiras enteras cayeron al suelo junto con las esposas metálicas, pero ya pasaría. Mientras no gritara. Mientras se mordiera el interior de las mejillas con toda la fuerza necesaria para controlarse y permanecer en silencio.

Pequeñas gotas de su sangre cayeron al suelo de madera, se filtraron por los huecos y mancharon lo que hubiera en el piso de abajo. Pero en menos de un minuto, su piel pasó del rojo al rosa y del rosa al cobrizo, ligeramente bronceado.

Desde aquella primera misión, sólo quería veneno. El veneno era irrefutable. Si había otros como ella, podían recibir un navajazo en la garganta o una bala en las tripas, pero el veneno los pudriría de dentro hacia fuera. Sus células habían sido modificadas para cerrarse ante cualquier herida, pero no para resistir el colapso de todo su sistema. Emplear la única arma que podía matarla era una forma de recordarse que no era inmortal, sin importar lo que dijeran los nacionalistas.

De una extraña manera, era reconfortante.

Rosalind salió del baño, bajó las escaleras y volvió a la calle a paso tranquilo. No quería levantar sospechas si la veían, y consiguió seguir sus pasos de regreso a la estación de tren, pasando por el mismo callejón de antes. El auto negro había desaparecido. Tampoco estaba el cuerpo del oficial al que le había roto el cuello en su huida.

—Es tu culpa —murmuró Rosalind en voz alta—. Es tu culpa por enfrentarme. Podrías haberme dejado en paz.

Giró y cruzó la calle. Habían apagado la fuente de agua para ahorrar energía durante la noche. Al pasar, Rosalind recorrió con los dedos el borde de la fuente y levantó una capa de polvo que se sacudió cuando volvió a entrar en la estación de tren, con los zapatos de tacón sonando sobre el suelo de baldosas. Si alguien la reconoció como la chica que habían sacado a rastras hacía menos de media hora, no lo demostró. La mujer de la taquilla apenas levantó la vista hasta que Rosalind se inclinó hacia ella, con una mano apoyada en el mostrador y la otra alisándose el cabello.

—Hola —la voz de Rosalind era dulce como la miel. Suave. Completamente inocente—. Un boleto para el próximo tren a Shanghái, por favor.

3

Cuando el reloj de pie anunció la medianoche, su eco resonó por toda la mansión como si fuera una caverna. No faltaban enseres para absorber el sonido: en todas las zonas comunes había sofás de felpa, rodeados de grandes jarrones de flores y cuadros antiguos colgados de las paredes. Pero la familia Hong había ido reduciendo su personal estos últimos años, y ahora sólo les quedaban dos criados, lo que daba a la casa una especie de vacío fantasmal imposible de contrarrestar.

Ah Dou estaba cerca, ajustándose los lentes mientras organizaba las tarjetas de presentación que se habían ido apilando en el armario del recibidor. Y en el sofá del salón, recostado de lado con las piernas sobre el reposabrazos, estaba Orión Hong, luciendo como el epítome de la frivolidad y la relajación.

—Se está haciendo tarde, èr shàoyé —dijo Ah Dou, lanzándole una mirada a Orión—. ¿Se está preparando para retirarse pronto a dormir?

—Un poco más tarde —respondió Orión. Se levantó sobre un codo, apoyándose en los cojines del sofá. Su delicada camisa no había sido concebida para una postura tan informal, y la tela blanca se tensaba en las costuras. Si la rasgaba, tal vez se vería más rudo. Ignorando el hecho de que Orión era la persona de aspecto menos amenazador de toda la ciudad. Tal vez podría asustar a alguien con su pretencioso desaliño—. ¿Crees que mi padre estará en casa esta noche?

Ah Dou miró el reloj y soltó un gemido exagerado al enderezar la espalda. Había sonado hacía unos minutos, así que ambos sabían exactamente qué hora era. Aun así, el viejo criado hizo el ademán de comprobarlo.

—Supongo que se queda en la oficina.

Orión apoyó la cabeza en una de las almohadas.

—Con su horario de trabajo, cualquiera diría que está en el frente de la guerra civil en vez de dirigir la administración superior.

Tampoco es que Orión estuviera a menudo en casa. Si no estaba asignado a una misión, se encontraba disfrutando del lujo en algún lugar de la ciudad, de preferencia en una ruidosa sala de baile, rodeado de gente atractiva. Pero las noches que sí volvía, le parecía extraño ver la casa en este estado. Ya debería estar acostumbrado, o al menos familiarizado con cómo se vaciaba poco a poco cada año. Sin embargo, cada vez que entraba por el vestíbulo, se inclinaba, torcido, y levantaba la barbilla para mirar los candelabros que colgaban del atrio principal, preguntándose cuándo había sido la última vez que habían estado encendidos en todo su esplendor.

—Tiene el espíritu de su padre —respondió Ah Dou con tono neutro—. Estoy seguro de que usted entiende su dedicación al trabajo.

Orión mostró su mejor sonrisa.

—No me hagas reír. Sólo me dedico a pasarla bien.

El criado sacudió la cabeza, pero no era una verdadera desaprobación. Antes de que enviaran a Orión a Inglaterra, había crecido bajo la escrupulosa tutela de Ah Dou, ya fuera para informar a su niñera que llevaba puesto el abrigo o para asegurarse de que hubiera comido lo suficiente.

—¿Quiere un té? —Ah Dou preguntó, ordenando las tarjetas de presentación—. Le prepararé un té.

Sin esperar respuesta, Ah Dou se alejó arrastrando los pies y barriendo el suelo de mármol con sus pantuflas. Abrió la cortina de cuentas que daba al comedor y luego desapareció en la cocina, desde donde se escuchó el estruendo de la tetera. Orión se incorporó y se pasó una mano por el pelo engomado.

Un mechón cayó sobre sus ojos. No se molestó en moverlo. Sólo apoyó los brazos sobre las rodillas y miró la puerta principal, aunque sabía que no se abriría pronto. Si Orión hubiera querido que su padre estuviera en casa las noches que volvía, podría haber llamado con antelación por teléfono para confirmar antes de llegar… pero ya no eran ese tipo de familia. El general Hong preguntaría si había algo urgente que tratar en la casa, y luego colgaría si Orión decía que no.

Antes no era así. Ése parecía ser su dicho cotidiano. Hubo un tiempo en que su padre llegaba a casa a las cinco en punto. Orión corría a recibirlo, y aunque a los nueve años ya era demasiado grande para que lo cargaran y lo columpiaran, su padre lo hacía de todos modos. ¿Qué tan terrible era que sus recuerdos más felices provinieran de un pasado tan lejano? En los años subsecuentes, Inglaterra había sido un recuerdo borroso de cielos grises, y después nada fue igual cuando regresó a Shanghái.

Un crujido repentino se escuchó en el piso de arriba. La mirada de Orión se desvió hacia la escalera y su atención se agudizó. A la izquierda de la segunda planta, en una habitación abierta, se encontraba el despacho de su padre: una gran cúpula de vitral iluminaba su escritorio cuando el sol estaba en la posición adecuada. Por la noche, la casa entera resonaba con más fuerza desde el despacho; estantes y estantes de libros alrededor del escritorio no hacían nada por aislar el espacio. Durante la juventud de Orión, a su padre le gustaba especialmente estar junto a aquellos libros, siempre dando golpecitos en el barandal de las escaleras que se enroscaba hasta los estantes. Los dormitorios estaban a la derecha de la escalera principal. A veces, Orión escuchaba ese repiqueteo metálico cuando estaba durmiendo y sentía como si el sonido fuera una canción de cuna.

—¿Phoebe? —llamó. Creía que su hermana pequeña se había ido a dormir hacía horas. Al oír su voz, el crujido se detuvo en seco. Orión se puso de pie. El sonido no venía de la derecha, donde estaba el dormitorio de Phoebe. Venía del despacho de su padre.

—Èr shàoyé, su té…

El brazo de Orión salió disparado. Ah Dou se detuvo de inmediato.

—No te muevas. Enseguida vuelvo.

Desapareció la sonrisa fácil; apareció su faceta operativa. Orión Hong era un espía nacional. Por muy a la ligera que quisiera tomarse el mundo, éste se le venía encima a una velocidad vertiginosa cada dos días.

Subió las escaleras a toda prisa, con cuidado de mantener sus pisadas tan silenciosas como fuera posible. Como la luz de la luna entraba por las ventanas laterales, sólo se veían algunas partes del despacho. Orión entró sin hacer ruido y se acercó sigilosamente a lo que creía que era movimiento en el escritorio de su padre. Si la suerte le sonreía, no encontraría más que un roedor salvaje mordisqueando la pared.

Pero la suerte no quiso que así fuera.

Una figura se levantó detrás del escritorio.

Orión saltó hacia delante, con las manos empuñadas en señal de ataque. Con cualquier otro intruso, habría retrocedido y llamado a la policía, la solución más eficaz. Pero este intruso en particular ni siquiera había ocultado su identidad, por lo que la mueca fue evidente en su expresión cuando Orión lo tiró por el cuello y lo estrelló contra las repisas inferiores.

—¿Qué demonios estás haciendo aquí, Oliver? —Orión escupió en inglés.

—¿Qué? —replicó Oliver, sonando totalmente despreocupado, a pesar de estar jadeando—. ¿No puedo entrar en mi propia casa?

Orión lo apretó con más fuerza. Su hermano mayor seguía sin parecer amenazado, aunque su rostro se había enrojecido por el esfuerzo.

—Ésta ya no es tu casa.

No desde que Oliver desertó y se pasó a los comunistas. No desde la Purga del 12 de abril, hacía cuatro años, cuando los nacionalistas se volvieron contra los comunistas y los expulsaron del partido Kuomintang mediante una masacre que sumió al país en una guerra civil.

—Tranquilo —logró decir Oliver—. ¿Cuándo empezaste a usar los puños en lugar de las palabras?

—¿Cuándo empezaste a ser tan tonto? —respondió Orión—. ¿Cómo caminas de regreso aquí *sabiendo* lo que pasaría si te atrapan?

—Ay, por favor —incluso mientras lo sujetaba, Oliver sonaba confiado y seguro. Siempre había sido así. Había pocas cosas que el hijo mayor de un general nacionalista no pudiera exigir, y creció con sus peticiones concedidas con sólo tronar los dedos—. No metamos la política en nuestra familia…

Orión sacó la pistola de su abrigo y la clavó en la sien de su hermano.

—*Tú* trajiste la política a nuestra familia. *Tú* trazaste líneas divisorias en nuestra familia.

—Podrías haberte unido a mí. Te pedí que vinieras. Nunca quise dejarte a ti o a Phoebe.

El dedo de Orión se crispó en el gatillo. Sería muy fácil apretarlo. Shanghái se había vuelto totalmente hostil a la actividad comunista: ningún miembro conocido podía caminar por las calles sin ser detenido, ya fuera para ser ejecutado de inmediato o torturado para obtener información y *luego* ser ejecutado. Si lo hacía, sólo estaría acelerando el destino de su hermano.

Oliver miró la pistola. No había miedo en su mirada, sólo una leve exasperación.

—Baja el arma, dìdì. Sé que no vas a disparar.

—Qù nǐ de —espetó Orión. Él era el agresor, y sin embargo su corazón latía de terror. Como si lo hubieran sorprendido colándose en algún lugar donde no le estaba permitido estar.

—¿Te enviaron para reunir información? ¿para matarme?

Oliver suspiró, tratando de estirar el cuello hacia atrás para librarse de la fuerza de agarre de Orión sobre su cuello, y que arrugaba la tela. Llevaba un traje occidental, lo que significaba que iba de incógnito, vestido con la pretensión de la élite que solía ser, en lugar de la política en la que creía ahora.

—Literalmente ya me he encontrado contigo en el campo —respondió Oliver simplemente—. ¿No habríamos venido por ti antes si te quisiéramos muerto?

Sin darse cuenta, Orión parpadeó mirando hacia el pasillo de la biblioteca, donde se despidió de su hermano justo antes de la deserción de Oliver. Por aquel entonces, la guerra civil aún no había estallado por completo. Se avecinaba, y todos en la ciudad lo sabían, pero estaban decididos a fingir demencia hasta que ya no se pudiera ignorar más. Aquella noche, Oliver hizo un desorden con los libros en busca de un diario, afirmando que su madre se había marchado porque su padre era un traidor nacional, que el general Hong era hanjian, que sus lealtades no eran las correctas.

—Fue absuelto —había insistido Orión en ese entonces, extendiendo las manos, frenético por atrapar los libros que su hermano arrojaba—. Oliver, *por favor*…

—¿Tú lo crees? Yo no —Oliver no había encontrado lo que buscaba. De todas formas, ya se había decidido, y cuando Oliver se decidía, no había forma de hacerle cambiar de parecer—. Yo me voy. Tú tienes la misma opción.

—Nunca lo haría —respondió Orión, apenas capaz de pronunciar las palabras.

Oliver se dio la vuelta:

—No puedes seguir haciendo esto. No puedes seguir intentando arreglar los errores de nuestro padre.

—Eso no es lo que estoy haciendo…

—Lo *es*. ¡Claro que lo es! ¿Unirse al Kuomintang? ¿Entrenar como su agente? No te interesa nada de eso. Sólo estás tratando de probarles algo…

—Basta —intentó interrumpir Orión. Él se había ofrecido como voluntario. Cuando la rama encubierta vino a hablar de negocios con su padre, él fue quien siguió a los altos mandos y les entregó su expediente, mostrando sus años en el extranjero y su temprana graduación en la academia de educación secundaria de Shanghái, exigiendo un trabajo que se ajustara a su formación—. No sabes de lo que estás hablando…

—Son *corruptos*. Vas a caer en su mismo camino…

—Yo no —Orión arrebató el último libro de las manos de Oliver—. La traición no se hereda. Ya lo verán. Tendrán que verlo.

Pasó un largo momento antes de que Orión se diera cuenta de lo que había dicho. Lo que se le había escapado, y de lo que Oliver se dio cuenta de inmediato.

—Así que lo admites —dijo Oliver en voz baja—. *Sí* crees que cometió traición.

Orión permaneció inmóvil.

—Yo no he dicho eso.

No tenía sentido luchar. Oliver estaba decidido a marcharse; Orión se obstinaba en quedarse. Cuando aquella noche la puerta principal de la casa se cerró de golpe, resonó tan fuerte que una de las gotas de cristal del candelabro se desprendió y cayó al suelo a gran velocidad, haciéndose añicos justo en el centro del salón.

Orión apartó su atención de los libros, de los estantes que había pasado horas ordenando. Su padre había sido acusado de aceptar dinero japonés en contra de los intereses nacionales. Su madre los abandonó sin ninguna explicación. Su hermano se pasó al bando enemigo. Orión había crecido como un hijo de enmedio negligente, sin nada sobre los hombros y, de repente, en el transcurso de unas semanas en aquel fatídico verano, él se había convertido en la única herramienta que quedaba para demostrar a los nacionalistas que el apellido Hong valía algo.

—No deberías estar aquí —añadió Orión. Sus palabras eran vehementes, pero retiró la pistola y soltó el cuello de

Oliver—. Si no fueras mi hermano, no quitaría la mano de tu cuello… hasta que te hubiera sacado la lengua con la otra.

—Menos mal que soy tu hermano —Oliver se enderezó el cuello y alisó las arrugas—. No estoy aquí para crear problemas.

—Entonces, ¿para qué estás aquí?

—Sería aburrido si te lo dijera, ¿no?

Orión apretó la mandíbula. Prefería ir por la vida tranquilo y no enojado, pero con cada desacuerdo, cada breve encuentro público en misiones que chocaban entre sí, cada vez que Oliver estaba de incógnito y Orión se veía obligado a fingir que no tenía ni idea de quién era ese hombre, incluso mientras repetían en voz baja las mismas viejas discusiones, no había nadie que le enojara más que su hermano distanciado.

—Vete, Oliver —arremetió Orión—. Antes de que te denuncie.

Oliver consideró el asunto. Se cruzó de brazos y miró a Orión con más atención.

—¿Sabes ya lo de los asesinatos químicos?

Orión arrugó la frente. ¿Su hermano siquiera había entendido algo de lo que dijo?

—¿Los qué?

—Sospecho que pronto lo sabrás —continuó Oliver—. Mis fuentes dicen que te están encargando la tarea. Típico de los nacionalistas empezar a formular su plan de acción sin preguntar primero si aceptas.

—No… —antes de que Oliver pudiera inclinarse y tomar algo del escritorio de su padre, Orión lo agarró por la muñeca. Cuando Orión se dio la vuelta para examinar el escritorio, no pudo ver qué estuvo buscando Oliver. Tal vez su hermano estaba jugando con su mente—. O me dices a qué has venido o te vas.

—Eres demasiado confiado, Orión. Deberías tener más cuidado. Deberías fijarte más en la gente para la que trabajas —Oliver se soltó de su hermano y, por primera vez aquella noche, hizo una mueca para mostrar su incomodidad.

—Yo no soy el que trabaja para un partido derrocado —contestó Orión sin entusiasmo—. Vete. Por favor.

No te vayas, por favor, había suplicado años atrás. Cuando aún existía la esperanza de que su familia no se desmoronara. Cuando Oliver era el prodigio y Phoebe era la bebé, y lo único que Orión debía hacer era asegurarse de que no lo sorprendieran creando problemas frívolos.

Pero todo eso ya había desaparecido. Ahora Orión trabajaba para el gobierno del país, y Oliver trabajaba para aquellos que buscaban derrocarlo, al margen de otros intereses. Oliver alisó sus mangas. Ese desliz de emoción de antes, cuando se soltó de la muñeca, podía haber sido totalmente imaginario. Sin nada más que decir, Oliver pasó de largo y se alejó sin mirar atrás, igual que la primera vez que había salido de esa casa. Momentos después, Orión escuchó que la puerta principal se cerraba, aunque esta vez mucho más suavemente.

Orión soltó su tensa exhalación. Aunque su respiración era más uniforme, distaba mucho de estar relajado. ¿Qué estaba buscando Oliver?

Orión se alejó un paso del escritorio. Intentó ponerse en el lugar de su hermano, ver el mundo desde sus ojos. Cada pequeña cosa se volvía mil veces más apremiante, cada decisión repentina se tomaba mucho más deprisa. Aunque observó con cuidado el escritorio de su padre y llegó a tirar también de los cajones para comprobar lo que Oliver podía haber estado buscando, no encontró nada, salvo las facturas y la aburrida correspondencia con los asistentes.

—¿Shàoyé? —llamaron a la puerta. Ah Dou asomó la cabeza en la oficina, su expresión era de una cuidadosa neutralidad—. ¿Todo bien?

—No escuchaste nada, ¿verdad? —preguntó Orión. Su tono indicaba qué respuesta debía dar Ah Dou: *No, señor, no escuché nada en absoluto*. En las casas que se dedicaban a la política, el personal bloqueaba todo o se arriesgaba a ser destituido. Ah Dou conocía el procedimiento.

—Nada en absoluto —respondió él con calma—. ¿Está usted buscando algo de su padre?

Orión le echó un último vistazo al escritorio. Tenía que admitirlo: sí, esperaba encontrar algo sospechoso. Tenía que admitirlo: vivía cada día temiendo que su padre volviera a cometer un error y que, esta vez, el caso no se desmoronara antes de que dictaran condena; esta vez, no sería absuelto cuando las pruebas resultaran demasiado insustanciales. Lo arrestarían y Orión vería cómo se derrumbaba la última de sus esperanzas. No sabía qué creer. Traidor o no, hanjian o no. Era su padre. Quizás eso convertía a Orión en un mal agente, pero si alguna vez encontrara pruebas incriminatorias entre las paredes de su casa, su primer instinto sería esconderlas.

Orión se permitió soltar un tembloroso suspiro. Luego transformó su expresión en una sonrisa radiante, y si se hubiera mirado en un espejo incluso podría haberse engañado a sí mismo.

—Sólo un poco de papel. ¿Tienes listo el té?

4

Ahí, junto al bar: un objetivo, de pie.

Bajo las luces del salón de baile, uno podría pensar que las mujeres de esta ciudad se asemejan a serpientes marinas: colores brillantes y qipaos ajustados a su forma, la curva de una cadera y la inclinación de un hombro, moviéndose provocativamente de pared a pared. Un destello que brilla cuando las luces se encienden intensamente, y se desvanece en las sombras cuando la luz baja. Piernas que bailan y zapatos importados deslizándose por los suelos pegajosos.

La música de saxofón retumba en todos los rincones del local. Nadie se preocupa mucho por recordar dónde está, por retener el nombre del local en su propia lengua e informarlo por la mañana, cuando se repasan los acontecimientos de la noche anterior en una partida de cartas. Esta sala de baile no es una de las grandes, ni el Bailemen, ni el Peach Lily Palace, ni el salón de baile del Canódromo, así que simplemente se funde entre tantos salones, otra luz parpadeante en un techo de lámparas eléctricas. Hace unos años, no habría sobrevivido. Habría competido contra el monopolio de dos bandas, pero ahora esas pandillas se han desmoronado, mientras la guerra en el exterior sigue exigiendo distracción. Nuevas salas de baile y cabarets aparecen cada semana como una infestación en la ciudad, un tumor que se extiende con rapidez y que nadie se preocupa por extirpar.

Allí, afuera de las puertas: un objetivo, caminando.

Por mucho que sean el centro de atención en todos los establecimientos, las mujeres de esta ciudad no están siendo observadas esta noche, aquí, ahora, por los ojos en la esquina. En cualquier otro momento, las siguen a todas partes; las bombardean en cada esquina con carteles que prometen una juventud eterna y una salud inquebrantable. Cigarros Chesterfield, chocolates Nestlé, cosméticos Tangee. Estrellas de Hollywood con sus faldas ondeando al viento. Es la era del consumo, del tiempo que pasa a toda velocidad entre sabores americanos y jazz, literatura francesa y un mar de amor cosmopolita perdido. Si no tienes cuidado, te tragarán.

Allí, junto a las mesas: un depredador, levantándose.

El asesino sigue a su objetivo hasta la puerta. El asesino es como cualquier otro habitante de esta ciudad, porque en esta ciudad caben todas las almas bajo el sol. Así, quizá nadie se parece a nadie, pero eso sólo significa que es uno más de la masa, otro rostro que no llama la atención, otro vagabundo nocturno que se arrastra por las calles hasta el *¡dun, dun!* del tranvía que avanza por sus vías. Es tu vecino que se asoma al balcón, el vendedor ambulante de duraznos, el banquero que llama al último *rickshaw* de la zona para pasar la noche en otro barrio. Es, sencillamente, Shanghái.

Hasta que agarra al hombre que salió de la sala de baile y lo arroja contra la pared de un callejón con la misma facilidad con la que se desecha un chicle.

El hombre da un grito ahogado, se revuelve. Estuvo animado y disfrutando su borrachera, apenas capaz de ver dos pies delante de él; no puede recuperar la lucidez lo bastante rápido para comprender este ataque, ni la figura del asaltante sobre él cuando tropieza en el suelo.

—Por favor —grita, tratando de alejarse—. ¿Quieres dinero? Yo tengo dinero.

Allí, en el callejón: otra víctima, para ser tomada.

El destello de una aguja parpadea bajo la luz de la calle. Luego su infame filo, forzado en la suave parte interna del codo del hombre. El hombre intenta escapar, pero lo sujetan por el hombro con la fuerza del hierro.

Le quema. Es como fuego corriendo por sus venas en lugar de sangre, pulsando en su corazón y arrasando todo lo que encuentra a su paso. Aunque lucha contra él, aunque grita y grita, el ruido no es más que un alboroto añadido a Shanghái, mientras la ciudad sigue latiendo.

Cuando se extrae la aguja, una sola gota de su contenido salpica la ropa del hombre.

Pero al hombre no le importará.

Ya está muerto.

5

La mañana llegó pesada, el amanecer se alzaba sobre el horizonte con esfuerzo. Para cuando Rosalind llegó a la Concesión Francesa de Shanghái y caminó hacia su casa, las calles murmuraban con el parloteo de los madrugadores y una ligera brisa soplaba entre los verdes sauces que decoraban los lados de las calles.

Nunca pensó que acabaría aquí, viviendo en la Concesión Francesa, donde sus recuerdos se esparcían como glaseado sobre las casas de pilares de mármol y los caminos de mosaico. Mirara donde mirara, las voces la seguían, saltando a lo largo de las vallas de hierro forjado y trepando por las cortas paredes de ladrillo.

Rosalind giró hacia una calle más estrecha y apartó la mirada de dos estudiantes que caminaban tomadas del brazo hacia la escuela. Sus ojos la siguieron, con las cintas al cuello ondeando por el frío otoñal, pero para entonces Rosalind ya estaba entrando a su casa. Su departamento estaba en el segundo piso de ese bloque, un pequeño espacio con un solo dormitorio que crujía en invierno. Siempre se sentía vacío, a pesar de sus esfuerzos por decorarlo, pero ¿qué otra opción tenía? Era lo que se esperaba de alguien como ella. Nunca había tenido madre. Nunca había tenido una relación estrecha con su padre, quien la entregó a los tutores o la dejó en manos de los Cai, la familia de su primo. Y aunque había hecho un hogar de la mansión Cai, ahora estaba más vacía que su departamento.

Alguna vez la mansión Cai fue el bullicioso centro de la Pandilla Escarlata. Antaño, la Pandilla había sido una formidable red clandestina que gobernaba media ciudad. Ahora no era más que otro brazo político de los nacionalistas, y el dormitorio de Rosalind en aquella casa se convirtió en un almacén de objetos al azar que el personal de la casa no sabía dónde más poner. Si Rosalind no se hubiera marchado, se habría convertido en otro de los objetos extraños, olvidado entre el desorden de aquella habitación.

—Estaba a punto de contactar con Dao Feng y decirle que te mataron en el trabajo.

La voz de Lao Lao retumbó en las puertas del departamento de Rosalind. Luego, la anciana se inclinó sobre el barandal del segundo piso para asomarse al patio, observando cómo entraba Rosalind.

—Dao Feng sabe que hace falta mucho más que un trabajo como ése para matarme —replicó Rosalind.

—Oh, Dios. Mi frágil corazón no soporta los sobresaltos.

Con un bufido divertido, Rosalind se quitó los broches del cabello y sacudió sus rizos despeinados mientras cruzaba el patio cubierto de hierba. Se llevó la mano al hombro al subir los escalones exteriores, frotándose un pequeño dolor que cobraba vida. Incluso a través de la tela de su qipao, podía sentir los bordes elevados de sus cicatrices, que se detenían justo a la altura del omóplato. La mayor parte de ellas decoraban su espalda como el centro de un relámpago. Se las había hecho antes de que su cuerpo fuera capaz de recomponerse en un instante, y así permanecían, palpitando cada vez que pensaba en la Pandilla Escarlata.

Rosalind se apartó un mechón de la cara al llegar al rellano del segundo piso. Cuando se encontró con los ojos brillantes de Lao Lao, la anciana se limitó a soltar una carcajada, giró sobre sus talones y desapareció en el departamento de Rosalind.

—Ven a comer. El arroz se está enfriando.

Lao Lao era la casera del edificio. Rosalind no sabía su nombre, y Lao Lao se negaba a decírselo, así que ella usaba la palabra china para referirse a las mujeres mayores: lǎo lao. Vivía en el departamento de abajo, donde había un teléfono de disco en el salón para recibir mensajes de Rosalind. Al principio, Lao Lao entraba en el departamento de Rosalind con sus llaves y pegaba notas en la mesa de la cocina cada vez que había un mensaje, pero dos años atrás se dio cuenta de lo escasas que eran las reservas de comida de Rosalind y de que su ropa siempre estaba mal doblada, como un intento de hacer las tareas domésticas de un niño de siete años. Desde entonces, a pesar de las protestas de Rosalind, Lao Lao siempre coincidía perfectamente con el regreso de Rosalind al departamento, y ya estaba en su cocina y poniendo los platos en la mesa.

—Me preocupa lo temprano que te levantas por las mañanas —dijo Rosalind, sentándose y observando los platos con comida: el yóutiáo y los huevos revueltos con tomate, el centenario congee de huevo y el jiānbǐng. Seguro había tardado al menos una hora en preparar todo.

—No necesito descansar como los jóvenes —replicó Lao Lao. Rosalind tomó una barra de yóutiáo, la partió por la mitad a lo largo, y la mordió.

—*Yo* no necesito descansar.

Lao Lao se acercó a la mesa de la cocina y miró atentamente antes de tomar un periódico. Sin duda, la anciana necesitaba algún tipo de lentes, pero, por alguna razón, insistía en no usarlos. Cuando llevó el periódico a la mesa y lo dejó frente a Rosalind, había una nota pegada en la primera página, cuya letra se salía por el borde.

Reunión con Dao Feng, 5 PM.
Restaurante Fénix Dorado.

—Sí, lo sé, querida. Te oigo pasearte a horas extrañas de la noche —Lao Lao sacudió la cabeza, exasperada—. Supongo que es mejor que acechar por las calles.

—Acechar por las calles es una parte fundamental de la descripción de mi trabajo —dijo Rosalind, reclinándose en su silla y dando otra enorme mordida al yóutiáo. Levantó el trozo de papel de la página del periódico, con la intención de deshacerse de la nota. Sin embargo, antes de que pudiera levantarse, su atención se fijó en el titular que había quedado oculto bajo el papel—. Lao Lao... ¿me diste este periódico a propósito?

Lao Lao entró de nuevo en la cocina y comenzó a organizar la colección de salsas de soya de Rosalind, mientras echaba un vistazo. En realidad, era la colección de salsas de soya de Lao Lao, ya que ella las había comprado y era la única que las utilizaba.

—¿Debería haberlo hecho a propósito?

Rosalind se metió en la boca lo que quedaba de yóutiáo y dio la vuelta al periódico.

—"Asesinato en Chenghuangmiao" —leyó, con el sonido amortiguado por la masa del bocado. Tragó saliva y se aclaró la garganta—. Creía que éramos lo suficientemente cercanas como para que me acuses directamente de asesinato.

—Oh, *eso* —Lao Lao se estremeció. Las botellas de salsa de soya tintinearon—. Es el segundo en esta semana. Muertes relacionadas con las drogas, dicen. Lamentable manera de partir. Estoy segura de que tú tienes mucho más estilo.

—Ésa soy yo, una maestra del estilo —murmuró Rosalind. Dio la vuelta al periódico y lo leyó con más atención—. ¿Por qué lo llaman asesinato si está relacionado con drogas?

Había muchos adictos al opio en la ciudad. También había muchos adictos en general que se paseaban por las zonas más pobres de las calles y caían muertos sin decir palabra.

—Escuché que la primera víctima mostraba signos de lucha. Le hicieron una... ¿Cómo se llaman esos nuevos procedimientos de corte corporal?

Rosalind arrugó la nariz.

—¿Una autopsia? Lao Lao, eso no es nuevo. Los occidentales llevan siglos haciéndolo.

Lao Lao le hizo un gesto con la mano, con los brazaletes de jade de su muñeca brillando bajo la luz de la mañana.

—De cualquier manera, sea cual sea la ciencia que utilizaron, dijeron que era un asesinato.

—¿Quién mata a alguien con drogas?

—¿No es eso lo que tú haces?

Rosalind fingió una mirada fulminante y tomó una cucharada de huevos revueltos. El puré de tomate golpeó su lengua con tal sabor que perdió la expresión de inmediato, cerrando los ojos y apretando los dedos.

—Primero, te has superado con estos tomates. Segundo, utilizo veneno para *evitar* cualquier signo de lucha. Si hay alguien corriendo por la ciudad provocando estos titulares

—apuntó con un dedo al periódico— no está haciendo un buen trabajo de envenenamiento, ¿verdad?

—Me das miedo, Lang Shalin —Lao Lao se apresuró a salir de la cocina, y acomodó las sillas alrededor de la mesa hasta que quedaron alineadas a lo largo de cada borde—. Tengo que volver abajo porque mi hija pronto va a traer a todo su desfile de niños, pero preséntate con tu superior por la tarde, ¿hăo ma?

Rosalind asintió.

—Entendido.

Con un sonido de satisfacción, Lao Lao le dio una palmada en el hombro al pasar, salió del departamento y cerró la puerta de un empujón. En un instante se hizo el silencio en el departamento, cuyas paredes eran lo bastante gruesas para impedir que se filtrara el ruido y el alboroto de la ciudad. Para empezar, la Concesión Francesa era más tranquila, sus calles estaban demasiado llenas de ricos y extranjeros para tolerar el griterío habitual que poblaba las partes chinas.

Rosalind tomó otra cucharada de comida y siguió hojeando el periódico distraídamente. Los asuntos de la ciudad revoloteaban: informes comerciales, quejas sobre el tráfico, aperturas de nuevas tiendas. Cuatro años atrás podría haber estado repleto de noticias sobre la disputa sangrienta entre la Pandilla Escarlata y los Flores Blancas. Hoy no había nada. Ni una mención a los Flores Blancas, porque los pocos que habían sobrevivido estaban siendo eliminados activamente por su propia mano. Todos los Montagov estaban muertos o desaparecidos. Todos los que habían vivido en esa casa huyeron, el cuartel general se convirtió en una base nacionalista.

Rosalind pasó a la última página y se quedó congelada, con la mano inmóvil sobre el periódico. El universo había decidido jugarle una broma cruel: se metió en sus pensamientos y decidió mostrarle el rostro sonriente y entintado de su prima, su retrato junto al de Roma Montagov, dibujado con delicadeza.

Conmemoración de los desafortunados amantes de Shanghái

Juliette Cai y Roma Montagov 1907-1927

Rosalind cerró el periódico con cuidado. Inhaló. Exhaló.

Si hubieran vivido, ahora tendrían veinticuatro años. Pero los rivales más queridos de la ciudad habían muerto. Lo único que quedaba eran las ratas callejeras y los fracasos de la ciudad, los pecados y lo más horrible, todo ello personificado en una chica llamada Rosalind. De todas las personas a quienes se les había permitido quedarse, ¿por qué había sido *ella*?

Primero había sobrevivido a la revolución y al cambio de fuerzas políticas. Luego, de nuevo perduró, cuando la muerte llamó a su puerta por segunda vez. Fue una noche de verano con temperaturas sofocantes, meses después de la explosión que acabó con la vida de Juliette en abril.

—Rosalind, necesito que te pongas de pie —había exigido Celia.

Recordó la cara de preocupación de su hermana, que se cernía sobre ella mientras el techo de su dormitorio se arremolinaba en un blanco brillante, indistinguible del resplandor de un sol imaginario.

—Déjame —suplicó Rosalind—. Te infectarás.

Le castañeaban los dientes, pero tenía la piel al rojo vivo. *Escarlatina,* dijeron los médicos de la mansión Escarlata, y Rosalind se habría reído si hubiera tenido fuerzas. Por supuesto que eso era. Había traicionado a la Pandilla Escarlata, y ahora la escarlatina venía arrasando en un curso de destrucción a través de su cuerpo. Era lo correcto. Era justo.

—Nos vamos —la voz de Celia no dejaba lugar a discusión—. Los médicos aquí no están haciendo nada para ayudar. Estás muriendo.

—Entonces, déjame morir —respondió Rosalind. Tosió, con los pulmones agarrotados por la agonía—. Si ningún médico contratado con… dinero de los Escarlata puede curarme, entonces los hospitales… tampoco podrán hacerlo.

—No —dijo Celia entre dientes—. Necesitas medicinas. No te están prestando suficiente atención aquí.

Rosalind se puso las manos sobre el vientre. Las juntó como se unirían las manos de un cadáver que se expone a la última mirada.

—Estoy tan cansada —dijo.

—No lo estarás cuando nos vayamos.

—Celia —dijo Rosalind en voz baja. Así debió ser en abril. Rosalind debió haber pagado con su vida por traicionar a su pueblo. El universo sólo era un poco lento a la hora de equilibrar su balanza—. Déjame morir. Déjame…

—Contrólate —gruñó Celia, y cuando su hermana tiró a Rosalind del brazo y sacó su cuerpo enfermo de la cama, fue la mayor violencia que vio jamás en la dócil Celia—. ¿Crees que te dejaría morir? ¿Crees que te dejaría consumirte en esta cama de seda fingiendo que ya hemos hecho suficiente? Entonces crees tan poco en mí que deberías renunciar a ser mi hermana en este mismo momento. Ponte de pie y ayúdame a *salvarte.*

Celia no la llevó a un hospital. La llevó con un científico. Con Lourens van Dijk, un antiguo Flor Blanca, que mantenía su bastión en un laboratorio casi derruido; aun así, él les hizo señas para que entraran, murmurando con Celia sobre lo que le sucedía a Rosalind. La pusieron en la parte de atrás y Lourens revisó su trabajo, intentando determinar si tenía algo que pudiera ayudar a curar la infección que ya estaba alcanzando su punto más grave.

Poco después, el corazón de Rosalind se había detenido.

Rosalind se sintió cada vez más lenta, como si sus músculos no pudieran más, antes de ese primer tartamudeo cuando llegó la madrugada. Sintió que la oscuridad se acercaba, que sus pensamientos se dispersaban y su conciencia se fracturaba en meras nubes de recuerdos, y el último grito de alivio que cruzó su mente fue: *Ya está.* El equilibrio fue restablecido una vez más.

Entonces, como si la hubieran desgarrado a través del tejido mismo del mundo, la sacaron de la oscuridad y la metieron de nuevo en su cuerpo. Sintió un aterrador pinchazo de dolor en el pliegue del brazo cuando abrió los ojos y, aunque desencajó la mandíbula para gritar, no pudo emitir ningún sonido ni pronunciar palabra hasta que Lourens sacó la jeringa de su brazo y la larga aguja reflejó la luz.

—¿Qué hiciste? —jadeó Rosalind—. ¿Qué pasó?

—Su sarpullido ha desaparecido por completo —añadió Celia, sonando igualmente estupefacta—. ¿Qué clase de medicina de acción rápida es ésa?

—Tal vez tengas problemas para dormir —fue lo único que dijo Lourens cuando guardó la jeringa. Le dio unas palmaditas en el brazo con un gesto paternal y la ayudó a levantarse de la camilla en la que estaba tumbada. La recuperación fue vertiginosa. No porque siguiera enferma, sino porque pasó de moribunda a sana en cuestión de minutos, y a su cerebro le resultaba imposible comprenderlo.

—Vamos —susurró Celia—. Vamos a llevarte a casa. Le diremos a Lord Cai que tuviste una recuperación milagrosa.

Tal vez tengas problemas para dormir. Lourens no le dijo que nunca más necesitaría dormir. No dijo que una semana después, cuando se cortó accidentalmente el pulgar intentando cortar una manzana, sólo una gota de sangre salpicó la mesa antes de que su piel se alisara como si la herida nunca hubiera estado allí. Rosalind volvió al laboratorio en busca de respuestas. Las ventanas estaban tapiadas, las puertas cerradas con cinta adhesiva y un gran cartel de DISPONIBLE, pero al principio nada de eso le resultó extraño. Los Flores Blancas que esperaban sobrevivir en la ciudad debían estar preparados para huir en cualquier momento, o al menos dar la apariencia de que se habían marchado. Incluso antes de que Rosalind empezara a perseguirlos, conocía sus trucos, así que irrumpió en el edificio y se arrastró hasta la parte trasera con seguridad, pensando que encontraría a Lourens agazapado.

Pero el departamento de Lourens había sido vaciado totalmente. Incluso habían arrancado la alfombra, dejando parches rectangulares en el suelo. Lourens había desaparecido.

Tres semanas después de curarse, Rosalind cumplió veinte años. El 8 de septiembre se acercó y sopló las velas de su pastel codo a codo con Celia. Un mes después, Celia era visiblemente un centímetro y medio más alta. No habría sido nada extraño; aunque siempre hubieran tenido la misma estatura, el hecho de que un hermano creciera dos centímetros más que el otro era bastante normal. Pero Rosalind ya sospechaba. En esas tres semanas, todas las noches cerraba los ojos y no dormía. Se levantaba por las mañanas sin sentir cansancio, como si no hubiera pasado siete horas dando vueltas en la cama.

No le quedaban opciones. Fue a los laboratorios de investigación de los Escarlata, les pidió que le hicieran pruebas y averiguaran qué estaba pasando. Tomaron muestras de su piel. Extrajeron su sangre. Pusieron todo bajo un microscopio.

Cuando los científicos regresaron, parecían conmocionados. Con los ojos muy abiertos, intercambiando miradas frenéticas entre ellos antes de estar dispuestos a dirigir la vista a Rosalind.

—Tus células son… completamente diferentes de lo normal —informó uno de ellos cuando se sentó a su lado—. Es como si volvieran a un estado inicial en el momento en que se lesionan. Como si no se descompusieran para nada, a menos que hayan sido dañadas, y entonces renacen en lugar de morir.

Rosalind no lo entendía. Todas las palabras pasaban por encima de su cabeza y aterrizaban como trozos inútiles alrededor de sus pies.

—¿Qué significa eso?

Los hombres de la sala intercambiaron miradas otra vez. Se hizo un silencio espeluznante, como una pesada manta.

—Significa… Creo que significa que eres efectivamente inmortal.

Así que su hermana gemela había cumplido veinte años. Rosalind Lang seguía teniendo diecinueve. Rosalind Lang siempre tendría diecinueve años.

La Pandilla Escarlata transmitió sus conclusiones a los nacionalistas. Los nacionalistas llevaron a cabo sus estudios durante semanas, meses. Por mucho que lo intentaron, sus laboratorios no pudieron recrear exactamente *lo que* Lourens le hizo a Rosalind, y cuando sus investigadores no lograron comprender por qué ella ya no dormía ni envejecía, sus agentes decidieron hacer uso de los resultados. Llamaron a su puerta y le dijeron que ella sería una pieza fundamental para su esfuerzo bélico, y Rosalind casi los había rechazado poniendo los ojos en blanco, pues poco le importaban los bandos de la guerra civil, en especial porque Celia secretamente estaba en las filas de los comunistas. Pero Dao Feng, ya desde el primer día, supo interpretarla, y metió el zapato para impedir que Rosalind les cerrara la puerta. Le dijo que ella podía ser el arma más poderosa que el país hubiera visto jamás, la salvadora de Shanghái y la razón de su redención. No se sabía cuánto duraría esta inmortalidad; ¿no quería aprovecharla mientras pudiera?

Rosalind *había* querido ser útil, y los nacionalistas tenían un poder que podía ser utilizado. Rosalind fracturó la ciudad; no sería feliz hasta que la arreglara. Y parecía que la única forma de hacerlo era aliarse con esa gente. Cuando Rosalind hizo las maletas para marcharse, Celia hizo lo mismo y le susurró que ella iría primero, sabiendo que no podían permanecer en contacto —o, al menos, no podían *aparentarlo*— porque, de lo contrario, las dos partes enfrentadas se aprovecharían de la situación. Celia creía en lo que hacían los comunistas; a Rosalind le convenía alinearse con los nacionalistas.

Así que aquí estaba.

A pesar de sus esfuerzos, nunca había vuelto a encontrar a Lourens, ni siquiera después de convertirse en Fortuna y empezar a buscar con el ojo de una asesina. Desapareció como cualquier otro Flor Blanca, amenazado por la política de la ciudad. En realidad, no sabía lo que habría hecho si hubiera logrado localizarlo: si le estaría agradecida por haberle salvado la vida o si se dejaría llevar por el resentimiento que sentía hacia todos los Flores Blancas y le haría responder por su interferencia. Tal vez era mejor dejarlo escapar, aunque eso significara que nunca sabría lo que le había hecho.

Rosalind tomó el periódico que tenía delante y sus ojos se nublaron al ver los retratos. *Los desafortunados amantes.* Juliette eligió su salida de esta ciudad: una salida escandalosa y explosiva que Shanghái nunca olvidaría. Cuando llegara el momento de Rosalind, cuando su juventud antinatural se derrumbara sobre sí misma, podría desvanecerse con un gemido, cenizas al viento. Las cicatrices de su espalda nunca se curarían como sus nuevas heridas. Estaba atrapada en ese estado, encerrada para siempre en la peor parte de su vida a nivel celular. No sólo su cuerpo no envejecía, sino que tampoco podía avanzar su *alma*. La maldita ciudad misma le decía que siguiera adelante, que encontrara la siguiente cosa que ocupara su tiempo, pero lo único que ella quería era volver a escarbar en el pasado, en la ira que le era familiar, en la comodidad de resolver los crímenes acumulados allí. *Es mejor así,* se decía siempre. Era mejor arreglar el pasado, porque siempre estaría atrapada en él.

Rosalind se levantó, periódico en mano, y echó un último vistazo a los familiares retratos. Luego, apretó los ojos irritados y lo arrojó al cesto de basura.

6

Cuando Rosalind entró en el Fénix Dorado, un mesero la vio enseguida, la saludó con la cabeza y le indicó el pasillo para que pasara. Aunque nunca había intercambiado más que unas pocas palabras con las personas detrás de los mostradores, era una clienta habitual de este restaurante, porque Dao Feng convocaba ahí casi la mitad de sus reuniones, y siempre en la misma sala privada.

Parecía un mal trabajo encubierto, sinceramente. Bastaría con que una lengua hablara de más para que hubiera alguien esperando para matarlos.

Y eso fue precisamente lo que Rosalind supuso cuando entró en la sala privada y una daga voló hacia su cabeza.

Rosalind se agachó justo a tiempo para esquivar la hoja. Se hundió en la pared con un fuerte *golpe,* y el metal tembló al aterrizar. Volvió a levantarse, con un gruñido en los labios.

Sólo que no era un ataque.

—¿Ves? —dijo su superior. Sonrió, pero no hablaba con ella—. Es buena.

Rosalind arrancó la daga de la pared y la sopesó en su puño. Tenía la intención de lanzársela a Dao Feng, pero no sabía si daría en el blanco y no quería parecer incapaz, así que se limitó a dejar el arma sobre la mesa.

—¿Qué significa esto?

Aunque no había peligro, en efecto alguien más estaba en la sala: otro agente. El joven le parecía increíblemente familiar, pero Rosalind no entendía por qué. Una comisura de sus labios se levantó cuando la miró. Parecía despreocupado, recostado en un diván con las piernas estiradas y los tobillos cruzados, con un brazo sobre el respaldo del asiento y el otro agitando una copa de vino. El cosquilleo de su memoria quería indicarle que tal vez se habían visto antes, pero Rosalind había visto demasiados rostros ir y venir durante su época de bailarina en el club burlesque de los Escarlata, y este agente parecía exactamente el tipo de persona que los frecuentaba.

—Tan sólo hago las presentaciones de la manera más eficiente posible —respondió Dao Feng—. Éste es Hong Liwen, pero...

—Pero me dicen Orión —interrumpió el chico en inglés—. *Enchanté.*

Orión Hong. Ahora que tenía un nombre, de repente supo por qué su cara le resultaba familiar. Su hermano, Oliver Hong, era el compañero de misión de su hermana. En cuanto Celia le dio su nombre, pasó días investigando sus antecedentes, indagando todo lo que pudo encontrar.

Los ojos de Rosalind parpadearon hacia Dao Feng con curiosidad, pero él no parecía estar preparando una trampa para ella. En cuanto a su identidad nacionalista, Rosalind era Janie Mead. Podría ser que ella ya supiera de este Orión Hong, pero él no sabía nada de ella.

—Encantada —dijo Rosalind.

Caminó hacia él, hablando tan llanamente como su cadencia natural le permitía. El acento de Orión había salido británico, pero su francés también era impecable. A Rosalind un parisino le enseñó inglés. Si cometía un desliz, él la escucharía como hablaba Rosalind, no como lo hacía su alias.

Se detuvo ante él y le tendió la mano para estrecharla.

—Janie Mead. Nada más.

Él apretó su mano contra la de ella, y se saludaron con agrado. Los dedos de Orión estaban fríos al tacto.

—¿Tú sabes mi nombre chino, pero yo no sé el tuyo? No me parece justo.

El primer asunto que ella había encontrado durante su investigación era que la familia Hong estaba en ruinas. El general Hong, su padre, había sido acusado de traición hacía algunos años. Y aunque Rosalind no tenía calidad moral para hablar cuando se trataba de traición, al menos ella sólo se había desviado de la lealtad familiar. Pero el general Hong fue investigado por aceptar sobornos para favorecer los intereses japoneses, y aunque al final fue absuelto por las altas esferas del Kuomintang, el daño estaba hecho. Lady Hong lo abandonó y se marchó al campo, supuestamente con otro amante. Su hijo mayor desertó y se pasó a los comunistas cuando estalló la guerra civil, repudiando al partido nacionalista por corrupto.

Sin embargo, en medio de todo el escándalo, el hijo de en medio seguía siendo quien acaparaba la mayor atención de la prensa. A las columnas de chismorreos les encantaba hablar de los hijos de los nacionalistas prominentes, y cuando Rosalind buscó a los Hong, lo único que encontró fue a *Orión, Orión, Orión*, un conocido *playboy* en los barrios extranjeros de la ciudad que ya se había acostado con la mitad de la población estudiantil de la mejor academia de Shanghái antes de graduarse, para convertirse en un mujeriego de tiempo completo.

Supuso que era una buena pantalla para ser un agente encubierto de los nacionalistas.

Aunque eso no le impedía ser todo un mujeriego de medio tiempo.

—No necesitas saber mi nombre chino —replicó Rosalind—. Está reservado para mis enemigos antes de que los erradique de la existencia. Y para los ancianos.

Orión levantó una ceja oscura. Era un movimiento practicado, acompañado de su expresión humorística y de un mechón que se soltó de su peinado con supuesta despreocupación.

—¿Intentas hacerte la graciosa?

—¿Te estás riendo?

Él echó la cabeza hacia atrás y permitió que el mechón se apartara de sus ojos.

—Podría ser.

Rosalind no se molestó en responder. Hacía no menos de un minuto que había conocido a Orión Hong, y él ya la observaba como si estuviera planeando conquistarla con diez pasos de antelación. Tenía ganas de decirle que se rindiera, que no perdiera su tiempo. Rosalind no sentía atracción física de la manera en que todo el mundo hablaba de eso, no entendía la idea de mirar a un desconocido y sentirse atrapada por su mirada. Una fascinación pasajera, sí, pero ¿un verdadero deseo de conquista? Con ella, eso siempre había requerido algo más: un entendimiento, una amistad. Era muy poco probable que Orión Hong tuviera ese tipo de paciencia cuando ella sabía exactamente el tipo de persona que era él: hermoso. Arrogante. Confabulador. En los tiempos que corrían, ¿quién no lo era?

Orión aún le sostenía la mano desde su intercambio de cumplidos. Rosalind se soltó y cambió al shanghainés para no tener que forzar su acento.

—Como ya pregunté tan amablemente antes, ¿qué significa esto?

Mientras Rosalind y Orión entablaban un estira y afloja, Dao Feng estaba parado junto a la ventana, mirando a la calle, pensativo. Por un momento, no respondió a la pregunta de Rosalind. Se limitó a llevarse las manos a la espalda, arrugando su traje occidental. Cuando se ponía el sol, su pelo canoso se volvía blanco, envejeciéndolo más allá de su verdadera edad.

—¿Has oído hablar de los asesinatos que están ocurriendo en la ciudad?

Los titulares del periódico de esa mañana circularon nuevamente por la cabeza de Rosalind. En Shanghái había asesinatos todos los días, y muchos más que no figuraban en los registros oficiales. Concesión Francesa, asentamiento internacional, tierra china nativa… cuando todas estaban gobernadas por manos diferentes y nadie se molestaba en comunicarse más allá de su jurisdicción, un cuerpo desaparecido era un ente perdido para siempre. Para que estos asesinatos cautivaran tanto la atención de todo el mundo…

—¿Los inducidos por drogas? —preguntó Rosalind—. ¿Qué estamos pensando, nuevos productos de bandas criminales? Las calles se han mostrado un poco hambrientas de liderazgo desde que la Pandilla Escarlata se fusionó con el Kuomintang.

Dao Feng entrecerró los ojos.

—No —dijo—. Los medios de comunicación decidieron que se trataba de drogas recreativas utilizadas con intención asesina, pero no son drogas. Son productos químicos de laboratorio.

En el diván, Orión se movió para sentarse erguido. No los interrumpió. Simplemente bajó las piernas y apoyó la barbilla en la mano.

—¿Químicos de laboratorio? —Rosalind repitió. Se le erizó la piel. Los mismos productos químicos de laboratorio que corrían por su torrente sanguíneo parecieron prestarle atención, apresurándose a la superficie para escuchar—. ¿De qué tipo?

—No lo sabemos —respondió Dao Feng—. La información no se mueve tan rápido, y tenemos agentes en distintas partes del país que siguen trabajando. Lo que sí sabemos es de dónde viene. La información preliminar muestra que los asesinatos están relacionados con una empresa japonesa patrocinada por su gobierno: Seagreen Press.

—Espera, ¿es por *esto* que me mantuviste aquí después de que me reporté? —finalmente intervino Orión. Volvió a apoyar la pierna en el diván—. ¿Estás preparando una nueva misión? Viejo, *acabamos de* terminar de investigar otro asunto japonés. ¿No podías haber esperado un solo día?

Dao Feng le lanzó una mirada mordaz.

—¿Crees que los japoneses están esperando pacientemente antes de que su imperio engulla nuestro país?

Orión dejó su copa de vino. Gruñó.

—Me mantienes alejado del Loto Verde durante las horas interesantes.

Rosalind levantó una ceja. Dao Feng sacudió la cabeza, exasperado.

—Seagreen Press —intentó de nuevo su superior—. En casa, se dedican a la ("media imports"). En Shanghái, dirigen un periódico para residentes japoneses. ¿Sus objetivos?

Dao Feng tomó algo que había sobre una de las sillas y se lo lanzó a Rosalind. Esta vez, ella no se agachó; alargó la mano y atrapó el periódico con suavidad.

—Propaganda imperial —terminó Dao Feng.

Rosalind pasó una de las páginas. Luego otra, hojeando con rapidez.

—No puedo leer nada de esto —todo estaba escrito en japonés.

—Exactamente.

Dao Feng se acercó y le arrebató el periódico, a pesar del grito de protesta de Rosalind. Dejó caer los periódicos delante de Orión. Orión suspiró y estiró la primera página.

—Socialite *hereda fortuna olvidada, promete fondos para…*

—Esto es lo que vamos a hacer —interrumpió Dao Feng, sin dejar terminar a Orión—. Están contratando. Necesitan personal local, porque es mejor para los impuestos, y también sangre nueva, de preferencia jóvenes recién salidos de la escuela para poder pagarles menos. Se han abierto dos puestos: uno de asistente de intérprete y otro de asistente de recepción, así que estamos moviendo algunos hilos y los enviaremos a ustedes dos. Hay toda una célula dentro de su organización que es la responsable de planear estos envenenamientos, siguiendo las instrucciones de su gobierno para desestabilizar la ciudad. Desarraigamos la célula, hacemos arrestos, Shanghái vive feliz y no es invadida como Manchuria.

Rosalind levantó la cabeza con brusquedad. La explosión de una noche antes en las vías. La frenética carrera de las fuerzas del orden para utilizar a la Pandilla Escarlata como chivo expiatorio antes de que sus tropas nacionales chinas fueran culpadas. Rosalind lo había investigado esa mañana después del desayuno: la parte de la vía férrea que había recibido el golpe era, en efecto, propiedad de los japoneses. No le sorprendería que sus propios oficiales hubieran provocado la explosión para fabricar la incompetencia china y proporcionar una razón para invadir.

—¿Manchuria *ya* fue invadida? Yo… —Rosalind quiso intervenir, pero Dao Feng la miró con dureza, luego desvió una sola vez los ojos hacia Orión. Rosalind se tragó el resto de sus palabras, tomando la advertencia con calma. Ya hablarían de ello más tarde: Orión Hong no necesitaba recibir una sesión informativa sobre su última tarea.

Pero esto sí planteaba la pregunta de por qué él estaba en esta sala y por qué se le asignaba una misión conjunta con ella. Por no hablar de por qué *Rosalind* estaba siendo involucrada en una operación de inteligencia a largo plazo. Ella era una asesina, la indicada para ejecutar "extracciones" rápidas y cacerías selectivas. No para infiltrarse en una empresa y encontrar amenazas extranjeras. Aunque podía hacerlo, claro. La habían entrenado para encontrar información y asumir nuevas identidades.

Sin embargo… ¿por qué?

—Creo que eso lo cubre todo —concluyó Dao Feng—. ¿Preguntas? ¿Comentarios? ¿Inquietudes?

—Sí —dijo Rosalind. Señaló a Orión con la barbilla—. ¿Por qué no puedes enviarlo solo?

Dao Feng negó con la cabeza.

—Son tiempos tensos. El país sigue en guerra civil, aunque Shanghái no siente los efectos con tanta intensidad como el campo. Mira cuántos espías comunistas fueron capturados estos últimos años porque eran jóvenes que vivían solos y eso levantaba sospechas.

Rosalind parpadeó.

—Espera un momento, vivir solo en lugar de…

—¿Qué importa cómo fueron capturados los comunistas? —preguntó Orión mientras tanto—. No somos comunistas, y el Kuomintang es quien hace la captura. Pónganme en un departamento con un alias y déjenme en paz.

—El Kuomintang no *sabe* de ti, Hong Liwen. A menos que quieras que nuestro brazo encubierto se exponga al grueso del partido.

Orión frunció los labios, pensativo, pero no discutió. Era una excusa débil, así que Rosalind se cruzó de brazos y volvió a mirar el periódico que tenía delante. *La habían* metido en una misión en la que sus habilidades no encajaban del todo. Lo que significaba que tal vez no estaba allí enteramente para la misión, sino para vigilar a quien era capaz de cumplirla. En esta ciudad, si conocías un idioma, te relacionabas con su cultura de una forma u otra. Si Orión hablaba japonés y su padre fue sospechoso de ser hanjian unos años atrás...

—¿A qué te referías —intentó Rosalind de nuevo—, cuando dijiste que encerraban a los comunistas por vivir solos?

Dao Feng le hizo un gesto con la mano como si fuera lenta por no entender.

—Después de todo, sus identidades encubiertas deben tener sentido. Si Hong Liwen entra a la fuerza de trabajo bajo un nombre diferente, no puede seguir viviendo en la casa de su padre.

Ahora Orión se daba cuenta de la confusión de Rosalind.

—Entonces... ¿viviré solo?

—No, no. Como acabo de decir, eso es demasiado sospechoso.

—Entonces... —Rosalind intercambió una mirada con Orión. Él estaba igualmente perplejo—. ¿Dónde vivirá?

—Contigo.

Se hizo el silencio en la sala. Rosalind pensó que había escuchado mal.

—¿Perdón?

—Lo siento, ¿me salté esa parte? Se van a casar. Para esta misión, los dos abandonarán sus nombres clave actuales y se convertirán en agentes con un objetivo conjunto. Bienvenida a la rama encubierta, Marea Alta.

Rosalind se atragantó con su saliva. La expresión de Orión se iluminó, su mirada era casi maniaca cuando se puso de pie de un salto.

—¿Eh? Deberías haber comenzado con eso —dijo el joven.

—Eso no es necesario —resolló Rosalind.

—Tu nuevo lugar de trabajo está a tres calles de tu residencia actual —dijo Dao Feng a Rosalind—. La identidad encubierta de una pareja de casados les da el pretexto para ser un poco extraños y cerrados mientras se acomodan. Les da la excusa para intercambiar información durante las pausas para comer y no parecer sospechosos. Les brinda un compañero integrado, mientras discuten con sus colegas acerca de sus lealtades al gobierno y descubren si ellos formularon el plan para matar a su gente en la ciudad. Puede que estemos un poco dispersos en nuestro esfuerzo bélico, pero no por ello dejamos de ser profesionales que hemos considerado muy a fondo nuestro plan de acción.

Rosalind necesitaba sentarse. Esto era demasiado. Sería imposible ocultar las extrañas excentricidades de Fortuna con alguien en su espacio las veinticuatro horas de los siete días de la semana. Sin dormir, sin heridas… todo eso era parte de la identidad de *Rosalind*, no de Janie Mead. Si Dao Feng no confiaba plenamente en Orión, ¿por qué Rosalind confiaría en él?

Sin embargo, antes de que pudiera protestar, la puerta de la sala privada se abrió, una mesera asomó la cabeza y le indicó a Dao Feng que lo necesitaban. Dao Feng se excusó, pero Rosalind se apresuró a seguirlo y se coló por la puerta justo antes de que ésta se cerrara.

—Dao Feng —dijo Rosalind entre dientes en el pasillo—. ¿Te has vuelto loco? ¿Por qué *me* diste esta misión?

—Se te necesita —respondió con paciencia Dao Feng haciendo un gesto a la mesera para que siguiera adelante—. Eres un agente muy hábil…

—Basta. No quiero escuchar tu discurso ensayado —lo interrumpió Rosalind. Echó un vistazo a la sala privada. Normalmente, no podía oír nada desde el pasillo cuando estaba sentada en la mesa del interior, así que esperaba que Orión no estuviera pegado a la puerta espiando—. Trabajo para ti para librar a la ciudad de los Flores Blancas. Trabajo para ti para purgar a los enemigos que perjudican activamente a Shanghái. No lo hago por ninguna otra razón.

Dao Feng inclinó la barbilla en señal de acuerdo.

—Correcto. Y en esta misión, te estoy enviando para encontrar a los enemigos de la ciudad. No veo el problema.

—El problema es que me entrenaste para *matarlos*. No para hacer *listas*. No para erradicar una *célula terrorista* o lo que sea que esté pasando…

Al oír esto, Dao Feng miró preocupado hacia la puerta de la habitación privada, luego tomó a Rosalind por el codo y la alejó unos pasos. Cuando frunció el ceño, las arrugas alrededor de sus ojos se agudizaron; a veces aquel hombre le recordaba a Lord Cai, pensaba Rosalind, pues el antiguo lider de la Pandilla Escarlata que también solía parecer siempre concentrado cuando Juliette le traía información que él no quería escuchar.

—Presta atención, Lang Shalin —dijo Dao Feng, bajando la voz—. Hong Liwen es un espía muy bueno. Es eficaz. Tiene una de las tasas más altas de éxito entre la rama encubierta. Pero ésta no es una misión fácil. Hay demasiadas cosas que no tienen sentido, y la razón de ello podría implicar a un hanjian. Podríamos tener un infiltrado. Podríamos tener desertores en el Kuomintang. Ya sabes cómo son los japoneses: se entierran en las sombras mucho antes de actuar a la luz. Y...

Se interrumpió. La mandíbula de Rosalind se tensó.

—Y no confías en Hong Liwen —adivinó.

—Confío en él, hasta cierto punto —corrigió Dao Feng—. Pero confío más en ti. Casi todo el mundo en esta ciudad puede ser convencido por un precio. A ti, sin embargo, no creo que nada bajo el cielo de esta ciudad pueda convencerte una vez que te has propuesto algo. Necesito que participes en esto. Dale a esta operación unos meses de tu tiempo. Te prometo que habrá Flores Blancas que sacrificar después.

Rosalind enredó un mechón de cabello en su dedo. La lucha abandonó sus hombros, su postura se relajó.

—Bueno —dijo en voz baja. Se encogió un poco más—. ¿Y si no soy una buena espía?

Dao Feng la golpeó en la sien. Rosalind se echó hacia atrás y soltó un "¡Ay!", pero la rápida mirada de Dao Feng le impidió decir más.

—No te crie con tan poca confianza.

—*¿Qué?* Tú no me *criaste* en lo absoluto.

—Por supuesto que sí. Te di a luz como Fortuna. Ahora vuelve ahí y habla con Hong Liwen. Sólo será un momento.

Dao Feng se apresuró a entrar en la sala principal del restaurante, y Rosalind resopló, girando de regreso hacia la sala privada. Abrió la puerta y entró, la boca convertida una delgada línea. De inmediato, Orión se puso de pie, listo para hablar.

—No lo hagas —interrumpió Rosalind.

Él cerró la boca con un ruido.

—No he dicho nada todavía.

—Fue una advertencia previa. Estoy tratando de pensar.

Orión se cruzó de brazos.

—Eres muy gruñona. Esperaba que mi esposa fuera menos gruñona.

—Yo —Rosalind apenas consiguió decir con los dientes apretados— no soy tu esposa.

—Todavía no. ¿Crees que también nos darán un acta de matrimonio falsa? Te conseguiré un anillo. ¿Qué te gusta? ¿Plata? ¿Oro?

—¿Quieres dejar de hablar…?

—Está bien que estés enojada. Creo que es muy lindo…

Rosalind levantó de repente la daga que Dao Feng le había lanzado, y la apuntó a Orión. Creyó que sería una amenaza poderosa, que Orión se acobardaría cuando ella levantara el brazo, pero él sólo sonrió, enderezando su postura. Sus ojos se encontraron. Los de él mostraban una especie de salvaje regocijo, como si dijera: *"Por favor, adelante. Te reto"*.

La puerta de la habitación volvió a abrirse. La daga volvió a caer con estrépito sobre la mesa.

—De acuerdo. Vengan conmigo, los dos.

Dao Feng salió antes de que pudiera obtener una respuesta. Rosalind fue la primera en cruzar la puerta, con Orión pisándole los talones. A pesar de lo rápido que caminó, no alcanzó a Dao Feng hasta que estuvieron fuera del Fénix Dorado, y eso fue sólo porque él estaba recibiendo otro mensaje de un soldado uniformado.

Un auto estaba estacionado junto a la banqueta.

—Entra —ordenó Dao Feng.

—¿Adónde vamos?

Orión ya estaba abriendo la puerta del asiento trasero, y le hizo un gesto a Rosalind para que siguiera adelante.

—Es un viaje corto —dijo Dao Feng sin contestarle. Se deslizó en el asiento del copiloto—. Parece que lo han hecho conveniente para nosotros.

Rápidamente, Rosalind tiró de la tela de su qipao, se escabulló por la puerta abierta y se deslizó por el asiento trasero, mordiéndose el interior de las mejillas. En cuanto Orión cerró la puerta, el chofer se puso en marcha, atravesando la Concesión Francesa y la calle Ningbo, pasando enfrente de oficinas municipales y comisarías de policía.

Entraron en las zonas chinas de la ciudad. Y Rosalind intuía lo que los llevaban a ver.

El auto se detuvo. A la izquierda, una pequeña multitud estaba reunida en torno a un callejón, aglomerada con sus canastas de la compra aún aferradas al pecho. Rosalind supuso que había un mercado al aire libre en algún lugar cercano, pero no estaba segura de eso porque últimamente no había estado mucho por esas zonas, y los puestos y vendedores habían cambiado de lugar.

Dao Feng salió del auto. Rosalind y Orión lo siguieron, ambos callados ahora, sintiendo la tensión en la piel que insinuaba problemas, la pesadez en el aire que les susurraba peligro. Cuando Dao Feng se acercó a la multitud, ésta se separó para mostrar a los soldados que montaban guardia junto al callejón, manteniendo alejados a los curiosos con la amenaza de sus rifles.

Los soldados se apartaron para dar paso a Dao Feng. No vestía uniforme, ni era identificable de ninguna otra forma, y sin embargo, apenas intercambiaron un movimiento de cabeza antes de que despejaran el camino, permitiéndole desaparecer en el callejón.

—¿Se supone que debemos seguir? —preguntó Orión.

—Evidentemente —murmuró Rosalind, avanzando rápidamente.

Las paredes del callejón eran lo bastante altas para ocultar el sol. Un escalofrío recorrió su cuello mientras se acercaba a Dao Feng y al cadáver junto al que estaba agachado.

Tenía las extremidades extendidas en diferentes direcciones. La cabeza inclinada hacia un lado, en un ángulo extraño con respecto al cuello. Era un trabajo apresurado: quien lo hubiera matado lo hizo deprisa, no había tenido tiempo para atrapar a la víctima e inmovilizarla en el suelo.

—¿Ven esto? —preguntó Dao Feng. Se acercó al cuerpo y le levantó un brazo. El tono de piel ya había adquirido un blanco enfermizo, de modo que el círculo rojo en el pliegue del codo del cadáver prácticamente brillaba—. El sitio de la inyección. Demasiado grueso para haber sido causado por la aguja de los adictos. Demasiado sangriento y supurante para ser una reacción a cualquier droga común, no cuando la mayoría de los estupefacientes en la ciudad han estado circulando sin riesgo desde que los extranjeros las introdujeron.

—Te creemos —dijo Rosalind. Se sentía vagamente asqueada. Era irónico, lo sabía: una asesina remilgosa—. ¿Cuál es el propósito de esto?

—Un simple recordatorio para mitigar la espantosa discusión que escuché hace un rato.

—No fue una discusión —replicó Orión en voz baja. Cuando Rosalind trató de observarlo disimuladamente, descubrió que estaba retorciendo sus mangas con las manos. Orión no podía apartar la mirada del cadáver, un tinte verdoso de disgusto desfiguraba su expresión.

Dao Feng soltó el brazo del cadáver. Éste cayó al suelo con un ruido sordo y lastimero. Ni siquiera parecía real.

—Los periódicos han informado de dos. Según nuestras cuentas, son más de diez, que se remontan a los meses previos, quizás años. Estoy seguro de que hay otros esperando a ser encontrados también, considerando cuántos callejones y recovecos existen dentro y fuera de Shanghái. No piensen que tienen una tarea sencilla porque ya hemos encontrado la cause de muerte de esta gente. Piensen bien antes de que los atrapen, pues ellos simplemente se reagruparán para empezar de nuevo. Actúen sabiamente antes de arrancar todas las asquerosas raíces imperialistas que crecen en el suelo, pues la hierba mala siempre vuelve a brotar cuando se le ofrece las condiciones adecuadas y los diligentes jardineros se confían.

Rosalind se movió, incómoda. Al igual que Orión, dio un paso atrás cuando Dao Feng se incorporó de repente, pareciendo mucho más alto de lo usual.

—Entonces —dijo. El sol desapareció en el horizonte—, ¿están listos para empezar a trabajar?

7

En las afueras de Shanghái había una pequeña tienda de fotografía especializada en retratos de compromiso y bodas. El negocio siempre iba lento, ya que no muchos podían permitirse pagar este tipo de retratos en esa zona, lo que les venía muy bien a las cuatro personas que trabajaban en el local. Día tras día, abrían las chirriantes puertas y preparaban las pantallas de luz para dos o tres clientes que entraban y merodeaban antes de marcharse. La gente del pueblo sólo tenía unas pocas monedas para gastar, más adecuadas para las numerosas tiendas de dumplings y pescaderías que había a lo largo de la calle.

La falta de trabajo no importaba mucho; la tienda nunca comprobaba sus ganancias semanales ni calculaba sus pérdidas. Aunque disponían de excelentes cámaras y sabían cómo montar un retrato en las raras ocasiones en que un cliente recurría a sus servicios, el establecimiento era una tapadera de los agentes comunistas instalados fuera de la ciudad para seguir los movimientos de su enemigo.

—¿Por qué seguimos abiertos? ¿No tienen familia con la que podrían regresar?

La voz sarcástica rugió con fuerza a través de las puertas y Celia Lang, arrancada de su ensoñación con un sobresalto, levantó la vista de donde estaba barriendo. Había estado pensando en sus últimos mapas, los trabajos en curso que el equipo había esbozado para enviar a sus fuerzas militares clandestinas. Su misión se llevaba a cabo en las afueras de Shanghái, en lo que técnicamente era la provincia de Jiangsu, porque había fuerzas nacionalistas de la ciudad reuniéndose en las bases de aquí, preparándose para ser enviadas al campo para las nuevas oleadas de guerra. Los cuatro llevaban ya unos meses en esta tienda, y quizá sólo faltaba un mes para que terminaran sus informes y les asignaran un nuevo destino.

—Por suerte, toda mi familia está muerta —respondió Audrey desde el mostrador—. ¿Cuál es tu excusa?

Oliver atravesó la entrada de la tienda y le dio una patada a la cuña para que la puerta se cerrara tras él. Le lanzó una mirada irónica a Audrey. No lo esperaban de vuelta sino hasta la mañana siguiente, así que había terminado antes en Shanghái o lo habían echado. Conociendo la forma en que Oliver realizaba sus tareas —primero los cuchillos, derribando puertas a patadas, con las botas raspadas—, las dos opciones eran igualmente probables.

Oliver se arremangó. Una bolsa negra colgaba de su mano. Se veía despreocupado cuando apoyó un codo en el mostrador y arrugó la nariz mirando a Audrey.

—Si trabajaras de recepcionista tan bien como lo haces de comediante, el negocio iría viento en popa.

—No me culpes de nuestra falta de facturación —replicó Audrey. Había un posible cliente en un rincón mirando los precios de las películas, pero todos sabían que al cabo de unos minutos volvería a salir a la fresca noche y consideraría esta excursión a la tienda como un simple paisaje más de su paseo nocturno—. Estoy casi segura de que todo el mundo ve tu fea cara y sale corriendo y gritando.

Oliver sólo frunció más el ceño y Celia se dio la vuelta, ocultando la sonrisa contra su hombro.

—¿De qué te ríes?

Celia se mordió los labios. Oliver la vio. Por supuesto que la vio; muy pocas cosas se le escapaban, empezando por la primera vez que se encontraron, en un callejón lleno de obreros que luchaban por la revolución, y él adivinó de inmediato que ella pertenecía a la elite de los Escarlata y que estaba vagando lejos de donde debía estar. Él parecía importante; ella pensó que era uno de los líderes. Una vez que Celia se unió a los comunistas y fue asignada en la célula de Oliver, descubrió que los comunistas lo tenían en alta estima sólo porque era hijo de un general nacionalista, y su deserción en pos del bando contrario significó un poderoso gesto de compromiso.

Aunque ahora *técnicamente* Celia estaba en igualdad de condiciones con Oliver, él estaba en comunicación con sus superiores más a menudo. Ella no sabía por qué seguía yendo a Shanghái, y no preguntaba. No porque no quisiera saberlo, sino porque toda su línea de trabajo se basaba en secretos. Las filtraciones podían surgir en cualquier momento, y era mejor no saber nada si a uno lo atrapaban y torturaban, que tener que morderse la lengua para proteger a sus compañeros.

—Estoy pensando en el café de la Concesión Francesa —respondió Celia, haciéndose a un lado para permitir que el cliente errante mirara los marcos de la pared—. ¿Me trajiste uno?

Aunque Oliver mantenía el rostro inexpresivo, sus ojos brillaron cuando levantó la bolsa que tenía en la mano y sacó un termo. Celia dejó la escoba contra el mueble y caminó hacia él, con los brazos extendidos como si le entregaran un niño.

—Tal vez ya está frío —dijo Oliver—. Aunque hice lo posible por mantenerlo caliente.

Celia se acercó el termo a la cara, disfrutando de su felicidad. Nada importaba en aquel momento: ni la guerra civil, ni su preocupación por su hermana en la ciudad, ni el progreso de su propia misión. Sólo aquel café, que le recordaba los días más sencillos de París, donde Rosalind y ella crecieron, creando su propio mundo.

Audrey murmuró algo desde el escritorio. Celia se sobresaltó y echó un vistazo.

—¿Qué fue eso?

—Ah, nada —Audrey les lanzó un guiño, recogió sus cosas y se dispuso a retirarse a la parte trasera de la tienda, donde todos tenían habitaciones. Ninguno de ellos volvía a su casa. Sólo a refugios improvisados, dependiendo de lo que el Partido necesitara de ellos—. Creo que escuché que Millie me llama, así que les pido que ustedes cierren. Wǎn'ān.

Se marchó a toda prisa, caminando sobre el suelo de linóleo con sus silenciosos zapatos de suela de tela. Desde luego, Millie no llamaba desde la parte trasera porque solía irse a dormir a horas escandalosamente tempranas. Aunque Audrey no repitió lo que había dicho, Celia pensó que había sonado muy parecido a *Eligiendo favoritos, por lo que veo.*

Estaba claro que Oliver también la había escuchado. Miró fijamente a Audrey durante un largo rato antes de relajar la expresión de su rostro. Sólo que, cuando él se movió, dejó ver un destello de algo oscuro bajo el cuello de su camisa, y Celia estiró rápido la mano y lo tomó por la mandíbula para ver mejor antes de que Oliver pudiera protestar.

—¿Qué te pasó?

En la piel de su cuello había terribles arañazos, que continuaban por debajo de su camisa.

—Una pequeña pelea —respondió Oliver. Siempre era impreciso, incluso cuando no había información en riesgo, y eso enfurecía a Celia. Apartó la mano y entrecerró los ojos; Oliver le devolvió la mirada. Al final, aunque Oliver nunca lo admitiría abiertamente, la intimidación de Celia se impuso y él giró las palmas de las manos sin mediar palabra para mostrarle los nudillos, que también exhibían arañazos.

—¿Quieres acabar en el hospital? —su voz subió una octava.

La boca de Oliver se crispó.

—Sólo necesito que atiendas mis heridas, cariño.

—Oh, yo te *daré* algunas heridas que atender.

—Auch, qué dura —apartó las palmas de las manos—. Por favor, no te preocupes por esto. Tuve un pequeño encuentro en la calle, eso es todo.

—¿Enemigos? —preguntó Celia. *Nacionalistas,* quiso decir, sin pronunciar las palabras en voz alta, como si la sola mención invocara su presencia.

Oliver no contestó. Le dio un apretón en el codo antes de pasar a su lado.

—Me voy a escribir una misiva. ¿Necesitas algo?

—No —resopló Celia. Se obligó a deshacerse de parte de su enojo—. Gracias por el café.

Oliver le dedicó una sonrisa contenida y desapareció en la parte trasera de la tienda. Al quedarse sola, Celia tomó un trapo y empezó a limpiar, sacudiendo los cristales y retirando el polvo que se acumulaba, después de un largo día sin hacer nada. Había empezado a acostumbrarse a estas rutinas diurnas. Por mucho que la propaganda nacionalista los hiciera parecer espías competentes salidos de una película de Hollywood, ser agente comunista no implicaba más que dibujar mapas, contar los tanques que llegaban cada semana y, en raras ocasiones, escabullirse en mitad de la noche cuando las divisiones del ejército del Kuomintang avanzaban por el camino principal de la ciudad para determinar el próximo lugar de asentamiento de su ejército. Los comunistas habían pasado a la clandestinidad. No les serviría de nada llamar la atención. Lo único que se esperaba de ellos era que se hicieran pasar por gente común, porque de lo contrario los descubrirían, y su número estaba disminuyendo. Celia estaba segura de que su hermana correteaba por ahí, cortando más gargantas como agente encubierto del gobierno en turno.

—Hey.

Celia miró por encima del hombro y sus dedos se detuvieron en uno de los pestillos de la puerta. En cuanto vio que se trataba de Audrey, apoyada en una vitrina, Celia volvió a cerrar. Primero colocaría el lado izquierdo y cuando saliera el último cliente aseguraría el lado derecho.

—Pensé que ya te habías retirado a tu habitación.

—Todavía es temprano —respondió Audrey. Volteó a la parte trasera para asegurarse de que Oliver no saliera a regañarla—. ¿Sabes para qué fue el cascarrabias a la ciudad?

—Por "cascarrabias", he de suponer que te refieres a Oliver —dijo Celia con ironía—. No lo sé. ¿Y tú?

Audrey chasqueó la lengua.

—Por eso *te* lo pregunto, Celia.

La puerta izquierda encajó en su sitio. El pestillo se oxidaba mucho más cuando las temperaturas eran más altas.

—¿Por qué supones que tengo información sobre él?

—¿Qué tanto susurran siempre los dos? No me digas que son cosas románticas.

Celia le lanzó a Audrey el trapo sucio que tenía en la mano. La chica gritó y lo apartó de su cara antes de que cayera al suelo.

—Yo me ocupo de mis asuntos —respondió Celia.

Con un suspiro, Audrey recogió el trapo y lo hizo girar en círculos mientras caminaba detrás de Celia, sin hacer nada para ayudarla a cerrar. En el equipo nadie sabía nada del pasado de sus compañeros; Celia no podía imaginar cómo alguien tan perezosa y bocona como Audrey había llegado a convertirse en agente comunista. Millie y ella eran novatas y habían sido asignadas a esta tarea más como entrenamiento que como otra cosa. Pronto serían trasladadas a otro lugar; era más seguro decir menos sobre cómo habían acabado allí, no fuera a ser que alguien los traicionara y erradicara a toda la célula. Sólo Oliver lo sabía todo sobre Celia —incluido el hecho de que no había nacido con el nombre de Celia, ni con el de Kathleen—, y eso se debía a que se habían conocido mucho antes, habían pasado años juntos desde el primer estallido de la guerra civil. Para los demás, Celia se limitaba a presentarse como Celia —o Xīlìyà entre la multitud, enteramente china— y no contaba nada más.

Bueno... suponía que la mayoría de sus superiores sabían que Celia alguna vez había estado asociada a los Escarlata, lo que había sido más una cuestión de necesidad que de elección. Sólo que seguían suponiendo que Celia era un alias y Kathleen su verdadero nombre, cuando en realidad lo contrario era cierto. Tenía las manos atadas: después de la primera revolución, cuando el humo se disipó y el polvo se asentó sobre la ciudad, empezaron a circular por Shanghái carteles pintados de los niños Escarlata para levantar la moral. Aunque sólo fuera para evitar que sospecharan de ella como desleal, Celia dijo a los superiores indicados que antes era conocida como Kathleen Lang y que había sido la mano derecha de la heredera de los Escarlata.

Esperaba ser recibida con horror. En cambio, había recibido casi el mismo trato que Oliver cuando desertó de los nacionalistas. Pensaban que se había alejado de la Pandilla Escarlata y que había elegido una causa más justa. Pensaban que eso la volvía digna de confianza. Si supieran que no le había costado mucho hacer las maletas y abandonar su casa. Había regresado a la mansión Cai y permanecido ahí durante meses después de cambiar de bando, callada, con sus lealtades mantenidas en secreto. Cualquiera podría haber pensado que se necesitaba una pelea y una lucha explosiva para marcharse, pero sólo tuvo que salir por la puerta y nadie se lo impidió. La Pandilla Escarlata llevaba tiempo perdiendo el control, poco a poco. Como el hilo suelto de una bufanda, que se engancha una y otra vez en cada objeto punzante por el que pasas, hasta que un día te das cuenta de que ya no llevas nada alrededor del cuello.

Celia dejó poco al salir. Su hermana también se había estado preparando para irse. Su prima —su mejor amiga— ya estaba… en otra parte.

—¿Segura que no sabes nada? —preguntó Audrey una vez más.

—Aunque lo supiera —replicó Celia, haciendo sonar las llaves de la tienda, mientras ordenaba el caos que Audrey había dejado en el mostrador—, lo borraría de mi cerebro. No necesito saber nada que no sea pertinente para la misión que tenemos entre manos.

Aunque los comunistas la habían aceptado como una antigua Escarlata, lo grave de ese dato era que también revelaba que era hermana de Rosalind Lang. Los comunistas tenían espías entre los nacionalistas: eso era un hecho que todo el mundo reconocía abiertamente. Por mucho que intentaran expulsar a los agentes dobles cada cierto tiempo, había comunistas infiltrados en algunos lugares, desviando información sobre el Kuomintang que incluso algunos miembros del Kuomintang desconocían. Como el hecho de que su rama secreta tenía un arma, una chica que no podía dormir ni envejecer, que podía golpear a sus enemigos sin cansarse. Como el hecho de que la chica se llamaba Janie Mead y era una agente normal, pero la cúpula de los comunistas hacía tiempo había descubierto que en realidad era Rosalind Lang y que extraños productos químicos corrían por sus venas. A veces, Celia recibía peticiones para que informara sobre las acciones de Rosalind en la ciudad. Cada vez daba la misma respuesta: *No sé nada. Ya no estoy en contacto con Rosalind Lang; ni ella aceptará estar en contacto conmigo.*

Todo era mentira, por supuesto. Celia podía ser leal a los comunistas, pero su primera lealtad era mantener a salvo a su hermana.

Audrey dio un pisotón, fingiendo disgusto.

—¿Cómo sabes que no es pertinente? He escuchado que a Oliver le asignaron el control de Sacerdote.

Celia levantó la cabeza.

—*¿Qué?*

—Ah —Audrey curvó el labio—. Así que, después de todo, los chismes llaman su atención, señorita Altanera.

—Algo así no es un simple chisme —Celia miró hacia el pasillo, como si Oliver fuera a salir en cualquier momento.

Sacerdote. A los agentes en misión siempre se les asignaba un nombre en clave para que sus superiores hablaran de sus progresos sin revelar la identidad del agente, por si esa información salía a la luz y los nacionalistas iban tras ellos. Y, desde luego, la información circulaba continuamente. Así fue como todo su grupo clandestino supo que Sacerdote era su asesino más famoso, un francotirador que nunca fallaba.

Celia no estaba lo bastante arriba como para saber quién era Sacerdote. Ella no había considerado que Oliver lo estuviera, y mucho menos que lo *controlara*.

—Pareces sorprendida —comentó Audrey.

Sorprendida, con una pizca de preocupación por el bien de su hermana. Siempre estaba preocupada por su hermana, pero sobre todo cuando se hablaba de otros asesinos. La identidad de Rosalind se había filtrado aquí y allá en ciertos lugares. La de Sacerdote era un asunto ultrasecreto. Si Sacerdote iba en busca de Rosalind en un acto de guerra, Rosalind ni siquiera lo vería venir.

Celia le arrebató el trapo sucio.

—¿No tienes mapas que dibujar? Fuera.

De buen humor, Audrey dio un paso atrás antes de que Celia la golpeara con el trapo una vez más.

—De acuerdo. Pero dime si…

De repente, se oyó un ruido seco que sobresaltó a Celia. El cliente golpeó con el codo una de las cámaras. Celia no le habría dado importancia, pero en su prisa por acomodar el desorden causado, el cliente levantó los brazos y dejó al descubierto un fino cable que llevaba en el bolsillo del pantalón.

—¡Hey!

Con dos largas zancadas, Celia se acercó a él. Con una mano agarró con firmeza el brazo del cliente y con la otra tomó el cable. Lo arrancó de cuajo y el dispositivo rectangular emitió un sonido seco antes de salir del bolsillo. Una chispa zumbó por su dedo, la carga eléctrica fue tangible al correr de un extremo del micrófono al otro extremo del enchufe.

Audrey se precipitó hacia el aparato, lo tomó y le dio un rápido vistazo. Había un logotipo nacionalista claro y evidente estampado en una de las caras: el sol azul y blanco resplandeciente. Incluso en sus materiales de espionaje, debido a su gran ego, colocaban identificadores oficiales en todo.

—Un transmisor —dijo Audrey—. Treinta segundos de retraso para quienquiera que esté al otro lado, supongo.

Levantó la vista y se encontró con la mirada de Celia, visiblemente aliviada. Todo lo que habían dicho y que podría dañarlas había sucedido en los últimos treinta segundos. Por supuesto, eso no solucionaba el problema de que el cliente lo hubiera escuchado…

El hombre se zafó de Celia y se lanzó hacia la puerta.

—Lo tengo —declaró Audrey, echando a correr—. ¡Ve por Oliver!

—*Merde* —murmuró Celia en voz baja. Aquí estaba ella, pensando que sería una noche tranquila—. ¡Oliver!

Corrió hacia la parte trasera y se detuvo ante la puerta de su habitación.

—Oliv…

Todavía no tocaba la puerta cuando Oliver la abrió de un tirón, con cara de preocupación.

—¿Por qué tanto alboroto…?

—Encontramos un fisgón. Nacionalista.

Oliver se puso en marcha de inmediato. Siempre iba por el mundo como si la guerra le pisara los talones, y eso sólo se intensificaba cuando en verdad existía una amenaza de peligro. Celia no se quedó atrás, salió a toda prisa por las puertas de la tienda y revisó los alrededores. Audrey tenía al hombre tirado en el suelo junto a la acera. Él tenía las manos muy quietas, mientras ella le apuntaba con la pistola a la cabeza.

A esas horas no había nadie para dar testimonio. En las ciudades, la gente prefería permanecer en casa, era demasiado peligroso salir cuando los soldados podían patrullar por la noche y hacer lo que quisieran.

Oliver se acercó a la escena con las manos en la espalda. El cuello de su camisa ondeó con la brisa, uno de los botones estaba desabrochado.

—Bueno —dijo—. ¿Qué pasó aquí?

—No soy un agente —jadeó el hombre en el suelo—. Alguien quería que vigilara todas las tiendas de la ciudad para eliminar a cualquier agente sospechoso. No he obtenido nada, ¡lo prometo!

—El mero hecho de que nos des explicaciones indica que sabes que somos los actores sospechosos que están buscando —dijo Oliver con ironía—. ¿Audrey? ¿Qué escuchó?

Visiblemente, Audrey contuvo una mueca de dolor.

—Yo estaba hablando de Sacerdote —respondió.

—¡No diré nada! —insistió el hombre—. ¡No sé lo que significa nada de esto! Puedo callarme. Puedo mantener la boca sellada como una tumba.

Celia se acercó lentamente, se paró detrás de Oliver y le colocó la mano sobre el brazo con cuidado.

—Es verdad. No escuchó mucho. Nada que pudiera ser devastador.

Oliver permaneció callado. Sopló una fuerte ráfaga de viento, aullando con agudo fervor, y el sonido se enroscó alrededor de los tres agentes que permanecían en una tensa formación. La ciudad parecía insistir en gemir para compensar el silencio de Oliver.

Audrey vaciló y bajó su arma.

—No sería tan grave si lo dejáramos ir…

Antes de que ninguno se diera cuenta, Oliver sacó su pistola del bolsillo y le disparó al hombre en la frente. El disparo sonó fuerte, tan rápido, que podría haber sido imaginario. Celia brincó y sintió una leve salpicadura húmeda en la mejilla.

El hombre se desplomó en cámara lenta. El murmullo nocturno se apresuró a llenar el vacío que había dejado el disparo, las hierbas bajo sus pies se agitaron con el sabor de la sangre que corría y el río cercano siseó, como si preguntara si podían alimentarlo con el cadáver. Celia exhaló despacio, con las manos temblorosas bajo las mangas.

—¿Nuestras identidades están a salvo? —preguntó Audrey, interrumpiendo la noche—. Lo siento…

—Estamos bien —dijo Oliver. Se limpió la salpicadura de sangre de un lado de la cara—. No llegó a mayores. No vuelvas a meter la pata. No hables de nada delicado mientras otros estén cerca y puedan escucharte.

Audrey se miró los pies. Había evitado las salpicaduras.

—Yo también debería haberlo sabido —dijo Celia amablemente—. No te sientas tan mal.

Aunque esas palabras no cambiaron la situación, Audrey asintió en agradecimiento. Oliver parecía en desacuerdo con que Celia asumiera parte de la culpa, pero no lo expresó. Cuando la luna se ocultó tras una nube, añadió:

—Vuelve adentro, Audrey. Celia y yo nos ocuparemos de esto.

Audrey volvió a asentir enérgicamente. Se apresuró a marcharse sin más discusión, entró en la tienda y apagó las luces del interior.

—No fue un desliz terrible —dijo Celia en cuanto Audrey se fue—. Utilizó tu nombre de pila inglés, pero ya eres un agente conocido.

Ni Celia ni Oliver tenían nombres clave cuando estaban asignados a las afueras. No era necesario, mientras su trabajo estuviera relativamente fuera del radar; ningún superior hablaría de sus progresos con frecuencia.

—Esta vez no ha sido un desliz terrible, pero si se acostumbra a hablar cerca de espías, va a lograr que la detengan y la torturen —Oliver se arremangó aún más e hizo una mueca al ver otra mancha roja en el borde de la manga. Sacó un pañuelo del otro bolsillo, donde no guardaba la pistola, pero en lugar de limpiarse primero la cara, se lo dio a Celia—. No seas tan suave con ella, cariño. En esta unidad se entrenan agentes, no bebés.

Celia tomó el pañuelo con cautela.

—Sólo tiene quince años.

—Nosotros también tuvimos quince años alguna vez, pero no eramos descuidados. Por eso estamos vivos —Oliver se inclinó para asir los tobillos del muerto—. Ahora, ayúdame, por favor.

8

Él se mudó esa misma noche.

Rosalind lo vio desempacar sus cajas, inspeccionar cada objeto de su interior antes de depositarlo en su departamento como si fuera la primera vez que veía esa pertenencia. Quizás él no había empacado. Tal vez los criados de su gran casa habían sido los encargados de recolectarlo todo para el shàoyé, y apenas ahora se acordaba de que poseía una figurita dorada de un gallo. Ella no entendía cómo repasaba todas sus cosas con tanta minucia, mientras hablaba a cinco mil palabras por minuto. Su boca no había dejado de moverse desde que había entrado.

Ni una sola vez.

—... confía en mí en esto. La extracción de información es una de mis mejores habilidades. Si seguimos mi ejemplo, acabaremos con esta misión en semanas, un mes *como mucho.*

—Ajá —dijo Rosalind, sin creerlo en verdad. Tenía una pluma en la mano, sobre una carta a medio escribir.

—Futoshi Deoka supervisa la sucursal de Seagreen Press en Shanghái, así que la probabilidad de que dirija el complot terrorista es alta, ¿no? He oído que es una persona increíblemente ordenada.

¿Y sabes lo que eso significa? Un rastro de papel. Debemos dirigir nuestra atención adonde podría estar almacenada la información confidencial dentro de la agencia, porque seguramente él la resguarda. Cajas fuertes. Armarios cerrados…

Rosalind se preguntó cuándo sería el momento apropiado para desconectarse de él. Tenía que escribirle a su hermana y no podría recordar cómo se escribía Manchuria en francés si en su departamento se arremolinaba un incesante torrente de tonterías. Ocultó la carta con el brazo, bloqueando estratégicamente los garabatos de su escritura.

Rosalind reanudó. *Mandchourie*, decidió, y trazó un pequeño tren al final del párrafo para marcar el corte de la sección. Continuó con energía: *Ahora, en lugar de una nueva tarea, me han asignado un trabajo encubierto en Seagreen Press, el periódico japonés de Shanghái. Seguro que has visto las noticias sobre los asesinatos en Shanghái; el Kuomintang cree que son una conspiración japonesa originada en Seagreen. Dicen que todo está conectado: las muertes, la invasión que avanza lentamente. No hay duda de que tenemos que empezar a temer lo que viene del exterior del país…*

Una sombra cayó sobre el papel y Rosalind levantó la cabeza, arrastrando la pluma por la página. La habitación estaba en silencio. En algún momento, Orión Hong había dejado de hablar sin que ella se diera cuenta.

—Ah, no te preocupes —dijo Orión, con el dejo de una sonrisa en los labios. Estaba mirando la pila de libros junto a ella—. *¿El jinete misterioso*? Qué americana eres…

—No lo toques —espetó Rosalind. La irritación se encendió en su estómago. Su departamento no era grande: la cocina y la sala eran contiguas, decoradas sólo por la mano de Lao Lao. En el dormitorio, había pocas paredes y el suelo estaba ocupado en su mayoría por libros sobre toxicología. Orión era un intruso en medio de todo, que no encajaba entre los cuidadosos arreglos.

No es que quisiera detestar a Orión Hong. No es que supiera mucho de él ni que tuviera nada con lo que discrepar a un nivel fundamental, aparte del hecho de que posiblemente fuera un simpatizante imperialista. Le desagradaba sobre todo porque estaba allí, invadiendo su espacio y su trabajo. Necesitaba confiar en él para el éxito de la misión, y él necesitaba contar con ella, y ese hecho vital la irritaba sobremanera. Odiaba tener que depender de otra persona.

Orión levantó una ceja.

—¿No debo?

Rosalind le apartó la mano de un manotazo en cuanto él la estiro para tomar el libro. De algún modo, ella sabía que la desafiaría.

—Si tocas mi escritorio, te mato —dijo en tono ácido—. ¿Sabes qué? Si mueves algo, te mato. Si llegas a *respirar* cerca de lo que no deberías ni ver, te...

—¿Me matas? —terminó él.

Rosalind dio vuelta a la hoja de papel. La tinta se había secado lo suficiente para ocultar las palabras sin manchar su trabajo.

—Qué bien que lo hayas entendido tan rápido.

Orión pasó un dedo por su escritorio. Una fina capa de polvo se separó, formando una línea recta sobre la madera: una barrera entre los dos.

—¿Y si *te* toco?

Algo en Rosalind llegó a un punto de quiebre, un dique en su resentimiento se abrió en canal. ¿Tenía que burlarse de todo? ¿Cómo era posible que el mejor espía de los nacionalistas para esta misión tuviera *este* comportamiento?

—Nunca olvides que estás hablando con otro agente —espetó—. Te destriparé vivo antes de que me veas llegar.

Orión reaccionó con desenfado y echó la cabeza hacia atrás con una carcajada. Rosalind hablaba *en serio*. Había sangre invisible impregnada en las palmas de sus manos, ¿acaso él no podía olerla? Cada vez que Rosalind inspeccionaba sus propios dedos, sentía como si hubiera algo resbaladizo y viscoso que la cubría hasta las muñecas. Parecía imposible que los demás no lo percibieran, que los hombros que rozaba mientras se abría paso entre la multitud no se apartaran de inmediato al sentir su hedor férrico.

—Entendido —dijo Orión, con una mueca. Se apartó del escritorio y se metió las manos en los bolsillos—. Debo irme ya. No te quedes despierta por mí, amada esposa.

Rosalind echó un vistazo al pequeño reloj que sonaba a su lado. Arrugó las cejas.

—¿Te vas a esta hora?

—Asuntos operativos ultrasecretos —respondió al empujar la puerta corrediza del dormitorio.

—¿De qué estás hablando? —le gritó Rosalind—. ¡Eh! ¡Hong Liwen!

Orión desapareció. Rosalind golpeteó con las uñas la superficie de su escritorio. Tal vez Dao Feng le había encomendado a su falso marido alguna otra tarea que ella desconocía. Tal vez Rosalind debería seguirlo.

El silencio inundó el dormitorio. Con un resoplido exasperado, Rosalind recuperó su carta y volvió a poner la hoja boca arriba. Por desgracia, parte de la tinta de la parte inferior se había corrido, pero la letra seguía siendo legible. Dobló el papel, lo guardó en un sobre y escribió la dirección de Celia.

Rosalind la enviaría al día siguiente. Cuando soltó la pluma sintió un dolor sordo detrás de los ojos, pero no dormiría. Ya había olvidado qué se sentía necesitar descansar, levantarse y acostarse con la rutina doméstica de una gran familia. Las mañanas con el tintineo de los platos, las tardes con el sonido de las fichas de mahjong que salían del salón, las noches con el personal de la casa poniendo la radio a todo volumen mientras limpiaban el polvo de las cocinas y se preparaban para retirarse.

No había disfrutado la vida en la mansión Escarlata. La verdad, había odiado gran parte de su estancia ahí. Pero había sido un consuelo estar rodeada de ruido, saber que había almas vivas en las habitaciones contiguas que la arrastraban en una corriente constante de movimiento… hacia adelante.

Cuando la noche caía en este departamento, el silencio era siempre lo más horrible, como si la oscuridad amortiguara todo lo que cubría. Sus propios pensamientos eran el ruido más fuerte en kilómetros a la redonda, revoloteando unos sobre otros hasta que sólo escuchaba un zumbido entre sus oídos.

Rosalind se levantó de su asiento y enroscó un mechón de cabello en su dedo. Recorrió lentamente su escritorio y luego se dirigió a los cajones, donde Orión había colocado la figurita del gallo entre su fila de perfumes. Le dio un empujón al animal dorado, apartándolo de la precaria esquina de sus cajones. Orión se lo merecía si su tonta baratija se caía y moría como un gallo, pero quedarían fragmentos en el suelo. Mejor salvarlo ahora o…

Rosalind se detuvo y sacudió la figurita. Había algo dentro.

Con cuidado —por si rompía el gallo y la atrapaban *in fraganti* husmeando, justo después de advertirle a Orión que no tocara *sus* cosas—, hurgó con los dedos alrededor del vientre del gallo, buscando algún tipo de abertura. Lo hizo durante un rato sin resultado alguno, hasta que le golpeó la nariz y se formó una grieta a lo largo de las alas, dejando que se desprendiera toda la cabeza.

—Y ahora, ¿qué es esto?

Rosalind sacó el objeto que había dentro. Parecía una hoja de periódico, arrugada hasta formar una pequeña bola. No quiso alisarla para que Orión no se diera cuenta de lo que había hecho, pero levantó una esquina y vio que se trataba de la página seis de un número del semanario *Shanghái Weekly*. Rosalind empujó la esquina un poco más, revelando la línea superior con la fecha de edición: *Miércoles, 16 de febrero de 1927.*

Empujó la esquina hacia abajo, devolvió el papel arrugado a la figurita y encajó la cabeza en su sitio. Colocó el gallo donde estaba antes, tan cerca del borde como Orión lo dejó.

Shanghái Weekly. Había visto ese periódico en la puerta de Lao Lao, y por la naturaleza del rol de Lao Lao como guardiana de la información, la anciana archivaba todos los números en sus armarios. Tal vez incluso conservara esta impresión exacta de hacía cuatro años. Rosalind se apartó el cabello de la cara y se apresuró a atravesar su departamento, bajó la escalera con estrépito y apareció delante de la puerta de su casera. Cuando golpeó con la mano la delicada madera, se oyó el chillido repentino de un niño y el sonido de pasos rápidos hacia la puerta.

—Xiao Ding, *no* abras la…

La advertencia de Lao Lao llegó demasiado tarde. Su nieto ya había abierto la puerta de par en par, y una de sus regordetas mejillas se asomó por el hueco.

—He venido a comerte —declaró Rosalind, quien se agachó y tomó al niño en brazos. Xiao Ding chilló de alegría, dejando que Rosalind fingiera que le mordía la cara, mientras ella entraba al departamento. Lao Lao apareció por la esquina y respiró aliviada cuando entrecerró los ojos y reconoció a Rosalind.

—Ah, eres tú. ¿Ya comiste?

—Me lo acabo de comer —Rosalind le entregó a Xiao Ding, boca abajo como si estuviera arreando ganado—. Un poco crudo, pero no te culpo.

Xiao Ding soltó una risita. Lao Lao lo cargó y le murmuró otra advertencia sobre salir corriendo.

—Quería echar un vistazo a tus periódicos —dijo Rosalind, ya caminando hacia los armarios de la sala. Comparado con el de Rosalind, el departamento de Lao Lao era un mundo completamente distinto. Las paredes eran una explosión de color rojo y dorado, y el poco espacio que no estaba cubierto de carteles de personajes auspiciosos estaba decorado con marcos de cuadros o jarrones de flores colocados sobre los cajones y las repisas.

También había ruido. Mucho ruido, atribuido sobre todo a los otros dos niños pequeños que luchaban bajo la mesa del comedor. Mientras Lao Lao se ocupaba de los boxeadores, Rosalind se agachó para examinar los montones de periódico que había dentro de las vitrinas.

—¿Tienes el *Shanghái Weekly* de 1927? —le preguntó Rosalind distraída. Sólo podía ver el del año en curso.

—Tengo todos hasta 1911, bǎobèi. Sigue buscando.

Rosalind continuó. Pasaron minutos de una búsqueda minuciosa antes de que sintiera la presencia de Lao Lao acercándose detrás de ella.

—¿Lo encontraste?

—¿Por qué tenía que ser el *Shanghái Weekly* y no el *Shanghái Monthly*? —murmuró Rosalind a regañadientes como respuesta. Al menos, no era el *Shanghái Daily*.

Lao Lao también se puso en cuclillas y sus ancianas rodillas chasquearon.

—¿Qué buscas? ¿Tomaron una foto tuya en 1927?

No era probable. En febrero de 1927, Rosalind se escabullía por los bares de los territorios que no estaban controlados por ninguna de las dos bandas que gobernaban Shanghái, con el corazón latiendo a mil y la piel erizada por la emoción de sus actividades ilícitas. Ahora, las náuseas la atenazaban y la apretaban como una liga cada vez que recordaba aquellos meses, pero la reacción visceral era obra suya. Sólo podía culparse a sí misma.

—Eres Dimitri Voronin, ¿verdad? —ella había sido la primera en nombrarlo una noche cálida cuando el verano de agosto se estaba desvaneciendo. Él se había dado la vuelta y la había mirado de arriba abajo con sus ojos verdes; y ella sólo había creído que sería divertido, un desplante contra la enemistad de sangre de la Pandilla Escarlata. Ella no era una Cai. No le importaban los Montagov. No le importaba rechazar a los Flores Blancas.

—Te conozco —dijo él en aquel entonces—. ¿Verdad?

—¿Sí? —respondió Rosalind, llevándose una copa a los labios—. Dime lo que sabes.

Todo fue diversión y juegos hasta que ella llegó a amarlo. Hasta que se salió de control, porque Dimitri estuvo jugando con cuidado, guiándola con sus brazos alrededor de ella, fingiendo un suave abrazo para ocultar el momento en que éste se convertiría en cadenas.

—Quiero ser tu amigo, Roza —prometió meses después, en aquella fría noche de invierno. El aliento era visible en el aire cuando recorrían los callejones, dando vueltas sin parar mientras hablaban libres de miradas indiscretas—. Quiero ser tu amigo más querido.

¿Qué clase de persona tendría la indecencia de decir esas palabras sin en realidad desearlo ni un poco? ¿Qué clase de persona dedicaría todo ese tiempo a ganarse su confianza hasta convertirla en su amante, para luego tener poder sobre ella?

Ahora lo sabía, por supuesto. El mismo tipo de persona que nunca la amó, que la estuvo utilizando para obtener información sobre la Pandilla Escarlata. El mismo tipo de persona que habría destruido esta ciudad si su primo, Roma, no lo hubiera detenido. Saber que estaba muerto no la hizo sentirse mejor. No detuvo la náusea de los recuerdos ni la opresión en la garganta. Ella era una de las pocas personas que seguían vivas después de haber quedado atrapada en el destructivo camino de su examante. Entonces, ¿por qué se seguía sintiendo como una de sus víctimas?

Rosalind suspiró y hojeó la siguiente pila de periódicos.

—No estoy buscando mi foto. ¿Te enteraste de que ahora tengo un falso marido?

—Sí, me enteré. ¿Es guapo?

Rosalind puso los ojos en blanco y examinó el siguiente montón.

—Es una molestia, eso es lo que es. Tengo la sensación de que oculta algo importante, pero este número del periódico podría arrojar algo de luz al respecto.

Lao Lao extendió las manos y tomó algunos de los montones de periódico que Rosalind estaba moviendo para poder ver el fondo del armario. Lao Lao los dejó en el suelo, con los brazaletes de jade que llevaba en las muñecas tintineando una melodía, y mantuvo el orden de las pilas de periódicos mientras Rosalind buscaba.

—¿Qué estaría escondiendo?

—Ni idea —respondió Rosalind—. Sólo sospecho de él.

—Shalin, tú sospechas de todo el mundo.

Rosalind lanzó un gesto de disgusto a Lao Lao.

—No es verdad.

Lao Lao sacudió la cabeza sabiamente.

—El mundo funciona a base de amor, no de sospechas.

Con un bufido, Rosalind miró la última pila, al fondo del armario. El amor era una maldición. Nunca salía nada bueno de él.

—Ajá. Encontré la pila de 1927.

Los ejemplares de febrero ya estaban en lo alto de la pila, así que Rosalind hojeó los números y escudriñó las fechas. Lao Lao revoloteaba sobre su hombro, ignorando otro grito de uno de los niños pequeños, antes de que se oyera un fuerte estruendo procedente de la cocina. La anciana exhaló un largo suspiro y se incorporó despacio.

—Dame un momento... ¡Xiao Man! ¡Baja de ahí!

Rosalind apenas notó que Lao Lao se alejaba. Estaba demasiado ocupada contando las semanas hasta que por fin encontró la correcta: miércoles 16 de febrero. Con tres rápidos movimientos del dedo pasó a la página seis, ansiosa por ver qué había inspirado a Orión a arrancar una página entera y esconderla en una figurita.

—Mmm...

HONG BUYAO DETENIDO COMO SOSPECHOSO DE TRAICIÓN

Rosalind leyó el artículo, pasando por alto detalles aburridos sobre transferencias monetarias y facturas, antes de detenerse en un párrafo al final.

> "Mi padre es inocente", dijo su hijo Hong Liwen, de 17 años, en la puerta de su casa el domingo pasado. "Ninguno de ustedes sabe de lo que están hablando." Cuando se le preguntó por la declaración pública de Hong Lifu de que su padre era culpable, Hong Liwen no hizo ningún comentario sobre el tema de su hermano mayor.

—¿Encontraste lo que buscabas? —preguntó Lao Lao, dejando a los niños en el sofá.

—Sí —respondió Rosalind—. Aunque no me aclaró mucho.

No sabía qué esperaba encontrar. Tal vez un artículo que dijera que Orión era un asesino convicto que había escapado de su celda y necesitaba ser arrestado de inmediato. ¡Qué lástima!

Mientras Lao Lao controlaba a sus nietos, Rosalind ordenó los armarios y colocó cada pila de periódicos en su lugar. Se quedó pensativa, rumiando el titular. Por muy incriminatorio que fuera haber sido arrestado por traición, eso difícilmente convertía a alguien en un verdadero hanjian. Muchos funcionarios nacionalistas colaboraban con extranjeros para obtener beneficios extra. Por esa razón la ciudad había sido invadida por los imperialistas.

—¿Segura que no quieres comer?

—Estoy bien —dijo Rosalind por encima del hombro, dirigiéndose a la puerta—. ¡Ya voy a subir!

Después de despedirse de la casera y los niños, Rosalind subió las escaleras y frunció el ceño al entrar en su departamento. Orión no había regresado, pero ella no esperaba que lo hiciera. Supuso que podría aprovechar el tiempo mientras él estaba fuera para preparar veneno y dejar el departamento apestando. No tenía una mejor manera de pasar el tiempo.

Nunca le había gustado el lapso entre un objetivo y otro porque no sabía cómo pasar las noches si no era deslizándose por las calles y vigilando la casa de algún objetivo. Rosalind tendría que acostumbrarse a esto. Mientras durara la misión, no sería una asesina, sino una espía, lo que significaba que estaría a largo plazo entre diferentes objetivos.

Tomó las plantas secas que tenía escondidas en el fondo de la cocina y revisó las etiquetas a la luz. Prepararía un tranquilizante no letal. Podría ser útil considerando al extraño que tenía en su casa.

Sin embargo, con sus antecedentes, tal vez necesitaba hacer algo más fuerte.

—No me engañarás —murmuró Rosalind en voz baja, mirando fijamente la figurita del gallo cuando volvió a entrar en la habitación. Por el bien de la subsistencia de su país, los nacionalistas la habían emparejado con Orión Hong y les habían pedido que trabajaran juntos.

Dejó caer las plantas secas en un cuenco. Luego tomó la macilla del mortero y golpeó el recipiente con todas sus fuerzas.

Por el bien de su país, trabajaría con él. Se haría la simpática, lo dejaría entrar en su departamento, fingiría un romance.

Pero no había posibilidad de que bajara la guardia ni un segundo.

Nunca más.

9

Orión entró a paso ligero en el restaurante de dos pisos, con las mangas hasta los codos. Detrás de él, Silas Wu se esforzaba por seguirle el ritmo y se acomodaba los gruesos lentes sobre la nariz cada pocos segundos, cada vez que se deslizaban por el esfuerzo.

—No puedo creer que me hayas arrastrado a esto —resopló Silas—. Yo también soy un agente, *no* tu chófer.

—Y como agente —respondió Orión, lanzando una breve mirada por encima del hombro para asegurarse de que su mejor amigo seguía el ritmo—, necesito que me ayudes mientras fingimos beber y socializar.

En circunstancias normales, Tres Bahías no era su lugar preferido para beber y socializar. La gente era demasiado vieja y el lugar estaba lleno de políticos. Lo que significaba que era el lugar al que acudía su padre cuando tenía tiempo libre por las tardes, y el lugar donde Orión tenía más probabilidades de encontrarlo.

—¿No podías haberte puesto un sombrero y venir solo? —refunfuñó Silas. Se limpió los zapatos en la alfombra roja del vestíbulo y arrugó la nariz ante las peceras colocadas junto a los tableros de los menús—. Estoy dispuesto a apostar a que nadie está poniendo la suficiente atención como para reconocerte hablando con tu padre.

—Voy a lo seguro. Ahora tengo un nuevo alias. No puedo ser un Hong.

—¿Así que me llevas a todas partes como un mayordomo? No te soporto.

Orión se aguantó la risa, divertido por el torrente de quejas de Silas.

Tal vez fuera descortés de su parte, pero Silas perdonaría el asunto en cuestión de minutos. Orión se negaba a tomarse en serio casi todo, y Silas se tomaba todo *tan* en serio que se compensaban. Así funcionaban las ecuaciones, ¿no?

—¿Eres mi chófer o mi mayordomo? Decídete.

Silas enseñó los dientes. Parecía un pomerania fingiendo ser un perro guardián.

—Te lo haré saber…

—Además, ¿qué dicen los comunistas? —interrumpió Orión, dando una palmada en la espalda de Silas mientras subían las escaleras. La gran estructura de madera giraba en semicírculo antes de llegar al segundo piso, serpenteando alrededor de una fuente de mármol donde una criatura marina desnuda surgía del agua—. ¿No tienes nada que perder más que la cara?

Silas lo miró con recelo. A pesar de la diferencia de edad, habían sido unidos como hermanos desde que los enviaron juntos a la escuela en Inglaterra: Orión a los nueve años y Silas a los cinco, viviendo bajo el mismo techo porque sus padres los habían puesto con el mismo tutor. A Orión no le importó el nuevo estilo de vida. Silas, en cambio, creció odiando su estancia en Occidente. En su opinión, lo habían alejado de una infancia perfecta en casa, así que se portaba mal pateando el piso durante las clases y llorando por las noches, con la esperanza de que sus padres se apiadaran de él y lo llevaran de regreso. No funcionó. Cuando creció, y llorar dejó de ser una opción, Silas se propuso terminar sus estudios lo antes posible, y siempre que podía los adelantaba.

Regresó casi al mismo tiempo que Orión. Semanas después, ya tenía trabajo: agente de la rama encubierta del Kuomintang. Silas publicó un artículo de opinión tan mordaz en uno de los principales periódicos de Shanghái, condenando a los extranjeros y a la élite nativa por valorar la educación occidental por encima de la propia, que llamó la atención del Kuomintang. Por aquel entonces, aunque Orión conocía la existencia de la rama encubierta a través de su padre, el reclutamiento de Silas fue lo que dio a Orión la idea de trabajar también para ellos.

Y aquí estaban.

Con los años que pasaron juntos, golpeados por su tutor con una regla si se equivocaban en una respuesta, y luego de los años posteriores, corriendo por ahí y jugando a la política, Silas ciertamente sabía que Orión no erraba por falta de conocimiento. Orión estaba siendo un idiota a propósito.

—No tienes nada que perder, salvo tus cadenas —corrigió Silas—. Baja la voz. Éste no es un buen lugar para mantener esa identidad falsa.

En realidad, Silas no era un comunista secreto. Era, si se quiere ser técnico, un agente triple: un nacionalista establecido que se había puesto en contacto con los comunistas clandestinos afirmando que iba a desertar, al tiempo que mantenía su lealtad nacionalista para la rama encubierta. Entre los nacionalistas, tenía el nombre clave de Pastor; no le había confiado a Orión el nombre clave que utilizaba entre los comunistas para así evitar cualquier posibilidad de que descubrieran que seguía siendo leal a su facción original. Llevaba casi un año infiltrado, avanzando lentamente hacia el descubrimiento de la identidad de Sacerdote, uno de los asesinos de los comunistas. Lo último que Orión escuchó era que Silas progresaba de forma adecuada, pero en su trabajo eso no significaba demasiado. Podía volver fácilmente al punto de partida si se le escapaba una fuente o si el enemigo empezaba a sospechar.

Orión miró a su alrededor, observando los grupos de hombres de negocios que se habían reunido para hablar afuera de los salones privados. Había mucho humo de cigarro en las inmediaciones y cubría de gris la planta superior del restaurante. Se le revolvió el estómago. Se obligó a no poner atención a lo que le rodeaba, a dejar que los nudos de sus entrañas se deshicieran.

—Hay un asunto que debo resolver, Silas —dijo Orión en voz baja, mucho más serio que unos minutos atrás—. Oliver hizo una aparición anoche. Estuvo buscando algo en el escritorio de mi padre.

De inmediato, Silas parpadeó, frunciendo las cejas.

—Por el contrario, es un asunto del que debes informar.

No, pensó Orión. No podía hacer eso. ¿Y si incitaba a los nacionalistas a buscar también entre las pertenencias de su padre, para entender qué podrían estar buscando los comunistas? ¿Y si encontraban algo malo?

—Tendré que convencer a una recepcionista para que localice a mi padre —dijo, fingiendo no haber escuchado la sugerencia de Silas.

—O podrías ocuparte de tu misión en lugar de meter siempre las narices en los asuntos de tu padre —continuó

Silas—. Pero ya sé que no vas a hacer eso —hizo una pausa y dispersó el humo con la mano—. Hablando de tu misión... ¿es cierto que te *casaste*?

Los labios de Orión se crisparon de inmediato, y la tensión de su estómago se relajó un poco cuando se aferró al pensamiento que lo distraía. Janie Mead. Con su rostro familiar y sus cuidadosos modales y su nariz siempre en alto que transmitía la necesidad de ver a Orión dos metros bajo tierra. Cuanto más se mostraba molesta con él, más ganas sentía él de molestarla, aunque sólo fuera para mantener su atención durante más tiempo. Ella era fascinante. No estaba en absoluto interesada en él, y eso a Orión le intrigaba inmensamente, en parte porque juraba que la conocía. No recordaba de dónde ni cómo, pero tenía la sensación de haberla conocido antes.

Si había que creer la historia de Janie Mead, ella no había estado en la ciudad en los últimos diez años, y se había criado en Estados Unidos. Orión no lo creía. Pero le gustaban los retos, así que no insistiría con ella. En vez de eso, poco a poco le sacaría la verdad.

—Cierto —contestó, esbozando una sonrisa—. Dice que se llama Janie Mead, pero no encuentro a nadie que la conozca.

Silas volvió a acomodarse los lentes, empujándolos por la esquina para no mancharlos.

—Entonces, ¿es una ermitaña?

—No, es una mentirosa. Una bella mentirosa, pero una mentirosa al fin y al cabo —eso era bastante común entre la rama encubierta. Orión intentaría no tomarlo personal. Con la mano le hizo una señal a Silas para que lo siguiera hasta el segundo piso, donde habría recepcionistas para sacarles información—. ¿Conoces a alguien que tenga información sobre los estadounidenses que han regresado a la ciudad?

—Puedo preguntar por ahí —respondió Silas—. ¿Qué pasó con esa otra, la chica con la que estabas saliendo? ¿Zhenni?

Orión arrugó la nariz.

—Rompimos hace semanas. Vamos, Silas. A ella le gustaba más Phoebe, de todos modos.

Silas casi se atraganta con la siguiente inhalación. No era ningún secreto que Silas estaba encaprichado con la hermana pequeña de Orión, y menos cuando éste era el pobre que tenía que soportar la pena ajena cada vez que Silas intentaba dejar claras sus intenciones. Cuando Phoebe sopló las velas de su sexto cumpleaños y sus padres decidieron enviarla al extranjero antes de tiempo, su hermano mayor, Oliver, casi había terminado sus estudios en París, así que Phoebe se reunió con Orión en Londres, donde vivían muy cerca. Desde el momento en que se conocieron, de niños, Silas no pudo apartar los ojos de ella, por mucho que Orión fingiera arcadas cuando Phoebe les daba la espalda. Habría tenido más sentido que Phoebe se volviera amigo de Silas en lugar de Orión —dado que Silas y Phoebe sólo tenían medio año de diferencia de edad—, pero Silas era un pelele en todos los aspectos cuando se trataba de Phoebe. Había pasado más de una década desde entonces, y Phoebe seguía siendo sorprendentemente indiferente a Silas, o eso fingía. Su hermana era demasiado voluble como para atender el asunto.

—¿Celoso? —preguntó Orión, frunciendo el ceño. Una y otra vez había golpeado la cabeza de Silas y le había insistido que le dijera sin rodeos lo que sentía. Silas siempre se negaba.

—No —balbuceó Silas—. Phoebe puede tomar sus propias decisiones.

Orión pasó un brazo por encima del hombro de su amigo.

—Estaba hablando de mí. Tal vez si te alejo de Phoebe, ella finalmente se fije en ti…

Silas lo apartó de un manotazo furioso mientras Orión fingía acercarse a él.

—¡Atrás, atrás!

—Ay, vamos…

—No puedes jugar así con los sentimientos de un hombre…

Una voz repentina atravesó el pasillo del segundo piso.

—¡Gēge!

—¿Qué demonios? —fue la respuesta inmediata de Orión, quien renunció a seguir atormentando a Silas y volteó para localizar el sonido—. Hablando del rey de Roma, supongo… Hong Feiyi, ¿qué haces aquí?

Phoebe se acercó con rapidez, agitando las capas de su falda con cada movimiento.

—¿Por qué dices así mi nombre completo? —preguntó con dulzura—. ¿No puedo buscar que mi padre me dé audiencia, igual que tú?

Orión comprobó su reloj de pulsera.

—Ya pasó tu hora de acostarte.

—Tengo diecisiete años, no tengo hora de acostarme. Inténtalo de nuevo.

—Estoy vehementemente en desacuerdo. Eres una niña.

Phoebe exhaló un suspiro sobre su flequillo y sacudió la cabeza, alborotando todos los rizos de su cabello con permanente.

—De todas formas, ya me voy. Papá no está aquí.

—¿Qué? —exclamó Orión. Por el rabillo del ojo, vio que Silas lo miraba con odio. Orión los había arrastrado hasta allí para nada—. Entonces, ¿dónde está?

—Según sus queridos compañeros del salón privado número cinco, pasó la noche en la oficina —respondió Phoebe—. Pero antes vi a Dao Feng por la calle Fuzhou. Me dio una nota para ti.

Orión le tendió la mano enseguida. Phoebe no era una agente, sólo la ganadora del premio a la hermana menor más entrometida del mundo. Allí donde Orión persiguió su empleo y Silas fue reclutado, Phoebe se encontraba por casualidad en las proximidades de la rama encubierta. En virtud de su parentesco, Dao Feng confiaba en ella lo suficiente para enviarle mensajes a Orión, lo que significaba que Phoebe estaba implicada en cada una de sus misiones.

Orión había protestado una y otra vez por el asunto. No estaba *entrenada*, por mucho que a Phoebe le gustara decir que sabía artes marciales. Su madre la visitaba una vez cada tantos meses, mientras Orión y Phoebe estaban en el extranjero, y cuando Orión trabajaba en sus ensayos, Lady Hong llevaba a Phoebe al parque, diciéndole que practicarían wǔshù, lo que convertía el hecho de salir a tomar aire en todo un acontecimiento. Phoebe presumía de saber dar puñetazos, pero luego se escapaba llorando si una mosca se paraba en el dorso de su mano. Su madre, que había sido tan cariñosa, era una simple contadora antes de casarse y convertirse en la señora de la casa. A Phoebe sólo le enseñó a hablar fuerte, pero no a pelear. Aunque Orión tenía la mala costumbre de meterse en los asuntos de los demás, al menos sabía manejar los peligros. Phoebe seguía zambulléndose en aguas profundas en las que no tenía la altura suficiente para estar de pie. Quería mantenerla protegida. Quería que estuviera siempre a salvo y seca.

—De nada —dijo Phoebe con énfasis, pasándole la nota—. Silas, ¿verdad que no me valora?

—¿Q-qué? —balbuceó Silas.

Phoebe ya había seguido adelante.

—Luché para hacerte llegar este mensaje. Juraría que me estaban siguiendo hasta el restaurante.

Orión frunció el ceño. Levantó la mirada por encima del hombro de Phoebe. La mayoría de las ventanas del segundo piso del Tres Bahías daban a la calle, y se escuchaban los ruidos y las luces de todos los restaurantes de la manzana. Orión pensó en el cadáver de aquel día y en aquel pinchazo rojo que, a pesar de ser muy pequeño, era una herida mortal. Abajo, en la calle, se escuchó un grito; era imposible saber si expresaba alegría o susto.

—¿Cómo? —preguntó Orión. Se acercó a la ventana y apoyó una mano en el cristal. Había mucha gente deambulando por la acera, ajena al peligro que acechaba en los callejones cercanos. Algunos en grupos, riendo entre ellos. Otros estaban solos, mirando hacia el restaurante…

Phoebe se encogió de hombros.

—Vi dos veces al mismo hombre reflejado en los escaparates de las tiendas de la calle Fuzhou. Me fui a casa a pasar la tarde y, cuando volví a salir, me pareció verlo en la parada de un semáforo.

Orión frunció el ceño y miró con más atención al hombre que estaba solo.

—¿Corbata verde?

Una pausa. Phoebe abrió mucho los ojos.

—¿Cómo sabes?

Orión no perdió el tiempo. Exclamó:

—Quédense aquí. Los dos.

Corrió hacia la escalera y estuvo a punto de estrellarse con una pareja que iba subiendo.

Orión salió a toda prisa del restaurante, buscando entre la multitud de peatones. La noche era ruidosa a su alrededor. *Allí estaba:* el chino que había visto desde la ventana, con corbata verde y traje occidental, parado junto a un farol.

En cuanto el hombre se dio cuenta de que lo habían visto, se dio la vuelta para huir.

—¡Eh! —Orión lo persiguió, a pesar de su destello de confusión. Si el hombre había estado siguiendo a *Phoebe*, ¿para qué podría ser? No por ese extraño asunto de los asesinatos químicos, seguramente. ¿La había visto cuando Dao Feng le entregó el mensaje?

El hombre corrió hacia un callejón y pasó por debajo de un tendedero. Orión se apresuró a seguirlo, se abrió paso entre los peatones sorprendidos y se adentró en el callejón antes de que el hombre se alejara demasiado. Aunque Orión lo seguía de cerca, debía admitir que aquel hombre corría rápido y, a menos que hubiera alguna forma de disminuir su ritmo…

Orión vio una maceta fuera de su periferia, colocada pintorescamente en el escalón delantero de una casa. Tomó la decisión en una fracción de segundo, y levantó la maceta al pasar. Luego la lanzó tan fuerte como pudo.

La maceta golpeó directo la cabeza del hombre, se rompió en pedazos y salpicó la tierra. Más adelante, el hombre tropezó y, gracias a esta pausa, Orión se acercó, le agarró el cuello de la camisa y tiró de él.

—¿Quién eres? —Orión exigió—. ¿Qué quieres?

El hombre no respondió. Forcejeó balanceándose para liberarse, pero sólo se encontró de frente con su captor.

Una descarga de alarma heló la sangre de Orión. La boca del hombre gruñía, pero sus ojos estaban completamente en blanco. Como si lo hubieran molestado al caminar sonámbulo y, aun así, no hubiera despertado. Había una extraña incompatibilidad en esa mirada vacía unida a esa gran rapidez... El hombre le dio una patada. Aunque Orión se preparó, pensando que podría aguantar el golpe y girar en su propio movimiento ofensivo, el impacto fue tan fuerte que retrocedió tres pasos y se estrelló contra la pared. Para cuando Orión sacudió la cabeza, jadeando y aclarando su visión, el hombre ya había huido.

Orión hizo una mueca de dolor y se palpó el cuerpo para comprobar si le había hecho daño. Cuando verificó que seguía de una pieza, se levantó despacio, con la cabeza todavía en blanco.

—¡Orión!

Silas apareció al final del callejón. Luego Phoebe, parándose de puntitas para ver por encima de su hombro.

—¿Por qué no escuchan nada de lo que digo? —preguntó Orión, limpiándose la boca. Sentía un sabor metálico. Debía haberse mordido al golpear la pared.

—¿Qué pasó? —Phoebe se apresuró a acercarse, mirando a su alrededor salvajemente. El movimiento de su vestido se detuvo cuando se paró frente a él; cada capa de tela la hacía parecer una tenue nube púrpura que se había extraviado en el suelo—. ¿Estás bien?

—Mi pregunta es: ¿qué clase de espía te está siguiendo? —Orión resopló—. Estoy bien. Supongo que no podemos hacer nada al respecto por ahora. Dile a papá que te asigne a un guardia.

Phoebe frunció el ceño.

—No necesito un guardia. Tal vez no me seguía a mí.

Esos ojos. Orión seguía pensando en ellos. El completo vacío en la mirada. Sin duda mañana tendría moretones en los brazos y en la cadera, pero su mayor herida en ese momento era lo tembloroso que se sentía, como si se hubiera encontrado con una entidad desconocida.

Sacudió la cabeza y dejó caer una mano sobre el hombro de Phoebe y la otra sobre el codo de Silas. Al instante, los empujó a todos fuera del callejón, y regresaron a la calle principal.

—Silas, vamos a tomar algo. Tú… —señaló a Phoebe con un dedo amenazador— vete a casa.

Phoebe le mostró la lengua y levantó el brazo para llamar a un *rickshaw*.

10

Una ciudad renacida es una ciudad traumatizada.

La ciudad recuerda su pasado, cada segundo que le tomó llegar a este punto. Ve la versión anterior de sí misma y sabe que ha cambiado, sus botas ya no le quedan, sus sombreros ya no son cómodos. Las calles son el rastro de cómo solían extendcrsc. Por mucho que se pavimenten y reorganicen, los recuerdos y los ecos no se desvanecen tan fácil.

El trauma no tiene por qué llevar a la destrucción. El trauma puede ser el punto de guía hacia algo mejor, algo más fuerte. Quizás una calle *deba* olvidar los sonidos que solía haber si la causa eran los engranajes de las fábricas y las condiciones devastadoras.

Pero ese asunto es una moneda al aire, que sopla para cualquier lado. Depende de la dirección del viento y de lo volátiles que se sientan los elementos cada año. El cambio no es fácil. Cuando dinastía tras dinastía por un valle ha corrido el agua por el mismo cauce, una sequía momentánea no cambiará su ruta. Cuando el agua vuelva, seguirá fluyendo por el mismo lecho marcado en el suelo.

Este nuevo Shanghái no parece tan diferente. Sigue teniendo las mismas luces, el mismo neón, los mismos barcos que llegan a El Bund y transportan sus productos, trayendo gente y más gente. Pero si colocas tu oído sobre su corazón, quizás escuches cómo va aumentando la tensión.

Pon un asesino en las calles de la ciudad e, incluso sin escuchar realmente, las conversaciones empiezan a cambiar.

—Llevamos demasiado tiempo disfrutando del desorden. Hemos aguantado a los extranjeros durante mucho tiempo, hemos permitido que nos corrompan. Necesitamos un mejor liderazgo. Tal vez así las calles no estarían repletas de criminales.

Un fuerte ruido de una botella de cerveza. Una mueca en los labios. Dos ancianos civiles revolotean junto a la mesa de un bar, compartiendo un plato con cacahuates. Han visto mucho. Han sido testigos de siglos.

—No quiero volver a hacer esto. Me obligas a gritarte que estás equivocado y luego no escuchas…

—¿Qué es un error? ¿La unidad? ¿Permanecer juntos, toda Asia, poderosa, como una potencia unida contra Europa?

—No existe un Asia unida. Somos pueblos diferentes. Tenemos historia y cultura diferentes. Estás intentando creer en un espejismo que alimenta Japón.

—¿Qué tiene de malo?

—¡No se combate el imperialismo europeo con más imperialismo!

Alguien en una mesa detrás de la barra ríe entre dientes. Están escuchando el debate, pero no intervienen. Esta ciudad entera lleva tiempo siguiendo la misma rutina: durante las cenas entre padres e hijos, alrededor de los pupitres de la escuela cuando los profesores sacan el tema, incluso entre amantes mientras sus cabezas descansan sin aliento sobre las almohadas, mirándose el uno al otro bajo la luna resplandeciente.

El primer anciano resopla. Su cerveza se derrama por el suelo pegajoso. No le gusta que lo regañen. Una vez que se hizo a la idea de la llegada de salvadores con rostros como el suyo, se le hizo muy fácil esconder todo lo demás bajo la alfombra. ¿No es esto lo que han estado esperando? ¿Liberarse del dominio occidental?

—¿Sabes cuál es tu problema? —le pregunta a su amigo—. Tienes la vista más puesta en los pequeños detalles que en el panorama general.

—¿Cuál es el panorama general? —responde su amigo. Pela un cacahuate—. El problema lo tienen los extranjeros occidentales desde hace tiempo, pero ¿eres tan ingenuo para pensar que ellos solos cargan con el problema?

—Sí…

El primer anciano no tiene oportunidad de terminar su respuesta.

—*No*. El problema está en todas partes. El problema es cualquier imperio que cree que puede tragarse a los demás. A Europa le dieron primero el patio de recreo y lo ha acaparado. Con poder, nosotros podríamos ser iguales. No estamos exentos.

Otro gruñido.

—Entonces, deberíamos tener el poder. Tomemos el poder.

La conversación finalmente se interrumpe. Su amigo se aleja del mostrador del bar, demasiado harto para continuar. El primer anciano sigue comiendo cacahuates y no se da cuenta de que unos ojos sin alma siguen a su amigo en la noche.

—Vete, entonces —murmura en voz baja—. No impedirás que surja el nuevo orden.

La puerta se cierra de golpe. Fuera del bar, el otro anciano se da la vuelta, cansado, para ver quién lo siguió. Sus ojos son débiles en la brumosa oscuridad. Están en una calle más pequeña, una ramificación del distrito central de entretenimiento. No hay nadie en las inmediaciones. Sólo un árbol que se agita con el viento. Sólo la luna, que cuelga baja en el cielo, lista para esconderse de nuevo tras el horizonte.

—Hola —saluda el anciano—. ¿Supongo que no tienes un cigarro?

No se inmuta cuando el hombre mete la mano en el bolsillo de su abrigo.

Ya es demasiado tarde cuando, en vez de un cigarro, lo que asoma es una jeringa.

11

La mañana llegó con un frío glacial, formando pequeños cristales de hielo en la base de la ventana del dormitorio de Rosalind. Justo cuando decidió que había terminado de desconectarse y se disponía a "despertar", oyó un ruido en la calle y acercó la cara al vidrio de la ventana para asomarse.

Orión la saludó desde la acera de abajo. Así que había vuelto, después de todo. Lástima que no se hubiera metido en un arbusto muy espinoso durante la noche y se hubiera quedado ahí atorado para siempre.

Con un suspiro de fastidio, Rosalind levantó la ventana y empañó el vidrio con su aliento. El reloj marcaba las seis de la mañana y en las calles empezaban a escucharse los primeros ruidos de actividad.

—Hola —bramó Orión. Metió las manos en sus bolsillos y le sonrió ampliamente—. ¿Lista para irnos?

Rosalind frunció el ceño y volvió a bajar la ventana. Veinte minutos más tarde salió a la calle con una pequeña bolsa colgada del hombro y abrió un espejo de mano para asegurarse de que tenía la nariz bien empolvada. Para guardar las apariencias, entrecerró los ojos en el espejo mientras se acercaba a Orión, quien fingía comprobar si ella estaba alerta.

Era temprano, así que parecía natural, salvo que Rosalind no dormía, lo que también significaba que nunca mostraba signos de cansancio, muy al contrario de Orión, quien tenía los hombros caídos y la corbata floja.

—¿Una noche larga? —preguntó Rosalind y guardó su espejo. No se detuvo mucho. Se examinaron mutuamente sólo un instante antes de que Rosalind girara sobre sus talones y echara a andar, sintiendo el viento en su nuca.

—Algo así —respondió Orión. Aún tenía las manos metidas en los bolsillos. Un mechón de su cabello se había soltado y se balanceaba sobre sus ojos.

Rosalind contuvo un resoplido de irritación y dio vuelta en la esquina para tomar la calle principal. Las tiendas empezaban a abrir sus puertas y a sacar sus carritos de comida, así que giró rápido hacia uno de los puestos de jiānbǐng. Por breve que fuera, pensó que descansaría un poco del acecho de Orión.

Pero él le pisaba los talones y caminaba tras ella. Cuando Rosalind hizo su pedido, Orión pasó el brazo por encima de su hombro y dejó caer un puñado de monedas en la palma de la mano de la vendedora, antes de que Rosalind pudiera abrir su bolsa.

—Yo puedo pagar —dijo Rosalind con severidad.

—Mi dinero es tu dinero —respondió Orión. Hizo un gesto a la vendedora para que tomara las monedas rápido, y luego apartó a Rosalind con las dos manos apoyadas en sus brazos—. No vamos a tener una discusión de amantes en público, ¿verdad?

La mano de Rosalind se crispó a su costado. Llevaba cinco semillas de ricino cosidas en la falda de su qipao. Había veneno en el forro de casi todas las prendas que poseía, ya que nunca se sabía cuándo podría necesitarlo en caso de emergencia. Si trituraba semillas de ricino y esparcía el polvo sobre cualquier cosa que la víctima fuera a ingerir, ésta no tardaría en sufrir una hemorragia interna. Rápido, fácil e imposible de rastrear.

Pero los nacionalistas podrían protestar si le hacía eso a su compañero de misión.

Rosalind se lo quitó de encima con un gruñido, luego se detuvo y guardó en su bolsa la comida envuelta para más tarde.

—No necesitaríamos tener una pelea de amantes si te comportaras.

—¿Comportarme? —Orión abrió los ojos, fingiendo inocencia. Todavía tenía el cuello torcido y… un momento, ¿tenía manchado el cuello con *lápiz labial*?—. Yo siempre me porto bien.

—Por el amor de Dios —murmuró Rosalind, agarrándolo por el hombro. Con la bolsa aún abierta, tomó un pañuelo de papel y, antes de que Orión pudiera protestar, le frotó el cuello, sin preocuparse por hacerlo con suavidad. Orión hizo una mueca de dolor, pero entonces la mirada de Rosalind se desvió hacia lo alto, y lo que Orión vio en su expresión le impidió seguir hablando.

Si Rosalind estaba visualizando correctamente la distribución del barrio, la agencia de prensa estaba a la vuelta de la siguiente esquina. En cuanto entraran, empezaría el espectáculo. Rodeados de imperialistas y hanjian, de hombres que creían en la ocupación y de todos los subordinados a su cargo, que deseaban que este país fuera conquistado hasta que su soberanía quedara anulada por completo.

—Necesito que recuerdes —Rosalind apretó los dientes, frotando fuerte por última vez para eliminar la mancha roja— que ahora compartimos un nombre clave. No me importa quién eras antes. Mientras naveguemos juntos esta Marea Alta, si uno naufraga, ambos nos ahogaremos.

Si los descubrían, no tendrían oportunidad de explicarse. Sus enemigos dispararían primero, luego esconderían los cadáveres y nadie se enteraría de que dos agentes se hundían en el fondo del río Huangpu.

Orión ladeó la cabeza, con un aire de curiosidad.

—¿Cuestionas mis capacidades?

—Creo que ni siquiera hemos *empezado* nuestro trabajo, y estabas a punto de entrar en nuestro primer día con el aspecto de estar engañándome.

Orión levantó la mano. Cuando sus dedos se cerraron en torno a la muñeca de Rosalind, estaban helados.

—Como lo dijiste anoche... —el tono de Orión era ligero, con una sonrisa en los labios. En un breve vistazo, habría sido imposible ver el parpadeo en sus ojos castaños, una fracción de segundo de advertencia, que desapareció en el tiempo que tardó en pestañear.

Pero Rosalind lo vio.

—... yo también soy un agente. He cambiado de identidad una y otra vez, incluso con mi nombre verdadero. No sé qué trabajos te estuvieron encomendando, Janie Mead, pero yo era bastante bueno en el mío.

Le soltó la muñeca. *Janie Mead.* Aunque no era su intención, el uso de aquel nombre le recordó todo lo que ocultaba en ese momento: una identidad dentro de otra identidad. No podía cometer un desliz mientras estuvieran en esta misión; tampoco podía cometerlo en la comodidad de su propia casa, donde ahora vivía su compañero de operaciones.

—Si eres tan bueno —dijo Rosalind, enrollando el pañuelo en su puño—, entonces demuéstralo.

—Y si tú quieres que nuestra operación tenga éxito —respondió Orión con viveza—, deja de estrangularme con la mirada. No es apropiado. Al menos, no en público.

Guiñó un ojo y se adelantó, dobló la esquina y desapareció de la vista. Rosalind abrió y cerró la boca. Estaba atónita. Absolutamente estupefacta. ¿Dónde habían encontrado los nacionalistas a alguien así?

—Hong Liwen —exigió Rosalind, recuperándose de su asombro y apresurándose para alcanzarlo—. Vuelve aquí.

Rosalind dio vuelta a la esquina, caminando rápido para emparejarse al paso de Orión. Él sólo le dedicó una sonrisa de soslayo, como si estuviera esperando a que lo alcanzara.

—Tal vez deberías empezar a usar Mu Liwen ahora —dijo Orión—. Acostúmbrate pronto.

La rama encubierta le había proporcionado ese alias, inspirándose en Janie Mead para convertirlo en uno de los que regresaban después de haber sido educados en Estados Unidos. Rosalind también podía inventar un nuevo nombre si quería, pero no era necesario. El Kuomintang tuvo un motivo para no molestarse en hacerlo. En definitiva, presentaron la solicitud de Orión a Seagreen, y luego incluyeron a la esposa como un bono porque en Seagreen les gustaron los antecedentes fabricados para él. En la oficina, ella sólo sería la señora Mu: la Mu tàitài para su Mu xiānshēng, cuando se hablaran entre ellos. Ya era Rosalind Lang haciéndose pasar por Janie Mead. No necesitaba añadir otra capa a todo eso.

Ya era visible el complejo de oficinas. Aunque Orión y ella se encontraban a cierta distancia, los habían visto. Un hombre los saludó con la mano y se levantó el sombrero antes de indicar que saldría de la caseta de seguridad para buscar a alguien. El edificio principal estaba situado al final de un corto camino para los autos. Una verja de hierro con una intrincada puerta bloqueaba el recinto, y la caseta interior controlaba la apertura y el cierre de la puerta, vigilando quién entraba y quién salía. Por mucho que insistieran en que se trataba de un lugar de trabajo normal, estaba vigilado como un auténtico centro imperial.

—Podemos terminar esta conversación más tarde —decidió Rosalind.

—No seas difícil, querida. Eres una espía. Adáptate. Improvisa.

Orión se alejó. Su paso era relajado, y saludó con entusiasmo cuando otra figura apareció junto a la puerta para saludarlos.

Rosalind lo envenenaría cuando se durmiera. Si *acaso* no lo estrangulaba antes.

Se apresuró a seguirlo, furiosa.

La secretaria se llamaba Zheng Haidi y parecía conocer el edificio tanto como Orión y Rosalind: bastante poco.

—Es por aquí, estoy segura —dijo, abriendo la tercera puerta en un lapso de cinco minutos. Habían dado dos vueltas equivocadas para llegar al departamento de producción, donde Orión sería ayudante de intérprete y Rosalind ayudante de recepción; ambos reportarían al mismo superior, el embajador Futoshi Deoka.

—¿Eres nueva? —preguntó Orión. Hizo una mueca, apenas logrando evitar tropezar con dos personas que corrían por el pasillo con montones de papeles en los brazos. Rosalind las esquivó con más suavidad, y se aclaró la garganta para indicarle a Orión que siguiera avanzando.

—Sí, me trajo personalmente el embajador Deoka —respondió Haidi con ligereza. Era joven, ciertamente más joven que Orión y Rosalind.

Orión lanzó una mirada hacia atrás, tratando de determinar el juicio de Rosalind. Ella se limitó a mantenerse inexpresiva. Sin embargo, en cuanto Haidi se detuvo frente a ellos, Rosalind esbozó una pequeña sonrisa y miró los escritorios ocupados.

—Tú estarás aquí —dijo Haidi, tocando el codo de Rosalind y señalando un escritorio más pequeño junto a la recepción del departamento. Todos los departamentos por los que habían entrado y salido estaban organizados de la misma manera, ya fuera producción, impresión o redacción. Un mostrador grande junto a la puerta para atender a los visitantes del departamento, un grupo de cubículos en el centro para los empleados, y luego puertas que salían de los pasillos donde los altos cargos tenían sus oficinas. También había otras puertas, por supuesto: almacenes, salas de máquinas y pisos llenos de cables eléctricos en los que Haidi asomaba la cabeza como si no recordara qué puertas eran callejones sin salida y cuáles conducían a los pasillos que se adentraban más en las oficinas.

Otra persona ya estaba sentada en el amplio mostrador de la recepción. También parecía joven, tenía los pies en alto y un libro en las manos. Todos sus papeles estaban amontonados en el escritorio más pequeño de Rosalind. Esperaba no ser *ella* la que tuviera que ocuparse de esos montones. Se suponía que ni siquiera era un trabajo de verdad.

—Ése es Jiemin. Te reportarás con él cuando el Embajador Deoka no esté.

Rosalind asintió. Quizá debió esforzarse por parecer más amable, pero su brillante sonrisa no le conseguiría respuestas allí, sino husmear y escuchar.

—¿Jiemin…? —preguntó, y se interrumpió.

Haidi se encogió de hombros.

—Sólo Jiemin. Nunca le dieron un apellido —señaló una zona más adelante y después miró a Orión—. Puedo mostrarte tu escritorio por allí.

—Maravilloso.

Antes de que Rosalind pudiera reaccionar, Orión se inclinó para besarla en la sien. Ella se estremeció de inmediato, aunque no tenía por qué preocuparse, porque sus labios no llegaron a tocarla, sino que se detuvieron a un pelo de la piel antes de apartarse.

—Te veré más tarde —dijo Rosalind con amabilidad, intentando recuperarse rápido.

Haidi y Orión se marcharon. Sólo cuando ella se quedó ante el mostrador de recepción, Jiemin levantó la vista y cambió el tobillo que tenía cruzado por el otro. Llevaba un collar colgando sobre la camisa: una cruz de plata. Muy inusual, al menos entre los chinos de ciudad.

—Hola —dijo.

—Hola —saludó Rosalind—. Estoy aquí para facilitarte el trabajo.

—¿Ah, sí? —preguntó Jiemin. Pasó una página de su libro—. ¿Qué se le va a hacer? No me dijeron que habría alguien nuevo en recepción.

Rosalind se encogió de hombros.

—Hice solicitud para el empleo, junto con mi marido —dijo. Era mejor ceñirse lo más posible a la identidad encubierta que inventarse sus propios cuentos—. A decir verdad, preferiría ser ama de casa.

Jiemin levantó la vista y arqueó una ceja oscura. Tenía un poco de polvo en la mejilla, Rosalind estaba segura de que no se lo estaba imaginando. Se había familiarizado con todos los cosméticos que existían mientras bailaba en el club burlesque de los Escarlata. Si le mostraran varios brillos, sin duda distinguiría el que había usado Jiemin la noche anterior y no se había quitado del todo.

—Qué módēng nülang de tu parte —el sarcasmo en él era mordaz. Módēng nülang, "chica moderna", un modo de vida que según los periódicos y las revistas estaba asentándose rápidamente en Shanghái. Cabello con rizos permanentes y tacones altos, siempre paseando en los cines, las salas de baile y las cafeterías de estilo occidental. Una peligrosa *femme fatale*, que jugaba libremente e iba de un lado a otro sin preocupaciones.

Hasta cierto punto, Rosalind suponía que antes lo había sido. Pero estaba cansada de ser alegre y peligrosa. No hacía más que encasillarla en lo que podía o no desear. Incluso las chicas más modernas apreciaban esos deseos que les importaban mucho.

—Para ti, Jiemin.

Rosalind casi dio un respingo, sorprendida por el ruido sordo de una caja al caer sobre el pequeño escritorio. El hombre que la llevaba se detuvo y la miró de arriba abajo. Llevaba el cabello engominado y cada centímetro de su traje occidental estaba planchado. Parecía querer decir algo, pero cuando Rosalind se limitó a mirarlo fijamente, él decidió no hacerlo y se alejó hacia su escritorio, al otro lado del departamento.

—Buena elección —dijo Jiemin, siguiendo al hombre con la mirada—. Si permites que Zilin empiece a hablar, no parará de decirte por qué deberíamos dar la bienvenida a nuestros supremos jefes japoneses.

Rosalind se puso rígida. ¿Se trataba de una prueba?

—¿No deberíamos? —preguntó.

Jiemin la miró con indolencia.

—¿Eres hanjian?

—¿*Tú* lo eres? —respondió Rosalind, con un tono más confundido que acusatorio.

Al instante, los dos miraron a su alrededor, como si se dieran cuenta de lo estúpido que era estar discutiendo si eran traidores nacionales en una oficina dirigida por una iniciativa imperial japonesa. Jiemin se relajó en su silla y pasó otra página de su libro.

—Trabajo para mí. Todos necesitamos llevarnos arroz a la boca de alguna manera.

Jiemin estaba tratando de tantear las lealtades de Rosalind. No habían pasado ni veinte segundos desde que se habían conocido y ya hablaba en clave.

Rosalind rodeó el escritorio más pequeño y se sentó con delicadeza en su silla.

—Qué existencia tan melancólica —comentó, y tomó una pila de las carpetas que tenía delante. Empezó a examinar los distintos documentos: traducciones en curso, instrucciones de diseño, plantillas de impresión…

—Algo estaría muy mal si fuéramos felices trabajando aquí —Jiemin dejó el libro y se echó hacia atrás en la silla inclinando la cabeza—. Ansío la melancolía en el trabajo como una comadreja siberiana anhela los huevos —cambió a un inglés anticuado—: Más, os ruego, más.

A saber qué clase de personas se fijaban en las comadrejas siberianas cuando buscaban hacer una metáfora. O qué clase de tutores de la ciudad enseñaban frases en inglés del siglo XVI. *¿Os ruego?*

—De acuerdo —Rosalind abrió grandes los ojos y luego buscó el siguiente expediente.

—Cuando termines con ellos —Jiemin se inclinó al frente y señaló uno de los cubículos más cercanos, hablando de nuevo en shanghainés—, Liza es nuestro punto de contacto para distribuir los archivos a otros departamentos. ¡Liza! Ven a conocer a la chica nueva.

Liza levantó la cabeza y una cortina de rizos rubios ondeó sobre su hombro. Rosalind supuso que era rusa. Quizá recién salida de la escuela…

Rosalind se congeló.

—Dios mío.

Se le escapó la exclamación silenciosa como si tuviera voluntad propia. La sorpresa había recorrido su espina dorsal tan deprisa que perdió el control de su lengua.

La chica rubia tenía *ahora* su edad, pero no había sido así la última vez que Rosalind la había visto. Aunque era más alta, sus mejillas más anchas, su ceño maduro, no había duda de a quién estaba mirando.

Alisa Montagova, la última de los Flores Blancas.

Y por lo que Rosalind había escuchado de Celia, Alisa Montagova era una espía comunista.

12

—Es un placer conocerte.

Alisa Montagova extendió la mano. Su rostro mostraba una sonrisa fácil, y cuando su mirada se encontró con la de Rosalind, no delató familiaridad.

—Igualmente —respondió Rosalind. Aunque estaba más que sorprendida, consiguió mantener el tono de su voz. Alisa Montagova era una niña en la época de la revolución, cuando la sangrienta contienda estaba en su apogeo. Rosalind no tuvo motivo para eliminarla de la manera en que lo había hecho con los comerciantes Flores Blancas, a quienes había cazado por todo el país. Podía jugar limpio, era capaz de hacerlo.

Su tacto fue delicado y sereno cuando estrecharon sus manos.

—Creo que no capté tu nombre —dijo Alisa.

Rosalind retiró la mano. Ahora había un indicio de algo en la comisura de la boca de Alisa.

—Ye Zhuli —respondió Rosalind. Inventó el nombre sobre la marcha, un reacomodo del nombre de otra persona, alguien a quien Alisa reconocería. Aunque Rosalind sólo pretendía ser la señora Mu y dejarlo así, tenía que comprobar si Alisa *sabía*…

—Encantadora. Soy Yelizaveta Romanovna Ivanova.

Alisa sopesó el nombre. Nadie más en la sala le estaba prestando atención. Jiemin volvió a su libro. En algún lugar del departamento, Haidi explicaba a Orión cómo usar la máquina que se comunicaba con otras partes del edificio de oficinas. Pero Rosalind escuchó el torrente de sangre en sus oídos y sintió que el corazón le daba un vuelco. Aunque mantenía el rostro totalmente neutro, su mente era un estruendo de sonidos.

Romanovna. Alisa Montagova había tomado el nombre de su hermano muerto como patronímico de su identidad encubierta.

—Pero puedes decirme Liza —continuó—. Sé que es más fácil.

Rosalind tomó un expediente al azar.

—Liza, eres muy amable —rodeó el escritorio y tomó a Alisa por el codo antes de que ésta pudiera protestar. Los tacones de Rosalind eran altos, abrochados sobre el tobillo con una gruesa correa, pero aun así, Alisa le llegaba casi a la nariz—. Acompáñame un momento, ¿quieres? Me gustaría aclarar esta lista contigo.

Jiemin levantó la cabeza.

—Puedes hacer eso conmigo…

—Nada de eso. La señorita Liza me ayudará —interrumpió Rosalind—. Ahora, rápido… —empujó a Alisa hacia el pasillo y fue un poco más allá de la puerta del departamento para salir del alcance del oído de Jiemin. No vaciló antes de preguntarle—: ¿*Qué* haces aquí?

Alisa fingió confusión durante un momento. Apenas un instante, mientras en la oficina se oía ruido de estática y una puerta se cerró de golpe en el piso superior, justo encima de ellas.

Entonces:

—Señorita Lang, no ha envejecido ni un día.

Rosalind se burló.

—No empieces con el numerito. Sé que Celia es tu superior.

—Deberías bajar la voz —reclamó Alisa, resoplando—. Si me expones, te expondrás tú también.

—*Exponerte*... —la irritación le recorrió la piel, erizándole el cuello y los brazos en la zona que le rozaba el delicado dobladillo de su qipao. Rosalind cambió del chino al ruso, sin prestar atención a sus palabras en cuanto estuvo segura de que nadie entendería lo que decía—. ¿Por qué estás instalada aquí? No imagino que a tus jefes les importe mucho detener una conspiración terrorista, cuando no serviría de nada para congregar a la gente común.

Alisa parpadeó despacio. Fue entonces cuando Rosalind comprendió su error: Alisa tenía que haber sido plantada allí, sí, pero ¿quién podía asegurar que para la misma misión de Rosalind? Los agentes comunistas no recibían misiones en Shanghái del mismo modo que los agentes nacionalistas. La prioridad de los comunistas era esconderse; después, les interesaba interceptar información. Mantener sus ojos y oídos a salvo siempre sería más importante que los actos salvadores que un partido derrocado no podía permitirse llevar a cabo.

—¿Conspiración terrorista? —repitió Alisa—. No sabía...

Se cortó a mitad de la frase y la pequeña arruga de confusión en su ceño se suavizó.

Rosalind frunció el ceño, dispuesta a instar a Alisa a continuar, antes de sentir una mano en la parte baja de la espalda y darse cuenta de por qué Alisa se había callado.

—Querida —el repentino inglés fue una sacudida para el oído de Rosalind—, tu ruso es mucho mejor de lo que recordaba.

Había agudeza en su comentario. Una acusación tácita. ¿Por qué Janie Mead, educada en Estados Unidos, sabía hablar ruso?

Rosalind se volvió hacia Orión, le apretó la muñeca y le desvió la mano para evitar que la tocara.

—Siempre me subestimas —dijo con una mueca—. ¿No tienes un escritorio que acomodar?

La otra mano de Orión se acercó a la suya. Ahí estaban los dos: parecían la viva imagen de la adoración mutua, incapaces de resistirse a tocarse a cada segundo para tener cercanía. En realidad, Rosalind sabía que sus uñas le dejarían marcas en la piel a Orión después de que lo soltara.

—Ya lo hice —respondió Orión, sin mostrar ninguna reacción por el ardor que sentía en las muñecas—. Sólo que me llamaron al vestíbulo. Al parecer, tengo visita.

Rosalind hizo un gesto con los labios.

—¿Una visita? —repitió—. No *sabía* que tendrías una visita…

—¡Liwen!

Un ruido de tacones resonó en la escalera. Una chica vestida con elegancia se apresuró a entrar en el vestíbulo, con la falda a la altura de los tobillos y un abrigo de piel sobre los hombros. Llevaba una cesta en una mano y un bolso en la otra, aunque el bolso era tan pequeño que hacía preguntarse qué podría caber dentro. Haidi salió de las puertas del departamento casi de inmediato, con cara de preocupación, pero Orión puso los ojos en blanco y salió al encuentro de la chica.

—Supongo que ya no necesito bajar.

Haidi se aclaró la garganta.

—No permitimos visitas en ninguno de los departamentos.

Orión hizo un gesto de indiferencia con la mano.

—Es sólo mi hermana. Se irá pronto. *¿Verdad,* Feiyi?

Su hermana asintió con entusiasmo. Luego, para sorpresa de Rosalind, se adelantó y le entregó a ella la cesta.

—Esto es para ustedes —dijo en inglés, con un acento tan británico como el de Orión—. Vi este regalo y quise dárselos para su primer día. Sé que los recién casados están muy ocupados y no tienen tiempo de cocinar.

Al decir esto, se dio la vuelta para guiñarle un ojo a Orión, pero Rosalind sólo se quedó ahí, de pie, desconcertada. Haidi le chasqueó los dedos a Alisa y le indicó que debía volver para corregir un error de mecanografía. Orión, mientras tanto, reprendía a su hermana por irrumpir y hacer una escena. Mientras los hermanos discutían, Rosalind se fijó en algo que estaba enterrado en la cesta, entre el hilo dental envuelto en plástico y los frascos con aceite de ají. Con cuidado, metió la mano y abrió la tarjeta blanca.

¡Hola! ¡Soy Phoebe! Encantada de conocerte.
Como sea, aquí hay una nota:

Pegada debajo, en una fina tira de papel que parecía arrancada de un libro de contabilidad, había una frase en chino en lugar de en inglés:

Ven a verme durante la hora del almuerzo.
Lugar habitual.

Era la letra de Dao Feng. Rosalind levantó de golpe la cabeza. En cuanto empezó a buscarla, se dio cuenta de que Orión tenía una gran semejanza con su presunta hermana —la misma nariz respingada, la misma boca en forma de arco de cupido—, por lo que parecía poco probable que esa parte fuera mentira. ¿Quién era ella, entonces? ¿Otra agente? ¿Una simple mensajera?

—¿A quién engañaste para que te trajera aquí? —comenzó a reclamar Orión—.¿Ah Dou?

Su hermana —Phoebe— se sacudió la falda:

—¿Crees que necesito engañar a alguien? Llamé a Silas.

—Ah, *Silas*.

—¿Qué fue ese tono?

—¿Tono? —Orión le lanzó una mirada a Rosalind, incluyéndola en la conversación—. Querida, ¿tengo un tono?

—Sí, escuché un tono —respondió Rosalind.

Orión se llevó la mano al corazón, como si estuviera abatido. Phoebe gruñó en voz baja.

—Está bien. Róbame a Silas —con una mirada por encima del hombro para comprobar que el pasillo estaba vacío, salvo por ellos tres, Orión le hizo un gesto a Rosalind para que le diera la cesta. Ella se acercó y la entregó sin mediar palabra, dejándole ver el mensaje. Incluso mientras sus ojos escudriñaban el papel, continuó sin pausa—: De todas formas, tengo a Janie. Es más guapa que todos juntos.

—¿Quién te está robando a Silas? *Tú eres* el notable robanovios, no yo.

Orión se detuvo, levantó rápido la mirada para observar la reacción de Rosalind. ¿Esperaba que se horrorizara? Aunque ella no estaba segura de si Phoebe estaba bromeando, se mantuvo con una expresión ecuánime y se limitó a fruncir una ceja con curiosidad. Orión Hong era un fastidio absoluto, pero en ese momento ella no lo estaba juzgando.

El labio de Orión se torció, complacido de pronto, como si ella hubiera pasado algún tipo de prueba. La prueba de la intolerancia, supuso Rosalind, lo cual era una baja expectativa para una buena compañía.

—¿Cuándo vas a dejar eso? —preguntó Orión a Phoebe, mientras buscaba dentro de la cesta—. Yo no te *robé a* Henrie. Sólo estaba probando su compromiso contigo, y falló con una facilidad pasmosa.

—¿Quién te pidió que lo pusieras a prueba?

—¿Quién te pidió que te desquitaras robándome a *mi* novia?

—Ah, así que cuando quise a Zhenni, ella era tu *novia*, pero cuando yo no era una amenaza, ella era sólo *una chica que conocías...*

Rosalind se aclaró la garganta, interrumpiendo a Phoebe. Cuando los dos hermanos le prestaron atención, les comunicó sólo con el movimiento de sus labios: *Se acercan pasos.*

Segundos más tarde, Haidi apareció en las puertas del departamento, asomándose al vestíbulo para ver que su pequeña reunión seguía en curso. Apoyó las manos en las caderas.

—Cuando estés lista —dijo Haidi, señalando la escalera.

Phoebe simuló una reverencia.

—Feliz inauguración. Adiós, queridos hermano y cuñada.

Se dio la vuelta y se alejó dando saltitos. Algo en el desenfado de la chica despertó una semilla de sospecha en Rosalind. No sabía exactamente por qué debía preocuparse, pero a menudo ella usaba la misma táctica. Nadie esperaba que una cara bonita tuviera pensamientos profundos.

Orión ofreció su brazo a Rosalind para caminar de regreso al trabajo. En cuanto Haidi apartó la mirada, él se inclinó para hablar.

—Antes de que preguntes, sí, es mi verdadera hermana.

—Puedo verlo con mis propios ojos —respondió Rosalind, fingiendo que esa pregunta nunca se le había ocurrido—. ¿También es agente del Kuomintang?

Justo antes de llegar a la puerta del departamento, Orión se detuvo de repente. Cuando Rosalind le lanzó una mirada extraña, preguntándole por qué se había detenido, él se limitó a devolverle la cesta, jugueteando con el papel crepé de los bordes para asegurarse de que se veía bien. El cuadrado blanco de la nota de Dao Feng centelleó brevemente en su mano, y luego desapareció, escondido en algún lugar dentro de su manga antes de que nadie más pudiera verlo.

—No —continuó con su conversación despreocupadamente, mientras terminaba de arreglar la cesta—. Pero Silas, el tipo que la trajo hasta aquí, también es de la rama encubierta, nuestro brazo auxiliar, de hecho. Lo han asignado a tiempo parcial a una comisaría de policía para que podamos rastrear los casos de muertes por agentes químicos que se registren.

Rosalind reprimió su instinto de poner mala cara, sabiendo que estaban a la vista de los cubículos del departamento. ¿Por qué Orión conocía más detalles sobre su apoyo auxiliar? ¿Qué no le habían contado?

—Sospecho que Dao Feng te informará más sobre el asunto —continuó Orión.

—Estoy segura —dijo Rosalind sin convicción. Aunque no mostró disgusto en su expresión, apretó el asa de la cesta—. ¿Cuál es el nombre chino de ese tal Silas?

Orión tardó un momento en responder. Seguramente estaba pensando en qué tanto acceso le daría un nombre diferente y la información que ello le proporcionaría. Llevaban un buen rato rondando junto a las puertas, pero como Haidi estaba distraída por los dispensadores de agua del otro lado del departamento, nadie más les prestaba mucha atención mientras conversaban en voz baja. La única persona que los miraba de vez en cuando era Alisa, y cuando Rosalind captó la mirada de la chica, ésta no tuvo reparos en reconocer que la habían atrapado y los saludó alegremente desde su cubículo.

Ésas eran las ventajas de ser una pareja casada, propensa a los murmullos privados a lo largo de la jornada laboral. Rosalind tuvo que admitir que tal vez el Kuomintang sí sabía lo que hacía cuando había diseñado su estrategia para la misión.

Tras un instante, Orión decidió claramente que el nombre de Silas no delataría nada crítico, porque le dedicó una pequeña sonrisa a Rosalind y respondió:

—Wu Xielian.

El nombre le resultó familiar a Rosalind. Ya lo había sospechado, dada la cantidad de indagaciones que había realizado en torno a la periferia de la familia Hong, pero para su sorpresa no fue su investigación lo que prendió un foco en las grietas de su memoria. En cambio, recordó algo más: Wu Xielian, el hijo del magnate de los negocios Wu Haotan. El mayor de los Wu había trabajado con la Pandilla Escarlata —uno de los miembros del círculo íntimo que siempre asistía a sus cenas y fiestas— antes de pasarse al Kuomintang, cuando Lord Cai cambió de bando.

Rosalind recordaba las fotos que él mostraba. Bastaba con meterle un poco de huángjiǔ para que hinchara el pecho, orgulloso de su querido Xielian, quien trabajaba muy duro para terminar sus estudios en Inglaterra.

Eso dejó huella en la memoria de Rosalind. Su padre nunca habría presumido así de ella.

—Ya veo —respondió Rosalind con seriedad—. Sé de él.

Orión entrecerró los ojos.

—¿Cómo es eso?

—Ya sabes cómo son las habladurías. Se mueven por aquí y por allá. ¿Está involucrado con Phoebe?

Una breve carcajada, que en sí misma era una respuesta. Rosalind ladeó la cabeza y preguntó:

—¿Por qué Phoebe *no* es una agente? Es mejor tener más ayuda de verdad, en lugar de que tan sólo pase mensajes.

—Ni hablar —respondió Orión sin vacilar—. Phoebe es alguien que accidentalmente pasaría información al enemigo porque sentiría lástima, y lo digo de la forma más cariñosa posible.

—Mmm.

Rosalind no dijo más. Para entonces, Haidi había terminado de ocuparse de los dispensadores de agua y se dirigía hacia ellos, con el ceño fruncido.

—Creo que daré un paseo cuando llegue la hora de comer —decidió Rosalind—. ¿Crees que podrás arreglártelas aquí sin mí?

Orión le dio una palmadita en la mano.

—*Ma petite puce*, lo haré muy bien.

Rosalind sonrió. Era una amenaza de muerte. Orión le devolvió la sonrisa. Era un desafío. Antes de que Haidi pudiera regañarlos, se separaron y volvieron al trabajo.

El Fénix Dorado estaba muy concurrido a la hora de comer, y los meseros iban de un lado para otro con libretas en los bolsillos y bandejas distribuidas en sus brazos.

Rosalind se abrió paso entre los pocos clientes que esperaban cerca de la caja registradora, serpenteó alrededor de las mesas circulares y se dirigió a la parte trasera. Como siempre, Dao Feng la esperaba en el mismo salón, y Rosalind abrió la puerta con facilidad.

Pero cuando entró, apenas alcanzó a saludarlo antes de que Dao Feng le preguntara:

—¿Sigues en contacto con Celia Lang?

Rosalind cerró la puerta. Se tomó un momento para ordenar sus pensamientos, para observar la expresión serena del rostro de Dao Feng y adivinar si estaba en apuros o no. ¿Habían encontrado algo? ¿Habían visto algo?

El silencio en la habitación se estaba alargando demasiado. Necesitaba tomar una decisión. No se trataba de una misión de campo en la que tuviera que hablar en diferentes idiomas, ni de un objetivo con quien jugar a las adivinanzas. Si sus superiores estaban tras ella, no se lo pedirían amablemente, la arrestarían.

—No —mintió Rosalind—. ¿Por qué?

Dao Feng hizo un ruido y se recargó en su silla.

—No creía que lo estuvieras, pero nunca está de más confirmarlo.

—Duele pensar que no confían en mí —Rosalind tomó asiento. Su ocurrencia no hizo ninguna gracia a su superior—. ¿Qué se filtró?

—No es tanto una filtración, sino un traidor entre nosotros.

Una mesera que llevaba una tetera asomó la cabeza de pronto. Aunque todos los meseros del Fénix Dorado estaban en la nómina del Kuomintang de una u otra forma, Dao Feng esperó a que sirviera el té de crisantemo y saliera de la habitación antes de volver a hablar.

—Hay comunistas instalados en tu lugar de trabajo. No somos los únicos que buscamos algo.

Rosalind se quedó muy quieta. Esto ya lo sabía, aunque era difícil saber si Alisa era la única agente allí o si era una de varios. Rosalind no tenía intención de reportarlo. Los nacionalistas eran ahora el poder que gobernaba la ciudad, pero no siempre había sido así, ni siempre lo sería. Las luchas internas eran constantes. Estaba bien que el poder cambiara de manos en la ciudad. A Rosalind no le *importaban* los nacionalistas; ella utilizaba los recursos de ellos para curar las heridas que había infligido. Ante todo, su lealtad era con ella misma y con su hermana, y dado que Celia estaba relacionada con Alisa, nunca reportaría nada que de alguna manera pudiera perjudicar a Celia.

—Seagreen Press debe ser bastante importante si tantos grupos intentan infiltrarse ahí a la vez —dijo Rosalind, ecuánime—. ¿No son buenas noticias? Podemos ser una fuerza unida contra los japoneses.

—La situación es más complicada que eso.

—¿Cómo? —Rosalind presionó—. ¿El mando central del Partido Comunista emitió una misión? ¿Cómo *nos* enteramos?

Dao Feng se levantó y empezó a caminar por la habitación. Recorrió toda la sala, sumido en una profunda concentración. Aunque Rosalind estaba siendo interrogada, la voz de su superior no delataba urgencia. Parte de ello podría atribuirse a la habitual naturaleza ecuánime de Dao Feng.

O decía lo menos posible para evitar que Rosalind supiera más de la situación.

Ella no podía entender las tácticas de la inteligencia encubierta. Prefería recibir el nombre de un objetivo, y que la lanzaran a la noche para preparar su veneno.

—Los comunistas no están tratando de detener el complot terrorista. En este momento, están buscando información. Uno de sus propios agentes los traicionó y vendió información a los oficiales japoneses que trabajan en Seagreen. Ahora, esperan recuperar el archivo antes de que sus secretos lleguen más arriba.

Rosalind levantó un brazo y lo colocó sobre el respaldo de su silla, su piel se deslizó sobre el lujoso terciopelo.

—¿Cómo lo sabemos?

—Lo sabemos todo. Tenemos espías.

Mmm. Esa caución era preocupante. Rosalind tomó un mechón de su pelo y lo enrolló alrededor de su dedo, apretándolo tan fuerte que sintió que le cortaba la circulación.

—Deduzco que me informas de esto por alguna razón —dijo, soltando el mechón—. ¿También debo empezar a buscar este archivo?

—No será difícil —respondió Dao Feng a modo de confirmación—. El archivo debe estar guardado en algún lugar dentro de la oficina. La tarea puede completarse rápido, y tú puedes seguir con el resto de tu misión. Echa un vistazo antes de que un agente comunista recupere el archivo y lo borre.

Rosalind asintió. Parecía bastante fácil. Un archivo sólo podía estar en un número limitado de sitios.

—¿Por qué queremos la información que está ahí?

Dao Feng puso sus manos detrás de su espalda.

—¿Sabes lo de Sacerdote?

Era tan típico de Dao Feng responder las preguntas con más preguntas.

—Sí, por supuesto —dijo Rosalind—. Mi más querido rival.

Dao Feng le lanzó una mirada de advertencia.

—No te hagas la graciosa.

—No lo hago. Es verdad, ¿no? Sacerdote es el asesino más conocido de los comunistas. ¿No soy su equivalente en nuestro lado?

—Espero que no, porque si conseguimos este archivo, podremos obtener la identidad de Sacerdote.

Rosalind se incorporó con rapidez y su zapato cayó al suelo con un sonoro golpe.

—¿En verdad?

—Eso es lo que sospechan nuestras fuentes. Los japoneses pagaron mucho dinero. Tal vez esperaban vendérnoslo después a *nosotros* —Dao Feng hizo una pausa. Todavía estaba junto a uno de los asientos, con la mano golpeteando la parte superior del respaldo de terciopelo—. Si puedes, no dejes que Hong Liwen se entere.

Rosalind parpadeó. Primero, le asaltó el instinto de preguntar por qué; después, la rápida certeza de que no recibiría una respuesta directa. Secretos sobre secretos: así funcionaba esta ciudad. Se agachó para ponerse de nuevo el zapato y aseguró la correa con más fuerza.

—Entendido.

Dao Feng asintió con la cabeza. Tal vez se trataba de una prueba; tal vez quería que se callara sólo para ver si era capaz de guardar un secreto.

—Ahora —dijo—. Háblame de tu última misión.

Al menos, eso era algo con lo que Rosalind estaba familiarizada. Le habló de la explosión de la que había sido testigo, de las figuras que habían corrido hacia los campos y del escuadrón de policía que la había detenido en Shenyang. Dao Feng escribía una nota mientras ella hablaba, preparando un informe.

—Manchuria ha sido invadida —dijo cuando ella terminó—. El Ejército Imperial Japonés dice que fueron nuestras tropas las que iniciaron la explosión y lo utilizaron como motivo para lanzarse sobre Shenyang. Toda la ciudad está ocupada.

Rosalind se enderezó en su silla.

—Pero fue así, ¿verdad?

—No lo creo, pero no podemos hacer nada ante su prensa y los diarios que afirman lo contrario —Dao Feng finalmente dejó su pluma—. ¿Ves qué fácil es? ¿Quiénes somos nosotros para insistir en nuestra inocencia cuando nos acusan? Si dicen que volamos las vías, entonces volamos las vías.

Rosalind sabía adónde iba.

—Si dicen que nuestro gobierno está desestabilizando Shanghái, entonces nuestro gobierno lo está haciendo.

—¿Y cuando lleguen con sus tropas...?

—No tenemos medios para detenerlas —concluyó ella.

Dao Feng asintió.

—Ha habido tres nuevas muertes por agentes químicos desde la última vez que hablamos. Los japoneses han entrado oficialmente al país. No creo que necesite extenderme más sobre lo que está en juego.

No tenía que hacerlo. Rosalind lo sabía, igual que todos los agentes del Kuomintang, igual que todos los que eran instruidos una y otra vez cuando juraban su cargo como agentes en Shanghái. No podían meter la pata. Shanghái era la bailarina estrella de este país, la niña mimada protegida de la que todos los extranjeros querían sacar provecho. Japón se estaba abalanzando sobre la ciudad para apoderarse de todo. Gran Bretaña y Francia se apresurarían a brindar protección, no porque les importara mucho, sino porque también tenían grandes intereses en la ciudad. Si Shanghái caía, si el esfuerzo imperialista japonés tenía éxito, si los extranjeros occidentales ya no se divertían en sus salas de baile, hipódromos y teatros, entonces se retirarían y nadie protestaría cuando el resto de China siguiera los pasos de su ciudad insignia, cuando se debilitara y se sometiera a la ocupación.

—Lo sé —dijo Rosalind cansada, pellizcándose el puente de la nariz—. Dios, lo sé.

Odiaba que dependieran tanto de sus propios colonizadores. Mantener la ciudad en funcionamiento, mantener a británicos, franceses y estadounidenses ahí, felices. ¿Qué otra cosa podían hacer cuando ya no tenían un propio poder en el cual confiar?

—Debes hacer lo que sea necesario para completar tu misión en Seagreen —continuó Dao Feng, como si pudiera leer su mente. Ya no hablaba de obtener aquel archivo, sino de desenmascarar a la célula terrorista—. En momentos como éstos, no hay lugar para la moral.

—Estás hablando con una asesina —respondió Rosalind. Se le hizo un nudo en la garganta—. Supuse que actuar al filo de la moral era algo obvio.

—Entonces, perdóname por el recordatorio —Dao Feng sonrió. Era una expresión tenue, más para apaciguar a los demás que para mostrarse divertido—. No eres sólo nuestra arma, Lang Shalin. Eres una agente; eres un brazo en la lucha por la supervivencia de nuestro país. Y si queremos sobrevivir, debes usar tu juicio sin restricciones.

Mata a quien haga falta, le decía su superior, era la orden tácita entre cada una de sus proclamas teatrales. *Mata a todos los imperialistas y simpatizantes de este país. Mientras puedas salirte con la tuya, no nos importa de quién se trate.*

—*Mi juicio* —dijo Rosalind en voz baja.

En su primer año de trabajo, la habían enviado tras un comunista. Un erudito de voz suave, apenas lo bastante mayor para dejarse crecer una barba adecuada, que vestía con túnicas tradicionales y tenía una pluma fuente en la mano. Suplicó por su vida cuando Rosalind entró por su ventana, y ella dudó. ¿Qué daño hacía al país? ¿Qué hacía él que no hicieran también los civiles de a pie, discutiendo con sus vecinos, furiosos con los grandes jefes al mando?

Pero Rosalind ya no confiaba en su propio juicio. Ella, que una vez se había adentrado demasiado en un sendero oscuro y se había perdido, debía temer volver a perder de vista la luz. Necesitaba que le dijeran lo que era correcto, y no le gustaba llevar la contraria.

—No te preocupes —había dicho en voz baja en aquel entonces, poco antes de administrarle el veneno—. No te hará daño.

Había ordenado todo. Había dejado el edificio en silencio. La joven se había ido a casa sin hacer un alboroto, sólo para sentirse furiosa durante la noche: cada hora que pasaba sin dormir le hervía más la sangre. Cuando explotó contra Dao Feng al día siguiente, fue la primera vez que lo vio parpadear sorprendido. Su superior se jactaba de que siempre consideraba todas las posibilidades, pero no había esperado eso.

—*No tenía sentido* matarlo —le espetó ella—. Sólo sirvió para el *ego* de este gobierno…

—Estamos en guerra…

—¡No *me importa* su guerra! ¿Por qué luchan una guerra civil cuando hay enemigos reales en nuestra frontera?

Dao Feng no se molestó en regañarla. Podía enseñarle a ser agente y a sobrevivir. Pero nunca podría convencerla de que creyera en una facción a la que había visto fracasar una y otra vez, a la que había visto disparar a civiles sin ninguna conmiseración. A raíz de ese incidente, dejaron de enviarla tras los comunistas. La asignaron a antiguos Flores Blancas, a comerciantes extranjeros, a oficiales imperialistas simpatizantes, y nunca volvió a quejarse.

—¿Alguna vez te he llevado por mal camino? —Dao Feng preguntó. Observaba la vacilación en la expresión de Rosalind.

—No —respondió ella con sinceridad. Al menos no sin una corrección inmediata del rumbo.

—Entonces créeme —continuó Dao Feng—. Tú sabes cómo tomar la decisión correcta. Esta misión tendrá éxito —metió la mano en el bolsillo—. Tengo algo más para ti.

Un sobre se deslizó ante ella. Rosalind supo lo que era antes incluso de ver su contenido y se cruzó de brazos, negándose a recibirlo.

—No necesito abrirlo. Será igual que los últimos veinte.

Era mejor dejar que la ciudad asumiera que Rosalind Lang estaba muerta, para que su padre supiera que ya no debía ponerse en contacto con ella. Sin conocimiento de su ubicación ni de su nuevo alias, no había otra forma de llegar a ella que no fueran los canales Escarlata, pasando un sobre de mano en mano hasta que alguien escribiera "Janie Mead" en el anverso y lo enviara a la rama encubierta del Kuomintang.

Si sus intentos de contacto tuvieran algo de importancia, tal vez entonces ella se tomaría la molestia de leer las cartas, o —Dios no lo quisiera— incluso concertar una cita para ver cómo estaba su padre. Pero nunca era así. Siempre era el mismo discurso aburrido.

Lang Shalin, debes dejar de jugar y volver a casa. Si no quieres volver a la casa de los Cai, puedes venir a vivir conmigo, que es donde debes estar. ¿Y a qué *está jugando Selin con los comunistas…?*

—Tu padre se preocupa —dijo Dao Feng. Él no le entregaría nada sin leerlo primero. Y ya sabía que ella tenía razón sobre sus suposiciones.

—Se preocupa por él —Rosalind estrujó el sobre—. Le preocupa no volver a tener control sobre mí. Quizá si se hubiera esforzado más en mi infancia, me sentiría mal por él. Pero ¿ahora? —aventó el sobre arrugado a la mesa—. Yo no tengo padre.

Un momento de silencio. Dao Feng suspiró y le dio una palmadita en el hombro.

—Seré tu padre sustituto, niña. Está bien.

Rosalind resopló.

—¿Eres lo bastante mayor para ello?

—Lang Shalin, me *halaga* que digas eso, pero hace mucho tiempo que ya abandoné mis supuestos treinta. Nadie va a pestañear cuando te lleve al altar para entregarte a Hong Liwen.

Rosalind frunció el rostro de inmediato, con la intención de compungirse lo más posible ante aquella imagen. En respuesta, Dao Feng soltó una respetable risita en voz baja. Por mucho que ella intentara enfadarse, habría elegido a su superior como su verdadero padre sin pensarlo dos veces.

Pero las cosas no funcionan así.

Volvieron a llamar a la puerta. La mesera trajo agua caliente. Dao Feng empujó la tetera para ayudarla a verter el agua, pero sus ojos siempre vigilantes estaban fijos en Rosalind.

—Tu misión, entonces —dijo, devolviéndolos a los asuntos urgentes que tenían entre manos—. ¿Preguntas? ¿Comentarios? ¿Inquietudes?

—No —dijo Rosalind con firmeza. Echó los hombros hacia atrás—. No. Entiendo perfectamente.

13

Phoebe Hong observaba Seagreen Press desde el exterior de la valla, semioculta tras un árbol. Desde ese ángulo, quedaba justo fuera de la vista de la caseta de seguridad: la situación no podría ser más perfecta. Como si el árbol estuviera hecho para que ella llevara a cabo su espionaje como novata. Sería conveniente esperar. Tal vez la necesitaran para devolver un mensaje. Tal vez tendría que volver a entrar y fingir que había olvidado algo, y luego hacer un intercambio astuto, como hacían los verdaderos agentes de campo, hablando en código y moviendo sus cosas por debajo de la mesa.

—Feiyi.

Phoebe dio un rápido paso atrás al oír su nombre, intentando no parecer demasiado impaciente. Desde la caseta de seguridad no pódian verla, pero no puso atención a su entorno por detrás. Imprudente. Los ojos de la ciudad siempre estaban vigilando: una amiga del colegio u otra hija de un general, ojos de víbora y fauces venenosas, listas para encontrar su más mínima debilidad para arrastrarla y esparcir rumores sobre ella por toda la alta sociedad. El mes pasado habían dicho que faltaba mucho a clases porque estaba embarazada. El mes anterior a ése, su ausencia la había causado una fuerte adicción a las drogas. Las habladurías nunca duraban mucho, pero la mantenían alerta.

Por fortuna, quien caminaba hacia ella no era un compañero de clase. Era sólo Silas.

Phoebe respiró aliviada.

—Creí que querías esperar en el auto.

Silas se detuvo de repente, con los ojos muy abiertos.

—Lo siento —levantó el pie, preparado para dar un paso atrás—. Estuviste fuera un rato, así que pensé en venir a revisar, por si acaso…

—Ah, está bien, no te preocupes. Mira… ¿no es extraño eso?

Phoebe señaló a través de los barrotes de la valla. Ahora que tenía su permiso para estar presente, Silas se acercó a ella para ver a tres oficinistas salir del edificio principal de Seagreen. Una era la mujer de antes, la secretaria engreída con la falda dos tallas más grande, que prácticamente había obligado a Phoebe a marcharse. Zheng Haidi metió una caja en la parte trasera de un coche estacionado a las afueras del edificio principal, y luego se reunió en los asientos con los otros dos.

—Sólo son las primeras horas de la tarde —comentó Silas—. Me pregunto adónde irán.

—Tal vez deberíamos seguirlos.

Silas ya había empezado a asentir con la cabeza antes de darse cuenta de lo que había dicho Phoebe.

—No, no. Absolutamente, no.

Phoebe se aguantó la risa. Cuando eran niños, Orión le advertía a Silas todo el tiempo que dejara de animar a Phoebe para acompañarlos en sus salidas, pero nunca dejó de hacerlo. Phoebe había sido enviada a Inglaterra antes de tiempo, sólo un año después de la partida de Orión. La asignaron a vivir bajo el techo de su tutora, al final de la misma calle, pero extrañaba mucho a su hermano mayor y, en cuanto se reencontraron, empezó a seguirlo a todas partes. Cada vez que Phoebe se recogía el cabello y tomaba la llave de su casa, para después recorrer con valentía los tres minutos a pie que la separaban de la puerta de la casa de los chicos, cuando llegaba ahí les preguntaba si querían compañía en su próxima aventura. Si Silas abría, le decía siempre que sí, para disgusto de Orión. Una vez, Orión casi rompe a patadas el piso por la frustración, ya que se suponía que iban a colarse en un bar, y no podían llevar a su hermanita a un bar.

Cuando todos regresaron a Shanghái —Orión tuvo que enfrentar los daños causados por el juicio de su padre, Silas ya había terminado sus estudios y Phoebe no quería quedarse en Inglaterra si Orión no estaba allí—, esa costumbre no desapareció. Orión y Silas empezaron a trabajar para el Kuomintang y, de pronto, Orión ya no se frustraba porque Phoebe los acompañara en sus aventuras, sino porque Silas no podía guardar secretos cuando Phoebe le preguntaba qué hacían. Silas y Orión solían trabajar en pareja en las misiones que tenían una relación entre sí. Tras una serie de preguntas concretas, Phoebe siempre sabía exactamente qué tramaba su hermano.

—Te lo suplico —le dijo Orión una vez, fingiendo dramatismo y cayendo de rodillas frente a ella—, deja de usar tus artimañas femeninas delante de él de esa manera. Él no es tan fuerte.

—No tengo ni idea de lo que estás hablando —resopló Phoebe—. Él debería aprender a ser fuerte.

Orión se dobló hacia un lado y se derrumbó sobre la alfombra de la sala.

—¡Lo estás matando, Phoebe! Y a *mí*, por tener que presenciarlo.

—¿Ah, sí? —Phoebe ni siquiera se molestó en disimular su tono alegre. Pasó por encima de su hermano, taconeando a su alrededor en su camino a la cocina para servirse un poco de yogur—. Tal vez debería convertirme en asesina.

En ese momento, golpeteó la valla con los dedos, el metal de sus anillos resonó a lo largo de los barrotes. Una vez que el auto de Haidi se alejó y las puertas delanteras se cerraron, no había mucho más que observar, así que Phoebe se alejó del perímetro. De todos modos, no le interesaba seguir a una secretaria engreída. Ya había investigado bastante ese día.

—¿Me llevas de vuelta? —le preguntó a Silas.

—Por supuesto. Vamos.

La calle estaba tranquila mientras caminaban de regreso al auto estacionado de Silas, la brisa de la tarde agitaba las frondas de los árboles en lo alto. Phoebe levantó la cabeza para observar el movimiento de las ramas y, en su distracción, casi choca con una farola.

—¡Feiyi!

—No te preocupes, no te preocupes —lo tranquilizó ella, y se reacomodó el cuello del vestido—. Eres muy amable por preocuparte tanto.

Silas agachó la cabeza, concentrado en abrir la puerta.

—Tu hermano me mataría si acabaras en el hospital después de esta excursión. ¿Adónde vamos? ¿A la escuela?

Phoebe soltó una pequeña risa burlona al deslizarse en el asiento del copiloto. Era su último año en la academia y hacía semanas que no iba a clases. Tendrían suerte si aparecía una vez cada quince días, quizá tres veces al mes, si decidía honrarlos con su presencia. Todas sus compañeras irían a la universidad después de graduarse, pero a Phoebe no se le ocurría que hubiera nada peor que eso. Escribir ensayos y memorizar poemas en un aula repleta de gente. Qué asco.

—A casa, si eres tan amable —respondió ella—. ¿No tienes que trabajar hoy?

Silas encendió el auto y se incorporó a la calle, comprobando con cuidado los espejos retrovisores antes de acelerar. En esos momentos, trabajaba como ayudante de forense en una comisaría, lo que le facilitaba el acceso a la información cuando se encontraban nuevos cadáveres que se sospechaba que habían sido asesinados con químicos. Sin embargo, Phoebe rara vez se había enterado de que Silas fuera a su trabajo o, al menos, cada vez que lo llamaba estaba disponible.

—No, hasta la noche —respondió Silas. Llegaron a un cruce donde había un tranvía averiado y Silas murmuró algo en voz baja. Sin preocuparse de los bocinazos a sus espaldas, se desvió por una calle lateral para evitar el tráfico y tomar una ruta más larga.

Phoebe apretó la cara contra la ventanilla.

—¿Vamos a atravesar la jurisdicción china?

—Será más fácil. A menos que prefieras otra ruta. Puedo dar vuelta…

—No pasa nada.

La atención de Phoebe se desvió hacia el suelo del asiento del copiloto. Había un montón de sobres de papel allí, y mientras Silas giraba a la derecha y a la izquierda para evitar pasar sobre una jaula de pollos, Phoebe tomó uno de los sobres. Todos iban dirigidos a Pastor.

Los ojos de Silas parpadearon.

—Probablemente… deberías dejar eso abajo —dijo.

Phoebe no lo hizo.

—¿Qué es eso de que estás a punto de encontrar a Sacerdote?

—Sólo soy uno de tantos —Silas se acercó, con una mano le quitó el sobre suavemente, mientras manejaba el volante con la otra—. Estoy seguro de que Dao Feng tiene varios equipos trabajando en el asunto.

—Así que *estás* cerca. Si no, no actuarías con tanta humildad.

—He estado infiltrado como ayudante de bajo nivel con los comunistas por mucho tiempo, lo suficiente para que decidieran ponerme en contacto con Sacerdote para hacerle preguntas sobre el reclutamiento —Silas volvió a arrojar el sobre al suelo y luego le dedicó una mueca tensa a Phoebe—. No significa nada. Tal vez eso no lleve a ninguna parte.

Sin inmutarse, Phoebe sonrió y se acercó a Silas para acomodarle un mechón de cabello detrás de la oreja. Le estaba creciendo demasiado y empezaba a rizarse.

—Ten fe. Yo creo en ti.

Dieron vuelta en otra curva cerrada. Silas miraba la calle a través del parabrisas; Phoebe lo observaba mientras sus orejas se sonrojaban.

—Siempre eres tan curiosa —dijo Silas, medio en voz baja, casi hablando vacilante consigo mismo—. Deberías pedir a Dao Feng que te recluten cuando te gradúes. Serías buena trabajando de encubierto —Silas se aclaró la garganta—. Quizá conmigo. Es decir, si quieres.

Phoebe emitió un sonido evasivo.

—No lo sé. Me gusta tener la libertad para hacer lo que quiera. Y parece que trabajar para el Gobierno es muy molesto.

—¿No es eso lo que ya estás haciendo?

—Mmm. Es diferente, de alguna manera. Como...

Antes de que Phoebe pudiera ordenar sus pensamientos, Silas frenó de repente y Phoebe extendió la mano hacia el tablero, para sujetarse y evitar salir volando por el parabrisas. El auto se detuvo. Con un grito ahogado, Phoebe volvió a recargarse en el asiento, con el corazón latiéndole con fuerza.

—¿Qué...?

La mirada de Phoebe se desvió hacia donde miraba Silas, a través de su ventanilla y hacia el otro extremo de la concurrida calle del mercado por la que estaban circulando. Una gran multitud estaba reunida junto a un callejón, justo entre una tienda de telas y una pescadería.

La deducción fue sencilla. Ningún otro espectáculo atraería a una multitud semejante. De todas formas, Phoebe preguntó:

—¿Qué está pasando?

Silas entrecerró los ojos y abrió la puerta. No salió. Sólo dejó que el ruido del mercado lo inundara, eliminando la barrera contra la confusión y el alboroto.

—Apostaría lo que fuera a que acaban de encontrar otro cadáver.

—¿En un lugar tan público? —Phoebe se inclinó más hacia Silas, buscando también entre la multitud. Un fugaz movimiento llamó su atención: una figura vestida con un gran abrigo negro se alejó de la multitud y entró rápido en un vehículo estacionado. Aunque el coche no estaba tan fuera de lugar como para desviar la atención del callejón, resultaba extraño estacionarse frente a una pescadería. En realidad, era bastante raro que alguien tan acaudalado como para tener un auto se acercara a una pescadería en primer lugar.

Las ruedas se alejaron chirriando. Phoebe miró la matrícula.

—Oye —exclamó de repente, colocando un brazo sobre el hombro de Silas y dándole rápidas palmaditas en el pecho—. ¿No es ése el auto que acaba de salir de Seagreen?

Silas giró la cabeza de inmediato y alcanzó a ver el coche antes de que diera la vuelta a la esquina. Se acomodó los lentes.

—¿Lo era?

—No estoy segura —respondió Phoebe—. Pero creo que sí.

Era demasiado tarde para perseguir al coche sospechoso, sobre todo con los peatones y los vendedores del mercado arremolinados en la calle. Permanecieron sentados un largo rato, meditando sus opciones. Entonces, Silas cerró la puerta con un fuerte golpe, amortiguando el bullicio de la calle.

—Estemos atentos, Feiyi —dijo Silas—. ¿Vamos a dar la vuelta para ver si los encontramos de nuevo?

Phoebe aplaudió, entusiasmada.

El resto de la jornada transcurrió sin incidentes.

Diez minutos antes de las seis, Rosalind acomodó sus documentos y Jiemin le dijo que podía irse y registrar su salida. El resto del departamento de producción estaba arriba reunido con el embajador Deoka. Orión sería el primero en reunirse con él, aunque Rosalind no tenía muchas esperanzas de que él pudiera obtener gran información de esa reunión, con el resto del departamento presente, discutiendo sobre fuentes tipográficas.

Rosalind se colocó la bolsa en el hombro y salió por las escaleras. Toda la tarde, mientras ordenaba mentalmente los documentos que le entregaba Jiemin, había estado pensando en el archivo que buscaban los comunistas. Un objetivo a corto plazo, un objetivo a largo plazo. El primero era mucho más fácil. El segundo requería forjar confianza, establecer contactos, lograr que los colegas de la oficina la consideraran como una de ellos, y odiaba eso porque siempre existía la posibilidad de dar un paso en falso. Quizás a los nacionalistas no les importara que dejara que Orión investigara. Sólo tendría que vigilarlo para asegurarse de que no desertara y se pasara al bando de los japoneses.

—Caminas muy rápido, cariño.

Rosalind se dio la vuelta, sorprendida de que Orión ya hubiera salido. Ni siquiera lo había escuchado acercarse.

—Hago todo para alejarme de ti más rápido.

Orión rio como si ella hubiera contado un chiste divertido. Cuando la alcanzó, miró por encima de su hombro, inspeccionando los escalones del edificio de oficinas detrás de ellos. Luego añadió, muy serio:

—Bésame.

Rosalind parpadeó.

—¿Qué?

—¿Estamos enamorados o no, Janie?

Antes de que Rosalind pudiera echarle en cara que era un degenerado, tomó el brazo de Orión y giró también la cabeza para ver lo que él estaba mirando. Junto al edificio, un grupo de colegas se había quedado conversando, pero estaba claro que la mitad de ellos tenía su atención puesta en Rosalind y Orión, observándolos partir.

—¿Sospechan de nosotros? — preguntó Rosalind.

—Uno me preguntó hoy si éramos una pareja arreglada y no nos habíamos conocido antes de casarnos, así que ya me dirás.

—Podríamos haberlo sido.

—Ésa no es nuestra identidad encubierta, Janie Mead.

Rosalind se detuvo y fingió una carcajada de placer. A Orión le tomó totalmente por sorpresa, pero antes de que pudiera retroceder, ella le tomó la cara con las manos y juntó sus labios con los de Orión.

No duró más de un segundo antes de que ella se apartara, manteniendo una sonrisa mientras volvía a tomarlo del brazo y tiraba de él. Los compañeros que los observaban podrían sacar sus propias conclusiones.

—Amada mía —dijo Orión, cuando cruzaron las puertas—. Vaya actuación. Si no te conociera mejor, pensaría que querías arrancarme la ropa.

—Ay, por favor —era imposible no reconocer que Orión satisfacía los estándares varoniles de atractivo necesarios para incitar tal reacción. Tal vez estaba acostumbrado a ello, a recibir adulaciones y halagos adonde fuera. Pero no obtendría nada de eso de Rosalind—. No tengo ningún deseo de arrancarte la ropa.

—¿Ni siquiera un poco? —bromeó él.

No es que Rosalind no supiera de qué hablaba la gente cuando susurraba sobre esos impulsos. Rosalind entendía el romanticismo. Solía desearlo tanto que lo buscaba dondequiera que mirara. Le habría encantado arrancarse el corazón ardiente y esperar con paciencia a que alguien viniera y se lo llevara. Lo que no entendía era la inmediatez. Cómo otros, tras ver a un extraño, sentían las palmas sudorosas y la garganta seca, sentían la atracción gravitatoria de estar cerca, cerca, más cerca. Estaba parcialmente convencida de que el mundo entero confabulaba para jugarle una gran broma, intentando convencerla de que ella era la rara. ¿Cómo podía alguien sentir *algo* así por una persona que no conocía? ¿Cómo podía ella sentir mariposas en el estómago si no reconocía la forma de una sonrisa? ¿Cómo podrían escocerle los dedos por el ansia de tocarlo, si antes no había memorizado las líneas de sus palmas?

Sin embargo, había sido muy fácil engañarla. Fingir. Casi deseaba ser como los demás. Qué liberador debía ser encariñarse en un abrir y cerrar de ojos y desprenderse de la persona con la misma rapidez. Pero Rosalind amaba o no amaba. En ella no existía un término medio.

—Soy buena actriz —dijo con un hilo de voz.

Orión abandonó su comportamiento burlón. Tal vez detectó la extrañeza en su voz. Tal vez sintió el temor y la angustia que se arrastraban tras ella como un sucio velo nupcial. La mano de Rosalind todavía estaba en la parte interna del codo de Orión, y sintió cómo su brazo se tensaba, como si intentara sujetarla.

—¿Cuál es la historia aquí?

Rosalind negó rápidamente con la cabeza.

—No hay historia —se obligó a aflojar la tensión de sus hombros, levantar la barbilla y sacudirse el cabello de la cara—. Simplemente soy así. Más falsa que los votos jurados a causa del vino.

La tensión había pasado. Orión volvió a sonreír y se acercó a ella para tomar un mechón de cabello.

Rosalind se apartó con un resoplido.

—No hagas eso. Algunos de mis broches están envenenados —advirtió—. ¿Qué aprendiste hoy?

—Olvida lo que aprendí —ahora estaban en una calle principal, caminando en paralelo a las líneas del tranvía. En cuanto Rosalind se adelantó y puso unos pasos de distancia entre ella y Orión, él se apresuró a alcanzarla y le pasó un brazo por los hombros.

—Salí a comer con algunos de ellos y nos conseguí a ti y a mí una tarea extra para la próxima semana: el departamento de redacción estará corto de personal para una próxima recaudación de fondos, así que vamos a cubrirla. Dentro de poco, conoceremos toda la empresa como la palma de nuestra mano, sobre todo si empezamos primero con nuestro propio departamento de producción —Orión se agachó para evitar golpearse la cabeza con el toldo de un puesto, sin bajar el ritmo de su paso—. Ésta es mi idea: Primero, conversamos un poco en el trabajo. Luego, vemos cuáles son las actividades nocturnas de nuestros compañeros. Poco después, nos encontramos con ellos fuera de la oficina. Así entraremos a la perfección en sus círculos sociales.

No parecía un plan perfecto. Ésta era una gran ciudad.

—¿Ya te aprendiste sus *nombres*? —preguntó Rosalind, sin molestarse en suavizar el desprecio de su tono.

—Claro —respondió Orión al instante—. Tal vez necesite que me lo repitan una o dos veces, y debo perfeccionar mi pronunciación, pero sólo eso. Casi todo el personal en los departamentos de producción o redacción es chino o japonés, y hay uno que otro extranjero occidental. Algunos guardias son sijs. También hay indios, rusos y judíos askenazíes. Tú también conociste a una, ¿verdad? Liza Ivanova.

Rosalind sintió un aleteo de pánico. ¿Orión sospechaba? ¿Acaso su mirada duró un instante de más, mientras ella se daba la vuelta para responder a la pregunta? ¿Tensó el brazo que tenía sobre su hombro?

—Muy brevemente —respondió—. No hablamos de nada sustancial.

—¿Ah, sí? No lo parecía.

Habían llegado al departamento de ella. Rosalind no quería seguir inventando mentiras sobre lo que Alisa y ella conversaron, así que aprovechó la interrupción natural para apartar el brazo de Orión y correr hacia las escaleras.

Un aroma familiar flotaba por la escalera exterior y Rosalind lo olfateó al pasar junto a las ventanas empapeladas de su departamento y al llegar a la puerta principal. No esperó a que Orión la alcanzara; abrió la puerta de golpe y encontró a Lao Lao junto a la mesa del comedor, colocando el último plato.

—He estado esperando todo el día para conocer a tu falso marido. ¿Dónde está?

Rosalind abrió la puerta de par en par e hizo pasar a Orión.

—Dilo un poco más alto, Lao Lao. No creo que los espías que están allá afuera ocultos entre los arbustos te hayan oído.

—Ay, tan *guapo* —Lao Lao se acercó a Orión, lo tomó de las manos y lo observó más de cerca. El rostro de él se iluminó de inmediato, absorto por la atención—. ¿Te gusta la sopa de bambú? ¿Pierna de cerdo cocida a fuego lento? ¿Cordero al comino?

—Me gustan todas esas cosas —respondió Orión. Lanzó una mirada a Rosalind mientras ella dejaba su bolso en el sofá—. Janie debería temer que me divorcie de ella para casarme con usted.

—Hazlo, *por favor* —Rosalind se quitó un broche del cabello y dejó que los rizos de la base del cuello cayeran por su espalda. Lao Lao no tuvo tiempo de protestar, porque Rosalind tomó uno de los platos con tomate y entró a su dormitorio—. Así no tendría que aguantarte.

Rosalind cerró la puerta con el pie.

—Tan quisquillosa —oyó que Lao Lao se quejaba tras ella—. Ven a comer, entonces, y guardamos el resto para cuando ella quiera comer algo en la noche.

Rosalind se puso rígida. Pegó la oreja a la puerta.

—¿A menudo sale a comer algo por la noche?

—Más vale que tengas cuidado con lo que dices, Lao Lao —murmuró Rosalind en voz baja.

—Ah, ya sabes cómo son las chicas. Tan precavidas con su trabajo que olvidan comer y se tragan un zòngzi justo antes de irse a dormir. Así son.

Rosalind se apartó de la puerta, respirando aliviada porque Lao Lao había dado marcha atrás. Con una mano metió la cuchara en el plato de tomate, y con la otra empezó a hojear sus libros, observando las notas y los dibujos de los autores. Dao Feng le había dado estos diarios como guías para su elaboración de venenos. Tenía que admitir que eran útiles, pero algunos de sus hallazgos estaban escritos de la forma más enrevesada, como si los anteriores asesinos del Kuomintang hubieran sido aspirantes a poetas.

—Dos silbidos de hojas de té negro —refunfuñó Rosalind—. ¿A quién se le ocurrió que un silbido se convirtiera en una unidad de medida?

Sin embargo, lanzó un silbido corto, volcando el polvo de té molido en un tazón.

Se sumergió en su trabajo: sacó hierbas de los frascos de los estantes y las puso a remojar. En algún momento, escuchó el tintineo de platos en la cocina, lo que indicaba que Lao Lao y Orión estaban limpiando, pero lo ignoró para concentrarse en enchufar un quemador en miniatura y colocarlo justo debajo del tazón para calentar la sustancia.

Estaba apagando el quemador y avivando los últimos restos de humo cuando llamaron a la puerta de su habitación.

—Un segundo —Rosalind encontró una funda diseñada para mantener a las moscas alejadas de la comida, y la dejó caer sobre su trabajo, empujando todo a un lado de su escritorio. Orión no se plantearía muchas preguntas si la viera fabricando veneno: era bastante natural que los agentes normales tuvieran armas de autodefensa. Sin embargo, si él notaba que ese interés de Rosalind era demasiado intenso, podría ponerlo a pensar, y ella evitaría a toda costa revelar su identidad como Fortuna—. Puedes entrar.

Orión abrió la puerta. Llevaba la corbata suelta y los dos primeros botones de la camisa desabrochados.

—Lao Lao ya se retiró. Dice que hay que calentar la sopa antes de comerla o te dolerá el estómago.

—Le encantaría que me doliera el estómago. Entonces, podría decir que me lo advirtió... *¿qué* estás haciendo?

—¿Quién, yo? —Orión se sentó sobre la cama. Se quitó el saco y se recostó sobre las almohadas de satén—. Estoy durmiendo. Buenas noches.

Rosalind echó un vistazo al pequeño reloj de su escritorio, cuyo péndulo en miniatura oscilaba con fuerza para marcar los segundos.

—Son las ocho.

—Estoy muy cansado, querida. Necesito descansar.

—¿Duermes —preguntó Rosalind, cruzando los brazos sobre el pecho— con ropa de calle?

—Me encanta dormir con ropa de calle —replicó Orión—. Si hay intrusos en casa podemos huir fácilmente.

—Por lo menos, quítate los zapatos. Pareces un lǎowài.

Con los ojos obstinadamente cerrados, Orión movió las piernas para quitarse los zapatos y los dejó caer al suelo. Rosalind se paró junto a la cama, y lo miró en silencio. Orión no dejó de fingir que estaba dormido.

Entonces, ella se sentó a su lado. Lo miró fijamente y trató de incomodarlo. Como eso no funcionó, Rosalind dijo:

—¿Puedo hacerte una pregunta?

—Qué amabilidad —respondió Orión, revelando su estado de alerta con los ojos cerrados—. Continúa.

—¿Cuál era tu nombre en clave antes de esta misión?

Orión arrugó la nariz.

—Amada, endúlzame el oído antes de preguntar asuntos tan personales.

Rosalind sólo conocía unos pocos nombres clave activos en la ciudad. No era un asunto personal.

Si los agentes no estaban prófugos o no tenían mala fama dentro del partido, había pocas razones por las que evitaran revelar su nombre clave a personas en las que confiaran. Por supuesto, la confianza debía estar presente primero.

—Sólo tengo curiosidad —dijo Rosalind.

—Yo también. ¿Cuál era el tuyo?

Rosalind frunció los labios. Orión sonrió y por el silencio notó que la había sorprendido.

—Ah, jaque mate —y con más firmeza esta vez, repitió—: Buenas noches.

—No es posible que hables en serio.

Él siguió durmiendo.

Rosalind le golpeó la pierna.

—Basta ya de tonterías. Vas a dormir en el sofá.

Orión abrió los ojos de golpe.

—¿Mi querida esposa es tan cruel?

—Sí —señaló la puerta. De ninguna manera, ella desperdiciaría toda la noche fingiendo dormir delante de él. En tres horas debía pasar a un recipiente más grande su veneno a medio hacer—. Largo.

—*Janie* —suplicó, con los ojos grandes y abiertos de par en par.

—Lar-go —dijo Rosalind de nuevo—. No me obligues a decirte "gǔn kāi".

Con un suspiro, Orión se sentó.

—Bien, bien, es mi deber marital escucharte —saltó de la cama con una facilidad casual, como si apenas un minuto antes no hubiera estado haciendo un alboroto por tratar de dormir—. Una vez más, cariño: *buenas noches*.

Rosalind lo miró con recelo cuando salió del dormitorio y la puerta se cerró tras él. Segundos después, escuchó que su falso marido empujaba el sofá, haciendo crujir las tablas del piso, mientras se acomodaba para dormir y se movía entre los distintos cojines.

Al otro lado de la puerta, por fin, se hizo el silencio.

—¿Cómo quedé atrapada con alguien así? —murmuró Rosalind, poniéndose en pie. Quitó la tapa de sus venenos. Olfateó el progreso de la pócima. Agitó el tazón. Al menos se libraría de él por esta noche.

Un fuerte *chasquido* llegó de repente de la sala, interrumpiendo su efímera paz. Entonces:

—Janie, ¿se *supone* que tu lámpara está enchufada a la pared?

Rosalind suspiró.

14

En el mapa de Celia, aún quedaba un sector por completar. La vela derramó por un lado una gota de cera que cayó sobre el escritorio, justo cuando ella tomó una regla para medir el mínimo espacio en blanco que quedaba en su hoja de papel.

—Eso no está bien —murmuró. Se estaba haciendo tarde, pero las persianas estaban completamente abiertas, dejando entrar la luz de la luna llena. Había creído que esa noche terminaría su mapa, pero llevaba media hora dándole vueltas a la misma discrepancia. ¿Había algún error en las asignaciones? ¿El mapa original en el que se dividieron los sectores estaba tan desfasado que faltaban cuadrículas enteras?

Su dedo trazó la versión más antigua que tenía delante, la representación oficial distribuida por el gobierno que delimitaba los campos y las carreteras para los viajeros que se aventuraban fuera de los límites de Shanghái. Millie tenía la sección a la derecha del terreno asignado a Celia, pero empezó a dibujar su mapa por la izquierda, lo que significaba que completó ese borde hacía meses. Si se suponía que sus nuevos mapas debían estar alineados al final del periodo que tenían asignado para estar ahí, a Millie o a Celia no les habían dado las coordenadas completas.

Celia volvió a revisar su mapa casi terminado: cada camino había sido estudiado a pie minuciosamente y cada parcela de bosque, medida con el mismo escrúpulo. Ya había recopilado la información durante la semana, con el objetivo de terminar lo que creía que era su última sección, ¿por qué no coincidían los paneles? ¿Por qué había una sección de terreno que permanecía inexplorada? No recordaba mal: cuando examinaron el terreno a la luz del día, entre estas dos coordenadas había un campo entero de tierra.

Celia se levantó de su asiento y asomó la cabeza al pasillo.

—¿Oliver?

No hubo respuesta. Celia volvió rápido a su escritorio, enrolló los mapas, los metió en una bolsa y se la echó al hombro. La noche era fría cuando salió, con su aliento se formó una pequeña nube ante ella, mientras metía sus manos sin guantes en los bolsillos de su abrigo. Su tienda estaba situada cerca del borde de la ciudad, por lo que el denso bosque exterior estaba cerca y era fácil atravesarlo. La luz de la luna se oscurecía, brillaba y volvía a oscurecerse a medida que un grupo de nubes se deslizaba en los cielos, pero nada de eso molestaba a Celia. Con fina concentración, tuvo cuidado al atravesar el bosque, atenta a los pequeños indicadores rojos que había dejado caer las semanas anteriores para marcar su progreso mientras seguía a los soldados nacionalistas. Esa noche no había soldados. Quizá los habían trasladado a otro lugar o estaban de misión en los alrededores.

El objetivo de la creación de nuevos mapas era contar con una descripción lo más precisa posible del terreno e ilustrar una imagen completa del movimiento nacionalista con flechas codificadas por colores y claves de dirección. Y habían tenido éxito: sus levantamientos señalaban con precisión cada base nacionalista, y marcaban las carreteras preferidas por determinadas unidades y los caminos que no se utilizaban nunca, para que las fuerzas comunistas supieran cómo desplazarse con seguridad llegado el momento.

Celia se detuvo, sacó el mapa de la bolsa y lo desenrolló. Allí estaba la línea de árboles. Allí se elevaba una ligera colina. Miró el papel.

—¿No podías haber esperado un segundo más a que respondiera?

—*Merde*… —Celia soltó el mapa y volteó, al tiempo que sacaba un cuchillo de su manga. Oliver retrocedió y levantó las manos en son de paz, pero Celia se relajó en cuanto lo reconoció.

—No te acerques a mí sigilosamente —dijo ella entre dientes—. Y menos, en el bosque.

—¿Qué haces con un cuchillo? —respondió Oliver. Arqueó las cejas—. ¿Siquiera sabes usarlo?

—Fue un regalo de mi primo —aunque era más decorativo que efectivo, lo cargaba por seguridad—. Sé usarlo muy bien.

—De acuerdo. Úsalo conmigo.

Celia arrugó la nariz, incapaz de saber si Oliver hablaba en serio.

—¿Qué…?

—Vamos, ¿y si yo hubiera sido el verdadero enemigo? Veamos si sabes usarlo.

—Esto es ridículo…

—A menos que no puedas…

Decidida, Celia cambió la empuñadura del cuchillo y apretó la empuñadura antes de lanzarse con rapidez hacia el frente. Colocó la hoja en el cuello de Oliver. Él bajó la mirada.

—Terrible manera de hacerlo.

Celia casi gritó.

—*Perdón*…

Antes de que ella pudiera pestañear, Oliver levantó el brazo, rodeó con toda la mano la empuñadura y giró el arma hacia el cuello de la chica. El frío de la hoja le besó la garganta justo debajo de su collar, y entonces también quedó inmovilizada: de espaldas a un árbol, el antebrazo de Oliver se lo impedía. El cuchillo no presionaba lo suficiente para causarle ningún daño, pero sintió que el sudor recorría su columna vertebral.

Oliver chasqueó la lengua.

—Ups. Muerta. No portes armas que no sepas usar.

—Habría *apuñalado tus entrañas, si no fueras tú* —protestó Celia. Arqueó la cabeza contra el tronco del árbol, intentando apartar el brazo. Oliver no la soltaba.

—¿Cómo lo habrías hecho? Los brazos de un hombre son más largos que los tuyos. Te habrían vencido, igual.

—Me habría movido *rápido*…

—Cualquiera podría haber dado un paso atrás en cuanto tú dieras un paso adelante.

La luna volvió a asomarse tras una nube y recuperó todo su brillo. Bajo su resplandor, los ojos de Oliver pasaron del cuchillo al collar de jade que ella llevaba en el cuello. Por fin le soltó la mano, aunque sólo para que ella pudiera ajustarse el collar después de que él lo había sacudido durante el forcejeo. Con una respiración trémula de alivio, Celia bajó el brazo para no arriesgarse a cortarse la garganta expuesta. Sólo por eso jadeaba. No porque Oliver estuviera apretando el cordón de su collar y sus cálidos dedos le rozaran la nuca.

—La cadena está suelta —explicó Celia porque el cordón pareció escapar de las manos de Oliver cuando estaba terminando de hacer el nudo. Ella mantuvo la mirada de soslayo, viendo hacia el bosque, para que no fuera evidente que Oliver estaba demasiado cerca, justo delante de ella, mientras le arreglaba el collar—. Es viejo.

Oliver agarró el nudo antes de que se soltara y lo amarró correctamente.

—¿Has considerado —preguntó sin rodeos— dejar de llevar collar?

—No —dijo Celia. No dejaba lugar a discusiones. Él sabía por qué lo usaba, le cubría la garganta e impedía que los odiosos le negaran la posibilidad de ser mujer. Era una mujer a pesar de todo; era una lástima que otros en este mundo tuvieran ciertas ideas sobre el aspecto que debía tener. Ella no estaría segura sin el collar.

—De acuerdo.

Oliver no pareció inmutarse. Con los años, Celia se había acostumbrado a su actitud práctica, que se manifestaba tanto en su facilidad para dejar pasar temas sin sentido, como en su intensidad para llevar a cabo tareas cruciales hasta el final.

—Razón de más —continuó Oliver— para no ir blandiendo tu cuchillo por ahí. La próxima víctima a la que amenaces te aflojará aún más el collar, ¿y qué vas a hacer si no estoy cerca para ayudarte a mantenerlo en su lugar?

Celia puso los ojos en blanco.

—¿Me seguiste hasta aquí para darme una lección de vida?

—Te seguí hasta aquí porque actuabas de forma sospechosa. ¿Qué pasó?

Celia finalmente dio un paso atrás, poniendo distancia entre ellos para recoger el mapa que se le había caído. Cuando alisó el papel, trató de ignorar el frío en sus hombros, que se estremecían por una sensación tangible de ausencia.

—Desde donde estamos hasta… unos quinientos metros al este —adivinó Celia—, hay muchos bosques y, sobre todo, un camino de tierra en forma de V para el paso de camiones. Lo recuerdo porque había un nido de pájaros justo por encima de esa curva cerrada. Me pregunté si los huevos podrían caer al camino.

Hizo una pausa y deslizó el dedo por el borde del mapa. Oliver observó el movimiento con atención.

—Ese sector no estaba en el mapa de Millie. Ella empezó más hacia la derecha. Pero ahora yo también llegué al final de mis coordenadas y no dibujé ese camino.

Oliver tomó el mapa. Sólo quedaban unos centímetros en el papel que esperaban ser llenados, pero lo único que faltaba eran bordes serpenteantes y grupos de árboles.

—¿Caminaste por la carretera?

Celia negó con la cabeza.

—Corté por la curva y caminé por el bosque. No quería que me vieran si había soldados.

—Entonces hubo un error durante nuestra asignación de mapas —sugirió Oliver—. Puedo enviar un mensaje y comprobarlo.

—Pero no lo creo —Celia metió la mano en la bolsa y sacó el mapa más antiguo, que daba una visión completa del terreno que se repartieron los cuatro—. Mira aquí. Es como si la sección hubiera sido totalmente recortada. No hay carreteras.

Oliver permaneció en silencio un buen rato, mirando el mapa. Entonces habló:

—Es bastante común que los mapas tengan errores —dijo con cuidado—. A veces, si no hay nada a lo largo de grandes distancias, es fácil calcular mal y representarlas más pequeñas de lo que son en realidad.

Celia asintió.

—Me ha pasado. Es fácil ajustar la escala en la parte inferior. Pero aquí… *no* es que no haya nada. Hay carreteras. No se puede ajustar la escala en una carretera y dejarlo así.

Observó a Oliver reflexionar sobre el asunto, con la mandíbula apretada y brillante bajo la luz plateada de la luna. Oliver no era una persona fácil de complacer y era un terror absoluto obtener algún tipo de empatía de su parte. Por eso, aunque Celia no se lo confesaba a nadie por temor a parecer una persona terrible, disfrutaba mucho cuando le arrancaba una sonrisa.

La comisura de los labios de Oliver se crispó. Celia sintió cómo se calentaba su pecho.

—Así que las carreteras son nuevas —concluyó Oliver—. ¿Cuándo se dibujó nuestro mapa de referencia?

Celia hojeó el reverso, buscando la información de la impresión.

—En 1926.

—Entonces, averigüemos qué más es nuevo.

En la tranquilidad de la noche, los dos empezaron a escarbar por el bosque, pisando con cautela en la maleza. Había algunas plantas espinosas que Celia esquivaba rápidamente y, unos pasos más adelante, Oliver intentaba aplastarlas primero con sus botas para que Celia pudiera avanzar más fácilmente.

—Ahí está la curva cerrada —anunció Celia después de una distancia considerable, señalando hacia delante. Los árboles se habían despejado a ambos lados del camino de grava. La V de la curva brillaba bajo el blanco de la luna.

—Vamos a la izquierda —declaró Oliver.

Celia no dudó en seguirlo, pero enarcó las cejas, haciendo una mueca de dolor cuando una piedra muy afilada se clavó en la suela de su zapato.

—¿No quieres que nos separemos para comprobar las dos direcciones, sólo para estar seguros?

—Eso sería una tontería. Puedes ver cómo la parte de la derecha se dobla en ángulo hacia el este —Oliver aceleró el paso y Celia se colgó la bolsa al hombro, con los mapas arrugados dentro—. Pronto entrará en una curva de noventa grados. Lo que significa que debe conectar con el camino de tierra que comienza en el borde del mapa de Millie.

—Lo que significa que no conduce a ningún destino desconocido que queramos investigar —terminó Celia, siguiendo su lógica—. Ya veo.

Oliver pateó una de las rocas bajo sus pies.

—Me diste la razón muy pronto. Me siento honrado.

—Por supuesto. Estoy de acuerdo con la lógica.

—Por lo regular, tengo que darte órdenes antes de que me des la razón.

Celia suspiró.

—Es que te gusta darme órdenes. Sólo nos conocimos porque te grité en ese callejón y tu enclenque ego no pudo soportarlo.

—Mi enclenque ego siempre puede soportar tus gritos, cariño. Mira, allá delante, ¿eso está en nuestros mapas?

Celia no era lo bastante alta para ver lo que Oliver señalaba. Frunció el ceño y se paró de puntitas, pero entonces el suelo se elevó y se niveló muy sutilmente, y ella captó un destello plateado entre los árboles.

—¿Qué es? —preguntó—. ¿Un cobertizo?

—Es demasiado grande —respondió Oliver sin rodeos—. Supongo que entonces no está en nuestros mapas.

Pasó algún tiempo antes de que se acercaran a la estructura, pero en ese momento era bastante claro que la distancia había alterado la percepción de Celia. No era un cobertizo. Era todo un almacén, construido con techos altos y una gran puerta de madera. El camino de tierra terminaba allí, como si lo hubieran construido específicamente para conducir a ese lugar.

—Espera —Celia tomó a Oliver por el brazo y se mantuvieron quietos. Escucharon: el susurro del viento, el oscilar de las hojas, el murmullo de los animales y las criaturas que poblaban el tupido bosque. En algún lugar, a lo lejos, pasó un tren y el chillido de su silbato, cargado de vapor, resonó en el claro.

—No hay autos —dijo Oliver en voz baja—. El lugar está vacío.

—¿Crees que sea militar? —susurró Celia.

—Debe serlo —el silbido del tren se apagó. La brisa disminuyó y el mundo quedó en calma—.Pero ¿de quién?

Oliver se dirigió hacia la puerta de madera y destrabó el pesado pestillo metálico. Éste giró hacia el otro lado y chocó con la cuña en un estruendo atroz. Celia se estremeció, pero entonces Oliver empujó la puerta y el sonido fue todavía más fuerte, retumbando hasta que toda la entrada quedó abierta de par en par y el cavernoso interior abrió la boca.

—¿Trajiste una linterna?

—Debo confesar que cuando me escabullí esta noche, no pensé que necesitaría una linterna —Celia entró al almacén, intentando ver a través de la oscuridad. Una estantería, y una caja, y…

Detrás de ella se oyó un zumbido eléctrico. Segundos después, los focos del techo se encendieron e iluminaron todo el espacio. Celia se giró y abrió mucho los ojos.

—Encontré el interruptor de la luz —declaró Oliver, con el dedo todavía sobre el apagador—. ¿Ves la bandera de alguna facción?

Las paredes eran de metal liso. Unas vigas uniformes sostenían el alto techo, interrumpidas por focos que colgaban cada pocos metros. Pero no había banderas de ninguna facción, nada que pudiera indicar si se trataba de una propiedad comunista abandonada, de una propiedad nacionalista olvidada o de otra cosa.

La disposición del lugar era extraña para ser un almacén. No había ventanas. Ninguna otra salida excepto la frontal, aunque había una puerta más pequeña al otro lado que parecía llevar a otra habitación.

Y en el centro del almacén…

—¿Qué *es* eso? —preguntó Celia.

Parecía una mesa de operaciones. Fría y larga, plateada y brillante. De no ser por las hebillas a los lados, podría haber parecido como algo robado de un hospital. Pero las salpicaduras de sangre en los bordes, y la sangre oxidada en el cuero de las correas, contaban otra historia.

Oliver frunció el ceño cuando se acercó a la mesa y tiró de una de las correas. Durante un momento muy largo, permaneció inmóvil, dándole vueltas a la hebilla. También había algo escrito a mano en la superficie de la mesa. Fórmulas científicas garabateadas a lápiz.

Celia se acercó un poco más. Su mirada se movía entre el extraño hallazgo y la forma en que Oliver lo observaba fijamente. Él había adoptado una expresión peculiar. De reconocimiento.

Ella le tocó el codo.

—¿Has estado aquí antes?

Oliver parpadeó. Apartó la mirada de los garabatos.

—¿Por qué lo preguntas?

—Lo creas o no, sé leerte el rostro —respondió Celia—. *¿Has estado aquí?*

—No —la respuesta de Oliver fue rápida. No dio más detalles. Cuando con el codo golpeó una de las correas, unas motas de color marrón rojizo se desprendieron del cuero—. Vamos a investigar. A ver si hay algo más.

Aunque Celia abrió la boca para discutir, Oliver ya se estaba alejando y habría sido una causa perdida tratar de convencerlo de lo contrario. Ella siguió sus pasos y registró el almacén, empujando cajas de madera y buscando en los estantes. Quien fuera el dueño del almacén, había dejado matraces, tubos de ensayo y uno que otro mechero Bunsen con sus tubos colgando del borde de la mesa. Algunas de las cajas que había en el suelo estaban cerradas con candado, otras estaban vacías. Algunos estantes estaban impecablemente limpios; otros, cubiertos por una capa de polvo. Era difícil saber si este almacén había sido usado años atrás o si alguien había estado allí ese mismo día.

—Deberíamos tomar una caja —sugirió Celia—. Abrirla con un martillo.

Oliver no contestó. Estaba mirando fijamente la mesa otra vez.

—Oliver.

Él volvió en sí. Cuando miró a Celia, su expresión se había suavizado en indiferencia.

—¿Sí, cariño?

En la cabeza de Celia saltaron todas las alarmas. En estos pocos años, por necesidad había permitido que Oliver guardara muchos secretos. No era difícil reconocer las señales que surgían cuando lo hacía: los rápidos cambios de tema, las respuestas vagas, el fugaz parpadeo de sus ojos oscuros. Pero ¿qué hacía guardando secretos *aquí*?

—¿Qué pasa? —preguntó ella—. Dímelo.

—¿Decirte qué?

Una acalorada impaciencia sonrojó las mejillas de Celia. Caminó hacia él, pero Oliver no se movió, tranquilo, mientras ella levantaba su barbilla y le preguntaba:

—¿Estás intentando hacerte el tonto?

—¿Estás intentando meternos en problemas? —preguntó Oliver a su vez. En su tono de voz sólo había compostura. No dudó en tocarle la cara, pasando el pulgar por el borde de su rubicunda mejilla. Celia se había acercado lo suficiente para que ese gesto pareciera natural, y retrocedió bruscamente, con la cara aún más caliente. Antes de que pudiera decir nada más, Oliver empujó una de las cajas hacia atrás, alineándola con el polvo para que nadie notara que la habían movido—. Deberíamos irnos —dijo—. Si se trata de un almacén nacionalista activo... Ya es muy frecuente que los soldados nos investiguen, no necesitamos que sepan que estamos cerca y que también investigamos sus asuntos.

—Hay algo *dentro* de estas cajas...

—Pero no podemos averiguarlo sin dejar huella —uno de los focos parpadeó. Oliver levantó la vista. La línea de su mandíbula se tensó, afilada y devastadora, con el aspecto exacto que debe tener un agente letal—. De todas formas, esto tiene poco que ver con nosotros. ¿Cómo informaremos de este almacén? "¿Tal vez quieran tomar nota de la instalación? ¿Podemos refugiarnos en él para calentar nuestra comida sobre un mechero de Bunsen abandonado, mientras marchamos a la guerra?".

Celia apartó la vista y se miró los zapatos, ocultando su irritación. De repente, no podía dejar de pensar en todo lo que Oliver le ocultaba. Las visitas a Shanghái, aquellos días enteros en los que desaparecía sin que nadie supiera lo que hacía.

—Vamos, cariño —dijo, dirigiéndose al interruptor de la luz. Con un movimiento casual del dedo, el almacén se sumió en una densa oscuridad—. Hasta que nos concierna, podemos dibujar este lugar en nuestros mapas y dejarlo estar.

—Bien —Celia no lo decía en serio. Ni siquiera un poco.

Cuando Oliver volteó para comprobar si Celia lo seguía, ella le dedicó una tímida sonrisa y cerró los puños con determinación detrás de su espalda.

15

A la mañana siguiente, arqueando el cuello mientras se acomodaba la camisa, Orión observó cómo su esposa cerraba su departamento. Su traje de la noche anterior se había arrugado tanto que ya no podía usarlo. Esta nueva selección de ropa era mucho más cómoda. El cuello se ajustaba a su chaleco. Los puños de las mangas debían doblarse una vez para que su longitud fuera la adecuada.

Le gustaba mucho la seda. Antes de que lo enviaran a Inglaterra, su madre solía elegirle la ropa cada día, combinando una bonita camisa con sus pantalones y añadiendo una corbata pequeña o un broche. A él le encantaba que ella eligiera la seda, porque lo cargaba y acariciaba su cara con la tela lisa, y luego lo soltaba por un segundo, fingiendo que se le había escapado. Siempre lo cargaba de nuevo y él gritaba encantado: "¡Māma, sujétame más fuerte!".

La extrañaba. Después de que lo enviaron al extranjero, nunca volvió a ser lo mismo, ni siquiera cuando ella iba a visitarlo. Hacía el viaje sin su padre porque él debía trabajar. Y cada vez que pisaba Londres con su séquito de personal doméstico, con una sombrilla en la mano, Phoebe la necesitaba más, necesitaba alguna sensación momentánea de afecto materno, había sido demasiado joven para recordarlo antes de que la enviaran al extranjero.

Orión había pasado ocho años en Inglaterra. No le permitieron hacer las maletas y volver a casa hasta después de recibir la noticia del juicio de su padre, y para entonces su madre ya se había ido. Antes de que Orión y Phoebe terminaran de cruzar el océano para volver, ella huyó en la noche sin dejar una nota, sin despedirse.

Las circunstancias de su ausencia lo atormentaban. Se preguntaba si él había hecho algo para provocarla. Si en verdad se había ido sola o si alguien se la había llevado, o si —Dios no lo permitiera— su padre le había hecho algo. Por ser tres años y medio mayor, Oliver había terminado su educación en París y regresado a la ciudad mucho antes que Orión, por lo que fue testigo de la caída de su padre y describió el supuesto desdén creciente de su madre en ese periodo. No importaba que el general Hong hubiera sido absuelto más tarde. Su madre ya había salido por la puerta, incapaz de soportar la reputación de traidor de su esposo, o al menos eso afirmó Oliver antes de irse también.

—¿Estás listo para irnos?

Orión parpadeó, volviendo al presente. Janie Mead lo miraba, esperando a que bajara las escaleras.

—Después de ti —Orión le cedió el paso y la siguió. Una vez que la alcanzó, en el patio, extendió su brazo frente a ella—. Siente esto.

Janie dejó caer las llaves en su bolso, con los ojos entrecerrados.

—¿Tengo que hacerlo?

—Siéntelo. Vamos. Es seda.

Orión agitó el brazo. La hierba estaba mojada por el rocío, le rozaba los tobillos al caminar hacia la calzada. Quizás había llovido en algún momento de la noche, aunque no había escuchado ruido alguno mientras dormía en el sofá de la sala.

Con un suspiro, Janie alargó la mano y le pellizcó una parte de la manga, como si la tela estuviera cubierta de veneno.

—Encantador —dijo ella, en un tono que denotaba todo lo opuesto al deleite.

Janie Mead no se molestó en hablar durante el resto del trayecto hasta la oficina, aunque Orión intentó conversar sobre varios temas más. Cuando se acercaban a las puertas de Seagreen Press, Orión renunció a intentar obtener una reacción genuina de ella. Parecía dar vueltas en su cabeza. De hecho, parecía *vivir* en su cabeza. Había dos tipos de personas en el mundo: las que ocultaban sus desastres por dentro y quienes los llevaban por fuera. Orión temía eternamente que un solo ceño fruncido suyo pareciera motivo de preocupación e incitara a los demás a indagar en sus problemas. Janie Mead, por otro lado, claramente no compartía la misma carga. Si estaba enojada, lo sabías. Si estaba distraída, lo sabías. Diablos, tan sólo con mirar sus labios carnosos, Orión sabía que tendría que decir su nombre dos veces antes de que ella respondiera, e incluso entonces, a ella le molestaría ser sacada de su ensueño.

—¿Lista? —Orión preguntó en voz baja, entrando por las puertas de Seagreen.

Casi al unísono, saludaron a los guardias. En cuanto pasaron el control de seguridad, Orión le ofreció el brazo a Janie.

Esta vez, ella lo tomó sin dudar, y sus dedos se posaron con cautela en el pliegue de su codo.

Las manos de Janie eran tan delicadas. Sin callos en las palmas ni asperezas en las uñas. Incluso un agente de la administración habría recibido algún tipo de entrenamiento de combate por parte de su supervisor; incluso Silas, que se dedicaba sobre todo al espionaje informativo, sabía cómo conectar un puñetazo por si alguna misión se complicaba.

¿Dónde habían encontrado a alguien como Janie Mead?

Antes de que pudiera reunir las palabras para preguntar, llegaron a la tercera planta y entraron en el departamento de producción. Janie se detuvo de inmediato y arrugó la nariz al ver a un grupo de personas alrededor del mostrador de recepción. Parecía que se estaba celebrando un evento social improvisado justo en su lugar de trabajo. Perfecto.

—¿Qué es esto? —murmuró en voz baja.

—Te presentaré —dijo Orión alegremente. Le puso las manos sobre los hombros y empezó a empujarla hacia delante, a pesar de la lentitud de sus pasos. En su periferia, vio movimiento junto a los cubículos, pero sólo era otro colega que se asomaba para ver quién había llegado al departamento, antes de volver a su trabajo. Liza Ivanova, con quien Janie había tenido una conversación tan acalorada. Orión tendría que llegar al fondo del asunto.

—Ya conocí a uno de ellos —dijo Janie Mead, manteniendo la voz baja para que el grupo no la oyera mientras se acercaban—. Zilin, el hombre de la derecha. Jiemin prácticamente lo acusó de ser hanjian.

—*¿Eh?* —Orión intentó disimular su sorpresa. El día anterior, Jiemin no parecía estar prestando atención a lo que ocurría a su alrededor, con los pies apoyados en el escritorio de Janie, mucho más concentrado en su librito—. ¿Y no pensaste en decírmelo?

—No tengo suficientes bases —respondió Janie de inmediato—. La palabra de otra persona por sí sola no puede marcarlo como sospechoso.

—Sí —Orión acercó su boca a la oreja de Janie, para manifestar su última réplica antes de que llegaran al grupo—. Pero acusar a alguien más de ser hanjian sin fundamento ciertamente es sospechoso… Ah, *ohayō*, ¿cómo están todos hoy?

El día anterior Orión había hecho su ronda de reuniones con todos los compañeros del departamento, con la intención de causar una buena primera impresión. Todos tenían más o menos la misma edad, eran adolescentes o veinteañeros. Tenía sentido: cuando el esfuerzo imperial se preparaba para enviar representantes, buscaba sangre fresca recién salida de la escuela. Sangre fresca que aún no había visto suficiente mundo, que deseaba con todas sus fuerzas impresionar a sus mayores y cumplir con su deber para con el país. Era lo mismo en el otro lado, ¿cierto? Si Orión hubiera sido mayor y más sabio, tal vez no se habría metido en la rama encubierta, ni se habría puesto a merced de las instrucciones de su superior. Tal vez habría buscado más opciones para conseguir lo que quería. De nada servía arrepentirse ahora: era un espía, y era bueno en eso.

—*Hello* —dijo en inglés la chica del extremo izquierdo. Sonrió, saludó a Orión y le extendió la mano a Janie Mead—. Tú debes ser la encantadora esposa.

Janie extendió la mano para estrecharla y sus labios rojos se curvaron en una sonrisa. Orión la observó, adoptando una expresión cariñosa, aun cuando su mirada se agudizaba. Suponía que debía alegrarse de que Janie Mead *supiera* cómo actuar de forma maravillosamente sociable, aunque prefiriera no hacerlo cuando estaban los dos solos. Tal vez eso significaba que él conocía la versión más auténtica de ella, que no tenía por qué preocuparse de que le estuviera ocultando algo.

De algún modo, lo dudaba.

—Querida, te presento a nuestros colegas —Orión deslizó sus manos desde los hombros de Janie hasta sus brazos, haciéndola girar centímetro a centímetro para presentarle a la gente que los rodeaba—. Ésta es Miyoshi Yōko. Ōnishi Tarō. Kitamura Saki. Y... Tong Zilin, ¿verdad?

Zilin frunció el ceño, no parecía impresionado de que el suyo fuera el único nombre con el que Orión había titubeado. Sin duda era el más fácil, así que sabía que era un movimiento deliberado por parte de Orión.

—Correcto —dijo Zilin. Volvió su atención hacia Janie y preguntó, señalando su muñeca con la cabeza—: ¿Eso es de Sincere?

Orión sintió la sacudida de sorpresa de su esposa cuando ella miró hacia abajo, como si hubiera olvidado lo que había allí. Una fina pulsera sobresalía bajo su manga con un colgante de plata.

—No me acuerdo —respondió. Janie Mead hablaba de una manera muy peculiar. No era que no hablara inglés con fluidez; más bien sonaba como si hubiera sido bien educada en alguna sociedad occidental, donde había adoptado sus maneras y patrones de habla, donde aprendió la forma precisa en que elevaban el tono al final de una pregunta. Ni el mejor tutor se preocuparía por modificar esos pequeños hábitos.

Pero su acento sonaba forzado. Fingido. No era americano.

Janie levantó la vista, fingiendo preguntar a Orión si él lo sabía, y Orión se encogió de hombros.

—Tal vez yo te lo regalé. Simplemente he perdido la cuenta con el paso de los meses —dijo.

No importaba. Orión podía seguir escuchando hasta detectar cuál era la discrepancia. El inglés era la lengua común en la oficina. Sus colegas japoneses no dominaban el chino y la mayoría de los chinos contratados en el país no sabían japonés, así que Janie Mead no podría esconderse de él eternamente.

—Mmmm… —sin pedir permiso, Zilin tomó la muñeca de Janie para examinar el brazalete. Orión frunció el ceño de inmediato, receloso por el gesto, pero sería de mala educación hacer un comentario, sobre todo cuando Janie le estaba permitiendo echar un vistazo, imperturbable—. Estaba viendo uno igual en el escaparate para mi prometida —continuó Zilin. Su acento era ligeramente británico, pero no tanto como el de Orión. Tal vez había pasado menos años allí, o lo había aprendido de un tutor británico sin salir de la ciudad—. Pero… no tuve tiempo de entrar a comprarlo antes de que empezara nuestra película.

Tarō se apoyó en el mostrador de la recepción, y enarcó una ceja.

—¿Qué película? Creí que no te gustaban los cines.

Zilin soltó por fin la muñeca de Janie. Hinchó el pecho.

—Ésas de Italia. Las pasan los domingos.

—Esas películas son propaganda fascista.

Orión se puso rígido, un suspiro de horror se enganchó en su garganta al escuchar la proclamación de Janie. Era bastante válido decirlo. Los cines de Shanghái estaban abiertos a la proyección de películas de todos los rincones del mundo, y el mercado italiano del momento era famoso por introducir una selección que ensalzaba los logros del fascismo. Los cines las exhibían sin dudarlo; dependía del espectador si quería ver dos horas de documentales sobre la construcción de imperios. En el Kuomintang también había ramas fascistas. Las películas tenían su público.

Pero el silencio se había apoderado del grupo. Todos sabían algunas cosas, pero no las decían por decoro.

Saki soltó una risita, agitó la mano y rompió la tensión. Cuando Orión se relajó, se dio cuenta tarde de que Janie debió sentir cómo él le apretaba los brazos.

—Ay, eso es una exageración —dijo Saki con ligereza—. Quizá los mismos críticos también denunciarían nuestro periódico.

—De acuerdo —respondió Janie sin perder el ritmo. Tomó una carpeta de su mesa y levantó la mano para saludar a Jiemin—. Por favor, discúlpenme. Debo atender una reunión en cinco minutos.

Orión soltó a Janie cuando ella se movió, pero sus ojos la siguieron mientras la conversación entre sus colegas cambiaba de tema. El embajador Deoka la había convocado para una reunión por la mañana para conocer a los nuevos contratados. Orión ya había visto al embajador el día anterior y no percibió nada destacable de su intercambio, salvo quizá que Deoka se teñía el cabello con demasiada frecuencia y se le estaba cayendo en el área de la frente. Tal vez Janie captaría algo más.

Orión volteó por encima del hombro. Janie salió por las puertas del departamento de producción. Luego se detuvo y se apoyó en la pared del exterior.

—Discúlpenme a mí también —dijo Orión de pronto, inclinando la cabeza en señal de disculpa. Dio la media vuelta y siguió a Janie por las puertas, hacia el pasillo.

Janie Mead no se movió. Estaba mirando al vacío cuando Orión se acercó y le tocó el codo.

—Hola —su saludo hizo eco—. ¿Estás bien?

—Estoy bien —dijo Janie. No habría sonado más falsa si lo hubiera intentado. Sus palabras carecían de emoción. Como si estuviera leyendo un guion—. ¿Dónde está la oficina de Deoka?

Orión no respondió. Lo intentó de nuevo. Había algo que pudiera arrancarle, tenía que haberlo.

—Responde esto primero: *¿estás bien?*

Los ojos de Janie parpadearon bruscamente. Parecía haber una reprimenda en esa sola mirada. Sabía, por supuesto, que *¿estás bien?* era una pregunta demasiado vaga para la expresión que ella mostraba. De todos modos, ¿por dónde podía empezar? Si no podían encontrar "estar bien", ¿cómo se deslizaban hacia *estar aterrorizados*? ¿Cómo se deshacían de la *irritación*?

Por un momento, Janie permaneció callada. Luego miró por encima del hombro de Orión, y él se giró también para ver lo que ella estaba observando: Yōko agitando los brazos con entusiasmo, el grupo junto al mostrador de la recepción echaban la cabeza atrás con estridentes carcajadas antes de dispersarse para ponerse a trabajar.

—No todos son malos, lo sé —dijo Janie, su voz tan suave como el roce de una pluma de ave—. Pero dado que están aquí sólo porque su imperio intenta engullirnos, es *muy* difícil no odiarlos.

Esa última parte salió con vehemencia, escupió más de lo que dijo. Cuando Orión se dio la vuelta, sintió una descarga eléctrica recorriendo su columna vertebral, sintió que algo se desprendía de su interior. Ella debería saber que no tenía que decir esas cosas en voz alta. Y, sin embargo, lo había hecho, había dejado que las palabras tomaran forma en lugar de tragárselas.

Orión, en cambio, apresuró a Janie a alejarse unos pasos de las puertas. No podía decidir si era valentía o terquedad. No podía decidir si el zumbido que había empezado a resonar en sus oídos era a causa de la admiración o el miedo. Durante muchos años, había sobrevivido donde estaba y había mantenido intacto el nombre de su familia jugando sobre seguro y sin opinar. No es que no tuviera lealtades nacionales; quería libertad y autonomía tanto como cualquiera en las calles. Tomaría su arma en nombre de este país si algún día se presentaba la ocasión. Su misión actual era una cuestión de protección nacional; si no creyera en ésta, no estaría allí.

Pero era peligroso expresarlo. Era peligroso sacarlo a la luz en lugar de guardar esa creencia en el fondo de su pecho. Mejor decir que sigues instrucciones de arriba en la lucha por la dignidad nacional. Mejor jugar a ser un soldado, hacer lo que te pidieran, y si el gobierno decidía cambiar quién era un aliado y quién era un adversario a expensas del pueblo, no habría herida que calara profundo en tu corazón.

Orión abrió y cerró la boca. Aunque no había nadie mirándolos, alargó la mano y apartó un mechón de cabello de la cara de Janie.

—Lo entiendo —dijo brevemente—. Lo entiendo, Janie.

Más de lo que deseaba. Sabía exactamente lo que ella sentía porque era la misma rabia que él había sentido hacia su padre cuando llegaron las acusaciones de que era hanjian. Fue la insistencia en que había un error, rastreando las pruebas con un dedo tembloroso y ese aliento de alivio cuando éstas, en efecto, no cuadraron... cuando se pudo demostrar que su padre no era un traidor. Orión se preocupaba demasiado por mantener las aguas tranquilas a su alrededor, fácilmente podía fingir y sonreír mientras estaba en una misión, pero el resentimiento acechaba pesadamente en un rincón de su pensamiento, y se esforzaba por no acceder a él. Había estado ahí desde aquellos primeros años, cuando su tutor trajo a profesores de idiomas, cuando lo forzaron a adoptar el acento británico, el francés perfecto y luego el japonés, cuando el escenario político empezó a cambiar. Se había hecho más presente al leer los periódicos, los titulares sobre empresas extranjeras que controlaban el país, los diferentes esfuerzos imperiales que echaban raíces.

El odio tenía un hogar en él, por débil que fuera su llama.

Janie se apartó. Sus ojos parpadearon y observó el pasillo, evitando la mirada de Orión.

—¿Dónde está la oficina de Deoka?

Orión señaló a lo largo del pasillo y luego señaló hacia la izquierda con la mano. Se sentía inquieto. Había algo en Janie Mead que lo inquietaba continuamente.

—Tercera puerta —dijo, con el volumen de su voz volviendo a la normalidad—. No olvides hacer una reverencia primero.

Janie dio las gracias con un gesto y se marchó a toda prisa.

Rosalind se sintió como una muñeca, mientras asentía con la cabeza y se alejaba a toda prisa con la atenta mirada de Orión a sus espaldas.

No se permitió ponerse nerviosa, o más nerviosa de lo que ya estaba tras la conversación con Orión. Levantó el puño y tocó a la puerta del despacho de Deoka.

—Adelante.

Rosalind respiró hondo, giró el picaporte y entró. El embajador Deoka estaba sentado ante su escritorio, tecleando en una máquina de escribir. Con el recordatorio de Orión en mente, hizo una pequeña reverencia y se llevó las manos al regazo. La puerta se cerró tras ella.

—Hola —saludó Deoka en chino. No dejó de teclear—. ¿Nombre?

—Mi apellido es Mu, ayudante de recepción del departamento de producción —respondió Rosalind con soltura—. Me pidieron que me presentara.

—Ah, sí, señora Mu.

El embajador Deoka por fin dejó de teclear, metió la mano bajo su escritorio y abrió un cajón. Aunque no tardó más que unos segundos en encontrar lo que buscaba, la mente de Rosalind trabajaba a toda velocidad, imaginando visceralmente lo que podría sacar de ahí: una pistola para dispararle, una bomba para lanzarla, un expediente que exponía todas las fechorías que ella había cometido como Rosalind Lang, cada ataque atribuido a su nombre.

En su lugar, sólo había un plano del edificio de oficinas.

—Debo darle esto —dijo—. Producción almacena mucho de su material sobrante, así que las cruces marcadas son las salas de archivo apropiadas. No ponga nada en ningún otro sitio, ¿entendido? No quiero desorden en mi edificio.

Rosalind avanzó con la mano extendida. Justo cuando tomó la hoja, sonó el teléfono de Deoka y ella dio un respingo, dejando caer el papel.

—Mis disculpas, mis disculpas —se apresuró a decir Rosalind.

Deoka no parecía molesto; se limitó a asentir con la cabeza para disculpar su torpeza. Cuando empezó a hablar por teléfono en japonés, Rosalind se agachó y avanzó unos pasos para recoger el papel de donde había caído.

Ella hizo una pausa. Había una caja en una esquina, oscura y fuera de lugar en medio del color beige de la oficina. Miró fugazmente a Deoka y vio que estaba de espaldas, con la silla orientada hacia la pared y concentrado en lo que explicaba animadamente. Entonces Rosalind se inclinó y dio un rápido vistazo a la superficie superior de la caja.

FACTURA DE ENVÍO A29001
Septiembre 25, 1931

De:
Almacén 34
Hei Long Road
Taicang, Suzhou, Jiangsu

Edición semanal - Seagreen Press.

Taicang, pensó Rosalind. *¿No es allí donde asignaron a Celia?* Sus últimas cartas llevaban matasellos con esa ubicación. ¿Por qué había una imprenta tan lejos de la ciudad? Seguro que cerca habría opciones más baratas.

Antes de que Deoka se percatara de su interés, Rosalind se levantó y fingió desempolvar el mapa. La llamada de Deoka estaba a punto de terminar y Rosalind se apresuró a pasar por delante de su escritorio, mientras él colgaba el teléfono.

—Distribuiré los materiales como corresponde —aseguró Rosalind, una vez que volvió a captar su atención. Inclinó la cabeza y observó el escritorio con sutileza. Algunas tarjetas de notas, algunos archivos dispersos, nada tan sospechoso como aquellas cajas… Y si las facturas eran correctas, no eran más que cajas de envío—. ¿Necesita algo más?

El embajador Deoka agitó la mano.

—No, no. Vuelva al trabajo, por favor —Rosalind vaciló un segundo, casi desconcertada. No sabía qué esperaba de aquella reunión, pero estaba sorprendida. Tal vez algo más de interés por parte de Deoka en cuanto a su presencia en la oficina, incluso una pizca de sospecha. Sólo parecía ansioso por volver a mecanografiar.

—Sí, señor.

Extraño. Realmente extraño. Ella no había esperado encontrarse con un villano que riera cruelmente retociéndose el bigote, pero lo que había atestiguado era casi *demasiado* normal.

Salió del despacho y abrió la puerta justo cuando Zheng Haidi se disponía a entrar. Haidi sonrió levemente y extendió el brazo para cederle el paso.

—Gracias —murmuró Rosalind.

Una vez que ella salió del despacho, Haidi entró y la puerta se cerró tras ella. Por un momento, Rosalind se quedó allí, con los ojos entrecerrados, mientras se iniciaba la conversación en el interior. Las paredes eran demasiado gruesas para oír algo. Podía pegar la oreja a la puerta, pero cualquiera que anduviera por los pasillos podría sorprenderla. No valía la pena. Con un suspiro, Rosalind regresó al departamento de producción, alisando el mapa que tenía en las manos.

Había cuatro niveles, con dos cruces rojas en cada piso.

No parecía engañoso. Ni siquiera la disposición de Seagreen Press podía ocultar misterios: cada oficina tenía acceso directo y estaba marcada claramente por su función.

Rosalind dio la vuelta en la esquina del pasillo, entró por la puerta del departamento de producción y se dirigió a su escritorio. Jiemin la miró brevemente cuando regresó, pero no dijo nada. Ella se sentó, dejó el mapa en su escritorio y lo miró concentrada, como si fijándose bien pudiera desvelar secretos que no había visto antes.

—¡Cariño!

Rosalind se quedó sin aliento, sobresaltada por la repentina aparición de Orión. Jiemin le lanzó una mirada divertida, preguntándole sin palabras por qué no estaba acostumbrada al sonido de los pasos de su propio marido, y ella fingió que tenía un mosquito sobre el hombro, y manoteó en el aire para disimular su reacción.

Orión hizo una pausa.

—¿Qué estás haciendo?

—Molesto insectito volador —dijo Rosalind. Golpeó el brazo de Orión y siguió fingiendo—. Ah, ya está. Creo que lo tengo.

—Auch —dijo Orión en voz baja, frotándose el brazo—. ¿Puedo hablar ahora? ¿Ya se fue el insecto?

Jiemin volvió a la lectura de su libro. Rosalind asintió, y Orión se inclinó hacia ella, susurrándole al oído.

—He preguntado por ahí. Muchos de nuestros colegas irán al Peach Lily Palace esta noche.

Rosalind frunció el ceño. Conocía el nombre. Peach Lily Palace era un salón de baile. Cuando se inauguró en Thibet Road, cinco años atrás, el local competía directamente con el club burlesque de los Escarlata, y a Rosalind le habían pedido que reinventara su rutina para que el club se mantuviera a la moda.

Ahora, aquel club burlesque de los Escarlata era historia, pues se había transformado en un restaurante, mientras que el Peach Lily Palace seguía en servicio. Un puñado de bailarinas del Escarlata habían abandonado el lugar para ir al Peach Lily Palace, incluso antes de su cierre definitivo. Las bailarinas no eran exactamente necesarias cuando los dueños de los clubes empezaron a involucrarse en la guerra civil.

—Nosotros también debemos ir —terminó Orión.

—*¿Esta noche?* —respondió Rosalind en un susurro. Le sudó la nuca. ¿La reconocerían las antiguas bailarinas? ¿O era tan absurdo imaginar que siguiera viva que pensarían que era su doble?

—Será divertido —Orión le acarició el cabello a lo largo del cuello. O bien él sabía que ella estaba nerviosa e intentaba calmarla, o era una mera coincidencia que él eligiera ese momento para jugar con su cabello. Ella no lo sabía. Su nuevo esposo chasqueó la lengua en señal de aprobación y se alejó hacia su escritorio—. Esta noche será.

16

Alisa Montagova había arreglado de forma adorable su espacio personal, un departamento minúsculo que era su refugio, dos pisos arriba de un estudio de danza en Thibet Road. Aunque apenas cabía una cama, una estufa y una pequeña puerta que daba a un baño aún más pequeño, lo había decorado muy bien. Las paredes estaban cubiertas de fotografías. Sobre la entrada había un póster de Moscú.

Alisa había nacido en Shanghái y nunca había salido de allí, así que, en realidad, para ella Moscú era una tierra fantástica por la que no sentía ningún apego especial. Su primo Benedikt, sin embargo, enviaba postales todo el tiempo detallando cada rincón que encontraba, y ella suponía que eso pintaba una imagen lo bastante vívida para amar esa ciudad. Como antiguo Flor Blanca, se había escondido allá desde que los nacionalistas tomaron Shanghái, pero al menos él tenía a su marido, Marshall, como compañía.

Alisa suspiró y se dejó caer en el colchón. Benedikt y Marshall estaban a salvo, o tanto como podía estarlo cualquiera. Se había acostumbrado a tenerlos cerca mientras crecía, a verlos en casa casi tan a menudo como a su hermano. No sólo habían sido los mejores amigos de Roma; juntos, los tres, habían creado una imagen de los Flores Blancas para que los civiles los admiraran embobados por las calles: la heredera y sus dos manos derechas, inquebrantables y formidables, tal como la ley de los gánsteres.

Entonces, los Flores Blancas se disolvieron. Roma desapareció, y Benedikt y Marshall se vieron obligados a huir antes de que los nacionalistas los detuvieran como enemigos del Estado. Después de haber llegado a la Unión Soviética, los nacionalistas tenían mucho más de qué preocuparse que de perseguir a supuestos rebeldes en un territorio vecino, pero eso significaba que todos a quienes Alisa llamaba familia fueron expulsados de Shanghái.

Era muy joven cuando llegó la revolución. Ella no tenía nada que ver con la ciudad cuando la Pandilla Escarlata se alió con los nacionalistas y los Flores Blancas fueron arrastrados con los comunistas. No podía saber cómo acabaría todo. Cuando los soldados barrieron la ciudad y los nacionalistas asumieron el gobierno oficial, marcando el fin del reinado de los Flores Blancas y del puño de hierro de su padre sobre media ciudad; cuando su padre desapareció, y ella no huyó con su primo porque quería averiguar qué le había ocurrido a su padre.

Era demasiado joven. Se unió a los comunistas de buena gana, sabiendo que era la única facción que la aceptaría, pero nunca habría podido imaginar cuánto duraría esta guerra civil.

Estaba anocheciendo. La ventana sobre su cama mostraba el cielo amoratándose en un tenue violeta que proyectaba sombras a lo largo de la habitación. Por un momento, Alisa se dejó llevar por el cansancio y se desplomó en la cama con su ropa de trabajo. Luego, se levantó de nuevo de un brinco, cargada de una energía repentina.

—*¡Perestan'te shumet'!*

La voz del anciano resonó desde el piso de abajo. Alisa se movió deliberadamente sobre las tablas, pisando fuerte una vez más. Él siempre le gritaba desde abajo, a través del techo, diciéndole que dejara de hacer ruido. Aunque no era como si ella pudiera hacer algo con la terrible construcción del edificio. Hasta que la desalojaran, se quedaría aquí. Y si *la desalojaban,* en el Asentamiento Internacional había muchas opciones de otros refugios de Flores Blancas que habían quedado desocupados, olvidados y abandonados en medio de la toma de la ciudad, perdidos en el papeleo que habría que examinar primero.

—¡Hey! ¡Chica! ¿No me oyes allá arriba?

Alisa puso el fonógrafo en el alféizar de su ventana, ahogando la voz del viejo con la música. Siguió dando saltitos con su propio método interpretativo del baile. Un problema la atormentaba en el trabajo. En una de las máquinas de sellos la composición tipográfica no se alineaba bien, pero algunos de los papeles ya se habían impreso. Podían arreglar el primer tiraje a mano o ajustar una reimpresión...

El fonógrafo tartamudeó. Alisa frunció el ceño y se acercó a arreglar su metálica melodía. Había comprado el aparato de segunda mano en alguna tienda de Zhabei, así que era viejo, casi se caía a pedazos. Alisa no sabía por qué vivía con lo mínimo cuando tenía los medios para ser una persona acaudalada en esta ciudad. Tenía muchos ahorros de su familia, y Seagreen le entregaba su sueldo en efectivo todas las semanas. Para colmo, ni siquiera pagaba sus propias cuentas. Cada mes llegaban a su puerta las declaraciones con las cuentas ya saldadas por un donante anónimo. A caballo regalado no se le mira el diente: aunque sospechaba quién lo hacía, no tenía ningún problema en dejar que permanecieran en la sombra con su mano amiga, por si no era seguro iniciar el contacto.

Alisa suponía que sólo se dedicaba a mantener su identidad falsa de oficinista. Era una espía, sí, pero también estaba instalada en Seagreen Press por interés propio. Dos años atrás, los comunistas habían decidido que no necesitaban tantos agentes dispersos que se limitaran a hacer encargos con el riesgo de ser capturados, así que racionalizaron las operaciones y le presentaron a Alisa una lista de lugares de trabajo que querían sondear a largo plazo. La política internacional no podía ser ignorada. Esta guerra civil sólo implicaba a dos partes, pero en un lugar como Shanghái, siempre había que vigilar a los extranjeros. Alisa escudriñó la lista e hizo su selección, y desde entonces sus días habían transcurrido felizmente, diseñando fuentes tipográficas en su mayor parte y, en ocasiones, manteniendo el oído atento a la información de los funcionarios japoneses que pudiera concernir a los comunistas y su difícil situación de supervivencia. Cuando Celia era asignada dentro de la ciudad, Alisa dependía de ella; cuando la destinaban fuera de los límites de la ciudad, se la saltaban en la cadena de mando, y Alisa informaba directo a un superior cada mes.

Era una vida pintoresca, por extraño que parezca. Mientras la guerra no se adentrara en Shanghái, mientras no se necesitara que los agentes durmientes de la ciudad entraran en acción, Alisa Montagova podía pasar el tiempo espiando y haciendo algo útil que no fuera esconderse, al menos no del todo.

Alisa finalmente sacudió el fonógrafo para que volviera a sonar su música suave y ajustó el pestillo de un lado. La concurrida calle bajo su departamento del tercer piso era todo un mundo de actividad, grupos de *rickshaws* que entraban y salían de la vista como pájaros alzando el vuelo.

Entrecerró los ojos. Se acercó a la ventana. Hacía poco una verdadera misión había llamado a su puerta. Uno de los suyos había desertado por dinero y pasado información confidencial a los funcionarios de Seagreen Press. Ella debía recuperar el archivo que contenía la información para averiguar exactamente cuáles de sus secretos se habían filtrado. El problema radicaba en que el edificio era enorme, con cientos de archivos circulando día tras día, así que no resultaba precisamente fácil encontrar *uno*, a menos que llevara una etiqueta que dijera SECRETOS DEL PARTIDO COMUNISTA.

Por supuesto, también estaba el problema de los agentes nacionalistas que habían aparecido en Seagreen, los cuales claramente tenían alguna otra misión no relacionada con la inteligencia comunista.

Y en ese momento ambos estaban caminando por debajo de su ventana en Thibet Road, en dirección al salón de baile que estaba justo frente al departamento de Alisa.

—Señorita Rosalind, *¿qué* estás tramando?

Alisa apagó el fonógrafo de inmediato, tomó su abrigo y su bolso del gancho de la pared. La música se detuvo. Las tablas del piso crujieron ruidosamente con su rápido movimiento. El anciano de abajo volvió a gritar.

Con una sonrisa diabólica, Alisa se apresuró a salir de su departamento, caminando pesadamente sólo para molestar.

Hacía mucho tiempo que la ciudad no veía a Rosalind Lang, desde hacía mucho habían dejado de dibujarla en los carteles que pegaban por las concesiones extranjeras para recordar a sus habitantes las facciones de élite que habían caído en desgracia.

Aun así, Rosalind seguía tocándose la cara con gesto ausente mientras se acercaban al Peach Lily Palace, como si pudiera borrar sus rasgos y cambiarlos por unos nuevos. Era poco probable que la reconocieran. Pero si lo hacían... su actual identidad podría estar en peligro.

—Tierra a Janie Mead.

Rosalind levantó la vista y arrugó la nariz al ver a Orión.

—¿Y qué pasó con eso de sólo usar nuestros alias?

Orión se pasó una mano por el cabello. Esta noche lo llevaba especialmente libre; Rosalind no sabía si lo había hecho a propósito o porque se había quedado sin vaselina. Al menos combinaba con el resto de su atuendo: la camisa negra con tres botones desabrochados, el chaleco verde oscuro con detalles dorados cosidos en el dobladillo, el largo abrigo negro que ondeaba con la brisa y los anillos de oro en los dedos, que reflejaban la luz de todos los anuncios neón parpadeantes.

—Mis disculpas, querida —corrigió—. No volverá a ocurrir.

Rosalind puso los ojos en blanco y se mordió la lengua mientras los recepcionistas del salón de baile abrían las puertas del Peach Lily Palace y les daban la bienvenida. Fiel a su nombre, el salón desprendía un aroma floral, una mezcla de olores de la máquina de hielo seco del escenario y el perfume natural de sus clientes, que se mezclaban con sus brillantes qipao y sus limpios trajes planchados. Mientras Orión iba vestido como si hubiera salido directo de la caja fuerte del banco de su padre, Rosalind había elegido lo más modesto de su armario: manga larga y cuello alto. Lo último que necesitaba era destacar y empezar a alentar rumores de que Rosalind Lang estaba viva y bien, socializando en los salones de baile de la ciudad.

—Los veo —dijo Rosalind. El Peach Lily Palace era grande, mucho más que el club burlesque Escarlata. El techo era altísimo, pintado de blanco y tallado con motivos que descendían por las paredes hasta llegar a las barandillas del segundo piso, donde los clientes podían colocarse para ver mejor el escenario. En la planta baja, no sólo estaba el espacio para el espectáculo, sino también mesas de juego en el extremo opuesto, cerca del bar y lejos del escenario. Allí se congregaban algunas caras conocidas: Yōko, Tarō y Tong Zilin.

Rosalind hizo otro breve inventario del lugar, del candelabro que colgaba del escenario y de las demás lámparas que brillaban en la sala. Eso también era algo diferente: el Peach Lily Palace estaba bien iluminado, y todos los rostros resplandecían con una luz cálida y dorada. En numerosas ocasiones, Rosalind había estropeado por accidente sus zapatos en el club burlesque de los Escarlata, al pisar líquidos derramados que veía un segundo demasiado tarde.

—Vamos —dijo Rosalind.

Justo cuando empezó a avanzar, Orión la agarró del brazo para detenerla.

—Tengo que atender algo primero.

Rosalind frunció el ceño.

—¿Qué?

—Volveré.

Sin más explicaciones, Orión se alejó en dirección al escenario.

—¿Qué? —volvió a preguntar Rosalind, atónita—. No puedes escabullirte así como así. ¿Qué te pas…?

Fue inútil. Él ya se había ido: se fundió con la multitud de clientes y se introdujo en un círculo de gente. La visión de Rosalind era buena, pero no perdió el tiempo observando al elegante grupo para determinar a quién estaba buscando Orión. Conociéndolo, seguro había divisado a alguna antigua amante a la que había desairado en el pasado.

Rosalind soltó un pequeño resoplido de irritación y se dirigió sola hacia las mesas de juego. Increíble. Eran una unidad combinada, y lo primero que él hacía en medio de una tarea crítica era largarse.

—¡Señora Mu! —exclamó Yōko cuando vio a Rosalind—. Qué coincidencia verla por aquí.

—Ah, yo vengo aquí todo el tiempo —dijo Rosalind con ligereza. Tarō y Zilin estaban a tres pasos de distancia, mirando por encima de los hombros de los jugadores sentados—. ¿A qué están jugando? ¿Al póquer?

—Póquer de cinco cartas, al parecer —respondió Yōko—. Zilin dice que siempre sabe cuál es el mejor momento para retirarse.

—Si eso es cierto, debe ser omnisciente.

Uno de los jugadores barajó, los colores rojo y negro parpadearon bajo las luces, espadas y corazones y tréboles y diamantes, más rápido de lo que el ojo podía captar.

Yōko emitió un sonido de consideración.

—Él *es* bastante bueno con la intuición —dijo.

—No se puede intuir algo así —Rosalind se acercó un paso más—. Todo es fortuna. Las cartas ya están decididas. Ninguna habilidad ni oportunidad puede cambiar su mano.

—¡Ah, qué juego más corto! —Zilin se dio la vuelta de pronto, palmeó muy fuerte el hombro de Tarō y exageró su sorpresa al ver a Rosalind. Sus mejillas estaban enrojecidas. Estaba borracho—. ¿Dónde está su marido, señora Mu?

—En algún lugar cercano, estoy segura —Rosalind buscó entre la multitud. Orión había desaparecido por completo—.

Ya saben cómo es. Le encanta complacer a la gente, siempre anda revoloteando.

—Uno pensaría que lo más importante es complacer primero a tu propia esposa.

Asqueroso. Rosalind no se molestó en responder. Sus ojos estaban fijos en el escenario, en tanto un grupo de bailarinas se apresuraba a colocarse en posición antes de que la banda de jazz comenzara su siguiente pieza.

Entrecerró los ojos. ¿Eso era…?

Lo *era*. Tres de las bailarinas tenían caras conocidas. Eran chicas que habían trabajado con Rosalind en el club burlesque de los Escarlata.

Y cuando las notas iniciales del saxofón recorrieron el vestíbulo, impulsando a las chicas a empezar, Rosalind reconoció los pasos de inmediato. Estaban siguiendo *su* rutina, la misma que ella les había enseñado.

Estuvo a punto de reír.

—¿Quieren una copa? —preguntó Zilin al grupo, con su voz sorprendentemente cerca del oído de Rosalind. Ella suavizó su mueca antes de darse la vuelta, con un aspecto siempre agradable. Yōko y Tarō parecían entusiasmados con la pregunta, así que Rosalind asintió con ellos.

Zilin señaló las escaleras que conducían al bar del segundo piso. Rosalind reprimió cualquier atisbo de duda y siguió a sus colegas, mientras hablaban de las apuestas que podrían hacer más tarde en las otras mesas.

Orión, ¿dónde demonios estás?, pensó molesta. Él era quien se había jactado de sus habilidades para extraer información. Mientras tanto, Rosalind ya estaba muy enfadada. Ella no servía para este tipo de trabajo. La única razón por la que había sido buena para sacar dinero a los hombres del club burlesque de los Escarlata, era porque pensaban que estaba bromeando cuando se portaba grosera, y siempre estaban ebrios.

Yōko y Tarō estaban perfectamente en alerta esta noche. Sólo Zilin se tambaleaba alcoholizado, así que Rosalind dudaba que pudiera salirse con la suya si presionaba a los tres sobre sus motivos para estar en Shanghái y sus opiniones sobre el imperialismo japonés y el movimiento panasiático.

—Hoy casi tenía miedo de salir de casa —dijo Rosalind, pensando que bien podría intentarlo.

Yōko se dio la vuelta en las escaleras con un jadeo. Tarō la empujó para que siguiera avanzando, frunciendo el ceño ante la barricada que se interponía en su camino.

—¿Por qué? —preguntó Yōko, con toda la cara fruncida por la preocupación.

Rosalind se encogió de hombros de forma casual, como si el tema de conversación estuviera simplemente en el borde de su mente, algo que había mencionado sólo para llenar el silencio.

—Leo mucho los periódicos. ¿No se han enterado de los asesinatos? Hay un asesino en serie suelto.

—Asesino en serie es un poco dramático —dijo Zilin desde lo alto de las escaleras.

Llegaron a la segunda planta y Zilin soltó un hipo antes de chasquearle los dedos al mesero. El mesero lo ignoró, estaba demasiado ocupado atendiendo a la gente que ya se había agrupado a su alrededor.

—¿Cómo que es dramático? —preguntó Tarō—. *Ha habido* una serie de muertes con el mismo patrón. Ésa es la definición misma de un asesino en serie.

Zilin hizo caso omiso de las palabras de Tarō y despejó el aire a su alrededor, como si la afirmación hubiera emitido un hedor tangible.

—Estamos en territorio extranjero. Estamos protegidos —avanzó, tratando de pasar entre la gente, pero seguía hablando por encima del hombro, intentando continuar la conversación en voz muy alta—. Ya no estamos gobernados por gánsteres. Quizá debimos tener miedo cuando nos dirigía un puñado de maleantes sin ley, pero ahora tenemos orden. Tenemos innovación occidental.

Rosalind apretó las manos en puños y se clavó las uñas en las palmas.

—¿La innovación occidental puede detener a un asesino? —preguntó secamente.

Zilin no la oyó. Ya estaba en el bar.

Yōko suspiró.

—Voy a probar mejor el de abajo. ¿Señor Ōnishi? ¿Señora Mu? ¿Quieren acompañarme?

Tarō asintió, pero Rosalind ya había tenido bastante.

Necesitaba un momento para respirar.

—Nos vemos allí —dijo. Divisó lo que parecía el lavabo exterior de un baño, así que caminó en esa dirección—. Tengo que ir al tocador.

Yōko y Tarō desaparecieron escaleras abajo, y Rosalind quedó libre. Esquivó a la multitud del bar y arrastró la mano por el barandal del segundo nivel mientras caminaba, observando a las bailarinas en el escenario y a las parejas que danzaban en la pista del piso de abajo. Orión seguía ausente.

Rosalind se quitó los guantes y se lavó las manos en el lavabo exterior del baño de mujeres, sólo por tener algo que hacer. Se quedó allí unos minutos, con el agua fría corriendo sobre su piel, dejando que su mente descansara, que la música y la algarabía llegaran a sus oídos y rebotaran de inmediato.

Cuando alguien se acercó por detrás, sintió su presencia mucho antes de que la voz resonara en su oído.

—Ha sacado usted a colación una conversación bastante intrigante, señora Mu.

Rosalind cerró el grifo. Se tomó su tiempo para secarse las manos y tiró la toalla usada en la cesta debajo del lavamanos.

—Apenas recuerdo de qué estábamos hablando —dijo, tomó sus guantes y se dio la vuelta. Aunque Yōko y Tarō ya no estaban allí, tanto ella como Zilin seguían hablando en inglés. Podrían haber cambiado al shanghainés o a cualquier dialecto chino, pero Rosalind tenía la sensación de que a su colega le gustaba permanecer hablando en una lengua imperial.

—Las muertes —balbuceó Zilin, como si ella en verdad necesitara que se lo recordaran. El nuevo vaso que tenía en la mano ya estaba casi vacío—. Todas las muertes de la ciudad, a quienes se lo merecen.

Rosalind se quedó helada.

—¿Perdón?

—¡Se lo merecen! —Zilin estaba delirando. Arrojó el vaso al suelo y éste rebotó en la mullida alfombra, las últimas gotas de alcohol salpicaron los hilos antes de que el vaso rodara hasta detenerse cerca del borde de la pared—. Sólo suceden en las partes chinas, ¿no? Sólo en esos callejones mugrientos y vecindarios miserables. Si nosotros reconstruyéramos esas zonas, esto no estaría sucediendo. Si echáramos a esa gente y derribáramos sus tiendas de mala muerte, no habría un asesino. ¡Que entre la Concesión Francesa! *¡Liberté! ¡Égalité! ¡Fraternité!*

Rosalind sintió como si su extremidad se moviera por sí sola. Su mano se levantó y golpeó la cara de Zilin con toda la fuerza que pudo. No recuperó el control hasta que la palma le ardió y Zilin retrocedió, con una marca roja en la mejilla.

Control de daños, pensó ella. *Ahora.*

—Mis más sinceras disculpas —dijo—. No sé qué me ha pasado —empezó a ponerse los guantes—. Es que... Tengo terribles experiencias con los franceses, ¿sabe? Todo ese asunto de la *égalité* agitó una parte bestial de mí.

—Señora Mu —la voz de Zilin había cambiado. Era más aguda, con una pizca de diversión, como si supiera algo que ella ignoraba—. ¿Dónde dijo que fue educada?

El guante de Rosalind se detuvo a medio camino de su mano. Retrocedió unos segundos y descubrió su error. *Todo eso de la égalité.* Por el amor de Dios, había dejado salir su verdadero acento.

—Estados Unidos —respondió ella.

Zilin no parecía creerle. Ahora sonreía.

—Nuestros superiores van a estar interesados cuando les diga lo que piensa de nuestros colaboradores extranjeros —dijo lentamente—. A menos que... tenga otras ideas que quiera contarme en privado. Podría persuadirme.

La comisura de sus labios se torció lentamente por su borrachera. Él quería que ella lo hiciera callar. Quería que comprara su silencio utilizando medios propios de salones de baile y locales de mala muerte, donde se contrataba a chicas como compañeras nocturnas.

Rosalind terminó de ceñirse los guantes. Cuando volvió a bajar los brazos, rozó con los dedos su bolsillo.

—Venga conmigo, ¿quiere? —dijo dulcemente. Muy bien. Podía jugar a ese juego.

Zilin la siguió de buena gana. No necesitó persuasión para entrar al baño de mujeres y esperó a que Rosalind llamara a las puertas de los cubículos y comprobara que estaban vacíos. Ni siquiera tuvo que convencerlo para que se acercara cuando se volvió hacia él.

Por eso, a ella le resultó tan fácil sacar un paño del bolsillo y presionarlo de pronto en la parte inferior del rostro de Zilin.

Él quiso gritar, pero ella ya se estaba moviendo con el impulso del momento. Rosalind le golpeó la cabeza contra la pared y lo inmovilizó allí, con las muñecas sujetas a ambos lados de la cara y los dedos entrelazados para mantener la tela envenenada sobre boca y nariz.

Zilin se sacudía. Rosalind se mantuvo firme.

—No te resistas —ronroneó ella—. Sabes quién soy, ¿verdad? Si tanto te gusta la Concesión, habrás oído hablar de mí.

Él volvió a intentarlo, esta vez hacia un lado. Rosalind apretó más fuerte, con el corazón latiendo con fuerza en su pecho.

—Has oído hablar de mí. Claro que sí. Me llaman Dama de la Fortuna, por mucho que yo insista en que es sólo Fortuna —se acercó más a él—. ¿Sabes cuánta gente se me ha escapado? —una gota de sudor cayó por la sien de Zilin y se posó en el meñique de Rosalind—. *Ninguna.*

Él tenía los ojos tan abiertos que parecía que estaban a punto de salirse de sus órbitas. Si lo hubiera intentado —intentado en verdad— con todas sus fuerzas, podría haber empujado a Rosalind. Pero ella tenía el miedo de su lado. Había despertado el pánico y una profunda sensación de terror en su víctima, y eso era tan paralizante como el veneno.

—No importa cuánto lisonjearas a los extranjeros —continuó, con voz baja. Él ya no luchaba tanto. El veneno de la tela estaba haciendo efecto—. No importa cuánto fingieras estar distanciado del resto de nosotros, frunciendo el ceño ante todo lo que nos mantiene vivos. De todas formas, yo iba a alcanzarte.

Rosalind apretó el paño tan fuerte como pudo, obligándolo a respirar hondo, a inhalar el veneno. Se aseguró a sí misma que lo estaba haciendo por necesidad. Era un esfuerzo por acallar las fuentes que hubieran filtrado su identidad. Pero un fuego de justicia ardía en sus venas. Si se miraba al espejo, se preguntaba si vería un resplandor alrededor de su piel, un fervor furioso saliendo de su interior a medida que su ira tomaba las riendas. Retribución para su país. Venganza por su ciudad. Así era como ella redimía su nombre.

Por fin, Zilin cerró los ojos y su cuerpo se aflojó. Rosalind retrocedió de inmediato, dejándolo caer al suelo con un crujido repugnante, con los brazos y las piernas extendidos en ángulos incómodos. Poco a poco, la ira empezó a disminuir. Lentamente, empezó a hacer un inventario de su situación.

Tenía a un hombre muerto en el suelo del baño. Ella era la última persona que había sido vista con él. Y el salón de baile estaba repleto, por lo cual era sumamente difícil deshacerse de la evidencia.

—*Merde* —susurró Rosalind.

Necesitaba cerrar la puerta, formular un plan.

Y fue exactamente en ese momento cuando la puerta se abrió, y alguien entró.

17

Orión se abrió paso entre la multitud y se detuvo junto a una de las mesas de póquer. Al principio, no dijo nada. Se limitó a fingir que observaba la partida, con los brazos cruzados sobre el pecho.

Luego, se dejó caer en uno de los asientos vacíos, llamando la atención del hombre de su derecha.

—¿Por qué últimamente es tan difícil localizarte?

La mirada de su padre se desvió hacia él.

—Ya sabes dónde encontrarme —respondió el general Hong, esbozando una sonrisa que no abarcaba su mirada—. Ya eres un joven adulto. No tengo por qué ocuparme de ti ni de tus asuntos cotidianos.

—No pedí que te ocupes de mí —replicó Orión—. Simplemente estaría bien que estuvieras en casa de vez en cuando. Oliver apareció el otro día. ¿Lo sabías?

Por la forma en que el general Hong se volvió para mirar a su hijo, no lo sabía.

—¿Perdón? ¿No pensaste en decírmelo antes?

—Como ya te dije —Orión se echó hacia atrás, dejando que una mujer se acercara a la mesa para estrechar la mano del crupier— no ha sido fácil llegar a ti.

—Liwen. Fácilmente puedes enviar una nota a la oficina.

—*Sí*, bueno... —Orión se interrumpió, incapaz de encontrar las palabras adecuadas. Todo este tiempo, había estado hablando en inglés mientras su padre le respondía en shanghainés. De algún modo, se sentía más fácil. Adoptar una lengua extranjera para los asuntos complicados, culpar a esa extranjería de las fricciones de la conversación. La versión de Orión que hablaba shanghainés con su padre no le daría esa actitud. Esa versión de él, que confiaba, amaba y creía en un padre al que admiraba, parecía existir sólo en el pasado—. No quería ponerlo en una simple nota. Quería explicártelo directamente. Oliver entró en la casa y buscó algo en tu despacho.

El general Hong frunció el ceño.

—Lo eché de ahí, obviamente —continuó Orión—. Pero, por favor, ¿por qué aparecería mi hermano de esa manera?

Alguien en la mesa ganó la ronda. Las sillas se sacudieron con la celebración, los cuerpos se agitaron con alboroto y las boas de plumas volaron en desorden. Orión se agachó para esquivar un brazo que se agitaba alrededor de su cabeza, mirando a las dos personas detrás de él. Su padre, mientras tanto, permanecía quieto; nadie se atrevía a moverse demasiado alrededor de *su* cabeza.

—No lo sé —respondió el general Hong.

Orión abrió y cerró la boca.

—¿Cómo pudiste no...?

—Deberías haberlo denunciado de inmediato. Entonces podríamos haber comprobado el perímetro. Podríamos haberlo encontrado. Es un traidor. No tiene sentido protegerlo.

—No *intentaba* protegerlo —se apresuró a excusarse Orión. La insistencia le supo agria en la lengua. Podría decir que quería que arrestaran a Oliver, podría afirmar ante un tribunal que quería que ejecutaran a su hermano desertor como debían hacer con los enemigos que se oponían a su gobierno, pero sólo estaría imitando las palabras de su padre, haciendo eco de los discursos que había oído tantas veces y que habían borrado todo pensamiento propio. Por supuesto, una parte de él evitaba que su hermano se metiera en problemas; de lo contrario, habría apretado el gatillo cuando vio a Oliver aquella noche.

—Padre —Orión habló en voz baja, para que sólo el general Hong pudiera escucharlo usar ese apelativo—. ¿Por qué Oliver se arriesgaría así...?

—Si vuelve a asomar la cara, me avisas enseguida, ¿entendido?

Orión cerró las manos en puños ante la interrupción. A estas alturas, ya debería estar acostumbrado a toparse con pared cuando se trataba de su padre. Al general Hong ya no le importaba comunicarse de forma adecuada, sólo a pedazos, diciendo unas cuantas cosas cuando consideraba a Orión lo bastante digno para enterarlo. Sin embargo, en el asunto de Oliver, Orión no estaba seguro de si su padre optaba por ocultar información, o si el general Hong no quería parecer el tonto y revelar que él también lo ignoraba.

—¿Por qué nunca *haces* nada? —dijo Orión entre dientes.

La expresión de su padre se mantuvo firme.

—¿Qué quieres que haga?

No lo sé, pensó Orión. Volver a como era antes. Viajar atrás en el tiempo y no arruinarlo todo. Sacar la cabeza de la arena y ver cómo era su relación ahora, porque antes había sido cariñoso; había sido amoroso alguna vez. Sólo que eligió dejar de serlo, y esa disonancia era peor que si su calidez nunca hubiera existido.

—No importa —Orión se pellizcó el puente de la nariz—. Olvida lo que dije.

El general Hong lo miró.

—¿Qué te pasa? ¿Han vuelto tus dolores de cabeza?

Orión apartó la mano, casi sorprendido. En sus primeras semanas como espía, se metió en problemas mientras perseguía a alguien y se golpeó la cabeza en una mala caída. Casi lo inhabilitó para siempre para el trabajo de agente, cuando los nacionalistas preguntaban por sus progresos y apenas podía salir de casa para hacer algo. Durante meses sufrió dolores de cabeza, mareos que iban y venían a su antojo. En los días especialmente malos, era como si el mundo entero se cerrara a su alrededor: sus pulmones se agarrotaban, sus pensamientos se arremolinaban sin descanso.

Silas fue su salvación. Si Orión se salía de la red, Silas se involucraba en sus misiones para mantenerlo en el buen camino, trabajando en misiones dobles e informando ampliamente cuando Orión podía arrastrarse fuera de la cama. A medida que pasó el tiempo, los dolorosos ataques fueron menos frecuentes, hasta que Orión dejó de ver estrellas cada vez que se levantaba demasiado rápido. Hacía tiempo que aquellos dolores no le aquejaban; últimamente, como vestigio de la antigua lesión, sólo aparecían si se esforzaba demasiado. No sabía que su padre aún lo recordaba.

—No. No, estoy bien —Orión se levantó de su asiento. Supuso que no había nada más que decir sobre su hermano.

—¿Estarás en casa esta noche, entonces? —preguntó distraídamente el general Hong, justo antes de que Orión pudiera despedirse.

—Ahora estoy en una misión —respondió Orión—. No he estado en casa en días.

—Ah, ¿sí? —el general Hong levantó la mano, indicando al crupier que tomaría las cartas en esta ronda—. Muy bien.

Era imposible saber qué quería decir con eso. Orión se agotaría intentando averiguarlo. Lo único que pudo hacer fue inclinar la cabeza y excusarse, apartarse de la mesa de póquer y alejarse para ir en busca de su esposa.

Rosalind se abalanzó sobre el paño, presa del pánico. Justo cuando se levantaba, con la mano en puño, preparada para otra pelea, se dio cuenta de quién había entrado y exhaló con alivio, soltando de nuevo el arma homicida.

Alisa Montagova se cruzó de brazos.

—¿Aquí?

—No me dieron muchas opciones con las que trabajar —replicó Rosalind—. Cierra la puerta.

Alisa lo hizo. Rosalind no se molestó en preguntar a la chica cuánto tiempo llevaba vigilando, ni cómo sabía que debía seguirla, ni siquiera qué hacía allí, en el Peach Lily Palace. En los tiempos que corrían, era de esperar que hubiera espías por todas partes.

—La salida trasera lleva meses enrejada —dijo Alisa—. No puedes sacarlo por ahí.

Rosalind se agachó con delicadeza y buscó en los bolsillos de Zilin. No encontró nada en particular: la cartera, las llaves, dos naipes doblados por las esquinas. Así que estaba haciendo trampas en sus partidas de póquer. Era de esperarse.

—¿Sugerencias, señorita Montagova?

—Ivanova —corrigió Alisa, rápida como un látigo. Mientras Rosalind ponía los ojos en blanco y seguía registrando las ropas de Zilin para asegurarse de que no dejaba pruebas, Alisa Montagova estaba sumida en sus pensamientos, frotándose la barbilla con la palma de la mano.

Después de un largo momento, se adelantó y se inclinó sobre el cuerpo de Zilin.

—¿Por qué no lo haces pasar como uno de los asesinatos por agentes químicos? —sugirió.

Rosalind la miró con el ceño fruncido.

—Porque no sé qué productos químicos utiliza el asesino. Esto tampoco es territorio chino.

—Bueno... —Alisa también se puso en cuclillas. No llevaba tacones como Rosalind, así que tenía los pies completamente planos, lo que la acercaba más al suelo—. No es que los policías sean muy buenos en su trabajo. Sólo tienes que usar eso —señaló el broche en el cabello de Rosalind— para hacer la herida de la inyección, y la dictaminarán como tal.

Rosalind se metió la mano en el cabello y sacó un broche. Era fino y su punta estaba afilada, un mecanismo de perforación perfecto. Luego entrecerró los ojos.

—Se te ocurrió ese plan bastante rápido.

—Soy agente de un partido que ha pasado a la clandestinidad —replicó Alisa—. Si no pienso rápido, muero. Ahora, ¿quieres mi ayuda o no? Si evacúas el salón de baile, hay una ventana detrás del escenario principal por donde puedo arrastrarlo. Parecerá que lo mataron en el callejón.

En cuanto Alisa terminó de esbozar el plan, en la mente de Rosalind empezó a surgir una idea. El grupo de baile seguía con su rutina en la parte de abajo. Si habían empezado hacía diez minutos, quizás estaba cerca el primer cambio de vestuario.

—¿Cómo puedo confiar en ti? —preguntó Rosalind. Le subió la manga a Zilin.

—De la misma forma en que tú me confías tu identidad. De la misma forma en que yo te confío la mía.

Al otro lado de la puerta del baño de mujeres, una ráfaga de voces se acercó con repentino entusiasmo. El picaporte se sacudió una vez con suavidad y otra con más fuerza, pero al no abrirse, las voces emitieron un gruñido malhumorado y se alejaron.

—No tenemos otra opción —continuó Alisa.

Rosalind murmuró una maldición en voz baja y luego señaló a Alisa con el dedo. Quería regañar a la chica como a una niña, pero le resultaba chocante reprender a una cara de la misma edad que la suya, cuando Alisa ya la había alcanzado. Alisa levantó la barbilla, ansiosa por recibir un sermón. Probablemente le serviría de entretenimiento.

No hay tiempo.

Rosalind cedió, respiró hondo y giró el broche entre sus manos. Antes de que sintiera las náuseas en la garganta, clavó el metal medio centímetro en la parte blanda del codo interno de Zilin. Cuando lo sacó, la plata del broche estaba manchada con una fina capa de rojo. Acunó la mano y atrapó una gota de sangre antes de que cayera al suelo. Alisa hizo una mueca de disgusto, y Rosalind le lanzó una silenciosa mirada de desprecio, como si le preguntara si quería hacerlo ella en su lugar.

Alisa, al menos, tenía la autoconciencia para parecer adecuadamente regañada. Se puso de pie y se acercó al lavabo, abrió la llave y le hizo un gesto a Rosalind para que se adelantara. Con cuidado de no empujar el cuerpo, Rosalind se levantó y pasó por encima de él, para meter su mano bajo el agua. En tres pasadas rápidas, Rosalind limpió la sangre de su broche y de su guante, luego sacudió el exceso de agua, antes de que empapara la tela. Volvió a colocarse el broche en el cabello y sus joyas reflejaron la luz del espejo.

—Ten cuidado al levantarlo —advirtió—. Está pesado.

Alisa asintió y dijo con un saludo:

—*Ne volnuysya,* puedo manejarlo.

—¿Cómo no voy a preocuparme? —murmuró Rosalind. Alisa Montagova era una chica delgada y Zilin medía casi dos metros. Aun así, Alisa tenía razón: no había otra opción.

Rosalind recogió los dos naipes del suelo y los apretó en su puño. Todo lo demás debía permanecer en el cuerpo de Zilin para que la escena pareciera normal cuando lo encontraran. Su mano tramposa, sin embargo… Rosalind rasgó los gruesos naipes, haciendo trizas el de espada y el de diamante. Cuando arrojó los trozos de papel en el retrete más cercano, Alisa la observaba con una pequeña sonrisa jugueteando en sus labios.

—De ti depende ahora —Rosalind se estiró las mangas. Abrió la puerta—. Cuídate.

Con la mandíbula apretada, rezó en silencio para obtener el favor divino, y se escabulló.

18

Al salir del baño, Rosalind se detuvo un momento para contemplar la quietud del segundo nivel. *Peligro*, le advirtió su cerebro, y lo reprimió con un molesto *Lo sé*. Tuvo la sensación de que el salón de baile había enmudecido, antes de darse cuenta de que sólo era la música de abajo que hacía una pausa entre canción y canción.

Rosalind se animó a moverse. Caminó a lo largo del segundo piso con la mirada fija hacia delante y el paso despreocupado, sin detenerse para asomarse al piso del espectáculo. No quería arriesgarse a que Yōko o Tarō la vieran y preguntaran adónde había ido Zilin. Era una suposición, pero avanzó hacia el escenario, rodeando sillas de terciopelo y parejas charlando, hasta que le pareció que estaba justo encima de las bailarinas. Tenía que haber una forma de bajar…

Rosalind vio la puerta roja. La abrió con un ligero empujón con los dedos enguantados. Éxito.

—Quizá no sea tan mala espía, después de todo —murmuró Rosalind para sí, bajando a toda prisa por la estrecha escalera. Salió a un pasillo con un techo espantosamente bajo, lo que significaba que estaba detrás del escenario o en un sótano debajo de él. Los detalles no importaban. Sólo había una puerta a la vista, así que Rosalind entró.

Lo primero que vio fue en los montones de vestidos esparcidos por el suelo. Luego: los espejos del tocador colocados en fila, y las repisas rebosantes de cosméticos. Cinco cubículos para cambiarse de ropa se extendían a lo largo del camerino, y las cortinas de cada uno estaban bien atadas.

No había nadie. Rosalind se acercó a los cubículos y alargó la mano para desatar las cuerdas y cerrar las cortinas, una a una. Eran pesadas y voluminosas, colgaban de una barra alta y se deslizaban por el suelo como las faldas de una debutante demasiado confiada. Cuando el primer susurro de actividad llegó del pasillo exterior —las voces de las coristas que volvían para cambiarse de vestuario— Rosalind se deslizó suavemente detrás de una de las cortinas del cubículo.

La puerta principal del camerino se abrió de golpe. Las chicas empezaron a quejarse de lo mucho que odiaban la siguiente rutina, de que las luces eran demasiado brillantes, de que las boas de plumas les picaban. Rosalind se llevó la mano al bolsillo. Cuando su mano sólo encontró aire, presionó el forro de su vestido y tampoco encontró nada.

—Maldita sea —susurró Rosalind, quitándose los guantes. Se le había acabado el veneno—. Si no puedes ser una buena espía, ¿no puedes al menos ser una buena asesina?

La cortina se movió. Una de las coristas entró. Antes de que pudiera gritar, Rosalind le tapó la boca con una mano y le rodeó el cuello con la otra.

—No te resistas —Rosalind oprimió con el pulgar y el índice los puntos de presión de la corista. Era un eco de sí misma minutos antes, pero esta vez su voz era suave, incluso cuando sus dedos apretaban con fuerza—. Te prometo que si te resistes te va a doler más la cabeza.

La chica le resultaba familiar. La mirada, las cejas finas como un lápiz. Su nombre parecía rondar en la periferia de la memoria de Rosalind, pero entonces la cabeza de la chica se inclinó al caer inconsciente, y Rosalind borró sus pensamientos antes de seguir preocupándose por ella. Si la conoció alguna vez, fue en el pasado. Durante la vida de Rosalind Lang y no la de Janie Mead.

Rosalind exhaló temblorosamente y dejó que la corista se desplomara en el suelo. Al parecer, afuera las chicas no habían escuchado el forcejeo. Con una lamentable mueca de dolor, Rosalind movió a la corista para que no se golpeara la cabeza. Luego le quitó el traje que llevaba en las manos y se lo puso.

Un vestido naranja, decorado con pieles a lo largo del hombro. La parte inferior, en forma de leotardo, combinaba con medias de red. Hacía tiempo que no se cambiaba con tanta rapidez, contando el tiempo para cronometrar su próxima aparición en escena. Acabó antes de que se acallarán las voces de las chicas afuera y esperó el momento en que miraran a su alrededor para darse cuenta de que faltaba una y gritar:

—¡Daisy! ¿Por qué tardas tanto?

Rosalind recogió del suelo el sombrero de copa color naranja. Se lo colocó en la cabeza, se deshizo el chongo de la nuca y salió. Nadie le prestó atención; nadie se dio cuenta de que era una chica completamente distinta, mientras fingía ajustarse el tirante del vestido, con la cara inclinada hacia otro lado. Los escasos minutos que transcurrían entre un cambio y otro eran demasiado frenéticos, demasiado ajetreados, y ella se convirtió en parte del grupo cuando atravesaban el pasillo y subían tres escalones, bajaban otro pasillo y se adentraban en las bambalinas.

El escenario era bajo, sólo dos escalones más alto que el resto de la pista. Y fue desde allí donde Rosalind finalmente volvió a ver a Orión escondido entre las sombras, apoyado en uno de los pilares del salón de baile.

Parecía que estaba ahí para disfrutar del espectáculo. Él la había abandonado en su tarea cuando iban juntos bajo un nombre clave, cuando su misión estaba en un punto de inflexión, ¿para disfrutar del espectáculo?

¿Qué le pasa?

La música empezó a sonar y alguien la empujó por detrás, sacando a las bailarinas del costado del escenario. Presa de la incredulidad, se olvidó de resistirse, retrocedió cuatro años en el tiempo y cayó en los viejos hábitos para que el espectáculo continuara. Pero Rosalind se había puesto un disfraz sólo para desencadenar una evacuación, para acercarse lo suficiente a lo único que había visto en la sala de baile que podría provocar el suficiente caos: las máquinas de humo del escenario.

Pero no había tiempo. Se vería muy sospechosa si se abalanzaba sobre ellas ahora. El sonido de las teclas del piano se fundió con el de la trompeta, y los ojos de Rosalind volvieron a mirar a Orión. Reconoció la canción —de hecho, reconoció la progresión completa de canciones— del club *burlesque* Escarlata. Tuvo una mejor idea.

Rosalind siguió a la última de las bailarinas sin problemas. Su mente racional se apagó. Sintió el calor de las luces y los ojos de la multitud; sintió el brillo del candelabro creando refracciones geométricas a lo largo de sus mejillas. Su mirada permaneció fija en el candelabro durante un compás, dos compases, tres. Hubo una pausa en la música, lo que dio tiempo a que las bailarinas ocuparan sus posiciones, y permitió que Rosalind encontrara su lugar a la derecha del escenario, claramente en el campo visual de Orión.

Atrapó su mirada. La sostuvo, esperando, esperando...

Pero él no la reconoció.

Cuando la canción avanzó en su rápido ritmo y Rosalind cayó en los pasos de la rutina, notó la forma en que la mirada de Orión se mantenía cortésmente intrigada, cómo inclinaba la cabeza y la veía de arriba abajo, siguiendo la línea de sus brazos cuando ella los extendía y la longitud de sus piernas mientras se deslizaba por el escenario.

Para Rosalind, bailar no era ningún arte. Era una serie de pasos cuidadosamente calculados, una persuasión que podía utilizarse para influir en las mentes y cambiar los pensamientos. Era tan científico como cualquier reacción química, sólo que las variables eran los colores, las extremidades del cuerpo y el movimiento. Así recordaba las rutinas, incluso años después de aprenderlas: un paso tras otro en una entrada y salida formuladas.

Siguió el turno del solo del saxofón. La primera fila de bailarinas bajó del escenario y se dispersó por la pista, en busca de objetivos que les dieran generosas propinas. En el club burlesque de los Escarlata, al final de la noche solían repartir sus ganancias con la gerencia. Era curioso cómo funcionaba: Rosalind ya estaba familiarizada con establecer un objetivo y llevar a cabo una misión mucho antes de convertirse en asesina.

La segunda fila de bailarinas se abrió en abanico. Rosalind, con los ojos de Orión aún clavados en ella, se dirigió directo hacia él, esperando el momento en que él se diera cuenta de su torpeza, esperando a que saliera de su estupor.

No lo hizo. Ni siquiera cuando Rosalind se detuvo frente a él. Ni siquiera cuando le puso las manos en los hombros y las bajó, deteniéndose en su pecho, porque lo único que Orión dijo fue:

—Escucha, soy un hombre casado...

—*Lo sé,* imbécil. Estás casado *conmigo* —lo interrumpió Rosalind. Su actitud cambió rápidamente de bailarina seductora a esposa furiosa, y agarró el cuello suelto de su camisa—. ¿Abandonaste nuestra tarea por *esto*?

La niebla en los ojos de Orión se disipó por fin. Al reconocerla, sus labios se entreabieron, mientras reconfiguraba la imagen del escenario con la chica que era su pareja. Durante un largo segundo, se quedó sin palabras.

—Tenía asuntos que atender —dijo él finalmente—. Y ahora ya está resuelto. ¿Por qué llevas puesto un traje de bailarina?

La música estaba cambiando y señalaba el regreso al escenario.

Rosalind miró por encima del hombro.

—Podemos discutir esto más tarde. Dame tu pistola.

Orión se echó hacia atrás.

—¿Qué?

—Tu pistola —exigió de nuevo, y extendió la mano—. La trajiste, ¿verdad?

—*Sí,* la traje, querida —metió la mano en el bolsillo interior de su abrigo y la sacó rápido, apretó entonces el arma en la palma abierta de Rosalind cubriéndola con los dedos antes de que alguien pudiera ver lo que acababan de intercambiar. Sus palabras se volvieron cada vez más frenéticas, coincidiendo con el siseo de ella—. ¿Por qué no trajiste la tuya? Y no me digas que no tienes una, porque me reiría hasta que los cerdos empezaran a volar.

Las bailarinas retrocedían. Daban pequeños pasos, imitando los movimientos de los animales del bosque que deambulan en libertad. Rosalind era la única que permanecía inmóvil. Ésa había sido su metáfora. Ésa fue la instrucción que usó para enseñar a las chicas su coreografía.

—No tengo.

—¿Por qué no?

—Suéltala.

—Claramente la *necesitas*…

—No. Me. Gusta. Cargar. Armas —espetó Rosalind. Una ira volátil se revolvía en sus entrañas. Algo acerca de Orión Hong la irritaba de forma intolerable—. Ahora, prepárate para correr.

—*¿Qué?*

Rosalind se dio la vuelta y apuntó con la pistola al candelabro del escenario. Justo antes de que ninguna de las chicas llegara a los escalones del escenario, disparó una bala tras otra al candelabro de cristal en lo alto del techo.

No le gustaban las armas, pero había pertenecido a la élite de una banda de criminales. Sabía usarlas. Sabía disparar, aunque su puntería no fuera perfecta.

El candelabro se rompió a la cuarta bala y se estrelló contra el escenario.

—¡Vete! —Rosalind gritó.

El salón de baile estalló en un caos de movimiento en todas direcciones. Rosalind captó un destello naranja en su periferia y metió la pistola en su traje, ocultándola de la vista y girando para seguir al resto de las bailarinas. Había demasiado movimiento para que alguien se diera cuenta de que ella había disparado. Mientras otros clientes corrían a la entrada principal, las bailarinas huían en busca de seguridad inmediata, y Rosalind se apresuró a unirse a ellas para rodear el escenario y entrar en el camerino.

En cuanto la puerta se cerró tras ellas, Rosalind se separó de las chicas que estaban llorando, y se dirigió al cubículo donde había dejado a la otra bailarina. Daisy. Sí recordaba a la bailarina de cabello corto. Pero como todo el mundo en la ciudad, Daisy era ahora mayor, una versión transformada de sí misma. Cuando Daisy despertara, le parecería incomprensible que la misma Rosalind de hacía cuatro años la hubiera atacado.

Rosalind corrió la cortina. Se cambió rápidamente. Se bajó la cremallera del traje, el sombrero cayó al suelo y se recogió el cabello en un moño. Cuando volvió a ponerse el qipao, estuvo a punto de engancharse en las gemas de su cabello, pero jaló el cuello rápido y desprendió la tela de las puntas afiladas, para que el encaje volviera a acomodarse en su cuello.

¿Cuánto tiempo había pasado desde la caída del candelabro?

¿Cuánto tiempo tomaría evacuar el salón de baile? ¿Cuánto tiempo necesitaba Alisa para arrastrar el cuerpo?

Rosalind asomó la cabeza desde el cubículo y observó la iluminación del techo. En cuanto notó que sólo había una gran lámpara, decorada con un elaborado diseño de caracolas marinas, sacó de nuevo la pistola de Orión y apuntó. Antes de que las chicas hubieran recuperado el aliento y dejaran de llorar, disparó a las luces de la habitación y quedaron envueltas por una oscuridad absoluta.

Las chicas empezaron a gritar desesperadamente. Por suerte para Rosalind, eso le dio la oportunidad de salir corriendo del cubículo hacia la puerta. Chocó con varios cuerpos por el camino, pero no importaba, no podían verla. Volvió al pasillo sin demora y miró frenética a su alrededor para determinar en qué dirección…

Orión derrapó al doblar la esquina.

—Dios mío, Janie, ¿adónde te *fuiste*?

—¿Qué…? ¡Pensé que te había dicho que te fueras!

No podían quedarse ahí discutiendo. Antes de que Orión respondiera, Rosalind lo tomó de la muñeca y lo arrastró con ella, para alejarse a toda prisa de la parte trasera del escenario y atravesar el salón de baile, evitando los grandes fragmentos de cristal. Salieron por las puertas con los demás clientes, quienes hablaban y conjeturaban sobre lo sucedido.

—*¿Era un tirador? ¡Me pareció ver a un tirador entre las bailarinas!*

—*No seas tonta. ¿Cómo podría una bailarina hacer eso? Probablemente la instalación estaba mal hecha. Sucede en estos lugares.*

Un viento frío sopló en la cara de Rosalind. La mujer francesa junto a ella estaba casi histérica.

—¡Señor Mu! ¡Señora Mu!

Orión volteó, buscando el eco de la voz. Yōko y Tarō se acercaban a empujones desde el otro lado de la multitud y los saludaban frenéticamente.

—Janie, esconde la pistola.

Rosalind contuvo una maldición. La pistola estaba bajo su manga, apenas oculta para quien la mirara directamente. Pensó con rapidez, se acercó a Orión y lo abrazó, acomodándose en su pecho como si ya no soportara mantenerse de pie. Mientras sus brazos se ocultaban bajo la tela de su abrigo, tomó la pistola y la volvió a colocar en el bolsillo de Orión, segura y fuera de la vista.

Un suspiro de alivio salió de sus pulmones. En cuanto el peso de la pistola se asentó en el bolsillo del abrigo de Orión, ella sintió que él también se relajaba y apoyó la barbilla sobre la cabeza de ella.

—Bien —susurró él, en voz lo bastante baja para que sólo ella lo escuchara. Por un momento, Rosalind no se movió y mantuvo la mejilla pegada a la suave tela de su camisa, el contacto con su cuerpo era muy cálido. Era necesario permanecer así unos segundos más, para evitar sospechas. De todos modos, tenía que admitir que había experimentado una inesperada sensación de seguridad al estar así arropada apartada del mundo y escondida en un hueco que no permitiría que se llevaran a su preciada presa.

—Menos mal que los encontramos —Yōko finalmente se abrió paso entre la multitud y se detuvo ante ellos. Rosalind se desprendió de Orión casi a regañadientes, deslizando sus brazos fuera del abrigo de Orión mientras Tarō los alcanzaba—. ¿Vieron cómo pasó algo de eso?

—No vi nada —respondió Rosalind—. Volví a encontrarme con mi marido justo después de que ustedes se fueran. Después escuchamos gritos escaleras abajo y tuvimos que apresurarnos para salir.

—Qué increíblemente extraño —coincidió Tarō—. Quién hubiera pensado que un lugar como éste sería el escenario de semejante caos.

—En efecto —el asentimiento de Orión tenía un aire de agravio. Yōko y Tarō no parecieron captar su tono, pero Rosalind le dirigió una mirada de advertencia, que él ignoró—. ¿Quién lo hubiera pensado?

Un estruendo de sirenas llegó por Thibet Road. Era la policía, que llegaba para inspeccionar la escena. Justo cuando sus luces intermitentes se detuvieron frente al Peach Lily Palace, Rosalind captó movimiento en la entrada de uno de sus callejones y divisó a Alisa, que buscaba llamar su atención.

Parecía despreocupada, completamente tranquila. Cuando por fin llamó la atención de Rosalind, asintió una vez con la cabeza y desapareció entre la multitud de la acera.

Rosalind puso su mano en el codo de Orión.

—Qīn'ài de —dijo—. Vámonos a casa.

Orión asintió con decisión. Yōko y Tarō se despidieron de ellos, aunque estaban distraídos con las sirenas. Rosalind dio otro fuerte tirón del codo de Orión, quien finalmente se dio la vuelta para seguirla.

Volvieron a casa en *rickshaws* separados, así que no tuvieron oportunidad de hablar. Sin embargo, en cuanto los *rickshaws* los dejaron en la puerta del edificio de Rosalind y, tras pagarles, se marcharon, ella sintió que el aire se volvía denso. Entró y cruzó el patio. Los pesados pasos de Orión eran un eco sordo en cada escalón que subía.

Llegaron a su departamento. La puerta se abrió. La puerta se cerró.

—Será mejor que empieces a hablar antes de que explote, Janie Mead.

Rosalind se dio la vuelta y tiró los guantes en el sofá.

—Eres tan *amable* —respondió—. Por favor, no olvides que fuiste tú quien se escabulló sin dar explicaciones.

—¿Dar un paseo de unos minutos era razón suficiente para destrozar un candelabro sin consultarme antes? —exclamó Orión—. ¿Qué estaba pasando por tu cabeza?

—Si quieres que te consulte, quizá deberías estar cerca cuando se producen los acontecimientos.

Orión emitió un sonido de incredulidad.

—Eres *tan* hostil sin razón alguna…

—¿Hostil? —Rosalind repitió—. ¿Porque estaba cumpliendo nuestra tarea? Quizá tú deberías adoptar un poco más de hostilidad…

—¿En *qué* ayudaba a nuestra tarea destrozar el candelabro?

Rosalind se quedó callada. Tarde o temprano, alguien encontraría el cadáver de Tong Zilin. Llamaría a las autoridades, y las autoridades irían a husmear a Seagreen Press. Entonces Orión se enteraría de cómo habían matado a Zilin esta noche. Tal vez entendería todo. O quizá consideraría demasiado absurdo que hubiera muerto a manos de Rosalind. No sabía que era una asesina. No sabía que era Fortuna, que arrancaba las cartas de los bolsillos de los hombres y destrozaba la suerte que creían tener.

—Tendrás que confiar en mí —dijo Rosalind sin rodeos.

Estaba siendo injusta, pero él tampoco le había informado por qué se escabulló, ni le había dicho por qué desapareció aquella primera noche. ¿Por qué *ella* revelaría sus secretos?

Sin embargo, Orión no cedía.

—Esto es ridículo —dijo, paseándose en un pequeño círculo alrededor de la sala—. Alguien podría haber salido herido.

Rosalind se burló.

—¿Y?

Por primera vez, Orión Hong no conversaba con ironía. De todos los asuntos que decidía tomarse en serio, ¿por qué elegir éste? ¿Dónde estaba esta otra versión de él en otros momentos?

—No me digas que eres tan insensible…

—¿Y qué si lo soy? —Rosalind estalló—. No *me importa* si algún rico mecenas se lleva un pequeño rasguño. No *me importa* si el salón de baile tiene que reconstruirse y utilizar sus preciados fondos para las renovaciones. Me importa levantar a este país abandonado que ahora se encuentra de rodillas, y haré todo lo necesario para eso. ¿Y *tú*?

El departamento se quedó en silencio. La voz de Rosalind había ido subiendo de volumen a medida que hablaba, y ahora su última reclamación retumbaba en la sala. Pareció provocar algo en Orión, porque él se lanzó hacia delante, con la mandíbula tensa a cada zancada. Rosalind retrocedió en un intento de mantener la distancia, pero apenas había dado tres pasos cuando sus hombros chocaron con la pared. Por mucho que intentara parecer imperturbable ante la amenazadora proximidad de Orión, el corazón le latía con fuerza en su pecho.

—Yo... —dijo él enérgicamente— estoy haciendo lo que puedo.

Rosalind tragó con fuerza. Con no menos de dos centímetros de distancia entre ellos, vio cómo la garganta de Orión también subía y bajaba.

—Lo que puedo hacer —continuó Orión— es dar lo mejor de mí. Algunos no podemos permitirnos el lujo de trabajar sólo por la causa, de ser héroes nacionales. Algunos también necesitamos preocuparnos por nosotros mismos.

Su tono provocó que Rosalind cambiara su actitud. Había algo demasiado crudo en su voz, totalmente diferente de su habitual soltura.

—No te pido que seas un héroe nacional —esta vez lo dijo en voz baja—. No hace falta ser un héroe nacional para resanar las grietas de una ciudad.

Orión retrocedió un paso y por fin se separaron. Rosalind observó que él parpadeó y frunció las cejas antes de apartar la mirada. Reconocimiento. Rendición. Como si en algún lugar de su interior pensara que Rosalind tenía razón, aunque ella sólo estaba siendo dura para desviar su atención del *motivo* de la evacuación.

—¿Qué habría pasado si te hubieran atrapado? —preguntó Orión—. ¿Qué habrías hecho si el vidrio hubiera degollado a un extranjero y no nos hubieran dejado salir hasta encontrar a quien disparó, y luego los nacionalistas nos hubieran echado a los lobos en vez de aguantar el escándalo sólo para salvarnos? Y entonces, ¿qué? ¿Quieres ser una mártir, Janie Mead? Porque yo no.

Cuando Orión volvió a mirarla, Rosalind no apartó la mirada. La mantuvo fija con descaro.

—Es una hipótesis sin sentido —dijo—. Nada de eso ocurrió.

—Y si vamos a seguir trabajando juntos —aconsejó Orión—, necesito oír tu respuesta. No voy a tolerar la imprudencia. Tengo demasiada gente que proteger. Un apellido que honrar.

Rosalind apretó los puños. La implicación de su afirmación flotaba en el aire: *Tengo demasiada gente que proteger… ¿y tú?*

No importaba lo que Rosalind hiciera o cómo se comportara, ella era la única persona a la que podía dañar en esta ciudad. Su hermana ya llevaba la etiqueta de enemiga. No había nadie más a quien Rosalind quisiera cuidar. Pero no sabía si eso era mejor o peor que constantemente tratar de sostener a otras personas sobre sus hombros, soportando cargas sin que le devolvieran la misma cortesía.

—Como ya dije, no tiene sentido —se apartó de la pared—. Nos tienen unidos en matrimonio y en nombre clave. ¿Crees que nos separarían tan fácil? Estás conmigo hasta el final.

Orión se pasó una mano por el cabello. Los mechones oscuros cayeron hacia delante, como tajos sobre su expresión afligida. No la miró. Quizá no quería que ella viera el odio que había en sus ojos. Prácticamente desde el principio, Dao Feng había dicho que confiaba más en Orión para llevar a cabo esta misión y más en Rosalind para vigilarlo. No permitiría que uno de los agentes fuera transferido en este momento.

—Dios —murmuró Orión—. Como sea.

Antes de que Rosalind pudiera preguntar qué significaba *eso*, Orión se dio la vuelta, entró en el baño y cerró la puerta tras él. Segundos después, Rosalind escuchó cómo corría el agua en el lavabo, salpicando con fuerza. La conversación entre ellos había terminado, aunque no había servido para nada. Afuera, se oyó el ulular de un búho, cuyo sonido envolvió el departamento. La noche era densa y pesada, e impregnaba las ventanas de una oscuridad que parecía tangible, que se podía tomar y moldear si se abría la ventana y se extendía la mano.

—Buenas noches, supongo —murmuró Rosalind. Bajó las persianas con firmeza.

Cuando Orión salió del baño, Rosalind ya había cerrado la puerta de su dormitorio.

19

—¡Cierren las puertas! *Ahora*. ¡Vamos, muévanse!

Se oyó un golpe en la parte delantera de la tienda, y luego la voz de Oliver, lo bastante fuerte para reverberar en las habitaciones del fondo. Celia se levantó de la silla, se apartó el cabello de los ojos y lo sujetó con un broche. En el pasillo, se cruzó con Audrey y Millie que sacaban un largo juego de cadenas, el cual Celia adivinó que era para las puertas principales.

Se apresuró a entrar en la tienda. Oliver estaba en la entrada, colocando el cerrojo. *Era* la hora de cerrar, pero ¿por qué se movía tan frenéticamente? Ese día ni siquiera había estado de turno; se suponía que debía estar en la ciudad haciendo las últimas revisiones de los mapas terminados.

—Cariño, ayúdame.

Celia se acercó.

—¿Qué pasó?

—Hay soldados nacionalistas cerca. Podrían estar buscándonos.

—¿Podrían? —Celia hizo eco. Tomó un rollo de cinta adhesiva de la recepción y se lo dio a Oliver en cuanto acercó una hoja de periódico a las ventanas.

—No estoy seguro. Vi sus camiones llegando a la zona.

La piel de sus brazos se erizó al instante. Una vez que Oliver tomó la cinta, Celia lo ayudó a pasarle las hojas de periódico. Habían repasado su plan de evacuación muchas veces, pero esto no parecía calificar para una evacuación completa, sino sólo las medidas de precaución: cubrir las ventanas, cerrar las puertas con llave, hacer que la tienda pareciera temporalmente abandonada. Si los nacionalistas husmeaban sin sospechar nada, pasarían por delante sin pensarlo demasiado. Si, de alguna manera, los nacionalistas se habían enterado de su presencia allí y realmente sus fuerzas rodeaban la tienda, entonces sería el momento de huir.

—¿Están entrando a la ciudad? —preguntó Celia. Se le ocurrió una idea—. ¿O van al almacén del bosque?

Oliver le lanzó una mirada rápida, y se detuvo con una mano apoyada en la ventana. Luego, recordando que el tiempo apremiaba, levantó el rollo de cinta y arrancó un trozo con los dientes, lo sacó de su boca y pegó con él una esquina del pliego de papel periódico.

—¿Todavía estás pensando en eso? —preguntó Oliver—. No hay razón para creer que es una base nacionalista.

—Lo sé —Celia le pasó otro pliego—. Se detuvo y sus ojos se clavaron en la nueva pieza de papel que tenía en la mano. Una sacudida de sorpresa recorrió su espalda. Todo el texto estaba escrito en japonés… excepto el encabezado, más grande, que aparecía en la primera página en inglés y japonés.

SEAGREEN PRESS 青海新聞

—Oliver —dijo Celia de repente—. ¿De dónde sacaste este periódico?

Oliver bajó brevemente la mirada. No entendía por qué se lo preguntaba.

—De algún lugar cercano, seguro. ¿Por la tienda de vestidos?

—¿Alguien los estaba vendiendo? —insistió Celia. Cuando hizo un rápido escaneo, le pareció que las otras hojas ya pegadas en la ventana estaban escritas en chino. Eran las grandes publicaciones habituales en estas zonas. Entonces, ¿de dónde había salido ésa?

—No. Los arrojaron en los puestos de periódicos en la esquina de la calle —frunció el ceño y le hizo un gesto para pedirle otra hoja—. ¿Qué ocurre?

—Seagreen Press —dijo Celia con énfasis, señalando el encabezado del periódico. El lugar de trabajo encubierto de Alisa. Y lo último que había oído de Rosalind era que también era el lugar de *su* nueva misión—. Es una empresa japonesa que escribe para sus ciudadanos en Shanghái. ¿Por qué llegarían sus periódicos hasta aquí?

Oliver hizo una pausa y tomó el periódico que Celia tenía en las manos. Un destello de recelo brilló en sus ojos.

—¿Qué sospechas? —preguntó él.

Desde luego, había algún tipo de sospecha formándose en la mente de Celia. Ella no había puesto todo en el orden correcto, no había atado los cabos para alcanzar una conclusión definitiva.

Ella se dio la vuelta.

—¡Hey! —la llamó Oliver—. ¿Adónde vas?

—No te preocupes. Iré por la puerta de atrás. Nadie me verá.

—¿Qué? ¡Eso no responde a mi pregunta!

Celia siguió caminando. Oyó que Oliver les gritaba a Audrey y Millie que terminaran de cubrir las ventanas antes de seguirla y revolotear alrededor de su hombro izquierdo y luego del derecho, intentando obtener alguna respuesta. Los dos ya estaban vestidos con ropa oscura, así que Celia tomó un par de guantes de su habitación antes de salir por la puerta trasera sin decir palabra, aguzando el oído para percibir el sonido de los camiones a lo lejos. Sus pesadas ruedas avanzaban por los caminos de grava de la ciudad de forma inconfundible. Sólo podían ser vehículos militares dirigiéndose hacia ellos con rapidez.

—¿Te vas a quedar rumiando o vas a venir conmigo? —preguntó Celia, adentrándose en la noche. Aunque Oliver la alcanzó pronto, por los pisotones que daba era notorio que le disgustaba tener que seguirla.

—No tengo miedo de arrastrarte de vuelta a la tienda.

Oliver apartó una rama. Siempre había poseído el talento de lanzar amenazas de la forma más cordial. Incluso ahora, mientras avanzaban por el bosque, sus palabras tenían un trasfondo de peligro, como si necesitara el mínimo detonante para actuar.

Celia volteó para que Oliver viera su expresión de duda. En cuanto sus miradas se cruzaron, Celia se volvió para seguir su camino con una sonrisa en los labios.

—Sí, tienes miedo.

Todo era una fachada. El alto y temible agente comunista con los nudillos llenos de cicatrices y la mandíbula como de mármol, que alguna vez se había quedado inmóvil durante tres horas porque el gato de la tienda vecina había entrado a tomar una siesta sobre su pie. El aterrador líder de facto de su grupo, que a veces se quedaba despierto hasta la madrugada cosiendo los botones de las blusas de Audrey porque ella no sabía coser.

Oliver lanzó una protesta.

—¿Cómo te atreve…?

—Shhh —interrumpió Celia porque escuchó algo, y porque le divertía decirle a Oliver Hong lo que debía hacer. Podía ocultárselo a los demás. Podía darles órdenes y dejar que creyeran que tenía un cierto nivel de crueldad. Pero Celia sabía que no era así. Y suponía que lo sabía sólo porque él se lo permitía, porque dejaba pasar esos destellos reales, consciente de que existía la posibilidad de que ella los utilizara en su contra y se arriesgaba de cualquier manera.

Ella no sabía cómo sentirse al respecto. Nunca había tenido una responsabilidad tan grande: mantener la confianza de alguien. Alguien que no era de la familia, que no tenía ninguna obligación con ella.

La luna desapareció tras una nube. Celia aminoró la marcha, con la cabeza inclinada hacia el viento.

—Yo tenía razón —susurró, mirando a través de los densos árboles—. Van al almacén.

Aunque había pasado algún tiempo desde su primera excursión nocturna por el bosque, no era difícil encontrar esa sospechosa carretera en forma de V. Ahora bajaban por ella camiones, uno tras otro, en una ordenada fila.

Y al final de esa carretera sólo había un destino.

—Celia, espera.

Justo antes de que Celia siguiera adelante, Oliver la tomó del brazo para mantenerla en su sitio. La luna salió de detrás de las nubes e iluminó la mueca del rostro de Oliver. Celia se dio cuenta de inmediato.

—Informaste del almacén —afirmó. No había nada en su tono que pidiera confirmación; estaba tan segura como oscuro era el cielo, y sólo lo decía en voz alta para que Oliver supiera que se había dado cuenta—. Lo denunciaste, y te dijeron que investigaras sólo por si resultaba ser un secreto nacionalista de importancia crítica.

—Cariño…

—No me quieras *endulzar* el oído —le ordenó Celia, liberando su brazo. Tal vez por eso no sabía qué sentir por Oliver. Tenía su confianza, pero no sus secretos. Él podía poner su propia vida en la palma de la mano de Celia sin dudarlo, pero no podía responder a una pregunta con sinceridad mientras la causa, y sus superiores, le ordenaran guardar silencio.

—Primero tengo que averiguar algunas cosas, antes de ponerte en peligro con el conocimiento de ellas —dijo Oliver con calma—. No es nada de lo que tengas que preocuparte.

Ella recordó la expresión de reconocimiento en su rostro cuando estaban en el almacén. Cuando le preguntó si había estado allí antes y él cambio de tema con rapidez.

¿Qué me estás ocultando, Oliver?

Celia avanzó. Si él no se lo decía, lo averiguaría por sí misma.

—*Celia*. ¡Vuelve aquí!

No lo hizo. Caminó hasta que tuvo el almacén a la vista, y sólo entonces se escondió detrás de uno de los arbustos espinosos, desde donde podía observar cómo estacionaban los camiones alrededor del enigmático almacén. Eran nacionalistas uniformados los que bajaron en tropel de los vehículos, con cajas en los brazos; entraban y salían velozmente del almacén. No vio a ningún líder entre ellos. Sólo soldados, la mayoría en silencio. Tenían un aire peculiar. Ni mostraban miedo, ni inquietud cuando se cruzaban entre ellos. Lo primero que se le ocurrió a Celia fue *la ausencia*. Los soldados que iban delante se movían del mismo modo que los sonámbulos.

Celia se dio la vuelta. En algún momento, Oliver la había seguido a regañadientes y se acercó a ella por detrás para observar en silencio. No podían acercarse más o se arriesgarían a ser vistos, lo cual era desafortunado. Ella quería ver sus caras.

—¿No te parece extraña esta escena? —susurró ella.

Oliver permaneció de pie, con los brazos cruzados sobre el pecho.

—Es difícil de decir —respondió él de mala gana—. Podría ser...

Una superficie metálica reflejó la luz de la luna detrás de él. Celia no lo pensó; se lanzó y apartó a Oliver de su camino, los dos cayeron sobre la espinosa maleza justo cuando una bala resonó en la noche. Celia lanzó un grito ahogado y sus manos se aferraron como pudieron al saco de Oliver. Oliver, por su parte, se puso alerta en cuanto cayeron al suelo y le rodeó la cintura a ella con el brazo para frenar su movimiento.

La bala impactó donde él había estado parado, y la corteza de un árbol estalló por todas partes tras el impacto. Habría sido un disparo justo a la cabeza.

—¿Estás bien? —preguntó Oliver.

—Estoy bien, estoy bien —se apresuró a tranquilizarlo Celia.

Oliver murmuró una maldición.

—Agáchate —ordenó y se inclinó para colocar a Celia suavemente sobre el suelo del bosque, después sacó una pistola del bolsillo. Esperó a ver el siguiente destello metálico y disparó: con esta tercera bala un grito humano resonó en la noche. Habían subestimado a los nacionalistas al pensar que podían escabullirse para espiar la actividad de una facción enemiga. Seguro había soldados apostados en el perímetro, vigilando a los intrusos.

—Por aquí —dijo Celia con fuerza, poniéndose en pie de un salto y aferrándose al brazo de Oliver. Los disparos habrían resonado hasta el almacén, y necesitaban ponerse fuera del alcance antes de que otros soldados empezaran a buscarlos. Se adentraron en el bosque, con la hojarasca chasqueando bajo sus pies y las ramas arañándoles la cara. Celia seguía escuchando, esperando un grito, el sonido de una persecución.

A una distancia considerable, Oliver aminoró la marcha y le dedicó un gesto a Celia para que hiciera lo mismo. Observaron detenidamente el entorno. La luna estaba en la cúspide del cielo. Las hojas de los árboles se erizaban sobre ellos. La espesura murmuraba bajo sus pies. Todo estaba en silencio.

Al parecer, habían escapado.

—Maldita sea, Oliver —exclamó Celia, recuperando el aliento.

—¿Maldito sea, *yo*? —respondió Oliver, con los ojos muy abiertos.

—Sí, ¡maldito seas! —ella ajustó el cuello de la blusa y retiró los trozos de corteza que se le habían pegado a la ropa—. ¡De haber sabido que estabas investigando esto, tal vez habría sabido también qué esperar! Quizás ahora los dos estaríamos sentados en la tienda.

—Por favor, ¿en qué universo estarías dispuesta a quedarte sentada alegremente después de darte información?

—No estaría de más que me dijeras bajo qué instrucciones estás. No tienes que darme detalles, sólo no me *mientas*.

Si el objetivo de guardar secretos era protegerse mutuamente, Celia no veía la lógica en lo que había ocurrido. Podía aceptar no enterarse con quién se reunía Oliver cada vez que iba a Shanghái. No necesitaba conocer los pormenores de sus misiones privadas. Pero no podían ocultarle asuntos que ella misma había pedido saber, en los que ya estaba implicada cuando fue *ella* quien descubrió la discrepancia que los condujo al almacén.

—Nunca te he mentido —insistió Oliver. La señaló amenazadoramente con el dedo, deteniéndose a un pelo de su nariz—. Y es la última vez que te cruzas en mi camino, ¿entendido? ¿En qué estabas pensando? Podrían haberte herido.

Celia se quedó boquiabierta.

—¡Te habrían herido *a ti*, si yo no lo hubiera evitado! ¿Hablas en serio?

—Ése es el riesgo que asumo como agente. Ése es el riesgo que estoy dispuesto a asumir mientras lucho por la nación. Si me lastiman, que así sea. *Pero tú* no te pongas así en *mi* línea de fuego.

—Oh, claro —espetó Celia—. La nación por encima de todo, ¿verdad? Incluso de tu vida.

Un aullido recorrió el bosque. Ambos se pusieron rígidos, tratando de determinar si el origen era mecánico o humano. Ni lo uno ni lo otro. Sonaba más bien como animal y se desvaneció al cabo de unos segundos. El viento soplaba suavemente. Celia y Oliver volvieron a mirarse. Poco a poco, él suavizó la intensidad de su mirada, aunque no retiró su brazo.

—Sí, Celia —dijo, casi cansado—. La nación por encima de todo.

Ella sabía que él lo creía en verdad. Cuando alguien como Oliver decía esas palabras, no se trataba de un eslogan para panfletos heróicos y gritos de batalla teatrales. Él ponía todo el corazón en su intención.

Luego, con ternura Oliver rodeó la cara de Celia usando una mano, y comenzó a rozarle la mejilla con el pulgar. Ella se quedó paralizada, parpadeando para darse cuenta de lo que estaba sucediendo. Nunca lo había hecho con tanto descaro. Habían tenido roces casuales en el hombro, al pasarse una taza de té. Él le había dado caricias juguetonas en su barbilla. Si uno de los dos estaba herido, el otro lo inspeccionaba con brusquedad, y se realizaban entre ellos oportunas y fugaces curaciones con vendas y antisépticos. Nunca se había dado este tipo de contacto, que no tenía otra explicación, salvo una cierta necesidad.

—La nación por encima de todo —repitió Oliver, con voz firme—. Pero no de ti, cariño. Nunca *tu vida* a cambio.

La mente de Celia escuchaba el chirrido de una radio descompuesta. Ruido blanco zumbando entre sus oídos mientras buscaba con desesperación algo —cualquier cosa— que decir. Entonces, como si alguien hubiera cambiado de frecuencia, no fue la ternura lo que dio forma a su respuesta, sino una furia abrasadora.

—Eres un maldito egoísta —dijo Celia, apartándose de él—. ¿Alguna vez te has parado a pensar que yo valoro tu vida tanto como tú la mía? Si quieres protegerme, ¿no crees que yo también quiero protegerte?

Oliver tomó aire visiblemente, desconcertado por un instante, antes de serenarse. Fue suficiente para dar a su vez una respuesta: nunca se le había ocurrido esa idea. Qué poco pensaba en ella. Qué poco pensaba en lo que sea que existiera entre ellos dos.

Celia giró sobre sus talones y se marchó, sin decir más.

20

Unos días más tarde, Rosalind tuvo que admitir que el plano del edificio de Deoka le estaba resultando muy útil.

Las salas de archivo solían estar ocupadas por una o dos secretarias auxiliares, que se limpiaban las uñas en su escritorio o devoraban fideos en un contenedor de plástico. Rosalind nunca tenía que archivar; dejaba las carpetas de producción y, entonces, quienquiera que ocupara la pequeña sala le gritaba *"Otsukaresama deshita"* y la despedía. Rosalind no tenía ni idea de lo que significaba la frase, pero todos la decían, así que supuso que era una señal de que ya había hecho bastante y podía dejar a sus colegas con lo suyo.

—Es un equivalente a *gracias* —respondió Orión con rapidez, en medio de las prisas por llegar a una reunión, cuando ella le preguntó qué significaba—. No es el significado literal, pero te lo explico después del trabajo si quieres —le plantó un fugaz beso en la sien y se marchó a toda prisa.

No habían hablado de su discusión. Simplemente se habían ido a dormir en habitaciones separadas y se habían levantado a la mañana siguiente fingiendo que todo estaba bien, lo que significaba que no era así. Rosalind y Orión nunca habían sido los mejores amigos, pero ahora un gran bloque de hielo se había interpuesto entre ellos. Las ironías de Orión se habían vuelto poco entusiastas; las burlas de Rosalind parecían demasiado fuertes. Él ya no llevaba a cabo ninguna de sus bromas, y ella no podía ni hablarle con asomo alguno de naturalidad. Cuando salieron de casa esa mañana, Orión entró corriendo después de olvidar su sombrero y ella puso los ojos en blanco para burlarse con un breve "típico". Excepto que la palabra se le quedó a medio camino en la garganta, y sonó como si se hubiera atragantado con algo, lo que provocó la preocupación de Orión cuando apareció.

Lo vio salir del departamento de producción en la oficina. Ella volvió a su trabajo, mordiéndose el labio inferior.

La tarde transcurrió como siempre. Rosalind iba de un lado a otro por las diferentes salas de archivo, transportando los montones de documentos de un lugar a otro. Mientras Orión seguía complaciendo a la gente y recopilando información, Rosalind husmeaba por las salas y pensaba en la otra instrucción de Dao Feng: el archivo de inteligencia.

En su última ronda para llevar una pila de carpetas marcadas a la sala número dieciocho, sus ojos se detuvieron en un cesto de basura arrinconado que captó su atención de inmediato. El secretario estaba de espaldas, revisando los materiales recién entregados para asegurarse de que Rosalind había llevado los correctos y, sin pensárselo dos veces, ella le preguntó:

—¿Lo que hay en el cesto de basura es una bandera comunista?

El secretario se dio la vuelta.

—¿Perdón? —dijo en inglés.

Merde. Rosalind se dio cuenta de su error en cuanto las palabras salieron de sus labios. Había dicho gòng dǎng por costumbre. Repetía el término que Dao Feng soltaba por ahí, que otros en la rama encubierta usaban para referirse a los comunistas. Sólo los nacionalistas lo abreviaban así. Lo condensaban con una fina capa de menosprecio. Todos los demás decían "gòng chăn dăng".

—La bandera comunista —repitió Rosalind, cambiando también al inglés. Por suerte, aquél era un idioma mucho más sencillo, así que había menos posibilidades de delatar su identidad con un simple término. Siempre que controlara su acento, al menos. Sólo esperaba que el secretario pasara al inglés porque su chino no era tan bueno. Quizá se le había escapado algún pequeño matiz—. En el cesto de basura, allí.

Ella señaló. El secretario se inclinó.

—Mira eso —dijo él con tono uniforme—. Así es. Me pregunto cómo llegó allí.

—No parece desconcertado —observó Rosalind.

El secretario se limitó a encogerse de hombros. Tecleó algo en su máquina de escribir y sus ojos oscuros recorrieron los números de referencia pegados en la parte frontal de las carpetas.

—Ésta es la sala comunista. Por invención mía… No nos permiten llamarla así oficialmente, pero los altos mandos lo comisionaron para clasificar el edificio por temas. Tal vez Deoka quería deshacerse del correo de odio en cestos de basura específicos.

Con un ademán, el secretario tomó las carpetas en sus manos y las acomodó hasta que quedaron de la misma altura.

—Usted debe ser una de las chicas nuevas que contrataron recientemente —continuó—. No creo haberla visto aquí antes.

—Sí —dijo Rosalind, ignorando el hecho de que quizá ya no se le podía considerar *nueva* con el tiempo que había pasado desde su llegada. Apenas había hecho progresos en conocer a sus compañeros. Orión, por su parte, iba saludando a todo el mundo por su nombre de pila. De todas formas, eran una unidad. Si Orión se convertía en la cara amable y Rosalind en los ojos a la sombra, ella estaba perfectamente de acuerdo con esa asignación de papeles.

El secretario se aclaró la garganta. Rosalind volvió a mirar la bandera desechada.

—Mi apellido es Mu —se apresuró a añadir, recuperándose de la pausa—. La ayudante de recepción en el departamento de producción. ¿Usted es...?

—Tejas Kalidas —Tejas movió las carpetas hacia el otro lado para alinearlas al mismo ancho—. Le daría la mano, pero las carpetas volverían a desacomodarse.

Rosalind inclinó la cabeza.

—Está bien —dio un paso atrás, cruzando de nuevo el umbral de la puerta—. Seguiré mi camino a menos que necesite algo más.

—Eso es todo.

Tejas puso las carpetas debajo de su escritorio. Rosalind se despidió con un gesto de la mano, y se marchó, pensando todavía en el comentario despreocupado de Tejas. El sistema de archivo del edificio estaba organizado por temas, y cada sala agrupaba los materiales que eran similares.

Qué curioso.

Rosalind bajó las escaleras. Iba tan absorta en sus cavilaciones que estuvo a punto de chocar con un compañero que subía. Ella se disculpó rápidamente y volvió a concentrarse. Aún le quedaba un sobre por recoger en la oficina cinco de la segunda planta, y con eso terminaría sus tareas del día.

—Hace días que él no viene. Estoy preocupado.

Rosalind aminoró la marcha en la segunda planta al captar una conversación que salía de una sala de descanso. Su instinto le dijo que escuchara, que amortiguara el chasquido de sus tacones y se detuviera.

—No es del todo extraño que él rechace las comunicaciones.

—Sí, pero no es propio de él no informar a los superiores. ¿Cuándo se ha arriesgado Tong Zilin a parecer incompetente?

A Rosalind se le cortó la respiración. Una voz masculina y otra femenina. Así que la desaparición de Tong Zilin ya se había notado. Se acercó sigilosamente a la pared.

—¿Crees que tenemos que ir a ver cómo está? Todavía tiene algunos de nuestros papeles, ¿no?

—No. Adelantó su trabajo el jueves pasado. ¿No es así? Lo dejó en mi escritorio.

—Alguien más lo hizo, supongo. No fui yo. ¿Y lo terminó todo?

—A mí me pareció que estaba bien. Lo único ahora es que…

Sin previo aviso, algo sonó con un estruendo sorprendente en el otro extremo del pasillo. Rosalind dio un respingo, y maldijo para sus adentros al torpe compañero que acababa de dejar caer su lonchera metálica. La conversación en la sala de descanso se interrumpió. No sabría qué clase de *trabajo* había dejado pendiente Zilin.

Pero si Tong Zilin era culpable de colaborar con el plan terrorista —y lo más probable era que lo fuera, dadas sus creencias—, entonces los dos de la sala de descanso quizá también estaban implicados. Pasar una misiva con instrucciones para matar, redactar el informe sobre los procedimientos de ataque, atender una llamada telefónica con funcionarios en Japón: no tenían por qué mancharse las manos de sangre, pero eran igual de culpables. ¿Qué era peor, el engranaje o la cuchilla de una guillotina? ¿Acaso no realizaban ambos la misma función si eran parte de un todo?

Rosalind retrocedió rápidamente y retomó el paso natural justo a tiempo para estrellarse con Haidi cuando ella salía de la sala de descanso. Rosalind fingió un sobresalto de sorpresa y lanzó un grito, con las manos volando hacia delante para mantener el equilibrio. Haidi, por su parte, se apresuró a ordenar las carpetas que llevaba bajo el brazo, la mitad de ellas torcidas.

—Ay, discúlpeme. Tenía tanta prisa que no me fijé por dónde iba —exhaló Rosalind. Extendió la mano, con la esperanza de ayudar con las carpetas y echarles un ojo para ver de qué se trataba.

Pero en cuanto sus dedos se acercaron a la carpeta que se estaba deslizando, Haidi agarró la muñeca de Rosalind para mantenerla alejada. Era como si le hubiera colocado una banda de metal sobre la piel. Aunque Rosalind se quedó paralizada, alarmada por la respuesta, sospechaba que aunque hubiera intentado retirar su brazo, no lo habría podido liberar.

—Lo tengo bajo control —dijo Haidi. Esbozó una sonrisa amable, totalmente incongruente con el agarre que tenía sobre la muñeca de Rosalind—. Pero gracias por la intención.

Haidi la soltó y volvió a ordenar las carpetas. Inclinó la cabeza y se marchó. Segundos después, otro colega —la voz masculina que había escuchado antes— asomó la cabeza desde la sala de descanso, en dirección contraria. Rosalind no recordaba su nombre, pero estaba segura de que Orión sí lo recordaría en cuanto se lo señalara.

Ouch, pensó Rosalind, frotándose la muñeca. Por el apretón mortal de Haidi, la piel estaba blanca, drenada de sangre. ¿Qué clase de vitaminas consumía esa chica?

Disgustada, Rosalind fue a buscar el sobre a la oficina cinco, refunfuñando en voz baja. Jiemin no levantó la vista cuando ella volvió a su escritorio. La mitad del departamento había sido convocado a diversas reuniones, algunas con Deoka, en su despacho, y otras arriba, con el departamento de·redacción.

—Aquí tienes —dijo Rosalind, y puso el sobre delante de Jiemin—. Ahora te ayudaré con eso —tomó una parte de su pila de trabajo.

—¿Sabes adónde va eso? —preguntó Jiemin distraídamente, pasando la página de su libro.

Rosalind no necesitaba saber adónde iba. Sólo buscaba más trabajo para tener una excusa para moverse. Se le ocurrió un plan en algún momento entre la segunda y la tercera planta.

—Le preguntaré a Liza.

Rosalind se marchó antes de que Jiemin pudiera interrogarla. Se acercó tranquila al escritorio de Alisa, con las carpetas a la vista para que cualquier curioso supiera por qué estaba allí.

—Hola —saludó Alisa con agrado—. ¿Necesitas ayuda?

Rosalind se inclinó hacia ella. Aunque no pretendía entrometerse, no pudo evitar la observación automática que hizo del espacio de trabajo de Alisa: una foto enmarcada de un gato gordo, una lista de tareas pendientes escrita con su pequeña letra, un ejemplar de *Yevgeniy Onegin* detrás de sus tres tazas, la novela en su portada original rusa, rodeada por bordes decorados.

—De hecho, tengo una propuesta para ti. Es muy importante que me escuches primero.

Alisa se enderezó en su silla de forma casi imperceptible. Echó una mirada cautelosa a su alrededor y no volvió a hablar hasta confirmar que los cubículos más cercanos estaban vacíos.

—Te escucho.

Rosalind sacó el plano del edificio del interior de su qipao, desplegó el papel con una mano y lo alisó sobre las carpetas. Señaló el número dieciocho: aquella pequeña puerta al final del pasillo, cerca de la escalera. Con sólo echar un vistazo a las paredes exteriores, sería difícil adivinar que allí dentro había toda una sala de archivos, supervisada por un secretario aburrido sentado ante su escritorio.

—Sé que estás buscando un archivo. Los planes que transmitió tu desertor. Creo que están en esta sala.

Alisa levantó la cabeza y le lanzó una mirada incrédula. No estaba segura de si se debía a que Rosalind conociera el objetivo de Alisa en Seagreen o a su hipótesis de que ése era el lugar que buscaban. Rosalind insistió.

—Estás intentando recuperarlo, así que trabajemos juntas. Si distraigo al secretario que vigila el archivo y lo consigues, quiero una copia de lo que sea que contenga.

Alisa murmuró, pensativa. Al menos, no era una negativa inmediata, lo que significaba que lo estaba considerando.

—Parece que sabes cuál es el expediente —dijo—. Me metería en problemas si dejo una copia circulando.

—Pero lo que más importa es quitarles el plan a los japoneses, ¿no? —respondió Rosalind—. ¿Por qué no unir nuestros esfuerzos para lograr justo eso?

Alisa se mordió las mejillas y su aspecto se volvió cadavérico. Literalmente, estaba masticando la propuesta.

—No creo que a mis superiores les haga gracia que el Kuomintang reciba la información.

—Tus superiores no tienen por qué saberlo —Rosalind sacudió la mano, como si este asunto sólo fuera una mosca zumbando en su cara—. No me digas que no les ocultas otros secretos.

Alisa le dirigió una mirada irónica. Rosalind le correspondió con otra idéntica.

Unos segundos después, Alisa suspiró y dijo:

—Supongo que después de una colaboración improvisada, ya estamos juntas en aguas profundas —resopló—. Pero si alguien pregunta, yo no te di nada.

—Por supuesto.

Rosalind había apostado por la falta de lealtad de Alisa y había jugado bien sus cartas. Rosalind no esperaba que Alisa Montagova fuera una agente menos eficiente, tan sólo suponía que ella trabajaba para los comunistas porque eran la única facción dispuesta a aceptar a alguien con su pasado cuando estalló la guerra civil, y un trabajo era sólo un trabajo, no un compromiso de vida o muerte. Las dos eran bastante parecidas en cuanto a sus posturas hacia sus respectivas facciones políticas. A ninguna de las dos le importaba la ideología en sí, pero asumían la carga por el bien de lo que esa facción podía proporcionarles.

—Dijiste que distraerías al secretario —dijo Alisa, devolviendo la atención de Rosalind a la situación que tenía entre manos—. ¿Cómo?

Rosalind no había planeado tanto las cosas. Echó un vistazo al departamento.

—Lo averiguaré a medida que se desarrolle.

Sin más debate, salieron de los cubículos, y Rosalind le entregó la mitad de las carpetas a Alisa para distribuirlas juntas. Alisa se apresuró a seguirla.

—No puedo ni imaginar dónde puede estar el archivo dentro de esa sala —dijo Rosalind mientras salían del departamento de producción. Pasaron por delante de dos puertas de despacho abiertas. Habló en voz baja—. Lo único que sé es que esta sala de archivos debería ser la ubicación más probable en comparación con el resto del edificio.

—Si puedes hacer que entre sin que me vean, déjame el resto a mí —respondió Alisa.

Rosalind asintió. Siguieron adelante.

Pero justo cuando estaban llegando a la sala número dieciocho, se escuchó que otra puerta se abría, y luego una pequeña ráfaga de voces entrando en el pasillo. Entre el grupo, Orión vio a Rosalind al instante y caminó hacia ella con una pregunta tácita en la mirada.

Qué suerte la mía.

—Hola, querida —le puso la mano en la espalda—. ¿Qué haces?

Rosalind forzó una sonrisa.

—Sólo algunas tareas. Para mi trabajo. Al que estoy dedicada ahora.

Alisa puso los ojos en blanco. Orión no parecía convencido. Detrás de él había otros dos miembros del departamento, que se asomaron con curiosidad antes de volver a sus escritorios.

La idea la golpeó como un rayo. Una distracción.

—Lárgate —le ordenó Rosalind en voz baja.

Orión alzó las cejas.

—¿Perdón?

—Aléjate corriendo —repitió—. Ve hacia esa escalera, acércate todo lo que puedas, pero no bajes. Estás enojado conmigo. *Enójate.*

A su favor, a pesar de su confusión, Orión no perdió ni un segundo. Levantó los brazos y gritó *"¡Increíble!"* antes de marcharse.

Rosalind esperó tres segundos, fingiendo sorpresa. Luego se apresuró a seguirlo, chasqueando sus tacones con fuerza sobre el suelo de linóleo.

—¿Me equivoco? —le gritó ella. No era difícil aparentar ira. Actuar era más fácil cuando los sentimientos ya estaban a flor de piel, después de todo—. No importa adónde vayamos, ¡no puedes dejar de relacionarte con esa chica! Anoche te vi hablando con ella otra vez.

Orión se detuvo cerca de la escalera, siguiendo las instrucciones de Rosalind. Tardó un momento en captar la pista del argumento inventado por su esposa, pero le siguió la corriente con facilidad cuando volvió sobre sus pasos, fingiendo que había encontrado algo más que decir y que no podía irse.

—Eso es absurdo. No fue nada.

—No lo parecía —Rosalind se llevó la mano al costado, indicándole con un gesto que debía hablar más alto.

—Si me vas a acusar de algo —el volumen de Orión aumentó, tras entender la instrucción— ¿POR QUÉ NO LO DICES DIRECTAMENTE?

—Vaya, vaya, ¿qué está pasando aquí?

La pregunta atravesó el eco de la voz de Orión, que seguía rebotando en las paredes de piedra de la escalera. Tejas había asomado la cabeza desde la sala de archivos y, al divisar a Rosalind y Orión, se acercó arrastrando los pies, decidido a interrumpir la pelea.

—Si gritan más fuerte harán que venga Deoka —Tejas advirtió—. Y no le gustará haber sido molestado.

—No es mi culpa —dijo Orión—. ¿Por qué no le preguntamos a mi mujer qué problema tiene con mi vida social?

Rosalind rio con amargura. No necesitó forzarla; surgió con naturalidad.

—¿Tu vida social? ¿No me juraste *votos*? ¿Qué pasó con la dedicación y el compromiso?

—Estás imaginando cosas.

—¡No lo estaría si tan sólo me comunicaras lo que haces!

Necesitaban más tiempo. No era suficiente para que Alisa hiciera una búsqueda concienzuda. Antes de que Orión encontrara otra dirección para llevar la discusión, Rosalind tomó el codo de Tejas y lo arrastró hacia Orión.

—Mire eso —instruyó Rosalind, señalando el cuello de Orión—. Dígame que no es la marca de la infidelidad.

Tejas entornó los ojos. Orión retrocedió, cohibido.

—Yo... no veo nada, señora Mu —dijo Tejas. Intentó apartarse. Rosalind le puso las manos sobre los hombros, obligándolo a permanecer en su sitio.

—¿Es algún tipo de pacto de lealtad entre hombres? — preguntó—. Está justo ahí. Mire más de cerca.

No había nada allí. Sólo la piel bronceada de Orión, dorada bajo el cuello blanco de su camisa. Pero a Rosalind no le importaba aparecer como la esposa desquiciada con alucinaciones, si eso les daba más tiempo. Tejas suspiró. Al parecer había renunciado a poner un poco de cordura en la discusión, porque cuando Rosalind no lo dejó irse, dijo:

—¿Sabe qué? Sí. Ya lo veo. Horrible. Señor Mu, ¿cómo pudo?

Orión se quedó con la boca abierta.

—*¿Qué?* Esto es ridículo...

Alguien se aclaró la garganta detrás de ellos. Cuando Rosalind y Tejas se dieron la vuelta y ella finalmente lo liberó de su agarre mortal, encontraron a Alisa de pie fuera de la sala de archivos, con aspecto angelical e inocente, cargando su pila de carpetas y con la cabeza inclinada con curiosidad, como si hubiera estado allí todo el tiempo, esperando.

—Señor Kalidas, esto es para usted. Si fueran tan amables de evitarme el disgusto de presenciar una riña doméstica.

—*Por favor,* evítenmelo a mí también —exclamó Tejas, acercándose a Alisa y tomando las carpetas. Volvió a la sala de archivos y colocó los papeles en el estante de la entrada. Alisa llamó brevemente la atención de Rosalind, quien asintió con la cabeza antes de dirigirse al departamento de producción.

Excelente. Alisa era incluso mejor de lo que Rosalind hubiera pensado. Era hora de poner fin a este espectáculo.

—¿Sabes qué? —dijo Rosalind. Miró a su alrededor, fingiendo que acababa de darse cuenta de dónde estaban, cada vez más avergonzada de discutir en público—. Hablaremos más tarde. Tengo que volver al trabajo.

—Espera.

Orión la agarró de la muñeca. Su genuina confusión la hizo detenerse.

—¿Qué…?

—Lo siento.

Antes de que ella pudiera detenerlo, Orión la tomó en sus brazos, la envolvió fuertemente en su abrazo y apoyó su barbilla sobre la cabeza de Rosalind. Ella ya sabía lo grande que era la diferencia de alturas por el pequeño truco del bolsillo que había llevado a cabo afuera del Peach Lily Palace, pero de nuevo se sobresaltó por la facilidad con la que él la acurrucaba contra su pecho.

—No peleemos.

¿Qué… tipo de acto es éste?

—Mmm —Rosalind levantó los brazos con torpeza y le acarició la espalda—. Está… está bien.

—¿Lo dices en serio? —preguntó Orión—. ¿No lo dices por decir?

¿Acaso Tejas seguía escuchándolos? Rosalind retrocedió un poco para comprobarlo. El pasillo estaba vacío. Supuso que Orión sólo estaba terminando la escena. Ella se acercó para tocar su mejilla.

—No me molestes en el futuro y estaremos bien, supongo.

—De acuerdo —dijo Orión—. Lo siento. En verdad lo siento. Creo que algunas cosas no son tan importantes para decírtelas. No es que quiera guardar secretos.

Rosalind parpadeó.

—Ah —dijo ella. Al parecer su capacidad de improvisación habitual había dejado de funcionar. Lo único que se le ocurrió fue expulsar otro—: Ah.

Orión posó un dedo bajo la barbilla de Rosalind e inclinó su cara hacia él.

—¿Estoy perdonado?

—Bueno —dijo Rosalind—. Difícilmente tengo opción con tanta sinceridad.

Orión le dedicó una sonrisa brillante, dulce y hermosa. A pesar de que era un montaje, Rosalind no pudo evitar responder con otra pequeña sonrisa.

21

Phoebe metió la cuchara directo en el gran recipiente del yogurt. De todos modos, ella era la única en la casa que comía cosas como yogurt, así que a nadie más le importaría que lo hiciera.

La puerta principal se abrió y luego se cerró. Su padre entró con un maletín balanceándose a su costado.

—Bàba —saludó Phoebe—. Ah Dou mencionó que trajo tu correo y lo puso en tu oficina.

—Maravilloso —el general Hong se detuvo en la entrada de la cocina—. ¿No hay clases hoy?

—No —mintió Phoebe con facilidad. No se molestó en dar más detalles. No hacía falta. Su padre tomó su respuesta literalmente, asintió y se dirigió a su oficina.

La casa se quedó en silencio. Phoebe oía el tictac del reloj del salón, cuyo eco se deslizaba por todas las superficies lisas. Ah Dou estaba de compras. La criada estaba fuera esta semana, de visita en su pueblo natal.

Phoebe necesitaba encontrar algo que hacer ese día. Silas iría hasta la noche, así que tenía muchas horas libres. Si fuera mayor, podría dedicarse a la vida social. En lugar de eso, tenía una edad incómoda, diecisiete años: demasiado joven para que la tomaran en serio, demasiado mayor para que le dijeran lo que tenía que hacer en todo momento. Lo mismo le pasaba con su familia: era lo bastante conocida para arreglárselas gracias a su apellido, pero no lo bastante poderosa para no tener que cuidar lo que decía y cómo se comportaba.

Entró en la sala. Se quedó allí como una reluciente estatua.

—Feiyi.

Ella levantó la cabeza con impaciencia. Su padre la llamaba desde arriba.

—¿Sí?

—Ven aquí, por favor.

Phoebe se echó el cabello por encima del hombro. Sus pasos resonaron al subir por la escalera, golpeteando durante todo el trayecto, y se detuvieron bruscamente donde empezaba el despacho de su padre. Él le hizo señas para que entrara; ella entró una vez que recibió la invitación.

—Ah Dou mezcló las cartas, ésta es para ti —dijo. Tenía un sobre pequeño en las manos, con el nombre de ella impreso al centro. Phoebe tomó el sobre y le dio la vuelta con curiosidad, para ver el matasellos impreso en la parte superior.

—¿Quién te envía correo desde Taicang? —preguntó el general Hong, al observar lo mismo.

—No tengo idea —respondió Phoebe.

Su padre le entregó un abrecartas. Estaba chapado en plata, con el nombre de la familia grabado en la empuñadura.

—Ábrelo.

Phoebe tomó el abrecartas con cuidado, no quería cortarse por accidente. Hizo un corte rápido y sacó el contenido.

El general Hong frunció el ceño. Phoebe giró el papel para leerlo por ambos lados.

—Es un panfleto de la iglesia pidiendo donaciones para el orfanato —añadió—. Los establecimientos de esta ciudad realmente están dando nuevos pasos para distribuir sus anuncios.

—Qué peculiar.

Había cierto tono en la voz de su padre. Phoebe alisó el folleto y fijó la mirada en la dirección de la iglesia.

—¿Debería preocuparme? —preguntó.

—Seguro que no es nada —el general Hong levantó el cesto de basura. Phoebe dejó caer los papeles dentro, tanto el sobre como el panfleto, intentando sacudirse el escalofrío que le había recorrido la nuca—. Puedes irte.

Phoebe asintió y se marchó.

—Hey.

Rosalind levantó la mirada y dejó de garabatear. Estaba tomando notas, copiando una lista de todos los empleados de Seagreen Press. Con el pretexto de que quería saber los nombres, le había pedido a Jiemin una lista de todos en la oficina, lo cual, en su humilde opinión, le parecía una táctica bastante inteligente.

—Hola —respondió Rosalind, manteniendo la calma. Guardó la lista y cambió al ruso antes de volver a hablar—. Me preguntaba si te habrías largado con el archivo —habían pasado horas desde su pequeña hazaña; pronto sería la hora de la salida. Jiemin estaba lejos de su escritorio. En el otro extremo del departamento, Haidi visitaba el cubículo de Orión, hablaban de la agenda de un superior para la semana siguiente—. Veámoslo.

Alisa sacó algo debajo de su brazo. Aunque parecía una carpeta normal de trabajo, Rosalind la abrió y encontró otra más pequeña dentro, con la palabra CONFIDENCIAL en un sello rojo.

—Entonces —dijo Alisa—, ¿tu *marido* sabe acerca de esto?

Rosalind sacudió la segunda carpeta y tomó el fino papel que contenía. Estaba escrito en chino, lo que significaba que no tendría que perder el tiempo traduciendo: podía leer y copiar al mismo tiempo. *Movilizarse en el sur… Río de circunvalación… Montañas…*

Frunció el ceño. ¿No se suponía que esto era sobre Sacerdote? Esto parecía un informe normal sobre el movimiento comunista.

—Ésta no es su misión —respondió Rosalind mientras revisaba el plano y buscaba papel carbón en su cajón—. Baja la voz. No estoy del todo segura de qué idiomas habla. ¿Y a qué viene ese énfasis?

—¿Énfasis?

—Hiciste un énfasis. Como dando a entender que no es mi marido, a quien amo con todo mi corazón.

Alisa miró a Rosalind con un gesto de complicidad.

—Vamos —dijo—. Recuerdo haberte visto por ahí con Dimitri Petrovich. Lo mirabas de una forma diferente.

Las palabras en el papel se desdibujaron de inmediato, se arremolinaron y colisionaron en tanto la vista de Rosalind daba un violento giro. Sintió que su sangre se convertía en aguanieve. Luego, en hielo, con puntas afiladas cortándole las venas.

—¿Viste… qué?

Dimitri Petrovich Voronin se había convertido en un líder de los Flores Blancas después de que la situación de Roma Montagov empeorara. Tenía sentido que Alisa quisiera vigilar al posible usurpador de su hermano; tenía sentido que, de entre todas las personas, Alisa hubiera reconocido a Rosalind por la ciudad con Dimitri, mientras que otros no, que Alisa alguna vez hubiera visto a una Rosalind más feliz, que vivía en la ignorancia y se dejaba llevar por la fe.

Pero la idea de que la asociaran con esa otra versión de sí misma ahora le horrorizaba. *Aquella* Rosalind era una enemiga, alguien a quien tenía que empujar cada vez más lejos en los recovecos de su mente, alguien en quien no podía pensar demasiado para evitar que volviera. La Rosalind que estaba hoy aquí nunca se reencontraría con su antiguo vestigio; estaba demasiado ocupada intentando arreglar los malditos errores de aquella chica.

—Por aquel entonces yo espiaba a todo el mundo, no te preocupes —dijo Alisa—. Era sólo curiosidad. Siempre mantuve la boca cerrada —pasó un instante. Alisa bajó la mirada mientras jugaba con el dobladillo de su camisa—. Tal vez no debí hacerlo. Quizá mi hermano habría detenido a Dimitri antes si le hubiera dicho lo que vi.

Rosalind tragó saliva. Se obligó a enfocar de nuevo la vista. A que su corazón volviera a latir. Alisa fue muy amable al dejar la otra mitad de la culpa sin decir: que Dimitri estuvo a punto de destruir la ciudad porque Rosalind lo ayudó. Dimitri obtuvo el poder en medio de la revolución y sembró muerte y destrucción en la ciudad, en la forma de monstruos creados por el hombre, porque Rosalind encontró víctimas para él.

—Y quizá yo también debí decir algo —resolvió ella en voz baja—. Quizás entonces tu hermano y mi primo seguirían vivos —cuando las palabras impresas que tenía ante ella volvieron a ser legibles, tomó la pluma y empezó a copiarlas en su propio papel en blanco—. Si alguien tiene la responsabilidad, soy yo, señorita Mon… Ivanova.

Alisa se quedó callada. No parecía tan triste como Rosalind. Su expresión era de contemplación pensativa, como si estuviera considerando algo que Rosalind no sabía.

—No seas tan dura contigo —dijo finalmente Alisa—. Juliette no querría eso.

Rosalind tragó saliva y se ocupó de la segunda mitad del papel.

A continuación, los nombres en clave de los agentes de alineación comunista infiltrados en el Kuomintang:

León.

Gris.

Arquero.

Ya no había tiempo para sus lamentos personales. Rosalind ladeó la cabeza con curiosidad.

—¿Ya leíste esto? —preguntó.

—Por supuesto —respondió Alisa. Apenas contuvo el claro *obviamente* que estaba por añadir—. Vi la lista de agentes dobles. Como sólo se proveen los nombres en clave, dudo que tus nacionalistas puedan hacer mucho con la información.

A menos que ya tengan sospechosos, pensó. Rosalind dobló el papel y lo volvió a meter en su pequeña carpeta. Ése era el final de la misiva. Aunque no había nada sobre Sacerdote, al menos el Kuomintang estaría interesado por esos tres agentes dobles.

—Toma. Todo tuyo.

Alisa tomó la carpeta.

—¿Ya vas a salir?

—Todavía no —Rosalind se levantó—. Tengo una reunión con el embajador Deoka antes de que termine el día.

Ése no habría sido su trabajo en circunstancias normales, pero después de ver lo eficiente que era para distribuir sus carpetas, Jiemin le había transferido sus propias tareas restantes. Lo cual incluía presentarse ante Deoka y entregarle el informe del departamento que él había redactado.

Alisa asintió. Sin embargo, justo antes de darse la vuelta, titubeó.

Ah, no, pensó Rosalind. *Alisa Montagova,* por favor, *no te disculpes…*

—Si te molesté mencionando a Dimitri…

—Está bien —la interrumpió Rosalind a la velocidad de la luz—. Es… es que ha pasado mucho tiempo.

Cuatro años. Una vida entera. La ciudad se había reconstruido bajo sus pies. Las calles habían sido repavimentadas para que sobre ellas se elevaran nuevos edificios con sus placas cromadas e incrustaciones de plata.

—Mucho tiempo —dijo Alisa en voz baja—. Pero no para ti.

Rosalind parpadeó sorprendida; Alisa ya se alejaba para regresar a su cubículo. En efecto, habían pasado vidas enteras y Rosalind seguía teniendo diecinueve años.

Antes de empezar a pensar en sus demás desgracias, Rosalind recogió el informe del día del departamento y se dirigió al despacho de Deoka. Cuando llamó a la puerta, se oyó claramente a través de la puerta que él estaba hablando por teléfono, pero le indicó que entrara de todos modos. Rosalind se asomó vacilante. Deoka la vio y le hizo un gesto para que siguiera.

Estaba hablando en inglés.

—Sí… sí, lo sé. Sólo son simulacros rutinarios, así que no debería ser un problema entrar por Zhejiang. Pasarán por Shanghái, pero podemos ubicar soldados en la periferia de la ciudad.

Rosalind se tensó justo al momento de presentar el informe. Por fortuna, se recuperó antes de que un temblor sacudiera el papel. Deoka volteó hacia ella y agradeció en silencio cuando lo tomó.

—Ah, no es ninguna dificultad —continuó Deoka al teléfono. Golpeó con la mano la pesada madera de su escritorio—. Escucha, escucha. China es una niña que necesita disciplina. No encontrarás ninguna razón para desafiar nuestros actos. Somos como un padre que azota a una niña traviesa y malcriada: severos, pero comprensivos.

No reacciones, se ordenó Rosalind. Se obligó a mirar a otra parte de la habitación, al mapa de China clavado en la pared, pero sólo logró molestarse más al ver el país expuesto ante él como si fuera un premio de exhibición. *No reacciones. Vete. Ahora.*

Si en ese momento le lanzaba un escupitajo al embajador, estaba segura de que éste podría derretirlo. Tan rápido como pudo, Rosalind salió y cerró la puerta con un ligero clic que requirió de todo su autocontrol.

Rosalind se apoyó en la pared, exhalando hacia el pasillo vacío. ¿Una *niña* que necesita disciplina? Eso era una completa y absoluta *burla*. Eran el país con la historia más larga del mundo. Habían existido durante milenarias dinastías.

Y, sin embargo… sin embargo. ¿Cuándo se preocupaban los imperialistas por la historia? Lo único que querían era reducir a polvo sus conquistas: para barrerlas mejor.

A su izquierda escuchó el eco de unos pasos, indicando que alguien estaba subiendo por la escalera. Rosalind no quería que la vieran ahí, demorándose, así que alisó su qipao con las manos y regresó a su área de trabajo. Jiemin ya había hecho lo propio cuando ella volvió a sentarse. La pluma sobre su escritorio estaba casi sin tinta: había dejado unas cuantas manchas en la superficie de madera. Sin levantar la vista de su libro, Jiemin se inclinó hacia ella y le pasó un pañuelo para que limpiara.

—Gracias —dijo Rosalind.

Jiemin pasó una página. Rosalind puso los ojos en blanco, preguntándose qué podía cautivar tanto su atención.

En algunos puestos callejeros se publicaban traducciones piratas de novelas policiacas que llegaban de Occidente, esas historias de misterio en las que el capítulo final siempre revelaba al malo. Tal vez ella también debería leer algo de eso; tal vez le ayudaría a desarrollar su instinto de espía. El problema de esta misión era que Rosalind no intentaba atrapar a nadie en concreto, aquello no era una novela policiaca. Ella ya sabía el *quién*: la gente de este mismo edificio. Tarde o temprano descubrirían los nombres de los responsables. Era más bien el *para qué* y, por el amor de Dios, *¿por qué los agentes químicos?* ¿Era un arma demasiado común? ¿Querían que la Liga de las Naciones pensara que las zonas chinas de la ciudad tenían un problema de agujas perdidas y que por eso debían colonizarlas? Se podría pensar que alcanzarían mejor su objetivo de desestabilizar la ciudad si hacían parecer que los gánsteres estaban sembrando el caos una vez más. Si una potencia imperial presionaba en las fronteras, tratando de invadir, ¿no sería más conveniente traer de regreso la disputa de sangre? ¿Fingir que las bandas rivales volvían a dividir la ciudad en dos?

Rosalind se reclinó en su silla y se mordió el labio. Dao Feng le había encomendado esta misión con las hipótesis y conjeturas del Kuomintang bien empaquetadas, pero ellos también tenían que saber que no tenía sentido.

Esto le habían confirmado: agentes de la agenda imperial japonesa estaban matando civiles en Shanghái; estos agentes tenían como objetivo zonas que no estaban bajo control extranjero; estos agentes inyectaban sustancias químicas como arma preferida; estos agentes salían de Seagreen Press.

Seguramente eso daba a los asesinatos un patrón fácilmente identificable. Pero si el Kuomintang pensaba que esto era un intento de sentar las bases para una invasión, ¿por qué necesitaba un patrón fácilmente identificable? Un asesino en serie en la ciudad no era razón suficiente para invadir.

Por otra parte, no era que necesitaran una razón, de cualquier forma. Manchuria había sido invadida por una mísera explosión en una vía de tren.

Rosalind suspiró. Tal vez el Kuomintang tenía razón, y tal vez el Kuomintang estaba equivocado. Quizás había algo más bajo la superficie, o quizá no. Su trabajo no era preocuparse. Ella era su espía, no el cerebro de la operación. Sólo debía seguir instrucciones y obtener información. Una parte ya estaba completa: había encontrado este archivo en tiempo récord. El resto no podía ser más difícil.

Sacó la lista del cajón de su escritorio y de nuevo se puso a copiar nombres.

22

—Nos veremos en casa —le dijo Rosalind a Orión, cinco minutos antes de que terminara la jornada laboral. Se inclinó sobre su hombro, y acercó la boca a su oído—. Tengo que ver a Dao Feng.

Orión se sorprendió por un instante antes de asentir y tomar algo de su escritorio.

—¿Puedes entregarle esto? Quería enviárselo.

Orión no hizo ningún esfuerzo por ocultarle las palabras a Rosalind cuando le pasó la nota doblada. Ésta cayó abierta y decía:

Oliver apareció en Shanghái. Está a la caza de algo. Ten cuidado.

—¿Tu hermano? —soltó Rosalind.

Orión se dio la vuelta en su silla.

—¿Cómo conoces a mi hermano?

—Parece que olvidas que tu familia es famosa —Rosalind se metió el papel en el bolsillo, eludiendo la pregunta—. Se lo daré. ¿Algo más?

—Eso es todo —su silla chirrió cuando se inclinó hacia atrás, para tocar los dedos de Rosalind a manera de despedida—. Buena suerte.

Un sobresalto sacudió su mano. Rosalind cerró rápido el puño para suavizar el efecto, sin darle importancia.

Unos minutos antes se había puesto el sol y, afuera, el aire se sentía fresco. Aunque era una hora perfectamente normal para salir de la oficina, se descubrió mirando por encima del hombro cada tantos segundos al atravesar la recepción y salir por la puerta principal, con paranoia mientras caminaba por el complejo. Incluso una vez que dejó atrás las puertas de Seagreen Press, persistió la sensación de que la estaban vigilando y eso le erizaba los vellos de los brazos.

Rosalind cruzó la calle. En la esquina intentó llamar a un *rickshaw*, pero éste pasó de largo y se dirigió hacia un hombre que estaba en la esquina opuesta. No había más *rickshaws* a la vista. No importaba. Rosalind giró sobre sus talones, conteniendo un suspiro. Podía caminar. El Fénix Dorado no estaba lejos. Era el mejor momento para salir, rodeada de actividad por todas partes, extraños que se rozaban los brazos, miradas que se cruzaban una vez y nunca más se volvían a ver. La oscuridad se acercaba a paso firme, tiñendo de púrpura las nubes. A esa hora las calles y las tiendas encendían las luces y abrían sus servicios nocturnos, era cuando Shanghái pasaba de ser una ciudad habitada por gente a ser una ciudad habitando a su gente.

Al principio, poco después de que Rosalind volviera a la vida, la única forma que tenía de marcar el paso de los días era el cambio tangible que se producía a esa hora. Ayer y hoy, hoy y mañana, el acto de despertarse y levantarse ya no era lo que marcaba la diferencia entre esos conceptos, sino cómo el olor del aire de pronto se renovaba por la noche.

Dio la vuelta en un crucero marcado por un semáforo y pasó junto a un auto estacionado. Cuando Rosalind estaba a cierta distancia de un atajo en un callejón, escuchó un eco detrás de ella. Se detuvo. Miró por encima del hombro por el más breve instante.

Siguió caminando y el eco se reanudó.

Esta hora de la noche era una pintura por la cual deambular, pero eso tenía sus inconvenientes. La estaban siguiendo.

—Un descanso —murmuró Rosalind—. Es lo único que pido. ¡No es mucho!

Aceleró el paso y se metió en el siguiente callejón. Con la respiración contenida, se escabulló contra uno de los toldos del edificio, se pegó a la pared y guardó silencio.

Pasaron los segundos. Los minutos. Cuando Rosalind ya no oyó nada más, salió con cautela y caminó con ligereza sobre el cemento.

Entonces, una bala atravesó la noche y le rozó el brazo.

—Oh, *cielos*… —Rosalind echó a correr, se precipitó por el callejón y giró rápido a la izquierda. Le ardía el brazo y tenía la manga del abrigo deshilachada y quemada por donde había pasado la bala. Aunque se apretó los dedos contra la herida y provocó los gritos de sorpresa de una pareja cercana, la sangre sólo se deslizó mientras ella caminaba por un callejón, y luego se detuvo. Su abrigo crujió por el documento que llevaba dentro del forro cuando sacó la mano de la manga, con los dedos húmedos.

Aminoró la marcha en una calle más concurrida, buscando con frenesí a su atacante en el callejón que acababa de atravesar. Varios peatones la miraron con curiosidad, desviándose por la acera y observando su manga desgarrada. Rosalind quería gritarles que se alejaran. Que se refugiaran por si salían más balas de la oscuridad y alcanzaban a un objetivo con menor capacidad de sanación.

—¿Qué quieres? —Rosalind susurró a la noche—. ¿Quién eres?

El asesino de los químicos, fue lo primero que supuso. Tenía que ser. De lo contrario, ¿por qué alguien le dispararía?

De pronto, un par de manos la agarraron por detrás.

—Hey... —con un fuerte tirón del codo, Rosalind apartó el brazo y, al mismo tiempo, empujó el pie hacia atrás. Quienquiera que fuese el atacante, se alejó tambaleándose con un gruñido, y Rosalind giró sobre sí misma para encararlo. Sombrero negro. Guantes negros. Ropa negra, holgada. El único rasgo distintivo era un pañuelo azul grueso alrededor del cuello y enrollado tantas veces que no se podía ver el rostro.

Cuando el atacante volvió a avanzar, sacó la pistola y Rosalind miró a su alrededor, presa del pánico. Otra bala por poco rozó su oreja. Ella no sabía dónde había caído el disparo, pero no quería volver a probar su misericordia. La bala atravesaría a alguien, sobre todo en la oscuridad, cuando la gente ni siquiera podía ver que una riña tenía lugar.

—Basta —dijo Rosalind entre dientes y atrapó el cañón de la pistola. Apartó el arma con fuerza y la arrancó de las manos enguantadas del atacante, pero a éste no pareció importarle. En esa pausa, el atacante le lanzó un puñetazo al vientre y, en cuanto Rosalind se encogió a causa del dolor, el hombre metió la mano en el forro de su abrigo abierto.

El giro de los acontecimientos fue tan sorprendente que Rosalind no impidió que el atacante rasgara su bolsillo interior y le arrancara el archivo copiado. Al instante, el misterioso atacante se abalanzó sobre su arma y salió corriendo, guardándose la información robada cerca del pecho antes de desaparecer al doblar la esquina.

Rosalind se quedó sin aliento en la acera, jadeando y adolorida, incapaz de creer lo que había ocurrido. ¿La habían perseguido para robarle el *expediente*? Como mínimo, esperaba que fuera el asesino que acechaba la ciudad.

—Bèndàn —murmuró Rosalind, frotándose el abdomen con una mueca de dolor. Aunque no tuviera la copia, había memorizado las breves líneas. Se tocó la oreja.

¿Quién era? ¿Un agente japonés que buscaba recuperar la información? ¿Un agente comunista asegurando la información que originalmente era suya? ¿Otro nacionalista con una misión alterna?

Antes de que el atacante regresara y Rosalind pudiera recibir una respuesta a sus preguntas, se apresuró a marcharse.

Orión abrió la puerta del lado del copiloto, misma que cerró tras deslizarse suavemente en el asiento.

—Llegaste temprano —dijo—. Bien hecho.

Silas le lanzó una mirada fulminante desde el asiento del conductor, movió el volante y se incorporó al tráfico de la calle.

—Por última vez, no soy tu chofer. No me alabes como si debiera pavonearme por esto.

—No te estoy alabando para ver cómo te pavoneas —Orión miró hacia la parte trasera del coche, a los asientos limpios y vacíos, salvo por una pequeña bolsa de papel—. Te estoy alabando para sacarte una sonrisa. Veámosla.

Silas enseñó los dientes con rudeza. Detuvo el vehículo ante el semáforo en rojo.

—Es la primera vez que me pides que te recoja después del trabajo. ¿Dónde está Janie?

—Con Dao Feng —respondió Orión, hurgando en su bolsillo—. ¿Puedes llevarnos a este lugar?

Desdobló un trozo de papel que revelaba una dirección escrita con letra manuscrita. Con el ceño aún fruncido, Silas se inclinó para leer las palabras antes de que el semáforo se pusiera en verde y su atención volviera al camino.

—Eso es jurisdicción china. ¿Qué asuntos tienes allí?

—Eso es lo que vamos a averiguar. Esto es de Zheng Haidi, la secretaria principal de Seagreen. Dijo que tenía alguna información candente que ofrecerme.

Silas parecía preocupado o, al menos, más preocupado de lo habitual.

—¿Sospecha algo de tu identidad?

—Ésa es la cosa —Orión levantó los pies y los posó sobre el tablero del coche. Sin mirar, Silas conectó un golpe brutal a las piernas de Orión para que las bajara, antes de que él lograra equilibrarse—. *Auch*... No creo que me esté informando como nacionalista. Dijo que era algo que tenía que ver con Janie.

Silas volvió a echar un vistazo a la dirección y agachó la cabeza tras el parabrisas, leyendo una señal de tráfico lejana. Cuando un *rickshaw* que circulaba junto a ellos se adelantó, Silas aprovechó el hueco en el tráfico y dio la vuelta.

—¿Y es esta noche?

—En dos días. Al mediodía. Primero quiero ver la ubicación, para descartar una emboscada.

—Una secretaria tendiendo una trampa —murmuró Silas—. Vaya trabajo que hacemos. ¿Sabes algo de Phoebe?

Orión volvió a echar un vistazo a la parte trasera. Sospechaba que la bolsa de papel guardaba los encargos de Phoebe, como siempre.

—No puedo pasar dos días sin noticias del demonio de mi hermana. ¿Te dijo que haría pasteles?

—*Muffins* —corrigió Silas. Hizo una pausa, apartó brevemente la mirada de la carretera y vio que Orión ponía los ojos en blanco—. Llamé antes para decirle que le llevaría el tarro de mermelada que quería, pero el teléfono sonó durante casi un minuto, hasta que tu padre contestó.

—¿Tuvieron una buena charla?

—Colgué de inmediato. ¿Qué te pasa?

Orión se echó a reír, aunque se detuvo cuando Silas encontró la dirección y se detuvo cerca de la acera. Entonces se puso serio y se apretó contra la ventanilla, contando los edificios numerados antes de hacer un gesto con la mano para que Silas frenara frente a un hotel destartalado. Habían llegado al lugar.

—¿Ves algo? —preguntó Silas al cabo de un rato.

—No parece una base secreta japonesa, si eso es lo que preguntas —Orión se apartó de la ventana—. Pero las apariencias engañan. Supongo que lo averiguaremos.

Silas frunció los labios y volvió a encender el motor.

—Ahora ¿a tu casa?

Orión negó con la cabeza.

—A mi departamento, con Janie. Los dejaré a ti y a Phoebe con sus tonterías de los *muffins*.

Silas resopló expresando que hornear *muffins* no era ninguna tontería, luego pisó el acelerador y se alejó del hotel.

—Me tendieron una emboscada.

Dao Feng levantó la vista cuando Rosalind irrumpió en la habitación privada y frunció el ceño de inmediato.

—*¿Qué?* ¿Estás bien?

—Siempre estoy bien —Rosalind se quitó el abrigo y lo arrojó sobre la mesa, para mostrar su brazo izquierdo. La manga del qipao que llevaba debajo también estaba quemada, y el costoso tejido estaba arruinado—. Vi el archivo comunista. Su desertor vendió a tres de los suyos que, escucha esto, están infiltrados entre *nosotros*. Son agentes dobles.

—¿Eh? —Dao Feng intentó levantarse de su asiento, pero al ver que Rosalind estaba bien, se acomodó de nuevo, con los dedos tamborileando sobre el mantel rojo—. ¿Nada sobre Sacerdote?

—Nada sobre Sacerdote —confirmó Rosalind—. Sólo sobre León, Gris y Arquero.

Aunque no hizo ningún movimiento visible, hubo un destello de sorpresa en los ojos de Dao Feng. Sorpresa… seguida de, confusión.

Rosalind se inclinó y tomó la tetera. Se sirvió una taza y las hojitas se arremolinaron alrededor del líquido.

—¿Reconoces los nombres en clave?

—Ha habido rumores sobre un Gris en Zhejiang —respondió Dao Feng, muy concentrado mientras asimilaba la nueva información. Tomó su maletín y sacó papel y pluma—. Es una infamia considerable, y por eso no comprendo cómo ha podido estar en el Kuomintang sin que conociéramos su verdadera identidad comunista.

—Bueno, no creo que la información permanezca en secreto mucho tiempo —hizo una pausa, tomándose un momento para dar un sorbo a su té y pensar en cómo decir lo siguiente sin delatar a Alisa—. Creo que los comunistas también recuperaron el archivo, así que todos nuestros espías se enterarán pronto de la filtración de los nombres en clave. Dame una hoja. Copiaré el resto de lo que recuerdo.

Dao Feng se detuvo. Estaba a punto de comenzar su propia nota.

—¿No tienes el archivo?

—¿No oíste lo que dije cuando entré? —en días normales, Rosalind no mostraba tanta impaciencia con su superior. Pero estaba cansada y ensangrentada, y tal vez un fragmento de algo se había quedado bajo su piel después de que la herida cerrarra, y por eso le dolía un poco el hombro al moverlo—. Me tendieron una emboscada. Alguien se llevó el archivo. Dios sabe quién.

Dao Feng lanzó un murmullo reflexivo. No parecía molesto por la respuesta brusca de Rosalind. Si ella estaba de mal humor, Dao Feng no respondería enojado. Sólo soportaría su actitud y convertiría esto en alguna lección cuando ella se calmara.

—Presiona un poco la pluma. Se está quedando sin tinta —acercó el papel hacia la taza de té de Rosalind. Con un gruñido ininteligible, ella tomó la pluma, la presionó contra la cerámica y empezó a escribir, ignorando a Dao Feng cuando él terminó su propia nota y se asomó por encima de su hombro para verla escribir carácter tras carácter. En cuanto terminó, él tomó la hoja y la dobló. Luego la integró a su informe y metió los dos documentos en un delgado sobre.

—¿Puedes llevarte esto? —preguntó—. Me necesitan en otra reunión en otro lugar.

—Si debo hacerlo —respondió Rosalind a regañadientes. Había un buzón de correos a la vuelta de la esquina del Fénix Dorado, era un buzón alto y rojo por el que pasaba cada vez que entraba en el callejón del restaurante.

Dao Feng cerró el sobre. Iba dirigido a Zhabei, así que Rosalind supuso que estaría dirigido a una oficina de mando allí o a la casa de un superior de una rama encubierta; en cualquier caso, la información circularía con seguridad. Ya nadie tenía poder para meterse con la correspondencia oficial del gobierno. No como la Pandilla Escarlata, que había paralizado el servicio postal mientras rastreaba las cartas que ella le escribía a Dimitri, gracias a lo cual, al final se descubrió la traición de Rosalind.

Rosalind sacudió la cabeza para despejar su mente. Esa maldita conversación con Alisa le estaba afectando mucho.

—Una última cosa —Rosalind sacó la nota de Orión—. Sobre mi marido.

Dao Feng analizó la breve frase y luego lanzó un pesado suspiro. Tal vez no fue la imaginación de Rosalind cuando notó las dos arrugas de más que aparecieron en las comisuras de los ojos de Dao Feng.

—Hoy ustedes dos están empeñados en entregar información problemática —murmuró Dao Feng—. Salgamos juntos.

Recogieron sus cosas: Rosalind levantó su abrigo y terminó su taza de té; Dao Feng tomó su maletín y puso una mano en el hombro de Rosalind cuando salieron de la sala privada.

—Debes guardarte sólo para ti esos nombres clave —advirtió cuando atravesaban el Fénix Dorado—. Será un peligro si la otra parte sabe que guardas algo que la pueda delatar.

—Ya lo sé. No te preocupes —le aseguró Rosalind—. Mis labios están sellados.

Salieron por una de las puertas laterales: Dao Feng apartó la cubierta de plástico y dejó pasar a Rosalind hacia el callejón. Ella inhaló y llenó sus pulmones con el aire nocturno. Cuando Dao Feng salió también, se detuvo junto a la puerta y encendió un cigarro.

—Me voy —declaró Rosalind—. Ya sabes cómo encontrarme si necesitas algo.

Dao Feng asintió, despidiéndose con la mano mientras aspiraba el humo del cigarro.

—Regrese a casa sana y salva, señorita Lang.

Con una despedida fingida, Rosalind se alejó, envolviéndose con fuerza en el abrigo. De pronto, se sintió paranoica ante la posibilidad de que volvieran a seguirla y con razón, después de la noche que había pasado. Sus nervios estaban a flor de piel cuando regresó a la calle principal y dobló la esquina en dirección al buzón de correos.

—Eres fuerte —susurró para sí misma—. Una bailarina, una agente.

Ahora llevaba veneno. Veneno de acción rápida, veneno de hoja afilada. No estaba indefensa.

Metió el sobre en el buzón, oyó el *ruido que* hacía al caer sobre el correo que había dentro y se puso de puntitas, contenta por haber terminado por esa noche.

Entonces, un grito familiar resonó en el callejón detrás de ella.

Rosalind se dio la vuelta.

—¿Dao Feng? —exclamó—. ¡Dao Feng!

Tā mā de. El pánico se apoderó de ella, punzando en los talones cuando corría por donde había venido; estuvo a punto de estrellarse con la pared del callejón al no dar vuelta a la esquina con la suficiente rapidez. Le dolieron las muñecas por el golpe que se dio contra los ladrillos. No prestó atención al dolor. El callejón estaba en completo silencio.

—¡Dao Feng!

Los ojos de Rosalind se abrieron de par en par ante la imagen que tenía delante. Dao Feng estaba desmayado. Yacía junto a la puerta del Fénix Dorado, no se había movido ni un paso después de que ella se despidiera. Y en el otro extremo del callejón, otra sombra se estaba escabullendo: la misma sombra con la ropa oscura y el característico pañuelo azul enrollado alrededor de la cara.

El atacante desapareció. Rosalind permaneció inmóvil. No comprendía lo que acababa de presenciar: el mismo hombre de antes había regresado para atacar de nuevo y dejar a su superior sin vida en el suelo. ¿No sólo les preocupaba el expediente?

¿La habían *seguido* hasta ahí?

Rosalind salió de su estupor. Se lanzó hacia delante.

—Por favor, por favor, por favor... —cayó de rodillas junto a Dao Feng. El áspero concreto raspó su piel—. Por favor, por favor, no te mueras... —le puso los dedos en el cuello. El pulso latía. Era débil e irregular, pero ahí estaba—. Dao Feng, ¿puedes oírme? —jadeó.

Inspeccionó su torso, buscando la herida. Podía contenerla. Sostenerlo hasta que llegara la ayuda. El corazón de Rosalind latía tan fuerte en sus oídos que sólo podía escuchar su propia respiración. Pero no veía ninguna herida clara. Ningún agujero de bala. Ningún signo de apuñalamiento. Quizá la luz de la luna era demasiado tenue. Pero ¿qué *podría* derribar a...?

Su mirada se clavó en el brazo. Las mangas de Dao Feng llegaban hasta el codo. Y justo en el pliegue había un punto rojo.

Un sollozo resonó en la noche. Rosalind no se dio cuenta de que era ella quien estaba haciendo ese ruido hasta que surgió un segundo sollozo. Los asesinatos por agentes químicos. Eso era. Y estaba perdiendo el tiempo llorando en lugar de salvar a su superior.

—¡Ayuda! —gritó Rosalind—. *¡Ayuda!*

23

Las luces del hospital siempre provocaban en Rosalind una sensación de mareo, incluso cuando no estuviera allí por un problema propio. El tinte blanco azulado de las lámparas conferían a todo el pasillo una atmósfera fantasmal, agravada por el hecho de que Rosalind era la única sentada en la hilera de sillas naranjas, con las piernas cruzadas y los dedos de las manos golpeteando ansiosos contra su regazo.

—¡Janie!

Rosalind se inclinó hacia delante y observó las figuras que subían los escalones. El hospital Guangci estaba situado en la Route Pere Robert, y también era llamado hospital Santa María por los extranjeros. Sus pabellones eran grandes, las habitaciones espaciosas. Cada pisada hacía un eco que reverberaba por las lisas paredes. Para entrar, había cruzado los jardines que se extendían tan vastamente alrededor del hospital que el trayecto parecía interminable; sus talones se hundieron en el barro reblandecido cuando pasó junto a los arbustos y las estatuas religiosas.

—Hola —saludó Rosalind cansada. Se pasó los dedos por los ojos, desde el lagrimal hacia el párpado exterior. Ya estaban secos, pero necesitaba comprobarlo. Ya había examinado su reflejo en las ventanas del hospital y se había arreglado el maquillaje y limpiado las manchas para que pareciera que nada había estado fuera de su lugar. Los demás no tenían por qué ser testigos de sus debilidades. Ni siquiera ella quería verlas, ¿por qué alguien más lo haría?

Orión se dirigió a los asientos, seguido por su hermana y por un chico que Rosalind no había visto antes. Supuso que se trataba de Silas Wu.

—Él está vivo —dijo Rosalind antes de que alguien preguntara. Ella sabía lo que debían estarse cuestionando.

—¿Estable? —preguntó Orión, dejándose caer a su lado.

—Por ahora. No me contaron mucho porque entré después para evitar sospechas sobre mi identidad —Rosalind señaló los asientos del otro lado—. ¿No quieren sentarse?

Phoebe negó con la cabeza, indicando que se quedaría de pie. El chico que rondaba detrás de ella sonrió amablemente cuando Rosalind le dirigió la mirada.

—Soy Silas —se presentó, y le extendió una mano.

—La unidad auxiliar de la misión. Lo sé —Rosalind extendió su mano para saludarlo. Quería ser más amable porque era la primera vez que veía a Silas Wu, pero apenas tenía energía para levantar el brazo, y menos aún para hacerlo con entusiasmo—. Janie Mead.

—Encantado de conocerte —aunque Silas le estrechó la mano, le lanzó una rápida mirada a Orión en el proceso, y la saludó con cautela. Si Rosalind no hubiera estado conmocionada, podría haberse reído al ver que Silas parecía asustado, como si esperara que Orión se molestara con él por tocarla.

—No muerde —dijo Orión al notar la misma vacilación.

—Sí muerdo —Rosalind retiró la mano y contrajo el brazo contra su vientre. Volteó hacia Orión—. Llamé hace una hora. ¿Por qué tardaste tanto?

Su querido marido parecía tan cansado como se sentía Rosalind cuando sopló hacia su cabello para apartarse el único mechón que caía sobre sus ojos.

—Fui a casa para contárselo primero a mi padre y que la noticia subiera por la cadena de mando —señaló a su hermana con el pulgar—. Luego encontré a quien me estaba siguiendo y a su acompañante, de ahí la presencia de ellos.

—*Hey* —replicaron al unísono Phoebe y Silas.

—Yo también estoy preocupada —añadió Phoebe—. Quería asegurarme de que Dao Feng está bien.

La puerta más cercana retumbó. Rosalind se incorporó y estiró el cuello para comprobar si venía alguien, pero sólo era el viento que se movía por el hospital y sacudía la infraestructura. No la habían dejado entrar en el ala donde tenían a Dao Feng, pero la puerta entre los pasillos tenía una ventana de cristal al centro. Había estado mirando a través de ella cada diez minutos.

—No está bien —dijo Rosalind, inclinándose hacia delante. Volvió a sentir punzadas en los ojos. *Dios*. Era intolerable. Odiaba preocuparse por la gente. Lo peor era que ni siquiera sabía que había desarrollado un verdadero afecto por alguien, hasta que la persona se veía en apuros y la angustia la atormentaba. ¿No era suficiente preocuparse por Celia? ¿Por qué su corazón tenía que afianzar otros lazos también?

—Dijiste por teléfono que había sido un intento de asesinato con químicos —dijo Orión con incredulidad.

—Sí —respondió Rosalind—. Eso me dijeron los médicos antes de cerrarme la puerta en las narices, preocupados de que yo fuera una periodista —se clavó las uñas en la pierna. El pinchazo la mantuvo alerta—. Pero no entiendo. El Fénix Dorado es territorio francés. ¿Desde cuándo ataca allí el asesino?

El hospital enmudeció a su alrededor, la pregunta de Rosalind retumbó con fuerza. Phoebe lanzó un pequeño suspiro. Silas empezó a caminar.

—¿Por qué te reuniste con Dao Feng esta noche? —Orión preguntó momentos después.

La instrucción de Dao Feng sonó en su mente de inmediato. *Si puedes, no dejes que Hong Liwen se entere.* Pero en este punto, Rosalind no estaba segura de la dirección en la que debía extenderse su secreto. Dao Feng había sido sacado de la jugada. ¿De qué servía guardarle secretos a Orión, cuando era el único aliado que le quedaba en la misión?

—Me pidió que extrajera un archivo de Seagreen —respondió Rosalind sin rodeos—. Había información comunista que fue vendida a los japoneses. Estoy segura de que ya corrían rumores entre los nacionalistas sobre el contenido, así que quisimos echar un vistazo. Por lo menos, conseguí que la inteligencia se moviera antes de que Dao Feng... —se le cerró la garganta. No pudo decirlo. Casi no había sobrevivido. Si ella no hubiera escuchado su grito. Si el dueño del restaurante no se hubiera apresurado a salir cuando ella gritó pidiendo ayuda. Si no hubieran llamado a un auto con la suficiente rapidez...

Orión asintió, y sin palabras le aseguró que no tenía que continuar. Phoebe caminó en un pequeño círculo en el pasillo del hospital. Silas, que la seguía distraídamente con la mirada, estaba de pie sosteniendo su barbilla con una mano.

—A partir de este momento —dijo Orión cuando Rosalind permaneció callada—, los nacionalistas no estarán muy seguros de qué hacer con nosotros. Tendrán que sortear algunos obstáculos burocráticos para obtener una autorización, antes de que los agentes encubiertos de Dao Feng se pongan a las órdenes de otra persona. Estamos sin un superior.

Rosalind parpadeó con fuerza. No podía seguir ahí sentada. Necesitaba moverse, o al menos inclinar la cabeza para que nadie viera su expresión. Mientras Orión continuaba, ella se levantó y se dirigió al quiosco de periódicos situado frente a los asientos.

—Lo único que me advirtió mi padre es que debemos mantener el control sobre la noticia de que Dao Feng fue herido. Una vez que nuestros adversarios políticos reciban la noticia de que la rama encubierta es vulnerable, seguramente atacarán.

Rosalind empezó a hojear los primeros números de los periódicos. Hacía tiempo que no se actualizaban. O tal vez las noticias se habían limitado a publicar los mismos titulares desde hacía tiempo, en letras negritas, altas, vívidas. Algunos periódicos eran de rotativas extranjeras de Shanghái, otros eran nacionales.

MANCHURIA INVADIDA

•

JAPÓN INVADE CHINA

•

LOS JAPONESES SE APODERAN DE MUKDEN EN UNA BATALLA CON LOS CHINOS

•

¿GUERRA INMINENTE?

•

TERRITORIOS DEL NORTE BAJO OCUPACIÓN

—Nada de esto —murmuró Rosalind en voz baja— tiene ningún maldito sentido.

El atacante que había abandonado la escena del crimen era el mismo que la había perseguido esa misma noche. La habían perseguido por el archivo; habían intentado matar a Dao Feng. ¿Por qué no matarla a ella también?

—¿Estuviste allí? —preguntó Phoebe de repente.

Rosalind levantó la mirada al darse cuenta de que la pregunta iba dirigida a ella.

—No —respondió—. Regresé corriendo cuando oí gritar a Dao Feng.

—¿Cómo es que *Dao Feng*, de entre todas las personas, fue abatido? —murmuró Silas.

Rosalind se preguntaba lo mismo. Durante sus sesiones de entrenamiento, nunca había logrado conectarle un golpe contundente. *Nunca*. Y también se preguntaba cómo alguien había podido quitarle el expediente a ella. Y se cuestionaba cómo estaban relacionados estos dos asuntos: el ladrón del archivo era el mismo asesino que aterrorizaba con químicos la ciudad bajo las instrucciones de Seagreen Press. Le empezó a doler la cabeza. Cuando había luchado contra su atacante, no parecía despiadado. Era difícil de explicar. Después de todo, ella no había *visto* el acto cometido contra Dao Feng. ¿Acaso habían sido dos personas diferentes? ¿El sujeto del pañuelo azul había visto al agresor de Dao Feng?

Rosalind se cruzó de brazos, de pronto sintió mucho frío. Otra ráfaga de viento recorrió los pasillos del hospital. Se sintió observada. Se sentía totalmente fuera de sí, dando patadas para mantenerse a flote.

La puerta se azotó. Esta vez, quien entró sí era un médico.

—¿Todavía está por aquí? —preguntó al ver a Rosalind.

Phoebe corrió hacia el médico, juntó las manos y se hizo cargo del espectáculo antes de que Rosalind pudiera decir nada.

—El paciente es mi padre —exhaló con palabras tan bien impostadas que Rosalind nunca se habría dado cuenta de que mentía—. Por favor, vine tan rápido como pude…

—Ni siquiera los familiares pueden entrar en este momento —interrumpió el médico, arrancándose el estetoscopio que llevaba al cuello. Pasó de largo, con cara de apuro—. El paciente se encuentra delicado. Lo vigilaremos y la habitación estará bajo una estricta regulación hasta que las toxinas abandonen su organismo.

—Seguro que puede decirnos algo —añadió Orión, levantándose de la silla—. Sobre su recuperación, o…

El médico ya estaba bajando las escaleras.

—Todo lo que puedo decirles es que *se vayan a casa*. No hay recuperación rápida en un caso como éste.

Rosalind se quitó los zapatos y aventó el abrigo en el sofá. Ya casi daban las dos de la madrugada y el sopor de la ciudad aumentaba con el paso de las horas. Aunque nunca dormía, el cansancio de los acontecimientos del día la estaba venciendo.

—Entra tú primero al baño, si quieres —le dijo a Orión, luego se recostó en el sofá y apoyó sus nudillos en la frente. Bajó los párpados.

Orión cerró la puerta con un fuerte golpe, se quitó los zapatos y los colocó junto a los de ella. Aunque Rosalind no podía verlo, sintió que él la miraba con atención mientras descansaba.

—Entonces, ¿qué vamos a hacer?

Rosalind abrió los ojos con un parpadeo.

—¿Con el baño?

—No, cariño —Orión se despojó de su propio saco. Dio un profundo suspiro, alcanzó el regulador de la luz en la pared y bajó el brillo de los focos del techo para que Rosalind no tuviera que entrecerrar los ojos—. Con el desastroso estado en que se encuentra nuestro gobierno.

—¿Qué *podemos* hacer? —preguntó Rosalind—. No podemos detener la operación en Seagreen sin levantar sospechas. Mañana es esa recaudación de fondos en la que vamos a representar al equipo, ¿no? Podemos simplemente seguir adelante hasta que tengamos un nuevo superior al que informar.

—Sólo Dios sabe cuándo será eso —murmuró Orión, acercándose al sofá. De pronto, antes de que Rosalind pudiera detenerlo, Orión se puso en cuclillas, la agarró por el codo y jaló su brazo hacia él.

—Hey —su queja murió en su lengua. Miró hacia abajo y se tragó una maldición al darse cuenta de lo que había atraído la atención de Orión. La manga de su qipao había estado cubierta por su abrigo cuando iba camino a casa, pero ahora la rasgadura era evidente. También estaba empapada de sangre donde la bala le había rozado la piel.

—Estás herida —dijo Orión, alarmado.

—No es tan malo como parece…

Orión ya iba hacia la cocina y le dijo:

—Voy a buscar un trapo. Quédate quieta.

Merde, pensó Rosalind con frenesí. *C'est une catastrophe.*

En una fracción de segundo, Rosalind tomó una decisión. No estaba preparada para explicarle cómo sanaba. No quería esforzarse por inventar una mentira increíble, que Orión levantara la tela y la mirara con recelo, sabiendo que no había razón para tener un desgarro en la manga y sangre secándose, pero ninguna herida. Al parecer habían llegado a una paz precaria, algo cercano a un entendimiento. Sería una pena perderla.

Mientras Orión buscaba en la repisa de la cocina, Rosalind se sacó un broche del cabello —por suerte, ese día no se había puesto los que tenían veneno— y respiró hondo. Luego, antes de que tuviera tiempo de estremecerse, presionó la punta del metal contra su brazo y recreó la herida con la misma forma del tejido dañado de la manga.

La nueva herida ardía como el fuego del infierno. Se tragó el grito, limpió rápido el metal del broche y volvió a colocarse el broche en el cabello justo cuando Orión regresó con un paño húmedo en una mano y vendas en la otra.

—Véndalo rápido —le ordenó Rosalind —. Yo… odio ver sangre.

Orión pareció no creerle, si es que su ceño fruncido era una señal. Él se sentó en el sofá y le indicó que iba a desabrocharle los botones superiores del qipao. Cuando Rosalind miró hacia otro lado para que siguiera adelante, él le aflojó el cuello en segundos.

—Práctica —dijo Orión en tono de broma. Ella no creyó que se tratara de una broma. Aun así, no siguió el hilo de la conversación; optó por observarlo trabajar, atenta al primer signo de anormalidad. Con todo el cuidado que pudo, Orión le quitó la manga y se estremeció cuando la herida quedó al descubierto. La sangre olía a algo tóxico, como a metal fundido mezclado con ceniza.

—Las vendas —le pidió Rosalind, con el corazón acelerado.

Orión ajustó la tela de su qipao y la enrolló alrededor de su brazo para que no se bajara más.

—Debería limpiar primero…

—Te vomitaré encima —lo amenazó Rosalind—. No creas que no lo haré.

Él no escuchó. Examinó la herida.

—¿Qué dijiste que era? ¿Una bala perdida?

—No —corrigió Rosalind rápidamente—. Algo en su puño cuando intentó golpearme. Me giré con brusquedad. Tal vez era un cuchillo.

Orión hizo un ruido vago. Levantó el paño humedecido y frotó la herida, limpiando las motas de sangre seca alrededor del corte. Rosalind ya estaba sintiendo cómo la piel volvía a unirse. Su agitación le aceleró el pulso y el sonido retumbó en sus oídos. Se parecía demasiado al pánico que la había embargado antes, esa misma noche. Sentía un sudor frío en la nuca y un terror profundo que la sacudía de pies a cabeza.

—Tápala —gritó entre dientes—. *Ahora.*

—Está bien, está bien —Orión tomó una venda y envolvió su brazo con cuidado alrededor de la herida. Un centímetro, luego otro, cubierto por el blanco opaco de la tela. Cuando la herida quedó completamente cubierta, Rosalind exhaló un largo suspiro de alivio. Orión debió interpretar el sonido como un consuelo de que la sangre ya no estuviera a la vista, porque hizo un cuidadoso esfuerzo por extender la capa de vendas más abajo, cubriendo también la sangre seca que no había logrado limpiar.

—Tienes suerte de tenerme —dijo Orión, enrollando las vendas para hacer una segunda capa—. Habría sido imposible que te vendaras sola.

No habría necesitado vendarme sola, pensó Rosalind. Lo observó separar la venda del resto del rollo y acomodar el extremo con cuidado. Tenía la cara tensa por la concentración y su lengua se asomaba un poco. Rosalind estuvo a punto de sonreír, pero entonces Orión levantó la mirada y preguntó:

—¿Qué?

—Nada.

—Estabas sonriendo.

—No sonreía. Todavía.

—Entonces admites... —Orión se interrumpió, con la mano apretando el codo de ella. Sólo pasó una minúscula fracción de segundo antes de que Rosalind se diera cuenta de que algo iba mal, de que su voz había bajado de volumen antes de que dejara de hablar. De inmediato, pensó que se le había caído la venda y que él había descubierto algo extraño.

Pero cuando Rosalind bajó la mirada, con el corazón en un puño, vio que el vendaje seguía en su sitio. Parpadeó, una vez por la desorientación y otra para ver adónde había ido a parar la atención de Orión.

Ah.

Con el cuello desabrochado, la parte delantera y trasera del qipao se habían separado a lo largo de la costura del hombro. La tela se doblaba a lo largo de la columna vertebral.

Sus cicatrices estaban al descubierto.

Rosalind se quedó muy, muy quieta. Por alguna absurda razón, temía su reacción, se preparó para el horror o el asco o alguna combinación de ambos. No importaba lo que él pensara —su parte lógica afirmaba eso con seguridad— y, sin embargo, se quedó congelada, al acecho.

Él le soltó el codo. Ella lo vio levantar la mano y tocar con el dedo la parte superior de la cicatriz más cercana, alisando el tejido fibroso.

—¿Quién te hizo esto? —la voz de Orión era violentamente tranquila—. Los mataré.

Todo el nerviosismo de Rosalind se disolvió, transformándose en una risa corta y delirante.

—Eso fue hace mucho tiempo —dijo—. No hay honor marital que defender allí.

—*Janie.*

El nombre siempre le había sonado extraño a Rosalind, pero ahora le parecía totalmente equivocado. Como si Orión estuviera regañando a otra persona por tomarse el asunto tan a la ligera. Casi deseaba que supiera su verdadero nombre. Tal vez eso volvería más fácil su asociación. Tal vez confiaría más en él. Pero suponía que ésa era la cuestión: los nacionalistas no querían que confiaran el uno en el otro. Querían que ella lo vigilara y lo denunciara a la menor señal de traición.

Rosalind se subió el qipao. Volvió a abrochar el botón superior, aunque sólo para mantener los dos lados juntos de nuevo y ocultar las cicatrices.

—Olvídalo.

—Si alguien te está haciendo daño…

—Ya te dije que *lo olvides.*

Rosalind se levantó del sofá. Orión hizo lo mismo, la siguió por la sala y se apresuró a bloquearle el paso.

—Mira —añadió seriamente—, sé que en realidad no estamos casados, pero no voy a quedarme de brazos cruzados si…

—*Olvídalo*, Orión.

—¿Quién *haría* algo así?

Rosalind apretó los dientes. ¿Qué se sentía ser tan escéptico? ¿Vivir en un mundo en el que las cicatrices sólo eran provocadas por heridas y enemigos mortales?

—¿En verdad quieres saberlo? —le dio un empujón. Sólo pretendía apartarlo de su camino, pero él pareció tan sorprendido que ella lo empujó por segunda vez, haciéndolo tropezar contra el arco del pasillo.

—Mi familia —espetó Rosalind—. Mi familia me hizo esto.

La habían azotado. La habían obligado a arrodillarse y la habían castigado hasta que su sangre empapó el suelo del club *burlesque* y se desmayó del dolor.

Los labios de Orión se entreabrieron y dejó escapar una suave exhalación en la habitación. Su atónita reacción provocó en Rosalind el impulso inmediato de esconderse, pero no tenía adónde ir. Sólo podía retroceder, acunando las manos en su pecho para evitar empujarlo de nuevo, una y otra vez, hasta que estuviera a kilómetros de distancia.

—¿Por qué? —susurró Orión.

Una pregunta sencilla. Tan simple como la vida. ¿Ella se lo merecía? Había causado sufrimiento al traicionar a su familia, de eso no cabía duda. Incluso después de que la atraparan y la azotaran, no reveló la identidad de Dimitri.

Claro que te lo merecías, solía susurrarle en su mente durante sus noches más tranquilas.

No sabía lo que hacía, siempre intentaba rebatirse. *Elegí mal. No estaba más allá de la salvación.*

Lo único que había querido era amor. En lugar de eso, había recibido crueldad desde todas las direcciones.

—Confía en mí —dijo Rosalind—. Si hubiera podido hacer algo, lo habría hecho. No estoy indefensa.

Orión negó con la cabeza.

—No creo que estés indefensa. Estoy indignado en tu nombre, como alguien que ha llegado a preocuparse por tu bienestar general. Hay una diferencia, cariño.

Rosalind tragó saliva con fuerza. Apretó los puños contra su pecho. Por mucho que intentara mantener una actitud tranquila, le temblaban las manos y sentía calor en las mejillas.

—Qué amable de tu parte —las palabras salieron heladas. No pudo evitarlo. *Intentaba* sonar amable. Se esforzaba tanto por ser amable, y aun así, *aun así…*

—No estoy siendo amable. Estoy mostrando decencia humana —Orión pareció darse por vencido, se giró y caminó hacia su oscuro dormitorio. Pero una vez que entró en la habitación se dejó caer en la cama y cruzó los brazos, con una expresión amplia y franca. No había terminado. Primero tenía que hacer un cambio dramático de ubicación.

—¿Por eso trabajas para los nacionalistas?

Rosalind no lo siguió al dormitorio, pero se acercó a la puerta y se apoyó en el marco. Al haber más distancia entre ellos, su rostro se tranquilizó y su pulso se calmó. Él ni siquiera se molestó en encender las luces del techo sobre la cama. Un único rayo de luz entraba por la ventana, despidiendo un resplandor blanco del farol sobre Orión.

—¿Qué? —dijo ella. Olvidó lo que le había preguntado.

—Los nacionalistas —volvió a preguntar Orión—. ¿Trabajas para ellos porque no tienes otro sitio adonde ir?

—Hay muchos otros sitios adonde ir —Rosalind pensó en las chicas de la calle. Las chicas que abundaban en cada esquina—. Restaurantes. Bares. Salones de baile.

—Pero no hay otro lugar para los ambiciosos —Orión se recostó, con una postura despreocupada. Siempre descansaba de una manera tan desinhibida que cualquiera pensaría que era el dueño de la cama, de todo el departamento. Algunas personas simplemente tenían un don para dominar cada espacio en el que entraban, incluidos los dormitorios de otras personas—. No hay otro lugar para los salvadores.

Rosalind se burló.

—Entonces, hablas de todos los agentes. Claro que no tenemos adónde ir. ¿Quién se dejaría llevar de un destino a otro durante el resto de su vida si tuviera un hogar perfecto esperándolo?

Transcurrió un largo momento.

—Alguien que cree que tiene un deber que cumplir —respondió Orión en voz baja. Era difícil saber si tenía los ojos llorosos o si la oscuridad hacía que eso pareciera. Antes de que pudiera llegar a una conclusión, Orión se reclinó en la cama y rebotó mientras se acomodaba en el colchón.

—¿Estás hablando de ti? —preguntó Rosalind. Dio un paso adelante.

—No —respondió Orión al instante—. Yo no.

Oliver, entonces, adivinó Rosalind. La sonrisa de Celia también se materializó en su mente. Supuso que ella no tenía argumentos. Existían esos agentes abnegados, soldados como Celia, gente entregada hasta en lo más profundo de su ser. Rosalind no podía encontrar esa mayor dedicación en ella misma. Y cuando miró a Orión...

No tenía lugar para decir que él *no* se apoyaba en una creencia, pero sí reconocía algo de ella en él.

—Tienes un hogar, ¿no?

En algún momento, Rosalind empezó a entrar en la habitación, aunque no se dio cuenta hasta que su rodilla golpeó contra la cama. Orión miró a su lado y, al ver que Rosalind estaba cerca, tomó su muñeca y tiró de ella con suavidad.

Rosalind se recostó a su lado. No había razón para que los dos se quedaran ahí, en el lado angosto de la cama, con medio cuerpo de fuera, cuando podrían haberse acomodado bien, pero permanecieron en su lugar sin quejarse.

—Tengo un hogar —aceptó Orión. Volteó a verla—. Pero no es bueno.

Rosalind mantuvo los ojos fijos en el techo. Sabía que él la observaba. Lo sintió, como un toque fantasma.

—¿Es grande y glamoroso? —preguntó. La mansión Escarlata le traía recuerdos. Criadas, cocineras y sirvientes se marchaban uno tras otro a medida que las arcas familiares se secaban y la política se volvía una miasma peligrosa—. ¿Hay habitaciones que deberían estar llenas, pero están vacías y desoladas?

—Sí.

Orión miró al techo. Juntos podrían haber formado un retrato, representados como sombras simétricas que miraban a la nada.

—Intenté aguantar —continuó en voz baja—. Pero eso sólo provocó que todo se desmoronara aún más. Ahora sólo me queda la conservación. No es un hogar, no en realidad. Es una imagen que he atrapado bajo el cristal de un museo, expuesta para visitarla de vez en cuando.

Al menos le importaba lo suficiente para hacer el esfuerzo de conservarla. Rosalind no sabía si ella nunca lo había intentado o si nunca había tenido el poder para poner su hogar bajo una vitrina. Siempre había sido la ocurrencia tardía, una añadidura, la prima. No era la heredera. No llevaba el apellido de la familia.

Ella no tenía derecho a preservar sus años dorados. Esos años dorados nunca habían sido suyos.

Lentamente, Orión se incorporó. Miró a Rosalind, que parpadeó en su dirección.

—¿En qué piensas? —preguntó él.

Rosalind se tocó el brazo vendado. Aunque tocó la herida con cautela, estaba segura de que ya habría cerrado. Era un desperdicio de vendas. Una pérdida de tiempo y atención que podría haber dedicado a otra cosa.

—Que Tolstói se equivocaba cuando decía que toda familia infeliz lo es a su manera —Rosalind le soltó el brazo—. Todos somos iguales. Cada uno de nosotros. Siempre es porque algo no es suficiente.

Orión toco la venda y lanzó un chasquido, enseguida reajustó la parte que ella había movido. Rosalind se preguntó en qué momento se daría cuenta de que ella no merecía tanto alboroto. Tarde o temprano lo haría. Todos lo hacían.

—*Anna Karénina* no es una novela de la cual se aprende una lección de vida.

—Sólo sígueme la corriente, Orión —dijo, con voz débil.

Un suspiro. Ella no podía interpretar qué significaba eso. Sólo sintió el roce de los dedos de Orión contra la parte superior de su oreja para echar un mechón de su cabello hacia atrás antes de ponerse de pie.

—Buenas noches. No duermas sobre tu brazo.

Cuando Orión salió de su dormitorio y cerró la puerta tras él, Rosalind casi quiso volver a llamarlo. Su conversación era agradable, aunque hubiera empezado con tensión. Sentía una necesidad de romper esa oleada inicial de recelo y enojo, y asentarse en la comprensión. Pero llamarlo requería esfuerzo, y a Rosalind ya no le quedaban fuerzas. Sólo pudo acomodarse de lado, presionar su brazo y mirar fijamente a la oscuridad, con la esperanza de que Dao Feng lograra sobrevivir.

—¿Fuimos tras el jefe de la rama encubierta del Kuomintang? —los papeles crujen en la habitación, hojeadas rápidas, búsqueda de cuadernos.

—No.

—Entonces, ¿por qué está en el hospital por un supuesto intento de asesinato con sustancias químicas?

La habitación se vuelve más fría. La noche afuera es vibrante con la luz de neón. Adentro, con sólo una lámpara de escritorio, el rojo y el oro sangran a través de la ventana, se filtran a lo largo del papel tapiz de loto.

—Yo... nosotros no hicimos nada esta noche. Nuestro asesino está...

—Lo sé. Ve a ver de qué se trata esto. Mantenme informado.

La puerta se cierra. El edificio se estremece. Y la noche continúa, sin tomar partido en esta trama que se desarrolla en la ciudad.

24

Por la mañana, Rosalind batió su café con gesto cansado mientras husmeaba en la despensa de la sala de descanso. Encontró un cartón de leche al fondo, pero le bastó olerlo para darse cuenta de que ya estaba agria. Qué *asco*. Sólo los occidentales revisaban y reemplazaban esas bebidas, y pocos de ellos usaban los espacios comunes. Al menos, había leche en la oficina. Supuso que la mayoría de sus colegas chinos y japoneses no estaban acostumbrados a beberla a diferencia de ella, que vertía un generoso chorro en el café cada mañana, como una pretenciosa parisina de doce años. En cambio, las hojas de té estaban bien surtidas en las alacenas, frescas en latas y en paquetes liofilizados.

Con una mueca de asco, vertió la leche agria en el fregadero. El líquido giró y giró mientras se escurría por el lavabo metálico. Rosalind podría haber seguido contemplando aquel movimiento hipnótico otro minuto, pero escuchó unos pasos que se dirigían hacia ella. Tiró el cartón. Se dio la vuelta con el semblante completamente cambiado, tomó la taza y bebió un sorbo justo cuando entró Alisa Montagova.

—Hola —saludó Rosalind con alegría.

Alisa se detuvo en seco. Miró por encima de su hombro, una expresión de miedo absoluto cruzó su rostro.

—¿Qué?

—Sólo dije hola. ¿No puedo decir hola?

—*Así* no. ¿Qué pasó?

Rosalind supuso que no tenía sentido andarse con rodeos.

—¿Les dijiste a tus superiores que yo tenía una copia de su expediente?

—No, claro que no —respondió Alisa de inmediato y extendió la mano para abrir la alacena. Tomó una taza rosa con orejas de gato en el borde—. No tengo deseos de morir.

—¿Dijeron algo sobre el hecho de que hay agentes nacionalistas en tu trabajo?

Alisa fruncía el ceño cada vez más.

—Imagino que mis superiores *saben* que el Kuomintang también está instalado aquí —dijo—, pero mi trabajo es vigilar qué misivas llegan a los funcionarios japoneses. Debo estar un paso adelante de la interferencia japonesa en los asuntos del Partido, no ayudar a nuestra guerra civil. No hay razón para mencionarlo. De hecho, es peligroso que me den información, en caso de que llegaran a capturarme.

Rosalind se apoyó en el mostrador, pensando. Le creía. No había razón para que Alisa informara más de lo necesario.

—Alguien me robó la copia del expediente anoche —explicó Rosalind, bajando la voz. Los pasillos del exterior permitían que fueran escuchadas, así que debía tener cuidado—. No menos de media hora después, mi superior fue atacado por el asesino amante de las sustancias químicas, y vi a la misma persona misteriosa merodeando cerca de ahí.

Alisa asimiló la información con frialdad, pero una pequeña marca apareció entre sus cejas, como una luna creciente.

—¿Está muerto?

Rosalind negó con la cabeza.

—Sobrevivió, pero no ha despertado —tintineó la cucharilla contra el borde de la taza—. Me pregunto si fue una imitación. Si en realidad fue un golpe comunista, no japonés.

En eso había estado pensando toda la noche. ¿Por qué había aparecido el mismo atacante una vez para robar el archivo y otra, cuando Dao Feng yacía inconsciente en el callejón? Los japoneses no sabían que Rosalind lo había tomado. Sus redes de espionaje no eran lo bastante buenas para enterarse por algún rumor, de eso estaba segura. Por otro lado, las redes de espionaje comunistas *eran* lo suficientemente buenas para para que la tarea se hubiera filtrado.

Era eso, o un nacionalista lo había hecho.

—Es imposible que hayamos sido nosotros —afirmó Alisa sin vacilar—. No seríamos tan tontos como para ir tras tu superior. ¿Crees que nos arriesgaríamos a una guerra activa dentro de la ciudad? Ya somos pocos.

—Pero no se me ocurre ninguna otra explicación —respondió Rosalind—. No es difícil imitar los asesinatos con sustancias químicas, lo sabemos por experiencia.

Dao Feng había sido atacado en territorio francés. De la misma manera que Alisa había dejado el cadáver de Tong Zilin en Thibet Road, en el Asentamiento Internacional. Eso no encajaba con el *modus operandi* de los demás atentados: los cadáveres estaban esparcidos por toda la jurisdicción china, dirigidos a desconocidos y las masas.

—¿Está él en el hospital? —preguntó Alisa.

Rosalind asintió y dejó la taza en el fregadero.

—Entonces, eso significa que hay médicos de verdad revisando sus heridas. Médicos que pueden descubrir que trataron de matarlo *con* productos químicos, y que no fue un simple pinchazo en el brazo, como nosotras intentamos fingirlo. Vamos, señorita Lang. Usa la cabeza.

Alisa no se sirvió café. Buscó en el fondo de la alacena y sacó un cartón de jugo de naranja. Parecía satisfecha con su explicación; Rosalind seguía dándole vueltas a la idea.

—¿Puedes investigar un poco?

Alisa hizo una pausa, con su jugo de naranja a medio servir.

—¿Cómo dices?

—Sobre los comunistas —aclaró Rosalind—. Averigua si fue tu gente quien me robó la copia del archivo.

—*Da ladno* —murmuró Alisa en voz baja—. De ninguna manera. No voy a delatarme.

—Podría estar relacionado con los asesinatos en todo Shanghái. ¿No quieres ponerle fin a esto? ¿A la muerte de gente inocente en las calles?

—Claro —respondió Alisa sin rodeos—. Pero acabas de decir que crees que el intento de asesinato de tu superior fue una imitación.

—No lo *sé*. Por eso busco respuestas donde puedo.

Alisa bebió un trago de su jugo. Con las mejillas hinchadas, sacudió la cabeza enérgicamente.

—Olvídalo —dijo después de tragar el jugo—. No voy a convertirme en agente doble por ti.

—No te pido que te conviertas en agente doble. Sólo quiero investigar un poco.

—¿Vas a pagarme?

—*¿Pagarte?* Seguro que no te falta dinero.

—Mmm… eso no lo sabes. Mi hermano podría haber sido un extravagante comprador de joyas que dilapidó la herencia familiar hace años.

Rosalind se masajeó las sienes.

—Alisa Montagova, juro por Dios...

Un fuerte grito resonó en el segundo piso. Rosalind y Alisa fruncieron el ceño y corrieron al pasillo para ver de qué se trataba. Se oyó un alboroto en el hueco de la escalera y luego apareció un grupo de policías uniformados que se dirigían a la tercera planta.

—Ay, no —murmuró Rosalind, alejándose a toda prisa.

—Eh, espera —dijo Alisa entre dientes—. ¿Adónde vas?

Rosalind no respondió. Se apresuró a subir las escaleras tras el grupo de oficiales y llegó hasta las puertas del departamento para ver cómo el inspector uniformado se detenía ante el escritorio de Jiemin y declaraba:

—Vamos a tener que interrogar a los miembros de su departamento. Estamos investigando el asesinato de un tal Tong Zilin.

Los cubículos de la oficina se llenaron de susurros. Mientras comenzaban los cuchicheos entre sus colegas, Rosalind observó con detenimiento al inspector y luego recorrió con la mirada a los oficiales que lo acompañaban. La Policía Municipal de Shanghái solía estar profundamente infiltrada por los sobornos y pagos de los Escarlata: incluso con los Escarlata ahora absorbidos *de facto* por los nacionalistas, conservaban los viejos hábitos. El cuerpo de policía seguía dirigido por guānxì y realizaban intercambios turbios a lo largo de todo el Asentamiento Internacional. Casi todos los agentes eran meros holgazanes con placa, se hacían de la vista gorda con los hombres de negocios y mantenían la ciudad lo suficientemente controlada para que sus políticos ocuparan el escenario y sus extranjeros obtuvieran beneficios. ¿Qué les importaba la justicia? Sólo querían cerrar los casos para irse a casa.

—¿Qué está pasando? —Deoka apareció a las puertas del departamento, con las manos a la espalda. Rosalind inclinó la cabeza y se hizo a un lado, aunque Deoka apenas notó su presencia al pasar—. No vemos con buenos ojos los disturbios.

—No tardaremos mucho, embajador —respondió el inspector—. Tenemos pruebas que sugieren que los colegas del señor Tong fueron las últimas personas que lo vieron con vida. Pueden ayudarnos a esclarecer lo sucedido.

Un silencioso rumor de pasos sonó escaleras arriba. Alisa llegó al tercer piso para presenciar la escena. Cuanto más hablaba el inspector, más se removían en sus asientos todos en el departamento. Rosalind vio que muchos cruzaban miradas y otros mantenían las manos temblorosas apoyadas en el regazo. Vio terror en los labios entreabiertos y en las narices que se movían con desagrado. ¿Qué reacciones eran signos de culpabilidad? ¿Qué rostros de los presentes estaban conmocionados porque habían sido cómplices de Tong Zilin mientras transmitían instrucciones desde arriba, durmiendo tranquilos por la noche al pensar que no habría consecuencias, pero ahora dudaban de lo que había sido una certeza?

—De acuerdo —admitió Deoka extendiendo un brazo para dar la bienvenida a los oficiales hacia los cubículos—. Siempre y cuando no perturben nuestro trabajo.

Rosalind dio un paso adelante, llamando la atención del inspector. Fuera de su periferia, vio a Orión ponerse en pie, preocupado porque ella estuviera punto de cometer una imprudencia. Y él ni siquiera *sabía* que había sido ella quien terminara con la vida de Zilin, qué poca fe le tenía.

—¿El señor Tong está muerto? —jadeó Rosalind, fingiendo conmoción. Porque yo lo vi esa noche con... —se dio la vuelta, posó los ojos en Alisa y se llevó la mano a la boca como si tuviera que impedir decir algo más.

El inspector apartó de su camino a dos de sus oficiales y se acercó.

—Continúe.

—Ay, no estoy segura…

Alisa caminó en dirección a Rosalind, con los ojos muy abiertos.

—¿Qué estás haciendo…?

—Por favor —le pidió el inspector—, continúe.

Rosalind se alejó un paso de Alisa, y se abrazó con fuerza.

—Bueno, me pareció ver a Liza Ivanova hablando con Tong Zilin fuera del Peach Lily Palace. Fue hace unos días. Pero eso no tiene nada que ver con su muerte, ¿verdad?

Desde los cubículos, Orión intentaba captar su atención, tratando de averiguar qué hacía. Y Alisa… Alisa estaba tan sorprendida que no dijo nada. Sólo miró a Rosalind con la mandíbula desencajada, desconcertada por la traición. Ambas sabían que el cuerpo de Zilin había sido encontrado fuera del Peach Lily Palace, lo cual no era información pública. Ofrecer ese pequeño detalle era como haberla servido en bandeja de plata.

El inspector ya estaba en marcha, haciendo señas a algunos de los oficiales para que lo acompañaran.

—Liza Ivanova, si pudiera volver a la comisaría con nosotros y responder algunas preguntas sería ideal. Embajador, no creo que necesitemos tener ninguna conversación aquí después de todo.

—¿Qué…? —Alisa se resistió un segundo cuando los oficiales empezaron a llevársela, pero debió pensar que era mejor parecer asustada y cooperar. Mientras el inspector caminaba hacia la puerta, deteniéndose para despedirse de Deoka, Alisa miró hacia atrás una vez más, con las cejas fruncidas de pura estupefacción. Pareció darse cuenta de que ahora era su palabra contra la de Rosalind. Con su expresión en blanco, siguió a la policía a la salida.

La oficina permaneció inactiva durante un largo momento. Entonces Deoka dio una palmada.

—¡A trabajar! ¡Vamos!

En la recepción, Jiemin regresó a su libro. En los cubículos, los asistentes volvieron a sentarse y los intérpretes agacharon la cabeza y se concentraron en sus documentos, tratando de parecer ocupados, mientras Deoka pasaba junto a ellos al salir del área principal y volver a su despacho. Sólo Orión echó su silla hacia atrás y se acercó a Rosalind para darle un abrazo, fingiendo que necesitaba que la tranquilizaran. En realidad, aprovechó la maniobra para poner su boca contra la oreja de ella y susurrarle:

—¿Por qué hiciste eso?

—¿Decir la verdad? —Rosalind murmuró en su cuello.

—No —Orión la agarró por los hombros—. *Dime* la verdad, cariño. ¿Quién es Liza Ivanova?

Rosalind levantó la cabeza, con una pequeña e intrigante sonrisa en los labios.

—Trabaja para los comunistas —desde el exterior de las ventanas de Seagreen Press, se oyó el fuerte golpe de la puerta de un coche al cerrarse—. Pero creo que podemos darle un empujón para que se sume a nuestra misión.

Phoebe giró frente a su espejo de cuerpo entero e inclinó la cabeza para contemplar su larga falda desde otro ángulo. El cinturón no le quedaba perfecto, pero el otro era plateado, y no estaba dispuesta a combinar *el plateado* con el dobladillo dorado. Tal vez se compraría otro, pero verde. O quizá rosa pálido. O quizá…

El teléfono sonó abajo. Oyó el ruido de los mocasines de Ah Dou en el rellano del segundo piso cuando se dirigía al salón. Phoebe siguió buscando en su armario, intentando completar su atuendo para la noche. Rara vez se relacionaba con sus compañeros del colegio, dada su pésima asistencia a la academia, pero había oído que estarían en el Park Hotel después de las nueve, y a ella le encantaba hacer apariciones. Entrar y salir, que vieran cómo prosperaba, sin aportar más información para sus habladurías. Su padre le decía que era ingenua cuando ella insistía en que no necesitaba esas amistades. Él siempre decía que a la ciudad la dirigían quienes conocían a la gente adecuada y quienes tenían información sobre la gente adecuada. Aunque a ella no le interesara aprender en la escuela, tenía que ir, aunque sólo fuera para que su séquito recordara su nombre.

Era la única forma de hacer algo de sí misma, supuestamente. Phoebe no sabía hasta qué punto creía eso, pero *quería hacer* algo por sí misma. Así que supuso que mantendría esos círculos sociales fuera de la academia.

—Llamada para usted, señorita Hong.

Phoebe se apresuró hacia la puerta de su habitación y la abrió para encontrar a Ah Dou esperando pacientemente.

—¿Para mí?

Ah Dou asintió.

—Cuidado con el suelo. Está un poco resbaladizo.

—Limpias demasiado seguido —dijo Phoebe al pasar a su lado—. Descansa un poco más.

Sus pies con calcetines se movían ligeros por las escaleras y bajaron sin hacer ruido. Siempre se negaba a ponerse los zapatos, lo que tal vez animaba a Ah Dou a limpiar tan a menudo, pues de lo contrario mancharía de gris todos sus calcetines blancos. Obviamente, él tendría que lidiar con eso cuando llegara el día de lavar ropa, así que sus medidas de precaución eran comprensibles. A pesar de la advertencia de Ah Dou sobre los suelos limpios, Phoebe estuvo a punto de resbalar cerca de la mesa del salón, pero se salvó porque se sujetó del cable del teléfono.

—*¿Hullo?*

—Deja de contestar al teléfono en inglés. ¿Cuántas veces te lo he dicho?

Phoebe puso los ojos en blanco, se inclinó hacia atrás en el sofá y jaló el cable. Levantó las piernas y apoyó la barbilla en las rodillas mientras se colocaba el auricular en la oreja.

—Si los colegas de papá quieren criticar nuestra educación, que lo hagan con libertad —respondió Phoebe—. ¿En qué puedo ayudarte, gēge?

Orión, al otro lado de la línea, soltó un suspiro.

—Tengo que pedirte un favor. Lo haría yo, pero Janie y yo debemos asistir esta noche a una recaudación de fondos para Seagreen y cubrir al equipo de redacción.

—Ah —Phoebe se animó, volvió a apoyar los pies en el suelo y se ajustó la falda—. Cuéntame. ¿Debo acosar a un político? ¿Seducir a una chica guapa? ¿Descifrar un telegrama?

—Estoy preocupado por lo que pasa en esa mente tuya.

Escuchó un susurro en el lado de Orión, y luego una voz femenina increpándolo. Phoebe esbozó una leve sonrisa y supuso que Janie estaba regañando a su hermano. Se lo merecía.

—Saluda a Janie de mi parte —dijo Phoebe.

El susurro se detuvo, y Orión de nuevo puso atención a la llamada.

—Janie ya piensa que soy suficiente amenaza para que tú eches más leña al fuego. Debes estar lista en la puerta en media hora. Silas te recogerá para empezar la operación.

—¡Operación! —Phoebe cacareó, su entusiasmo iba en aumento—. Todavía no me dices qué voy a hacer. Si me dices que es una operación y resulta que sólo voy a buscar algún paquete…

Orión suspiró de nuevo. El sonido era casi tan fuerte como para ser un gemido.

—Es tu día de suerte, mèimei. ¿Qué te parece participar en una fuga de la cárcel?

25

En cuanto Orión terminó su llamada, Rosalind empezó a insistirle para que se diera prisa y no llegaran tarde a la recaudación de fondos. Si se perdían el discurso preliminar, a su artículo le faltarían los comentarios iniciales, y si querían acceder a un puesto más alto en Seagreen, entonces tendrían que hacer bien el trabajo.

—Hey, hey, no me mires así —dijo Orión, saliendo a toda prisa del dormitorio con un solo brazo metido en el saco—. Tú eres la que está intentando sacar a Liza de la comisaría, y yo soy el que pierde su valioso tiempo buscando recursos para tu plan.

—Estás mandando a tu hermana —le respondió Rosalind. Lo ayudó con la otra manga, era evidente que lo necesitaba—. Para nada es el batallón real. Además, si no nos hubieras apuntado a este compromiso, yo podría haberlo hecho.

Orión levantó las cejas. Se alisó el saco.

—¿Podrías entrar tú sola en una comisaría?

Rosalind no lo dudó.

—Sí.

—Cariño… —Orión se interrumpió antes de decir cualquier otra tontería. Ahora que tenía el saco puesto, su siguiente tarea era luchar con sus mancuernillas.

Rosalind apenas contuvo el insulto, le apartó los dedos de un manotazo y le arrancó las mancuernillas de las manos.

—Cada día estás más cerca de volverme loca. Déjame hacerlo.

Orión ofreció sus muñecas sin protestar. Con cuidado, Rosalind le dobló los puños de las mangas y luego colocó las mancuernillas con delicadeza para no arrugar nada. Cuando terminó, Orión la observaba, conteniendo visiblemente una sonrisa.

—¿Qué? —preguntó ella.

Él se encogió de hombros, pero sonrió aún más.

—Actúas como una verdadera esposa.

Rosalind entrecerró los ojos.

—Nada de "gracias", sólo sarcasmo. Qué desagradecido. ¿Qué dirías si realmente fuera tu esposa?

—Eso es fácil —Orión se acomodó el cuello de la camisa y le abrió la puerta a Rosalind—. Te besaría antes de hablar.

Rosalind sintió que le ardía la cara. Pasó junto a él, alzó los hombros y salió por la puerta dando fuertes pisadas.

La recaudación de fondos se celebraba en una mansión de Bubbling Well Road.

Rosalind dio un sorbo a su bebida al tiempo que leía el bloc de notas que sostenía con la otra mano. El champán sabía amargo, y le dejó un mal sabor de boca. Se pasó la lengua por detrás de los dientes e hizo una mueca. Tal vez todo lo que había fumado cuando tenía dieciséis años le había quemado las papilas gustativas. Quizás el responsable de la recaudación de fondos, el señor George, proporcionaba champán barato e insípido porque se le estaba acabando el dinero y en realidad pretendía malversar lo que se obtuviera. Las dos explicaciones eran probables.

—Veo a otro colega con el que puedo hablar. ¿Cómo van las notas?

Orión regresó a su lado, con una nueva bebida en la mano. Ya habían terminado los discursos y el evento de recaudación de fondos se había convertido en una tertulia. Bajo las luces del jardín, su cabello parecía planchado en oro. Rosalind también le pasó su copa, liberando su mano para hojear el bloc. Una mujer intentó pasar entre ellos cortésmente y, sin levantar la mirada, Rosalind se hizo a un lado, abriéndole paso entre la hierba.

—Tenemos todo lo que necesitamos. Cuando estés listo.

Querían matar dos pájaros de un tiro: informar sobre la recaudación de fondos y avanzar en su misión hablando con los pocos colegas de Seagreen presentes esta noche. Rosalind había estado escribiendo todo lo que necesitaban para su artículo; Orión se encargaba de agradar a la gente.

—Dame unos minutos, entonces —dijo Orión—. Necesito…

Rosalind cerró su bloc de notas. Un hombre de mediana edad apareció de pronto ante ellos, haciendo un gesto con la cabeza al interlocutor del que se había apartado. Vestía un uniforme militar nacionalista. De su saco colgaban las medallas de general. Rosalind no tardó mucho en descifrar la identidad del hombre, sobre todo cuando Orión se quedó callado.

—General Hong —saludó Orión, saliendo de su sorpresa para fingir que no eran cercanos—. Me alegro de verlo aquí.

—Es un placer volver a verlo —respondió el general Hong. Se estrecharon la mano brevemente, y una rápida serie de preguntas atravesó sus ceños fruncidos: *¿Qué haces aquí?*, lanzada de padre a hijo, y luego: *Negocios, ¡por supuesto!*, como respuesta del hijo.

El general Hong desvió su atención hacia Rosalind.

—¿Ella es…?

—Mi esposa —respondió Orión—. ¿Lo recuerda?

Se dio otro intercambio tácito enfrente de Rosalind. ¿Su padre no *sabía* sobre su misión?

—Ah, sí —dijo el general Hong de una manera que indicaba que no lo recordaba—. ¿Por qué nunca había visto a su encantadora esposa?

Rosalind mantuvo el semblante inexpresivo. Quizá él ya la había visto; ella se había cruzado con muchos generales nacionalistas cuando aún vivía en la mansión Escarlata.

—Hablen ustedes dos —dijo Orión bruscamente, empujó a Rosalind hacia delante y le devolvió su bebida—. Tengo que saludar a un colega.

Antes de que Rosalind pudiera protestar, Orión ya había desaparecido. Pensó en volver a llamarlo, pero al parecer él había aprovechado la excusa para escabullirse, poco dispuesto a mantener una conversación con su padre mientras ella rondaba por allí. Reconoció ese tono: era el mismo que Rosalind solía adoptar cuando su padre empezaba a proponerle ideas descabelladas, como mudarse de ciudad o dejar los negocios; un volumen moderado, para señalar su descontento, sin llegar a ser grosera. Entonces tenía cuidado de no agitar el barco, aunque cada palabra gritaba: *¿Por qué no puedes ser mejor?*

—Hace poco que volví a la ciudad —respondió Rosalind cuando Orión se marchó. Lo vio detenerse junto a una francesa del departamento de producción y entablar una animada conversación—. Aún no me he familiarizado del todo con lo que hay aquí.

—Ahora lo recuerdo —dijo el general Hong—. Usted volvió de América, ¿no es así? ¿Tuvo supervisión allí?

Rosalind tensó la mandíbula. Era una pregunta bastante simple, pero con un espinoso recordatorio entre sus palabras. Su personalidad encubierta actual debía ser la de una chica despreocupada que había alcanzado la mayoría de edad en medio de las fiestas y el desenfreno de Nueva York. Pero se parecía demasiado a otra persona que ella alguna vez había conocido y no podía interpretar el papel con la suficiente soltura. La verdadera Rosalind pensaba que ir a grandes fiestas sólo era divertido si te gustaba que te robaran lo que traías en los bolsillos.

—Mucha supervisión —respondió Rosalind con facilidad—. ¿Dónde si no habría aprendido tan buenos modales?

El general Hong no rio.

—¿Conoces a Liwen desde hace mucho?

—No en realidad —Rosalind vaciló. No estaba segura de si se lo preguntaba con la excusa de su falso matrimonio o si en verdad quería saber hacía cuánto tiempo conocía a su hijo—. Es… bueno en su trabajo.

No era mentira. De hecho, era lo único totalmente cierto que se le ocurrió decir.

Pero el general Hong ladeó la cabeza con curiosidad.

—¿Ah, sí? —dijo—. No hay necesidad de exagerar, querida.

—Es… —Rosalind se rascó la muñeca. Intentó sonreír—. General Hong, no es una exageración. Lo digo en serio.

—Entonces, supongo que te tiene engañada. Le importa poco más allá de lo trivial.

Rosalind contuvo una respiración agitada.

—General Hong…

Él no había terminado.

—Pronto lo verás, supongo. Saltará de chica en chica, te avergonzará mucho y luego también se llevará chicos a la cama. ¿Para qué lo defiendes? No sé por qué se empeña en este trabajo si no se lo toma en serio.

Así que ahora hablaban de Orión como Orión, no como su identidad encubierta. Rosalind habría mentido si dijera que nunca había dudado de sus habilidades, pero era otra cosa oírlo decir en voz alta nada menos que de su propio padre. Casi por instinto, la mirada de Rosalind se dirigió hacia donde Orión estaba hablando con la francesa. También su padre se asomó por encima del hombro para examinar la escena a unos pasos de distancia.

—Nunca ha sabido hacer otra cosa que jugar, y lo consentimos mientras era joven. Ahora es el heredero que me queda y no quiere participar con responsabilidad en la sociedad. *Tiene* que ser el héroe. *Tiene* que asumir un papel encubierto tras otro.

—General Hong —dijo Rosalind en voz muy baja—. ¿Por qué me cuenta esto?

—Te lo advierto por generosidad —dijo—. Para que te protejas.

Me advierte para tener el control, corrigió Rosalind en su mente. Siempre se trataba de control: sobre la narrativa, sobre lo que creía que era suyo para darle órdenes. Él no creía que Orión debiera desempeñar una identidad encubierta, porque al hacerlo abandonaba su papel de heredero obediente de una familia de la élite, el segundo hijo que era la última oportunidad de su padre de dejar un legado después de que el mayor resultara ser una decepción.

—Discúlpeme, por favor —Rosalind inclinó su copa, en la que sólo quedaba un trago. Indicando que iba a buscar otro, se retiró con suavidad, pasó junto al general y se alejó.

No necesito que me lo advierta, quiso replicar, pero sus ojos estaban clavados en Orión, observándolo hablar con la francesa con gran cautela. No caminó hacia la barra. Se acercó a su marido, para escuchar su conversación. Orión no se dio cuenta de que ella se había acercado. De hecho, hacía rato que no volteaba a ver a su alrededor, como lo había hecho al principio de la noche. Entonces, cada vez que detectaba que uno de sus colegas actuaba de forma sospechosa, miraba a Rosalind a los ojos desde lejos para indicarle que tomara nota de ello con su pluma.

Orión levantó la mano, y tocó el hombro de la mujer. Rosalind escuchó con más atención. No parecía que estuvieran hablando de política ni de los temas habituales que medían la relación de un colega con el complot terrorista. Hablaban en francés, de... *¿joyas?*

—Estos diamantes no le sientan tan bien a tu tez. Necesitas un rubí o dos para complementar tu rubor natural.

Él apartó la mano. Levantó la vista en el mismo momento y parpadeó muy brevemente. Aunque divisó a Rosalind, fingió no verla. Rosalind casi no podía creerlo. Ella lo había defendido ante su padre y ahora él hacía precisamente eso de lo que el general Hong lo había acusado: coquetear con descaro delante de ella. La irritación le recorrió el cuello con tanta intensidad que le escoció la piel.

La francesa también vio a Rosalind. A diferencia de Orión, su atención se desvió de inmediato. Se giró por completo en dirección a Rosalind.

—¿No es tu esposa? —le preguntó y torció los labios—. Tal vez deberías atenderla.

—No importa —respondió Orión. Sus ojos se volvieron a fijar en los de Rosalind. Fue sólo entonces, al ver la espontaneidad en ellos, que Rosalind se dio cuenta de lo que sucedía. Orión pensaba que ella no tenía ni idea de lo que él estaría diciendo, pues no conocía el idioma. La francesa sonreía incómoda, porque pensaba que Rosalind estaba allí parada sin entender nada, a merced del monolingüismo.

No digas nada, se ordenó a sí misma. *Ignóralo. Date la vuelta y ve por algo de tomar.*

—Se rumora que su boda fue arreglada. ¿Es cierto?

Orión se burló.

—No hagas caso de los rumores. Sólo tenemos un acuerdo. Mi esposa no me impedirá admirar a otras…

Ay, olvídalo, decidió Rosalind con maldad, y caminó hacia ellos. Él ya sabía que ella hablaba ruso. ¿Qué más daba si sabía un idioma más? Era culpa de Orión por suponer que ella ignoraba una lengua que la mayoría de la élite de la ciudad se esforzaba en dominar.

—*Sans blague!* Debiste avisarme antes que se te estaba acabando.

Rosalind se colocó delante de Orión y le arrancó la copa de champán de la mano para que la chocara con la suya. No sabía qué ojos estaban más abiertos: los de Orión o los de la mujer. Rosalind se volvió hacia la mujer.

—*La musique crée une sympathique atmosphère de fête, non? Aimes-tu le jazz?*

No hubo oportunidad de responder; tampoco era una pregunta real, apenas un comentario casual. El tono de Rosalind estaba impregnado de veneno, sin embargo; apenas se oía la música de la que hablaba. Inclinó la cabeza.

—*Pardon.* Iré por otra copa.

Y con la garganta ardiendo de mezquindad, Rosalind giró sobre sus talones y se marchó.

Tenían un trabajo. *Una encomienda,* y Orión no estaba poniendo atención. Dejó las copas vacías sobre la mesa. Por el rabillo del ojo, le pareció ver al general Hong merodeando por ahí, pero cuando se dio la vuelta para mirarlo, ya lo habían llamado desde el otro extremo del jardín.

—Janie.

Rosalind resopló. Se inspeccionó las uñas.

—*Oui?* —ahora que había mostrado su mano, no le importaba elevar la apuesta. Sin esperar a Orión, se acercó el bloc de notas al pecho y se dio la vuelta para marcharse.

—*Attendez.*

Rosalind, civilizadamente, se detuvo ante sus instrucciones. Observó cómo Orión experimentaba un sinfín de expresiones, sin molestarse en disimular ninguna a medida que se acercaba. Cuando por fin se plantó ante ella, pasó de la incredulidad al asombro, a la comprensión y, finalmente, a la intriga.

—Cariño —dijo despacio. Seguía usando el francés. *Ma chèrie*—. ¿Qué más me ocultas?

—Depende —la postura de Rosalind adquirió la rigidez de un depredador, listo para atacar—. ¿Con cuántas mujeres extranjeras vas a avergonzarme?

—¿Estoy limitado sólo a las mujeres?

Rosalind extendió la mano, con la intención de darle una bofetada digna de su insolente comentario, pero Orión le agarró el brazo antes de que su palma lo golpeara. Sonrió. Al otro lado del jardín, la francesa los estaba observando, pero desvió la mirada y se alejó a toda prisa para encontrar otro interlocutor. *Eso es,* pensó Rosalind. *Huye.*

—Suéltame —le ordenó Rosalind.

Orión no la soltó.

—Los celos te sientan bien.

—No son *celos* —dijo ella entre dientes—. Se supone que estás casado conmigo, no lo olvides. Si insistes en coquetear en público…

—*¡Coquetear!* —exclamó Orión—. Sólo estaba hablando con ella...

—¿Y qué averiguaste? —Rosalind exigió—. ¿Crees que ella es parte del plan?

Orión soltó la muñeca de Rosalind, sólo para deslizar la mano a lo largo de su brazo, un movimiento casi sensual. Se inclinó hacia ella y le acercó los labios a la oreja, transmitiéndole el calor de su aliento y la calidez de su piel.

—Te pido disculpas —susurró. Volvió a hablar en chino—. Te prometo que tienes todo mi corazón, hasta su último latido...

Rosalind le dio un empujón en el pecho.

—Es hora de irnos. Ve por el auto —ella dio la vuelta y caminó por el jardín hacia las puertas de la mansión. Aunque ella le llevaba ventaja, él la alcanzó con facilidad dando zancadas con sus largas piernas.

—Vamos —insistió él—. No te enojes, cariño...

Rosalind levantó la mano, con el bloc de notas arrugándose bajo el otro brazo.

—No me hables.

—*Janie.* ¡No significó nada! Fue una tontería.

Él siguió y siguió hasta que llegaron al auto, aunque Rosalind no le concedió una palabra como respuesta. Sus súplicas se hicieron cada vez más ridículas. Cuando cerró la puerta del auto, Orión incluso le preguntó si quería golpearlo para sentirse mejor. Aunque ella supuso que un golpe quizá *sí* la haría sentirse mejor, se limitó a tirar el bloc de notas al piso del auto y cruzó las manos sobre el regazo, mientras le ordenaba:

—Conduce, Orión.

Él la miró con recelo.

—¿En verdad estás enojada? —le preguntó, saliendo del estacionamiento. Su tono había cambiado. Mientras la grava se esparcía bajo las llantas y crujía sonoramente, se le ocurrió que tal vez Rosalind no estaba exagerando.

Rosalind apretaba las muelas. Oyó el rechinido de sus dientes.

—Tu padre decidió ofrecerme una advertencia justo en ese momento —dijo—. Dijo que debía protegerme de ti y de tus tonterías.

El coche se quedó en silencio. Orión apretó con fuerza el volante, observando el cruce que se acercaba. Avanzaban por una zona residencial, así que las calles estaban casi vacías.

—¿Sabes? —Orión pisó el acelerador—, a veces resulta agotador. Sólo me uní a la rama encubierta para ayudar a la posición de mi padre dentro de los nacionalistas después de que lo acusaran de traición, pero él piensa que hago un trabajo inútil y que desperdicio mi energía cada vez que estoy de incógnito. ¡Y adivina qué! ¡Ahora los nacionalistas piensan que *ambos* somos espías japoneses! No hay quien gane en esto.

Una punzada golpeó el corazón de Rosalind. Así que Orión sabía que los nacionalistas no confiaban plenamente en él. Por mucho que no quisiera relacionarlo, se sintió identificada con la frustración de Orión. Una identificación antigua, pero identificación al fin y al cabo. Había pasado noches incansables organizando los cuadernos de bitácora de su padre, revisando sus recibos, intentando mantener sus asuntos en orden. Sabía lo que era mover los hilos detrás de los brazos de su padre para que la Pandilla Escarlata no lo considerara un inútil, para que no se le metiera en la cabeza que no lo necesitaban y decidiera mudarse con sus dos hijas de la ciudad al campo. Rosalind casi se preguntaba qué habría pasado si se lo hubiera permitido. Si no se hubiera empeñado en quedarse en Shanghái, si Celia y ella hubieran hecho las maletas obedientemente y se hubieran retirado de aquel traicionero juego urbano. Quizá les habría ido mejor.

—¿Y lo eres? —preguntó Rosalind, sin miramientos.

—¿Soy qué? —Orión volvió, entrecerrando los ojos para mirar por el parabrisas. Se detuvo en una esquina y dio la vuelta—. ¿Un espía japonés? Querida, creo que *tú* tienes más motivos que yo para serlo.

Rosalind retrocedió bruscamente en su asiento. Qué audacia de volver el asunto contra *ella*.

—¿Qué dices? *Tú* hablas japonés. *Tu* padre fue acusado de ser hanjian.

Fue un golpe bajo justo después de que él había sido sincero, pero ella necesitaba decirlo. Necesitaba lanzar la bola y escuchar lo que él tenía por decirle. Tal vez entonces podría averiguar finalmente por qué Dao Feng desconfiaba lo suficiente de Orión para colocar a Rosalind a su lado.

El auto se detuvo de manera abrupta, justo en medio de la calle. Orión pisó el freno y Rosalind se deslizó hacia delante, apenas logró detenerse antes de estrellarse con el tablero.

—Bien —espetó Orión—. Y aun así, Janie Mead no es *tu* verdadero nombre. ¿Por qué nadie en esta ciudad ha oído hablar de ti? ¿Por qué sabes hablar ruso?

—Me eduqué en el extranjero —Rosalind levantó la nariz—. Ambas rarezas son perfectamente naturales.

—Nadie te enseña a hablar ruso en América —esto era ridículo. Estaba cambiando el tema a propósito.

Y tal vez habría funcionado... si Rosalind no hubiera aprendido exactamente las mismas técnicas en el entrenamiento operativo.

—¿Por qué conviertes esto en algo sobre mí? —Rosalind golpeó el volante—. De hecho, ¿por qué detuviste el auto en una táctica intimidatoria? Sólo hice una simple pregunta.

—Y es insultante que lo preguntes —Orión volvió a encender el auto y se puso en marcha. Cuando levantó la mano para ajustar el espejo retrovisor, Rosalind también levantó los ojos y miró por el espejo.

Otro auto estaba a cierta distancia detrás de ellos, al borde de la calle.

—Orión, espera —exigió ella.

—¿Qué? —su voz seguía siendo ácida, con un temblor en el labio y una profunda arruga en el ceño. De algún modo, el enojo genuino de su expresión lo hacía parecer más real. Como una persona normal con la que podría tener algo en común, en lugar de un agente encubierto que valoraba los asuntos sórdidos por encima de su misión.

—Nos están siguiendo.

Toda la hostilidad en la expresión de Orión desapareció. Miró bien por el retrovisor y volvió a frenar.

—¿Qué? ¿Quién…?

No les dio tiempo a reaccionar. Ante sus propios ojos, un proyectil salió volando del otro auto y explotó bajo su propio vehículo con un estruendo que los sacó de la carretera.

26

Alisa sacudió los barrotes de la celda, poniendo a prueba la solidez de su cautiverio. Supuso que era demasiado pedir que uno de los barrotes estuviera hecho secretamente de arcilla para dejarla escapar fácilmente. No tuvo suerte.

Refunfuñando, se apartó de los barrotes y caminó en círculos por la celda. La iban a dejar ahí toda la noche, insistiendo en que no habían terminado de hacer sus preguntas y que primero debían informar al jefe de la policía. Sabía cómo funcionaría: si no encontraban información contradictoria, si nadie importante hacía una llamada, la inculparían del crimen. No importaba el debido proceso. No importaría la ausencia de un motivo o la coartada exhibida, o cualquier otra cosa que un tribunal de justicia habitual quisiera mirar. Simplemente la declararían culpable.

Bueno, para ser justos, ella *era* culpable en cierto sentido, pero ésa no era la cuestión.

Alisa se acercó de nuevo hacia los barrotes y los golpeó una y otra vez. Todas las demás celdas estaban vacías. No había nadie que entendiera sus inútiles excentricidades, salvo el oficial que montaba guardia junto a la puerta.

—Maldita sea, Rosalind —murmuró Alisa en voz baja. Sabía que no lo había hecho por maldad. Rosalind no habría sido capturada por asesinato, incluso sin culpar a Alisa, y aunque Rosalind *hubiera* sido capturada, ella iba del brazo de Orión Hong, a quien Alisa había reconocido en un instante a pesar de su nombre falso. Una sola llamada de su padre y Rosalind saldría libre y sin mácula.

¿Qué sentido tenía esto? Alisa apoyó el pie en la pared. ¿Era demasiado confiada? Supuso que ése era su problema. Rara vez se sentía capaz de tener una opinión sobre algo. Le gustaba escuchar las opiniones de los demás. Le gustaba ser un par de ojos invisibles que vigilaban la ciudad. Ahora estaba ahí: había dejado de pasar desapercibida sólo porque había decidido ayudar a alguien de su pasado.

Alisa resopló. Nunca volvería a ser caritativa.

Se oyó un fuerte golpe en la puerta de las celdas. Alisa miró con recelo y se acercó rápido a los barrotes cuando el guardia se sobresaltó y miró a través del cristal.

—¿Qué fue eso? —preguntó ella.

El guardia no contestó. Siguió mirando a través del cristal, buscando de dónde provenía el sonido.

Entonces, de pronto, el cristal se hizo añicos con una llamarada de luz, y el vigilante tropezó hacia atrás, llevándose las manos a los ojos con un grito de dolor. Alisa parpadeó, conmocionada, y se apartó de los barrotes. En cuanto la luz se desvaneció, un brazo atravesó el bloque de cristal y abrió la puerta desde dentro, dándole un empujón. Dos personas entraron en la celda: una chica y un chico. El chico se adelantó y acercó un trapo a la cara del guardia. La chica se dirigió hacia Alisa y se detuvo frente a la celda con las manos en la cadera, para observar la contundencia de los barrotes.

Alisa reconoció los rostros de ambos, aunque de diferentes lugares. La chica era la que se había presentado el otro día en Seagreen Press como hermana de Orión. Coincidía con la descripción de Phoebe Hong que flotaba por la ciudad: bajita y vigorosa, demasiado fijador en el cabello para mantener los rizos al frente y con una coleta que caía por su vestido verde. El chico, sin embargo… Alisa lo había conocido en una reunión comunista clandestina. Debajo de sus gruesos lentes, tenía los ojos muy abiertos, el gesto de su boca expresaba preocupación. La primera vez que lo vio, tenía exactamente la misma expresión mientras recibía instrucciones de un superior.

¿Qué hacía un agente comunista con la hija de un nacionalista?

El chico soltó al guardia inconsciente y se dirigió también a la celda. Llegó por detrás de Phoebe con un juego de llaves en la mano. Justo antes de que Phoebe se diera la vuelta para dirigirse a él, se llevó un dedo a los labios. El gesto, para Alisa, era fácil de entender.

No se lo digas. Ella no lo sabe.

Alisa asintió.

—¿Ves? —le dijo Phoebe—. Te dije que funcionaría.

El chico le arrojó las llaves que sacó del bolsillo del guardia.

—Nunca tuve dudas. Debemos darnos prisa si queremos irnos antes de que vuelva el personal a la oficina principal.

Confundida, Alisa vio cómo Phoebe abría la celda y luego los barrotes de par en par.

—Tus salvadores llegaron —declaró—. Soy Phoebe, por cierto. Espero que tú seas Liza, porque si no es así, esto va a ser muy incómodo.

Alisa ladeó la cabeza con curiosidad. No dijo nada. Asimiló la situación y se quedó en blanco, tratando de entender por qué estaba sucediendo esa cadena de acontecimientos.

—¿Y bien? —preguntó Phoebe cuando Alisa permaneció inmóvil—. Vamos. ¿Quieres irte o no?

El auto se estrelló contra un grueso árbol.

Aunque Rosalind se preparó lo mejor que pudo, su cabeza se golpeó con fuerza contra la ventanilla y envió ondas expansivas de dolor a través de su sien. Todo se llenó de chirridos mientras el metal se asentaba a su alrededor. Rosalind tosió y se arrodilló en el asiento, intentando entrecerrar los ojos para ver a través del parabrisas trasero. Un hilo de sangre goteó en sus ojos. Se lo limpió.

—¿Qué demonios fue eso? —preguntó.

Orión hizo una mueca de dolor y se puso de rodillas para mirar también por la parte trasera del coche que estaba dañada. Al parecer no estaba muy herido, salvo por algunos cortes superficiales provocados por los cristales.

—Son banderas militares japonesas —observó Orión atónito cuando vio el vehículo estacionado. Se tocó la mandíbula. Se le estaba formando un moretón—. ¿Nos descubrieron?

—Imposible —Rosalind también vio las banderas que ondeaban a la cabeza del vehículo militar desde donde se había disparado el explosivo. Pero no tenía sentido—. Si los japoneses saben que somos agentes, ¿por qué no nos echaron de Seagreen? ¿Por qué atacarnos en plena noche y de esta forma?

Los dos esperaron, tensos, tratando de determinar si había sido un tiro perdido, un disparo accidental de un arma militar guardada al interior de uno de sus vehículos. Entonces, una ráfaga de disparos resonó en la noche y los dos se agacharon para evitar las balas que atravesaron lo que quedaba de las ventanillas del auto. Más esquirlas llovieron en todas direcciones.

—¡Agáchate! —gritaron al unísono Rosalind y Orión antes de mirarse sorprendidos. Otra ráfaga de disparos alcanzó el auto. Salieron por las puertas al mismo tiempo.

Rosalind desprendió los tacones de los zapatos y se escondió detrás de un árbol cercano. Era imposible que los vecinos del barrio no hubieran oído estallar el primer explosivo y menos aún que no escucharan el eco de los disparos en el silencio de la noche. Pero no llegaría ninguna ayuda. El país —por mucho que Shanghái siempre lo olvidara— estaba en guerra, y si ruidos extraños recorrían las calles, la mejor oportunidad de supervivencia de un civil era quedarse dentro y no asomar la cabeza.

Rosalind golpeó los dos zapatos contra el árbol para activar su mecanismo interior. Al instante, unas finas cuchillas salieron de cada talón, bien afiladas y recubiertas de un polvo púrpura apenas visible. Si la obligaban a jugar rudo, entonces eso haría.

Desde su derecha, unos disparos respondieron al ataque y alcanzaron el parabrisas delantero del vehículo militar. Mientras Orión disparaba a sus oponentes, Rosalind se lanzó hacia el frente, con los brazos en alto, al encuentro de los hombres que salían en tropel del auto. Contó cinco, todos vestidos de negro, como la noche. Tres llevaban armas de fuego. Dos tenían cuerdas en las manos.

¿Una cuerda? Rosalind se agachó para esquivar a un soldado que llevaba una larga soga en las manos. A pesar de su inmensa confusión sobre por qué sostenían *eso,* se movió rápido cuando el soldado se abalanzó sobre ella, con su cuchilla cortó la cuerda en dos y luego giró para hacer un corte superficial en el brazo del hombre.

—Janie, *derríbalo* —gritó Orión desde lejos—. Viene por detrás...

En efecto, el hombre la siguió cuando ella intentó escapar. Pero en cuanto intentó alcanzarla tropezó con sus propios pies. En cuestión de segundos se estaba retorciendo en el suelo, con la boca llena de espuma.

Rosalind volteó sus cuchillas con ambas manos y las sujetó con fuerza. Esquivó a uno de los otros hombres cuando éste le apuntaba con su arma, luego ella se arrodilló y lo apuñaló en el muslo antes de que él recobrara el equilibrio y le apuntara con el rifle. No necesitaba ser muy astuta ni herir mucho a sus adversarios. Las cuchillas estaban recubiertas de un veneno de acción rápida que hacía el trabajo por ella.

Rosalind desprendió la cuchilla.

—¡Janie!

Una bala rozó su hombro. Rosalind lanzó un grito ahogado y se dio la vuelta; en ese instante habría recibido otro balazo en la cara de no haberse tirado al suelo. Su muñeca golpeó con fuerza contra el pavimento y una de sus cuchillas salió disparada. El hombre se abalanzó hacia ella, levantando el rifle para golpearla brutalmente con él, en lugar de tomarse el breve segundo para recargar, pero antes de lograr golpear a Rosalind, Orión apareció detrás de él y le disparó en la cabeza.

El hombre cayó. Orión maldijo en forma violenta mientras se limpiaba la sangre de la nariz. Seguro lo habían golpeado en algún momento.

—Ponte de pie, cariño. ¿Me prestas una? Me quedé sin balas —Rosalind se abalanzó sobre la cuchilla que se le había caído y se la lanzó a Orión.

—Está envenenada. Apuñala con inteligencia, no con fuerza.

Quedaban dos hombres que también analizaban sus posibilidades de salir victoriosos. Transcurrió un segundo. Rosalind movió nerviosamente su única cuchilla. Sin esperar más a que sus oponentes se recuperaran, se abalanzó sobre el hombre más cercano y lo atrajo tirando por un extremo de la cuerda.

—¡A tu izquierda! ¡Abajo!

Rosalind se agachó sin vacilar, evitó un golpe del segundo hombre y se apartó del camino para que Orión arremetiera contra él. Echó un vistazo rápido. Justo cuando la cuerda del primer hombre se enredó con su brazo, gritó:

—¡Atrás de ti!

Orión esquivó el golpe dirigido a su omóplato. Era extrañamente ágil de pies. Aunque Rosalind había gritado una advertencia, era como si Orión supiera que debía moverse antes incluso de ver venir el ataque. Rosalind, en su distracción, se tiró al suelo y rodó para evitar golpearse contra el concreto. Su oponente la siguió, pero desde el ángulo donde ella estaba tuvo la oportunidad de conectarle una patada directo en el pecho. Cuando él se tambaleó hacia atrás, Rosalind no se molestó en ponerse de pie. Sólo estiró el brazo y clavó su cuchilla envenenada en el zapato del hombre.

Él se desplomó.

Por su parte, Orión finalmente desarmó a su último oponente, arrojó su rifle lejos y lo golpeó en el cuello con un codo. Con un solo golpe, el hombre se unió a los demás en el suelo en un montón de miembros. La calle residencial quedó en silencio.

Rosalind se levantó con dificultad y se quitó el polvo de las manos. Le dolían mucho las piernas, arañadas y laceradas por el contacto con la grava. La abertura lateral de su qipao le ofrecía un amplio margen de maniobra si no le importaba ser pudorosa, pero no le ofrecía mucha protección en combate. No era importante, los cortes desaparecerían pronto.

—Ésos no eran japoneses —declaró Rosalind, rompiendo el silencio de la noche.

—Lo sé —respondió Orión. Le faltaba el aire—. Sus caras... Son chinos, estoy casi seguro.

A lo lejos se oyó el estruendo de más vehículos militares pesados. Rosalind y Orión se giraron en dirección al ruido y vieron que tres camiones idénticos se acercaban, cada uno con la bandera del ejército imperial.

¿De dónde venían los refuerzos? ¿Por qué iban tras Rosalind y Orión a estas horas de la noche?

Rosalind observó los cuerpos en el suelo. ¿Y *por qué* enarbolaban la bandera imperial japonesa?

Orión le devolvió la cuchilla.

—No podemos enfrentarnos a tantos. Necesitamos otro plan.

—Lo sé —Rosalind volvió a encajar las cuchillas envenenadas en los talones de sus zapatos. Levantó el pie izquierdo y luego el derecho, y colocó de nuevo los tacones a sus zapatos antes de posar la mirada en el vehículo militar con el que los habían seguido esos cinco primeros hombres.

—Toma el volante —ordenó Rosalind, señalando el vehículo.

Corrió hacia el auto en el que se habían estrellado, abrió de golpe la puerta dañada y tomó el bloc de notas que había tirado al piso. Si la cubierta seguía intacta, no perdería sus preciosas notas de la recaudación de fondos.

—¿Qué? —preguntó Orión.

—El volante —insistió Rosalind—. Vamos.

Orión por fin comprendió. No podían luchar contra tres nuevos vehículos, y el explosivo había destrozado el coche que les habían prestado los nacionalistas. Si tenían que huir, la única opción era robar el transporte enemigo.

—Hay otra pistola en esa guantera —le dijo Orión de camino hacia el vehículo militar.

Con el bloc de notas en la mano, Rosalind se inclinó hacia la guantera, golpeó el pestillo con la palma de la mano para abrir el compartimento y sacó la pistola extra. Los refuerzos de sus atacantes estaban cada vez más cerca.

Rosalind corrió hacia el vehículo militar, se subió al escalón y se sentó en el asiento del copiloto. Estos vehículos carecían de puertas. Cuando Orión se sentó en el asiento del conductor y pisó a fondo los pedales bajo el volante, llegaron los otros, a pocos segundos de bloquearles el paso. Sin tiempo que perder, Orión tiró de la palanca de velocidad y metió reversa con un chirrido ensordecedor.

—¿Qué tan buen conductor eres? —preguntó Rosalind, tirando el bloc de notas y agarrándose con fuerza al asiento.

—Lo suficiente, *supongo* —respondió Orión, dando vuelta en la vía principal. Pronto se mezcló con los demás autos que estaban en el tráfico de la hora pico, pero aún no perdían a sus perseguidores. Algunos de los otros vehículos militares dieron vuelta en las calles laterales más pequeñas para seguirlos en paralelo a la avenida principal.

—Entra a los callejones —instruyó Rosalind.

Orión parecía indeciso.

—El vehículo es grande. Apenas tendremos espacio…

—Y exactamente así será como los perderemos —Rosalind contuvo su grito y estuvo a punto de salir volando de su asiento cuando Orión frenó de golpe para realizar un giro rápido. Lanzó una mirada detrás de ellos—. ¡Por el otro lado! ¡Por el otro lado! ¡Ahí hay un auto!

Orión murmuró algo ininteligible en francés y dio otro giro brusco, llevando su vehículo en la otra dirección. Por desgracia, el callejón en el que dio vuelta no estaba del todo alineado con el callejón al que intentaron entrar antes, y el espejo lateral de Rosalind se desprendió y se hizo añicos contra la pared.

—¡ORIÓN! —gritó Rosalind.

—HAGO LO QUE PUEDO, QUERIDA.

—ME VAS A PROVOCAR UNA HERNIA.

Orión volvió a girar bruscamente el volante, sorteando una curva cerrada del callejón. Rosalind trató de visualizar las calles que se avecinaban. Pronto se acercarían a jurisdicción china, y entonces los callejones se volverían *realmente* demasiado pequeños para circular por ellos.

Seguía sujetando la pistola extra. Su dedo rodeó el gatillo, asegurando su posición. Era difícil ver en la noche, y más cuando los callejones no tenían la misma iluminación que las calles principales, pero cuando Rosalind se asomó por la parte trasera para ver el vehículo que los seguía, detectó movimiento en los asientos delanteros. Rosalind habría apostado lo que fuera a que los hombres estaban cargando sus armas para disparar. Si lanzaban otro proyectil, Orión y ella estaban condenados.

El problema era que su propia ventanilla trasera estaba situada muy abajo para conseguir un buen ángulo: si disparaba desde allí sólo podría lograr unos cuantos tiros al suelo. Rosalind miró a un lado de su asiento. Era diestra. El vehículo circulaba demasiado cerca de la pared del callejón para que pudiera siquiera intentar apuntar hacia atrás desde allí.

Por otra parte, del lado de Orión…

—Orión, inclínate hacia atrás.

—¿Qué?

Rosalind estaba trepada en el regazo de Orión, enganchando las piernas alrededor de su asiento y sujetándole el hombro con la mano libre para mantenerse firme. Antes de que pudiera bloquear la vista de Orión, Rosalind sacó el brazo por la ventanilla y le disparó al vehículo que los perseguía más de cerca. La primera bala destrozó el parabrisas. La segunda impactó en la llanta delantera. La tercera, Rosalind ni siquiera supo dónde había ido a parar. Pero detuvo el vehículo en seco y atascó a todos los demás que iban detrás.

Ahora la pistola estaba vacía.

—¡MALDITA SEA!

—Dios mío, no tan cerca de la oreja —se quejó Orión, maniobrando el volante para dar vuelta en otra calle.

Rosalind le agarró el hombro con más fuerza, intentando no salir despedida del vehículo con el brusco movimiento.

—Disculpa el volumen —le dijo—. ¿Te gustaría que te volara la oreja para evitarte el ruido?

—¿Tienes que ser tan violenta, cariño? Si besas mi oreja estaría muy bien. Hay un cargador de repuesto en el bolsillo de mi saco, pero estas pistolas son difíciles de recargar.

Rosalind le golpeó a propósito la cabeza con el codo mientras buscaba en su saco el cargador de repuesto. Tal como él lo dijo, ella necesitó muchos segundos valiosos para determinar cómo recargar la pistola, y para cuando empujó el seguro transversal de izquierda a derecha, y jaló la corredera hacia atrás, otra vez ya había vehículos pisándoles los talones, incorporándose desde los demás callejones después de que el principal fuera bloqueado. Esta vez, los vehículos disparaban hacia atrás.

—Sigue conduciendo hacia el sur —instruyó Rosalind—. Hacia la jurisdicción china.

—Antes de eso tenemos que perder a los vehículos que nos siguen más de cerca — respondió Orión, estremeciéndose cuando una bala destruyó su espejo lateral—. Si no, no podremos deshacernos de ellos en los callejones más pequeños.

Rosalind por fin tenía la pistola cargada. Tendría que disparar con moderación. Con los dientes apretados, extendió el brazo y volvió a disparar. Una bala frenó al vehículo más cercano. Dos balas lo dejaron inmóvil. Al instante, se detuvieron los demás vehículos, pero no sería por mucho tiempo. Tenían que hacer algo para detener a sus perseguidores.

—¡Da vuelta aquí! —gritó Rosalind.

Orión no lo dudó. Tiró del volante y giró hacia un callejón lleno de tendederos y adoquines. Con dos vehículos siguiéndolos, procedentes de diferentes callejones, Rosalind disparó a una gran maceta que estaba sobre el barandal de un balcón, haciendo llover azulejos de cerámica y trozos de tierra sobre el camino de sus perseguidores, justo cuando Orión de nuevo daba la vuelta para incorporarse a una calle principal. La jurisdicción china. Los puestos callejeros estaban en pleno apogeo esa noche.

—¡Ese callejón, allí! —Rosalind señaló un camino oscuro junto a un pequeño cine. En el momento en que Orión se detuvo, las ruedas del vehículo temblaron y chirriaron por el esfuerzo, apagó el motor de inmediato y los dos se quedaron totalmente quietos, como si su movimiento dentro del vehículo pudiera llamar la atención también.

En la calle principal, sus perseguidores pasaron a gran velocidad. Cuando desapareció el último vehículo, esperaron un largo rato. Ninguno regresó.

Rosalind exhaló, soltó la pistola y se desplomó como si le hubieran extraído toda la energía de la columna vertebral. Apenas le importó seguir encima de Orión; él también se inclinó hacia ella y apoyó la frente en el cuello de su ahora esposa. De los dos emanaba un alivio palpable por haberse alejado y permitirse un momento de descanso.

—Disparas bien —respiró Orión, su exhalación se sintió caliente en el cuello de Rosalind.

—Gracias —respondió ella—. Tú manejas bien.

Orión levantó la cabeza. Le sonrió, aunque por alguna razón cerró los ojos.

—Sé que no lo dices en serio. Pero me gusta cuando trabajamos en equipo.

A ella también le gustaba. En lo más profundo de su ser.

—Janie —dijo Orión de pronto.

Rosalind se sobresaltó.

—¿Qué ocurre? —su primer instinto fue pensar que él había visto más perseguidores, pero sus ojos seguían cerrados…

—No quiero preocuparte, pero podría estar incapacitado por unos momentos.

A Rosalind no le gustó cómo sonaba eso.

—Francamente eso es lo más preocupante que podrías decir.

—Estaré bien, te lo prometo —a pesar de sus promesas, su respiración era cada vez más superficial. Con las palmas de las manos, Rosalind sintió que su ritmo cardiaco también aumentaba—. Tuve una mala caída hace unos años. Aterricé con bastante elegancia y belleza, te lo aseguro, pero a mi cabeza no le gustó golpearse contra el cemento. Sufrí fuertes dolores de cabeza durante meses. Estaba plenamente convencido de que iba a morir.

Exhaló un breve suspiro. Orión pareció considerar sus propias palabras.

—Janie, tal vez estoy muriendo.

—No estás muriendo —dijo Rosalind con firmeza—. ¿Cómo te sigue pasando eso después de tantos años? ¿Ya fuiste al médico?

—Los mejores médicos que pueden ofrecer los nacionalistas —respondió, interrumpiéndose con una mueca de dolor. Su expresión reflejaba un agobio visible y apretó los párpados con más fuerza—. Dicen que no pueden hacer nada. A veces me vuelve si hago demasiado esfuerzo. No sé por qué.

Estaba temblando. Rosalind aún tenía las piernas sujetas alrededor de Orión, así que podía sentir cada estremecimiento que lo recorría.

—Hey —dijo ella. Ignoraba cómo curar el dolor. No se le daba muy bien ser amable y tranquilizadora. Pero sí sabía cómo calmar el pánico—. Estás bien, ¿me oyes? No vas a morir. Si mueres, yo personalmente te golpearé en el pecho una y otra vez hasta que resucites.

Orión apretó la cabeza contra el asiento con fuerza, como si intentara absorberse dentro del respaldo de cuero. Soltó una débil carcajada, aunque el sonido fue tragado por la aguda inhalación que hizo después, entrecortada y aterrorizada.

—Estás bien —repitió Rosalind con más amabilidad—. Vas a estar bien, te lo prometo —le apartó el cabello de la frente. En cuanto sintió su tacto, Orión se movió y se apoyó en su hombro. Rosalind parpadeó, se recuperó rápido, pasó una mano entre el cabello de Orión y posó la otra en su nuca. Él iba por el mundo tan alto, tan seguro de sí; era una sorpresa que fuera capaz de replegarse, de buscar consuelo en una chica como Rosalind.

Lo más aterrador no era que ella se encontrara en esa situación, sino que le parecía natural.

—Te enumeraré todas las formas en que te voy a castigar si mueres —le susurró Rosalind al oído—. Concéntrate en mi voz. ¿Preparado? Primero, empezaremos con mi favorita: ponerte encima cien capas de ropa. Ninguna de seda. Qué horror. Luego, en la otra vida, te haremos rodar por una colina, y ni siquiera podrás detenerte, y me voy a divertir mucho riéndome de lo ridículo que te verás.

Rosalind no paraba de hablar sin darse cuenta de lo que decía. No eran sus palabras lo que importaba, sino el flujo constante de tonterías que distraían a Orión de su pánico, para evitar que pensara en el dolor, para que se distrajera hasta que cediera la agonía.

En cierto momento, sintió que el pulso de Orión volvía a la normalidad. Notó que la tensión abandonaba sus hombros, que su postura se relajaba y dejaba de esperar otra oleada de agonía.

Orión levantó por fin la cabeza y abrió los ojos.

Rosalind interrumpió su plática sin sentido y lo miró con atención. Le devolvió la mirada con unos ojos que se habían oscurecido por completo, con las pupilas tan dilatadas que sus iris marrón no se veían por ninguna parte.

—¿Puedes hacer un alto ahí? —preguntó él con la voz aún débil—. En verdad me estaba imaginando que me desollaban vivo.

—Si quieres puedo ser más descriptiva—respondió Rosalind. Le sostuvo la mirada, esperando a ver cómo estaba. Orión estaba tembloroso, pero por lo demás parecía haber superado el pánico, aunque le quedara algo de dolor.

—¿Ves? —dijo ella en voz baja—. ¿No te prometí que estarías bien?

Orión asintió.

—Lo hiciste —exhaló un suspiro—. Gracias.

Nada de lo que había hecho antes le pareció extraño, pero ahora la gratitud inquietaba a Rosalind enormemente. Para evitar responderle, se bajó del regazo de Orión, donde había estado sentada todo el tiempo, y se dejó caer en el otro asiento con un ruido sordo.

No tenía la sensación de haber hecho algo digno de agradecimiento. A veces, la única forma de sobrellevar el día era hacer promesas y cumplirlas. Concentrarse en una tarea, realizarla. Centrarse en un objetivo, no pensar en nada más hasta que estuviera muerto. Prometerle a Orión que todo saldría bien si seguía adelante era una táctica que había aprendido probando en carne propia.

Sin embargo, ella no era tan amable consigo misma. Quizá debería serlo.

—Quería decirte... —empezó Orión. El color estaba regresando a su rostro con rapidez, borrando la palidez por la ausencia de sangre y provocando un sonrojo. Se metió la mano en el bolsillo del pantalón y sacó una cadena entre los dedos. Rosalind no comprendió lo que sostenía hasta que vio lo que colgaba del extremo: una llave muy, muy pequeña.

—Esto estaba alrededor del cuello de la francesa —explicó—. Ella es el punto de contacto de Seagreen para los informantes que desean ofrecer a la prensa su testimonio de forma confidencial. Debajo de su escritorio hay una pequeña caja de seguridad que una vez sacó para Haidi, y vi que se quitó la llave del cuello para abrirla. Es un lugar tan bueno como cualquier otro para esconder información confidencial sobre un plan terrorista. Si después dejo caer la llave junto a ella, sólo pensará que la perdió.

Rosalind abrió y cerró la boca. Luego la abrió y la cerró otra vez. Entonces golpeó el brazo de Orión.

—¡Ay! —protestó Orión—. ¡Todavía estoy frágil!

—¿No pudiste decírmelo? —exclamó Rosalind— ¿Aceptaste mis acusaciones de mujeriego así nada más?

—Cariño, no hubo oportunidad para mostrarte lo que tenía en la mano. No quería parecer sospechoso para que no empezara a preguntarse cuándo perdió la cadena.

Rosalind resopló y negó con la cabeza. Su lógica era sensata, pero seguía furiosa. Después de la noche que habían pasado, necesitaría al menos ocho horas mirando a la pared para dejar de estar enojada.

—Hubo tiempo de sobra para que me lo dijeras antes de que nos dispararan el proyectil —insistió. A ella tampoco le cabía en la cabeza. Rosalind metió la mano debajo de su asiento, buscando el bloc de notas que se había deslizado ahí durante la persecución—. Eso tuvo que violar algún acuerdo internacional, aún no estamos en guerra frontal. ¿Por qué nos persiguen por la ciudad y nos atacan con armas?

Orión se frotó la sien. Rosalind lo vigiló con atención por el rabillo del ojo, pero no parecía estar experimentando ninguna tensión nueva, sino tan sólo suavizando la de antes.

—Pero ésos no eran japoneses—contraatacó Orión—. Entonces, *¿qué* acaba de pasar?

Rosalind encontró el bloc de notas. Sin embargo, al estirar la mano toco algo que parecía tela. Con el ceño fruncido, sacó el cuaderno… junto a un sombrero. Lo miró con curiosidad y examinó la tela con la única luz del callejón que iluminaba el interior del vehículo.

—¿Eso es un sombrero? —preguntó Orión, inclinándose al frente.

Rosalind le dio la vuelta. En la parte delantera había una estrella roja de cinco puntas cosida a la tela. Al instante, lo que había sucedido en la última hora cobró sentido.

—El uniforme del Ejército Rojo —respondió Rosalind. Miró a Orión—. Esas banderas japonesas no eran más que un disfraz. En realidad, nos enfrentamos con la milicia comunista.

El callejón que los rodeaba de pronto se sintió muy frío. Incómodo, al igual que los campos de batalla. Rodeados de un terreno inmenso, vasto, en el que podía ocurrir cualquier cosa en cualquier momento.

Sus atacantes no eran japoneses. Se trataba de una guerra interna.

—Ahora, la pregunta es —Rosalind dejó caer el sombrero, con los dedos vibrando por el contacto con la tela—, ¿los comunistas vinieron por nosotros porque somos nacionalistas o por algo más?

27

—Entonces, ¿eres una enemiga de la nación?

Su rehén, alias Liza Ivanova, levantó la cabeza con un gesto de sorpresa.

—¿Qué es un enemigo, en realidad? Desde luego, nunca he perturbado el sustento de la nación, si es eso lo que preguntas.

Phoebe cruzó las piernas bajo la falda y reacomodó la gruesa tela. Se acomodó en el sofá, empujando a Silas, que estaba remilgadamente sentado a su lado. Esperaban en su casa, una modesta mansión situada en una zona relativamente apartada del Asentamiento Internacional. Los padres de Silas estaban de viaje de negocios, así que no habían tenido problemas para llevar a Liza. El personal que se encontraba en las inmediaciones realizando tareas de cocina o limpieza de las habitaciones sabía que debía apartar la mirada y mantener la boca cerrada sobre lo que ocurriera con la situación de los rehenes.

Bueno, Liza no era un rehén como tal, sobre todo porque estaba sentada en el otro sofá, hojeando una revista, con la libertad de levantarse cuando quisiera, pero Phoebe sentía que todo era más oficial si usaba esos términos.

—Quiero decir… ¿estás trabajando para el otro bando? —aclaró Phoebe, lanzándole una mirada a Silas para demostrarle que estaba cuidando sus palabras.

—Los lados son intercambiables —respondió Liza, con un tono tranquilo—. ¿Tienes pan? Muero de hambre.

Silas se levantó de inmediato.

—Voy por pan —dijo en voz baja, dirigiéndose más bien a Phoebe. Al pasar, añadió—: Nunca he conocido a nadie que hable con tantos rodeos. Madre mía.

Él se dirigió a la cocina. Phoebe volvió a su interrogatorio, a pesar de la falta de información preliminar que pudieron obtener de Liza. Orión tampoco había sido de gran ayuda en su llamada telefónica. Lo único que había dicho era que Liza trabajaba para los comunistas y le advirtió a Silas que podría reconocerlo, por lo que debía fingir ser un agente doble que traiciona a sus amigos.

—¿Nos conocemos? —preguntó Phoebe—. Tengo la impresión de que ya nos conocíamos. ¿Cuántos años tienes?

—Diecisiete —respondió Liza. Pasó a la última página de la revista y luego buscó una revista literaria en la mesita—. Aunque deduzco que pertenecemos a círculos sociales diferentes.

—Tonterías. Conozco a todos los chicos de diecisiete años de Shanghái —era una exageración enorme, sobre todo en una ciudad tan poblada, pero cuando Phoebe exageraba, se aferraba a ello—. Sabía que tu cara me era familiar.

Liza no parecía muy convencida.

—Mi hermano era muy conocido en la ciudad. Tal vez lo reconozcas.

—Yo también sé todo sobre los hermanos famosos —dijo Phoebe con una mueca. Subió las piernas al sofá y se quedó medio colgando del borde—. Los periódicos no paran de hablar de Oliver y Orión, pero nadie se acuerda de *mí*.

Liza no dijo nada. Phoebe sintió que había perdido el hilo de la conversación, o tal vez lo había sujetado con demasiada fuerza y lo había trozado de un jalón. Se echó los rizos por encima del hombro y volvió a intentarlo:

—¿Quién es tu hermano?

Liza levantó la mirada con el primer destello de agudeza en sus ojos oscuros. En la cocina, Silas cerró la puerta de una alacena, y el ruido sacudió a Liza, quien miró a su alrededor y recordó dónde estaba.

—Pronto lo sabrás.

—¿Qué significa eso? —Phoebe se incorporó y volvió a sentarse correctamente antes de que Silas regresara con pan en un plato. Se lo pasó a Liza, que lo tomó con un gesto de agradecimiento, especialmente comedido. Phoebe creyó escuchar voces afuera, se acercaban a la entrada.

—Entonces, ¿Janie lo sabe?

Liza le dio un mordisco al pan. Se encogió de hombros.

—No lo sé. ¿Lo sabe?

—Feiyi, vamos, ustedes dos van a acabar agotadas —advirtió Silas. Pero Phoebe insistió. Sabía cómo jugar al juego de ser irritante. De hecho, era la campeona de las chicas irritantes.

—¿Cómo entraste a esta línea de trabajo?

—¿Cómo puede alguien entrar a esta línea de trabajo?

—Déjame especular —dijo Phoebe, dándose golpecitos en la barbilla, pensativa—. Mencionaste a un hermano. Un hermano importante. Debe ser nacionalista: trabajas en el bando contrario para mantenerlo a salvo. En el juego del escondite, eliges ocultarte y ver cómo los demás pasan a tu lado sin darse cuenta, recopilando información desde las sombras para protegerlo.

Liza resopló. Después de tomar un bocado, sólo picoteaba el pan en lugar de seguir comiendo; enrollaba trocitos de la masa.

—Por favor, no vayas a dejar la escuela para trabajar como detective.

Phoebe frunció el ceño. Silas, que había regresado y estaba sentado a su lado, le acomodó el cabello por encima del hombro para apaciguarla.

—Bueno, entonces, no es familia —dijo—. ¿Un amante?

Liza fingió una arcada ante la pregunta.

—Siempre he estado muy poco interesada en los asuntos románticos y cualquier otra cosa que hagan los amantes.

—Entonces, la única opción que queda es el dinero —concluyó Silas. Después de arreglar el cabello de Phoebe, Silas se recostó en el sofá, pero se alejó de ella. Phoebe frunció el ceño. ¿Acaso él temía desacomodar su falda? Se acercó más a Silas y se apretó de nuevo a su lado.

—O —dijo Liza sin rodeos—, la única opción restante es buscar un trabajo en política. Soy rusa: los comunistas están dispuestos a confiar en mí, así que trabajo para ellos. ¿Por qué no empezaste por la opción más obvia?

Llamaron a la puerta principal. Phoebe se levantó de un salto, haciendo señas a Silas para que se quedara quieto. Le resultó fácil entrar en el vestíbulo con sus calcetines con encajes, deslizándose por el suelo limpio como si patinara. Las voces del exterior estaban en medio de una discusión, y hablaban lo suficientemente alto para que se escucharan desde el interior de la casa.

—... identidades se han filtrado.

—Eso no lo sabes.

—Sí, Orión, porque fue una *coincidencia* que nos atacaran…

Phoebe abrió la puerta antes de que Janie volviera a tocar la puerta con los nudillos. Miró a su hermano, luego a la falsa esposa de su hermano, y abrió más la puerta, dándoles la bienvenida con un ademán.

—Los estábamos esperando.

—Te di estas instrucciones, sinvergüenza —suspiró Orión, entrando. Se quitó los zapatos—. Janie, el escenario es tuyo. ¿Para qué urdiste este plan?

En cuanto Janie Mead entró también, Phoebe echó un rápido vistazo a la calle, en busca de intrusos. No había ningún movimiento del que preocuparse, pero un mosquito bastante grande trepaba por uno de los pilares de la entrada. Phoebe se apresuró a entrar, tomó una piedra de una de las grandes macetas que estaban junto a ella y se la lanzó al mosquito.

Listo, aplastado. Qué desagradable. Phoebe volvió a entrar y regresó a la sala. Janie y Orión estaban parados frente a Liza, mientras ella permanecía sentada, todavía picoteando el pan con indiferencia. Silas le hizo un gesto a Phoebe para que se acercara, pero ella negó con la cabeza, optando por una mejor vista junto al pasillo.

—¿Pan? —Liza ofreció el panecillo.

—¿No me vas a gritar porque te incriminé? —preguntó Janie.

Liza señaló a Orión con la barbilla.

—¿Tu marido ya sabe que tú mataste a Tong Zilin?

Orión se echó hacia atrás con una mirada de total incredulidad.

—*¿Qué?*

—Ah —dijo Janie—. Ahí tienes tu venganza.

Liza sonrió. Orión parecía asombrado de que Janie no lo negara. Mientras tanto, Phoebe y Silas intercambiaron una mirada, al margen de todo. Ni siquiera sabían por qué habían sacado a Liza de una celda. ¿Era por una acusación de *asesinato*?

—¿Por qué no me lo dijiste? —preguntó Orión—. ¿Por eso le disparaste al candelabro en el salón de baile? *Dios mío,* Janie…

—¿Podríamos —dijo Janie entre dientes, bajando el volumen de su voz— reanudar esta conversación en otro momento?

Orión se irritó visiblemente. Liza parecía intentar contener la risa.

—No se detengan por mí —dijo ella—. No tengo otro sitio donde estar. Excepto la cárcel, al parecer.

—De nada —intervino Phoebe desde el pasillo.

Con Orión temporalmente apaciguado, Janie alisó la tela de su qipao y se volvió hacia Liza.

—Mira. No nos costará limpiar tu nombre. A cambio, sin embargo, quiero lo mismo que te pedí antes. Los comunistas te asignaron a Seagreen, eres la más conectada a estas dos vías y la que más probabilidades tiene de obtener respuestas. Debemos averiguar por qué me quitaron ese archivo. Por qué atacaron a mi superior. Por qué acaban de perseguirnos con armas de fuego y un trozo de *cuerda*.

Silas se enderezó en su asiento. Phoebe entró por fin en la sala:

—¿Qué? ¿Están bien?

Orión le hizo un gesto a Phoebe para que se sentara y otro para que guardara silencio.

—Estamos bien. Escapamos fácilmente.

Mientras tanto, Liza sólo se desplomó en su asiento, con el ceño fruncido. Tenía una nariz muy delicada, que se movía mientras reflexionaba. Aunque fue apenas un instante, Phoebe captó que la mirada de Liza se desviaba hacia Silas. Los comunistas pensaban que Silas había desertado. De hecho, Silas jugaba un juego muy equilibrado como agente triple, y necesitaba mantener el disfraz ante Liza. A pesar de que Phoebe fingió no darse cuenta, lo vio mover la cabeza muy sutilmente, instando a Liza a que lo dejara en paz.

—¿Crees que tiene que ver con tu investigación en Seagreen? —preguntó Liza—. ¿Que personas de mi bando se están implicando en el complot terrorista?

Janie levantó las manos, pero no para mostrar su rechazo ante la idea. Fue un movimiento que irradiaba desconcierto.

—Tiene *algo que ver*, pero no puedo averiguar qué. Consígueme respuestas, y mi marido hará las llamadas necesarias para que dejes de ser una fugitiva. Aunque estoy segura de que te divertirías como fugitiva.

Liza se puso de pie. Despacio, se sacudió las migajas de pan de las manos y se alejó del sofá. A pesar de todos los ojos fijos en cada uno de sus movimientos, caminó tranquila y salió de la sala.

—Si fuera más rencorosa, me escaparía al campo y viviría como una fugitiva para siempre —su voz rebotó con el eco del vestíbulo—. Pero no sólo soy amable, soy la mejor persona. Pronto tendrás noticias mías. Adiós.

La puerta principal se abrió y se cerró de golpe tras ella. La casa permaneció inmóvil durante un largo momento. Entonces, Orión se volvió hacia Janie.

—Ella es muy extraña. ¿Cómo la conoces?

—Es una historia demasiado larga —Janie apretó con fuerza algo que tenía cerca del pecho: un bloc de notas—. Sólo es extraña porque fue criada así. El mundo se mueve para ella. Ella no se mueve con el mundo. Sabía que nunca tendría verdaderos problemas o, al menos, que yo la sacaría de ellos.

Phoebe miró más de cerca, intentando leer lo que estaba escrito al reverso del bloc de notas de Janie, pero entonces Janie la miró y Phoebe desistió.

—Gracias por tu ayuda, Phoebe. Y a ti, Silas.

—Ay, cuando quieras —exclamó Phoebe—. Si necesitas que alguien siga a Liza Ivanova, avísame. Tengo la sensación de que ella y yo podríamos ser las mejores amigas.

Orión negó con la cabeza. Recogió el trozo de pan que había dejado Liza y lo arrojó al cesto de basura de camino a la puerta de salida.

—Sabía que me recordaba a alguien. Te acompaño a casa, Feiyi.

28

Si Celia extrañaba algo de Shanghái, eran los mercados. Aquí, en las zonas más rurales del país, la selección era lamentable: sólo los tipos de verdura más comunes, todas las variedades más pequeñas que el promedio.

—Alégrate de que haya comida —murmuró Celia para ella misma, buscando entre los manojos de qīngcài. Cuando encontró uno que no estaba tan amarillento como el resto, se limpió la humedad de la mano y se echó la bolsa de la compra al hombro. La mañana transcurría lentamente, dibujando el alba sobre los desvencijados puestos. Sólo había tres personas más en el mercado tan temprano, así que se tomó su tiempo para pasear, con sus zapatos bajos sobre la tierra. Su vestuario se transformaba por completo cuando estaba de incógnito, y se volvía aún más discreto cuando salía de la tienda. Ropa de algodón, aunque llevara un qipao. Nada de seda ni, desde luego, encajes.

Celia levantó la mirada y observó a dos nuevos compradores que entraban al mercado. De inmediato se puso en alerta, pensando en la posibilidad de que se tratara de una pareja de agentes, pero al entrar se separaron, como si encontrarse hubiera sido una mera coincidencia. En lo alto, una gota de agua cayó a lo largo de un puesto y aterrizó en el hombro de Celia.

Se giró hacia el vendedor y pagó la mercancía, apresurándose a marcharse. No sería bueno entretenerse sin saber qué clase de gente podría venir a husmear. Todavía estaba nerviosa después de haber visto a los soldados en aquel almacén. Aunque ella y Oliver habían escapado, aunque habían regresado a la tienda y habían cerrado la puerta en silencio, esperando una señal de persecución que no llegó, eso no quería decir que estaban a salvo, sobre todo después de que uno de los soldados había resultado herido por la bala de Oliver.

Había hablado muy poco con Oliver desde aquella noche. No es que las cosas se hubieran enfriado entre ellos; Celia era demasiado complaciente para llegar a eso. De todos modos, ella no se quedaba mucho tiempo en los lugares donde él entraba, no lo buscaba cuando no era necesario. Si estaba demasiado cerca de él, sentía la tentación de sacudirlo por los hombros hasta que le contara todos los secretos que le ocultaba, y eso quizá no saldría bien. Oliver tenía que decir la verdad en sus propios términos para que tuviera sentido.

Si eso fuera posible. A Celia nunca se le habían dado bien las exigencias. Siempre le habían parecido fundamentalmente erróneas; nunca había podido librarse de la sensación de que ser difícil alejaría a la gente. Sin embargo, en este caso, debía mantenerse firme.

Celia miró por encima del hombro. Los dos nuevos compradores seguían en el mercado cuando ella salió. Qué bien. Entonces sólo era su paranoia. Por si acaso, tomó otra ruta para volver a la tienda, por la calle principal, que era más larga y atravesaba la ciudad.

Pasó por delante de una tienda de ropa. Entonces, se detuvo.

A su izquierda había tres estantes de periódicos forrados de láminas de metal con una cubierta para protegerlos de la lluvia. Oliver dijo que había recogido el ejemplar de Seagreen Press cerca de una tienda de ropa. ¿Era ahí? Los estantes seguían casi llenos. Celia se acercó a los montones de periódicos apilados y echó un vistazo preliminar a los números superiores, parecía que se actualizaban cada semana, lo que significaba que no debía haber cambiado nada desde la última vez que Oliver había estado aquí.

Celia se agachó con delicadeza. Por si fuera poco, buscó en cada uno de los montones, tratando de ver si los números de Seagreen Press estaban abajo. No. Sólo las publicaciones habituales de Suzhou y algunos diarios de Shanghái, todo escrito en chino, como era de esperarse por estos lugares.

¿Era casualidad? ¿Qué tipo de publicación entrega accidentalmente un solo número?

Algo en aquel incidente atormentaba a Celia sin cesar. La última carta de Rosalind decía que la existencia de Seagreen Press en Shanghái era para atender a sus residentes japoneses. Aquí arriba, fuera de la ciudad y sin influencia extranjera, ¿para qué serviría un periódico extranjero?

¿Quién mantenía estos puestos en orden?

Celia levantó la mirada. A lo largo de la calle había una tienda de ropa, otra de cristalería y... *ah*. Una librería. Se enderezó de inmediato y corrió hacia el local, se subió la falda del qipao por encima del tobillo antes de cruzar el umbral. Una campanilla sonó para indicar su llegada.

—¡Todas las entregas son por la parte trasera! —gritó una voz.

—Menos mal que no estoy haciendo una entrega —respondió Celia.

Un anciano asomó la cabeza entre los estantes y se subió los finos lentes de montura metálica en su nariz. Volvió a la recepción con pasos lentos y pacientes.

—Ah, mis disculpas, xiǎojiě. Estoy esperando al chico de las entregas en este momento. ¿En qué puedo ayudarle?

Era la primera vez que entraba en la librería, a pesar de los meses que habían estado de encubierta por esa zona. No servía de nada establecer demasiadas conexiones locales porque eso sólo aumentaba sus posibilidades de ser delatados si los nacionalistas venían a husmear. Celia miró a su alrededor: los estantes bien cuidados y las repisas pulcramente desempolvadas. 紅樓書店, rezaba el cartel sobre la puerta. *Librería Cámara Roja.*

—¿Usted se encarga —Celia señaló por encima del hombro hacia la calle— de esos puestos de periódicos?

El anciano asintió.

—¿Está buscando algo?

—Algo así —Celia vaciló, intentando determinar cómo formular su petición sin sonar extraña—. El otro día vi algo allí. ¿En japonés? Mi sobrina está aprendiendo el idioma, así que quería llevárselo.

Por un momento, el anciano se acarició la barba, como si no comprendiera de qué le estaba hablando. Luego chasqueó los dedos.

—Ah. Ahora recuerdo. Fue un error, querida. El repartidor me dio la caja equivocada. Debía ir a otro sitio. Vi los periódicos y los puse con el resto sin pensar.

¿Una entrega equivocada?

Celia se echó la bolsa de la compra al hombro.

—¿Sabe usted adónde debía ser entregada? Me sería muy útil conseguir uno.

—No lo sabría pero... ¡hey! ¡Li Bao! Tenemos una pregunta para ti.

En el otro extremo de la tienda, la puerta trasera se mantenía abierta gracias al peso de un ladrillo. Así fue fácil ver al hombre, Li Bao, que se acercaba en bicicleta y se quitaba la gorra. El viejo tendero se acercó a regañarlo por llegar tarde.

De la bicicleta colgaban tres cestas en distintos lugares.

Estaban llenas hasta el tope con paquetes y cajas más pequeñas.

—¿Una pregunta? —ladró Li Bao. Se sacó el palillo de la boca—. Sobre la caja mal entregada.

Celia tuvo que intervenir antes de que el viejo desviara el tema con sus reprimendas sobre la puntualidad.

—¿Trajiste aquí algo que estaba destinado a algún otro lugar...?

La comprensión se iluminó en los ojos de Li Bao.

—Ah, sí. Iba al Almacén 34 por los caminos de tierra. Pero lo traje a la tienda 34.

El almacén repleto de nacionalistas. Los soldados que transportaban esas cajas. No había ninguna duda.

—También lo estaban esperando —continuó Li Bao—. Su supervisor me regañó por irresponsable. Por suerte, yo tenía otra caja suya y eso les sirvió de consuelo, pero *uf.*

—¿Otra caja? —preguntó Celia—. ¿También periódicos?

Li Bao volvió a meterse el palillo en la boca.

—*Muchos.* La abrieron delante de mí y metieron los periódicos en otra caja que querían enviar ese mismo día. No sé qué les pasa a esos militares tan serios.

Eso no tenía sentido. Nada de eso tenía sentido.

—Kuomintang, ¿verdad? —confirmó de todos modos.

Li Bao la miró con extrañeza.

—¿Quién más?

¿Los soldados nacionalistas tomaban los envíos de periódicos japoneses, los metían en otros envíos y los volvían a mandar? *¿Por qué?*

Celia inclinó la cabeza.

—Gracias. Ha sido muy útil. Tal vez vaya a pedir una copia.

Antes de que el anciano pudiera ofrecerle más ideas, ella se despidió y salió de la librería. Aturdida, volvió a la tienda de fotografía, dándole vueltas y más vueltas al asunto. Millie y Oliver estaban de turno en la recepción cuando ella entró por la puerta, tan sumida en sus pensamientos que casi tropezó con un baúl de disfraces que se había quedado afuera.

—¿Encontraste algo? —preguntó Millie.

—Sólo un qīngcài amarillento —respondió Celia. Captó la atención de Oliver y luego inclinó la cabeza hacia atrás. Aun cuando estaba molesta por su forma de resolver el misterio del almacén, necesitaba su opinión sobre los últimos acontecimientos—. ¿Me ayudas un momento en la cocina, Oliver?

Él abandonó la cámara con la que estaba jugando y siguió a Celia de inmediato. Esperó a que estuvieran solos en la cocina, a que ella dejara el bolso sobre la mesa, antes de empezar a hablar.

—Tengo que volver a la ciudad para avisarle a mi hermana.

Oliver sacó el cartón de huevos. Lo colocó encima de la alacena.

—¿Qué ha pasado? —preguntó con tono uniforme.

Celia se esforzaba por mantener la calma. Por seguir guardando los alimentos en su lugar mientras hablaba.

—Rastreé de dónde venían esos periódicos japoneses. ¿Seagreen Press? Se suponía que iban a *ese* almacén —deslizó los pimientos—. Oliver, la gente detrás de Seagreen Press es responsable de una serie de asesinatos recientes en Shanghái.

—Lo sé —dijo con facilidad.

Celia contuvo un suspiro. Claro que lo sabía.

—¿Lo sabes?

Oliver hizo una pequeña mueca.

—Mi hermano es el actual compañero de misión de tu hermana. Me enteré unos días después de que empezó su misión.

—¿Es *qué*? —Celia se apoyó en la alacena, absorbiendo la información. Esto no era relevante para su interés actual, pero llamó su atención—. Creía que habían enviado a Orión para tareas en la alta sociedad… y seducir mujeres para que divulguen si sus maridos tienen simpatías comunistas. ¿Qué hace ahora investigando a los japoneses?

—Está bien entrenado para extraer información y habla japonés con fluidez. Supongo que piensan que es el más calificado. Me da curiosidad por qué enviaron como agente a la Dama de la Fortuna. Está lejos de ser una espía.

Pero confían en ella, pensó Celia. Supuso que ella era de más confianza que Orión, aunque ambos tuvieran un hermano en el otro bando. Rosalind *había dicho* que los nacionalistas la asignaron con otro agente al que vigilaba atentamente. Sólo que no aclaró su identidad. Era tan típico de Rosalind omitir su nombre; sin duda pensaba que así salvaba a Celia de la obligación de informar a Oliver de cómo le iba a su hermano.

—De cualquier manera —dijo Celia, volviendo de sus divagaciones—, si (y todavía es algo *hipotético*) el almacén es la raíz misma de un plan imperial japonés que los nacionalistas enviaron a mi hermana y a tu hermano a investigar…

—… ¿por qué están sus propios soldados en el almacén? —terminó Oliver, con el ceño fruncido.

Celia sacudió la bolsa, después de vaciarla de provisiones. Dejó que el silencio se prolongara mientras doblaba la tela en cuadrados cada vez más pequeños, hasta darle una forma que pudiera colocar sobre la alacena.

—¿Qué tan pronto podemos partir? —preguntó ella.

29

Poco antes del mediodía, la oficina bullía de actividad: varios ayudantes estaban llevando cajas desde los autos estacionados bajo el edificio. Mientras Orión reposaba su taza de té entre las manos, se acercó a las ventanas del departamento y les echó un vistazo a los vehículos del recinto. Nuevos envíos, decían. Directamente de la fábrica.

El embajador Deoka estaba abajo, dirigiendo el movimiento. Al igual que Haidi, parada a su lado. Los dos intercambiaron unas palabras antes de que Haidi asintiera e hiciera una reverencia, y entonces se dirigió hacia las puertas principales como si fuera a dar un paseo. Orión miró su reloj. Habían quedado de verse dentro de quince minutos. ¿Lo sabía Deoka? ¿La había enviado Deoka? Si Haidi tenía algo que decir, ¿por qué no buscar una sala de reuniones en el edificio? ¿Por qué verse a tantas calles de distancia? La caja fuerte de la francesa había sido un fracaso. Orión fue uno de los primeros en llegar a la oficina esa mañana para buscar ahí, incluso antes de que Janie terminara de peinarse. Con el departamento vacío, se dirigió directo a la mesa de la francesa y abrió la caja, sólo para no encontrar nada, excepto cartas de otros expatriados que informaban sobre vecinos revoltosos en territorio extranjero. Inútil.

Agotaban con rapidez sus vías de investigación. Si Orión fuera menos confiado, tal vez ya habría empezado a preocuparse.

Bueno, sí estaba un poco preocupado. Sólo un poco.

Su reloj marcaba las once cincuenta. Dejó la taza sobre la mesa de su cubículo y recogió el saco del respaldo de la silla. Cuando pasó por delante del departamento, Janie levantó la mirada y lo observó con curiosidad, pero él se limitó a saludarla con la mano y salió por la puerta antes de que ella pudiera preguntarle algo. Una vez que se viera con Haidi para escuchar lo que tenía que decirle, tal vez tendría una mejor explicación. Tal vez tendría algo útil para su investigación.

Tengo información sobre tu esposa que te concierne, le susurró Haidi. *La gente como tú quiere información, ¿no?*

Orión no olvidaba lo que Janie había intentado hacer a un lado la noche anterior. Su facilidad para matar a uno de sus colegas. Su facilidad para *ocultarlo,* minimizando el asunto del asesinato como si nada.

—¿Y? —le había preguntado Orión cuando Phoebe se marchó. Su hermana afirmó que podía caminar sola hacia la entrada, y Orión y Janie se quedaron de pie bajo el farol de la esquina de la calle: Janie mirando fijamente las verjas de hierro forjado que envolvían la mansión Hong y Orión intentando que se abriera con su intenso escrutinio.

—¿Entonces… ? —había repetido Janie, haciéndose la tonta.

—Tong Zilin —presionó Orión. Antes, por la noche, Janie había usado la excusa de que debían encontrar un mejor momento para que se lo explicara; una vez que Phoebe se fue, se quedaron solos, en una calle vacía y con un largo, largo paseo antes de llegar a casa—. ¿Es verdad?

Janie tiró de su brazalete, con expresión reflexiva. Orión se sentía tan cansado que estaba a punto de desplomarse y echarse una siesta en la acera. Janie, en cambio, parecía perfectamente alerta, aunque se negaba a mirarlo a los ojos, lo cual era extraño.

Ella empezó a caminar. Orión la siguió, rondando a su lado con persistencia aun cuando Rosalind aumentó la velocidad del paso. Hasta que estuvieron a cierta distancia de la casa de su familia, Janie dijo:

—Se dio cuenta de un problema en mi identidad encubierta. En una fracción de segundo tuve que tomar la decisión de quedar al descubierto o hacerlo callar.

—Así que lo mataste.

Vio que Janie tensaba los hombros. Su paso se aceleró aún más.

—¿Lo desapruebas?

—No, claro que no —Orión también se había ensuciado las manos después de sus años como agente, pero lo hacía rara vez. Como cuando los persiguieron a gran velocidad esas misteriosas entidades que dispararon proyectiles contra su vehículo—. Sólo quiero que me mantengas informado.

Eso provocó un ruido de Janie, que Orión no supo leer del todo. Una mezcla entre aceptación y curiosidad. Con un zumbido grave en la base de su garganta, emergiendo como un ronroneo. Había muchas cosas de Janie Mead que Orión no sabía interpretar.

—Entré en pánico —dijo Janie sin rodeos—. Pensé que era más fácil guardármelo. Así me entrenó Dao Feng.

—Así te entrenó Dao Feng cuando estabas sola —Orión esquivó un charco y avanzó tres pasos por la calle antes de volver a la acera. Resistió el impulso de tomar a Janie del codo, hacerla girar para que quedara frente a él y sacar a la luz todo lo que ella escondía—. Ahora estamos juntos en Marea Alta, ¿verdad? Ahora somos una unidad, ¿cierto?

Entonces Janie se detuvo, como si hubiera leído sus pensamientos.

—Debería habértelo dicho —afirmó—. Sí. Tienes razón. Fue descuidado y peligroso, y si hubiera sido necesario que me cubrieras, habría sido más fácil si hubieras sabido lo que en verdad pasó.

Orión casi no podía creer lo que estaba oyendo. Parecía sincera.

¿Estaba… admitiendo que había hecho algo mal? ¿Quién era esa chica y qué había hecho con la agente con la que llevaba semanas compartiendo techo?

—Bien —quería tentar a la suerte—. ¿Me estás ocultando algún otro secreto, Janie Mead?

Ella se volvió hacia él y buscó su mirada bajo el resplandor de los faroles. La noche sopló una repentina brisa fría entre ellos, pero Janie apenas se inmutó, demasiado ocupada considerando el asunto que él le estaba planteando.

—Uno —dijo en voz baja—. Pero no quiero decírtelo todavía.

Y así, ella se adelantó de nuevo. Como si no hubiera admitido que podría lanzar sobre él otra bomba uno de estos días. Él no sabía si era mejor o peor que ahora supiera que debía prepararse para el impacto.

¿Quién eres, Janie Mead?

En el presente, Orión abrió con el hombro las puertas principales de Seagreen Press, atravesando en medio de la actividad exterior. Se cruzó con el embajador Deoka y lo saludó con una inclinación de cabeza. Aunque el embajador Deoka correspondió el gesto cortésmente, Orión sintió que el funcionario lo siguió con la mirada hasta que llegó a la puerta principal.

—Cuenta los días —murmuró Orión en voz alta, mientras llamaba a un *rickshaw*—. No estarás aquí mucho más tiempo.

Si el hotel tenía un nombre, Orión no podía verlo; cuando entró miró alrededor para asegurarse de que su ubicación era la correcta. ¿Qué clase de establecimiento carecía de un cartel en la entrada? El vestíbulo interior era bastante agradable: había una pecera en la esquina y un panel de cristal instalado sobre el mostrador de la recepción, que protegía a la recepcionista en su silla mientras ésta se limaba las uñas. Sin embargo, no cabía duda de que se trataba de territorio chino. Las paredes no tenían nada del revestimiento de los hoteles extranjeros, nada de la decoración y el oro reluciente que resultaban del intercambio de dinero por jurisdicción.

—Busco a Zheng Haidi —dijo Orión cuando se acercó al mostrador.

La recepcionista consultó la bitácora que ya estaba abierta en una página frente a ella.

—Habitación tres, planta baja. Pasillo a la izquierda.

Orión sintió punzadas en los brazos. Cuando caminó por el pasillo y se acercó a la habitación tres, no llamó primero a la puerta, sólo entró e hizo un inventario de lo que había. Era mejor acabar de una vez; si pensaba demasiado en algo, podría estropearlo.

—¡Llegas pronto! —exclamó una voz aguda desde el sofá.

Haidi se puso en pie de un salto, llevaba el cabello suelto.

La habitación del hotel era modesta. Una cama, el sofá, una mesa. Ventanas grandes, cortinas finas.

—¿Es un problema? —preguntó Orión, acercándose a las ventanas. Se asomó a la calle manteniendo una sonrisa—. Estás preciosa, Haidi, pero no he dormido lo suficiente y tengo un ligero dolor de cabeza. No te importa, ¿verdad?

Cerró las cortinas antes de que ella pudiera responder.

Desde el sofá, Haidi parpadeó rápidamente, sorprendida.

—En absoluto —respondió al cabo de un rato—. Confío en que no te haya costado mucho encontrar el lugar.

Orión se reclinó contra la pared. Se cruzó de brazos y tobillos. Las cortinas estaban cerradas así que nadie podría fotografiarlos desde fuera. ¿Qué más tenía que revisar? ¿Cables? ¿Micrófonos?

—Nada que no pudiera sortear —sutilmente, Orión miró a su alrededor e inspeccionó el baño. No había nadie escondido dentro—. Dijiste que era importante. ¿Cuál es el problema?

Haidi se tomó un momento para servirse de la tetera que había sobre la mesa. Orión no perdió el tiempo antes de entrar en materia, y como ella tenía el rostro inclinado hacia abajo, no podía saber si Haidi estaba reaccionando con neutralidad o desagrado.

—Ven a sentarte, ¿quieres?

Sintió la sospecha en sus entrañas. No lo demostró: se dirigió al largo sillón y se dejó caer, apoyó los codos en las rodillas con despreocupación.

—El otro día descubrí algo —comenzó Haidi—, y me pareció pertinente contártelo. Lo último que querría es ver a mis colegas arrastrados a planes terribles.

Orión entrelazó los dedos. Si algo había aprendido en tantos años de vida social y de codearse con gente hipócrita, era a descubrir las verdaderas intenciones detrás de lo que se decía. Haidi se esforzaba por mirarlo directamente. Conforme sus palabras iban encajando una tras otra, más bien parecía que estaba leyendo un guion. Como si recitara palabras que le habían sido transmitidas con esmero.

Esto es una prueba, pensó Orión con frenesí. *Pero ¿de qué? ¿De quién?*

—Qué amable —agradeció con cautela. Haidi se acercó y le puso una mano en el brazo. Él tomó el té y le apartó la mano—. Pero antes dijiste que tenía que ver con mi esposa. Deduzco que no hay nada de mi esposa que yo no sepa.

Los ojos de Haidi parpadearon hacia su bolso, que estaba en el extremo del sofá. Orión archivó esa reacción instintiva en su catálogo de observaciones.

—Desde luego —dijo Haidi—. Dime, ¿hasta qué punto la conoces de verdad?

A Orión eso no le gustó nada. No importaba cuántas veces enfatizara la palabra "esposa", Haidi no cejaba en su empeño, lo que significaba que se trataba de una tarea intencionada. En circunstancias normales, difícilmente lucharía contra una clara seducción. Pero esto tenía que ver con Janie. Si Haidi estaba investigando cuál era la relación de Orión con ella, entonces sospechaban de Janie, y Haidi intentaba determinar si Orión debía ser vinculado con ella o considerado inocente. Marea Alta era una unidad. Orión nunca sería tan tonto como para ser él mismo quien se desvinculara de ella.

Sólo que... era cierto que no sabía nada de Janie. Y aunque también ignoraba para quién trabajaba Haidi, ella debía tener *alguna* información para actuar como lo estaba haciendo.

—Supongo que me casé con ella muy rápido —reconoció.

—Ah, claro —Haidi se inclinó hacia él, con su perfume arremolinándose bajo su nariz. Orión casi estornudó—. Supongo que te tomó por sorpresa, ¿no?

Le pasó un dedo por la mandíbula. Él contuvo su sobresalto. Si se alejaba con visible desagrado, perdería el acceso a la información que ella tenía. Pero si seguía adelante, Janie lo mataría. Con sus propias manos.

Orión hizo lo único que podía. Fingió una hemorragia nasal.

—Ay… —con una de sus manos se pellizcó la nariz; la otra se deslizó hasta su bolsillo y abrió su navaja, con la que hizo una cortada en su dedo índice. Cuando se tocó la nariz, parecía que le escurría un rojo vivo, manchando todo el labio superior—. ¿Podrías traerme una toalla húmeda, por favor?

Haidi se levantó de un salto, con los ojos muy abiertos.

—Sí, claro. Espera —se apresuró a entrar en el baño y abrió todos los gabinetes, haciendo mucho ruido. Orión ya sabía que allí no había toallas: lugares como ése rara vez ofrecerían esos servicios gratuitos. Cuando salió del baño, dijo apresurada—: Voy a preguntar a la recepción —y se escabulló.

De inmediato, Orión separó el dedo de la nariz y apretó el puño para contener la hemorragia. Con la mano ilesa, abrió el bolso de Haidi y miró lo que había dentro.

Una pistola… interesante. Una cinta para el cabello. Unas hojas sueltas.

Orión sacudió el contenido y escarbó hasta el fondo. Algo de cristal tintineó al rodar, y buscó bien hasta encontrar un pequeño frasco lleno de líquido verde. Lo dejó en el suelo, entonces sacó el último objeto que había observado: una fotografía.

—Mmm… —acercó la foto. El sujeto era un político del Kuomintang de pie sobre un podio al aire libre. Orión no sabía dónde estaba exactamente, pero parecía uno de los jardines públicos del Asentamiento Internacional. Dedujo que

Haidi no llevaba la fotografía para el político. Era mucho más probable el hecho de que Janie estuviera al fondo de la imagen, perfectamente encuadrada. Llevaba un qipao oscuro y un lazo en la muñeca. Durante uno o dos segundos, Orión sólo observó la sonrisa de admiración de Janie.

Luego su mirada se posó en la descripción manuscrita de la parte inferior.

Jardines Juewu, 1926.

—¿Qué? —murmuró en voz alta. Hacía cinco años. En ese entonces, él tenía diecisiete. Janie debía haber sido aún más joven. Entonces, ¿por qué tenía casi el mismo aspecto?

El rápido ruido de pasos se acercó a la puerta desde el exterior, y Orión dejó la fotografía donde la había encontrado, cerró el bolso de Haidi y se deslizó hacia donde estaba antes, en el sofá. Cuando ella volvió con la toalla, él se apretó el dedo con fuerza, dejando que un riachuelo de sangre resbalara por su brazo y le manchara la manga.

—Aquí está, aquí está —dijo Haidi rápidamente, acercándose a toda prisa.

Orión le quitó la toalla y se puso el paño frío en la nariz. Con el mismo movimiento, se levantó justo cuando ella se sentaba.

—Creo que es mejor que me vaya —dijo con la nariz cubierta—. Te veré en la oficina. Seguro que allí puedes contarme lo que quieras. ¡Zàijiàn!

Antes de que Haidi pudiera protestar, Orión se escabulló y cerró la puerta tras de sí. Se quitó la toalla de la nariz en cuanto el picaporte hizo clic, e hizo una mueca de dolor por el corte en el dedo. Qué desastre. Se limpió la nariz como pudo y salió a toda prisa del hotel, agachando la cabeza para no ver a la recepcionista.

Fuera del edificio, tiró la toalla en el primer montón de basura que encontró. Después de limpiarse, le quedó una mancha de sangre en el labio, pero nadie le prestó atención mientras caminaba por la calle, entre limpiadores de calzado y gente que leía cartas de la fortuna. El aire fresco le ayudaba a despejar la mente, incluso con el ruido de las calles principales de Shanghái. Con el sol brillando al centro del cielo, la ciudad retumbaba en el apogeo de su actividad diurna, y Orión se hundió en ella, levantando la mano para detener la hemorragia.

Observó cómo comenzaba una pelea cerca del mercado de verduras. Lanzó unas monedas a los cuerpos dormidos que yacían frente a las tiendas. Cada paso que daba en la acera desencadenaba otra oleada de cavilaciones.

Cuando llevaba caminando el tiempo suficiente para que una fina capa de sudor se acumulara en su espalda, sus pensamientos no eran más claros sobre los acontecimientos de la última media hora. Lo único que sentía en el fondo de su pecho era preocupación y desconcierto. La mayor parte de esta última emoción estaba dirigida por completo hacia su supuesta esposa y hacia la información que quizá ella le estuviera ocultando y que ponía en crisis su identidad encubierta. Orión se metió a una cabina telefónica pública, haciendo una mueca cuando la pintura color verde oscuro de la puerta se descascaró en la palma de su mano. Sacudió su mano sana para limpiarla, descolgó el auricular y marcó.

—*¿Hullo?*

—¿Tienes un momento? —Orión preguntó—. Necesito tu ayuda.

—Últimamente necesitas mucho de mi ayuda —respondió Phoebe del otro lado de la línea. Parecía muy contenta.

Él podía imaginarse cómo estaba sentada en ese momento: sujetando el cable del teléfono, con la cabeza hundida en sus hombros como un pequeño duendecillo que capta el primer aroma de un tesoro.

—Sí, bueno, ayer te ofreciste.

Al otro lado de la línea, Phoebe seguramente ya estaba sentada.

—¿Debo seguir a Liza?

—Quiero que la observes —corrigió Orión. Dudó un momento y luego añadió—: Janie me está ocultando algo. Algo grande. Y estoy seguro de que ella y Liza se conocían antes de Seagreen.

Se oyó un golpecito en el cristal de la cabina telefónica. Orión se dio la vuelta y se encontró con un anciano que le hacía gestos para que se diera prisa. El joven le hizo un gesto de disculpa, levantando la mano para indicar que tardaría unos minutos más.

—He comprobado los registros de Seagreen —continuó—. Liza Ivanova vive en un departamento frente al Peach Lily Palace. Encuéntrate con ella por accidente y ofrécete a ayudarla en su misión. Eres la única de nosotros que oficialmente no está afiliada a los nacionalistas, así que tendrás más posibilidades de jugar la carta neutral. De alguna manera, tenemos que descubrir lo que Liza y Janie saben la una de la otra.

Phoebe lo pensó un momento.

—Debo preguntar... ¿Por qué investigamos a una agente comunista para averiguar sobre tu propia esposa? Parece bastante complicado. ¿No puedes preguntarle directo a Janie?

—¿Preguntarle qué secreto me está ocultando? —Orión resopló—. Porque eso lo revelaría... —sacudió la cabeza—. Hay algo oculto ahí. Lo sé. ¿Puedes hacerlo?

El anciano volvió a golpear el cristal. Orión hizo un gesto más enérgico pidiendo paciencia, mientras su hermana meditaba sobre la tarea. Era un misterio por qué fingía siquiera en que pensaba sobre ello. No había duda de que temblaba al otro lado del teléfono, ansiosa por aceptar.

Phoebe se aclaró la garganta.

—Puedes contar conmigo —declaró.

30

Al final de la jornada laboral, Rosalind se dirigió sola a casa, ya que Orión no había regresado a la oficina. Iba deprisa, con una lista de novedades preparada en la mente para informar a Orión. El embajador Deoka había hecho una parada entre los cubículos para hacer un anuncio. Después de eso Rosalind había hablado con varios colegas en la sala de descanso, a todos los cuales debían añadir a sus listas de arresto como colaboradores de la trama terrorista.

—Han trabajado duro para garantizar que nuestros asuntos se desarrollen sin problemas cada semana, y su trabajo ha sido reconocido —dijo el embajador Deoka. Junto a él había hombres con placenteras sonrisas. Quizá patrocinadores o inversionistas—. Se acerca el segundo aniversario de Seagreen, así que habrá un acto para celebrarlo. Tendrá lugar en el Hotel Cathay el próximo viernes a las ocho. Espero verlos a todos y cada uno de ustedes allí para celebrarlo.

—Me alegro mucho de que Cathay sea el lugar elegido —dijo Hasumi Misuzu, del departamento de redacción, correteando por la sala de descanso de la segunda planta justo antes de firmar su salida—. Si tengo que pasar mucho tiempo en territorio chino, tal vez me suicide. O personalmente demolería el lugar para que arreglen esa horrenda arquitectura.

A Ito Hiroko, de producción, ni siquiera le importó que Rosalind estuviera escuchando la conversación, con el rostro inexpresivo.

—Cálmate. No hace falta demoler nada. Podemos arreglarlo fácilmente bajo un gobierno más firme. Señora Mu, ¿no está de acuerdo?

Rosalind puso su taza en el fregadero. Les dijo lo que querían oír.

—La ciudad se pudre lentamente. El gobierno laxo y el gobierno occidental son igual de peligrosos.

Misuzu e Hiroko asintieron.

—Es hora de que Asia se una —sugirió Misuzu.

—Seguro, seguro —estuvo de acuerdo Hiroko—. Bajo un gran imperio.

Para ellos, no valía la pena ocultar estas opiniones. Si formaban parte del complot terrorista, no era más que otra tarea administrativa que debían cumplir: enviar informes y triturar lo que quedaba, pasar números y olvidar el resto.

Por fin liberada, Rosalind giró hacia su calle, exhalando y aflojando los hombros. Se quedó más tiempo en la oficina para terminar la conversación en la sala de descanso, y ahora el cielo estaba oscuro, teñido de un violeta intenso. Aún no había ninguna luz encendida fuera del edificio, así que subió las escaleras exteriores en una relativa oscuridad. Cuando abrió la puerta del departamento y entró, sólo el baño estaba iluminado.

—Añade a Hasumi Misuzu y a Ito Hiroko a nuestras listas —dijo Rosalind en lugar de saludar. Dejó su bolso en el sofá—. Aunque no sean culpables, me encantaría verlos arrestados y juzgados por el mero hecho de ser imperialistas acérrimos...

Rosalind se interrumpió. Orión se acercó a la puerta del baño y se asomó para indicar que estaba escuchando. Se estaba rasurando y tenía medio cuello cubierto de espuma.

Y estaba sin camiseta.

—Hola —dijo.

—... hola —respondió Rosalind con cierta pausa—. ¿Hay alguna razón para que estés medio desnudo?

—Mi camisa se manchó de sangre. No quería mancharla también de espuma.

Rosalind resistió el impulso de masajearse las sienes.

—¿Y, si se puede saber, cómo se manchó de sangre tu camisa?

—Es una historia divertida, en realidad —Orión se retiró al baño para reanudar su tarea. Rosalind lo siguió y se sentó en la mesa mientras él se miraba al espejo con la barbilla levantada— Primero: esa caja de seguridad era un callejón sin salida. Segundo: Zheng Haidi, nuestra encantadora secretaria, me citó hoy en una habitación de hotel. Tenía muchas preguntas sobre ti. Sobre nosotros.

¿Preguntas? Rosalind frunció el ceño y cruzó los brazos.

—¿Qué le dijiste?

—Cariño, apenas pude articular palabra con la velocidad a la que intentaba arrastrarme a la cama.

Rosalind se levantó del mostrador con los puños apretados.

—¿Se volvió loca? Yo...

—Espera, espera —advirtió Orión, enjuagando la navaja—. Por mucho que me guste que saltes ante las amenazas, esto no fue un intento ordinario de incitar a una aventura. La asignaron, Janie. Sólo me pregunto para quién trabaja. Si Deoka sospecha de nosotros, por qué no nos ha echado de su oficina —volvió a llevarse la navaja al cuello y luego hizo una mueca de dolor—. Salí de allí cuando me corté un dedo para fingir que me sangraba la nariz. Por eso la camisa está manchada.

Ahora que miraba, Rosalind se dio cuenta de que el dedo índice de la mano derecha de Orión estaba envuelto con una venda enrojecida por la sangre. La piel humana era tan frágil. La piel humana *mortal* era tan frágil, con tan sólo un corte se puede derramar sangre y vísceras y secretos sobre el frío suelo de linóleo.

—No estás preocupada.

Sus ojos parpadearon hacia él, sobresaltada.

—Claro que me preocupa. Si está haciendo preguntas, entonces nuestras identidades encubiertas están bajo sospecha.

—Me refería a mí —aclaró Orión—. Me estaba preparando para defenderme. Tenía listo todo un discurso para asegurarte que yo no hice nada para provocar esto, y tú ni siquiera levantaste la voz.

Rosalind se puso las manos en las caderas.

—¿Piensas en mí como una esposa arpía que todo lo controla?

—Sí.

La mirada de Rosalind tenía la fuerza de un puñetazo.

—Estoy bromeando, estoy bromeando —se apresuró a hilvanar Orión. Se limpió el resto de espuma y dio un paso hacia ella—. Gracias por confiar en mí.

—No exageres —dijo Rosalind, volviendo a fruncir el ceño. Ahora el baño olía a él, una mezcla de especias y menta—. Pero… durante la recaudación de fondos fue una tontería de mi parte tomarle la palabra a tu padre y sacar conclusiones precipitadas, cuando no me has dado razón para creerle. O al menos, no *toda* la razón.

Orión parecía divertido. No se lo esperaba.

—Pero un poco sí.

—Un poco —convino Rosalind.

—Por si sirve de algo —Orión apoyó el brazo en la pared, aprisionándola—, quizá sí me gusta verte celosa.

Rosalind puso los ojos en blanco y optó por no recompensar su desvergonzado comportamiento con una respuesta. Supuso que su proximidad era algún tipo de táctica para ponerla nerviosa, pero ella sólo estaba concentrada en el hecho de que Orión no se había rasurado una pequeña zona justo al lado de la mandíbula.

—Dame la navaja.

Orión parpadeó.

—¿Perdón?

Le tocó la curva de la mandíbula, donde aún quedaba vello. Su piel estaba caliente, irradiaba energía.

—No lo hiciste bien, pero era de esperarse por tu mano herida. Dame la navaja.

Aunque Orión parecía indeciso, tomó lentamente la navaja.

—Yo… no sé si quiero que empuñes una navaja tan cerca de mi garganta.

Rosalind tuvo que resistirse a mover los labios, tratando de aparentar que se lo estaba tomando muy en serio.

—¿Qué? —preguntó, frunciendo el ceño—. ¿No confías en *mí*?

—Nunca dije eso —su manzana de Adán subía y bajaba. Su pecho se inflaba y distendía, acompañando su profunda respiración—. De acuerdo. Sí, confío mucho en ti. Por favor, acepto tu ayuda.

—Maravilloso —ella tomó la navaja. Con bastante brusquedad, le aferró la mandíbula con la otra mano para colocarle los dedos a lo largo del cuello. Un dedo se apoyó justo en el punto blando donde le latía el pulso.

—Relájate —respiró y pasó la navaja con cuidado—. No te pongas tan nervioso.

—No estoy nervioso —protestó Orión.

—Mm-mmm —Rosalind procedió con su tarea. Sentía cómo Orión la observaba. Se esforzaba mucho para no exhalar, y Rosalind lo sabía, porque si lo hacía, sentiría el aire en su cara.

—Puedes respirar —susurró.

—Basta ya. Estás tratando de ponerme nervioso —respondió Orión.

Con una carcajada, Rosalind se alejó una vez terminada su tarea. Enjuagó la navaja en el lavabo, sacudió las gotas de agua y la dejó a un lado. Cuando se dio la vuelta, Orión aún no se había movido, seguía parado junto a la puerta con cara de idiota.

—¿Qué?

—Hazlo otra vez —dijo.

Miró hacia el lavabo.

—¿Lavar la navaja?

—No, cariño. Tu risa.

Ahora sí empezó a ponerse nerviosa Rosalind. Soltó un suspiro desdeñoso y pasó a su lado para salir del baño, estirando los brazos.

—Ponte una camisa. ¿No tenías que ir a alguna parte esta noche?

—Sí. La central quiere hablar conmigo —se puso una camisa—. Cuando esté allí, voy a presionarlos para que nos asignen un nuevo superior en cuento puedan. No podemos seguir operando como gallinas sin cabeza, sobre todo si Seagreen Press está detrás de nosotros.

Rosalind tomó un bloc de notas de la mesita.

—De acuerdo. Estaré aquí haciendo mis cosas de ama de casa.

Orión salió del baño, con el ceño fruncido.

—¿Cosas de amas de casa? ¿Como sentarse en el sofá?

El papel crujió entre sus dedos, ella lo hojeó y se detuvo en la primera página en blanco.

—Elijo interpretar las tareas domésticas a mi manera.

Con un breve movimiento de cabeza, Orión se despidió y salió del departamento. En cuanto la puerta se cerró tras él, Rosalind dejó escapar una sonrisa.

Phoebe se acercó la cesta al pecho y echó un vistazo a la entrada para confirmar que los padres de Silas aún no habían regresado de su viaje. No importaba si tenía que saludarlos, pero le gustaba invocar diferentes versiones de sí misma más adecuadas para diferentes personas, de modo que la adoraran en su máximo potencial, y a estas horas de la noche ya no le quedaba mucha energía.

Llamó a la puerta principal. Una vieja ama de llaves respondió y, al reconocer a Phoebe, la hizo pasar sin decir palabra.

—¿Silas? —lo llamó Phoebe, quitándose los zapatos en el vestíbulo y avanzando por el pasillo—. Te traje más *muffins*. Hazme caso, por favor.

Su casa estaba construida de tal forma que los dormitorios y las zonas de estar se encontraban muy separados, situados en diferentes alas de la mansión. A Silas le resultaba difícil escucharla llegar porque el sonido no se transmitía bien entre los distintos pabellones, pero mantenía la puerta abierta cuando la esperaba. Aunque hoy Phoebe no le había avisado con antelación, le sorprendió que no saliera de su habitación para saludarla. Frunció el ceño, avanzó y llamó directo a la puerta de su habitación.

—¿Silas?

La puerta se abrió. Sin embargo, cuando Silas apareció, se llevó rápido un dedo a la boca, advirtiéndole a ella que guardara silencio. Se escuchó otra voz detrás de él. Phoebe frunció el ceño de inmediato, curiosa de saber quién estaba en su *dormitorio*, pero segundos después se dio cuenta de que la voz era demasiado granulada y distante para tratarse de un visitante. Silas estaba reproduciendo una grabación.

—¿Quién es? —susurró Phoebe al entrar en la habitación. Había un fonógrafo sobre su mesa, haciendo girar un disco en su interior.

—Sacerdote —respondió distraído—. Es la única forma de que ella se comunique conmigo. Es muy fácil interceptar y leer los mensajes escritos.

Phoebe dejó la cesta en el suelo.

—*¿Ella?*

—Ah —si hubieran estado hablando en chino, no habría ninguna diferencia entre los pronombres. Pero Phoebe había comenzado la conversación en inglés, y así había seguido Silas, por lo que había marcado la diferencia de pronombres en su explicación—. Sólo lo supongo, por el sonido de la voz. Podría estar equivocado, porque ahora están aprendiendo a alterar el sonido.

Él volvió a sentarse frente a su escritorio y reanudó sus notas mientras sonaba la grabación. Era como si Phoebe no estuviera ahí. Cuando la sintonizó, la voz se oía distorsionada, más grave que un tono de voz natural.

—*... procede por este camino si quieres nuestra confianza. Ante todo, recuerda...*

Phoebe carraspeó.

—Me despido, entonces.

—Espera —Silas levantó la vista tan rápido que su cabello cayó sobre sus lentes—. Acabas de llegar.

—Sí, bueno, tu atención parece reservada para esta chica de la grabación. Iba a preguntarte si querías dar una vuelta conmigo mañana, pero no importa.

—Mi trabajo es investigar —dijo Silas amablemente—. Me asignaron a ella. Cuanto más la conozca, más probable será que descubra su identidad. Y, por supuesto, puedo dar una vuelta contigo mañana.

Phoebe seguía con el ceño fruncido, cruzada de brazos. Había algo en el tono de Silas. No era venganza, ni indignación. *Era admiración*.

—Deberías tener cuidado —dijo Phoebe—. Sacerdote es una *asesina* comunista. ¿Y si ella descubre que has sido leal a tu bando original todo el tiempo y viene por ti?

La grabación se detuvo. Silas dejó el bolígrafo.

—No pasará nada. Yo…

Lo interrumpió el sonido del teléfono. En el vestíbulo, el ama de llaves lo llamó, pero Silas ya iba camino a contestar. Phoebe trotó tras él, siempre atenta cuando él descolgó el auricular.

"Mando central", le comunicó segundos después con movimientos de la boca a modo de explicación.

—¿Qué dicen? —susurró Phoebe.

—Sí —contestó Silas al teléfono antes de pronunciar otra explicación—. Estaré allí de inmediato.

Colgó.

—¿Qué pasó? —preguntó Phoebe.

Silas ya se apresuraba a entrar en su habitación para tomar un saco.

—Disturbios antijaponeses fuera de Seagreen, y no pueden localizar a Orión ni a Janie —respondió—. Alguien podría aprovechar esta oportunidad para destruir pruebas. Voy a revisar.

—Voy contigo.

Silas hizo una pausa. Podría haber pensado en discutir, pero entonces le dirigió una mirada a Phoebe y suspiró.

—Bueno. Vámonos.

31

En un ruidoso departamento a pocas manzanas de Seagreen Press, no se puede recibir ninguna llamada. Cuando el conserje no estaba mirando, un niño de corta edad arrancó la línea telefónica, y esto no será descubierto sino hasta la mañana siguiente.

El departamento de arriba está quieto. En calma. Sin saber lo que sucede alrededor: movimiento y cánticos braman por los altavoces, una masa de gente avanza por la calle. Estos pocos meses han visto florecer incidentes similares a lo largo del Asentamiento Internacional. Siempre empieza con algo pequeño. Alguien del otro bando realiza una acción incendiaria: un imperialista solitario gritando consignas, un soldado recurriendo a la brutalidad en un registro rutinario, una discusión al interior de un tranvía. Y entonces, estalla. Los lugareños aprovechan que son muchos, forman una turba y con sus puños combinados se convierten en una fuerza de combate. Por fin, reclaman para sí algún tipo de poder.

Fuera de Seagreen Press, la turba se ha reunido por un agravio pasado. Ya quemaron tres negocios japoneses en su camino hacia aquí. Sacuden las puertas de entrada, hacen sonar sus altavoces.

—¡Boicot a todos los productos japoneses! —gritan—. ¡No somos Japón! ¡No nos convertirán en Japón! No seremos engullidos por su imperio.

Dos agentes de misión —o un agente de misión y una aspirante a agente de misión— entran en escena.

—¿Es malo que casi quiera unirme a ellos? —susurra la chica que lleva un moño en el cabello.

—No —responde el chico—. Pero somos más poderosos que eso. No necesitamos cargar una antorcha cuando podemos manipular el fuego de la guerra antes de que ésta empiece.

Rodean la calle, vigilando con atención el edificio. Aunque la turba parece compacta, no se sabe quién podría mezclarse entre ellos con otras intenciones. Un soldado con instrucciones de su gobierno, tal vez, para destruir pruebas; un compañero de trabajo en Seagreen, advertido por sus superiores de que hay espías nacionalistas entre ellos y que ahora es el momento de quemarlo todo. Los dos agentes de la periferia están atentos al peligro, a cualquier cosa explosiva que pueda lanzarse por encima de las puertas. Por mucho que odien brindarle protección, Seagreen no puede quemarse. Entonces, no podrían probar nada. Entonces, cualquier plan que esté creciendo ahí encontraría otro lugar donde florecer y tendrían que empezar desde cero.

Mientras controlan la escena, no ven movimiento detrás de ellos.

Un asesino, sentado al borde de la azotea de un edificio. Un asesino que se levanta lentamente y salta a la acera, poniendo manos a la obra antes de que la multitud se disipe por completo, antes de que el estruendo deje de resonar por la calle.

—Hola —dice la chica de pronto. Levanta la cabeza hacia el cielo. La noche aguarda pesada y vigilante, una hilera de oscuridad contenida por los faroles. Cuando las sirenas de la policía rugen desde el final de la calle, la multitud casi las ahoga.

—¿Oyes eso?

—¿Las sirenas?

—No. Los gritos.

Ella se aleja corriendo antes de que el chico pueda responder. Una sensación de hundimiento se ha apoderado de su columna vertebral, algún sexto sentido le dice qué es el grito. Es innato esperar lo peor de la oscuridad. La noche atrae a los malhechores de la ciudad; hay que temer a la noche por lo que oculta fácilmente.

El asesino se escabulle por la esquina y se aleja en el mismo segundo en que los agentes de misión entran en el callejón detrás de Seagreen. La brisa sopla también cerca, la misma ráfaga de viento que se aleja de las manos de un verdugo y se introduce en sus pulmones.

—Hay tantos —jadea la chica—. ¿Por qué hay tantos?

Las sirenas han llegado al otro lado del recinto, altavoces de la policía contraatacan a los alborotadores. Ninguno de los dos les prestan atención, mientras se apresuran a pasar entre los cadáveres de civiles, contando: cuatro, cinco, *seis*. Rodean los brazos de los muertos, aún calientes, recién despojados de la vida. Todos tienen el mismo aspecto: una herida supurante en la parte interior del codo.

—Algo cambió —dice el chico.

Mira por encima del hombro y siente un escalofrío. Cree que el asesino podría seguir observando. Cuando examina de nuevo la escena, algo yace junto a uno de los cadáveres y va a recogerlo. Un frasco de cristal, increíblemente frío al tacto.

Sostiene el objeto a contraluz y un líquido verde se arremolina en su interior.

Se lo enseña a la chica.

—Ellos están empezando a descuidarse.

32

Seagreen Press cerró durante unos días, mientras la policía inspeccionaba el callejón trasero y recogía los cadáveres. Cuando Rosalind volvió a la oficina, estaba nerviosa, con la impaciencia apoderándose de cada parte de su cuerpo. Odiaba la inactividad; sería la primera de una lista de formas inútiles de pasar el tiempo.

—Tendrás una reunión con el embajador Deoka dentro de diez minutos —le dijo Jiemin cuando se sentó ante su escritorio, con la luz del sol de la mañana dibujada en su silla—. Tengo inventarios que gestionar, así que debes presentarte en mi lugar.

A veces, Rosalind se preguntaba si seguiría trabajando como agente cuando —si es que— la paz acabara reinando en el país. O tal vez acabaría siguiendo algún otro camino. Tal vez había desarrollado una compulsión por arreglar cosas rotas. La ira nacional alimentaba cada operativo, pero la grieta que dibujaba en cada uno de ellos parecía hacerse más larga para unos y más corta para otros. Las cosas rotas llamaban otras cosas rotas, intentaban acomodar sus fragmentos con la esperanza de que encajaran. Si el país ya no se desmoronaba, ¿cómo sería ella de utilidad para cuidarlo?

Rosalind asintió.

—Puedo hacerlo. ¿Sobre qué informo?

Quizá por eso se había sentido tan atraída por Dimitri Voronin. Y después, aunque la ciudad no hubiera estado a punto de caer, aunque Rosalind no hubiera perdido a tantos de los que amaba, aunque no hubiera tenido un ápice de motivación, tal vez siempre supuso que se convertiría en esta asquerosa cosa asesina por la naturaleza de su ser.

—Toma. Déjame buscarlo. Ya tengo todo ordenado para ti.

Jiemin se agachó a buscar en sus cajones. Rosalind esperó con paciencia, mirando las otras notas en el escritorio.

Sería bueno relacionarse más con Deoka. En su tiempo fuera de la oficina, ella y Orión pensaron y debatieron los nombres de sus listas para confirmar qué acusaciones les daban a los nacionalistas. Le sorprendió la facilidad con la que estaban de acuerdo en cada punto, pero tenía sentido. Al fin y al cabo, habían trabajado juntos. Cada nombre sólo se anotaba tras un breve encuentro de sus miradas y un minúsculo asentimiento de aprobación de Rosalind a Orión o viceversa.

—Sólo queda averiguar quién se ensucia realmente las manos cometiendo los asesinatos —dijo Orión la noche anterior, dejando la pluma.

—Y confirmar que Deoka es el cerebro —añadió Rosalind; como mínimo, el cerebro asignado con instrucciones de su gobierno. Era fácil tomar una decisión basándose en lo que habían encontrado. Hallar pruebas que funcionaran en un tribunal era más difícil.

—¿Cuál primero? —preguntó Orión. Sin dudarlo, se puso de lado en el sofá y dejó caer la cabeza sobre su regazo, mirándola. Rosalind sólo suspiró. A estas alturas, estaba tan acostumbrada a que él entrara en su espacio personal que ya no le importaba.

—Las dos cosas a la vez —respondió Rosalind, y tomó un mechón del cabello de él. Quería darle un fuerte tirón para fastidiarlo, pero en vez de eso se encontró enroscando el mechón en su dedo, curiosa por saber si el rizo se mantendría.

—Sin importar de dónde venga la información —dijo Orión—. Me gusta. Ahí está el plan, entonces.

Ahora, al otro lado del departamento, el Orión que estaba fuera de la memoria de Rosalind le hizo un gesto con la mano cuando su atención errante captó su mirada, con ese mismo mechón de cabello oscuro cayendo hacia delante. Le lanzó un beso. Ella lo ignoró.

Tenían que reunirse pronto con Silas y continuar juntos con su labor de espionaje. Él había estado ocupado mientras Seagreen se hundía. Tras informar a la policía de los cadáveres del callejón con su identidad encubierta auxiliar, se quedó con ellos para desviar la información sobre los nuevos asesinatos, lo que significaba no establecer contacto hasta que no hubiera moros en la costa para no ser descubierto.

Seis cuerpos, pensó Rosalind con un escalofrío. Sin un superior que los orientara, su única opción era poner en práctica su pensamiento grupal. ¿Qué había cambiado? Sin duda, el asesino había plantado cadáveres aquí y allá sin precaución, pero se trataba de un ataque masivo, y nada menos que en la Concesión Francesa. Después de todo, ¿el ataque de Dao Feng no había sido una imitación? ¿Era sólo el comienzo de un *modus operandi* impostor?

—Agradezco tu disposición —dijo Jiemin, devolviendo los pensamientos de Rosalind al presente—. Todos ustedes, jóvenes trabajadores —por fin encontró la pila de papeles correcta en sus cajones—, viven para hacerme parecer marchito y decrépito.

Rosalind lo miró fijamente.

—¿Cuántos años tienes exactamente?

—Dieciocho.

—Rosalind extendió la mano para recibir los papeles.

—Soy mayor que tú. Cuídate las espaldas antes de que te robe el trabajo y me paguen más.

Jiemin no parecía estar de humor, sólo le dio los papeles y se balanceó hacia atrás en su silla como si necesitara considerar seriamente si Rosalind podía robarle el trabajo.

—Así es el mundo —suspiró en voz baja.

Rosalind revisó con gesto ausente los documentos para familiarizarse con lo que iba a informar. Pasaron cinco minutos, y cuando volvió a ver el reloj, sus ojos miraron de nuevo a Jiemin, quien empezó a escribir algo a mano. También en inglés, si estaba en lo correcto.

Sutilmente, Rosalind se inclinó hacia delante en su asiento.

—Jiemin —dijo ella, reanudando la conversación—. ¿Vas a ir a la función? ¿La del Hotel Cathay?

Él no levantó la vista mientras respondía.

—Es bastante improbable.

—¿Por qué no? —Rosalind ladeó la cabeza, intentando leer el texto. *Queridos jefes…*

De repente, Jiemin dobló el papel en tres. Maldita sea. Ya había terminado de escribir.

—¿Por qué faltar a una agotadora función social? —metió la carta en un sobre y se estremeció con asco—. Tengo mejores formas de perder el tiempo que ascender por la escalera corporativa.

—No seas aguafiestas —se inclinó hacia él, pretendiendo darle un alegre golpe en el brazo. Había posibilidades de que ella pudiera captar algo de la carta si a él se le escapaba de las manos—. No eres el único al que no le gusta el mundo empresarial. Los demás sólo sabemos aprovechar las pequeñas alegrías cuando surgen. Habrá comida gratis.

Por desgracia, Jiemin ya cerraba el sobre y lo alisaba a lo largo hasta dejarlo plano.

—Todo el mundo es un escenario —dijo Jiemin sin rodeos—. Y todas las personas meros actores. Aunque admiro cómo otros eligen interpretar su obra, yo tengo una salida y una entrada diferentes.

Él empezó a escribir la dirección. Un nombre ordinario, una calle común, pueblo de Zhouzhuang, ciudad de Kunshan, provincia de Jiangsu...

Espera, pensó Rosalind de repente, retrocediendo varios pasos en su mente. ¿Zhouzhuang? ¿Por qué le sonaba familiar?

—Deberías irte —la voz de Jiemin casi la sobresaltó—. Te esperan a la hora en punto.

—Por supuesto —dijo Rosalind. Se levantó de la silla, sus pensamientos seguían moviéndose a una velocidad vertiginosa. Por un momento fugaz, se aferró a algo que Celia le había dicho alguna vez, y entonces todo encajó. Celia iba a menudo a Zhouzhuang. Rosalind no sabía por qué.

La reunión con Deoka fue rápida. Tal vez porque estaba medio distraída, pero el embajador no pareció darse cuenta. Ella se presentó y él le encomendó nuevas tareas. Nada indicaba que sospechara de ella o que su misión corriera peligro.

—¿Algo más? —le preguntó el embajador Deoka.

Justo cuando Rosalind se disponía a despedirse, un objeto en un rincón llamó su atención y sus ojos volvieron a posarse en la misteriosa caja. Tenía el mismo aspecto que la última vez. Sobresalía en medio de la refinada decoración, desde luego fuera de lugar en cuanto a la delimitación de tareas, ¿por qué el embajador Deoka recibía en persona los periódicos que le enviaban? Ese trabajo correspondía al área de producción.

—Me preguntaba si nuestro informe sobre la recaudación de fondos fue de su agrado —preguntó, ganando tiempo. Quizá si mirara más de cerca la etiqueta de envío...

—Estuvo perfectamente bien —respondió Deoka—. Puedes volver al trabajo.

Rosalind inclinó la cabeza y salió del despacho. No tenía sentido despertar sospechas por tratar de acercarse a la caja si ésta no iba a ofrecer respuestas.

Sin embargo, en medio del pasillo, Rosalind se detuvo de repente, con los tacones chirriando sobre el suelo de madera. Pero *era* una caja distinta de la que había visto la última vez, ¿no? Aunque estaba demasiado lejos para leer el texto, se dio cuenta de que la etiqueta de envío estaba pegada a un lado y no en la parte superior.

Ver a Jiemin escribir esa carta le dio una idea. En lugar de volver al departamento de producción, ella bajó por la escalera hasta la primera planta y entró en la sala de correos.

—Señora Mu —dijo Tejas a modo de saludo cuando entró—. ¿En qué puedo ayudarla?

Rosalind parpadeó.

—¿No trabaja usted arriba? —le preguntó ella.

—Hago turnos donde haga falta, así que hoy estoy aquí —Tejas hizo girar su silla a lo largo del escritorio y entrelazó los dedos—. La empresa intenta evitar contrataciones innecesarias.

—Me parece justo —murmuró Rosalind. Se aclaró la garganta—. ¿Puedo ver los registros de todos los envíos que entran y salen? Tenemos un problema en producción y necesito saber de dónde viene un paquete.

Tejas se giró en su silla y le echó un vistazo al primer estante.

—Tendría que buscar cualquier cosa más allá de junio…

—Desde junio hasta ahora —interrumpió Rosalind.

Con un ruido pensativo, Tejas se levantó y se adentró en la sala de correo. Barajó durante unos minutos, moviendo paquetes listos para ser enviados y paquetes listos para la distribución interna en Seagreen, antes de regresar con un portapapeles.

—Esto debería servir, creo.

—Gracias —dijo Rosalind agradecida, y tomó el portapapeles. Abrió la primera página y echó un vistazo a los registros, centrándose en los paquetes entrantes. Empezó a sentir un cosquilleo en la punta de los dedos. Un zumbido a lo largo de sus nervios, justo en el precipicio entre saber que tenía algo y no darse cuenta todavía de qué era.

Fue fácil buscar en la línea del repartidor la misma dirección que vio en la etiqueta de envío la primera vez: Almacén 34, Hei Long Road, Taicang. Todas las veces, el embajador Deoka aparecía como destinatario del envío. También eran entregas relativamente frecuentes. Cada semana, más o menos, se registraba la misma línea.

Rosalind no sabía qué hacer con esa información. Mientras Tejas se distraía con algo que hacía ruido al fondo —un paquete que no estaba bien equilibrado en su estante— Rosalind se puso de pie junto a la puerta, mordiendo el interior de sus mejillas. Allí había *algo*. Ella lo sabía.

Trazó con un dedo todo el registro de una de las cajas.

Almacén 34. 19 de septiembre. 13.59 lb.

Rosalind se detuvo. Tocó la columna del documento y centró su atención en el peso de la caja. Era un número bastante específico. Cuando miró las otras cajas, todas eran iguales.

Rosalind empezó a revisar los registros de salida. No buscó un lugar conocido. Pasó el dedo por las casillas que marcaban cuánto pesaba cada paquete y encontró más con el mismo número. Si no fuera por el peso, nada habría identificado esas entradas como las mismas cajas que llegaron a Seagreen Press.

Lo que significaba que, algún tiempo después de que las cajas entraban, siempre volvían a salir. Todo a una dirección en el Asentamiento Internacional, cerca del principal distrito comercial: *286 Burkill Road.* Seagreen Press era un intermediario para lo que había en esas cajas, y ella apostaba que no eran sólo periódicos.

Rosalind dejó el portapapeles justo cuando Tejas volvía de la parte trasera de la sala de correo. El corazón le latía con fuerza contra las costillas, a punto de salirse de su cuerpo y aterrizar en el piso.

—¿Encontró usted el problema? —preguntó Tejas, tomando de nuevo el portapapeles.

—Aún está por determinarse —respondió Rosalind—. Pero desde luego, encontré algo importante.

A muchas calles de distancia, más cerca del corazón de la ciudad, Phoebe sacó a Silas de su coche, insistiendo en que pidieran refuerzos. Se estacionaron junto a un puesto de venta de flores. El vendedor se acercó, dispuesto a venderle un ramo, pero pareció desistir y retrocedió asustado cuando vio cómo Phoebe, sin ayuda de nadie, arrancaba a un chico de su asiento, con sus aretes tintineando por su vigoroso movimiento.

—Vamos —ordenó Phoebe—. Necesito que vigiles

—Phoebe, esto es una mala idea —Silas se ajustó los lentes, mirando el edificio de departamentos que estaba a media manzana—. No puedo creer que hayamos estado dando vueltas estos días para vigilar. En verdad creí que sólo tenías curiosidad por observar la arquitectura —intentó mantenerse firme—. Orión es un imprudente por meterte en esto.

—Él no me metió en nada. Yo me ofrecí —Phoebe juntó las manos, sus guantes de seda se deslizaban uno contra otro—. Por favor, por favor, por favor, ven conmigo. Me daría mucho miedo entrar sola en un departamento.

Después de tantos días de conducción infructuosa, Phoebe aceptó que no tenía ninguna posibilidad de cumplir su misión de esa manera. Era hora de ensuciarse las manos. Le prometió a Orión que encontraría información para él.

—¿No puedo convencerte para que participes en otra cosa? —suplicó Silas—. Te compraré una tarta. ¿O tartas? Te gustan las tartas.

—¡No! Tenemos que hacerlo —Phoebe separó sus manos entrelazadas, y se aferró a su falda—. ¿Quieres que te ruegue?

—Phoebe…

—Entonces, ayúdame, me pondré de rodillas en medio de la calle, y entonces tendrás que responder por mi dignidad…

—Bien, *bien* —se apresuró a decir Silas, incapaz de soportar esa teatralidad. Sus mejillas cada vez se sonrojaban más—. Vamos.

Phoebe sonrió, y en un abrir y cerrar de ojos su actitud se transformó en felicidad. La entrada al edificio de departamentos situado frente al Peach Lily Palace estaba entre una zapatería y un estudio de danza, subiendo por unas estrechas escaleras. Se acercaron a la puerta con cautela, pero nadie vigilaba la entrada. Phoebe supuso que era de esperarse en aquella zona. Subió dando tumbos y Silas la siguió de cerca. En el primer piso había un anciano —otro residente— sentado junto a una palangana metálica para limpiarse los zapatos.

—Hola —dijo Phoebe, deteniéndose frente a él—. ¿Hay una Liza...? —se interrumpió, devanándose los sesos para averiguar el nombre completo de Liza. Orión se lo había dicho. Ella sabía que se lo había dicho.

—Yelizaveta Romanovna —le susurró Silas al oído.

—¡Yelizaveta Romanovna! —repitió Phoebe. Le dirigió a Silas una breve mirada agradecida—. ¿Hay una Yelizaveta Romanovna aquí?

—¿La chica Ivanova? —gruñó el hombre—. Arriba. Todo el tiempo hace ruido.

—Gracias —Phoebe esquivó al hombre y reanudó el paso. Como Silas no la siguió de inmediato, se volvió y le hizo un gesto para que se diera prisa. Vacilante, él también rodeó al hombre, dando los pasos de dos en dos para alcanzarla.

—Phoebe —dijo—, ¿y si está en casa?

—Es poco probable —respondió Phoebe—. En cuanto la Policía Municipal descubrió que había desaparecido de su celda, seguramente enviaron inspecciones periódicas a su departamento para ver si podían atraparla aquí. No se arriesgaría a volver. De hecho... —cuando Phoebe llegó a la puerta del tercer piso, la única puerta de ese piso, extendió las manos enguantadas y giró el picaporte. Se abrió con facilidad— apostaba a que no hubieran cerrado después de echar un vistazo.

Silas parecía cada vez más preocupado.

—Pensé que habías dicho que Orión te había enviado aquí para *encontrar a* Liza.

—Así fue. Pero creo que hay mejores formas de obtener respuestas.

Phoebe abrió la puerta de un empujón y entró en el departamento. Lo primero que notó fue el suelo destartalado, que chirriaba al entrar, como si los paneles estuvieran dañados a causa de la humedad. Las paredes parecían abultadas y gruesas, pintadas una y otra vez con cada nuevo ocupante. Detrás de ella, Silas se estremecía a cada paso que daban, como si él mismo quisiera llamar a la policía.

—Haz guardia, ¿quieres? —le ordenó Phoebe. Ya estaba revisando el pequeño espacio, con los ojos puestos en los estantes y el compartimento sobre la cama—. Grita si oyes venir a alguien.

Silas, haciendo caso de las instrucciones, permaneció de centinela junto a la puerta, aunque todo su ser se crispaba de nerviosismo. En cuanto estuvo sola, Phoebe pasó un dedo por el escritorio de Liza. Un tintero. Una antología de poesía. Un abultado álbum que no contenía fotos, sino una revista rusa con un título que Phoebe no podía leer.

Ella lo levantó.

—Qué extraño…

—Vamos, deja eso.

Phoebe se volvió con un grito. Junto a la puerta, Silas también giró, sobresaltado por el ruido. De alguna manera, Liza estaba de pie en la habitación, con los brazos cruzados.

—¡Silas, te dije que vigilaras la puerta! —chilló Phoebe.

—¡Aquí estaba yo! —afirmó él—. ¡Estaba aquí mismo!

Phoebe dio un paso atrás y sus piernas chocaron con el escritorio. Sus ojos se clavaron en Liza.

—Dios mío, eres un fantasma.

Liza comenzó a reír.

—No —señaló el armario—. Estaba allí. Pero deberían ver sus caras.

Con la puerta del armario abierta, Phoebe vio almohadas y papeles esparcidos por el interior, donde Liza claramente se escondía cómodamente. Era imposible que Liza estuviera allí permanentemente, pero le ofrecía un escondite en caso de que los agentes volvieran para husmear en el departamento.

Lentamente, el corazón de Phoebe volvió a su ritmo normal. Junto a la puerta, Silas al parecer necesitaba atención médica. Tenía los ojos clavados en ella, suplicándole en silencio que se marcharan, pero sabía que Phoebe se negaría si decía algo en voz alta. Inteligentemente, permaneció callado.

—Esto te divierte mucho —espetó Phoebe a Liza.

Liza sacudió los dedos.

—Deja eso. ¿Te envió tu hermano?

Phoebe dejó el álbum. Frunció el ceño.

—¿Por qué todo el mundo dice eso? Tal vez sólo soy una entrometida.

—Quizá deberías afinar tus juegos de investigadora en vez de seguir a gente como yo —Liza saltó sobre su cama, cruzando las piernas—. Wu Xielian, cierra la puerta, por favor.

Silas no dudó ni un segundo. Cerró la puerta con ambas manos y las dejó ahí apoyadas, incluso después de escuchar el característico clic de seguridad.

Liza se recostó sobre las sábanas. Parecía una estrella de mar, y su cabello, una extremidad más.

—Supongo que viniste para que te informe de los progresos. Llevo toda la semana entrando en los distintos puestos de enlace y buscando información. Nada destacable hasta ahora, pero hay un lugar más importante.

Phoebe se quedó un poco sorprendida. No esperaba que Liza se comunicara con tanta facilidad.

Junto a la puerta, Silas se aclaró la garganta. Preguntó:

—¿Se Zhong Road?

De pronto lo entendió. Liza había estado intentando descifrar a Silas. Le dijeron que era un agente de su bando y, sin embargo, parecía que él le había informado nada a sus superiores sobre todos estos sucesos entre los nacionalistas.

—Así es —dijo Liza. Volvió a rebotar en el colchón, cayendo a un lado y poniéndose de pie—. ¿Lo conoces?

Silas pareció intuir la trampa. Dirigió una mirada a Phoebe, atrapado entre dos actos: o fingir que Phoebe sabía sobre su supuesta traición, o parecer preocupado porque Phoebe estuviera a punto de darse cuenta. No optó por ninguna de las dos. Se limitó a mantener una expresión neutra.

—No diría que estoy familiarizado con ello. He oído algunas cosas.

—Eso está bien, entonces —Liza buscó debajo de su cama y tomó algo—. ¿Ustedes dos quieren ayudar?

Phoebe y Silas se quedaron mirándola, incapaces de creer lo que escuchaban. Entonces:

—¿En serio? —preguntó Phoebe, al tiempo que Silas decía:

—Absolutamente no.

Phoebe giró hacia Silas, con mirada suplicante.

—Silas…

—Basta ya —protestó, levantando la mano para bloquear sus grandes ojos—. ¡No vamos a involucrarnos en esto!

—¡Necesitamos saber qué le pasó a Dao Feng! —ella se apresuró frente a él y lo tomó por las muñecas—. Necesitamos saber si fue un golpe local. Necesitamos saber por qué atacaron a mi hermano. Está en peligro. ¿Cómo podemos quedarnos de brazos cruzados?

—No vamos a hacer nada —insistió Silas. Señaló a Liza—. Un agente experto está trabajando en ello.

Liza sonrió feliz, aceptando el cumplido.

—*Silas* —se quejó Phoebe.

—*¡Phoebe!*

Liza resopló a un lado, murmurando que se alegraba de no haber tenido nunca una pelea de amantes. Al oírla, Silas se sonrojó aún más que antes.

—Tenemos que hacerlo —insistió Phoebe, ignorando a Liza—. ¿Por favor?

Pasó un segundo. Silas atravesaba un intenso conflicto interno.

—Bien —suspiró finalmente—. Únicamente porque vas a hacerlo sola si me niego —se volvió hacia Liza—. ¿Qué vamos a hacer? ¿Vigilar?

—Ay, no —con un ademán, Liza reveló lo que llevaba en la mano, una caja de fósforos, y se la lanzó a Silas—. Ustedes se encargan de los explosivos.

33

Alisa les había dicho a los dos fastidiosos nacionalistas —o mejor dicho, a los dos fastidiosos… lo que fueran— que se reunieran con ella en el local, pensando que sería demasiado sospechoso que salieran de su edificio juntos. Eso le daría tiempo para buscar los explosivos.

En realidad, sólo iba a buscar petardos, pero nada le gustaba más que asustar y angustiar a la gente.

Vio pasar un minuto entero en la aguja de su viejo reloj de bolsillo y luego se escabulló del edificio y se mezcló entre la multitud de Thibet Road. Puso en marcha sus medidas de precaución. Mientras inspeccionaba un auto lleno de nabos, extrajó una chamarra de su bolso y deslizó un brazo dentro. Cuando entregó las monedas para comprar sólo un jitomate, agarró la otra manga con el mismo movimiento y así cambió el color de su prenda exterior. En cuanto se dio la vuelta, el bolso se deslizó por su brazo y aterrizó en el suelo con un fuerte golpe. Fingiendo un suspiro de cansancio, Alisa se agachó y, con el pretexto de recuperar el bolso, ocultó la mano dentro de él hasta sacar un sombrero con el borde cubierto de cabello postizo. Agachó la cabeza y todos sus rizos rubios cayeron al frente por la gravedad, se los recogió de inmediato y los metió bajo el sombrero antes de enderezarse.

Alisa se volvió para mirarse en el reflejo del escaparate de una farmacia. Si alguien la había estado observando, acababa de perderla ante sus propios ojos. Quizá debería teñirse el cabello de negro y hacerse un verdadero corte bob. Sin embargo, ese estilo ya empezaba a pasar de moda. Era una pena.

—¿Cuánto?

El chico que estaba sentado en el pequeño asiento de plástico levantó la cabeza, sorprendido por la repentina pregunta de Alisa. Ella se había acercado por detrás, evitando los atareados *rickshaws* que circulaban por el cruce de Fuzhou Road y Shandong Road. En la acera de la farmacia Tai He, el chico tenía un puesto donde vendía caballitos de juguete pintados, a los peatones que circulaban por la esquina del cruce.

—¿Cuál? —preguntó él, señalando los caballos.

Alisa negó con la cabeza.

—Quiero los petardos.

—¡Shhhh! —exclamó de inmediato el chico entre dientes, mirando a su alrededor. ¿Por qué se hacía el sorprendido? Todo el mundo sabía que era famoso por ser el chico de los explosivos de Fuzhou Road. Los caballos de juguete eran sólo una fachada—. ¿Quieres que venga la policía?

Irritado, sacó de la parte trasera una bolsa de tela negra, y abrió la parte superior para que Alisa mirara dentro.

—Hoy sólo me quedan unos pocos. Tómalo o déjalo.

Ella le entregó un fajo de billetes.

—¿Suficiente?

—Sí. Servirá, si no vuelves a gritar.

Hicieron el intercambio y Alisa siguió su camino, abrazando la bolsa de tela contra su pecho. Se dirigió hacia el este, siguiendo las calles principales donde se congregaba la gente. Cuanto más caminaba, más estrechas se volvían las calles, el pavimento se tornó áspero y el olor a ropa mojada llegó a su nariz.

Alisa se detuvo ante un burdel de aspecto corriente. Aunque el primer piso funcionaba como estaba previsto, los niveles superiores eran también un puesto de enlace comunista, encubierto para evitar ser detectado por el Kuomintang.

Phoebe y Silas ya estaban esperando a la vuelta de la esquina del edificio, ojeando un periódico. Alisa se acercó a ellos y les entregó la bolsa.

—Esperen cinco minutos, luego enciéndanlos —los instruyó—. Primero llamen su atención y luego aléjenlos a cierta distancia. Sólo hay seis personas trabajando en los niveles superiores de esta instalación, necesito que estén distraídos.

—Ésta es la misión más burda que me han encomendado —murmuró Silas. Echó un vistazo a la bolsa.

Alisa chasqueó la lengua.

—Siempre y cuando el trabajo sea hecho. ¿Listos?

No esperó; no le importaba. Si iban a ayudar, entonces debían ser flexibles.

Con pies rápidos, atravesó la primera planta del edificio y subió las escaleras ocultas cerca de la cocina. Había un mostrador de recepción para recibir a los visitantes que llegaban a los niveles superiores, y Alisa esbozó una pequeña sonrisa.

—Tengo una cita con el señor Conejo —dijo. No había ningún agente llamado Conejo. Era sólo una frase para demostrar que era bienvenida aquí. Se apoyó en el mostrador—. ¿Supongo que no puedes ponerme en contacto con alguien?

La mujer detrás del mostrador echó un vistazo a un calendario, comprobando si esperaba a alguien ese día. Las visitas sorpresa a los puestos de enlace eran raras y, por lo tanto, sospechosas.

—No sé cuánto pueda ayudar…

Sonó el primer petardo. Desde los niveles superiores, el estallido sonó como disparos: la recepcionista se puso de pie de un salto y le pidió a Alisa que, por favor, esperara.

Se abrió una puerta en el pasillo.

—¿Qué es eso? —bramó un hombre, saliendo a toda prisa. Le seguían otros dos, con rostros igual de hostiles. Había un tercer piso por encima de ellos, así que Alisa tuvo que suponer que los otros dos agentes estaban allí. Abajo, los petardos sonaban cada vez más fuerte. Si se trataba de un ataque, la prioridad era evacuar. Vio cómo la recepcionista bajaba las escaleras a toda prisa, y luego los tres hombres, en su urgencia por ver qué era exactamente lo que provocaba el ruido.

En cuanto se quedó sola en el piso, Alisa entró en uno de los despachos. No buscaba nada en concreto, así que no perdió el tiempo buscando entre las cajas apiladas o los montones de carpetas. En cambio, se apresuró hacia el escritorio —que ocupaba la mitad del despacho— y echó un rápido vistazo a su contenido. Rosalind había insistido en que los comunistas habían ido tras ella y Orión Hong. Que ellos podrían haberle robado el archivo, y después podrían haber atacado a su superior.

—¿Cómo se supone que voy a conseguir información sobre si estamos persiguiendo nacionalistas sin preguntar directamente? —murmuró Alisa.

Nada de lo que veía le llamaba la atención. El tiempo corría.

Entonces, vio el teléfono enganchado al lado de la mesa y se le ocurrió una idea. Quizá *podría* preguntar directamente. No había verdaderos planes de guerra en el campo. El nivel de confidencialidad no podía ser tan alto dentro de su propia red.

Alisa tomó el teléfono. En cuanto contestó la operadora, alzó la voz.

—Una disculpa. Mi última llamada se cortó y luego me llamaron por un asunto urgente. ¿Podría reconectarme con la línea anterior?

—Un momento, por favor.

La operadora no pareció considerar que su petición tuviera nada de extraño. Era normal que se cortaran las llamadas.

Se oyó un clic en la línea. Unos segundos de silencio y luego una voz ronca vociferando:

—¿Wéi?

Alisa trabajaba frenéticamente para identificarlo. No era nadie con quien hubiera hablado personalmente, seguro. ¿Lo había oído antes por la radio? ¿Era alguien de alto rango?

—¿Wéi? No te oigo. ¡Habla!

Hizo el intento a ciegas.

—Ehh... hola. ¿Cuál es nuestro próximo movimiento para perseguir a esos agentes nacionalistas?

La respuesta fue inmediata. Quienquiera que hubiera sido el último en llamar por esta línea, ni siquiera se dio cuenta de la horrible imitación de cómo Alisa pensaba que un hombre de mediana edad sonaba al hablar.

—¿Mi mensaje no llegó? Cambiar a observación. Es demasiado peligroso. No más persecuciones, después del fracaso de la última vez. Destruye el memorándum. La misión ha sido transferida a encubierta.

Clic. El hombre colgó. Alisa regresó el auricular rápidamente, con el corazón acelerado. *No más persecuciones, después del fracaso de la última vez.* Entonces, *eran* los comunistas. En verdad habían ido tras Rosalind y Orión, a menos que por casualidad hubiera otros nacionalistas persiguiéndolos también por la ciudad.

Pero... *cambiar a observación. Es demasiado peligroso.* ¿Qué significaba todo eso? ¿Qué tenían de *peligroso* Rosalind y Orión?

Alisa acercó una oreja a la ventana para escuchar. Los petardos habían cesado. El edificio volvería pronto a la normalidad.

—Espera —susurró Alisa. Tomó una de las carpetas del escritorio.

Memo: Bao Shang Road 4
(Contacto realizado bajo el pretexto de ser agentes del Kuomintang. No volver a contactar; el sujeto es sospechoso.)

Ella lo abrió de un tirón.

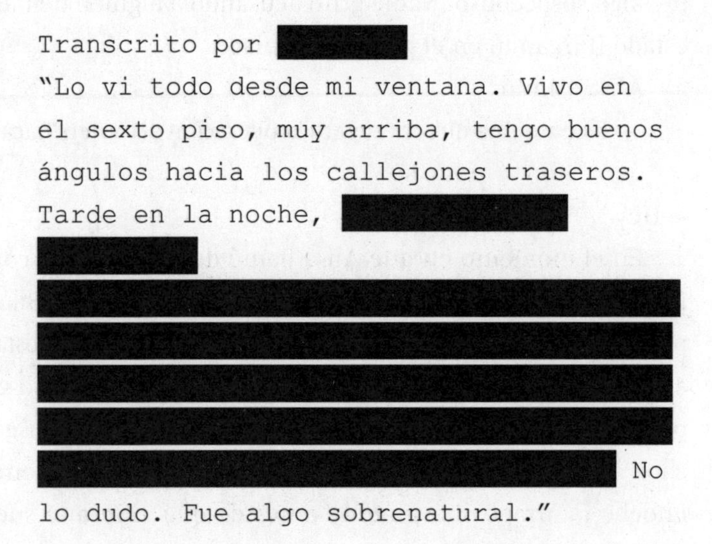
Transcrito por
"Lo vi todo desde mi ventana. Vivo en el sexto piso, muy arriba, tengo buenos ángulos hacia los callejones traseros. Tarde en la noche,
No lo dudo. Fue algo sobrenatural."

Alisa acomodó el archivo donde lo encontró. Redactaban esos memorandos tan herméticos porque los agentes que los leían ya sabían de qué se trataba y así se reducía al mínimo la posibilidad de que un par de ojos fisgones se tropezaran con los detalles, lo cual era exactamente el objetivo de Alisa.

—El número cuatro de Bao Shang Road —memorizó Alisa en voz alta. Antes de que el legítimo propietario de la oficina pudiera regresar, se apresuró a salir y volvió a la recepción, como si hubiera estado esperando allí todo el tiempo. La recepcionista salió primero de las escaleras.

Alisa apretó las manos en un gesto inocente.

—¿Todo bien?

—Sólo algunos alborotadores —respondió la recepcionista—. ¿Necesitaba algo?

Los otros tres entraron también, murmurando entre ellos con curiosidad. Desaparecieron uno a uno en sus despachos y cerraron sus puertas con un ruido sordo. Nadie dijo nada sobre algo sospechoso. Nadie gritó acusando a alguien de haber estado hurgando en el puesto de enlace.

Alisa asintió.

—Necesito una dirección para la operación activa en Taicang.

—Hey.

En el momento en que Alisa llamó desde atrás, vio cómo Phoebe y Silas saltaban casi dos metros en el aire, y Silas a punto de caer del escalón del restaurante en el que estaba agachado. Mientras se apresuraba a levantarse, su mano golpeó un farol que colgaba de lo alto y lo descolgó de su gancho. Y aunque Alisa estuvo a punto de gritar una advertencia, Phoebe lo atrapó suavemente antes de que cayera al suelo, salvando la llama del interior.

—Te provoca demasiado placer hacer eso —resopló Silas—. ¿Tuviste éxito?

Alisa también se sentó en el escalón. El restaurante estaba cerrado, o había cerrado hacía poco o bien estaba fuera de servicio. Phoebe volvió a colgar el farol en su sitio.

—Parcialmente —respondió Alisa con cuidado—. Creo que sí fuimos nosotros tras Orión y Ros... Janie —Alisa tosió, fingiendo que el desliz accidental había sido un ruido extraño en su garganta—. Pero... por la razón que sea, han decidido no seguir adelante.

—¿Y los otros artículos que quería Janie? —preguntó Phoebe—. ¿El archivo? ¿El superior?

Alisa negó con la cabeza.

—No lo sé. Supongo que seguiré investigando.

Silas parecía confundido. Phoebe también puso mala cara y se pasó el dedo por el collar.

—No lo entiendo —dijo—. Pero tal vez soy sólo yo.

—No, no eres sólo tú —la tranquilizó Silas—. Eso tampoco me suena bien.

Alisa se encogió de hombros.

—Sólo les estoy diciendo lo que encontré.

—¿Y no había nada más?

Alisa pensó en contarles lo del memorándum. Pero, de todas formas, la información no tenía nada de particular. Más le valía investigar primero y luego darle directo la información a Rosalind, si era pertinente.

—Nada —Alisa estiró el cuello y se dio la vuelta para marcharse—. Ah —se giró sobre el hombro, ya alejándose—, y traje esto para ti: 240 Hei Long Road, Taicang.

—¿Qué es eso? —preguntó Phoebe.

—Tu otro hermano —respondió Alisa—. Por si alguna vez lo necesitas.

***

Horas más tarde, Rosalind sudaba por la mayor actividad física que había realizado en semanas: abotonarse su nuevo qipao. Orión había sido convocado de nuevo a la sede local. El departamento era todo suyo. Cuando volvió a casa y encontró un qipao en la puerta, pensó que podría probárselo antes de la función en el Hotel Cathay. La mayoría de su ropa bonita se había estropeado con el paso de los años, si no por el desgaste, por las manchas de sangre.

—¿Cuántos botones se pueden poner en una prenda? —murmuró Rosalind. Se miró en el espejo de la cocina y sacudió la superficie de vidrio, cuando de pronto su codo chocó con el marco dorado. Los botones eran tan *pequeños* sin motivo. Supuso que era culpa suya. Su vanidad la había vencido cuando pidió que le ajustaran el qipao mientras había estado fuera de acción en Seagreen. En el proceso de selección, eligió el más ceñido, con cuello alto y sin mangas. Tela color verde oscuro y flores amarillas cosidas a mano, el diseño unido por una serie de pequeños botones en la espalda.

El último botón entró. Rosalind exhaló una bocanada de alivio, con los brazos casi entumidos cuando volvió a bajarlos a los costados.

Luego, miró hacia abajo y observó el collar que se suponía que también se debía probar, y maldijo en voz alta. Al mismo tiempo, la puerta del departamento se abrió y entró Orión.

—¿Por qué maldices...? —él se detuvo. Miró fijamente. Siguió mirando.

Rosalind volvió a verse al espejo.

—¿Me creció una cabeza de más? ¿Qué estás mirando?

—Yo... nada, nada —Orión se sacudió para salir de su aturdimiento. Se desenrolló una bufanda negra del cuello y la arrojó sobre la mesita—. ¿Tú... tú... estás...?

Se aclaró la garganta. Parecía que se le habían escapado las palabras y Rosalind enarcó una ceja.

—¿Necesitas ayuda? —logró decir finalmente Orión, señalando el collar con la cabeza.

—Por favor —dijo Rosalind. Extendió la cadena y Orión caminó detrás de ella, sus dedos se enredaron un momento cuando Rosalind le pasó el collar de perlas.

Llevó sus brazos frente a Rosalind y le colocó la cadena en el cuello.

—Tengo que preguntarte algo —empezó él con tono solemne—. ¿Te vestiste tan bien sólo para mí? Si me lo hubieras dicho antes, habría hecho una reserva para cenar y celebrar la ocasión.

Rosalind se burló. Aunque notaba el humor en el tono de Orión, no le habría sorprendido que hablara medio en serio.

—Me estoy probando el qipao para el viernes. El día que me vista para cenar contigo será el día en que algo estuviera muy, muy mal en mi mente.

Orión contuvo la risa, apretando los labios.

—Ah —abrió el cierre del collar—. ¿Así que en el banquete de nuestra boda estaba una impostora?

—Sí, contraté a una actriz —contestó Rosalind—. Me cuesta mucho trabajo digerir cuando estás cerca. El estrés que me provocas paraliza mis intestinos.

Orión aseguró el collar. Las perlas colgaban adecuadamente de su cuello, ni demasiado altas ni demasiado bajas. Rosalind se miró largamente en el espejo, examinándose en busca de algún detalle que mejorar. Al no encontrar nada, tarareó satisfecha. Por encima de su hombro, Orión también permanecía inmóvil.

—En verdad, perdimos una oportunidad —dijo él. Sus dedos tocaron los bordes del qipao sin mangas, trazando el encaje. Ella reprimió un escalofrío—. Si hubiéramos entrado en Seagreen sólo comprometidos, podríamos haber fingido también la ceremonia e invitado a todo el mundo.

Rosalind consideró la idea. Su reflejo inclinó la cabeza al mismo tiempo; sus labios se volvieron hacia abajo a ambos lados del cristal.

—Shuǐxiān —dijo ella de repente.

Orión parpadeó.

—¿Qué fue eso?

—Narcisos —repitió Rosalind en inglés, por si él no había entendido. La lengua china no tiene un nombre exacto para esa flor; su traducción literal es "diosa del agua", porque se dice que las flores amarillas y blancas ahuyentan a los malos espíritus—. Me habría gustado tener narcisos en mi ramo.

Hace mucho, ella solía soñar con cosas así. Una boda al estilo occidental, con velos blancos y un vestido con larga cola. En alguna vieja iglesia de París, con las bancas llenas y un puñado de personas dispersas, el aire oliendo al calor de verano y a un prado de flores.

Pero ése ya no era su futuro. Si se encontrara con algún prado de flores, sería en el campo de batalla durante la guerra, con el suelo regado de carmesí y pétalos rojos como la sangre.

—¿Por qué narcisos? —preguntó Orión.

Rosalind dudó. Era difícil decirlo en voz alta. Pero quería responder con sinceridad.

—Yo… bueno, los vi en las fotos de la boda de mi madre.

Había descubierto el álbum y lo había mirado sin la autorización de su padre; lo había encontrado escondido en uno de los lugares más recónditos de su despacho cuando buscaba los recibos de sus acciones. La cubierta era sencilla, sin descripciones ni marcas, pero abría con la sonrisa de sus padres, que lucían tan felices a pesar de lo desgastado de la vieja fotografía.

Siempre había sabido que su padre odió su nacimiento, odió cómo la llegada de ella y sus hermanas a este mundo le había arrebatado a su madre. De todos modos, era extraño verlo confirmado, extraño ver un momento congelado en el tiempo que lo capturaba como ella nunca lo había visto antes. A una parte de ella no le importaba no volver a hablar con su padre. Otra parte cargaba persistentemente con la fantasía de ser apreciada al final, de que él despertara con un sobresalto y se diera cuenta de que sus hijas seguían aquí, aferrándose a la supervivencia cada día y necesitando su ayuda.

—No hablas mucho de tu pasado, Janie Mead.

Rosalind se encogió de hombros.

—¿De qué hay que hablar? Son sombras y tinieblas.

—Sabes mucho de mí porque todo mi pasado aparece salpicado en los periódicos —su voz se había vuelto tranquila. Sin que se lo pidiera, Orión empezó a ayudarla a quitarse el collar, una vez que ella terminó de revisarlo—. Dame algunas migajas, al menos. ¿Cuál era tu comida favorita de la infancia?

Rosalind consideró la pregunta durante un segundo. De pronto, entró una corriente de aire en el departamento que le produjo un escalofrío.

—*Croissants*.

—Qué francés.

—Nuestro tutor de francés nos los compraba —no era mentira. Sí, los compraba… en París.

—¿Nuestro? —repitió Orión. Levantó la cabeza y captó su mirada en el espejo durante un fugaz segundo antes de volver al broche del collar—. Tienes hermanos.

—Hermanas —admitió Rosalind—. Una está muerta. La otra está lejos.

Detrás de ella, una exhalación silenciosa.

—Lo siento.

Hacía tiempo que Rosalind no sentía pena por Kathleen. La verdadera Kathleen, la que no había cumplido los quince años cuando la influenza acabó con su vida. El dolor de Rosalind se había ido silenciando, y sólo aparecía cuando el recuerdo de esa habitación de hospital le venía a la cabeza, de vez en cuando. Se veía a sí misma tomando la mano de Celia cuando los médicos entraron corriendo, las dos estaban asustadas y temblorosas, y se preguntaban qué iba a pasar. Para ser sincera, lo que más lamentaba era cómo habían sido las cosas mientras Kathleen aún vivía.

—Está bien —fue todo lo que dijo Rosalind—. ¿Para qué está la familia si no es para querernos y luego rompernos el corazón?

El collar se desprendió. Orión lo dejó sobre la mesa de la cocina, junto a ellos, y cada perla tintineó sobre la superficie de madera. Cuando se trataba de un verdadero corazón roto, Rosalind no pensaba en Kathleen.

Pensaba en Juliette.

La última imagen que tenía de su prima era en aquella casa de seguridad, tras el estallido de la revolución. Rosalind había sufrido mucho, el castigo de su familia aún estaba fresco y en carne viva, las marcas del látigo en su espalda aún sangraban. Quería desquitarse con el mundo. Quería estar resentida con toda su familia, sólo para sentir algo más que impotencia.

¿Es la última vez que te veré?, le preguntó a su prima en aquel entonces. Un momento de vulnerabilidad que rompió su bruma.

No lo sé, respondió Juliette, tan tranquila como una tumba, tan grave como el silencio. Si Rosalind se hubiera quedado un momento más, las lágrimas habrían caído de sus ojos. Se marchó sin mirar atrás.

Ella debería haberlo hecho. Sólo una vez más.

—Eres la mayor de tus hermanas.

Rosalind se dio la vuelta para mirar a Orión; su espalda se presionó contra el espejo y sintió cómo el forro de seda del qipao rozaba las gruesas marcas de sus cicatrices. Esta vez, Orión no hacía una pregunta. Era una afirmación.

—¿Cómo lo sabes?

—A veces me recuerdas a Oliver —Orión parecía satisfecho de haber acertado—. La seriedad. Cómo llevas el mundo sobre tus hombros.

En ese momento, un rayo de sol se abrió paso a través de la ventana. Rebotó en el metal de una sartén y, de pronto, la cocina brilló como un foco dorado. Rosalind y Orión entrecerraron los ojos, protegiéndose del resplandor en su periferia, pero no interrumpieron su conversación. Algo inexplicable ya los había envuelto como una capa protectora, reconfortante y segura.

Aunque Rosalind cerrara los ojos contra el oro penetrante, podía recrear en su mente la imagen que tenía ante sí, sin escatimar ningún detalle. La cocina con sus mesas ordenadas. Las paredes de color verde pálido. Orión con la mirada fija en ella, las pestañas entrecerradas, oscuras, como si estuvieran espolvoreadas de hollín. Era totalmente injusto lo encantador que él resultaba bajo cualquier luz, como si lo hubieran dibujado con esmero, cada proporción perfecta e implacable.

Ella se preguntó si él sabría quién era la compañera de misión de Oliver. Si alguna vez había visto a Celia y si establecería la conexión si las colocaban frente a él.

—¿Lo extrañas? —preguntó Rosalind.

Orión abrió los ojos enormes, elevando sus oscuras pestañas.

—Por supuesto —dijo. Él sabía exactamente de quién estaba hablando ella—. Lo odio por haberse ido. Eso no impide que lo extrañe. Lo mismo me pasa con mi madre. Pero por mucho que me destroce intentando averiguar por qué se fueron, eso no los traerá de regreso.

Rosalind sintió que el corazón se le retorcía. Se arrancó un broche del cabello.

—No tienes que justificarte —la pesada masa de pelo cayó por su espalda—. Uno debe permitirse sentir verdaderamente. Si no, se volvería loco.

—Ah —Orión se metió las manos en los bolsillos—. Hay otro indicio de que eres la mayor. La sabiduría.

Rosalind negó con la cabeza. De todos modos, sólo era la mayor por unos minutos. Apenas si habría tenido tiempo para acumular sabiduría extra. Aun así, era agradable que le asignaran esa etiqueta. Era agradable ser alguien con conocimientos por una vez, en lugar de tonta e irresponsable y fácil de engañar.

Por fin, Rosalind se apartó del espejo de pared y se alejó, rompiendo la burbuja que se había formado alrededor de ellos.

—Hoy encontré una información de lo más curiosa —dijo ella al entrar en su dormitorio. Dejó la puerta entreabierta para que Orión la siguiera escuchando. No se dio cuenta de que su conversación casi se había reducido a murmullos hasta que retomó el volumen normal.

—¿En qué sentido?

—Miré en los registros de Seagreen cuando el encargado de la sala de correo no estaba vigilando —fue mucho más fácil desabrochar todos los botones de su espalda que cerrarlos. Se soltaron uno tras otro en cuanto dio un tirón firme—. Hay envíos que siguen llegando a la oficina, dirigidos a Deoka. Una caja que supuestamente contiene nuestras ediciones semanales. ¿No es curioso? Él no tiene que hacer tareas insignificantes como comprobar la calidad de cada edición.

Rosalind se quitó el entallado qipao y giró los hombros, mientras la sangre volvía a correr por todo su cuerpo. Tras una rápida inspección de su armario, sacó otro qipao, uno mucho más informal y adecuado para pasear por la calle.

—Dijiste *supuestamente* —Orión respondió desde la sala de estar—. ¿Qué crees que hay en ellos?

—¿Por qué no vamos a averiguarlo? —Rosalind se cambió rápido y tomó unos pendientes de su tocador. Abrió la puerta por completo y se quedó en el umbral mientras clavaba unos zafiros en los lóbulos de sus orejas—. Burkill Road 286. Allí se envían los paquetes. Las cajas podrían tener instrucciones. Podrían tener armas homicidas. Podrían tener correspondencia. De cualquier manera, siguen enviando *algo* a un lugar alternativo, ¿y qué podría ser más sospechoso que mover artículos de trabajo fuera del lugar de trabajo? Si estamos tratando de encontrar pruebas de que Deoka es el cerebro detrás de los asesinatos terroristas, debe haber algo importante ahí.

Orión se inclinó sobre su hombro. Se sentó en el sofá mientras Rosalind se cambiaba.

—¿A qué hora llegaste a casa? —preguntó de repente.

¿No había oído lo que ella acababa de decir? Esto podría cerrar toda su misión, ¿y él le preguntaba por su hora de salida?

—¿A las cinco y media? —estimó ella—. ¿Qué tiene eso de relevante?

—Esperaste —se puso de pie—. Esperaste a que yo regresara. Fácilmente pudiste desviarte a Burkill Road después de salir de Seagreen.

Rosalind no podía entender a Orión Hong. Si no la reprendía por no contarle lo suficiente, le sorprendía que ella lo tratara como a un compañero confiable.

—Tienes razón —dijo ella, dirigiéndose a la puerta—. Debería haberme ido hace eones. ¿Por qué me tomé la molestia de esperarte...?

Sin moverse de donde estaba, Orión la tomó del brazo al pasar y la detuvo.

—No fue una crítica —sonrió—. Sólo estoy gratamente sorprendido.

Quizá Rosalind también tendría que haberse sorprendido un poco de ella. No era cuestión de esperar a que él viniera. Sabía que volvería pronto, así que era lo más sensato.

—Tu vida es la mía, y mi vida es la tuya —dijo, muy seria—. Estamos unidos por el deber, aunque no por el matrimonio. No cometeré el mismo error dos veces.

La mueca de Orión se convirtió en una amplia sonrisa. Rosalind no sabía qué tenía eso de divertido: ¿le gustaba la idea de su muerte mutua? Ella siempre había sabido que él estaba un poco descarrilado.

—Hace frío afuera, querida. Te traeré tu abrigo —dijo Orión, dirigiéndose al dormitorio—. Burkill Road, allá vamos.

34

El tranvía avanzaba lentamente, a paso de tortuga. Estaban entrando en Nanjing Road, lo que significaba que había actividad en todas direcciones, los *rickshaws* y los peatones se lanzaban a las calles a su antojo, asustando incluso al más duro de los operadores de tranvía. Rosalind se asomó por la ventanilla abierta y observó la calle. Hombres en traje de negocios leyendo sus periódicos a la luz del sol; ancianas con sus cestas de la compra; carteristas moviéndose entre la multitud con dedos rápidos como el rayo.

El bullicio empezaba a tornarse en zona residencial en cuanto Nanjing Road se convertía en Burkill Road. Sincere y Wing On se alzaban como dos dragones custodiando a sus hordas, y los compradores entraban y salían por las puertas de los grandes almacenes como sus subordinados protectores.

Al costado de Rosalind, Orión de repente puso un brazo alrededor de su hombro.

—Creo que nos están siguiendo.

Rosalind no reaccionó visiblemente.

—Estamos en un tranvía, querido.

—Muy bien, déjame decirlo de otra manera. Un compañero de viaje nos está vigilando demasiado atentamente para mi comodidad. El hombre que lee el *Shanghai News*. Subió cuando nosotros subimos.

Con cuidado, Rosalind levantó la vista para buscarlo. Había dos largas filas de asientos, una a cada lado del tranvía, así que divisó de inmediato al hombre frente a ellas. Estaba pegado a la cabina del conductor y sostenía el periódico sobre la mitad de su cara. Cuando la mirada de Rosalind se detuvo demasiado tiempo en él, el hombre desvió los ojos hacia arriba, fijándose en los de ella durante una fracción de segundo antes de volver a su periódico. Era chino y vestía un traje occidental. A menos que decidieran preguntarle directamente, era imposible saber si era un hombre de Deoka, un agente comunista o algún tercero misterioso.

El tranvía se detuvo y dejó subir a sus nuevos pasajeros. Rosalind dijo:

—A mi señal, bajemos.

—Aún faltan tres paradas.

—¿Quieres que nos sigan hasta nuestra ubicación?

Orión hizo una mueca.

—Correcto.

Si Deoka lo había enviado, sus identidades encubiertas estaban a punto de quedar expuestas a pocos pasos del final. Estaban muy cerca. Rosalind esperó, observando al último pasajero que se apretujaba en el tranvía. En la parte delantera, el conductor tiró de la campana para avisar a lospeatones en el frente.

—Ahora. Ve a la izquierda.

Al instante, Orión y Rosalind se pusieron de pie, tomando salidas separadas y empujando a los pasajeros que acababan de subir. Los pies de Rosalind golpearon con fuerza el pavimento; un segundo después, Orión salió por la parte delantera del tranvía.

El tranvía se alejó dando bandazos. El hombre que leía *el Shanghai News* no reaccionó lo bastante rápido para seguirlos.

—Aquí estaba yo —dijo Orión—, pensando que estábamos teniendo una cita nocturna encantadora.

Rosalind echó a andar. No estaban lejos de su destino, o al menos, no lo suficiente para justificar otro tranvía.

—¿No empiezas todas tus citas deshaciéndote de alguien que te sigue?

—Me divorciaré de ti de inmediato si ésa es tu idea de diversión.

Los labios de Rosalind se crisparon.

—Cuida por dónde vas.

Orión casi tropieza con los rieles del tranvía, a pesar de su advertencia. Ella soltó una carcajada; Orión la fulminó con la mirada. Durante el resto de su paseo, los dos estuvieron atentos a ver si alguien más los seguía, pero la noche avanzaba y la oscuridad facilitaba que se mezclaran con la multitud.

Finalmente, al llegar a Burkill Road, la frenética actividad comercial disminuyó. Rosalind y Orión observaron los números, contando. 278... 280... 282...

—¿Te resulta familiar este lugar? —preguntó Rosalind en voz baja.

Orión negó con la cabeza.

—Nunca he estado aquí antes.

Allí estaba la dirección: 286 de Burkill Road. Era un edificio de viviendas, a diferencia de las tiendas comerciales que había a ambos lados. Rosalind podría haber supuesto que se trataba de un hotel de no haber sido por la puerta principal, pesada e intimidante. Tal vez fuera un complejo de departamentos compartidos. Se acercó y le hizo señas a Orión para que la siguiera. En caso de que parecieran sospechosos merodeando por allí, hizo ademán de asomarse a las ventanas de la taberna de al lado, fingiendo buscar a alguien.

—¿Qué hacemos ahora? —murmuró Orión—. ¿Vigilar?

La puerta principal del 286 de Burkill Road se abrió. Salió una mujer con un bolso colgado del brazo. Rosalind se volvió rápidamente para verla mejor, pero la mujer era una desconocida.

—¿Por qué no entramos?

—¿Qué? —preguntó Orión, como si la hubiera oído mal—. ¿Por qué dices eso?

Rosalind extendió la mano sin decir palabra, incitando a Orión a tomarla. A pesar de sus quejas, Orión no dudó y sus dedos se entrelazaron antes de que Rosalind lo empujara para subir los tres escalones que conducían a la puerta. No le dio tiempo de dudar del plan. Rosalind atravesó la puerta principal y los condujo al interior del edificio.

Adentro estaba oscuro, con un foco expuesto colgando del techo. Unas escaleras a su izquierda sólo conducían a una puerta del segundo piso, por lo que era difícil saber cómo era el resto del edificio. Sin embargo, los zapatos de Rosalind se habían hundido en una alfombra circular al entrar, y había una pequeña mesa con un teléfono al fondo. No parecía el pasillo de un edificio, dividido en unidades de departamentos separadas. Parecía el vestíbulo de una casa.

De pronto, una puerta lateral se abrió y un hombre entró en el vestíbulo. Aunque parecía estar sumido en sus pensamientos, murmurando algo para sí, se detuvo cuando vio a Rosalind y Orión. Los miró fijamente. Ellos le devolvieron la mirada. Cuando habló, lo hizo en japonés.

Rosalind apretó la mano de Orión, impulsándolo a actuar. Él reaccionó pronto, le respondió al hombre con una sonrisa y señaló a Rosalind con un gesto, como si le estuviera explicando al hombre que ella había querido ver algo ahí dentro. Rosalind hizo lo posible por parecer que seguía la conversación. La luz parpadeó, volviéndose aún más tenue. Era muy probable que pudieran pasar por japoneses.

Pero el tono del hombre empezó a tornarse agrio. Orión soltó la mano de Rosalind. Intentaba aplacar al hombre, tranquilizarlo…

Ella se agachó como un rayo, sacó una fina pistola de dardos del forro de su qipao y se la llevó a la boca. Antes de que Orión se diera cuenta de que el hombre buscaba algo en su bolsillo trasero, el dardo aterrizó en su pecho. El hombre hizo una pausa y bajó la mirada.

Se desplomó con un ruido sordo.

—¿Qué estaba diciendo? —preguntó Rosalind. Dejó caer la pistola de dardos a su lado.

Orión necesitó un momento para ordenar sus pensamientos. Se quedó mirando al hombre, parpadeó una o dos veces, antes de adelantarse para tomarle el pulso y darle la vuelta. Él tenía una pistola en la mano, casi desenfundada. Orión había estado a punto de recibir un disparo.

—Que éste no es un lugar para visitantes. Vamos. Veamos qué escondía.

Orión se apresuró a entrar en la habitación lateral, y realizó un rastreo de precaución antes de invitar a Rosalind a entrar también. Adentro, mientras él cerraba la puerta, Rosalind necesitó un momento para que sus ojos se adaptaran a la oscuridad antes de ver las formas y contornos en el despacho iluminado por velas. Unas gruesas cortinas de terciopelo cubrían las ventanas, impidiendo el paso de la noche. A pesar del escritorio ordenado y las paredes limpias y pintadas, se respiraba un aire de desorden. Como si en cualquier momento el techo fuera a empezar a gotear.

—Veo más cajas —afirmó Rosalind. Estaban apiladas junto a una esquina y eran idénticas a las del despacho de Deoka. Cuando se acercó, sus ojos se ajustaron para encontrar una etiqueta de envío similar pegada en la parte superior, aunque éstas estaban firmadas con el nombre del embajador Deoka como remitente.

Rosalind buscó a su alrededor algo con lo que hacer palanca para quitar la tapa de la caja.

—Voy a abrirla —dijo ella—. Tal vez sea la única oportunidad de ver lo que hay dentro —sin embargo, en un rápido vistazo se dio cuenta de que el escritorio había sido limpiado de cualquier cosa que pudiera utilizar, y no había nada a su alcance. Orión también se encogió de hombros, se palpó los bolsillos y no encontró nada.

—Puedo ofrecerte un arma si quieres abrirla a tiros.

Las paredes parecían estremecerse ante la sola idea de que se disparara una bala dentro de aquellos aposentos. Tal vez se incendiaría el aire sofocante. Sin otra opción, Rosalind se sacó un broche del pelo, introdujo el extremo afilado en una hendidura a lo largo de la parte superior de la caja y empujó hacia abajo.

—¿Tuviste suerte? —preguntó Orión dos minutos más tarde.

—Estaría bien recibir ayuda —murmuró Rosalind, secándose una fina capa de sudor de la frente—. Supongo que no suelen usar un broche fino para abrir…

Justo cuando dio un fuerte empujón al metal, se oyó un golpe atronador en la puerta. Rosalind se sobresaltó tanto que soltó el broche. Aunque finalmente pudo separar la tapa, el broche saltó hacia atrás con un movimiento brusco e incontrolado, y le hizo un pequeño rasguño en el brazo.

—Tā mā de —murmuró Rosalind. Su broche cayó al suelo.

—Lo lograste —dijo Orión.

También acababa de envenenarse a sí misma, pero suponía que tendría que resolver ese problema cuando empezara a sentirse mal. La puerta se sacudió, empujando contra la cerradura. Una voz gritó una pregunta. Cuando ni Rosalind ni Orión respondieron, esa voz se convirtió en múltiples voces rodeando el vestíbulo. Dado que había un hombre inconsciente afuera, era sólo cuestión de tiempo que los demás ocupantes del edificio supieran que algo andaba mal.

Rosalind hizo un gesto de dolor y buscó rápido en la caja. Se les acababa el tiempo. Dentro, la capa superior era un número del periódico de Seagreen. Lo apartó a toda prisa y quedó al descubierto una serie de ampolletas de cristal acomodadas en tres por tres.

¿Ampolletas?

—Janie —dijo Orión de inmediato—. Trae una de ésas a la luz.

Rosalind sacó una y la inclinó frente a una vela titilante. Estaba parcialmente rellena de un líquido verde repugnante. La parte superior estaba sellada con una carcasa metálica, pero se habría rasgado fácilmente si Rosalind hubiera metido un dedo a través de ella. O una aguja de jeringa.

—Parece como si ya hubieras visto esto antes —observó Rosalind.

—Lo he visto. En el bolso de Haidi.

—El bolso de *Haidi*... —Rosalind se vio obligada a contener su sorpresa cuando se produjo otro estremecimiento en la puerta. Se metió la ampolleta bajo la manga y tomó la tapa de la caja con la etiqueta del correo. Ésta sería su prueba. En cuanto averiguara qué eran esas ampolletas.

—Vamos —le dijo a Orión—. La ventana.

—Espera —Orión tenía la cabeza ladeada, concentrado en las voces. Un momento después, parpadeó sorprendido y comentó—: La gente del vestíbulo son soldados. Alguien está dando órdenes. Suena como militar.

Rosalind tomó el broche del suelo, apartó la cortina y empujó la ventana hacia la noche.

—*Sube.*

La puerta crujió contra sus goznes. Rosalind salió primero, balanceando las piernas sobre el alféizar y aterrizando suavemente en el callejón. Se miró el brazo. El arañazo rojo no había cicatrizado. No lo haría hasta que el veneno fuera contrarrestado.

—*¡Vamos!*

Al ser convocado una vez más, Orión trepó por la ventana y sus zapatos golpearon el suelo del callejón justo cuando la puerta de la oficina se abrió de golpe. Rosalind apenas alcanzó a apartarlo de la vista, y los dos echaron a correr antes de que los soldados del interior pudieran verlos.

—La calle principal está por ahí —dijo Orión, dando un vistazo por encima del hombro.

Rosalind negó con la cabeza.

—Están muy cerca, y la calle principal es demasiado ancha. Nos verán. Las calles secundarias podrían despistarlos.

Orión no discutió. Mientras pudieran sortear el laberinto de callejones sin cartografiar y los pasillos de los departamentos, llegarían a Avenue Road y tendrían muchas más posibilidades de perder allí a sus perseguidores. Rosalind ya escuchaba gritos a lo lejos. Después de pasar junto a una anciana que regaba sus plantas y de dar tres bruscas vueltas, las fuertes y airadas protestas de la mujer unos segundos más tarde advirtieron a Orión y Rosalind que sus perseguidores también habían entrado en los callejones traseros, y quizás habían pateado sus plantas.

—¿Por qué se esconden soldados imperiales en una residencia del Asentamiento Internacional? —dijo Orión entre dientes. En realidad, no lo planteaba como pregunta; ellos lo sabían. Si inicias un plan para preparar una invasión, necesitas que tus soldados estén listos para entrar en acción.

—Supongo que tal vez tienen bases secretas por toda la ciudad.

El sonido de las balas resonó en los callejones. Rosalind y Orión se estremecieron, con la respiración agitada visible en el aire fresco de la noche.

—Por aquí —Orión se dirigió hacia la izquierda, luego por debajo de un portal de piedra, luego más allá de dos casas residenciales. La calle empezó a ascender en una pendiente, el pavimento se convirtió en piedra más lisa. El camino debería conducir a una salida, a una calle principal.

Pero se metieron en otro callejón curvo y llegaron a uno sin salida.

—Demonios —maldijo Orión entre dientes. Inclinó la cabeza arriba, arriba y más arriba, escudriñando la pared. Sólo la luz de un callejón a la vuelta de la esquina iluminaba los alrededores—. ¿Es demasiado alto para subir?

—Sí —respondió Rosalind, con un nudo en la garganta. No sabía si su creciente mareo era consecuencia de su carrera desesperada o de las toxinas que estaban entrando con rapidez en su organismo. Tendrían que deshacerse de la tapa de la caja que ella sostenía. Tirarla a un lado y hacerse los despistados cuando los soldados los alcanzaran. Después de todo, los soldados no los habían *visto*. Tal vez Rosalind y Orión podrían lograrlo. Hacer parecer que era tan improbable que fueran sospechosos de ser intrusos capaces de irrumpir en una instalación militar encubierta que la idea resultara ridícula. Sólo eran una pareja dando un paseo nocturno.

Rosalind miró a su alrededor. Pero no había ningún lugar donde esconder las pruebas, ni una sola bolsa de basura ni un mueble abandonado. De todos los callejones que había que mantener limpios, *tenía* que ser éste.

Orión pareció llegar a la misma conclusión.

—Tenemos que ocultar eso.

—*¿Dónde?* —preguntó Rosalind, con los oídos zumbándole mientras sacudía el objeto robado que tenía en las manos. También le empezaba a escocer la parte del brazo donde la había raspado el broche.

—¿Tal vez podamos doblarlo?

—Es madera, Orión. ¿Cómo se dobla la madera?

Orión hizo un ruido que parecía el silbido de una tetera.

—¿Podemos romperlo en pedazos?

Rosalind le lanzó una mirada incrédula.

—¡ES MADERA!

Serían capturados en menos de diez segundos. Los atraparían y luego los arrastrarían para ejecutarlos.

—¿Podemos *lanzarlo*? —sugirió a continuación.

—¿Sobre el muro? ¿Estás *loco?*

De pronto, Rosalind volvió a mirar la tapa de caja. No pesaba lo suficiente como para lanzarla por encima de la pared porque era demasiado fina.

Era *delgada.*

—Orión —dijo.

Orión estaba tan sumido en el pánico que no percibió la extraña calma que se apoderaba de ella. El golpe de una idea —tan absurda que ella la achacó puramente a su mente envenenada— encendió un fósforo y prendió fuego.

—¿Qué? —casi gritó él.

Ella empujó la caja contra su pecho y se apretó contra él, rodeándole el cuello con las manos. Justo cuando los soldados entraron en el callejón, ella se puso de puntitas y lo besó, ocultando entre sus cuerpos las pruebas condenatorias.

No sabía si era el veneno o la adrenalina la causa del zumbido que le recorría desde la nuca hasta la punta de los dedos. Lo único que sabía era que algo se sentía diferente de la última vez que lo habían hecho, que el encuentro de sus labios era eléctrico, como si se hubiera conectado directamente a una toma de corriente. Oyó débilmente a los soldados gritar lo que parecía un "todo despejado" en japonés, y luego sus pasos se desvanecieron cuando fueron a comprobar el siguiente callejón, pero algo la retenía, algo le impidió apartarse cuando Orión puso las manos alrededor de su cintura y se acercó más.

Rosalind retrocedió lentamente, varios latidos después de que hubiera pasado el peligro. La cabeza le daba vueltas.

El veneno, se aseguró a sí misma. No Orión. Definitivamente no Orión. Definitivamente no sus ojos oscuros, amplios y volátiles, mientras ella era objeto de su mirada atónita. La pieza de caja empezó a deslizarse entre ellos. Rosalind lo agarró con las manos torpes antes de que cayera.

—Hey —dijo ella sin aliento—. Hazme un favor.

Orión parpadeó una vez.

—Lo que quieras.

—Atrápame.

Y en un mínimo segundo en que él atendió sus instrucciones, Rosalind se desplomó en sus brazos, inconsciente.

35

Un vecino preocupado atravesó el patio cuando Orión se apresuró a cruzar la puerta del edificio, llevando a Janie en brazos. De todos los momentos para toparse con un vecino al que nunca había visto, ¿el Universo había elegido justo ése?

—¡No se preocupe! —exclamó Orión, desviándose del camino del vecino—. Es mi esposa. Bebió demasiado en un banquete —se alejó a toda prisa, en dirección al departamento de Lao Lao. Supo que la situación de Janie debía ser grave, porque si hubiera estado mínimamente consciente, lo habría regañado por insinuar que ella no podía controlar el alcohol.

—¡Lao Lao! —llamó a su puerta—. ¿Estás en casa?

No obtuvo respuesta. Apretando los dientes, Orión se dirigió a las escaleras; al menos, tenía la llave del departamento de Janie. Aunque le costó un poco de trabajo y tuvo que hacer un pequeño ajuste, no tardó en cruzar la puerta, arrojar las llaves, la bolsa y la caja en el sofá y llevar a Janie con cuidado al dormitorio. La recostó en la cama con toda la delicadeza de la que fue capaz.

Janie estaba demasiado pálida. Eso lo asustaba.

—¿Qué es este alboroto?

La voz familiar retumbó desde la puerta principal del departamento, entrecortada y cansada. Orión se apresuró a salir y, al llegar a la sala, vio a Lao Lao en camisón.

—Lao Lao —resopló—, ¿supongo que no tienes antídotos para veneno?

En el momento en que Janie cayó en los brazos de Orión, él había realizado una inspección superficial para detectar las heridas, buscando frenéticamente lo que la había derribado. Después de un minuto de pánico encontró el rasguño rojo, y entonces recordó que ella le había dicho que sus broches estaban envenenados. Maldita Janie y su forma de llevar su carga en silencio.

—¿Antídotos? —repitió Lao Lao, sorprendida.

—Ella está respirando —continuó Orión. Empezó a divagar—. Es superficial y no está empeorando, así que no la llevé al hospital. No quiero arriesgarme a que descubran nuestra identidad encubierta, pero tampoco quiero arriesgarme a que *muera*...

—¿Con qué la hirieron?

Orión se detuvo. Respiró hondo.

—Con su propio broche.

—Ah. Debo tener algo abajo. Hable con ella, bǎobèi. Asegúrese de que siga respirando —tan tranquila como si nada, Lao Lao se puso las pantuflas y comenzó a bajar las escaleras. Orión se quedó de pie en la oscura sala, preguntándose si la anciana había comprendido la gravedad de la situación.

—¿Hablar con ella? —respondió—. ¡Está inconsciente!

Lao Lao ya estaba en su propio departamento, buscando algo ruidosamente. Orión no tuvo más remedio que regresar corriendo a la habitación y agacharse junto a Janie, atento a su respiración. No le había resultado difícil llevarla a cuestas por la ciudad. Apenas tenía aliento. Lo único que le angustiaba era su pulso, que latía a cien por hora.

—Por favor, no me asustes —murmuró Orión.

Una fina gota de sudor perlaba la frente de Rosalind. Él nunca había visto a Janie Mead así: con los ojos cerrados, apartada del mundo. Desde que la conocía, no parecía capaz de encerrarse en ella. Parecía como si hubiera nacido con los ojos bien abiertos, aguda y observadora.

Tenía la sensación de estar presenciando algo que no debía ver, pero no quería apartar la mirada. El ladrón de cuento que había logrado echar un vistazo a las cuevas oscuras y amenazantes, sólo para encontrar un tesoro reluciente en lugar de terrores. No se suponía que esto fuera suyo.

Sin embargo, lo deseaba.

Orión rozó la cara de Janie y le apartó el cabello. Sentía una opresión en el pecho que se extendía desde la caja torácica hasta el hueco de la garganta. Pensó que podría ser el comienzo de un dolor de cabeza, pero cuando miró arriba y abajo para comprobar la tensión detrás de sus ojos, se sentía perfectamente bien. No era su cabeza; eran su carne y sus entrañas, su corazón en carne viva, martilleando sin cesar.

—He dividido todos los recuerdos de mi vida en dos categorías, Janie Mead —dijo en voz alta, como si ella pudiera oírlo. Llevó su mano desde la mejilla de ella hasta su barbilla—. Antes de que mi familia se rompiera y después de que mi familia se rompió. La forma en que vivía cuando mi mundo se sentía completo y la forma en que vivo ahora para reparar esas fracturas.

Orión suspiró. Janie exhaló superficialmente. Él le tomó la mano y apretó sus dedos ardientes entre las palmas.

—Tú fuiste mi primera esperanza de que pudiera haber algo más —ella no era un remanente de su vida anterior que esperaba una versión temeraria de él. Ella no era una herramienta desechable de su vida después de que pudiera ser explotada para alguna tarea—. Una tercera categoría de memoria. Un futuro separado del pasado. He pasado años pensando que si hago lo correcto, podré volver a ser como antes. Pero quizá ya no quiera eso.

Tal vez quería que ella se riera de él por encima del ruido del tráfico. Tal vez quería que lo amenazara con una navaja en la mano. Podían seguir realizando misiones nacionales bajo una identidad encubierta conjunta porque trabajaban bien juntos, no porque él necesitara hacerse el héroe y demostrar algo. Una vez terminada la misión, no estaba dispuesto a perderla. Y no quería perderla *ahora*.

—¿Por qué estoy hablando contigo si ni siquiera puedes oírme? —murmuró Orión—. Eres una fuerza sobrecogedora, cariño. Si te desvaneces por culpa de un mísero veneno, no te perdonaré en la otra vida.

—No… mísero.

Orión se sobresaltó y enderezó la columna vertebral. No había imaginado una respuesta de ella. Sus labios se habían movido.

—Cariño, ¿estás despierta?

Janie resopló. Fue un resoplido forzado, como si necesitara reunir toda la energía de su cuerpo para hacer el sonido. Sus ojos permanecían cerrados.

—Mareada.

Por fin regresó Lao Lao, con sus pantuflas haciendo ruido sobre el suelo de la sala. Irrumpió en el dormitorio y empezó a regañar a Janie por haberse envenenado, como si lo hubiera hecho intencionadamente. Orión temía demasiado a la anciana como para hacer otra cosa que apartarse cuando ella se acercó a la cama y abrió la boca de Janie para verter algo en su garganta.

Janie tosió sólo una vez, casi ahogándose con el líquido. Lao Lao retiró la taza y pasó un paño húmedo por la cara de Janie, satisfecha.

—Ella estará perfectamente —dijo la anciana, apartándose de la cama y entregándole a Orión el paño húmedo—. Volveré a revisarla cuando llegue la mañana. Ahora déjela descansar. No está acostumbrada a esto. Yo también iré a dormir.

Sin esperar respuesta, Lao Lao salió del dormitorio y luego del departamento. Orión retorció el paño en sus manos, se acercó de nuevo a Janie y lo colocó en su cuello con cautela. Su respiración ya había mejorado. Sus mejillas tenían más color.

—¿Estás despierta? —preguntó dubitativo.

—*Pas vraiment* —negó Janie. Murmuraba en francés, con la cara hundida en las almohadas. No parecía haberse dado cuenta de su cambio de idioma.

Orión flotaba. De pronto, no sabía qué hacer con sus brazos. Olvidó cómo se paraba la gente normal.

—De acuerdo —decidió finalmente, con voz tranquila—. Te dejaré...

En el momento en que él se apartó del borde de la cama, la mano de ella se movió y le tomó débilmente la muñeca.

—Quédate —susurró.

Orión permaneció mirando cómo lo aferraba. No estaba seguro de si había oído mal.

—Quédate —dijo ella de nuevo, más claro esta vez—. Quédate. No quiero estar sola.

—Está bien —se acercó lentamente y se sentó vacilante en la cama—. Puedo quedarme.

—Cuéntame —logró decir Janie despacio—. Cuéntame más.

—¿Más?

—De tu familia —hizo una pausa—. De ti.

Pensó que la opresión de su pecho podría aliviarse ahora que Janie se estaba recuperando, pero sólo era peor. Y él lo supo: jaló del trozo de cuerda que colgaba de su agitado corazón y lo rastreó hasta su origen.

—Bueno —intentó calmarse. Janie Mead era una chica con muchos secretos. Si él seguía esa cuerda, la seguiría hacia su propio corazón roto. Aun si no podía liberarse de ella. Aun si se negaba a soltarla—. Todo comenzó una calurosa noche de agosto cuando nací…

Alguna vez, Rosalind había sido envenenada durante su entrenamiento, nada menos que a propósito, para que Dao Feng le enseñara cómo manejarlo. Esa experiencia previa fue lo único que evitó que entrara en pánico cuando despertó sobresaltada, luchando por recordar que era normal estar confundida, que no pasaba nada si no podía ubicar su entorno de inmediato.

Para alguien que nunca dormía, verse forzada a apagarse era una experiencia desconcertante.

Rosalind abrió más los ojos, tratando de hacer un inventario. Estaba tumbada sobre su propio brazo izquierdo, de eso estaba segura cuando sintió los pinchazos de su brazo al despertarse. En cuanto al otro…

El otro brazo cubría un torso. Un cuerpo cálido, cuyo pecho subía y bajaba con ritmo uniforme.

Rosalind se quedó inmóvil. Durante largos segundos no se atrevió a moverse, temerosa de despertar a Orión y que viera que estaban enredados. Pero entonces recordó sus últimos trozos de memoria antes de que el antídoto de Lao Lao la dejara inconsciente de nuevo y podría jurar que ella había intentado llegar a él mientras ambos estaban despiertos.

Jesús. Esto era muy vergonzoso.

Levantó la cabeza, aturdida. Fuera de su ventana, vislumbró un cielo teñido de púrpura, lo que no tenía sentido, porque eso significaría que había pasado un día entero...

—Orión —jadeó Rosalind, dándole una fuerte sacudida. Él se despertó de pronto, con los ojos abiertos y redondos como monedas—. Orión, ¿qué *hora* es?

—Hey, hey...

Rosalind se abalanzó hacia un lado, con la intención de ponerse de pie mientras la cabeza le daba vueltas. Sin embargo, en el momento en que se incorporó, Orión reaccionó con rapidez, la tomó por el hombro y la empujó de nuevo sobre la almohada.

De inmediato, ella empezó a levantarse de nuevo.

—Tenemos que irnos.

—*Janie* —giró un brazo hacia su otro hombro, luchando por mantenerla recostada.

—¿Por qué estás tan tranquilo? —exclamó—. Ha pasado todo el día...

—¿Puedes *esperar*? —exigió Orión con firmeza. Antes de que pudiera luchar más contra él, se le echó encima y le inmovilizó las muñecas por encima de la cabeza—. Ahora mira lo que me has obligado a hacer.

Rosalind parpadeó. El corazón se le subió a la garganta.

—Bueno, no seas dramático —intentó jalar sus muñecas hacia abajo. El agarre de Orión era de hierro. Ella debería haberse burlado, pero el recuerdo de su cara apretada contra su pecho todavía estaba caliente en su mente, y entonces se encontró tragando saliva nerviosamente—. Podrías haberlo pedido de buena manera.

—Eso no es divertido. ¿Vas a comportarte si te suelto?

—*¿Comportarme*? —repitió Rosalind. Compartes la cama con un hombre una vez y empieza a pensar que puede decirte lo que tienes que hacer. El poder se le estaba subiendo a la cabeza—. En primer lugar, golpearé mi cráneo contra el tuyo si no me sueltas en tres segundos. En segundo lugar, tenemos una identidad encubierta para seguir con nuestros trabajos, y está *anocheciendo*...

—Janie. No pasa nada. Llamé y dije que estabas enferma. La gente se enferma —Orión sonrió y esperó tres segundos antes de pegar su frente a la de ella—. No me abofetees. Me *estoy* comportando.

De un salto, Orión la soltó, se apartó y volvió a su lado de la cama. Rosalind se incorporó y lo miró con suspicacia.

—Ah.

Ahora que ambos estaban despiertos y Rosalind se había calmado, la expresión de Orión se volvió seria.

—¿Cómo te sientes?

—Como si me hubiera atropellado un tanque militar —le dolían los músculos. Le dolían los órganos. Debería dejar de hacer su veneno tan fuerte. Si ya era el día siguiente, Silas llegaría pronto para interrogarla. Necesitaba refrescarse y volver a ponerse en marcha. Tal vez se sentiría menos miserable si *hubiera* sido atropellada por un tanque militar.

—Me diste un susto —Orión se deslizó de entre las sábanas y se pasó una mano por el cabello. Se agachó para mirar el espejo de su tocador y observó su reflejo mientras hablaba, pero sus ojos estaban desenfocados cuando se acomodaba el cuello de la camisa arrugado, como si sólo lo hiciera como pretexto para alejarse—. Un susto muy grande, Janie. Por favor, no vuelvas a hacerlo.

Rosalind entreabrió los labios. No sabía qué responder a eso. ¿Cómo prometer que no volvería a ponerse en peligro? Eran agentes nacionales. Era parte de su trabajo.

—Al menos… —ella se sacudió la manga y dejó caer la ampolleta que habían robado. Cuando la colocó en el buró, sus ojos también se desviaron hacia la sala, donde Orión había arrojado la pieza de caja, sobre uno de los cojines del sofá— estamos un paso más cerca del final.

—Sí —Orión no parecía muy contento por esa racionalización. Tenía una mirada extraña en su rostro—. Supongo que sí.

Se abrochó el botón de arriba. Antes de que Rosalind pudiera detenerlo, Orión dijo:

—Voy a buscar a Lao Lao para que regrese a revisar cómo estás. Dame un minuto —y salió de la habitación.

La puerta del departamento se abrió y se cerró. Rosalind columpió las piernas fuera de la cama, frunciendo el ceño.

—¿Por qué estás tan raro? —preguntó al dormitorio vacío.

36

A pesar de que no le habían avisado de su cita con Silas esta noche, Phoebe se presentó en el departamento diez minutos antes.

Orión estuvo a punto de cerrarle la puerta en la cara.

—Queridísima hermana —se lamentó—, ¿por qué no puedes quedarte a salvo en casa?

Phoebe ignoró su pregunta. Miró a su alrededor.

—¿Dónde está sǎozi?

—Janie está abajo, con la casera, para traer algo de comida —él suspiró cuando Phoebe entró, y dejó que cerrara la puerta tras ella de mala gana—. Ahora supongo que debe traer más para alimentar también tu bocota.

—Mi boca tiene el tamaño perfecto —replicó Phoebe—. Tengo una pregunta sobre la que quiero tu opinión. ¿Ya te ha hablado Silas de Sacerdote?

Qué pregunta tan extraña. Una que, francamente, no le cabía en la cabeza en ese momento. Pero como era un buen hermano mayor, Orión caminó a regañadientes hacia el sofá y se dejó caer, escudriñando en su memoria. Por supuesto que Silas había *mencionado a* Sacerdote antes. Trabajaba con una complicada identidad de triple agente, mientras seguía reportando para los nacionalistas, dirigiendo su misión auxiliar en los asesinatos con agentes químicos. Le había dado pequeñas actualizaciones a Orión aquí y allá: contacto asegurado, comunicación iniciada, señales intercambiadas.

Orión miró a su hermana con recelo. Sabía cómo funcionaba ella. No sabía si debía temer por qué se lo preguntaba o prepararse para la vergüenza ajena.

—Nada en particular —dijo.

—Bueno —resopló Phoebe, recargándose en el reposabrazos del sofá—. ¿Sabías que Silas está convencido de que Sacerdote es mujer?

Orión puso los pies sobre la mesita.

—Ay, mèimei, no me digas que te estás volviendo posesiva.

Phoebe apartó los pies de la mesa.

—Me ama desde que éramos niños. A *mí*. No a Sacerdote.

A pesar de la habitual ligereza de Phoebe, esta actitud no le sorprendía. Podía hacerse la despistada todo lo que quisiera cuando Silas la seguía a todas partes. Cada vez que hacía un chiste miraba a Silas para asegurarse de que se reía. Seguía comprobando su reacción antes que la de los demás si ella decía algo terrible a propósito, esperando ver cómo ponía los ojos en blanco para entonces burlarse de él.

—Primero —dijo Orión, levantando un dedo—, Dios mío, Phoebe, eso *no es sano*. Segundo —levantó otro dedo—, por lo que sabes, Sacerdote podría ser una vieja abuela.

Su hermana echaba humo.

—No se trata de quién es en realidad. Se trata de que eligió…

—Te has acostumbrado demasiado a tener toda su atención durante una década —interrumpió Orión, adoptando su voz de hermano mayor—. De hecho, te has acostumbrado demasiado a no hacerle caso, así que ahora simplemente tienes que vivir con las consecuencias.

Al parecer, Phoebe no quería vivir con las consecuencias. De hecho, parecía querer pegarle por decir eso.

—No me sermonees.

—Tú *empezaste* esta conversación pidiéndome mi opinión. Sabes que… —Orión se pasó la mano por la cara, obligándose a mantener la calma—. Olvídalo. Vuelve a tener esta conversación conmigo cuando estés lista para una llamada de atención. ¿Encontraste algo sobre Janie a través de Liza?

La mueca de desprecio de Phoebe se transformó en impaciencia en un abrir y cerrar de ojos. Su relación siempre había sido así, incluso en la infancia. Se peleaban a gritos, se amenazaban de muerte porque Phoebe había pisado el libro de Orión al entrar y, al minuto siguiente, Orión le preguntaba a Phoebe si quería ir con él a comprar leche a la tienda de la esquina. Sin supervisión paterna casi todo el año, habían sido los mayores aliados y los más acérrimos enemigos. Tan unidos como cualquier otra familia de dos personas, pero enfrentados como competidores cada vez que su madre venía de visita durante dos escasas semanas y Orión se veía obligado a dar un paso atrás, ya que le decían que Phoebe necesitaba más el tiempo, que era más joven, que requería la estabilidad.

Él también había sido joven. También había necesitado a su madre.

Debió haber sospechado antes que su familia era disfuncional. Por alguna razón, ésta tuvo que derrumbarse para que él se diera cuenta.

—Todavía no —dijo Phoebe, devolviendo su atención al presente—. Pero estoy siguiendo una fuente que detecté en el departamento de Liza.

Unos pasos subían las escaleras. Rápidamente, Orión hizo el gesto de cerrarle los labios a su hermana, preparándose para cambiar de tema. Cuando Janie entró con una bandeja de cristal en las manos, se detuvo en la puerta. Aún tenía la cara un poco pálida por la intoxicación de la noche anterior, pero se movía bien y Lao Lao le dio el visto bueno. Antes de que Janie pudiera expresar su desconcierto por la repentina presencia de Phoebe en su sala, Phoebe se abalanzó hacia ella, con las manos extendidas para ayudarla con la comida.

—Hola —dijo Phoebe—. Déjame ayudarte con eso.

Rosalind había entrado en medio de una conversación. Lo sentía porque en la sala se sentía una mayor conciencia, por la forma en que la espalda de Orión estaba erguida y en que Phoebe ya tenía preparada una sonrisa en cuanto se abrió la puerta. No sabía de qué habían estado hablando exactamente justo antes de que entrara, pero no hacía falta ser un genio para adivinar que debía ser de ella.

Dejó cuatro pares de palillos sobre la mesita. Un momento después, llamaron a la puerta. Era Silas.

—Creí que nunca me dejarían marchar —dijo, entrando—. Llevo tantos días despierto que tendrán que disculparme si empiezo a hablar con la pared.

—Te prometo que dormir demasiado no hace que nadie en esta sala esté más cuerdo —respondió Rosalind.

—¿No te permitieron faltar a la investigación forense esta mañana? —añadió Orión, desplazándose a lo largo del sofá para que Rosalind se sentara.

Silas se dejó caer en el asiento opuesto. Phoebe permaneció recargada en el reposabrazos.

—Sí, y luego me citaron en Jiangsu para que me reuniera con un agente compañero que tenía mi contacto. Estaba preocupado por no saber nada de Dao Feng desde hace tanto tiempo. Él ni siquiera sabía que Dao Feng no estaba activo.

Rosalind hizo un gesto de dolor y acercó la comida al centro de la mesa. Levantó los palillos. Su agarre era débil, por mucho que apretara los dedos.

—Supongo que la comunicación se rompe cuando tu superior está fuera de servicio.

Después de todo, había una razón por la que la rama encubierta era desconocida para la mayoría del partido. Cuanta menos gente lo supiera, menos personas habría exigiendo información sobre sus misiones. Cuanta menos gente lo supiera, menos objetivos habría que torturar para obtener la información que se tenía.

—¿Por qué quería reunirse el otro agente? —preguntó Orión, con un tono inmediato de sospecha en la voz.

—Para su misión —respondió Silas—. Siempre he estado atento a sus progresos por si algo nos resulta útil —le ofreció un plato a Phoebe, y ella lo tomó con cautela—. El agente tiene el nombre en clave de Lingote de Oro, y ahora mismo está contactando con una red de armamento subterránea que se mueve por Shanghái. Su base está en Zhouzhuang, pero de algún modo su gente sigue introduciendo armas de todo tipo en esta ciudad.

Zhouzhuang. Rosalind se sentó. ¿No era allí adonde iba dirigida la carta que Jiemin estaba escribiendo? ¿Por qué esa pequeña ciudad era mencionada por todas partes últimamente? Le hizo un gesto a Phoebe para que tomara un par de palillos.

—Shanghái tiene una escasez de armas en la actualidad —declaró Orión. Silas asintió—. Y exactamente por eso está relacionado con nosotros. Una vez que se desarraigue la célula terrorista de Seagreen, hay una pequeña posibilidad de que acabemos combatiendo al Ejército Imperial Japonés, mientras hacemos arrestos. El Kuomintang necesita estar armado para el peor de los casos. Nuestro mercado más rápido ahora mismo es este círculo clandestino.

Orión hizo un ruido inquisitivo. Cuando Rosalind lo miró, él estaba frunciendo el ceño.

—La mayoría de las demás cadenas de suministro conducen a los extranjeros —dijo—. ¿No podríamos utilizarlas?

—Mi amigo... —respondió Silas—. El capitalismo y los precios más altos dicen que no.

—Suenas como un comunista —murmuró Rosalind, no sin malicia.

Silas se encogió de hombros.

—En realidad, al principio así fue como este círculo clandestino entró en nuestro radar. La misión era acabar con ellos porque suministraban armamento a los comunistas, sólo que ahora también los necesitamos.

—¿Y ellos están dispuestos? —no sonaba como algo correcto—. ¿De qué lado están?

—Ni del uno ni del otro. Son antijaponeses y antiimperialistas. Les darán a ambas partes lo que necesitan conectando proveedores fuera de la ciudad con puntos dentro de Shanghái, aunque Dios sabe cómo tienen tantas conexiones en el mercado negro. Ese tipo de negocios suelen llevar años de guānxì, una red de relaciones construida también desde dentro de la ciudad.

Rosalind se apoyó en el codo, casi rozando la pierna de Orión. Él estaba lo bastante sumido en sus pensamientos para protestar. Qué extraño. ¿Cómo era posible que una pandilla que operaba en la lejana Zhouzhuang tuviera los contactos necesarios para moverse por el mercado negro de Shanghái? Desde que los Flores Blancas se habían disuelto y la Pandilla Escarlata había sido engullida por la política, el mercado negro estaba compuesto por viejos Escarlatas y extranjeros, antiguos Flores Blancas y hombres de negocios que aseguraban no haber oído hablar nunca de las antiguas pandillas de la ciudad para que el Kuomintang no los persiguiera.

—De todos modos —continuó Silas—, Lingote de Oro divulgó sus progresos en el contacto con los cabecillas de esta banda. Están dispuestos a suministrar, así que para cuando hagamos los arrestos en Seagreen, nuestro bando debería estar armado para una operación sin problemas.

—¿Quiénes son? —preguntó Rosalind, aferrándose a la parte menor de la información de Silas—. La gente que encabeza el contrabando.

—Una pareja casada. Eso es todo lo que sabemos —con una mueca, Silas masticó más despacio su comida—. Lingote de Oro intentó entrar en su base de operaciones y casi le acuchillan la cara. Es mejor dejarlos en paz, a menos que en verdad necesitemos cerrarles el paso. La gente en el campo da miedo.

Se dio una palmada en el saco y dejó el plato en el suelo.

—Hablando de cosas espantosas… —Silas sacó algo de su bolsillo. Al instante, Rosalind y Orión se pusieron de pie, empujando a Phoebe de tal manera que estuvo a punto de tirar su plato.

—¿De dónde sacaste eso? —preguntó Orión.

Silas dejó la ampolleta de cristal sobre la mesa, con los ojos muy abiertos tras los lentes. El líquido verde del interior brillaba bajo la luz del techo.

—Lo encontré en el callejón, con los cadáveres —respondió, desconcertado—. Lo habría entregado de inmediato si hubiéramos tenido un superior, pero... —se interrumpió, mirando a Phoebe. Ella se limitó a encogerse de hombros, indicando que no sabía por qué los dos habían reaccionado así—. ¿Ustedes saben qué es?

La sala se sumió en el silencio. A un lado: Silas y Phoebe expectantes y perplejos. Al otro: Rosalind y Orión intercambiando una sola mirada, llegando a la misma conclusión.

—Ésa es el arma homicida —dijo Rosalind, como si lo hubiera sabido todo el tiempo, como si el pensamiento hubiera tomado forma por fin hacía apenas un segundo—. Es lo que les inyectan a las víctimas. Seagreen lo ha estado moviendo.

—Lo que significa —añadió Orión— que Haidi es nuestra principal sospechosa de ser la asesina.

Después de que Silas y Phoebe se fueron, Rosalind pasó largo rato sentada en el sofá, mirando la ampolleta verde que tenía en la mano. Apagó las luces del techo, planeando irse a su dormitorio, pero el brebaje despertó su interés y se puso a examinarlo, girando la ampolleta a un lado y a otro a la luz de la luna que entraba por la ventana. Sentía un extraño deseo de usarlo en sí misma, aunque sólo fuera para ver qué pasaba, probar su potencia. Pero eso era suicida, dado que el brebaje haría estragos en su cuerpo del mismo modo que el veneno. Aunque se abstuvo, no soltó la ampolleta.

—¿Estás bien?

Orión se unió a ella en el sofá, con las mangas todavía plegadas, tras haber lavado los platos en la cocina. Se sacudió las manos para secarlas, lanzando gotas de agua por todas partes. Los ojos de Rosalind parpadearon brevemente para ver qué le caía encima, pero volvieron a la ampolleta casi de inmediato.

—Sólo pensaba —dijo—. Una vez sostuve algo parecido a esto.

—¿Una mezcla química letal? —preguntó él, frunciendo las cejas.

—No —oyó la voz de Dimitri tan claramente como si estuviera en la habitación con ella: *Para gobernar el mundo, tenemos que estar dispuestos a destruirlo. ¿No estás dispuesta, Roza? ¿Por mí?*—. ¿Recuerdas la epidemia de hace unos años? ¿Cuando la locura se apoderó de las calles y la gente empezó a desgarrarse la garganta?

—¿Cómo podría olvidarlo? —Orión se movió en el sofá—. Fue más o menos cuando regresamos. Le prohibí salir a Phoebe.

Rosalind dejó el frasco sobre la mesita. Estaba a punto de hablar sin ambages, de decir que ella había participado en la locura, que un amante suyo había provocado la segunda oleada tras heredar la enfermedad de los extranjeros. Pero la ciudad conocía bien esa narrativa, sabía que Juliette Cai le había disparado a Paul Dexter para detener la primera locura, sabía que las dos pandillas habían trabajado juntas cuando Dimitri Voronin asumió el poder. Pero si admitía su papel, entonces ya no sería Janie Mead, era la trágica y terrible historia de cómo surgió Fortuna.

—Sólo me lo recuerda —dijo Rosalind en voz baja—. Una extraña ciencia que ronda por la ciudad una vez más.

Antes de que Orión pudiera responder, llamaron a la puerta y ambos se pusieron en alerta. No esperaban a nadie.

Orión se levantó para contestar y se llevó un dedo a los labios. Rosalind se quedó quieta. La puerta se abrió una pequeña fracción.

—¿Ésta es la residencia Mu?

Al ver al repartidor de periódicos, Orión se relajó visiblemente y abrió más la puerta. El chico llevaba una cesta de fruta en las manos, luchando por mantenerse erguido porque la canasta tenía la mitad de la altura que él y estaba repleta de durianes asquerosamente grandes.

—Sí —respondió Rosalind desde el sofá—. Cariño, ayúdalo, ¿quieres?

El chico respiró aliviado, sacudiendo los brazos mientras Orión tomaba la cesta. Saludó y se alejó a toda prisa, dejando que Orión olisqueara la fruta, con una expresión de absoluta confusión en el rostro cuando volvió a cerrar la puerta de una patada.

—¿Quién nos envía durianes? —preguntó—. ¿Se supone que esto es un insulto? ¿Como cuando los victorianos se comunicaban con flores?

Rosalind le hizo un gesto para que dejara la cesta sobre la mesa.

—O —dijo, asomándose y viendo la nota—, aquí hay comunicación real.

Sacó el cuadrado de papel, liso y de color crema, con tinta negra destiñéndose cuando lo desdobló. Tras un rápido vistazo, le dio la vuelta para que Orión también lo viera:

> **Marea Alta.**
> **Éste es su nuevo superior. Preséntense mañana a las 08:00 en el Mercado de Alimentos Rui, a lo largo de la Avenida Eduardo VII.**
> **Busquen el sombrero amarillo.**

—El sustituto de Dao Feng —dijo Orión con gran sorpresa. Echó un vistazo al resto de la cesta en busca de otra nota, tal vez sobre el propio Dao Feng, pero no encontró más.

—Llevaremos lo que tenemos hasta ahora —Rosalind miró a un lado. La tapa de la caja seguía acurrucada en el cojín—. Ya es hora de que empecemos a cerrar la misión.

—Sí —repitió Orión con un tono vacío—. Supongo que sí.

Su voz llamó la atención de Rosalind, pero él se dio la vuelta antes de que ella pudiera mirarlo, levantó la cesta y la llevó a la cocina. Rosalind lo siguió con la mirada, perpleja.

Se oyó un fuerte golpe en la cocina: la cesta cayó sobre la mesa. Luego, la voz de Orión dijo:

—Tengo una pregunta.

Rosalind frunció el ceño y replicó:

—Continúa.

Orión regresó y se apoyó en el marco de la puerta de la cocina con las manos en los bolsillos.

—¿Cuántos años tienes?

Rosalind necesitó todo su control para no ponerse tensa. ¿Por qué lo preguntaba?

—Diecinueve —dijo ella—. Creía que lo sabías.

—Lo sabía —respondió Orión—. Sólo me preguntaba si no lo recordaba bien.

Volvió a quedarse callado. Tenía que haber alguna razón para esta pregunta. Debía haber tropezado con algo.

Pero ¿sería tan malo que lo supiera?, susurró una vocecita.

—Mi cumpleaños fue a principios de septiembre —dijo Rosalind. Ayudaría a su credibilidad, la haría parecer una chica normal—. El octavo del calendario occidental —hizo una pausa—. ¿Por qué? ¿Parezco mayor?

Orión sonrió, estudiándola desde lejos. Pasó un rato antes de que diera una respuesta.

—No —había un dejo de incredulidad en su voz. Como si no supiera cómo. Como si no pudiera entenderlo—. No, no lo pareces.

—Cuidado —Rosalind se tocó el borde de los ojos, deslizando ligeramente las yemas de los dedos—. Vas a hacer que me acompleje por mis arrugas.

—Tú estarías preciosa con arrugas también.

Algo se apoderó de los pulmones de Rosalind. Pero nunca iba a recuperarlos. Iba a quedarse así para siempre, y luego se la llevaría el viento cuando su cuerpo decidiera rendirse, como ya lo había hecho una vez.

—Ah, qué cumplido —se llevó las manos al pecho, antes de desmayarse—. Has dado en el clavo. Ahora siempre estaré en deuda contigo.

Orión sacudió la cabeza con buen humor.

—¿Quieres saber algo? —preguntó. Se acercó rápido a las ventanas, donde las persianas seguían abiertas. Rosalind se levantó también y fue a ver qué estaba mirando. No era la calle ni los coches inmóviles estacionados en los alrededores. La mirada de Orión se dirigía hacia el cielo.

Rosalind inclinó la cabeza para ver mejor, pero no supo qué le llamaba la atención. No, hasta que él le tomó la barbilla y le inclinó un poco la cabeza hacia la izquierda. Excluidas en el entintado tejido del cielo, situadas justo en el lugar adecuado para verlas desde su ventana, había tres estrellas prominentes que brillaban un poco más que el resto.

—Shen —dijo Rosalind, al identificar la constelación en chino—. Es una de las mansiones del Tigre Blanco.

—Mejor consulta el cerebro europeo —dijo Orión—. ¿Cómo lo llaman?

Rosalind buscó entre lo aprendido en sus estudios. A Orión debía haberle resultado obvio cuando se le ocurrió, porque sus labios se crisparon.

—Orión —dijo ella—. Se llama Orión.

Él asintió, con los ojos aún fijos en la constelación. Cuando aquel mechón de cabello siempre obstinado le cayó sobre los ojos, Rosalind quiso apartarlo. Se obligó a mantener su propia mano a su lado.

—Antes de ser Marea Alta —empezó Orión—, era Cazador. No eran muy creativos con sus designaciones de nombres en clave. Pensé que era un poco gracioso.

Díselo, pensó de repente. *Yo era Fortuna. Yo no era una espía. Yo era una asesina.*

No se atrevía a pronunciar las palabras.

—Si los nacionalistas no pueden tener otra cosa —dijo—, al menos tienen sentido del humor.

—Comediantes, todos ellos —Orión se apartó el cabello antes de que Rosalind pudiera hacerlo—. Pero hicieron un trabajo intensivo para construir mi identidad. Una fusión casi completa con lo que realmente era, para que nadie me tomara en serio, para que mis objetivos no se dieran cuenta del trabajo de espionaje que se les escapaba, mientras pensaban que sólo estaban siendo cortejados.

Rosalind recordó a la francesa.

—Sí, parece que eres muy bueno en eso.

—Los mejores espías no lo parecen —respondió Orión, con un brillo malvado en los ojos. Lentamente, sin embargo, la maldad se desvaneció cuando se apartó de la ventana y la miró con seriedad.

Se hizo un momento de silencio.

—Te gustó, ¿verdad? —preguntó Rosalind—. Ser espía, quiero decir.

Ella no supo de dónde había salido la pregunta. Posiblemente de la sorpresa, de que el trabajo que él se obligaba a realizar por el bien de su familia, no fuera una tarea de fatalidad y pesimismo. Rosalind no era la misma. Por mucho que supiera que ser Fortuna le daba un propósito que no encontraba en ningún otro lugar, tampoco podía soportar esa parte de sí. La asesina inmortal e imparable que hacía temblar a la gente. Sólo quería ser una chica merecedora del mundo.

—Supongo que sí —Orión consideró el asunto—. Aunque no sé si quiero volver a esa identidad encubierta.

—¿Por qué no?

Apoyó su codo contra el de ella.

—Porque me he encariñado un poco con Marea Alta.

Así era: ahora no eran ni Cazador ni Fortuna. Eran Marea Alta. La melancolía de Rosalind se desvaneció. En su lugar, apareció un destello de diversión.

—¿Estás encariñado con Marea Alta? —repitió ella, con voz burlona—. ¿Te has encariñado *conmigo*, Hong Liwen?

—Sí —su respuesta fue sincera. No sonaba como si le respondiera con una burla—. Me encariñé.

Ella levantó la mirada. No se lo esperaba. Tampoco se había dado cuenta de que ahora estaban bastante cerca, con la ventana proyectando la luz de la luna sobre sus hombros, dos siluetas plateadas con cada borde difuminado.

—¿Eh?

Orión se acercó aún más.

—Cariño…

No siguió nada. Lo dijo sólo para dirigirse a ella.

¿Cuándo empezó a hacerlo? ¿Como si lo dijera en serio en lugar de ser una broma o un teatro para los testigos?

Una oleada de pánico se irrigó en sus venas.

—Buenas noches —soltó Rosalind, dando un paso atrás y rompiendo el hechizo. Aunque había pocas probabilidades de que ninguno de los dos estuviera cansado porque habían despertado apenas unas horas antes, Rosalind giró sobre sus talones y aprovechó la excusa para irse a toda prisa, cerrando la puerta de su dormitorio tras de sí antes de poder vislumbrar la reacción de Orión.

Ella se apretó contra la puerta. Su corazón latía demasiado rápido. Su frente estaba sudorosa.

—Basta —dijo entre dientes—. Esto no está pasando.

Pero no podía mentirse a sí misma. Ahí estaba: esa sensación en el estómago como si estuviera al borde de un precipicio, a pocos segundos de caer. Ahí estaba: ese sudor en la punta de los dedos, como si estuviera perdiendo sangre y ésta estuviera saliendo de su cuerpo con frenesí.

Quizá fueran los restos del veneno. Rosalind desfiló ante su espejo del tocador, comprobando la dilatación de sus ojos, sacando la lengua para ver su color. Incluso intentó mirarse los conductos auditivos, pero todos mostraban el mismo resultado: todo estaba sano. No quedaba nada en su organismo. Esta vez, su reacción no se debía a ningún veneno.

—*Putain de merde* —Rosalind apoyó las manos en el tocador. Luchó por recuperar el aliento como si hubiera corrido cien millas para llegar ahí.

—No te gusta —le advirtió severamente a su reflejo—. No, *él no te gusta.*

Mentirosa, respondió su reflejo.

Debería envenenarse de nuevo.

37

Silas ya estaba sentado en el mercado de abastos cuando Rosalind y Orión llegaron a la mañana siguiente, con un cuenco de wontons humeantes frente a él. Estaba distraído, con la mirada perdida a lo lejos, pero volvió en sí en cuanto Rosalind se sentó frente a él, al otro lado de la mesa. Puso la pieza de la caja junto a sus pies.

—Me alegro de verte por aquí, amigo —saludó Orión y puso una mano sobre el hombro de Silas antes sentarse junto a Rosalind.

Ella sintió su presencia como si cada centímetro de su lado izquierdo estuviera sobrecargado. Hizo todo lo posible por ignorarlo.

—¿Dónde está nuestro nuevo superior? —preguntó Rosalind.

Silas miró a su alrededor. Orión tomó la cuchara de su amigo y le robó uno de sus wontons.

—Llegué temprano. Aún no he visto a nadie. Quizá él está esperando para comprobar comprobar si nadie nos siguió antes de acercarse —Silas frunció el ceño, apartando a Orión antes de que intentara robar un segundo wonton—. Hasta ahora no hay sombreros amarillos cerca.

Rosalind apoyó la barbilla en la mano. Sus ojos parpadearon hacia una figura tres mesas más allá.

—Pero ahí está Jiemin.

Como si hubiera oído su nombre, Jiemin se volvió hacia ellos desde su asiento de madera, se limpió la boca con una servilleta y saludó. Rosalind y Orión le devolvieron el saludo, mientras Silas entornaba los ojos, mirándolo fijamente, incluso cuando Jiemin volvió a su comida.

—¿Quién es?

—Un colega de Seagreen —respondió Orión—. No lo tenemos en nuestras listas.

Silas seguía mirando fijamente.

—¿Lo reconoces de algún otro lugar? —preguntó Rosalind. Quizá no deberían haberse precipitado tanto al decidir que era inocente.

—Bueno, no —dijo Silas—. Sólo tengo curiosidad por saber por qué hay un sombrero amarillo asomando de su bolsillo.

Rosalind se congeló. Al igual que Orión, los dos giraron con rapidez para observar de nuevo a Jiemin. Él se levantó, dejó la servilleta sobre el plato vacío y se examinó el dorso de las manos después de limpiarlas. *Seguramente*, pensó Rosalind, *ya se marcha y sólo viene acá para despedirse.*

En cambio, Jiemin se dejó caer en el asiento junto a Silas y dijo:

—Encantado de conocerte en persona, Pastor —saludó con la cabeza a Orión y luego a Rosalind—. Marea Alta.

La mesa se quedó en silencio. Orión dejó caer la cuchara que tenía en la mano. Chocó con el suelo de cemento, ruidosa, incluso por encima del parloteo que los rodeaba en el mercado de comida. De varias mesas se asomaron para ver qué era aquel alboroto, pero volvieron a sus propios desayunos tras echar un vistazo.

—¿Eres *tú*? —exclamó Orión. Mientras él graznaba, Rosalind se agachó para recoger la cuchara y cerró la mandíbula sorprendida antes de volver a erguirse—. ¿Por qué serías tú?

Jiemin se encogió de hombros.

—¿Preguntas por tecnicismos o por logística? Mi padre es alguien importante en el Kuomintang.

—¡Igual que el mío!

Rosalind se acercó a Orión y le dio unas palmaditas en el brazo, antes de que los comensales de la mesa de junto lo escucharan. En la otra mano tenía los dedos tan apretados alrededor del mango de la cuchara que los nudillos se le estaban poniendo blancos.

—Sé quién es tu padre —dijo Jiemin con tono uniforme—. No es el mismo concepto, créeme.

—Así que los dos hacen que el nepotismo trabaje para ustedes —Rosalind trató de no apretar los dientes. Dejó la cuchara—. Sigues sin responder cómo un chico de dieciocho años fue asignado como nuestro superior.

Jiemin no parecía molesto por su tono despectivo. Pretendía no ver la absoluta perplejidad en el rostro de Silas.

—Me implantaron un año antes que a ustedes dos, así que decidieron que llevaba trabajando en esta tarea el tiempo suficiente para dirigirla —Jiemin sacó el sombrero amarillo de su bolsillo y lo dejó caer sobre la mesa. Llevaba cosido el logotipo de un restaurante del Asentamiento Internacional—. ¿Cómo crees que confirmamos que los asesinatos terroristas procedían de Seagreen Press? Primero, me infiltré en los círculos sociales japoneses y encontré las instrucciones enviadas a Deoka: directivas para establecerse en un almacén a las afueras de la ciudad y comenzar la distribución de un compuesto químico desconocido. La siguiente tarea fue confirmar que esos compuestos químicos estaban relacionados con los asesinatos que comenzaron a presentarse en la ciudad.

—Entonces, ¿desde cuándo se cometen estos asesinatos? —preguntó Rosalind—. ¿Y por qué *nos* asignaron ahora si llevan más de un año en la tarea?

Jiemin cruzó las manos y miró a Rosalind. Permaneció callado durante varios segundos —con los ojos firmes, la mirada fija— y, sólo con eso, Rosalind lo supo: él conocía su verdadera identidad.

—Ustedes dos tienen talentos de los que yo carezco —respondió Jiemin al final, cuando el silencio se prolongó demasiado. Señaló a Orión con la cabeza—. Sobre todo, no puedo captar lo que dicen en japonés. Era más rápido contratar y enviar más agentes que tener que aprender el idioma rápido y malinterpretar algo.

—No es posible que me digas que no tenías las listas terminadas durante el año que estuviste allí —dijo Orión—. Como mínimo, tenías sospechas…

—Sí, es probable que ya haya marcado a todos los que tienes —interrumpió Jiemin—. Pero ésa nunca fue la cuestión. Ésa era la primera tarea, y necesitábamos facilitarte las cosas para que descubrieras la siguiente parte. El *por qué*. ¿De qué sirve hacer arrestos si todavía no sabemos por qué están matando a nuestra gente con *agentes químicos*? Simplemente volverá a empezar mientras no encontremos la raíz.

Orión desvió la mirada y escupió una maldición frustrada. Durante toda su explicación, el tono de Jiemin había sido tranquilo, casi aburrido. Si alguien los hubiera observado a lo lejos, no habría adivinado que aquel chico era supuestamente su controlador —su *superior*—, con ese aspecto tan despreocupado y melancólico. Parecía más bien uno de los meseros del restaurante, mal pagado y descansando, sentado a la mesa con sus clientes.

—Dao Feng nos lo debió decir desde el principio —dijo Rosalind. También se esforzaba mucho por mantener el tono.

Jiemin apoyó los codos en la mesa.

—A decir verdad —respondió—, no estoy seguro de por qué no lo hizo. Cuando me dieron este expediente de tareas, revisé sus instrucciones. Se suponía que debió haber presentado todo: detener a los culpables en Seagreen Press, rastrear al asesino y encontrar una explicación para el método de asesinato.

Rosalind siempre supo de esta rareza. La había aguijoneado, le molestaba cada vez que pensaba en el objetivo de la misión. Pero lo dejó de lado porque suponía que Dao Feng le encomendaría las tareas si eran realmente importantes. Ahora debía creer que su trabajo hasta ese momento había sido redundante, que su verdadera misión había sido ocultada. Perdieron semanas buscando información que Jiemin ya había reunido en el transcurso de un año. ¿A qué jugaba Dao Feng? ¿Qué sabía él que ellos no?

¿Y por qué Jiemin tampoco estaba al tanto si intervenía como encargado de esta misión?

—Tal vez Dao Feng pensó que sería demasiado abrumador —añadió Silas—. Que Janie y Liwen necesitaban primero un periodo de adaptación.

—Tal vez —repitió Rosalind, aunque no sonaba ni un poco convencida de ello—. Bueno, pronto sabremos el resto, supongo. Zheng Haidi es la sospechosa más probable de ser la asesina. Sólo necesitamos atraparla.

Jiemin emitió un sonido.

—¿*Haidi*? ¿La secretaria de oficina Haidi?

Rosalind frunció el ceño.

—Sí. No la subestimes sólo porque parece tonta. Llevaba consigo el arma asesina. Aún no le has puesto las manos encima, ¿cierto?

—No lo he hecho —confirmó Jiemin sin rodeos.

—Toma —metió la mano bajo la mesa. En el camino, Orión había preparado una bolsa de plástico negro para meter la pieza de la caja, junto con la ampolleta que Silas había recuperado y la que Rosalind había tomado de Burkill Road. Rosalind le mostró la bolsa a Jiemin—. Dos ampolletas del arma homicida, así como pruebas concretas de la distribución de Deoka. La última vez que las vimos, el resto de las cajas estaban en una residencia en el 286 de Burkill Road. Si nos movemos lo bastante rápido, podríamos atrapar la base imperial subterránea antes de que se muevan.

Jiemin tomó la bolsa sin decir palabra.

—¿Está dando instrucciones ahora, señorita Mead?

—Sí —dijo Rosalind con firmeza—. La función en el Hotel Cathay... cerremos la misión entonces.

Orión y Silas voltearon a verla al mismo tiempo, con cara de espanto.

—¿Es una broma? —preguntó Silas.

—¿No has oído a nuestro prodigioso superior? —añadió Orión. A su favor, sólo dejó escapar un leve atisbo de burla—. Tardó un año en llegar a este punto. ¿Cómo vamos a terminarlo para el viernes si tardó tanto en conseguir todo lo demás?

Pero Rosalind estaba decidida. Lo había pensado con detenimiento la noche anterior, cuando no tenía nada mejor que hacer que pasearse por su habitación e intentar que su mente no vagara por otros lugares.

—Es nuestra mejor oportunidad —dijo—. Jiemin, ¿sigues insistiendo en no asistir a la función?

Jiemin asintió.

—Hay otros embajadores de la fuerza imperial que estarán presentes, traídos de otras ramas a través de Shanghái. Mucha gente de esta ciudad me reconoce de misiones anteriores. Si hiciera acto de presencia, tendría que ser como nacionalista, no como empleado de Seagreen.

—Bien —Rosalind se tronó el cuello—. Entonces Orión y yo iremos de incógnito. Podremos confirmar que todos los culpables están presentes antes de que los nacionalistas se apresuren a hacer los arrestos. ¿Cuándo tendremos otra oportunidad en la que todos los sospechosos estén en el mismo lugar? Nadie podrá enterarse de lo que viene a tiempo para escapar. Rush Burkill Road al mismo tiempo, y todo eso envuelto con un moño limpio como regalo: sospechosos y productos químicos, todos juntos.

Estaba lejos de ser un moño limpio, pero nadie en la mesa tenía fuerzas para discutir con ella.

—Muy bien —dijo Jiemin—. Entonces tienes hasta el viernes para averiguar su objetivo final en estos asesinatos —se puso de pie—. Voy a introducir esto en nuestros canales. Seguiremos el plan de la señorita Mead. Será en la función en Cathay.

Sin decir nada más, su nuevo superior se despidió con la mano y se dio la vuelta para irse.

—Nos vemos en el trabajo —murmuró Orión a la espalda de Jiemin, quien ya se iba.

***

Alisa salió de su edificio por la ventana del pasillo del segundo piso: saltó desde la cornisa y aterrizó entre las bolsas de basura del callejón trasero.

—Qué asco —murmuró en voz baja, levantándose de nuevo. No estaba segura de que su condición de fugitiva fuera lo bastante grave como para necesitar saltar por las ventanas, sobre todo sabiendo lo perezosa que era la Policía Municipal, pero no sobraba ser cautelosa. La luz de última hora de la mañana le irritó los ojos al salir del callejón. Había humedad en el aire.

Era un nuevo día de investigación. Aunque, en realidad, no quedaban muchas vías en lo que a su investigación se refería. Si Rosalind quería un trabajo mejor hecho, se lo debía haber pedido a su propia hermana. Celia era más veterana y tenía a un agente incluso más experimentado comiendo de su mano. Pero como Alisa había recibido el encargo, suponía que ella ataría el último cabo suelto.

Algo sobrenatural, avistado por una anciana. Algo que ver con el motivo por el cual los comunistas querrían perseguir a un par de nacionalistas.

Llegó a Bao Shang Road. La estrecha calle estaba llena de humo, a pesar de que el cielo era azul y brillante. Alisa subió las escaleras del edificio con un 4 descolorido en la fachada. Subir, girar y subir, girar hasta que se mareó. La nota decía que era el sexto piso. Se disponía a llamar a la puerta hasta dar con el departamento correcto, pero cuando terminó de subir seis tramos de escaleras, una de las puertas ya estaba entreabierta.

—¿Hola? —llamó Alisa. Dio un codazo a la puerta para comprobar si se trataba de una ilusión. Con un fuerte crujido, se abrió aún más—. Me envía el Kuomintang. Estuvimos aquí hace algún tiempo para tomar declaración... Volví para… —Alisa entró; al instante fue cegada por un destello de luz brillante—. *¡Cristo!*

—Ah, tienes que quedarte quieta, shă gūniáng. Si no, saldrá borrosa.

Alisa parpadeó rápidamente, tratando de despejar las manchas abrasadoras de sus ojos. Poco a poco, la escena se materializó: un pintoresco departamento, una anciana en silla de ruedas junto a la ventana. La mujer sostenía una caja en las manos, que Alisa identificó como una cámara personal.

—¿Cómo fui tan desconsiderada como para moverme? —Alisa parpadeó con fuerza por última vez para eliminar las manchas de los ojos. Sonrió, negándose a ser disuadida de hacer una presentación agradable—. Por favor, perdóneme, pero cuando mis superiores me enviaron aquí, no me dieron un nombre, sólo una dirección.

La anciana apartó la silla de ruedas de la ventana y avanzó hacia el sofá. Le hizo un gesto a Alisa para que se acercara. Vacilante, Alisa siguió a la mujer y se sentó en el borde del sofá.

—Tal vez porque no me preguntaron mi nombre la primera vez —respondió la anciana—. Soy la señora Guo. ¿Es usted rusa?

—Sí —respondió Alisa—. Me llamo… —hizo una pausa. No sería bueno utilizar el nombre de *Liza* por si se descubría su identidad encubierta con Seagreen. Aunque supuso que si el Kuomintang atrapaba a los comunistas haciéndose pasar por ellos por la ciudad para conseguir información, habría problemas mayores de los que preocuparse—. Roza.

Lo siento, Rosalind.

La anciana la miró de arriba abajo.

—¿Y el Kuomintang confía en ti? Llamaron a mi puerta después de enterarse de mi historia por un vecino. En verdad, empiezo a preguntarme cuánta gente habrán reclutado en las esquinas.

—Ah, sólo soy una humilde ayudante —mintió—. Pero escuche mi chino… es tan bueno que tuvieron que contratarme.

La señora Guo reflexionó sobre el asunto. Alisa contuvo la respiración, preguntándose si la incorporación de un ruso a las filas del Kuomintang era demasiado inverosímil.

—Tienes una forma de hablar excelente —decidió la anciana.

Alisa sonrió. Sacó un bloc de notas y puso la pluma sobre el papel.

—No le robaré mucho tiempo hoy. Sólo estoy confirmando un testimonio que dio hace tiempo.

—Tómate todo el tiempo que necesites —dijo la señora Guo, reclinándose en su silla—. Mis hijos no me visitan y ya no puedo bajar a jugar al mahjong.

Alisa miró a su alrededor.

—¿Come bien? ¿Quiere que le traiga algo?

La señora Guo parecía divertida.

—Ah, no te preocupes por mí. De lo único que podría sufrir es de aburrimiento.

—Espero no aburrirla con esto —Alisa fingió consultar otra página de su bloc de notas, aunque estaba completamente en blanco—. Necesito confirmar lo que vio a través de su ventana. ¿Dijo que era… sobrenatural? A algunos les cuesta entenderlo, así que le agradecería que me diera más detalles.

La señora Guo se quedó mirándola un momento:

—¿Detalles? —preguntó—. ¿Cuántos detalles más quieren, aparte de un asesino en serie en el callejón frente a mi ventana?

¿Asesino en serie? Los ojos de Alisa se abrieron de par en par antes de reprimir su reacción. Por suerte, la señora Guo se estaba alejando, se detuvo junto a la mesa de la cocina contigua y buscó entre un montón de revistas sobre la superficie de la mesa, así que no se percató de la sorpresa de Alisa. ¿Esto tenía que ver con la misión de Rosalind?

—Cualquier cosa que pueda recordar sería maravillosa —dijo Alisa ecuánime.

—Yo también estaba conmocionada, por supuesto —continuó la señora Guo—. Los periódicos escriben todos los días sobre estos asesinatos. Cadáver encontrado en esta calle. Cadáveres encontrados en esa otra calle. Orificios en los brazos. Expresiones arrancadas al terror. Le sigo advirtiendo a mi hija que no salga, y aun así va todas las noches a bailar en ese tonto wǔtīng.

—¿Cómo supo que se trataba de los asesinatos con agentes químicos y no de otro criminal? —preguntó Alisa, recargando su pluma sobre el papel—. La gente es asaltada por estos lados todo el tiempo por razones insignificantes.

—Deduzco que otros delincuentes de poca monta no clavan jeringas en sus víctimas.

Alisa apretó la pluma con más fuerza.

—Así que vio la jeringa.

—Mejor que eso —la señora Guo por fin encontró lo que buscaba y le extendió una tira de película fotográfica—. Toma. Ya les entregué a tus superiores la fotografía que mostraba la horrible escena, pero supongo que la información se pierde fácilmente. Ya tengo copias de todo lo demás, así que si necesitas el dǐpiàn original…

Alisa no dudó en tomar la tira. Expuso los negativos a la luz, tratando de distinguir las manchas y las formas. Aunque era fácil identificar la del centro como la fotografía en cuestión —parecía tomada desde arriba y a través de una ventana, con dos figuras en la parte inferior—, el diminuto tamaño del negativo y los colores invertidos impedían distinguir cualquier detalle. Debía imprimirla como una foto de tamaño convencional.

—¿Aún no han hecho ningún arresto? —preguntó la señora Guo, volviendo al salón.

—Están en eso —Alisa agitó la tira—. Gracias por esto. Es muy útil.

Alisa se despidió de la señora Guo, salió del departamento y cerró la puerta tras de sí con suavidad. ¿Por qué se preocupaban de esto los comunistas? ¿Qué sabían ellos a un nivel superior que ella aún ignoraba? Si esas fotos proporcionaban pruebas del asesino, los nacionalistas podrían utilizarlas para ponerle un alto a Seagreen Press. Sus superiores deberían haber pasado la información. ¿Tanto importaba la guerra? ¿Importaba más la guerra que salvar vidas?

Alisa salió del edificio y notó urgencia en su paso. Dio vuelta en la siguiente calle y se apresuró a entrar en la primera tienda rusa que vio en la esquina.

Extendió la tira negativa junto a un fajo de billetes y se acercó al mostrador.

—¿Tienes un cuarto oscuro?

Orión sufrió una emboscada durante su hora de comida, mientras estaba delante de un puesto pagando unos dumplings.

—No lo vas a creer.

Por fortuna, reconoció la voz en un instante y, a pesar de que se le acercó con sigilo, no derramó su gran bolsa de dumplings del susto. Menos mal. Eso habría sido bastante humillante.

—Hazme un favor, mèimei —dijo Orión. Contó pacientemente sus monedas para asegurarse de que tenía la cantidad correcta—. Toma las dos dòuhuā.

Phoebe olfateó y tomó las dos tazas de pudín de tofu de manos del dueño de la tienda.

—¿Puedo tomar una?

—Sí, puedes quedarte con la mía. Deja la otra en paz o mi esposa me va a gritar.

Se sentaron en una mesa junto a la calle, y Phoebe se concentró en no derramar las tazas. No vaciló antes de hincarle el diente, tras sacar una cuchara de las cajas de cubiertos que había en el centro. Orión dejó la bolsa de dumplings en el suelo, bastante preocupado por el entusiasmo de su hermana por el bocadillo. ¿Ah Dou la alimentaba bien?

—¿Qué es lo que no voy a creer? —preguntó.

Phoebe dejó la cuchara, como si hubiera vuelto a recordar por qué estaba ahí.

—¿Recuerdas cuando te dije que había echado un vistazo al interior del departamento de Liza Ivanova?

Mirando a su alrededor para asegurarse de que nadie la observaba, Phoebe metió la mano en el bolso, sacó una revista y la puso delante de Orión. La portada era rosa pastel y mostraba a una mujer en una silla de jardín mirando al cielo. Eso era lo único que Orión percibía. El texto estaba escrito en ruso.

—¿Le quitaste esto? —preguntó preocupado.

—¡No! ¿Crees que soy tan irresponsable? —Phoebe soltó un suspiro, apartándose el flequillo de los ojos—. Liza tenía la suya enmarcada. Me pareció extraño, así que fui a todas las tiendas de revistas de Shanghái para encontrar otro ejemplar. Les describí la portada varias veces y, al final, una mujer de Zhabei supo de qué estaba hablando. La sacó del fondo del local.

Su hermana tomó otra cucharada de la comida.

—En realidad, tengo que correr, debo llegar a una venta de zapatos en Sincere. Mira la ficha que tiene atrás. No podrás leer nada sustancial, pero imprimieron los nombres en inglés con las imágenes. No tengo ni idea de qué pensar. Confío en que tú tengas una idea mejor.

Con un tintineo de su cuchara contra la taza, Phoebe se puso de pie. Luego, como siempre estaba decidida a ser irritante, se asomó a la bolsa que tenía los dumplings y tomó uno antes de irse.

—¡No gastes demasiado! —le gritó Orión.

—¡No me digas lo que tengo que hacer! —replicó ella.

Al quedarse solo en la mesa, Orión dio la vuelta a la revista y la abrió donde Phoebe había marcado. La portada mostraba que el número se centraba en el estilo de vida, así que se sorprendió cuando la página a la que pasó parecía una esquela.

Roma Montagov. Nacido el 15 de julio de 1907.

—¿El heredero de los Flores Blancas? —murmuró Orión, entrecerrando los ojos ante la foto. ¿Por qué publicaba esta revista su obituario? Pasó a la página siguiente.

Juliette Cai. Nacida el 15 de octubre de 1908.

Con esos dos nombres juntos, de repente todo tenía sentido. Orión hojeó más rápido. Todas las últimas páginas eran obituarios de gánsteres. La revista debía haberlas publicado en recuerdo de la revolución que disolvió las pandillas.

Dimitri Voronin. Nacido el 2 de enero de 1906.

Tyler Cai. Nacido el 25 de marzo de 1908.

Kathleen Lang. Nacida el 8 de septiembre de 1907.

¿Kathleen Lang? La mano de Orión se detuvo, frunció el ceño. Conocía a Kathleen Lang; la mayoría de la gente de la ciudad conocía los nombres de la élite de la Pandilla Escarlata. Pero esta imagen... era una Celia más joven, la compañera de misión de Oliver. Orión se había encontrado con ella varias veces en el terreno. Cada vez que Oliver intentaba hacerse el simpático, Celia se veía obligada a arrastrarlo antes de que Orión le diera un puñetazo.

Esto no tenía sentido. A menos que. . .

—Dios mío —susurró. Si Celia había sido alguna vez Kathleen Lang, entonces él sabía quién era Janie. La conexión no se le habría ocurrido por sí sola (¿por qué se le ocurriría?), pero cuando la tuvo delante, el parecido entre Celia y Janie resultó innegable. Pasó la página hasta la última esquela.

Rosalind Lang. Nacida el 8 de septiembre de 1907.

Y allí estaba Janie, con el mismo aspecto.

Siempre sospechó que Janie Mead no existía. Pero esto era algo totalmente distinto. Asumió que era otra chica de la ciudad. Tal vez con un pasado complicado, tal vez criada en otro lugar que no fuera América. Pero *Rosalind Lang*...

Orión cerró la revista con una perpleja rotundidad. Un oficial de policía cercano sonó su silbato, con un ruido agudo y penetrante. Eso no perturbó a Orión. Aunque el mundo retumbaba y corría a su alrededor, él permanecía inmóvil, aturdido por la bomba que había caído frente a él.

38

Al cabo de las horas, Seagreen Press se volvió sombrío desde dentro hacia fuera, como si fuera una mansión en las colinas, y no un robusto edificio de oficinas en la Concesión Francesa.

Rosalind ya debería haber salido, pero se quedó en su escritorio, garabateando en hojas de facturas. No había hablado mucho con Orión en todo el día, para dar la impresión a cualquiera que la observara de que estaba ocupada. Orión le hizo un gesto con la mano cuando se le acercó alrededor de las cinco de la tarde, y ella le dijo que aún no podían irse porque estaba muy ocupada. En realidad, tenía un plan. Una vez que hubiera esperado al resto de sus colegas, Rosalind podría actuar.

Jiemin salió de su despacho a las cinco y media. Él le dirigió una mirada suspicaz, tratando de preguntarle con los ojos qué tramaba, pero Rosalind se limitó a hacerle un simulacro de despedida y volvió a su trabajo. Pronto, no sólo se apagaron las luces del pasillo, sino que el propio departamento quedó en penumbras, lo que hizo mucho más difícil ver la hoja impresa que tenía ante ella. No importaba. Veinte minutos más tarde, la última mujer de su escritorio se marchó, y el departamento quedó vacío. Rosalind ya no tuvo que aparentar que estaba trabajando.

Ella tomó su bolso.

Para su sorpresa, cuando se acercó al cubículo de Orión, él no levantó la vista. Ella esperaba que estuviera impaciente y dispuesto a marcharse, pero él ni siquiera la oyó acercarse hasta que ella le puso una mano en el hombro. La observó fijamente.

Rosalind frunció el ceño.

—¿Estás bien?

—Sí —se apresuró a decir Orión—. ¿Lista para irnos?

Rosalind asintió con la cabeza. El edificio había enmudecido por completo.

—Esperé a que todo el mundo se fuera para buscar los registros de los envíos en la sala de correo —dijo Rosalind mientras bajaban por la escalera—. ¿Puedes echar un vistazo también al escritorio de Haidi? No creo que guarde nada incriminatorio allí, pero podemos cubrir todas nuestras bases.

Orión no respondió.

—Orión —llamó ella.

Subió los tres últimos escalones de un paso. Por un momento, pareció confundido, como si despertara de un sueño y se encontrara ya en movimiento. Luego dijo:

—Sí, puedo hacerlo —y caminó con paso rígido hacia la recepción.

¿Qué le pasa?

Rosalind se sacudió la confusión y se apresuró a entrar en la sala de correo, la puerta se abrió suavemente bajo su mano. No había ninguna razón para proteger por la noche los diversos paquetes que se almacenaban ahí, así que no había cerradura en la puerta, lo que facilitó mucho el trabajo de

Rosalind. Se arrastró por los estantes en la oscuridad, sólo el resplandor de los faroles del exterior iluminaba su búsqueda.

Creyó haber visto a Tejas buscando por este pasillo. ¿Dónde estaba?

Los ojos de Rosalind se clavaron en una caja que asomaba por debajo de uno de los estantes más alejados. Todavía tenía las solapas abiertas. Cuando tiró de la caja y miró dentro, encontró una carpeta negra en la parte superior.

—Ajá, lo logré —murmuró, y abrió la carpeta en la página más reciente. Había algunas anotaciones nuevas y una de ese mismo día, en la que se registraba la salida de una caja con destino a Burkill Road.

Rosalind hizo sus cálculos. Llegaría a esa dirección al día siguiente. Lo que significaba que mañana podría haber otro golpe.

Sacó todas las páginas. Las enrolló y las metió en su bolso antes de pararse de puntitas y esconder la carpeta vacía encima de uno de los muebles.

Rosalind salió de la sala de correo. Orión seguía registrando la recepción cuando ella se acercó sigilosamente.

—¿Ves algo?

—Sólo un montón de envolturas de caramelos —informó Orión—. No creo…

El destello de una linterna recorrió las ventanas del primer piso, interrumpiendo a Orión a mitad de la frase. Justo después se oyó el chirrido del freno de un auto y un portazo. Alguien volvía a la oficina.

—¡Escóndete! —dijo Rosalind entre dientes.

—Aquí —Orión la agarró de la muñeca y los dos se ocultaron detrás del escritorio, agachados bajo la pesada estructura. La parte exterior del escritorio llegaba hasta el suelo;

cualquiera que pasara por allí no vería a Rosalind y Orión, a menos que se diera la vuelta y mirara desde la silla de Haidi.

Un solo par de pasos entró en el edificio. Rosalind no se atrevía a respirar, su mano se aferraba a la camisa de Orión. El brazo de él la rodeaba por la cintura, manteniéndola inmóvil. No sabía si era su propio corazón el que martilleaba contra su caja torácica o si era el pánico de Orión que le estaba transmitiendo. El espacio bajo el escritorio era tan estrecho que ella estaba medio tumbada encima de él, aunque a estas alturas no era nada nuevo que estuvieran entrelazados.

Si los encontraban aquí fuera de horario, no había excusa para que actuaran de forma tan sospechosa, para que las luces se mantuvieran apagadas como si la oficina estuviera cerrada. Tenían que permanecer muy, muy callados.

El visitante nocturno subió la escalera despacio. Sus pesados pasos eran pacientes. Debía ser un superior —Deoka o alguien de su nivel—, o de lo contrario no habría tenido acceso para atravesar las puertas principales después de que los guardias se habían ido a casa.

—¿Nos vamos? —susurró Rosalind cuando el visitante desapareció en uno de los pisos superiores.

—¿Y si hay alguien en el coche también? —susurró Orión—. Vamos a tener que mentir para salir —Rosalind aguzó el oído, tratando de ver si había movimiento en el estacionamiento de grava—. Es más peligroso esperar. Salir ahora es aceptablemente sospechoso. Irse en una hora es por completo incriminador.

—Sospechoso sigue siendo malo.

—¡No tenemos otra opción!

Orión buscó su mirada. Estaban discutiendo en voz baja sobre el asunto, como si pertenecieran a bandos diferentes, pero ambos sabían que era imperativo escapar sin ser descubiertos. Estaban tan *cerca* de terminar aquella misión.

—De acuerdo —dijo Orión—. Si hay alguien esperando en el auto, tengo una excusa que podemos tener preparada.

Rosalind miró hacia la oscuridad fuera del escritorio. Le pareció oír pasos en el piso de arriba. Intentó soltar la camisa de Orión y apoyó la mano en su pecho. El corazón de Orión latía con tanta fuerza que ella lo sentía en la palma de la mano.

—¿Qué pasa? —preguntó ella, volviéndose hacia él. Un chasquido de algo peligroso se cruzó entre sus miradas. Quizás en ese momento Rosalind debió saber exactamente cuál era el gran plan de Orión.

Se acercó a ella y la besó.

No fue un beso casto para un público espectador. Con una de sus manos aferrada a su cintura y la otra empujando su cabello, aflojó sus broches y deshizo su trenza. El cuerpo de Rosalind se acercó, con una atracción magnética que la obligaba a moverse, a rodearle el cuello con los brazos.

Su boca se abrió con un suspiro y Orión aceptó la invitación. Sus labios se movieron contra los de ella como en un hechizo, como si el mundo se estuviera acabando y ésta fuera su última gracia. No podía formar un solo pensamiento coherente en medio del frenesí, pero no le importaba. En el fuego ardiente estaba la condenación, y ella quería lanzarse directo en él.

Orión se apartó bruscamente, jadeando. Rosalind estaba tan aturdida que sólo podía mirarlo, esforzándose también por hacer una inhalación completa que llenara sus pulmones. Había una mancha de su labial en la parte superior de su boca. Sin pensarlo, Rosalind intentó limpiársela, pero él la agarró por la muñeca con sus dedos ardientes.

—Es lo que necesitamos —respiró.

Cierto. Porque esto era parte del plan. Un acto.

—Vamos —respondió.

Salieron de debajo del escritorio, sin acomodarse la ropa. Rosalind tomó el bolso y Orión la tomó de la mano. Cuando se apresuraron a bajar los escalones de la entrada, el coche estacionado junto al edificio los iluminó con sus faros.

Los dos se detuvieron. El chofer abrió la puerta con el ceño fruncido.

—¿Qué...?

—Lo siento mucho —interrumpió Orión antes de que el hombre dijera nada. Incluso sin ver su expresión, ella escuchó la sonrisa en su voz—. No nos dimos cuenta de que se había hecho tan tarde. No estamos molestando a seguridad, ¿verdad?

El ceño fruncido del chofer se desvaneció, sustituido por molestia en su frente. Hizo un gesto con la mano y empezó a subir al auto.

—Por favor, abandonen el lugar cuando estén listos.

—¡Saldremos de su vista! —dijo Rosalind a la ligera.

Se dieron la vuelta. Cruzaron a toda prisa el recinto. Rosalind creía que ninguno de los dos había exhalado hasta que cruzaron la puerta principal, fuera de la vista del edificio y lejos del chofer que los vigilaba.

—¿Estás bien? —preguntó Orión. Su voz era suave.

Rosalind lo detuvo, haciendo un verdadero esfuerzo por limpiar el lápiz labial de la boca a Orión. Él observó cómo ella pasaba un dedo por su labio superior. Ella no sabía si él se daba cuenta del ligero temblor de su mano.

—Por supuesto —dijo ella—. Después de todo, somos excelentes espías.

* * *

En el camino de vuelta al departamento, el aire estaba fresco, lo que sirvió para aliviar el sonrojo de Rosalind. Ella no dejaba de mirar a Orión, él no dejaba de mirarla a ella, y los dos no dejaban de mirarse sin decir palabra antes de volver a observar la calle, y seguir caminando en silencio.

Cuando Rosalind empujó la puerta que daba al patio de su edificio, se detuvo en seco.

—¿Silas?

Silas se dio la vuelta. Estaba con Lao Lao afuera de su departamento, en plena conversación.

—Espera, ¿qué? —soltó Silas de repente mientras Rosalind y Orión se acercaban—. Creía que ya estaban arriba.

—¿Arriba… en nuestro departamento? —preguntó Orión. ¿Por qué creías eso?

Silas miró a Lao Lao. La anciana también estaba visiblemente perpleja.

—Porque Lao Lao dijo que ahí estabas —respondió—. Lao Lao le dijo a Phoebe que su hermano estaba dentro, esperando para hablar con ella a solas. Nos llamó y todo.

El patio quedó en un silencio sepulcral. Phoebe estaba dentro, ¿hablando con su *hermano*…?

—Oliver —espetó Orión, subiendo las escaleras.

—Oh, Dios —murmuró Rosalind—. Lao Lao, ¿lo sabías?

—Pensé que era Liwen —exclamó—. Dijo que había perdido sus llaves, así que lo dejé entrar. Luego quiso llamar a su hermana para que viniera, así que yo lo hice.

Oliver Hong se había aprovechado de lo mucho que él y Orión se parecían, de sus voces similares. Rosalind se levantó la falda del qipao y se apresuró a subir las escaleras tras Orión, de dos en dos.

—¡Estaré aquí! —llamó Silas. Lao Lao lo invitó a pasar a su departamento y le ofreció comida para que no se involucrara en el drama familiar del piso de arriba y no pusiera en peligro su identidad encubierta de agente triple entre comunistas de verdad. Cuando Rosalind entró en su propio departamento, llegó justo a tiempo para ver cómo Orión se abalanzaba sobre su hermano mayor, arrojándosele directo a la yugular.

—¡Hey, hey! —gritó Rosalind.

Phoebe se levantó y se colocó entre los dos. Por el lado de Oliver, una mujer lo agarró del brazo con un movimiento confuso y le habló al oído.

Celia.

Por un segundo, Rosalind se sintió tan aliviada de ver a su hermana que sólo se quedó mirando. Celia tenía buen aspecto. Llevaba el cabello recogido en un moño en la nuca, la piel tenía un brillo cálido y sus ojos brillaban. Entonces, Orión se abalanzó de nuevo, intentando rodear a Phoebe, y Rosalind se obligó a moverse, para rodearlo con los brazos y arrastrarlo hacia atrás.

—Si te detienen por fratricidio, *no* voy a pagar tu fianza —dijo ella entre dientes.

—A veces, alguno que otro fratricidio está bien —respondió Orión.

Junto al sofá, Oliver ladeó la cabeza. Realmente parecía una calca de Orión, aunque con más ojeras y un sentimiento de rabia más profundo que rebosaba en el marco de sus hombros. También parecía más un sinvergüenza persistentemente engreído, porque donde Orión se sacudía el aire con una sensación de ligereza, Oliver lo lucía con orgullo.

—No lo dices en serio —dijo Oliver—. He extrañado mucho a Phoebe. Sólo quería ponerme al día con ella.

Phoebe le lanzó una mirada, agraviada por haber sido arrastrada a aquello.

Rosalind dio un paso adelante. Soltó a Orión y rezó en silencio para no arrepentirse.

—Siéntate —le dijo a Oliver—. Estás en nuestra casa como invitado, así que al menos sé educado —señaló con la cabeza a Celia, fingiendo no conocerla—. Tú también.

Celia se sentó sin rechistar. Oliver, sin embargo, se adelantó desafiante.

—Nunca fue mi intención ser grosero —le tendió la mano—. Soy…

—No toques a mi esposa —Orión terminó por él y le retiró su mano—. Ve a sentarte.

Celia miró a Rosalind a los ojos y enarcó las cejas. *¿Esposa?,* exclamó sólo con los labios.

Rosalind negó con la cabeza. *No preguntes.*

—Bien, me siento —Oliver se apartó y se dejó caer junto a Celia. Phoebe, que lo observaba, se acercó al reposabrazos y miró de un lado a otro—. Y nos atrapaste… Por más encantador que sea hablar con Phoebe, estamos aquí con una advertencia para ti. Con respecto a tu misión.

—Como si fuéramos a aceptar *tu* advertencia —se burló Orión. —No, en verdad es muy grave —dijo Celia. Era la primera vez que hablaba, y la atención de Orión se centró en ella, sus ojos se entrecerraron un ápice antes de dirigirse a Rosalind. Ella tuvo que esforzarse al máximo para no inquietarse. ¿Veía el parecido?

—¿Qué pasa? —preguntó Rosalind con firmeza.

—¿Tienes un mapa?

La petición fue repentina, pero Rosalind se levantó de todos modos, entró en el dormitorio y buscó en sus repisas. Estaba encantada de ver a su hermana, pero seguía siendo algo fuera de lo común y eso sólo podía significar problemas. Rosalind regresó con un mapa antiguo que mostraba la ciudad y su periferia, coloreado y delineado donde comenzaban y terminaban la Concesión Francesa y el Asentamiento Internacional. Cuando lo dejó sobre la mesita, Phoebe se inclinó hacia delante y la ayudó a sujetar dos de las esquinas. Celia, pluma en mano, se cernió sobre el mapa y dibujó un círculo en la parte superior izquierda.

—Aquí hay un almacén circulando cosas de Seagreen Press.

—Almacén 34 —dijo Rosalind de inmediato—. Yo también lo he estado vigilando. De ahí vienen las ampolletas.

Ahora Oliver también frunció el ceño y se apartó del asiento del sofá para acercarse al mapa.

—¿Las ampolletas?

—Las inyecciones de agentes químicos que han estado matando gente por todo Shanghái —aclaró Orión. Incluso sin darse la vuelta, Rosalind supo que había puesto los ojos en blanco ante la pregunta de su hermano—. ¿Sabes? El plan de terror que orquestó el Imperio Japonés. En el cual el gobierno no puede centrarse porque también estamos ocupados luchando en una guerra civil...

—Orión, qīn'ài de, por favor, cállate —interrumpió Rosalind.

Orión apretó los labios. Phoebe le dio una palmadita tranquilizadora en el brazo.

Celia trazó otra línea con la pluma sobre el mapa.

—No entendía por qué el almacén se llevaba los periódicos de las fábricas y luego los volvía a empacar. En realidad, para empezar, no entendía qué hacía un periódico extranjero de Shanghái tan lejos de la ciudad.

—También estuvimos hurgando en el Almacén 34 tiempo atrás —añadió Oliver—. Parecía una mezcla entre laboratorio y almacén. Había cajas por todas partes. Matraces y tubos de ensayo sobre las mesas. Tras una acalorada discusión en el trayecto en auto, llegamos a una conclusión.

—Esos periódicos son una tapadera para que los envíos pasen por el sistema postal —terminó Celia—. Seagreen Press sólo escribe sus números para canalizar lo que sea que el Almacén 34 esté haciendo en Shanghái.

Con un suspiro, Orión se acercó también a la mesita, se colocó junto a Rosalind y se sentó en el suelo.

—Ya sabíamos casi todo eso —dijo cansado—. Estábamos trabajando en la otra mitad de la línea de suministro. Viene del almacén, llega a Seagreen, y luego Seagreen lo envía a una casa en el Asentamiento Internacional, donde alguien lo toma y lo utiliza para asesinar a la gente. Los nacionalistas ya tienen las pruebas. Mañana haremos las detenciones.

La habitación se quedó en silencio. Celia y Oliver intercambiaron una mirada.

—¿Qué? —preguntó Rosalind.

—El almacén —dijo Celia lentamente— está dirigido por soldados nacionalistas.

—*¿Qué?* —preguntó Orión—. Eso es ridículo. Es un plan imperialista extranjero.

Oliver extendió las manos.

—Al parecer, es un plan imperialista extranjero trabajando con desertores del Kuomintang.

—Tú…

—Quédate sentado —ordenó Rosalind antes de que Orión pudiera levantarse. Se volvió hacia Oliver—. Debes saber lo increíble que suena eso. Toda una operación de un almacén no estaría dirigida por un solo hanjian. Haría falta una milicia. ¿Cómo podría ser que algo tan grande escape a la atención del Kuomintang?

Pero la duda empezaba a introducirse en la mente de Rosalind, enfriándola. Pensó en todo aquello para lo que aún no tenía respuesta. El archivo robado. El ataque a Dao Feng. Todo el caos en su propio bando. ¿Había habido alguien trabajando contra ellos todo el tiempo?

Rosalind se detuvo.

—En realidad, espera —se volvió hacia Celia—. ¿Sabes por qué los comunistas trataron de secuestrarnos?

Celia se echó hacia atrás.

—¿Perdón?

—Hice una copia de su expediente. Había tres nombres en clave: León, Gris y Arquero, supuestamente como agentes dobles de su partido que se hacen pasar por nacionalistas.

Rosalind no observaba a su hermana, sino a Oliver, esperando el más mínimo desliz que indicara que él sabía algo de esto.

—Poco después —continuó—, me lo robaron, casi matan a mi superior y un auto lleno de agentes suyos nos persiguió, intentando atraparnos con una cuerda. Envié a Alisa a investigar, pero aún no me ha informado.

Pasó un instante.

—¿Alisa? —Orión y Phoebe resonaron a la vez. Rosalind se quedó helada. *Merde*.

—Liza —corrigió Rosalind—. Fue un lapsus.

—No, *dijiste* Alisa —un pensamiento provocó que los ojos de Orión se abrieran de par en par—. Alisa... ¿*Montagova*?

Esto era un desastre. Pensaba que había sido cuidadosa a la hora de desenrollar los hilos de su pasado, colocándolos donde debían estar, y en cambio, éstos estaban cobrando vida como una serpiente pitón, empeñada en ahogarla con sus propias mentiras.

—Son nombres muy parecidos —sostuvo Rosalind.

Orión se cruzó de brazos. Era evidente que no le creía, pero optó por dejar de insistir en el asunto para mirar de nuevo el mapa que tenían delante.

—Hay alguna conexión entre todo esto —dijo Orión—. Si no, Dao Feng no estaría en el hospital en coma ahora mismo.

—No logro ver los puntos de conexión —replicó Oliver.

Los puños de Orión se curvaron.

—Yo no *te* pedí…

—No obstante, ofrecí mi opinión —Oliver se puso de pie—. Celia, debemos irnos. Ya nos entretuvimos bastante.

—Espera. Acabas de llegar —insistió Phoebe, soltando el mapa. El papel se enrolló, colapsó en su forma cilíndrica y cayó de la mesa. Rosalind estuvo a punto de pisarlo cuando se levantó.

—Lo siento, xiǎomèi —Oliver tiró de un rizo del cabello de Phoebe en su camino a la puerta—. Pídele a tu èrgē que no me amenace de muerte y tal vez te visite más a menudo. ¿Celia, cariño?

Celia asintió, indicando que ya se iba. Cuando Rosalind instintivamente dio un paso tras su hermana, Celia cerró una mano en torno al codo de Rosalind y se inclinó para emitir un susurro frenético. Cambió al ruso para que Orión y Phoebe no le entendieran.

—Debes tener cuidado. Hay algo terrible en juego aquí. Sé que los nacionalistas te encomendaron esta tarea, pero de alguna manera, están implicados, aunque todavía no he averiguado cómo —Celia se apartó. Miró a Rosalind como si quisiera decir algo más, pero las observaban, así que Celia sólo le apretó el codo y con ese gesto le comunicó su preocupación—. Cuídate.

Su hermana se apresuró a desaparecer por la puerta con Oliver.

Rosalind sintió que el aire nocturno entraba por la puerta abierta.

—¿Por qué lo sigues alejando?

La voz de Phoebe sorprendió a Rosalind. Se apartó de la puerta y vio que la chica estaba en medio del salón, abrazándose a sí misma.

—*Yo* no soy quien lo aleja —respondió Orión. Sonaba agotado—. Es la ciudad. No puedo evitar que trabaje para el otro bando de una guerra.

Phoebe encogió los hombros, parecía prepararse para dar un discurso. Pero luego, como un globo que se desinfla, se limitó a exhalar y se dirigió a la puerta.

—Le diré a Silas que me lleve a casa. Buenas noches.

La puerta se cerró. Quedaron Rosalind y Orión de pie en su sala de estar, con el espacio vacío de pronto. Rosalind le tendió la mano a Orión en un gesto de amistad, y Orión respondió tomándole la muñeca y acercándola para abrazarla.

—Está bien —dijo ella de inmediato. Acomodó la cabeza bajo su barbilla e inhaló profundo. Ella también estaba cansada de estas líneas de batalla. Barreras trazadas en todas direcciones, que la alejaban de su propia hermana. Ya habían elegido su bando. Para empezar, le habría gustado que no hubiera bandos, pero ésa era su parte ingenua y despreocupada.

Sabía por qué se formaban bandos. Cambio. Revolución. Caos.

—Estoy cansado de esto —susurró Orión.

Rosalind lo abrazó con más fuerza.

—Se acabará mañana.

Ella sintió que él sacudía la cabeza. Como diciendo: *No, no terminará.*

Las detenciones podrían realizarse mañana, una célula terrorista y un complot imperialista podrían desarraigarse, pero la guerra no habría terminado. Los bandos seguirían existiendo.

Orión se apartó.

—¿Les crees? ¿Sobre los nacionalistas?

—No lo sé.

Rosalind levantó la cabeza, frunciendo el ceño. Ella sabía que Celia nunca le mentiría, sin importar las circunstancias. La única cuestión era si Celia había recibido la información correcta. Estos planes eran obra de personas que cambiaban de apariencia cuando les convenía, eso ya lo sabían.

—Lo único que podemos hacer es tener cuidado. La situación va a llegar a un punto crítico de una manera u otra.

Orión asintió. Rosalind se preguntó si él le preguntaría algo sobre Celia. Si tendría curiosidad por saber por qué Celia le parecía familiar. Pero no lo hizo. Todo lo que no se había dicho entre ellos seguiría sin decirse durante otra noche. Él se limitó a tirar de ella hacia atrás y abrazarla de nuevo.

Oliver se adentró en la noche pisando cada vez más fuerte el acelerador.

—Más despacio —lo reprendió Celia. Estaba exaltado. Sus tendencias destructivas afloraban con toda su fuerza cuando se sumía en sus pensamientos.

—Aquí no hay nadie —respondió Oliver, yendo aún más rápido.

—Gran lógica. Cuando caigamos en un bache y salgamos volando, al menos sólo moriremos nosotros.

Aunque nunca lo admitiría, la reprimenda en el tono de Celia hizo que Oliver aminorara un poco la marcha. Celia tamborileó con los dedos en su pierna, observando los árboles zumbando en el exterior.

—Oliver —dijo ella—. ¿Qué sabes de Sacerdote?

—¿Sacerdote? —repitió sorprendido. Apartó los ojos del camino por un breve instante para encontrarse con su mirada—. Sacerdote no tiene nada que ver con esto.

—Responde a mi pregunta.

—Lo digo en serio. Literalmente ni un solo punto de conexión…

—Pero ¿tú qué *sabes*? —volvió a preguntar Celia—. ¡Ya tuve demasiado! Este bloqueo de la información no ayuda a nadie. Si nos atrapan, estamos muertos de todos modos, así que ya puedes decírmelo.

El coche redujo aún más la velocidad. Aunque sin duda seguía yendo a una velocidad peligrosa, Celia sintió cómo Oliver aflojaba el acelerador, sorprendido por su arrebato.

—Ayuda —dijo Oliver—. Me ayuda a dormir mejor por las noches saber que el Kuomintang no puede torturarte por la información que te di. Que no te puse en más peligro, a pesar de saberlo —su mandíbula se tensó. Intentaba no apartar la mirada del camino—. Bien. Audrey tenía razón. Yo controlo a Sacerdote. Cada viaje que hago a Shanghái es para establecer contacto y mover la inteligencia. Eso es todo lo que puedo decir. Es todo lo que *diré*.

Celia resopló aire por la nariz con furia.

—Voy a salir del auto.

—No seas ridícula.

Buscó la manija de la puerta. Oliver le tendió un brazo y frenó de golpe al mismo tiempo, intentando retenerla en su asiento antes de que pudiera abrir la puerta de golpe y hacerse daño.

—¡No lo hagas! No lo hagas, ¿de acuerdo?

El coche chirrió hasta detenerse bruscamente y se quedó en silencio. Despacio, Oliver apartó el brazo, al ver que Celia no se iría. Se limitó a observarla expectante..., esperando.

—Mira, aquí tienes un compromiso —dijo Oliver con mucho cuidado. Apartó el coche a un lado del camino y se estacionó correctamente, a pesar de que no había nadie más por esas calles a esa hora—. Creo que sé por qué nuestros agentes fueron tras Rosalind y Orión.

Celia parpadeó.

—¿Qué? —no se esperaba ese repentino giro—. Entonces, ¿por qué no se lo dijiste?

—Porque estamos en guerra. Podría perjudicar a nuestros propios agentes. ¿Cómo puedo informar a nuestros superiores que les di aviso a nuestros enemigos?

—No son nuestros enemigos —dijo Celia entre dientes—. Son nuestra *familia*.

Oliver la miró de reojo.

—Igual que la gente del campo —dijo—. También lo son todos los obreros olvidados y los trabajadores de las fábricas. No puedo impulsar la revolución y frenarla al mismo tiempo.

Dios. Iba a ser leal a la causa hasta el final. Ella lo sabía. Por supuesto que lo sabía. Lo amaba y lo odiaba por ello.

—¿Por qué? —dijo Celia entre dientes, maniobrando su cuerpo para poder enfrentarlo—, ¿*eres* así?

Oliver imitó su movimiento. Se inclinó hacia ella.

—¿Cómo?

Celia se quedó muy quieta. Bajó la mirada antes de poder evitarlo, buscando la boca de Oliver, a escasos centímetros de ella. Al instante, todos los pensamientos de su mente y todos los argumentos que aguardaban en su lengua huyeron en un éxodo masivo. No pensó en nada más que en su proximidad, cada vez más cercana. Podría cambiar su cabeza por su corazón. Sería tan fácil.

Luego susurró:

—No lo hagas.

Oliver se detuvo. No se apartó. Se quedó donde estaba, los dos separados por un suspiro.

—Lo siento —murmuró.

—No. No *lo sientas*… —Celia se interrumpió con un ruido frustrado e hizo la primera retirada, se giró en su lugar hacia el tablero—. No podemos hacer esto. No con nuestros deberes.

—¿Nuestros deberes? —repitió Oliver. Algo cambió en el siguiente parpadeo de sus ojos oscuros; Celia tardó un largo rato en darse cuenta de que su mirada se había tornado totalmente indefensa. Mientras que por lo regular Oliver Hong era estoico, había abandonado la fachada y la hacía partícipe de su confusión e inquietud—. Cariño, trabajamos para la nación, pero ella no nos *controla*.

Celia negó con la cabeza. Tarde o temprano tendrían problemas. Tarde o temprano serían detenidos por el gobierno, encarcelados, torturados. Todos los agentes de su bando lo sabían. La guerra era larga. Se alistaban para luchar en ella.

—No sabes lo que me pides —susurró—. He visto lo que hace el amor. Es poderoso. Es egoísta. Nos alejará del campo de batalla, y no podemos permitirlo.

Se abriría un camino. Haría de la muerte algo terrible, y entonces, ¿quién querría ser un soldado marchando a la guerra?

¿Quién querría arriesgarse a abandonar el mundo si tuviera algo hermoso entre sus manos?

Oliver fruncía el ceño con atención, como si primero barajara una multitud de respuestas en su cabeza. Casi ninguna luz de la noche entraba en el auto, salvo las estrellas, y aun en la oscuridad ella veía cada arruga de su ceño y cada movimiento de sus labios.

—Hay un pequeño fallo en tu lógica.

Celia parpadeó y apretó sus manos juntas en su regazo.

—¿Qué?

Oliver suspiró. Sonaba como si dijera: *Cariño*. Sonaba como si dijera: *¿Cómo no te das cuenta?*

—No puedes pedirme que no te quiera, manteniéndome lejos. Te amaré de todos modos.

El coche volvió a arrancar y el motor reanudó su ruidoso zumbido. Celia miraba fijamente hacia el frente, con la mente por completo en blanco. Podría haber olvidado cómo respirar, pero Oliver se desvió hacia la carretera y pasó por encima de una gran roca, lo que provocó que Celia girara en su asiento y obligó al instinto a tomar las riendas y empezar a respirar de nuevo.

—Como estábamos diciendo —recomenzó Oliver con calma, como si no hubiera hecho la confesión más increíble—, hay rumores de que el Kuomintang se acerca a un arma. No tienen muchas misiones encubiertas activas, y menos en Shanghái. Como sea, nuestros agentes la quieren encontrar primero. Creo que es lo mismo que la misión de Rosalind y Orión.

Celia intentó retomar la marcha. Era casi imposible, pero se esforzó al máximo y optó por mirar a Oliver por el retrovisor en lugar de frente a frente. Su expresión era un lienzo uniforme y en blanco. La cautela se había restablecido.

—¿Qué significa eso? —preguntó. Su voz sonaba demasiado áspera, así que se aclaró la garganta—. ¿Fueron por Rosalind para robarle un arma? ¿O van por *ella* como arma?

Su rápida sanación. Su incapacidad para dormir o envejecer. La identidad alterna de Rosalind como Fortuna era notoria en ambos partidos, aunque la mayoría de la gente pensara que era un mito.

Oliver negó con la cabeza.

—Nuestros agentes saben que nadie ha sido capaz de comprender sus poderes, así que no serían tan estúpidos para intentar algo tantos años después. No la persiguen por su talento como Fortuna.

—Entonces, ¿qué buscan? —preguntó Celia. ¿Qué otra cosa podría ser un arma? Aparte de pistolas, cuchillos y veneno, ¿qué más hay?

—No lo sé —respondió Oliver—. Sinceramente. No es nuestra misión, sólo una en la que nos inmiscuimos, así que por temor a una filtración, muy poca información viaja por la línea.

Había algo que Celia no podía comprender. Era, como un bote salvavidas flotando a lo lejos.

—Pero ¿crees que los nuestros fueron tras Rosalind y Orión porque son quienes se están acercando? Lo único que están cerrando son las detenciones de imperialistas y hanjian —Celia se detuvo—. Y el Almacén 34, supongo.

Ahora algo empezaba a caer en su sitio. Algunas partes dispersas de una imagen completa, rozando más cerca de donde se suponía que debían estar.

El camino de tierra se bifurcaba. Oliver tomó la derecha. En medio de la curva, dudó.

—¿Qué pasa? —preguntó Celia de inmediato.

Dejó que el volante se enderezara y esperó a que el auto avanzara antes de hablar.

—Había algo en aquel almacén. Me recordaba a los viejos estuches de ciencias de mi madre, que nos ponía sobre la mesa para que jugáramos con ellos si nos quejábamos de estar aburridos. Parecía como si estuvieran allí mezclando brebajes para divertirse. ¿Qué tiene de bueno una mezcla de agentes químicos para matar? También se puede matar a la gente inyectándole aire en las venas.

Celia se echó hacia atrás. Se le ocurrió un pensamiento tan rápido que sintió como si la hubieran abofeteado.

—¿Y si el objetivo no es matar?

—¿Qué? —Oliver giró a la izquierda, llevándolos a un camino de tierra más estrecho. Salían de los límites exteriores de Shanghái—. ¿Así que *es* para divertirse y jugar?

—No —dijo Celia. Los materiales del Almacén 34. La losa de metal que podría parecer una mesa de operaciones, si no fuera por las hebillas laterales. Y Rosalind: Rosalind volviendo a la vida cuando Lourens le clavó la aguja en el brazo—. ¿Y si están haciendo experimentos, y matar a sus sujetos es sólo un efecto secundario? ¿Y si estas muertes en Shanghái no son porque están *usando* un arma química… y si es sólo un intento de perfeccionarla?

39

—Lleva esta información a Rosalind de inmediato —dijo Celia cuando Alisa descolgó el teléfono, después de ser convocada a su puesto de enlace más cercano—. Le prometí a Oliver que yo no me involucraría, pero al menos puedo darle una advertencia. Su misión no es una célula terrorista. No están matando gente para tener una excusa para invadir Shanghái. Están usando gente como conejillos de indias y matándolos para perfeccionar un arma química.

Por toda la ciudad y fuera de ella, el viernes llegó al son de tambores de guerra. Alisa recibió la llamada hasta última hora de la tarde y tenía que regresar a la tienda de la esquina para recoger sus fotos. Pensó que sería mejor pasar por las fotos antes de encontrar a Rosalind para presentárselo todo de una vez.

—Hola.

La chica del mostrador dio un golpecito a un sobre, que ya esperaba junto a los mapas y los caramelos de menta.

—Para usted.

Alisa tomó el sobre y lo abrió de inmediato. El contenido no era grueso: sólo cinco fotografías, impresas a partir de los negativos de la tira de película. Observó las dos primeras. Un ramo de flores apoyado contra la pared. La señora Guo apuntaba con el objetivo al espejo de su baño con una expresión tonta, que hizo reír a Alisa.

Pasaba las fotos de una mano a otra, separándolas en vistas y no vistas. Pero cuando llegó a la siguiente fotografía, las dejó caer todas al mismo tiempo y quedaron regadas por el suelo de la tienda de la esquina.

—Vaya —dijo la chica del mostrador. No se molestó en ayudarla a recogerlas. Alisa también se quedó inmóvil, con la mandíbula desencajada. De pronto, temió que el viento se llevara la foto, se arrodilló y la levantó, limpiando la superficie como si pudiera borrar lo que mostraba.

¿*Eres* tú?

Orión recibió una llamada telefónica en la que le pedían que acudiera de nuevo a la sede local del Kuomintang, así que cuando terminó la jornada laboral, Rosalind emprendió sola el camino hacia Burkill Road.

—Nos veremos allí si terminan nuestra reunión antes de lo previsto —susurró en la sala de descanso—. Si ves a Haidi durante la ventana de tiempo en la que podría actuar, *no* te enfrentes a ella.

—Lo sé, lo sé. Sólo estoy vigilando —lo tranquilizó Rosalind.

La función en Cathay sería en tres horas más. No había tiempo que perder para recopilar sus últimos datos. De todos modos, a Rosalind no le preocupaba actuar en solitario. No podían herirla de gravedad, siempre que no *le* clavaran una aguja en el brazo, y aunque no fuera la mejor luchadora, era difícil dominarla.

El sol empezó a ponerse a un ritmo pausado, convirtiendo el cielo en una acuarela anaranjada. Uno a uno, los faroles de las carreteras se encendieron zumbando.

Cuando Rosalind caminaba, daba cada paso con intención. No llevaba bolso, lo que le facilitaba maniobrar. Sólo había veneno en los broches de su cabello, oculto en el pliegue de su falda y adherido a la parte hueca de sus zapatos.

Esperó a que pasara un tranvía, cada tañido de su campana era como una muerte en la ciudad, marcando a los caídos, que permanecen para siempre sin nombre.

No demoró mucho en llegar a Burkill Road. No tardó en escabullirse por la acera, manteniéndose cerca de las fachadas de las tiendas y las sillas de las cantinas, hasta que se acercó a la residencia, hasta que dio la vuelta por detrás y trazó un círculo completo, explorando todas las salidas a la vista. Había algunas ventanas bajas. Una puerta trasera oculta tras una gran pila de bolsas de basura. Estaba dispuesta a apostar que el asesino utilizaría esa puerta para entrar y salir, así que Rosalind se dirigió a otro edificio situado más adelante en el callejón y se escondió junto a uno de sus escalones, a la vista de la puerta.

Esperó. Observó. El sol se puso. El cielo oscureció. Y cuando se encendió un solo foco en el 286 de Burkill Road, hubo movimiento en el callejón, una figura que salía por la puerta trasera moviéndose rápido como un látigo.

Rosalind se puso de pie de un salto. No vio la cara de Haidi, no por falta de atención, sino porque la persona que acababa de salir por la puerta tenía los rasgos cubiertos, envueltos en una tela negra. De la cabeza a los pies, era por entero negra y se confundía con la noche.

Rosalind la persiguió de inmediato: no para combatir, sólo para *ver mejor*. Los callejones se encontraban relativamente vacíos, y ella ya estaba familiarizada con ellos tras su huida con Orión. Aunque seguía de cerca a la figura, sabía que debía mantenerse a distancia para asegurarse de que no la escuchara. Un par de veces pareció adelantarse, y a la tercera Rosalind se quedó demasiado atrás y apenas captó un destello de la figura girando a la derecha. Con una breve mirada al callejón que tenía ante sí, tomó otra ruta porque sabía que convergería con su camino.

—Vamos, vamos —murmuró en voz baja, jalando uno de sus broches. Ya no podía sólo vigilar, estaba demasiado cerca. Entró derrapando en el nuevo callejón: el asesino ya estaba a unos pasos, doblando la siguiente esquina. Aunque se movía rápido, no se movía con apuro. Era metódico. Por cómo se movía, parecía que aún no se daba cuenta de que Rosalind lo estaba siguiendo. Se oyó el sonido de algo que chocaba. ¿Una maceta? ¿Un tendedero? Rosalind dio vuelta a la esquina con el corazón en la boca y el arma en alto. Ante ella estaba el asesino, sujetando a un hombre vestido con ropas raídas.

—Haidi, detente —bramó, revelando su presencia—. Apártate.

Pero Haidi… si es que era ella, ni siquiera se percató de la orden. Un torrente de dudas paralizó la mano de Rosalind. Estaba presenciando cómo asesinaba. ¿No le importaba? ¿No se asustaba ni un poco? ¿No intentaba combatirla o huir?

—¡Hey!

El asesino clavó una jeringa en el hombre que estaba en el suelo y empujó hacia abajo.

Con un movimiento furioso, Rosalind se precipitó hacia delante, para chocar con el asesino y hacerlo perder el equilibrio. En cuanto hizo a un lado al asesino momentáneamente, intentó poner al hombre de pie, pero él ya se sacudía y se convulsionaba, lo que le impidió sujetarlo bien.

—No te preocupes —jadeó Rosalind—. No te preocupes. Espera…

Una mano la agarró por el brazo y la echó hacia atrás. El broche se le escapó de las manos. Se golpeó con fuerza contra la pared, casi abollando el yeso.

La cabeza le daba vueltas. De pronto, se arrepintió de todas las decisiones que la habían traído hasta allí, sola.

El hombre en el suelo se quedó quieto. El asesino enmascarado se dio la vuelta, con movimientos lentos y deliberados. Rosalind resolló para recuperar el aliento y levantó la mano para arrancarse otro broche. Justo cuando el asesino se acercaba a ella, lo atacó, le quitó la jeringa de la mano de una patada y enganchó la pierna contra su tobillo cuando la pierna volvió a bajar, confiando en la fuerza de su impulso. Funcionó, o al menos a medias, ya que tumbó al asesino sobre su espalda mientras Rosalind rodaba por el suelo, volviendo a la posición de combate. Sin embargo, cuando el asesino se recuperó, fue mucho más rápido. El ataque de Rosalind lo motivó a sacar un cuchillo de algún lugar de su ropa, y entonces su brazo bajó rápido. Rosalind bloqueó una vez, luego otra, y rodó para apartarse. Se apoyó en las rodillas, justo en un ángulo en el que lo podía alcanzar… y arrancarle la tela de la cara.

Aunque ése habría sido el momento oportuno para arremeter y evitar la siguiente cuchillada, Rosalind no se movió.

—Dios mío —susurró, dejando caer su broche.

40

Así es como sucede.

La convocatoria se hace en toda la ciudad. La comunicación es fácil ya que las calles están pobladas y enredadas con cables eléctricos: enviar a un corredor, hacer una llamada telefónica. La técnica no importa, sólo la palabra detonante. *Oubliez. Olvidar.*

Entonces, el asesino se mueve. A veces, es difícil escapar. El vacío está condicionado a establecerse sólo cuando están solos. Tomó una increíble cantidad de programación. De experimentación. Sólo cuando están solos se cambian de ropa y se dirigen al mismo lugar. Han recibido instrucciones muy claras sobre las rutas que deben seguir para evitar ser detectados. Para empezar, ya son hábiles, así que este trabajo es fácil de inculcar. No es necesario pensar libremente, sólo se necesita la memoria muscular.

Instrucción número uno: tomar la ampolleta y la jeringa. Cada vez es nueva. Se altera ligeramente, dependiendo de los resultados de la última vez. Instrucción número dos: encontrar a la primera persona que esté sola, e inyectarle la solución. En meses anteriores, había ciertas calles que era mejor aterrorizar, ciertas áreas para ensayar primero. Así se minimizaba la probabilidad de ser avistados por un ojo vigilante o un peatón curioso en calles más cuidadas. Ahora, ya no importa. Ahora, el tiempo es esencial, y cada parte de la ciudad es campo bueno para el juego.

Se suponía que el último lote era la tanda final. Cuando se entregó el paquete, las instrucciones cambiaron una vez más: utilizar los seis del lote. Seguro, uno debe funcionar. Arrastrar los cuerpos juntos si no es así. No alejarse mucho de casa; evitar levantar sospechas.

No funcionó como querían. Un lote más. Una tanda más. El asesino encuentra al hombre y le clava la aguja.

—¡Haidi, para! Aléjate.

¿Quién? Cuando el asesino mira, hay una chica en el callejón preparada para el combate, con los ojos llameantes. También hay instrucciones para esto. Llevar un arma. Derribar a cualquiera que vean, a cualquiera que intervenga. Para hacer un buen trabajo.

Un golpe, otro.

Al fin y al cabo, nada de esto es real. Sólo tareas que completar. Sólo instrucciones que seguir.

No tardará en asestar un golpe mortal. Esta chica no está del todo entrenada; esta chica es descuidada con sus golpes y brusca con sus movimientos, lleva su mano hacia delante sin razón y luego hace una pausa cuando jala la tela que ocultaba la cara del asesino.

Pero ¿no me resulta familiar?, piensa el asesino. *¿La conozco?*

Ahí: toma la oportunidad.

La conozco.

El cuchillo, lanzándose hacia ella con su afilada punta hacia delante.

Cariño. Cariño, querida.

—Dios mío —susurra la chica—. *¿Orión?*

Y justo antes de salir de su trance, él le clava el cuchillo en el abdomen.

Rosalind sintió que el filo abandonaba su interior con una sensación desgarradora, extendiendo una agonía punzante por todo su vientre. Sus manos se aferraron a la herida y la sangre carmesí se filtró a través de las líneas de sus dedos. En el momento en que Orión sacó el cuchillo, algo pareció cambiar en su actitud. Sus ojos se abrieron de par en par y sus labios se entreabrieron por el asombro. Cuando bajó la mirada hacia sus propias manos, pareció aterrorizado al verlas cubiertas de rojo.

—¿Janie? —rugió, dejando caer el cuchillo. Cayó al suelo con estrépito—. ¿Qué… qué estoy…?

—No te acerques —le advirtió ella—. *Jesús.*

Siempre eran los intestinos los que sangraban tanto. Mantuvo el brazo apoyado contra la pared, cubierta de sudor frío. Uno pensaría que ser capaz de curarse de cualquier cosa significaba que no tenía ningún problema en recibir heridas, pero cada vez era más traumático que la siguiente, cada una era un riesgo que le recordaba lo que se sentía estar a las puertas de la muerte. Ya no era la misma chica que había muerto la primera vez. Ya no quería morir.

—Yo no… —Orión dio un paso adelante.

—Lo digo en serio —ordenó Rosalind. Sus entrañas se recomponían, pero no lo bastante rápido. No podría escapar si él la alcanzaba. La sangre seguía corriendo por sus dedos, manando de la herida. Tenía la cabeza ligera y la piel temblorosa—. No te acerques más.

—Estás *herida*.

—Detente…

De repente, Orión se desplomó en el suelo, como si hubiera decidido seguir al pie de la letra sus instrucciones. Un momento después, Rosalind vio a Alisa Montagova detrás de él, con un dardo en la mano y los ojos muy abiertos.

—Sinceramente, espero que haya sido la decisión correcta —dijo—. Es un pequeño sedante, no te preocupes. ¿Qué pasó?

Rosalind tragó saliva. La puñalada empezaba a cerrarse por sí sola, primero por dentro. Estaba tan intranquila que podría vomitar en cualquier momento, pero aun así, logró hablar para responder a Alisa.

—Lo atrapé *in fraganti*. Es el asesino.

Alisa se acercó a Orión despacio, y le dio un pequeño empujón para asegurarse de que estuviera completamente noqueado.

—En realidad, ya sabía esa parte. Toma —le pasó una fotografía a Rosalind. Si existía alguna duda de que se tratara de un malentendido puntual, toda posibilidad de que lo fuera se desvaneció cuando Rosalind entrecerró los ojos ante la imagen, sosteniéndola cerca del foco que parpadeaba en la pared. Era Orión. Era Orión en pleno movimiento, con una jeringa en la mano y una mujer tendida en el suelo húmedo del callejón.

Rosalind murmuró una maldición en voz baja. Su vientre estaba a punto de sanar. Segundos después, cuando llevó la mano hacia el agujero abierto en medio del qipao, encontró su piel suave, aunque pegajosa por la sangre.

—No entiendo.

—Yo sí —dijo Alisa—. Celia llamó. Quiere que sepas que todo esto nunca se trató de asesinatos terroristas, son experimentos. Los compuestos químicos no están destinados a usarse para asesinar. Están creando un arma prototípica. Cada ampolleta es una fórmula de algún tipo que no ha sido perfeccionada, así que han estado probando y probando hasta que...

Se oyó un gemido en el callejón. Rosalind se tensó y sacó otro de sus broches con los dedos ensangrentados, pero no era Orión quien se había agitado. Era el hombre al que Orión había inyectado.

—¿Está *vivo*? —exclamó Rosalind, corriendo a su lado—. ¿Puede usted oírme?

—¿Dónde estoy? —resolló el hombre—. ¿Quién es usted?

Rosalind levantó la cabeza, buscando de nuevo a Alisa.

—¿Puedes llevarlo al hospital?

—Supongo —respondió Alisa vacilante, corriendo hacia él. Ayudó a Rosalind a levantarlo y luego cargó con la mayor parte de su peso cuando el hombre se tambaleó, incapaz de mantenerse de pie por completo—. ¿Qué vas a hacer para...?

—Ya se me ocurrirá algo —interrumpió Rosalind, sabiendo lo que Alisa estaba a punto de preguntar—. No se lo digas a nadie. No digas nada. Estamos caminando en un territorio completamente desconocido, y primero tengo que averiguar dónde estamos paradas.

—Estás jugando un juego *muy* peligroso —murmuró Alisa, pero no discutió. Con todo el apoyo que podía ofrecer al herido, salieron cojeando hacia la calle principal.

Rosalind se quedó sola en el callejón y giró sobre sus talones hacia una de las puertas del edificio. Llamó con fuerza, se apartó y esperó. Abrió la puerta un hombre alto con un trapo en el bolsillo, limpiándose la grasa de los dedos.

—¿Estás bien? —le preguntó al ver la sangre en su ropa.

—Ah, estoy genial —respondió Rosalind—. ¿Puedes cargar algo por mí? Te pagaré muy bien.

Rosalind llevó a Orión a casa en su estado inconsciente con la ayuda del desconocido, hablando todo el tiempo sobre cómo su marido era sonámbulo y eso era una gran molestia cuando ella estaba matando pollos para cocinar. Una vez que el hombre abandonó el departamento, quizá perplejo por no saber dónde estarían los pollos, Rosalind amarró a Orión a una silla de la cocina y la colocó en medio del dormitorio, donde no había nada cerca que él pudiera derribar y utilizar para liberarse si despertaba antes de que Rosalind regresara.

Planeó salir corriendo. Pero entonces —porque el Universo se empeñaba en molestarla— llamaron a la puerta y escuchó a Lao Lao gritar que tenía una llamada telefónica.

Maldita sea, pensó con frenesí. Silas. Querría un informe sobre si habían confirmado el avistamiento de Haidi.

—¿Cuál es la situación, Marea Alta? —preguntó Silas en cuanto se llevó el auricular a la oreja—. ¿Todos los cabos están atados?

Rosalind no pudo contestar durante un largo rato. Se quedó allí de pie, apretando con fuerza el teléfono. Orión debía ser detenido por sus crímenes. Él era el *asesino*. Era incluso peor que ser hanjian; la sangre verdadera de civiles inocentes corría por sus manos.

—¿Janie? —preguntó Silas—. ¿Estás ahí?

—Estoy aquí —dijo—. Sí. Vimos a Haidi. Ella es la asesina.

Rosalind Lang siempre había sido una mentirosa bastante buena. Quizá nunca aprendería la lección. Mentir primero; averiguar el resto después. Sintió una carga terrible en el pecho cuando se apresuró a contarle a Silas el resto —los asesinatos como experimentos, las muertes como efecto colateral—, que se volvió todavía más pesada cuando colgó el teléfono y se apresuró a salir del departamento de Lao Lao para tomar un *rickshaw*. El tiempo apremiaba. La noche era cada vez más oscura.

Ahora, al bajar del *rickshaw*, Rosalind sostenía con fuerza la jeringa que Orión había tirado en el callejón. Aún quedaba un poco de líquido verde en su interior, que se agitaba al caminar. Si no hubiera tenido la mente en otra parte, en cuanto robó la ampolleta de Burkill Road se le habría ocurrido hacer algunas pruebas. Y también cuando Silas les trajo la otra ampolleta del callejón detrás de Seagreen. En lugar de eso, le habían entregado ambas a Jiemin. Quizá los nacionalistas no harían otra cosa que guardarlas en algún cajón.

¿Por qué no se le había ocurrido que tal vez podría ser importante conocer el contenido preciso de esos productos?

Rosalind se abrió paso entre la multitud de Chenghuangmiao, se acercó al puente Jiuqu y encontró cerca un restaurante que le resultaba familiar. Antes, se cambió el qipao estropeado y se puso algo rojo, por los viejos tiempos. Solía pasar con frecuencia por esa zona. Ahí había presenciado cosas terribles, cosas hermosas, cosas atroces. Ahí había recibido la noticia de su inmortalidad.

Rosalind entró en el restaurante y luego bajó las escaleras hasta el antiguo laboratorio Escarlata, oculto bajo tierra. Tenía el mismo aspecto que la última vez que lo había visto: aquellas ventanas altas que mostraban los pies de la gente al pasar por fuera, los suelos pegajosos por los líquidos derramados, las esquinas abarrotadas de equipo.

Había un científico presente, que levantó la mirada cuando ella entró en el laboratorio. Los hombros de Rosalind se tensaron; esperaba que no fuera nadie que la pudiera reconocer. Pero se trataba de Hu Dai, el mismo que le había dado el diagnóstico. Rosalind recordaba su rostro amable y anciano, en el que se reflejaba la confusión de su conclusión, como si ni él mismo lo creyera, a pesar de las pruebas que tenía ante sí.

Tus células son completamente diferentes de lo normal. *En el momento en que se lesionan vuelven a un estado inicial. No se descomponen en absoluto. Renacen en vez de morir.*

—Hola —Rosalind le entregó la jeringa. Se preguntó si Hu Dai la reconocería. Habían pasado cuatro años. Debía haber visto a cientos de personas entrar y salir de este laboratorio desde entonces—. Por favor, dígame qué es esto.

—¿Qué…?

—Se lo ruego —dijo Rosalind—. Hay poco tiempo para explicaciones. Por favor, dígame si ha visto antes la sustancia que hay dentro.

—Sólo iba a preguntarle su nombre —respondió el científico con amabilidad. No había indicios de que recordara quién era Rosalind. Tomó la jeringa, la abrió y transfirió el líquido a un tubo de ensayo—. Soy Hu Dai. ¿Y usted?

Rosalind se secó las palmas de las manos con la falda del qipao, pero eso no la ayudó a absorber el sudor frío. La seda sólo le dejó la piel lastimada.

—No es importante —dijo Rosalind. Janie Mead ya no le parecía una identidad encubierta que pudiera usar. Siempre le había sentado mal, pero ahora la sentía como si volviera a ponerse ropa mojada después de quedar atrapada en la lluvia, y Rosalind preferiría haber revelado su verdadero yo antes que enfrentarse de nuevo a Janie Mead.

Observó cómo Hu Dai separaba el contenido del tubo en tres placas de Petri y vertía en ellas diferentes mezclas. Pasaron minutos mientras trabajaba, el metal tintineaba contra el cristal cuando él agitaba los productos químicos.

—¿Qué ve? —preguntó ella, impaciente. Una larga pausa. Hu Dai frunció el ceño.

—Teniendo en cuenta cómo está reaccionando, usted me ha dado una mezcla de algo —dijo finalmente—. No puedo decirle exactamente *qué* es en tan poco tiempo, pero tengo una conjetura sobre sus efectos: ayuda al flujo sanguíneo. Estimula la fuerza. Genera la sobreproducción de creatina.

Pero Alisa dijo que esto era un arma. ¿Cómo es que esos resultados podrían ser un arma? Sólo sonaba a que convertía a sus víctimas en aspirantes a atletas.

—Se está usando con intención letal —dijo Rosalind en voz baja—. ¿Hay veneno ahí también?

—¿Veneno? —repitió Hu Dai, sorprendido—. No veo ningún veneno. Déjeme ponerlo bajo un microscopio —tomó una placa de Petri—. No sólo el veneno hace letal a una sustancia. Cualquier reactivo en grandes cantidades puede matar. Algo bueno en grandes cantidades también mata.

Rosalind se apoyó en una de las mesas de trabajo. Hu Dai puso los ojos en el microscopio. Movió una palanca. Momentos después, se sobresaltó.

—¿Qué pasó? —preguntó Rosalind.

—Ya había visto esto una vez —puso una gota de algo en el plato. Crepitó, luego se calmó. Hu Dai se inclinó hacia el microscopio por segunda vez. Asintió sabiamente, como si esperara el resultado.

Cuando levantó la vista y se encontró con la mirada de Rosalind, algo se reflejó en su expresión.

—Lang Shalin —dijo—. No pensé que volvería a verte por aquí.

A Rosalind se le revolvió el estómago. Tal vez cuando el cuchillo penetró en sus entrañas, había desprendido sus órganos y ahora se agitaban libremente en su torso.

—¿Cómo me reconoció de pronto? —preguntó—. Ni siquiera lo pensó cuando entré.

—Bueno… —Hu Dai señaló con el pulgar el tubo de ensayo, la mezcla verde brillante que aún dejaba un tinte en el cristal—. Creo que me acabas de traer lo que te volvió inmortal.

Jiemin agitó el whisky en su vaso, distraído por la música que llegaba desde algún rincón del vestíbulo del hotel. Ignoraba a los miembros de la alta sociedad que pasaban, a los políticos que saludaban con la cabeza, e incluso a los niños que sólo querían jugar. Por la naturaleza del lugar —un punto de encuentro para la clase acomodada de Shanghái—, no faltarían los fastidiosos que intentaran saludarlo mientras estaba sentado en el bar, pero no había ningún otro sitio en la ciudad que protegiera sus puertas con tanta minuciosidad y registrara a todos los visitantes.

Conclusión: las muertes se deben a un experimento de los japoneses para crear una sustancia potenciadora, quizá para dotar a sus soldados de habilidades curativas similares a las de Fortuna. Las muertes son efectos secundarios involuntarios, no una instigación directa al terror.

Marea Alta confirma a Zheng Haidi como el agente de campo responsable. Otros cómplices culpables

están incluidos en la hoja adjunta a esta nota. Los arrestos se llevarán a cabo esta noche. Bloqueen la célula antes de que la sustancia final mejorada pase a los soldados. ¿Podemos proceder?

-Pastor

—¿Otra copa?

Jiemin levantó la vista despacio y luego sacudió la cabeza hacia el mesero. Había quemado la nota en cuanto terminó de leerla, pero las palabras de Silas seguían grabadas en su mente, donde podría releerlas a voluntad.

¿Evidencia de Haidi?, Jiemin había escrito.

La nota de respuesta llegó rápidamente.

Negativo. Sólo un avistamiento. Marea Alta aconseja vigilar a cada sospechoso de la lista de arrestos para asegurar su presencia esta noche. ¿Podemos proceder?

Jiemin lo había meditado. Agitó la taza de café que tenía en frente mientras intercambiaba esos mensajes, preocupando a las meseras detrás del mostrador de la cafetería por su expresión tan triste. No era un cliente habitual, así que no tenían forma de saber que tan sólo se trataba de su expresión de descanso.

Finalmente, redactó su respuesta y salió del café para entregarla.

Procedan. Me aseguraré de que los sospechosos estén vigilados.

A pesar de dar el visto bueno a la misión, Jiemin sentía que algo estaba mal. ¿Cómo habían averiguado que se trataba de *experimentos* sin tener pruebas fehacientes de que era Haidi? ¿De dónde habían sacado esa información?

Jiemin se escabulló del bar del hotel y recorrió la corta distancia que lo separaba del vestíbulo, en dirección a los elevadores. El botones, que ya rondaba con impaciencia, le preguntó si necesitaba algo, pero Jiemin no se detuvo y se limitó a negar con la cabeza. Se avecinaba un diluvio para este país, que se estrellaría contra una ciudad tras otra a través del fuego y la artillería, y estas dos facciones civiles se negaban a unir sus manos y embarcarse en un arca para sobrevivir. Tal vez serían un par de bestias muy extrañas caminando juntas, pero era mejor eso que quedarse como tontos, varados hasta ahogarse.

Jiemin caminó hasta acercarse al teléfono enganchado a un cable en la pared y expuesto sobre una pequeña mesa de bronce decorada con un paño de encaje blanco. Cuando el operario enrutó la línea, no perdió tiempo en informar.

—Estoy supervisando la situación que te preocupa —dijo—. Algo no va bien. ¿Puedes conseguirme información del otro lado?

Alisa estaba sudando por el esfuerzo cuando ingresó al hombre en el hospital. Le indicó al *rickshaw* que se dirigiera a la Concesión Francesa, ya que prefería un centro financiado con dinero extranjero, a los hospitales de la jurisdicción china con poco personal y siempre saturados. A pesar de sus esfuerzos, la sala de espera del hospital de Guangci seguía relativamente concurrida.

Una vez que la enfermera colocó al hombre en la camilla, Alisa retrocedió y se dejó caer en el asiento con una gran exhalación.

—¿Emergencia familiar?

Alisa miró de reojo a la anciana que tenía al lado. Estaba esperando en las sillas de plástico, tejiendo.

—Algo así —respondió Alisa. Su pulso frenético empezaba a calmarse. Lo único que se apoderaba de sus sentidos era el olor a limpiador antiséptico, abrumadoramente pesado en el aire.

—Suelen dejar entrar a la familia con los pacientes —dijo la anciana—. No tienen que esperar aquí afuera.

Alisa vio cómo la enfermera y la camilla desaparecían por el pasillo.

—Sí, tiene razón. Creo que iré a echarle un ojo a todo.

Pasó junto al tejido de la mujer y sintió un cosquilleo en el cuello. No había motivo para seguir a la víctima más allá, cuando su trabajo sólo debía ser conseguirle ayuda. Pero una parte curiosa de ella quería saber qué decían los médicos. Quería saber por qué había sobrevivido y los demás no, y si eso significaba algo.

¿Habían terminado los experimentos químicos?

¿Habían perfeccionado por fin lo que querían?

Los zapatos de Alisa no hicieron un solo ruido cuando avanzó por el pasillo en busca de la enfermera. Todos parecían haberse desvanecido en el aire, porque cuando llegó al final del pasillo no había nadie. Durante unos segundos, Alisa no hizo más que dar vueltas y más vueltas, pensando que simplemente no estaba viendo algo.

Nada. ¿Adónde se habían ido?

Avanzaba por las habitaciones, asomando la cabeza por las puertas abiertas y acercando la cara al cristal de las puertas cerradas. Tal vez la enfermera había sido terriblemente rápida al empujar la camilla. Tal vez habían realizado el traslado durante el poco tiempo que Alisa había pasado en la sala de espera.

Pero incluso después de que inspeccionara cada una de las habitaciones del ala, no vio al hombre que llevó. En su estado, no era posible que él *se hubiera marchado*.

Alisa se apresuró a volver a la sala de espera y se dirigió hacia el mostrador de recepción. Ignoró la fila y se fue al frente, golpeando con las manos la superficie.

—Creo que falta un paciente —dijo en francés.

La atención de la recepcionista se dirigió hacia Alisa. A su lado, el teléfono empezó a sonar.

—¿Otro? —soltó—. *Mon Dieu*... dame un segundo. ¿Hola?

Con el teléfono ocupando su atención, la recepcionista no se dio cuenta de que Alisa daba un respingo, sorprendida, con los ojos muy abiertos. ¿Qué quería decir con "otro"? ¿Quién *más* había desaparecido?

Alisa no esperó explicaciones, sabiendo que era poco probable que la recepcionista dijera algo más. Se adentró en el hospital, examinando el plano de la planta y familiarizándose con la extensión de las alas. Se le erizaron los pelos de los brazos. No creía que fuera algo en su cabeza: había ojos observándola, mirando en todas direcciones para ver qué haría a continuación. ¿Los ojos de quién? ¿De qué facción?

¿Los japoneses, esperando observar al primer superviviente de los experimentos químicos? ¿Los comunistas, esperando atacar?

¿O los nacionalistas, que simplemente se preparaban para arrestarla?

En la segunda planta, Alisa se arrastró por la barandilla blanca de la escalera, buscando con frenesí antes de divisar una ventanilla corrediza en cuyo interior había dos enfermeras. Vio cómo un paciente se acercaba a la ventanilla y pedía un recibo. Tenía que ser la oficina de administración del hospital. No dudó en dar la vuelta a la esquina y colarse por la puerta del despacho, escabulléndose entre los estantes, antes de que las dos enfermeras del otro extremo de la sala se percataran de su presencia. Alisa no debió preocuparse. Una vez que el paciente se fue, las dos enfermeras se distrajeron con la conversación y cerraron la ventana para seguir platicando. Alisa empezó a buscar en los estantes, hojeando los expedientes de los pacientes que habían dejado ahí para procesarlos.

—Vamos —murmuró Alisa para sí misma, ante los papeles que examinaba, y al propio hospital—. Respuestas. Denme respuestas.

—En recepción, dicen que tenemos otro —comentaba mientras tanto una de las enfermeras—. Pero el paciente ingresó minutos antes, así que podríamos borrarlo de nuestros registros y fingir que nunca estuvo aquí.

Alisa se quedó paralizada, se agachó hacia los estantes y giró el oído hacia el frente.

—Eso no arregla el problema del primero. Era demasiado importante: pronto tendremos a los nacionalistas husmeando.

—No compadezco a quien tenga que hacer la llamada. ¿Cómo perdemos a un paciente? Es como si se hubiera levantado y salido.

—Estaba en coma, depurando el veneno de su sistema. Sabríamos si se hubiera levantado y salido.

¿Quién?, preguntó Alisa en silencio. *¿De quién hablan?*

—Nunca se sabe. Nacionalistas, ¿eh? He oído que podría ser parte de su unidad de inteligencia. Dao Feng, edad treinta y ocho.

—Ay, mierda —dijo Alisa en voz alta.

Dio un paso atrás y salió del despacho.

41

Rosalind sintió el cambio en la habitación cuando Orión recobró el conocimiento. Sintió una opresión en la garganta, retorciéndose de dolor, como si el aire se hubiera vuelto dentado. O tal vez era sólo un síntoma de mirar a Orión abría los ojos, mientras levantaba la cabeza despacio y parpadeaba con pesada confusión.

—Estás bien —fue lo primero que jadeó Orión—. ¿Estás… estás bien?

—No gracias a ti —le respondió Rosalind—. Tú me apuñalaste.

—¡No era mi intención! —en cuanto Orión intentó levantarse, tiró con fuerza de las cuerdas y volvió a caer. Parecía sorprendido de encontrarse atado a la silla—. Ni siquiera recuerdo por qué estaba en ese callejón. No recuerdo… ¿qué *sostenía*?

Rosalind abrió la boca, pero Orión no había terminado:

—¿Te apuñalé? ¿Cómo te curaste?

—*Sí,* me apuñalaste —espetó Rosalind—. ¡Mira tus manos, Orión!

Él miró. Emitió una pequeña exhalación, su energía menguó. Tenía las manos atadas justo en el regazo, lo que le daba una visión completa de la sangre seca, los restos de su violencia.

—Tā mā de. No lo entiendo.

—¿Qué parte?

—Todo. A ti. A mí.

Rosalind recorrió una corta distancia de la habitación. Había encendido una lámpara junto a la cama y dejado las demás luces apagadas.

¿Para qué necesitaba iluminación? Sólo volvería más difícil mirar la expresión suplicante de Orión.

—Tú eres quien ha estado matando gente por todo Shanghái, Orión. Supongo que no intentarás negarlo.

—Yo...

Él quería negarlo. Ella podía oír la tensión, la frenética búsqueda de una explicación. Pero no podía, no cuando la prueba estaba al rojo vivo en la palma de su mano. Rosalind sacó la fotografía que Alisa le dio y se la puso delante.

—Niégalo —ordenó—. Niégalo, Orión.

Durante lo que le pareció una corta eternidad, Orión se limitó a contemplar la imagen. Si hubiera sido posible perforar el papel sólo con la mirada, habría hecho una docena de agujeros en la fotografía.

—No puedo —dijo al final—. De alguna manera, no puedo. Pero yo... —su voz se apagó, débil y aturdida—. No sé por qué. No tengo ningún recuerdo de lo que capturó esa foto. No recuerdo haber intentado hacerte daño. Lo único que recuerdo es haber caminado hacia el cuartel general. Estaba *pensando* en que debía apresurarme para volver. Y entonces... entonces...

Perder el tiempo. Perder el control. Conciencia selectiva. Era la explicación más vieja del libro. La que lo eximía de la culpa... pero sólo si era *cierta*.

Rosalind retiró la fotografía y la dejó sobre su escritorio. Allí ya tenía otro periódico esperando, un ejemplar de una de las imprentas nacionales de Shanghái. Dos semanas atrás habían publicado una columna en la que se enumeraban todas las muertes atribuidas a los asesinatos con compuestos químicos, e incluso dibujaban un mapa al lado de la lista para señalar dónde se había encontrado cada cadáver.

—Zhang Hua Road el 16 de septiembre —leyó en voz alta—. ¿Qué estabas haciendo esa noche? ¿Estabas cerca?

El interrogatorio era lo suficientemente duro para que Orión se limitara a mirarla, incapaz de responder.

—¿Qué estabas *haciendo?* —volvió a preguntar.

—No lo sé —jadeó Orión—. Yo no…

—Lu Ka Peng Road el 12 de septiembre —Rosalind trazó con el dedo la columna, implacable—. ¿Dónde estabas aquella noche? En la calle Zeng Tang el 24 de agosto. ¿Dónde estabas? Y el 19 de agosto. El 8 de agosto. El 22 de julio. Jesús, Orión, ¿sabes lo larga que es esta lista?

Lo sabía. Era su compañero de misión; conocía todos los componentes de esta misión tan bien como ella.

—No puedo *recordarlo* —insistió Orión. Apretó los párpados y luego los abrió de nuevo—. Lo intento, *lo estoy intentando*. Pero alcanzar esos recuerdos es como alcanzar la niebla. Es como si pensar en lo que falta me repeliera activamente. Lo único que recuerdo es caminar hacia la sede local. Después, *nada*. Nada hasta la noche, cuando volvía.

Rosalind cruzó los brazos con fuerza, oprimiéndose tanto a sí misma que le dolió. Podría ser una gran actuación. En esta ciudad, abundaban los artistas hábiles, que fingían debilidad con ojos llorosos y miradas suplicantes, mientras planeaban la siguiente cuchillada. No debía confiar en él. Ser engañada una vez era una tragedia, un golpe del despiadado Universo al seleccionar a sus víctimas al azar. Ser engañada dos veces era una estupidez, una falta suya por no haber aprendido la lección la primera vez.

Hace cuatro años podría haber entregado a Dimitri en cualquier momento. En cambio, había permitido que la engañara una y otra vez, hasta que el incendio de la ciudad provocó que finalmente se marchara, y entonces —sólo entonces— entró en razón.

No podía volver a ver arder esta ciudad.

—Debes reconocer —dijo Rosalind con firmeza— lo difícil que es creerte.

—No sé de qué otra forma hacer que me creas.

Orión se miraba las manos. Les dio la vuelta y sólo había más sangre del otro lado. Rosalind pensó en ofrecerle una toalla mojada, pero otra parte de ella quería presenciarlo. Necesitaba verlo, necesitaba observar cada cambio mínimo en su expresión, esperando que se asomara la crueldad.

—Intentas afirmar que no recuerdas ninguna de las veces que entraste en Burkill Road, tomaste una ampolleta y mataste a una persona en la calle —dijo Rosalind. Cada una de esas palabras dichas en voz alta sonaba más escandalosa que la anterior—. Que no tenías ni idea de tus propios actos a pesar de que nosotros *te* estábamos investigando *a ti* —su voz subió de volumen—. ¿Cómo puedo creerte?

Orión cerró los puños. Aunque eso no apartaba la sangre de su vida porque estaba embarrada hasta las muñecas.

—Por esto.

Y entonces, con un movimiento tan suave que casi parecía sin esfuerzo, Orión se zafó de la cuerda y se puso de pie. Rosalind se apresuró a retroceder, abalanzándose sobre la pistola que estaba en una repisa. No dudó. Quitó el seguro y apuntó.

Él no aflojó la cuerda. Sus ataduras estaban rotas y deshilachadas en el suelo, una pieza separada de la otra. Había usado la fuerza bruta para romperla.

A Rosalind se le escapó un suspiro.

Tengo una conjetura sobre sus efectos, dijo el científico. *Ayuda al flujo sanguíneo. Estimula la fuerza. Genera la sobreproducción de creatina.*

—Tú también eres un experimento.

Orión podía ser herido, ella misma lo había visto. No era como ella. Pero si lo estaban usando como asesino, entonces también debía ser algo distinto. Él era fuerte. Rápido. ¿No lo había visto luchar antes? ¿No había visto lo fácil que era para él?

—¿Un experimento? —preguntó Orión. Dio un paso hacia ella. Seguía por ese camino. Con una ignorancia absoluta.

Rosalind puso ambas manos sobre el arma. Se le ocurrió en un instante. Sabía lo que hacía el Almacén 34: una fusión perfecta entre lo que Orión y ella podían hacer por separado. Insertar la sanación sobrenatural *y* la fuerza sobrenatural en una persona, y eran un arma ambulante, totalmente indestructible en batalla.

¿Quién le dio a Orión esta habilidad?

Él dio otro paso. El dedo de Rosalind rozó el gatillo.

—No te acerques más —le advirtió.

—Escúchame —dijo Orión—. Podría haberme liberado de esas cuerdas en cuanto desperté —a pesar de su advertencia, seguía acercándose a ella—. No lo hice. No tengo ningún interés en hacerte daño.

Rosalind dejó escapar una fría carcajada.

—Pero ése no es el asunto que nos ocupa, ¿verdad? —voces del pasado se colaron detrás de ella, susurrándole con furia al oído—. Que no me hicieras daño no significa que no se lo hayas hecho a otros. No significa nada.

—No tengo ningún interés en hacerle daño a *nadie*. Yo mismo apenas puedo comprender esto.

—Deja de caminar —espetó Rosalind—. Dispararé. No creas que no lo haré.

—Rosalind. Por favor.

Casi se le cae la pistola.

—¿*Qué* acabas de decir?

Cuando Orión estuvo cerca, ella no apartó el arma. Él dio el último paso para acortar la distancia entre ellos, y entonces su pecho se apretó contra la boca del cañón, el acero oscuro de la pistola se confundió con su ropa.

—Tu nombre —dijo—. Sé quién eres.

¿Desde cuándo?

—¿Y qué con eso? —Rosalind respondió temblorosa. No podía quedarse atascada en eso—. No cambia nada cuando el asunto eres *tú*…

—Te pido tu confianza. De lo que sea culpable, lo arreglaré. Lo que sea que haya hecho, lo expiaré. Pero primero tienes que confiar en mí. Te necesito de mi lado. Se supone que somos un equipo. No puedo hacer esto sin ti.

—Debes pensar que soy tonta —dijo. Sus palabras eran duras, mordaces, sin compasión—. No tengo motivos para confiar en ti.

Orión cerró la mano en torno a la pistola. Rosalind se preparó para luchar, trabando los brazos, pero él no la atacó. En cambio, Orión fue suave, empujó la mano de ella, dirigiéndola hacia el centro de su pecho.

—Entonces, dispárame.

Rosalind parpadeó. Sus dedos se apretaron sobre los de ella, animándola.

—Quítame la vida —dijo—, y así responderé por todo lo que he hecho.

—Basta —exigió Rosalind—. Por lo menos, ten la decencia de no jugar…

—Esto no es un juego para mí —interrumpió Orión—. Prefiero morir a manos tuyas a que me creas un traidor. Prefiero recibir una bala rápida, a estar enfrentados en bandos diferentes de una batalla agonizante.

Un rápido destello de luz entró por la ventana, indicando que un coche se acercaba a la acera. Ninguno de los dos le prestó atención.

La sujeción de Rosalind se había vuelto inestable. Si Orión decidía desarmarla ahora, tendría éxito. No lo hizo. Esperó. Dijo:

—Entonces, dispárame. Dispárame ahora si no me crees —y dejó que ella apretara el arma contra su corazón que latía con frenesí.

—¿Por qué permites esto? —preguntó Rosalind. Incluso a sus propios oídos, sonaba como una súplica, como si dijera *Por favor, ya fue suficiente*—. ¿Qué truco es éste?

Orión exhaló.

—No hay truco —dijo él—. Permito esto porque te amo.

Su mente se detuvo. Cada célula de su cuerpo pedía aire a gritos.

Ya hemos hecho esto antes, decían. *Ya lo hemos oído antes.*

Promesas hechas, nunca cumplidas.

Roza, podemos huir. Roza, no importará lo que diga tu familia. Roza, no es traición si nunca les importaste en primer lugar. Nadie se preocupa por ti tanto como yo.

Pero a Dimitri Voronin nunca le había importado ella. ¿Por qué esto sería diferente? Todo lo que había conocido era el amor esgrimido como arma, el amor como falsedad para hacerla bajar la guardia.

—¿Crees que no voy a disparar? —gruñó Rosalind—. ¿A quién estás engañando aquí? Nunca hemos sido reales.

Orión sacudió la cabeza. Había un devastador temblor en su mirada, un oscurecimiento de sus ojos cuando la miraban… casi, *casi*, engañándola…

—Para mí, éramos reales —dijo Orión en voz baja—. Me acusaste de ser un mujeriego, y de pronto quise demostrarte que te equivocabas. Querías narcisos en tu boda, y de pronto quise ser quien estuviera a tu lado en el altar, viéndote sostenerlos. Quería que fuera real. Quería que todo fuera real.

Era tan tentador creerle, reunir toda su fe y dar un salto al vacío. Pero ya había creído una vez, y mira adónde la había llevado. Ellos siempre sabían qué decir, y a ella siempre la tomaban por tonta. Sintió que su dedo se movía en el gatillo. Podía disparar. Sabía que podía.

—Te arrinconé, Orión. Creo que inventarías cualquier mentira para escapar.

—¿Tan buen actor me crees? —Orión susurró como respuesta—. Nunca le había dicho a nadie que la amaba. No así. Sólo a ti.

Dios. Rosalind *debía* disparar. Pero había tantas cosas arremolinándose en su cabeza, enraizándola con la duda. Orión pareció deducir que su vida no corría peligro inmediato, porque empezó a moverse lentamente, posando los dedos en los brazos de ella, sin hacer nada más que sostenerla con el más delicado decoro. Se inclinaba hacia Rosalind, aun sabiendo que su vida estaba en sus manos, aun sabiendo que ella podría optar por apretar el gatillo en cualquier momento.

El tiempo se escurría entre ellos como el agua contenida por un parabrisas: estancado, interrumpido, a la espera de que algo lo pusiera de nuevo en movimiento.

Se oyeron voces fuera. Un doble haz de faros parpadeando de nuevo.

—¡Janie! ¡Orión! ¿Están listos para irnos?

La función en el Hotel Cathay. Los arrestos.

Con una furiosa maldición en voz baja, Rosalind retiró la pistola y se alejó un paso de Orión.

—Retomaremos esto en otro momento —dijo ella. Quizás en el fondo ya le creía. Habría sido una tontería permitirle participar en la misión si en verdad pensaba que era un traidor. Pero su corazón era una pequeña ave aterrorizada, y se negaba a tomar una posición contundente—. No creas que te estoy dejando libre. Ve a cambiarte.

—Esto es para ustedes —dijo Phoebe extendiendo el brazo desde el asiento del copiloto, cuando Orión y Rosalind subieron en la parte trasera del auto de Silas.

—Por el amor de todas las cosas santas, Phoebe, ¿por qué estás aquí? —Orión se acercó. Phoebe le pasó dos finos cables enrollados.

—Soy sus ojos fuera del hotel —contestó, agitando su propio micrófono—. Me informarán utilizando la tecnología más reciente que aún no ha salido al mercado: me lo dio Jiemin.

—Jiemin me lo dio a *mí* —corrigió Silas. Sus ojos se desviaron hacia el espejo retrovisor—. Orión, ¿estás bien?

—Estoy bien —respondió Orión con demasiada rapidez. Su cara estaba visiblemente pálida. Donde Rosalind tenía la ventaja de los cosméticos que cubrían su conmoción y ruborizaban sus mejillas, no había nada para ocultar la angustia de Orión—. ¿Cómo usamos esto?

—Pónganse el extremo en el oído y enrosquen el alambre alrededor de la oreja. Debe ser lo bastante fino para no llamar la atención.

Rosalind lo hizo.

—¿Y puedes oírnos a través de esto?

Phoebe se estremeció y se quitó el cable de la oreja.

—Ay, qué fuerte. Sí. Sí, definitivamente puedo.

Sin dejar de mirar con curiosidad por el retrovisor, Silas sacó el auto del estacionamiento. El vehículo se sacudió al incorporarse a la calle y pasar por un bache. Rosalind se alisó la falda con las manos, intentando no respirar con dificultad. Llevaba puesto el qipao verde oscuro que había comprado para la ocasión. Aunque se aflojó el cuello y mantuvo desabrochados los botones superiores hasta llegar a su destino, sentía la garganta oprimida, como si la tela le apretara cada vez más.

—Toma un arma —instruyó Orión en voz baja desde el lado de ella.

En los asientos delanteros, Silas y Phoebe discutían sobre si debían haber girado a la derecha cuando el semáforo estaba en rojo. Phoebe tenía el micrófono en la mano y no en la oreja.

—¿Al hotel?

—Sí —Orión sacó algo de su manga. Rosalind casi le pega cuando vio lo que era.

—¿El cuchillo con el que me apuñalaste? Preferiría que no.

—Rosalind —ella deseó que él dejara de usar su verdadero nombre. Sonaba demasiado real en su lengua. Demasiado íntimo—. Tómalo. Por si… para que no te haga daño.

—¿Y luego qué? —respondió ella—. ¿Yo te apuñalo?

—Sí —respondió Orión con facilidad—. Tú me detienes. Si algo se apodera de mí. Si no puedo controlarme.

Se había lavado rápido la sangre de las manos cuando Silas llegó tocando la bocina. Mientras Rosalind se recogía el cabello, lo había estado mirando. Observando el pánico y el horror, el lavado de manos y su enjuague frenético.

Él está actuando, insistía ella. Era más sencillo suponer que todo el mundo iba tras ella, en lugar de que ellos también fueran víctimas. Le daba una razón para ser fría con el mundo, y lo había sido durante mucho tiempo.

—Puedes detenerte, estoy segura —dijo Rosalind con tono uniforme. No llevaba pistola. No tenía dónde esconderla. Tendría que conformarse con sus broches envenenados—. Ya lo hiciste antes.

—No sé cómo. Simplemente ocurrió —Orión se volvió hacia su ventana—. Aun así, resultaste herida.

Rosalind se quedó callada. Miró por su propia ventana, sin decir nada. Su entorno se mezclaba y desdibujaba, cada destello de luz se fundía con el siguiente a lo largo de la ruta. Los casinos y cabarets trasladaban su actividad al exterior: mesas y cabinas instaladas bajo los faroles, gente jugando cartas y encendiendo fósforo tras fósforo para una interminable hilera de cigarrillos. Cuando el coche aminoró la marcha para dejar paso a una fila de *rickshaws* en el semáforo, Rosalind se inclinó hacia el cristal, preguntándose hasta qué punto los jugadores de cartas podían ver la mano que les había tocado mientras jugaban en la noche.

La luz se puso en verde. La mesa que estaba junto al semáforo estalló en carcajadas, cada vez más débiles conforme se alejaban.

—Ya llegamos.

Silas se detuvo entre dos vehículos. El río Huangpu se veía un poco más adelante, con sus barcos atracados y sus rampas llenas de gente. Sin tonterías innecesarias, Rosalind bajó y giró la cabeza para protegerse de la brisa.

—Vigila los autos que intenten salir cuando cambie la hora —oyó que Orión le decía a Silas. Entonces, su puerta también se cerró y quedaron los dos de pie en la calle, con posturas rígidas y semblantes incómodos.

—¿Tengo que suplicar?

Rosalind parpadeó.

—¿Qué?

Antes de que ella pudiera detenerlo, Orión tomó cartas en el asunto y se arrodilló para quedar a la altura de la cadera de Rosalind. La funda del cuchillo venía con una banda elástica, que él levantó hasta la pierna de ella y la ajustó tan rápido que Rosalind apenas pudo protestar. Sería fácilmente accesible a través de la apertura de su qipao, pero eso significaba que también sería visible, así que Orión la subió más y la acomodó en su muslo.

Orión parpadeó, con un tácito: *Esto no era tan difícil, ¿cierto?*

—Ya está —dijo. Sus manos seguían sujetando la banda, ajustada como una segunda funda—. ¿No te hace sentir a salvo?

—Difícilmente —dijo ella. Se puso el cable en la oreja—. Phoebe, ¿puedes oírnos?

—Alto y claro —su voz no venía del interior del coche. Sonó justo en el oído de Rosalind, y también en el de Orión, si es que su estremecimiento era una indicación de ello.

Orión se levantó de nuevo y le ofreció el brazo a Rosalind.

—Allá vamos.

42

El Hotel Cathay era una estructura resplandeciente enclavada justo donde Nanjing Road se encontraba con El Bund, una amenaza de edificio doble que se erguía más alto entre los demás miradores llenos de alboroto a orillas del río Huangpu, situado justo al borde de la hilera. Su tejado parecía el arma de un gigante: enfundado en cobre y apuntando directo a las estrellas, provocaba que el hotel pareciera aún más alto de lo que ya era. Rosalind levantó la cabeza. Una ráfaga de viento soplaba con fuerza a su alrededor, acentuada por su proximidad al agua. Con la mano en el codo de Orión, sus dedos se enroscaron en la tela de su saco, buscando consuelo en su proximidad, a pesar de la cuerda floja en la que ambos caminaban. Empezaron a ver caras conocidas, colegas y superiores saludando desde la entrada del hotel.

—Phoebe, ¿cómo vamos de tiempo? —preguntó Rosalind en voz baja.

—Los refuerzos llegarán a las diez —le dijo Phoebe al oído. Su voz era dulce, incluso con las interrupciones estáticas—. Son cuarto para las diez.

Rosalind apretó el puño. Unos edificios más allá, la torre del reloj de la Aduana se alzaba silenciosa y ominosa. Retumbaba cada hora, un ruido grandioso que cubría todo El Bund, lo que significaba que sonaría cuando los nacionalistas entraran en tromba, una última advertencia que llegaría a todos los oídos de los alrededores. Ella no había decidido lo que haría cuando comenzaran las detenciones. ¿Entregar a Orión? ¿Protegerlo?

La voz de Celia sonaba en su cabeza, una y otra vez.

El almacén está dirigido por soldados nacionalistas.

Una tarea a la vez, decidió Rosalind. Tiró de Orión hacia delante.

Entraron en el Hotel Cathay por el vestíbulo este. El glamur era patente ya desde el exterior del edificio, pero era aún más asombroso al cruzar las puertas: una alfombra exuberante bajo sus pies que intentaba tragárselos enteros; techos altos y arqueados que se inclinaban con una gran elevación; un pesado candelabro colgando entre dos escaleras de mármol, una a la izquierda y otra a la derecha, para ascender al salón principal de banquetes. Había sofás en las paredes doradas, ocupados por mujeres risueñas y hombres ebrios, pero ninguno le resultaba familiar a Rosalind. Sólo supuso que también había otros clientes. En la Casa Sassoon, donde se encontraba el Hotel Cathay, siempre había algo que hacer.

—Por aquí, querida —le dijo Orión. La empujó hacia la izquierda en cuanto terminaron de subir las escaleras, pero tampoco parecía muy seguro. El atrio brillaba alto y lujoso alrededor y por encima de ellos; aunque Rosalind ya había asistido antes a eventos y cenas en el Hotel Cathay, esta noche parecía otro mundo con tanta gente presente y mezclada.

Cuando entraron en el salón principal de banquetes, fue claro que habían encontrado el corazón palpitante de la función. Los meseros se agolpaban a ambos lados de las dos puertas, balanceando el champán en sus charolas de plata, inclinándose cada vez que alguien levantaba una copa. Rosalind tomó una y olfateó con cautela. No parecía estar envenenada, ¿pero quién podía asegurarlo?

—Ahí está el embajador Deoka —dijo Rosalind en voz baja. Apoyó la barbilla en el hombro de Orión en señal de afecto, lo que le permitió ver mejor el escenario cuando él se dio la vuelta y la abrazó.

Ella no cedería al contacto. No se relajaría con él.

No lo haría.

Deoka estaba de pie junto a un jarrón, casi tan alto como él y lleno de flores que se extendían en todas direcciones. Hablaba con un grupo de hombres en traje, se presentaba y estrechaba manos.

—Otros doce en la habitación —informó Orión a Phoebe.

—Otro auto llegó —respondió Phoebe a través de la línea—. Tu lista tiene un total de dieciséis.

Rosalind observó a los asistentes a su alrededor.

—Hay trece en la sala —corrigió—. No viste a Hasumi Misuzu en la esquina.

El Kuomintang tendría los perfiles de todas las personas de la lista que Orión y Rosalind habían entregado. Mientras estuvieran presentes esta noche, no sería difícil para los soldados cotejar sus rostros con las fotografías y efectuar las detenciones necesarias.

—Puedo revisar el resto de este piso si tú quieres ver los pisos más pequeños de arriba —dijo Orión. Había asistentes dispersos más allá de la otra entrada al salón, al lado del escenario donde una banda de jazz empezaba su actuación. Los músicos hicieron una cuenta atrás y las primeras notas de un saxofón recorrieron la sala, atrayendo a las parejas a bailar en la despejada pista.

—No te muevas de aquí —Rosalind zafó su brazo—. Yo haré las dos revisiones.

—¿Todo bien? —preguntó Phoebe a través del cable.

—Perfectamente bien —respondió Rosalind con facilidad—. Sólo necesitamos ojos en Deoka en todo momento. ¿Verdad, Orión?

Él asintió con la cabeza. Si permanecía rodeado de gente, lo más probable era que no hiciera nada escandaloso, consciente o inconscientemente. Rosalind le dirigió una mirada tensa y se dio la vuelta para salir del salón de banquetes. Siguió los pasillos dorados, pasando junto a los adornos con espejos. Una o dos veces le pareció oír susurros detrás de ella, pero cuando se volvió no había nadie, sólo un sonido que llegaba extrañamente desde los altos techos.

Había un elevador en la parte lateral del edificio, pero Rosalind subió por las escaleras antiguas, utilizando los pasamanos para subir la empinada cuesta. Las salas en las que se asomó estaban en su mayoría vacías: *suites* enteras decoradas en torno a un país concreto, llenas de objetos hechos para parecerse a otros lugares. Esa noche estaban abiertas para que los asistentes entraran y salieran, pero era claro que la mayor parte de la fiesta transcurría abajo. Rosalind no vio ninguna de las caras que buscaba. Cuando salió de la Suite India, chocó con alguien y se disculpó antes de verle la cara.

—Alis… —Rosalind se interrumpió antes de terminar la exclamación, y se arrancó el cable del micrófono. Sujetó los extremos con la mano, esperando que eso amortiguara su voz para que no la escuchara Phoebe.

—¿Qué estás haciendo aquí?

—Vigilando tu misión, ¿qué más? —replicó Alisa. Llevaba el uniforme de mesera y una charola en la mano—. ¿Qué pasa? ¿Por qué está Orión aquí?

Rosalind hizo una mueca y le pidió a Alisa que la siguiera por el pasillo para revisar el resto de las habitaciones.

—Él afirma —se asomó a la Suite Francesa y sólo vio a un hombre de negocios que quizás era huésped del hotel— que no recuerda lo que ha hecho.

—Ah. Supongo que tiene sentido.

—¿Qué? —Rosalind se sorprendió tanto que soltó el cable un instante antes de volver a sujetar los extremos. Siguieron caminando—. ¿Cómo lo aceptas así de fácil?

—Porque no tiene motivos —respondió Alisa, abriendo la última puerta del pasillo antes de que Rosalind pudiera hacerlo—. La familia Hong perderá su influencia si entran los japoneses. Orión no ascenderá de rango ni tendrá hombres a sus órdenes que pueda convertir en un batallón si coopera como hanjian. A menos que esconda algún otro plan de vida que no conozcas.

—Podría estar tomando la decisión consciente de trabajar para alguien —replicó Rosalind. Ambas miraron dentro de la última habitación. Vacía.

—Entonces, ¿por qué investigarse a sí mismo? —inquirió Alisa.

—Para despistarnos.

—¿Y por qué no engañar desde el principio? ¿Por qué no acusar a otra empresa? ¿Por qué no alejar su investigación de los productos químicos?

Justo cuando Rosalind iba a objetar contra Alisa por pensar demasiado bien de él, alguien bramó: "¡Señora Mu!", desde atrás. Alisa agachó la cabeza de inmediato, fingiendo que seguía a Rosalind, haciéndose invisible para Yōko cuando ésta saltó al lado de Rosalind.

—Se supone que habrá un discurso a las diez —dijo Yōko—. ¿Va a bajar usted ahora?

—Sí —respondió Rosalind—. Después de usted.

Bajaron las escaleras al final del pasillo, Alisa las seguía unos pasos por detrás. El andar de Yōko se detuvo cuando volvieron a rodear el atrio principal, en una pausa para revisar sus labios pintados en la lisa superficie dorada de la pared.

Rosalind iba a excusarse, pues no era necesario permanecer cerca de Yōko mucho tiempo dado que ella no figuraba en la lista de detenciones, cuando la chica dijo:

—¿Sabe? Tenía la sensación de que no le caía bien. Pero eso pienso de mucha gente. Sé que es imposible que el mundo entero me odie, ¿cierto?

Rosalind se sobresaltó por la sorpresa. La daga que tenía en el muslo de repente se sintió pesada. Como si hubiera duplicado su peso, arrastrándose sobre su vaina y preparándose para desprenderse de su pierna y deslizarse al suelo.

—¿De dónde sacó esa idea? —preguntó.

Yōko se encogió de hombros, con el labio inferior sobresaliendo. El movimiento la hacía parecer demasiado joven para trabajar en un lugar como Seagreen.

La chica no sabía la diferencia entre el odio personal y el resentimiento ardiente que Rosalind sentía por el imperio que había enviado a Yōko a Shanghái. Aunque ella no tuviera la culpa, de todas formas sentiría su ardor.

—Usted me simpatiza —dijo Rosalind con sencillez.

Yōko sonrió, saliendo de su oscuro estado de ánimo en un abrir y cerrar de ojos. Cuando volvieron al salón, se despidió de ella con la mano y fue a reunirse con Tarō en el rincón. Por detrás, Alisa se acercó de nuevo y dijo:

—Has sido mucho más amable de lo que yo habría sido.

—¿Por qué cegar a alguien que ya está en la oscuridad? —dijo Rosalind en voz baja. Eso le recordaba a ella misma:

la ingenuidad, la preocupación totalmente interna. Una vez también había pensado que era ella contra el mundo. Que ser rechazada significaba que ella había hecho algo, sin considerar las circunstancias que dividían a la gente en sus posiciones en el escenario de la ciudad.

—Por si acaso se dejan llevar por la luz —replicó Alisa. Hizo una pausa y miró hacia abajo para ver que Rosalind seguía pellizcando su cable—. Una cosa más: tu superior desapareció.

Rosalind se giró rápido.

—*¿Desapareció?*

—No está en su habitación del hospital. Queda por determinar si se lo llevaron o se fue por voluntad propia. El hombre que salvamos en el callejón tampoco está. Se desvaneció en el aire.

Dao Feng había desaparecido. Los nacionalistas no tardarían en llegar al hotel. Rosalind apenas podía oír sus propios pensamientos entre la sangre que corría con frenesí por sus oídos. Sacudió la cabeza, intentando despejarse.

—Hablaré de esto después de los arrestos. Dame un momento —Rosalind puso el cable de nuevo en su oído.

—Está es toda la gente en el edificio. Janie, por el amor de Dios, ¿puedes oírme todavía?

—Te escucho —dijo Rosalind. Vio a Orión de pie junto a la mesa donde lo había dejado—. ¿De qué me perdí?

—¡El objetivo de tener tecnología sofisticada es usarla! ¿Por qué me silenciaste? Da igual. Dieciséis de dieciséis están presentes. Mantengan abajo la cabeza hasta que lleguen refuerzos.

—Entendido.

Rosalind se despidió de Alisa con un gesto de cabeza y volvió al lado de Orión. Él extrajo un reloj de bolsillo de su saco cuando ella se acercó, y le mostró la hora. Faltaban cinco minutos para las diez. Desde el escenario, la banda de jazz hizo un cambio y una mujer tomó el micrófono. Los altavoces chirriaron durante un segundo y luego se despejaron cuando la mujer empezó a cantar una canción americana. Solían cantarla en el club burlesque de los Escarlata. En ese entonces, Rosalind había estado a punto de montar un número de jazz antes de decidir que la canción era demasiado larga, más apropiada para balancearse y moverse más despacio.

Observó a los invitados que bailaban cerca del escenario. Los vio girar bajo los brazos de sus parejas y bajar la cabeza, con los ojos cerrados y en paz.

—¿Bailas conmigo? —Orión le extendió la mano.

Rosalind titubeó.

—Ésa no es una buena…

—¡Baila, Janie! —la voz de Phoebe le llegó al oído—. No actúes de forma sospechosa.

—No estoy actuando de forma sospechosa —dijo Rosalind entre dientes, pero aun así, tomó la mano de Orión. Sus dedos se encontraron con una descarga.

La música se silenció por un momento. Orión la acercó a él, rodeándole la cintura con los brazos. Rosalind se mantuvo rígida, con la cara mirando a otro lado.

—Si sigues haciendo eso —respiró—, la gente se va a dar cuenta.

—No estoy haciendo nada —replicó Rosalind con firmeza.

—Exactamente.

Ella lo quería matar con la mirada. Él levantó el brazo y la obligó a dar una vuelta.

—Responde a esto con mucha seriedad —dijo Rosalind cuando estuvo de nuevo frente a él, con las manos posadas en su pecho—. Digamos que te creo. Digamos que todo lo que me has dicho es verdad. ¿Quién te obligó a hacer esto? ¿Quién te da instrucciones y borra tu memoria?

—¿De qué estás hablando? —oyó murmurar a Phoebe a través del cable. Se acercaba la hora. No había tiempo para preocuparse de que Phoebe conociera la situación.

—Debo admitir que aún no me he puesto a pensarlo —respondió Orión—. Primero tuve que pensar mucho para reconocer la situación y luego traté de recorrer todos los espacios en blanco que tengo...

—Vamos... continúa, Orión —Rosalind le tocó la mejilla. Había querido que el roce fuera amenazador para conminarlo a pensar, pero se sorprendió a sí misma cuando lo tocó con suavidad, acariciando su cara con la ternura de una amante en agonía—. ¿Quién puede ser?

Él exhaló con tristeza.

—Tiene que ser alguien de nuestro propio bando. De lo contrario, no entiendo por qué la llamada viene del cuartel general.

Rosalind miró hacia el escenario. El micrófono chirrió una vez cuando la cantante lo ajustó, terminó su canción y se hizo a un lado para dar paso a uno de los inversionistas extranjeros de Seagreen. Éste hizo un gesto con la mano para que los músicos callaran sus instrumentos, y con una sonrisa radiante saludó a los congregados.

—¿En quién confiamos ahora? —susurró Rosalind.

—Janie Mead, ¿de *qué* estás hablando? —escuchó en su auricular.

El inversionista llamó a Deoka para que subiera al escenario, y de pronto sonó una campana en la sala. Deoka alzó su copa para recibir una ronda de aplausos, cuando la torre del reloj de la Aduana resonó en El Bund, señalando por fin el cambio de hora.

Los nacionalistas no se demoraron ni un segundo. Rosalind oyó primero el ruido de los pasos. Luego, un grito de alarma —alguien empujando en el patio exterior— antes de que el chirrido de los zapatos resonara por los pasillos y los soldados entraran a toda prisa, abriéndose paso por el salón y alineándose en las paredes, con los rifles apuntando a todos los presentes.

—Atención, todos —era Jiemin, dirigiendo la operación. Llevaba puesto el uniforme, el color verde militar contrastando contra su piel pálida, bien ajustado a cada uno de sus movimientos, mientras sostenía un megáfono contra su boca—. Nadie debe abandonar esta sala hasta que la hayamos despejado de los sospechosos que están bajo arresto por infundir terror en la ciudad.

La sala se encogió de miedo. La mayoría no tenía de qué preocuparse. Quienes se sabían culpables intentaron dirigirse a las salidas, pero había soldados esperándolos, empujándolos de nuevo al interior. El embajador Deoka se quedó muy quieto. Parecía un animal atrapado entre luces brillantes, intentando no moverse y esperando que no lo vieran así.

Otro soldado, de pie junto a Jiemin, escudriñaba la sala, con una carpeta en las manos en lugar de un arma. Cuando sus ojos se detuvieron en Rosalind y Orión, les hizo un gesto con la cabeza, indicando que los había reconocido como los agentes de la misión. Empezó a moverse por la sala, pasando una página de su carpeta, comparando a los asistentes con las fotografías impresas de cada persona que buscaban. Cuando llegó hasta Haidi, hizo una señal a dos de los soldados para que sacudieran su bolso.

Tres ampolletas verdes salieron rodando. Rosalind contempló la escena con la respiración contenida.

—Ésas no son peligrosas —se excusó Haidi—. Son para mí. Si no las uso, moriré.

Rosalind frunció el ceño. La mano de Orión se apretó contra la suya. *¿Moriría*?

—Ah, lo sé —Jiemin tomó una de las ampolletas.

Desde el otro lado de la habitación, la preocupación de Rosalind crecía sin cesar. ¿Qué significa que él dijera que lo sabía?

—Ah Ming, ve por el otro acusado, ¿quieres?

A su orden, uno de los soldados se dirigió a una mesa lejana, luego tiró del brazo de una mesera. Ella gritó indignada, su sombrero cayó y aterrizó en el suelo con un suave ruido sordo. *Alisa*. ¿Por qué aprehendían a Alisa?

—Alisa Montagova —dijo Jiemin. Ahora que se había hecho el silencio en el salón de banquetes, su voz tenía un eco áspero—. Quedas arrestada como enemiga del Estado, en protección del bienestar de la nación.

Los murmullos retumbaban de una esquina a otra, y los demás testigos apenas podían seguir la secuencia de los acontecimientos. "Montagov" se rumoraba de boca en boca; hacía tiempo que la ciudad no oía ese nombre.

Rosalind avanzó, con la piel erizada en los brazos.

—Jiemin —dijo—. ¿Qué está haciendo? Ella no tiene nada que ver con la misión.

—Soy consciente de eso —respondió Jiemin. Siempre había tenido una disposición tranquila y pausada, pero ahora se presentaba de una manera aterradora, cada instrucción que salía de su boca estaba completamente vacía de emoción—. Pero es útil realizar todos los asuntos de una vez, ¿no? Tú también eres muy oportuna.

Rosalind parpadeó.

—¿Qué?

Jiemin hizo señas a dos soldados a su lado para que avanzaran.

Hizo señas para que uno fuera hacia ella, y luego a otro para que se dirigiera hacia Orión.

—Hong Liwen y Lang Shalin —dijo—. Ustedes dos están bajo arresto por asesinato, conspiración y traición nacional. ¿A quién creen que estaban engañando?

43

"Hong Liwen y Lang Shalin", se escuchó por el micrófono. "Los dos están bajo arresto por asesinato, conspiración y traición nacional."

Después de eso no se escuchó nada más.

—¿Hola? —preguntó Phoebe. Golpeó el cable, pero eso sólo provocó que se lastimara su propio oído—. ¿Orión? ¿Janie? ¿Pueden oírme?

—¿Qué pasó? —exigió Silas.

Phoebe arrancó su cable y soltó un grito salvaje. Por supuesto, había notado algo extraño en el aire entre Orión y Janie. Después de dar a su hermano esa revista, supuso que se debía a que había descubierto la verdadera identidad de su esposa. ¿Qué otro tipo de *asesinatos* cometían en su tiempo libre? ¿Y por qué no *lo había sabido* ella?

—¡Phoebe! —Silas se acercó, y le quitó el cable antes de que ella lo hiciera pedazos—. ¿Qué *pasó*?

—Perdimos contacto —la voz de Phoebe temblaba con total incredulidad—. Jiemin acaba de arrestarlos por asesinato y conspiración.

Silas la miró fijamente.

—¿Escuchaste mal?

—¿Cómo oyes mal *asesinato y conspiración*?

Todas las carreteras estaban bloqueadas por vehículos militares, que acorralaban el perímetro del Hotel Cathay y garantizaban que ni un solo ocupante del edificio escapara sin ser visto. Los soldados se alinearon de pie como centinelas bajo las nubes teñidas de luna. El auto de Silas estaba estacionado justo fuera de la primera línea.

—Janie Mead no es su verdadero nombre —Phoebe se acercó todo lo que pudo al parabrisas, escudriñando la escena. Miró sin pestañear hasta que sus ojos empezaron a nublarse, hasta que la noche se fundió en una gran mancha caleidoscópica—. Su verdadero nombre es Rosalind Lang.

Silas se puso el cable en el oído. Dio unos golpecitos, como si el sonido fuera a funcionar de nuevo con sólo pincharlo un poco más. Fue inútil. Los soldados debían haber confiscado los dos cables correspondientes.

—Eso es imposible —Silas intentaba sonar serio, pero él también se tambaleaba, tratando de ponerse al día en una carrera en la que toda una sección de la pista había sido cortada—. ¿La Rosalind Lang de la Pandilla Escarlata? Sería adulta ya. O mejor dicho, se dice que está *muerta*.

Phoebe cerró los ojos ardientes, golpeándose la frente con los nudillos. *Piensa, piensa,* se dijo.

—¿Cuánto de lo que te contó era completamente falso? —preguntó con sobriedad—. Los asesinatos en todo Shanghái como un experimento químico. Con Haidi como responsable de las muertes.

Silas vaciló.

—Debe haber un error…

—¡No hay ningún error! —exclamó Phoebe—. ¡Los dos fueron atrapados como parte del plan! Ya no son agentes... ¡son sospechosos!

Silas se quedó callado. Se quitó los lentes y se frotó el puente de la nariz.

—Imposible —volvió a murmurar—. Janie misma nos dio la conclusión. ¿Qué razón habría para mentir?

En la mente de Phoebe se repitieron los últimos minutos de lo que había escuchado a través del cable. ¿Qué era lo que Janie, *Rosalind*, le había estado diciendo a Orión? Phoebe había creído que se había equivocado, el sonido llegaba débilmente mientras recogía los susurros de Rosalind.

Digamos que te creo. Digamos que todo lo que me has dicho es verdad. ¿Quién te obligó a hacer esto? ¿Quién te da instrucciones y borra tu memoria?

—Lo está protegiendo —dijo Phoebe en voz alta.

—¿Janie está protegiendo a Orión?

Phoebe recordó un frío día de invierno de hacía varios años. Afuera, el suelo estaba seco y yermo; adentro, la chimenea calentaba la casa. Estaba acurrucada en el sofá, hojeando sus libros, cuando Orión bajó las escaleras con aspecto aturdido. Fue poco después de su primer mes de trabajo para el Kuomintang, cuando estuvo temporalmente confinado en casa por sus dolores de cabeza. Se había caído, o eso dijo cuando entró cojeando a la casa con una bolsa de hielo en la cabeza.

Pero también tenía muchos moretones terribles alrededor del cuello. Y cada vez que Phoebe le pedía que le contara cómo había sucedido la caída, agazapada para picarle el moretón cerca de las venas, él se mostraba concentrado y daba los mismos detalles, diciendo que había resbalado y se había golpeado en la frente.

—Volveré en unos días —había dicho desde el último escalón de la escalera—. Tengo trabajo que atender.

—¿Puedo ir? —preguntó Phoebe de inmediato—. Quiero ir.

—No te necesitamos para esto, Feiyi —Orión no se despidió con un gesto de la mano, como siempre lo hacía. Cuando se fue, ella vio otro moretón en su cuello, y lo único que pudo pensar fue: *¿Cómo insistes tanto en que te caíste? Parece que te dieron una paliza.*

En el coche, Phoebe se llevó el pulgar a la boca, mordiéndose con fuerza la uña. ¿Cuál era la pregunta que Rosalind le había hecho adentro? *¿Quién te borra la memoria?*

—Orión es el acusado de asesinato —concluyó Phoebe con seguridad. Se reclinó en su asiento, apoyando las manos en el regazo y los pies en el suelo—. Vámonos. Tenemos que encontrar adónde los llevan. Tenemos que sacarlos de ahí.

44

Rosalind se paseaba por la celda, golpeando el suelo de piedra con los pies como si pudiera atravesarlo con ellos. También oía gruñidos procedentes de las otras celdas, donde había sido colocado el resto de los empleados detenidos de Seagreen.

El embajador Deoka estaba en la celda de enfrente, mirando con curiosidad a Rosalind a través de los barrotes.

—Siempre supe que había algo raro en usted.

—Cállese —espetó Rosalind al instante.

—Cuando envié a la señorita Zheng a investigar esa foto de 1926, sospeché que usted sólo estaba mintiendo sobre su edad. ¿Quién iba a pensar que se trataba de otra identidad? Lang Shalin, antigua Escarlata, reducida a una mera oficinista. ¿No está enojada con su gobierno por eso?

Rosalind golpeó los barrotes con el puño. Sonó fuerte y las vibraciones sacudieron toda la celda. Rápidamente, Orión tiró de su codo, moviéndola hacia atrás. Para bien o para mal, los soldados habían decidido ponerlos a ella y a Orión en la misma celda, pensando que no habría problemas entre los dos.

—No muerdas el anzuelo —susurró Orión.

—¿Cómo no? —Rosalind respondió. Forcejeó contra él y volvió a mirar a Deoka—. ¿Creía que estaba siendo astuto al enviar a alguien a seguirnos en ese tranvía? ¿Robando ese archivo?

Deoka se limitó a mirarla fijamente. Si le hubieran dado una máquina de escribir en su celda, quizás habría utilizado este tiempo libre para desahogar algún pendiente.

—No tengo ni idea de lo que habla. Una vez más, es posible que desee buscar en su propio gobierno. ¡Vaya espía que es usted!

Antes de que Rosalind pudiera gritar a través de los barrotes, Orión la cargó y la llevó por la fuerza a la esquina de la celda. Rosalind se dejó mover, demasiado enojada para luchar. Había un catre ahí, y ella se dejó caer, con la columna rígida y alerta.

Deoka tenía razón, en cierto modo. Había tantas mentiras en cada esquina que Rosalind no tenía fe en su propio gobierno.

—Dao Feng desapareció.

Soltó la frase sin ningún preludio. Orión necesitó varios segundos para asimilar sus palabras y varios más para asegurarse de haber escuchado bien. Lentamente, él también se acomodó en el catre, observando la reacción de ella mientras se sentaba a su lado. Parecía dispuesto a levantarse en cualquier momento si ella protestaba. Ella no lo hizo, así que se quedó.

—¿Desapareció... de su cama de hospital?

—Si es que alguna vez necesitó una cama de hospital.

Orión levantó las rodillas y apoyó los brazos en ellas.

—¿Estás diciendo... ?

—No sé lo que digo —Rosalind pateó su talón—. Intento por todos los medios ver el panorama completo. Intento imaginar lo que diría si esto le estuviera pasando a otra persona y yo no tuviera nada que ver.

Tenía los ojos bajos y se miraba las manos en el regazo. Cuando Orión enderezó las rodillas, moviéndose para ponerse cómodo, imitó la posición de ella, los dos en el catre, con las piernas estiradas hacia delante. Despacio, Rosalind acercó la mano unos centímetros, luego otros más. Un lado de su mano izquierda tocó el de la derecha de Orión. Cuando él enganchó su dedo meñique alrededor del de ella, Rosalind correspondió el gesto, manteniendo sus manos juntas.

—Dao Feng es tu superior —dijo en voz baja—. No tiene restricciones para darte misiones lejos de miradas indiscretas y después borrarte la memoria. Su golpe fue distinto al de los demás. Él fue quien me entrenó en venenos. Más que nadie en la ciudad, él sabría cómo hacerse daño para parecer herido, y sobrevivir ileso.

—Pero nunca habríamos sospechado de él —dijo Orión—. ¿Por qué hacerse daño a sí mismo, para empezar?

Ésa era la gran pregunta. Rosalind no tenía ninguna hipótesis. Orión también estaba pensativo, con el ceño fruncido. En medio de sus pensamientos, tiró de sus dedos unidos, giró la mano de Rosalind y la tomó cabalmente.

—Debo preguntarte —comenzó Orión vacilante—. ¿Esto significa que me crees?

En el otro extremo de las celdas había alguien gritando, exigía algo a los guardias. Los nacionalistas sólo habían puesto a dos hombres uniformados de guardia en el interior; los necesitaban en otros lugares, en Burkill Road o en el Almacén 34, para poner fin a lo que se estuviera haciendo.

—Han pasado cosas más raras —respondió Rosalind—. Puedo sanar una herida de cuchillo en segundos. Alguien te está lavando el cerebro. Éste es el mundo en el que vivimos.

Orión suspiró. Le apretó la mano.

—Por supuesto que serías tan pragmática hasta en los últimos momentos. Dama de la Fortuna, ¿cómo llegaste a serlo?

—Sólo Fortuna —corrigió Rosalind. Apoyó la cabeza en la pared, la fría contundencia de piedra refrescaba su cuerpo—. ¿Sabes en qué año nací?

—Sí, en 1907 —respondió Orión de golpe. Un poco avergonzado, un segundo después añadió—: Lo vi en tu obituario.

Rosalind soltó un suspiro sobre su cabello suelto. Tenía tantos obituarios por toda la ciudad. ¿Empezarían a difundirse los rumores después de que Jiemin declarara esa noche? ¿Una vez más, Shanghái sabría que ella vivía entre su multitud?

—Y, sin embargo, sigo teniendo diecinueve años —dijo—. No es mi propia negativa a crecer: mi cuerpo está detenido, mi mente está encerrada junto con él. Hice muchas cosas terribles, Orión. Confié en la persona equivocada. La ciudad estalló, mi familia se fracturó y la muerte vino a buscarme como castigo —se atrevió a mirarlo de reojo. Él la escuchaba embelesado—. Pero mi hermana me salvó. Conocía a alguien que pudo ayudarme mientras yo estaba febril y enferma, y me clavó algo en el brazo que me devolvió la vida. Ahora no puedo envejecer. Y mis heridas sanan a una velocidad monstruosa.

A veces, Rosalind pensaba que aún podía sentir el material invasivo que había entrado por sus venas cuatro años atrás. Una sensación ardiente que corría junto a sus células sanguíneas como fuerza vital suplementaria.

—Fue como una quemadura, ¿no? —Orión preguntó, como si leyera sus pensamientos—. Como si arrasara un camino para consumir todo lo que tocaba, rehaciendo tu cuerpo a su paso.

Rosalind parpadeó. No esperaba que él describiera la experiencia con tanta precisión.

—Sí. Exactamente.

—A veces sueño con esa sensación —Orión rozó con su pulgar la suave almohadilla de su muñeca—. Creo que también fue así para mí.

Pero no lo recordaba. Podía romper una cuerda gruesa con la misma facilidad que si fuera un cordel, tal vez podría hacer un agujero en la piedra si se esforzaba lo suficiente, pero no podía decir cómo había llegado a ser así. Al menos Rosalind había recibido sus extrañas habilidades en un esfuerzo por salvar su vida. Al parecer Orión había sido transformado para que alguien más lo usara.

La ira le revolvió el estómago a Rosalind. Quien le hubiera hecho esto a Orión, quien estuviera creando esos malditos experimentos, ella haría que pagara por eso. Por todas las muertes y por este terrible crimen.

Los labios de Orión se torcieron de repente en una sonrisa. La visión era extraña para Rosalind, que tenía pensamientos tan oscuros.

—¿Qué? —preguntó ella.

—Nada —respondió. Pasó un momento—. Así que fuiste una corista?, ¿eh?

Rosalind puso los ojos en blanco. Por supuesto. Confiaba en que empezara a hacer bromas estando encerrados en una celda.

—No, no bailaré para ti.

Su sonrisa se intensificó.

—Ya lo hiciste, ¿recuerdas?

—Eso no contó. Estaba disfrazada.

—Si tú lo dices —volvió a rozarle la muñeca con el pulgar. Parecía que le gustaba hacer eso—. Sé mucho sobre coristas.

—Ah, confía en mí —dijo Rosalind—. *Lo sé.*

El vago ruido en el otro extremo de las celdas finalmente se desvaneció. La tranquilidad no duró ni tres segundos antes de que se oyera un sorpresivo estruendo. Rosalind se paró de un salto. Orión hizo lo mismo, esperando descubrir de qué se trataba. Vieron cómo el soldado que rondaba cerca de la puerta empuñaba su rifle con cautela y se disponía a investigar. En cuanto desapareció de su vista, se oyó un grito y luego un fuerte golpe.

Rosalind y Orión intercambiaron una mirada.

—¿Qué fue eso? —preguntó Rosalind entre dientes.

—Fui yo. No se preocupen.

La voz les resultaba familiar. En realidad, ninguno de los dos debió haberse sorprendido cuando Alisa apareció frente a su celda, pavoneándose como si fuera la dueña del lugar.

—Pero… —Orión exigió saber—: ¿Cómo saliste?

—¿Qué clase de pregunta es ésa? —volvió Alisa. Tenía todo un juego de llaves en las manos, buscando entre ellas mientras intentaba encontrar la correcta para liberar a Rosalind y Orión. Desde la otra celda, Deoka observaba con una mezcla de horror y fascinación—. Puedo salir de cualquier sitio. Soy Alisa Nikolaevna Montagova.

Rosalind posó las manos en las caderas. Alisa metió la llave y giró.

—Está bien —admitió Alisa—. Molesté al soldado lo suficiente para que se abalanzara sobre mí a través de los barrotes, y luego le robé las llaves. Si funciona, funciona —abrió la puerta de la celda—. Vamos. Antes de que el resto de Seagreen intente liberarse también.

* * *

Rosalind había supuesto que afuera habría toda una revuelta. Pero sólo había un puñado de soldados nacionalistas que habían estado montando guardia en la propia estación, pero ya todos estaban muertos.

—¿Ha sido obra tuya? —preguntó, asombrada, cuando le dio la vuelta a uno de los hombres y encontró un solo orificio de bala en el cuello. La sangre derramada no había llegado muy lejos. El charco se limitaba a una mancha roja.

—¿Cuándo habría tenido tiempo de hacerlo? —preguntó Alisa—. Por supuesto que no. Mi plan era que Orión luchara contra todos en la estación.

Orión frunció el ceño como protesta silenciosa por ser utilizado para forzar su salida. Pero no había ni un alma con la que luchar. Parecía que ya había pasado una batalla y, sin embargo, nadie había irrumpido en las celdas. ¿Por qué hacer algo así? *¿Quién* lo había hecho?

Una puerta lateral se cerró de golpe. Los tres se giraron. Rosalind vio su cuchillo confiscado sobre el escritorio, lo tomó y lo sacó de inmediato de su funda.

Pero quienes entraban a la estación no eran refuerzos nacionalistas: era Phoebe.

Se detuvo en seco.

—¿Qué… pasó aquí?

—¿Qué *haces* aquí? —preguntó Orión. Se acercó corriendo y la abrazó—. Eres la única responsable de provocarme urticaria por estrés.

Phoebe puso mala cara y se zafó de él.

—Vine a ayudarte. Silas se conectó a todas las redes que pudo para obtener un informe sobre lo que está pasando con la misión. Hicieron una redada en Burkill Road, pero nadie va al Almacén 34. El movimiento fue bloqueado en algún punto de la cadena de mando.

Parecía cada vez más innegable. Alguien de dentro, con suficiente influencia en los asuntos de la rama encubierta, estaba colaborando estrechamente con el plan.

—¿Cómo ibas a ayudar? —exclamó Orión—. ¿Entrando sola en una estación?

—¡Silas iba a apagar las luces! —insistió Phoebe. Señaló a Alisa—. Ya lo hicimos una vez, ¿no?

—¡Era una estación municipal! —exclamó la aludida—. Esto podría haber sido muy peligroso si…

Orión miró a su alrededor. Se quedó pensativo, todavía con la duda de qué había sucedido ahí exactamente. Parecía obra de un asesino. Pero, contrario a la creencia popular, en esta ciudad sólo había un número limitado de asesinos.

—Almacén 34 —dijo Rosalind en voz alta—. Orión, debemos irnos.

Si esos experimentos químicos finalmente habían tenido éxito en el hombre que sobrevivió, entonces estaban listos para ser distribuidos. Un brebaje que hacía a alguien tan fuerte como Orión y tan imposible de matar como Rosalind. Debía ser detenido. No podían permitir que se extendiera.

Orión asintió.

—Deprisa.

Fuera, estacionado en un recoveco cerca de la estación, Silas jugueteaba con la caja eléctrica y pareció sumamente sorprendido al verlos caminar hacia él.

—Ni siquiera he sacado el…

—Necesito que te lleves a Phoebe lejos de aquí —ordenó Orión.

—¡Qué! —Phoebe chilló—. ¡*Yo* te saqué!

Alisa hizo una mueca, pero no contribuyó a la discusión. No hacía falta.

—Alisa Montagova nos sacó de allí. Porque es una agente. Porque todos estamos entrenados. Te estás poniendo en peligro, Phoebe.

—Pero… —Phoebe frunció los labios, buscando un argumento con desesperación.

—Por favor —suplicó Orión—. Oíste todo a través del micrófono. Escuchaste por qué me detuvieron. Me están borrando la memoria; me están controlando. Si no puedo detenerme cuando vuelva a suceder, entonces no quiero que estés cerca de mí. Ya lastimé a alguien que amo. No voy a arriesgarme a hacerte daño a ti también.

Rosalind sintió la punzada en el estómago como una sensación física. Como si su herida anterior se abriera de nuevo, desgarrándose desde dentro hacia fuera. Phoebe, mientras tanto, dio un tembloroso paso atrás. No parecía contenta. Pero ¿cómo iba a discutir con algo así?

Silas le pasó a Orión las llaves del auto.

—Voy a contactar a Jiemin de nuevo —dijo—. Para obtener una mejor explicación de lo que está pasando con nuestras fuerzas y tratar de convencerlo de que envíe gente a ese almacén. ¿Cómo se enteró de ti?

—No tengo idea —murmuró Orión atormentado—. Hasta este punto, yo no lo sabría si no hubiera sido por…

Se interrumpió, mirando a Rosalind. No intentaba ocultar su angustia. Quería que ella supiera cuánto lamentaba haberla herido. Que sabía que podría volver a hacerle daño y que deseaba que se quedara sentada como Phoebe en lugar de arriesgarse.

Rosalind abrió la puerta del auto y se subió al asiento del copiloto. No era realista mantenerla alejada. Ésta era su misión. Marea Alta era su unidad combinada, incapaz de separarse. Uno sin el otro era impensable.

—Alisa —la llamó—. ¿Vienes también?

Alisa se subió al asiento trasero.

—Pregunta tonta. Por supuesto.

45

Orión siguió con cuidado los oscuros senderos, con la mirada en constante atención para asegurarse de que no se equivocaban de camino. Ya no tenía fe en sí mismo.

Cada decisión venía plagada de dudas, y luego una repentina ansiedad de que el pensamiento no proviniera de su propia mente.

No se dio cuenta de que le temblaban las manos sobre el volante hasta que Rosalind le tocó el codo, ofreciéndole su presencia tranquilizadora. Los libros de mapas estaban abiertos sobre su regazo. Era fácil identificar el trozo de tierra donde se suponía que estaba el Almacén 34. Ahora sólo era cuestión de llegar allí.

—Toma la curva más adelante.

Fuera de los límites de la ciudad, la noche estaba inquietantemente tranquila. La mirada de Orión se clavó en una casa a lo lejos, y cuando pasaron junto a ella se dio cuenta de que no era una casa, sino una granja abandonada.

—Debemos decidir cuál será nuestro plan de acción —dijo Rosalind cuando los árboles que rodeaban los caminos empezaron a volverse más densos—. Si encontramos a Dao Feng allí…

Se interrumpió. ¿Podrían tratarlo como a un traidor? ¿Podrían centrarse en acabar con él, aunque eso significara quitarle la vida?

—¿Qué *esperas* encontrar allí? —preguntó Alisa desde el asiento trasero.

—Es difícil decirlo —respondió Rosalind—. Pero alguien detuvo a nuestras fuerzas por una razón. El arma está terminada. El último sujeto de prueba sobrevivió. Cueste lo que cueste, no podemos permitir que continúe.

Orión apretó con fuerza el volante. Podía sentir el miedo que helaba su aliento y llenaba el coche con cada exhalación. ¿Qué estaba a punto de ocurrirle a la ciudad? Si podían provocar tanto daño sólo con él, ¿cuáles serían las consecuencias de un ejército, de un batallón, de toda una fuerza militar?

Alisa asomó de pronto la cabeza entre los dos asientos delanteros.

—Hay un vehículo militar adelante.

Orión desaceleró y contuvo la respiración mientras pasaban junto a él. Pero el otro vehículo estaba desocupado. Sin ningún distintivo.

—Alguien está aquí —adivinó Rosalind—. O varios.

Orión no quería seguir avanzando. Quería girar el volante y llevarlos fuera del camino, lejos del almacén. Por desgracia, eso no era una opción.

El almacén apareció a la vista. Orión detuvo el auto antes de acercarse demasiado, con el corazón golpeando en su tórax. La escena le resultaba familiar de una manera confusa, como si tuviera un *déjà vu* de algo que estaba seguro de que nunca había sucedido. En el momento en que trató de escarbar en su memoria, con la intención de descubrir si había estado allí antes, una sensación físicamente dolorosa le bloqueó el camino.

Había otro vehículo estacionado frente al almacén.

—Déjenme comprobarlo primero —dijo Alisa, abriendo ya la puerta—. Podrían ser de mi bando.

—¿Qué? —Rosalind volteó con rapidez, abriendo de golpe su propia puerta para detener a Alisa—. ¿Por qué crees eso?

—Mis superiores tenían pruebas fotográficas de los asesinatos, ¿recuerdas? Estoy dispuesta a apostar que lo sabían desde hace tiempo; todo, incluso cuál era su objetivo final —Alisa hizo una pausa. Sus ojos se dirigieron a Orión—. Después de su intento fallido de secuestro, seguro decidieron que sería más benéfico esperar hasta que los experimentos tuvieran éxito, y entonces apresurarse a la fuente para robar el arma.

Quizás estaba predispuesto a sentir rencor hacia el otro bando por la deserción de su hermano, pero Orión sintió un profundo y oscuro resentimiento hacia aquellos superiores. Lo habían sabido y no lo habían detenido. Lo habían sabido y habían optado por *vigilarlo* en su propio beneficio, en lugar de detenerlo. *Dios*. ¿Lo sabía *Oliver*?

—¿Qué les pasa? —murmuró.

—Es la guerra —dijo Alisa, aunque de mala gana—. Por supuesto, quieren esta arma. Claro que jugarían sucio para asegurarla por un bien mayor.

Esto cambiaría el curso de la guerra. Orión flexionó las manos sobre el regazo. A su lado, Rosalind cerró los libros de mapas con un ruido sordo. Podían imaginarlo fácilmente. Soldados capaces de lanzar a un adversario al otro lado de la habitación, que no dormirían ni envejecerían ni sufrirían heridas. La victoria sería inminente.

—Quédense aquí hasta que inspeccione los alrededores —ordenó Alisa. Se dispuso a cerrar la puerta—: Por si acaso. Gritaré si es gente con la que debemos luchar.

Se fue antes de que Orión o Rosalind expresaran que estaban de acuerdo. De todas formas, no había pedido permiso. El auto se quedó en silencio. Rosalind tiró los mapas al piso.

—Tiene sentido —dijo en voz baja—. Por donde se vea. Por qué quieren tanto esta arma. El poder es más importante que cualquier otra cosa. No puedes luchar por tus ideales sin tener primero fuerza para defenderlos.

Orión se recostó en su asiento y se pasó los dedos por el cabello. Todo el mundo estaba tan desesperado por adquirir poder… ¿por qué se lo habían dado a él primero? Él no lo quería. Esos bastardos debían haberlo tomado para sí mismos. Hacer su *propio* trabajo sucio.

—No quiero tener nada que ver con esto —decidió—. Quiero una cura.

—Quizá podamos encontrar una —Rosalind miraba distraída al frente—. Tal vez no tengamos que ser así para siempre, esgrimidos como herramientas patrióticas. Quizá podamos volver a ser personas.

Justo cuando Orión estaba a punto de preguntarle si realmente creía en eso, Rosalind lo miró y él no tuvo que preguntar más. Con un solo movimiento, pasó de la indiferencia a la determinación, mostrando una decisión tan férrea como las facciones de algunas personas. Orión nunca había conocido a nadie como ella.

—Dime una cosa —le dijo él, aunque tenía la sensación de que ya lo sabía—. ¿Por qué te permites ser una herramienta? ¿Por qué no simplemente te marchas?

Rosalind frunció los labios. Él siguió con la mirada el movimiento hacia abajo. Ella no se dio cuenta.

—Porque todavía no he hecho lo suficiente. Me dieron un poder, así que lo usaré hasta que ya no sea necesario.

—Entonces, ¿no descansarás hasta que la ciudad esté en paz y restaurada? —se giró y se acomodó bien en su asiento, levantando la rodilla para poder mirarla—. Shanghái nunca sanará, bonita. Está rota, como todos los lugares, de cierta forma.

—No duermo por las noches —replicó Rosalind—. Si pasas el tiempo suficiente pegando un jarrón de cristal hecho añicos, volverás a tener un jarrón.

Orión no podía dejar de mirarla. Aquellos ojos decididos y el rictus de sus cejas. Los artistas se apresurarían a pintar un rostro así en sus carteles de guerra. Si retrataran su expresión con líneas lo bastante vívidas, la sola visión de su rostro llevaría al mundo a la batalla.

—Pero Shanghái no es un jarrón de cristal —dijo él con suavidad—. Es una ciudad.

Rosalind suspiró y miró afuera, a la noche. Alisa no había enviado ninguna señal. Durante el minuto siguiente, se sumieron en un tímido silencio, no porque no hubiera nada más que decir, sino porque ya se habían dicho demasiadas cosas y era necesario un momento de pausa.

—Si quieres que te diga la verdad, antes no era así —Rosalind se apoyó sobre los codos en el tablero, con las manos recogidas bajo la barbilla. Su voz tembló un poco—. No me importaba lo suficiente mi familia, la ciudad ni el mundo. Luego, permití que alguien a quien amaba lo arruinara todo, y fue lo peor que he hecho jamás —hizo una pausa. Cuando inclinó la cabeza hacia un lado, el reflejo blanquiazul de la luna iluminó sus pómulos y parecía como si brillara desde dentro—. ¿No es extraño cómo decimos lo siento en chino? En todos los demás idiomas es una versión de "perdón" o aflicción. Pero "duì bù q"... Estamos diciendo que no coincidimos. Siento no haber hecho lo que se esperaba. Siento haberte defraudado. Siento que esperaras que te salvara del mal, y no lo hice.

—*Rosalind* —dijo Orión. Tenía que admitirlo: desde que había sabido su verdadero nombre, le obsesionaba cómo sonaba en su lengua. Le quedaba mucho mejor que Janie Mead—. No querrás decir que intentas salvar a la ciudad del mal. Te pasarás toda la vida intentándolo, y aun así fracasarás. Hay una razón por la que duì bù qǐ es de esa forma. Sólo somos humanos. Nunca estaremos a la altura de todo lo que podría ser.

Rosalind le dedicó una fugaz sonrisa, casi confundida.

—Con el tiempo suficiente...

—No —insistió Oliver—. No puedes salvar el mundo. Puedes intentar salvar una cosa si debes hacerlo, pero es suficiente si esa única cosa eres tú misma.

Rosalind volvió a mirar por el parabrisas. Todavía no tenían noticias de Alisa.

—No dejas de mirarte las manos, ¿lo sabías?

¿Eh? No se esperaba el giro repentino de la conversación.

—En el departamento, en la celda y de camino aquí —continuó—. Cada tantos minutos las miras, y un pánico cruza tu rostro. Así supe que debía creerte. Mi otro amante no sintió vergüenza cuando me hizo daño. Pero todo lo que siento saliendo de ti es una oleada tras otra de arrepentimiento.

Orión parpadeó. Ella había dicho "mi otro amante". ¿Eso significaba que Orión también lo era? Lo deseaba, lo deseaba profundamente. Y, sin embargo, él había causado un daño que ni siquiera comprendía del todo. No sabía *qué* había hecho. ¿Cómo podía saber de qué arrepentirse?

—Lo… siento —dijo él, instintivamente.

Rosalind suspiró, derrotada. Orión se habría disculpado de nuevo por provocarle frustración, pero entonces ella se acercó y posó una mano en su mejilla.

—Tu vida es la mía y mi vida es la tuya —era un eco de su declaración de días antes, pero ahora sonaba con un calibre totalmente diferente—. Si prometo salvarme, ¿me prometes que te vas a perdonar? ¿Podemos hacer un intercambio?

No puedo, pensó Orión, pero las palabras se le atoraron en la garganta. Ella lo miraba con tanta seriedad que él no soportaba la idea de defraudarla.

—Lo intentaré —respondió. Prometería vagar por los confines de la tierra y encontrar el comienzo del cielo si eso significaba que ella mantendría su mano allí, si eso significaba que podría ahogar el resto de sus miedos frenéticos concentrándose en el sonido de su voz. Había ido más allá de encariñarse con ella. Rosalind era su santa guía, la estrella polar de su corazón.

—Bien —dijo Rosalind. Luego se inclinó hacia él y lo besó, como si lo tomara por un juramento y Orión podría haberse perdido en él.

A pesar de los vehículos estacionados en las inmediaciones, el perímetro del Almacén 34 estaba tranquilo, sin actividad. Las botas de Alisa crujían sobre las hojas secas mientras recorría el terreno en un pequeño círculo. Sus propias pisadas eran los únicos sonidos humanos que captaba. Cuando llegó a la entrada del almacén, no llamó primero a Rosalind y

Orión, sino que abrió la puerta lentamente, esperando una reacción.

Pero no había movimiento. Sólo oscuridad.

Alisa se adentró en el almacén, haciendo un esfuerzo por ser lo más silenciosa posible. No buscó las luces; se guio por el resplandor de la luna, dejando que sus ojos se adaptaran mientras las formas oscuras empezaban a hacerse claras. Allí estaban las esperadas cajas y cajones, las mesas pobladas de equipos y derrames de líquidos. ¿Simplemente habían llegado al Almacén 34 antes que nadie? Con la mayor parte de los sospechosos de Seagreen detenida, quizá se habían roto las líneas de comunicación del plan.

Alisa se detuvo, mirando una puerta al otro lado del almacén. Se acercó y empujó la manija.

Pero en cuanto abrió la puerta un milímetro, se cerró de golpe desde dentro. Un chirrido recorrió el almacén, tan fuerte que Alisa se llevó las manos a los oídos y se dio la vuelta. ¿Una alarma? ¿Qué *era* aquello?

Algo parpadeó en su periferia. Cuando Alisa hizo una búsqueda frenética junto a las estanterías y las cajas, detectó que había algunas formas que estaban bastante bien mimetizadas con el suelo.

—¡Dios mío! —dijo en voz alta.

El almacén no estaba vacío.

Los soldados estaban alineados en las paredes en una formación apretada, todos *durmiendo*. Alisa contó no menos de veinte, algunos con el uniforme del Ejército Imperial Japonés, otros con los colores del Kuomintang, algunos mezclados en colaboración.

Uno de ellos se movió. Otro se dio la vuelta.

Estaban despertando.

* * *

De la nada, el almacén empezó a chirriar con el sonido continuo de una alarma. Rosalind apartó de nuevo la mirada del mapa que había tomado y se apresuró a abrir la puerta. Alisa no había vuelto. Algo debía haber salido mal.

—Ten cuidado —advirtió Orión, moviéndose igual de rápido. Dieron vueltas alrededor del auto, con los ojos clavados en el almacén—. No sabemos qué podemos encontrar.

El viento aullaba como la llamada de un lobo a su alrededor, y sus ráfagas arrastraban dedos fantasmales por el cabello de Rosalind. Se arrancó dos broches, dejando que sus rizos se deslizaran hasta los hombros y volaran detrás de ella. Orión tomó la delantera y entró primero en el almacén. Rosalind sujetó sus broches con fuerza, con las puntas afiladas hacia delante, antes de seguirlo.

Alisa no estaba a la vista. En cambio, se toparon con soldados japoneses que montaban guardia en medio del almacén y que voltearon hacia Rosalind y Orión en cuanto oyeron el ruido de la intrusión.

Como mínimo, estaban desarmados.

Orión dijo algo en japonés. No funcionó. Avanzaron hacia ellos.

—¡Rosalind, muévete!

Al instante, los dos se lanzaron en direcciones distintas, contrarrestando el intento de los soldados de atraparlos. Rosalind se agachó para esquivar el primer brazo que intentó golpearla, pero no fue lo bastante rápida para el segundo. Cuando el soldado le dio un empujón para desequilibrarla, cayó de golpe y su codo emitió un crujido desagradable contra el suelo de cemento.

—No están alterados —dijo Orión—. Pero…

Se interrumpió, estaba demasiado distraído defendiéndose, aunque Rosalind sabía lo que iba a decir. Esos soldados... sus miradas eran inquietantemente inexpresivas, no pestañeaban, al igual que Orión cuando ella lo había encontrado en aquel callejón. *Estaban* alterados, aunque sólo fuera mentalmente.

Aquí estaba ella, pensando que eran muy afortunados porque los soldados no tenían armas. En cambio, estaban siendo *convertidos* en armas. Borrados y reconstruidos, convertidos en inhumanos por los planes de una fuerza mayor. Por pura suerte, el último lote del experimento aún no había vuelto al Almacén 34 o bien no se había puesto en marcha, de lo contrario no se trataría de un enfrentamiento, sino de una aniquilación inmediata.

Vio cómo Orión sacaba su pistola y disparaba a dos soldados. Apenas se inmutaron antes de caer. Rosalind respiró con dificultad. Así que éste era el campo de batalla. Así se vería pronto el combate: piezas de juguete moviéndose de un lado a otro, cada una de esas vidas era tan prescindible como el papel de incienso.

Rosalind giró el broche en su mano y lo clavó en toda su longitud en la pantorrilla del soldado más cercano. Por un instante, no reaccionó. Por un momento, pensó que los científicos podrían haber encontrado una manera de evitarlo, que estos soldados también hubieran sido mejorados para ser inmunes al veneno.

Pero entonces, él se derrumbó.

A unos pasos, Orión abandonó su pistola, sin balas. Tres soldados lo rodeaban, y Rosalind no dudó. Se lanzó hacia delante. Apuñaló a uno, esquivó el ataque de otro. Cuando Orión agarró al tercero, gritó:

—¡Sujétalo!

Orión se congeló, aferrándose a lo largo de las axilas del soldado. Rosalind le clavó el broche envenenado en el abdomen. En cuanto Orión lo soltó, repitieron la misma táctica con el otro.

—Tenemos tiempo —dijo Rosalind sin aliento—. El lote exitoso no se ha utilizado aquí todavía…

—*¡Cuidado!*

Uno de los soldados la lanzó al suelo. Antes de que ella pudiera recuperarse, le asestó una fuerte patada en el vientre y Rosalind retrocedió, inmovilizada por el ataque. Aunque a Rosalind no le salían moretones, seguro que le había *dolido*.

El soldado volvió a levantar el pie. Justo cuando estaba a punto de hacer contacto con ella y quizás aplastarle los pulmones, retrocedió. Un ruido sordo sonó en el almacén.

Orión le lanzó una caja. Se apresuró a tomar otra, pero en lugar de arrojarla, balanceó el brazo y la golpeó contra la cabeza del soldado:

—No —comenzó a gritar, al tiempo que golpeaba de nuevo— toques —otro fuerte golpe— a mi —la caja se rompió en dos pedazos— esposa.

El soldado se desplomó. Orión se limpió una pequeña gota de sangre de la cara. Dos soldados más se acercaron.

Fue una batalla terrible. Demasiadas cosas sucedían a la vez y los uniformados los superaban en número. Cuando otro soldado se acercó antes de que pudiera levantarse, Rosalind se salvó por un pelo gracias a una figura borrosa que se descolgó de las barras del techo. Tardó un momento en darse cuenta de que era Alisa, quien cayó sobre los hombros del soldado y se estiró hacia delante para retorcerle el cuello con un crujido repugnante.

Con el mismo movimiento, cayó de rodillas antes de pararse.

—Uf, me siento como mi hermano —dijo, sacudiéndose las manos. Miró a Rosalind, que finalmente se puso de pie—. Habrá más, estaban esperando.

Justo a tiempo, se oyó un estallido en la esquina del almacén. Rosalind entornó los ojos en la oscuridad, desconcertada. Ni siquiera se había dado cuenta.

—Tenemos que irnos —dijo—. Nos superan en número.

—Hay alguien en esa habitación —repuso Alisa—. Creo que entramos en medio de una operación activa. Algo está empezando.

Pero ésa no era una lucha que pudieran enfrentar. Podían seguir intentándolo o huir. Y si el sacrificio de tratar fueran sus vidas...

Un disparo resonó en el almacén. Rosalind se giró, con los ojos muy abiertos. Creía que la pistola de Orión se había quedado sin balas. ¿De dónde venía?

Otro disparo acabó con el segundo soldado con el que Orión había estado luchando. Aunque era difícil ver algo sin las luces del techo, Rosalind estaba lo bastante cerca para ver el enorme agujero en el pecho del soldado muerto.

Las balas venían de *afuera*, penetraban a través de la puerta abierta del almacén. Otra vez. Y otra. Cada una de ellas golpeaba con una contundencia letal.

—Sacerdote —declaró Alisa con incredulidad—. Los comunistas *están* aquí.

Rosalind se tambaleó desconcertada. ¿Por qué Sacerdote eliminaba a los soldados japoneses, dejando ilesos a Orión y a ella? ¿Y dónde estaba el resto de los agentes comunistas si su francotirador estaba afuera?

Apenas pasaba un segundo entre cada disparo. Otra bala dio en el blanco y eliminó al último soldado que suponía una amenaza.

El lugar se sumió en el silencio. Estaban rodeados de cadáveres. Orión corrió hacia la puerta del almacén apresuradamente, miró hacia la noche, pero si su expresión servía de indicación, él no pudo ver de dónde habían salido las balas.

—¿Por qué nos ayudaría Sacerdote? —preguntó.

A Rosalind se le ocurrió algo. La estación nacionalista, con todos esos soldados muertos, para que ellos pudieran escapar sin problemas. ¿También había sido Sacerdote?

—No tenemos tiempo para averiguarlo —Rosalind divisó una puerta al fondo del almacén, la que había mencionado Alisa.

Mientras Rosalind caminaba hacia ella, Alisa lanzó una advertencia y gritó:

—Te lo dije, alguien está…

Rosalind abrió la puerta de golpe. Dirigió una mirada interrogante a Alisa.

—¿Qué demonios? —murmuró Alisa, acercándose a toda prisa.

La habitación estaba desocupada, pero había otra salida trasera que daba a la noche. Si Alisa había escuchado a alguien aquí antes, ese alguien había huido. Sólo que había dejado atrás una caja, parcialmente volcada sobre la mesa a causa de la prisa.

Rosalind se dirigió hacia ella y sacó los periódicos que estaban junto a las ampolletas. Entre las páginas de papel de periódico más áspero había hojas de papel blanco rayado, con una cuidadosa caligrafía que trazaba fórmulas y ecuaciones. No había hurgado demasiado en la caja que abrieron en Burkill Road, pero se preguntó si allí habría ocurrido lo mismo. Progreso, transmitido.

Rosalind tomó una de las ampolletas. Sentía el cristal helado en su mano. Detrás de ella, oyó que Orión entraba despacio en la habitación, con cautela.

¿Era un lote antiguo? ¿O se trataba de la misma versión que se había enviado a Burkill Road, que había terminado por funcionar justo como estaba previsto?

No quiero tener nada que ver con eso. Quiero una cura.

—Alisa —llamó Rosalind. Le dio la ampolleta cuando la chica se acercó a su lado—. ¿Puedes llevarle esto a Celia?

Alisa enarcó las cejas, aunque aceptó la ampolleta.

—¿Por qué lo necesita Celia?

—Ella no —Rosalind echó los hombros hacia atrás. Orión la observaba—. Voy a destruir el resto. Pero suponiendo que éste es su experimento final… podríamos necesitar una como respaldo. Para hacer una cura. Ella es la única persona en quien confío para guardar algo así.

—¿Qué…?

Alisa hizo un saludo militar, interrumpiendo lo que Orión iba a decir.

—Puedo hacerlo. Nos vemos en Shanghái.

Salió corriendo de la habitación y luego del almacén. Orión miró a Rosalind. Aunque debía tener algo en la cabeza, ella no lo escuchaba: se puso manos a la obra para vaciar los papeles de la caja —titulares de noticias y fórmulas— y empezó a romperlos en pedazos, partiéndolos por la mitad, luego en cuartos, hasta que quedaron como copos de nieve ilegibles.

—Espera, Rosalind —dijo él de repente. Antes de que ella pudiera romper el papel en copos de nieve aún más pequeños, él tomó un trozo y lo acercó a sus ojos. Había poca luz para leer. Había poca luz para ver que Orión se había puesto pálido, pero Rosalind lo vio.

—¿Qué pasa? —preguntó.

Sin previo aviso, la puerta trasera se abrió de golpe.

Rosalind tomó el cuchillo que llevaba atado a la pierna y lo desenvainó con rapidez. No sabía a quién esperaba. Una parte de ella temía que Dao Feng entrara.

No sabía si sentirse confundida o aliviada de que no fuera él. Era una mujer.

—Rosalind —dijo Orión de repente—. Baja el cuchillo.

Ella frunció el ceño.

—¿Qué?

—Bájalo, por favor —volvió a decir, esta vez más atento, con la conmoción impregnando su voz—. Es… es mi madre.

46

—¿Tu *madre*? —preguntó Rosalind. No bajó el cuchillo.

La mujer que entró por la puerta iba vestida con elegancia, con una falda larga ceñida al cuerpo que le llegaba hasta las rodillas y un par de lentes circulares sobre la nariz. Llevaba el cabello negro recogido en una cola discreta y una sonrisa vacilante en los labios. Aunque al mirarla de cerca su rostro mostraba las arrugas de la edad, a lo lejos tenía un aspecto juvenil, que fácilmente podría pasar como la nueva profesora auxiliar en la universidad cercana.

Rosalind no sabía qué había esperado de Lady Hong, pero no era aquello. Los periódicos habían pintado el retrato de una antigua contadora retraída que se había acobardado ante las primeras señales de problemas, optando por escapar y abandonar a su familia. Alguien que carecía de temple y que había preferido la quietud al escrutinio público, o bien una mujer que albergaba demasiado orgullo nacional para ser asociada con un comportamiento traidor. Sin importar qué teoría se planteara, siempre había estado acompañada con un aire de emoción salvaje.

La Lady Hong que estaba ante ellos parecía centrada. Tranquila.

La única discrepancia era la suciedad de sus bonitos zapatos. Cubiertos de lodo, como si se hubiera zambullido en el bosque, pero...

—Liwen —dijo su madre—. *Pensé* que eras tú. Reconocí el auto.

La mano libre de Rosalind se soltó, agarrando el codo de Orión mientras él se dirigía hacia su madre. Él se volvió de repente, confundido por saber por qué lo detenía. En perfecto contraste con su asombro, Rosalind estaba helada.

—Ésta tampoco es mi forma ideal de conocer a mis suegros —dijo—, pero ¿qué hace usted aquí, Lady Hong?

La tensión se apoderó de la sala. Era claro que Lady Hong había estado dispuesta a huir, pero se había dado cuenta de que Orión estaba allí y por él había regresado.

Por bello que fuera imaginar este merecido reencuentro madre-hijo, Orión Hong era valioso: un arma viviente. Y *alguien* lo había convertido en eso.

Lady Hong vaciló ante la pregunta. En esa pausa, Rosalind volvió a mirar hacia el papel triturado que Orión tenía en las manos, observando más de cerca el garabato. Quizá lo había descubierto un segundo antes. Su euforia momentánea hacía de lado la conclusión, que estaba intentando asimilar. Pero él había reconocido la letra. Sabía quién estaba detrás de este plan.

—Bien, intentaremos una pregunta más fácil —dijo Rosalind—. ¿Qué ganó usted? ¿Dinero? ¿Poder?

—Rosalind —susurró Orión, pero fue una pálida reprimenda. Sabía tan bien como ella en qué situación se encontraban.

Lady Hong echó los hombros atrás.

—Fui académica en Cambridge antes de casarme. ¿Lo sabías? —se acercó. Rosalind tiró de Orión con firmeza, alejándolos a los dos un paso—. Claro que no lo sabías. Los periódicos nunca lo mencionaron. A la sociedad de élite no le gustaba que hablara de eso. Los nacionalistas estaban más que encantados de apelar a mi experiencia cuando querían realizar algunos experimentos, pero en cuanto nos acercábamos a algún descubrimiento, los de arriba se acobardaban y eso era todo.

Orión respiraba de forma entrecortada. Rosalind trató de llevarlos hacia atrás una vez más y al mismo tiempo alcanzó la caja de ampolletas. Aunque logró agarrar la caja con el cuchillo en la mano, se detuvo antes de dar un paso más. Orión se resistía.

—Rosalind —dijo—. Espera.

—¿Para qué? —preguntó—. Tu madre te hizo esto.

Lady Hong se estiró las mangas. Parecía decepcionada, como si se tratara de un acontecimiento que había salido mal y no de la propia culpa de una investigación sobre una célula terrorista. Como si ella no estuviera en el meollo del asunto.

—Señorita Lang, no saque conclusiones precipitadas —dijo.

Rosalind apretó la caja contra su pecho. Así que su madre conocía su identidad. Su madre los había vigilado durante quién sabe cuánto tiempo.

—Para nada creo estar saltando a conclusiones —replicó Rosalind—. Creo que los nacionalistas la trajeron para hacer experimentos cuando empezó la guerra civil. Hacer soldados más fuertes, más rápidos, más letales. Hacer soldados que ganaran en el campo de batalla.

Recordó la mirada de Dao Feng cuando le había gritado después de aquella misión, cuando se había enfurecido por la muerte del inocente erudito al principio de sus días como

Fortuna, cuando afirmaba que no trabajaría para su guerra. La preocupación se reflejó en su rostro, luego acarició su hombro y la instó a mantener la calma, a recordar que estaban en el mismo bando, que él sabía que ella era dueña de sí misma, que estaba bien si no quería matar así.

No eres sólo nuestra arma, Lang Shalin. Eres una agente.

—La clausuraron, ¿verdad? Detuvieron su investigación. Pensaron que era inmoral. Usted convertía a personas reales en armas.

La expresión de Lady Hong se ensombreció.

—Fue una tontería —dijo—. Estábamos tan cerca de un gran avance.

Por fin, las piezas encajaron. Una a una.

—Los nacionalistas le retiraron la financiación —continuó Rosalind—. Pero usted no estaba dispuesta a rendirse. Así que fue con los japoneses y aceptó *su* dinero a cambio de continuar con su investigación. Ensayó su siguiente experimento con su propio hijo. ¿Lo sabía el general Hong? ¿O simplemente lo dejó cargar con la culpa cuando su descuidada administración lo señaló a él como hanjian?

Rosalind sintió cómo Orión se congelaba por completo. Era una deducción por parte de Rosalind, pero por el gélido silencio de Lady Hong, supo que había dado en el clavo. Soldados nacionalistas y japoneses por igual corrían por el almacén, con los ojos en blanco.

—¿O —continuó Rosalind— fue una colaboración? ¿Le ha estado dando instrucciones a él a cada momento, obligándolo a hacer las llamadas para convocar a su hijo para su trabajo sucio?

Lady Hong permaneció un largo rato sin hablar. Luego dijo:

—No daré explicaciones a una chica.

Por fin, Orión ya había escuchado suficiente para darse una idea del panorama completo frente a él. Para despojarlo de cualquier esperanza infantil que hubiera surgido cuando su madre apareció en la puerta:

—¿Ni siquiera a tu propio hijo?

En la mesa de junto había una bandeja, una pipeta y un mechero de Bunsen. El mechero ya estaba conectado a la palanca de gas por debajo del suelo. Rosalind estimó la distancia aproximada.

—Tu padre y yo trazamos un plan muy cuidadoso —dijo Lady Hong con firmeza—. Tal vez no esté contento con la lentitud con la que se ha desarrollado, pero fuimos claros con nuestros objetivos finales. No hay futuro para nosotros en el Kuomintang. Con el Imperio japonés sí. Esto también es para ti, Liwen. Para nosotros como familia.

—*¿Cómo* es para mí? —exigió Orión. Había una mueca en su cara, pero no podía ocultar la tristeza—. Ustedes dos se sentaron a verme matar gente. ¿Tu investigación es mucho más importante? ¿Era más importante que mi padre consiguiera un ejército más grande? Me dejaste *investigarlo* por mí mismo.

Rosalind se movió un centímetro hacia la izquierda. Cuando Lady Hong volvió a hablar, fingió no escuchar las preguntas de Orión, sólo su acusación final.

—Nunca debimos llegar a este punto. Le dije a tu padre que cerrara tu operación. Alegó que no tenía poder para afectar a la rama encubierta. Siempre ha desaprobado tu participación en ella.

La mandíbula de Orión se tensó. Sacudió la cabeza, aunque el gesto parecía más de derrota que otra cosa.

—Pensé que habías muerto. Me *abandonaste…*

—Siempre he estado cerca —interrumpió Lady Hong con firmeza—. Los vigilo a ti y a Phoebe. Dios sabe que es difícil cuando tú y tu hermana son tan buenos para sacudirse a quienes los siguen. Ahuyentándolos sin una buena razón.

Mientras nadie le prestaba atención, Rosalind se movió otro centímetro hacia la izquierda.

—¿En qué mundo podría haber adivinado que eras *tú* quien enviaba hombres con los ojos en blanco detrás de nosotros? —Orión exigió—. Te fuiste de nuestras vidas. ¿Y ahora me entero de que te he estado viendo cada pocas semanas para que me borres la memoria? *¿Qué* sucede contigo?

—Escúchame —dijo Lady Hong. Sonaba como si estuviera dando una conferencia al frente de un auditorio. No tenía remordimiento por lo que hacía. Ningún remordimiento por lo que le prometía a una nación enemiga con tal de encabezar un descubrimiento científico—. Tienes una cepa muy temprana. Sólo te la administré porque era poco peligrosa, antes de que añadiéramos los avances que permiten una curación acelerada. Al cuerpo humano no le gusta rehacerse. Todas las bajas que hemos tenido provenían de ese lado.

Bajas. Como si los conejillos de Indias que arrancaba de las calles fueran soldados y no víctimas de asesinato. Como si no se hubiera centrado en elegir a personas en territorio chino, sabiendo que había poca gobernanza y que a nadie le importaría investigar.

—Pero tienes que seguir tomándola —continuó Lady Hong—. Tus dolores de cabeza son un efecto secundario. Sin una nueva dosis de esa vieja cepa cada tantas semanas, los dolores empeorarán cada vez más y pronto reclamarán tu vida. Tardamos algún tiempo en darnos cuenta de que la única forma de arreglar esos efectos secundarios de forma permanente —hizo un gesto con la barbilla hacia la caja que Rosalind tenía en el brazo— es administrarte la fórmula definitiva. Ya te lo dije. Todo lo que hago es también por ti.

El grito de Haidi resonó en la mente de Rosalind. Su desesperación en el salón de banquetes. *Ésas no son peligrosas. Son para mí. Si no las uso, moriré.*

Otro experimento. Una ejecución posterior.

—Esto es... —Orión se interrumpió, incapaz de seguir discutiendo. Su tristeza se había vuelto amarga; sus ojos, que antes estaban grandes y sorprendidos, se entrecerraron con hostilidad. Rosalind quiso tenderle la mano y tranquilizarlo, pero sabía que poco podía hacer para consolarlo. Quizá su madre dijera que hacía todo aquello por él, pero si no hubiera experimentado así, la vida de su hijo no estaría corriendo peligro.

—Déjame adivinar —dijo Orión—. Cuando tome la fórmula final, me volveré tan descerebrado como esos soldados de ahí atrás.

—No es cierto... ésa es una cepa completamente diferente —replicó Lady Hong. Rosalind estuvo a punto de reír. Sonaba tan condenadamente indiferente, tratando esto como algo sin importancia. Era claro que Orión tenía *alguna* versión de esa indiferencia si le daban órdenes por la ciudad sin que recordara nada.

Rosalind debió hacer ruido, a pesar de sus esfuerzos, porque la mirada de Lady Hong se dirigió hacia ella. Hacia la caja.

—Señorita Lang —dijo—, por el bien de Liwen, entrégueme eso.

Rosalind dio un paso adelante obedientemente.

—¡Rosalind! —dijo Orión entre dientes en señal de advertencia.

Ella volteó para mirarlo. *Tu vida es la mía.*

Y podría salvarla ella sola.

Rosalind tiró la caja al suelo. Al instante, las ampolletas de cristal se hicieron añicos, pequeños fragmentos que se mezclaron con un líquido verde brillante que chorreaba en todas direcciones. Antes de que Lady Hong pudiera reaccionar, Rosalind se abalanzó sobre el mechero de Bunsen y empujó con el pie el pedal del gas situado bajo la mesa. Se encendió una penetrante llama azul.

—No ayudaré a los traidores de la nación —dijo fríamente. Dejó caer el mechero. En una explosión, tanto la caja de madera como los periódicos y el líquido verde estallaron en llamaradas de fuego, devorando todo lo que había cerca. El horror se reflejó en el rostro de Lady Hong. Era demasiado tarde para salvar nada. Lo único que podía hacer era ver cómo ardía.

Sus ojos brillaron para encontrarse con los de Rosalind.

—No sabes lo que has hecho.

—Sé exactamente lo que hice —replicó Rosalind, y antes de que pudiera pensarlo mejor, reajustó el cuchillo en su empuñadura y lo blandió hacia Lady Hong.

Falló por poco.

Lady Hong retrocedió, con los labios entreabiertos cuando el arco del cuchillo apenas rozó su nariz. Ahora la ira invadía la línea de su boca, desvaneciendo su anterior calma.

—Dama de la Fortuna, juegas sucio —dijo despectivamente—. Pero yo también. *Oubliez.*

Rosalind intentó apuñalar de nuevo, aunque no pudo evitar fruncir el ceño con el cambio al francés. *¿Olvidar? ¿Olvidar qué?*

De repente, la mano de Orión se cerró sobre su brazo y la lanzó hacia atrás. El ataque fue tan contundente que Rosalind se estampó contra la pared opuesta y su hombro emitió un fuerte sonido. Su cuchillo cayó al suelo. Tuvo apenas un segundo para llevar aire a sus pulmones. En el siguiente instante, Orión ya la levantaba de nuevo.

No.

—Orión —jadeó. No había nada en su mirada. Ni reconocimiento ni humor, ni sentido de nada, excepto una mirada vacía y empañada—. Orión, *no*... —Rosalind se hizo a un lado, evitando su puño—. ¡Despierta!

Él apuntó el golpe hacia abajo; ella sintió que su hombro volvía a su sitio y empezaba a curarse, lo que le dio fuerzas para aferrar la muñeca de Orión y levantarle el brazo, entonces el movimiento obligado del cuerpo permitió a Rosalind clavarle un pie detrás de la rodilla para hacerlo caer. Aunque Orión trastabilló, concentró su peso hacia delante con intención y barrió con la pierna en cuanto recuperó el equilibrio para derribar a Rosalind.

Ella cayó. Maldijo en voz baja. Iba a perder esta pelea. No importaba lo rápido que pudiera curarse. Orión era demasiado fuerte para ser derrotado.

Su sombra se cernía sobre ella. Antes de que pudiera apartarse, él la tenía inmovilizada, con las manos alrededor de la garganta. Rosalind apretó la mandíbula con fuerza para contrarrestar la presión en su cuello, luchando con todas sus fuerzas para apartarle los dedos, pero aquello era como intentar doblar el acero.

—Orión —resolló.

Él apretó más.

—Orión, Orión —el más mínimo reconocimiento se agitó en sus ojos—, soy yo. Soy *yo*.

Las manos de Orión se aflojaron un poco. Aunque su expresión seguía estando en blanco, había *algo* allí, algo que intentaba salir a la superficie.

Rosalind hizo lo único que podía. Extendió el brazo, sus dedos apenas rozaron la hoja del cuchillo, los estiró, los estiró justo cuando su visión se volvió completamente negra, agarró la empuñadura del cuchillo y lo clavó en el hombro de Orión.

Orión dio un respingo y la soltó.

Sin perder un instante, Rosalind se liberó y se incorporó, jadeando, mientras ponía distancia entre ellos. Esperaba que él volviera a atacar de inmediato, pero el cuchillo en su hombro afectó su estado alterado. Pequeñas gotas de sangre corrían frente a él, rezumando desde su hombro hasta el suelo.

—¿Orión? —intentó ella con cautela.

—*Vete* —gruñó él. Rosalind retrocedió sobresaltada. Desde el otro lado de la habitación, Lady Hong había desenfundado su pistola, al ver que la pelea estaba en pausa. Rosalind apenas prestó atención a la señora, a pesar de la amenaza que suponía. Orión mantenía toda su atención.

Él dejaba correr la sangre. Tenía las manos clavadas en el suelo, apoyadas en el concreto. Parecía una deidad conquistada, apenas contenida en su recipiente humano, con la cabeza inclinada y de rodillas, con las palmas hacia abajo en señal de súplica.

—Rosalind —se las arregló a decir—. Vete. Por favor —y ahí estaba él. Era una deidad, suplicante—. ¡Rosalind, vete! *¡Vete!*

—Hong Liwen, levántate ahora mismo —ordenó Lady Hong, y apuntó a Rosalind con su pistola. Sin dudarlo un instante, apretó el gatillo.

La bala se incrustó profundamente. Rosalind ni siquiera pensó en moverse. Se llevó las manos al vientre, incrédula de que acabaran de dispararle. No sabía qué hacer. Orión gritaba: "*¡Vete! ¡Por favor, vete!*", y Lady Hong volvía a apuntar, y Rosalind ni siquiera podía oírse a sí misma *pensar* debido al mareo que sufría tras haber estado a punto de morir asfixiada y ahora con la mitad de las vísceras a punto de salir de su cuerpo.

No podía dejar a Orión allí. El dolor en su abdomen era agonizante. La decisión ante ella era aún peor.

Lady Hong disparó de nuevo. Otra bala atravesó a Rosalind, más arriba, en las costillas, y estalló un rojo intenso.

—*¡Vete!* ¡Rosalind, *vete*!

Lo necesitaba. Podía curar una herida de bala. Pero si Lady Hong apuntaba más alto, no podría curar su cabeza destrozada. Le dolía más alejarse que recibir las balas. Pero Rosalind tropezó hacia la puerta trasera, saliendo a la noche justo cuando una tercera bala estuvo a punto de alcanzarla; el disparo dio en el marco de la puerta y estallaron astillas de madera por todas partes.

Aunque Rosalind corrió, no se resistió a mirar atrás. El tiroteo cesó. Lady Hong se dirigía a Orión, tras arrojar la pistola a un lado.

Levántate, quería llorar. Quería gritar, blandir todas las armas que había aprendido a usar y llevar a la batalla. Pero cuando Orión se encontraba en ese estado, ella no era rival para él en absoluto, y no era a él a quien quería herir.

Lady Hong sacó algo de su bolsillo. Orión seguía arrodillado, todavía temblando mientras trataba de evitar ir tras Rosalind.

Una jeringa. Orión se negó a levantar la vista. Ésta no era verde. Estaba llena de un líquido rojo.

Rosalind dejó de correr.

—Orión, vamos, vamos...

Su madre le clavó la jeringa en el cuello. El émbolo bajó y la cabeza de Orión se levantó. Rosalind, aterrorizada, podría haber gritado, pero apenas se dio cuenta. Si su mayor temor se había hecho realidad, entonces Orión acababa de recibir lo que había borrado la mente de los demás soldados. Lo que Lady Hong le ordenó que hiciera a continuación no fue percibido por Rosalind, que giró rápido sobre sus talones y corrió hacia los árboles, jadeando. Sentía su cuerpo palpitante, la sangre bombeando con furia alrededor de las balas incrustadas en su interior.

No podía detenerse. Incluso cuando tropezó con una parte áspera del follaje y cayó de rodillas, reunió lo que le quedaba de fuerza y se levantó en un abrir y cerrar de ojos, para adentrarse en el bosque.

Corrió y corrió.

Porque si Orión la encontraba, la mataría.

47

Alisa llegó a la entrada de la tienda de fotografía y miró a su alrededor para confirmar que la ubicación era correcta: *Hei Long Road 240*. Era allí.

Dio la vuelta hasta la puerta trasera y golpeó ruidosamente con ambos puños. No le importaba que la oyeran los vecinos; no había nada sospechoso en una visita nocturna.

—¡Celia! Celia, soy yo.

La cerradura giró. Cuando la puerta se abrió, no era Celia la que esperaba, sino Oliver Hong.

—Hola —saludó Oliver, inclinando la cabeza con curiosidad. Tenía un gato entre los brazos, que ronroneaba mientras le rascaba la cabeza—. ¿Quién eres?

—¿Dónde está Celia? —preguntó Alisa.

—Justo aquí —al oír la voz de Celia, Oliver se movió a un lado para hacerle lugar en la puerta. Celia, que ya llevaba puesta una bata, pareció sorprendida cuando salió—. Alisa, ¿qué haces tan lejos de la ciudad?

Alisa apretó entre sus dedos la ampolleta que llevaba en el bolsillo. Iba a sacarla, pero dudó y miró a Oliver. Lo único que sabía de él pasó por su mente al mismo tiempo: todas las bajas que había causado en el campo de batalla, toda la gente que le temía por lo que era capaz de hacer. Si las malas lenguas no mentían, algunos incluso rumoreaban que era el contacto directo de Sacerdote.

—Rosalind me pidió que te diera algo —dijo Alisa con cuidado—. Pero a ti... sólo a ti. Ella no confía en nadie más.

Celia parpadeó e intercambió una mirada con Oliver. La parte tácita de esa afirmación era clara. Alisa no le daría nada a Celia si eso significaba que Oliver también le pondría las manos encima.

—Alisa, está bien —dijo—. Si confías en mí, también puedes confiar en Oliver.

Lentamente, Alisa soltó la ampolleta dentro de su bolsillo. Qué idea tan extraña. La confianza no venía en paquetes. Que Oliver tratara bien a Celia no significaba que esa misma amabilidad se extendiera a todo el mundo.

Alisa volteó a ver a Oliver.

—¿Lo sabías? —preguntó—. ¿Que habían convertido a tu hermano en un asesino?

El único indicio de que había sorprendido a Oliver con lo que dijo fue el maullido de queja del gato. Oliver estaba agarrando más fuerte al pequeño animal.

—¿Qué?

—Debes haber sabido que algo no andaba bien —continuó Alisa—. Aunque ignoraras la razón, debiste pensar que existía un motivo para que nuestra gente fuera tras tu hermano. Tenías el poder de averiguar por qué. ¿Por qué no lo hiciste tú? ¿Por qué no lo perseguiste hasta el final? ¿Por qué no investigaste en las esferas más altas hasta que alguien te informara sobre el Almacén 34?

Oliver se tomó un momento para asimilar las acusaciones. Alisa hablaba como si cada una de ellas fuera un puñetazo, y ahora que ella había terminado, a él le tocaba pasar a la ofensiva.

—Alisa, ¿qué fue eso? —Oliver confirmó—. ¿De *qué* estás hablando?

Él no parecía querer contraatacar.

—¡A Orión Hong le lavaron el cerebro para que matara por todo Shanghái! —dijo Alisa, alzando la voz. Por el bien de Rosalind, de pronto estaba furiosa—. Y nosotros *lo sabíamos*. Alguna rama de nuestro bando ha estado guardando pruebas fotográficas durante quién sabe cuánto tiempo, sólo para que pudiéramos robar el experimento terminado. ¿Cómo pudiste permitirlo? ¿Por qué no te diste cuenta?

Alisa sabía que su acusación había llegado demasiado lejos. No podía esperar que Oliver Hong tuviera clarividencia. Sin embargo, se suponía que era un agente aterrador y poderoso. ¿Para qué servía eso, si no era para conocer cosas y actuar en consecuencia?

Como Oliver y Celia no respondían, Alisa retrocedió un paso. Celia se llevó una mano a la boca, asimilando la información. La expresión de Oliver era cuidadosamente neutra.

—¿Por qué no *te importó* lo suficiente para averiguarlo? —terminó Alisa, aterrizando en la pregunta que realmente se había estado haciendo todo este tiempo.

—Lo hice —respondió finalmente Oliver—. Sólo que en la maldita dirección equivocada.

Celia parpadeó. Bajó la mano.

—¿Qué?

—Desde la primera visita, reconocí el trabajo de mi *madre* en el Almacén 34 —dijo, con las palabras muy juntas, como si sólo pudiera decirlas de un tirón. Habían llegado al final: ya no quedaba ningún secreto—. De alguna manera, debía ser una operación nacionalista, de eso no había duda. Pero no quería enfrentarme a ella, así que me mantuve al margen. Ni siquiera lo denuncié. Estaba tan decidido a ignorarla que no podía haber imaginado que Orión estaba implicado. Que *ella* le estuviera haciendo daño a su propio *hijo*.

Alisa no sabía qué pensar.

Tampoco lo necesitaba. Ella ya había terminado allí.

Alisa giró sobre sus talones y echó a correr. Oyó que Celia la perseguía, pero la ignoró. Ignoró todo, excepto el mundo que la rodeaba, el aullido de la noche y el susurro de los árboles, mientras se abría paso por el bosque.

Cuando Alisa volvió a meter la mano en el bolsillo, la ampolleta de cristal se había enfriado tanto que le quemaba la palma de la mano. No podía perderla. Se frenó y sacó el pequeño frasco de cristal, dejando que su respiración volviera a la normalidad.

Los nacionalistas querían la ampolleta. Los comunistas matarían por ella. Los japoneses los conquistarían a ambos. Su hermano había sacrificado tanto porque quería que la ciudad cambiara, y Alisa quería luchar para conseguirlo. Pero ahora mismo ninguna facción merecía su lealtad porque estaban en la misma lucha por el poder que una vez más dividiría a la ciudad.

Alisa levantó la vista hacia la luna, recuperando la orientación. Rosalind confiaba en ella para proteger esta ampolleta, y eso es lo que Alisa haría. En cuanto ella saliera de la red, nadie podría encontrarla.

Era una promesa.

48

El asesino no tiene nombre. Él nunca lo ha tenido.

Eso le dice su memoria. La oscura carretera se precipita frente a él y se queda mirando sin comprender, contando los faroles que pasan volando. Alguien conduce el auto: su madre. Lo sabe, pero ya no debería pensar en ella como su madre.

Ella es su superior: a la que debe escuchar y proteger por encima de todo. No hay nada más importante. No debe permitirse impulsos propios. No se *permitirá* tener impulsos propios. Sólo escucha, sólo sigue órdenes.

El auto frena de repente. A lo lejos, se ven múltiples puntos de luz, cada vez más grandes. Son los faros de otros vehículos que se acercan con rapidez.

—Fuera —su superior deja caer una pistola en su regazo—. Ahuyéntalos.

El asesino sale. Cuando los otros coches se detienen, una multitud de soldados se lanza a la carretera, con el azul y el blanco del símbolo nacionalista cosido en sus gorras y los números de sus divisiones pegados sobre los bolsillos de sus camisas verde oliva.

Es difícil identificar caras en la oscuridad. Es difícil identificar las caras en general, y todas las personas ante él parecen vagamente iguales, con rasgos borrosos e indistintos.

Él avanza. Levanta su pistola y empieza a disparar, los soldados tardan algún tiempo en apresurarse a combatirlo. No importa lo que hagan ni quién le arrebate el arma. Tira del brazo que se le acerca y lo rompe; tira de la empuñadura que le rodea el cuello y arroja al combatiente al suelo con la misma facilidad con que tiraría a un lado un trozo de papel arrugado.

Nada lo cansa.

Cuando el auto llega por detrás y se detiene, la expresión de su superior es inexpresiva, cuando observa los daños causados.

—Suficiente. Entra.

El resto de los soldados han dejado de atacar. Se apartan con cautela. Le permiten alejarse. Lo observan mientras entra en el auto y cierra la puerta con un ruido sordo. Este asesino —este irreflexivo asesino— se pregunta si oye a alguien gritar, gritar un nombre. Tal vez sepa quién es; tal vez sepa el nombre de esa persona que se grita en la noche. Pero todo se desvanece antes de que llegue a sus oídos, antes de que registre lo que realmente dicen las palabras.

El auto se aleja.

49

Rosalind entraba y salía de la conciencia, con la cabeza apoyada en un árbol.

Se estaba curando muy despacio, y la pérdida de sangre le afectaba. Las balas no estaban siendo expulsadas. Forjadas de algún material extraño, se habían alojado demasiado profundo en su cuerpo. Debía ser intencional, dado lo bien que Lady Hong entendía su sanación. Su cuerpo no sabía qué hacer. Cuando divisó una luz intermitente en su periferia, casi pensó que era una alucinación, hasta que sus oídos también captaron voces. Sin aliento, Rosalind levantó la vista, buscando entre las formas borrosas antes de que un rostro familiar descendiera frente a ella.

—¿Jiemin? —preguntó.

—¿Estás herida? —le preguntaron. Ahora los rodeaban más voces: eran soldados nacionalistas abriéndose paso entre los árboles para peinar la zona—. Pensé que podías curarte.

—Balas. No están sanando bien. Levántame —Rosalind extendió las manos y Jiemin la ayudó. Brevemente, su visión se volvió negra cuando se puso de pie, y estuvo a punto de caer de nuevo antes de que la sostuvieran.

—Fuiste descuidada con esto —espetó Jiemin—. Estaba logrando acercarme al general Hong en cuanto intentó bloquear nuestro movimiento para entrar en el Almacén 34. Puse a Hong Liwen en una celda específicamente para mantenerlo lejos del control de su padre.

—No fue sólo su padre —Rosalind parpadeó con fuerza, tratando de recuperar la vista—. También fue su madre. Si no hubiéramos aparecido, se habría llevado las ampolletas del almacén. Pero las destruí —un estallido de ira se encendió en su pecho. Empujó a Jiemin de repente, aunque su fuerza era mínima—. ¿Por qué no me *dijiste* nada? ¿Por qué nos sorprendiste así?

Jiemin trató de apresurarla, mirando con recelo la sangre que aún manaba de sus heridas.

—Porque llegué a una fuente a la que se suponía que no debía llegar —respondió bruscamente—. Una fuente que tiene oídos en todas las partes de la ciudad, incluidos los comunistas. No podía responder de dónde saqué la información. No podía explicar cómo supe que Orión era el asesino antes que nadie de nuestro bando, así que tuve que actuar rápido y primero. Pero tú tenías que irte y encargarte de tus asuntos.

Rosalind se detuvo con dificultad. Ya no tenía sentido discutir. Lo que estaba hecho no podía deshacerse. Necesitaba pensar. Necesitaba un plan de acción.

—Se llevaron a Orión.

—Lo sé —dijo Jiemin—. Lo encontramos de camino aquí. Dejó a la mitad de nuestra gente muerta. Está bajo algún tipo de hechizo.

Rosalind soltó el brazo de Jiemin. Estuvo a punto de caer en cuanto se paró por su cuenta, pero necesitaba enfrentarse a él, necesitaba que comprendiera...

—Tenemos que ir por él —dijo Rosalind suspirando—. Su madre lo está controlando, pero si tomamos las fuerzas nacionalistas...

—No podemos.

—¡Sí podemos! Sólo necesitamos...

—No me estás escuchando. Se acabó. Ésa no es nuestra misión.

Rosalind se tambaleó hacia atrás.

—¿Cómo puedes decir eso? —preguntó entre dientes—. ¿Cómo podemos abandonarlo?

—Escúchame.

Jiemin se adelantó y la sacudió por los hombros. El movimiento agravaba su dolor, exacerbaba todas sus sensaciones, pero lo agradecía. Podía sentirlo todo, *todo*.

—A Hong Liwen le borraron la memoria. Es un lastre y una amenaza. Debemos reducir nuestras pérdidas donde podamos.

Rosalind se apartó de un tirón. La cabeza le dio vueltas.

—Eres un *insensible* —espetó—. Iré por él yo misma. Iré...

Pero antes de que pudiera terminar la frase, cayó de rodillas contra su voluntad y perdió la sensibilidad por debajo de la cintura. Aturdida, extendió las manos hacia delante y las encontró tan resbaladizas de sangre que parecía que llevaba un par de guantes escarlata.

—¡Lang Shalin!

Aunque Jiemin se lanzó hacia ella, no fue lo bastante rápido para atraparla antes de que su cabeza golpeara la hierba. Rosalind sintió que la tierra blanda le oprimía la sien y, en ese momento, se conformó con dejar que se la tragara.

Sus ojos se cerraron.

50

El mundo no volvió lentamente; regresó de golpe, como si su cerebro se hubiera puesto en marcha con el giro de una llave. Rosalind trató de levantarse al instante, temerosa de estar en peligro, pero alguien a su lado la empujó hacia abajo.

No había peligro. Estaba en un hospital.

En una cama de hospital.

Después de ese veredicto inicial, Rosalind registró su entorno por completo. Paredes blancas y lisas. La luz de media tarde. Una vía intravenosa conectada al interior del codo y Celia sentada en una silla junto a la cama.

—No te lo quites —le advirtió de inmediato su hermana.

Los dedos de Rosalind ya estaban enroscados alrededor del tubo, dándole un tirón. La aguja se deslizó. La herida miniatura se cerró.

Celia suspiró.

—Lo intenté. ¿Cómo te sientes?

—Perfectamente —Rosalind se removió en la cama. El dolor había desaparecido. Debían haberla operado para extraerle las balas, y en cuanto éstas desaparecieron, su cuerpo pudo sanar sus heridas. Llevaba vendas en el torso, que asomaban por debajo de la fina bata, pero no había heridas debajo.

—Entonces, ¿qué quieres escuchar primero? —preguntó Celia—. ¿Todo lo que te perdiste mientras estabas inconsciente, o por qué estoy aquí sentada sin que me hayan capturado tus nacionalistas?

—La primera —dijo Rosalind, dejando caer los brazos sobre las mantas—. Lo segundo ya lo sé: eres escurridiza.

Celia levantó una ceja y se reclinó en la silla. Iba vestida con un qipao, el cabello recogido en elaboradas trenzas y dos lazos de joyería alrededor del cuello, debajo de su habitual colgante de jade. Había entrado al hospital como miembro de la élite, no como agente del Partido Comunista.

—Siempre te extraño, pero no tu sentido del humor.

—¿Quién dijo que intentaba ser graciosa? Lo digo en serio.

Celia sacudió la cabeza y se le escapó una risita divertida. Durante unos largos instantes permaneció callada, reflexionando. Entonces dijo:

—Me enteré del Almacén 34. Toda la historia. Por lo visto, teníamos agentes cerca del lugar, pero cuando vieron lo que pasaba, no nos unimos al combate.

Rosalind seguía sin entender qué había pasado exactamente. Sacerdote también estaba allí y los había ayudado, ¿no contaba eso como unirse al combate?

—¿Cómo sabían que había que ir? —preguntó.

—Ése… ése es el otro asunto que necesito contarte.

Celia levantó las piernas y se apoyó en un lado de la cama para poder llevarse los brazos a las rodillas. Echó un vistazo a la puerta de la habitación del hospital, asegurándose de que no había nadie escuchando.

—Uno de nuestros agentes dobles entró públicamente en nuestras filas. Había renunciado a su asociación anterior con el Kuomintang.

Rosalind se levantó. Esta vez, Celia no la detuvo.

—Estaba a punto de ser descubierto —continuó su hermana—. El Kuomintang había oído hablar de un archivo que contenía los nombres en clave de tres comunistas encubiertos entre sus filas. Una vez que las distintas ramas enviaron gente para obtener la información y ésta empezó a moverse, sólo era cuestión de tiempo para que él y dos de sus hombres fueran descubiertos por comunicarse entre ellos cuando supuestamente no se conocían. Fingió su propia incapacidad antes de tiempo para asegurarse de escapar.

—No —susurró Rosalind. Aunque sus pensamientos bullían de incomprensión, sabía quién debía ser. Ella había robado ese mismo archivo siguiendo sus instrucciones. Nunca fue información sobre Sacerdote. Era su propia identidad a punto de ser descubierta.

Celia asintió.

—Créeme, si lo hubiera sabido cuando me contabas del archivo, lo habría compartido entonces. Pero esto era demasiado clasificado para llegar a mí, hasta ahora. Dao Feng era León. Dos agentes de la rama encubierta de Zhejiang eran Gris y Arquero. Una vez que se confirmó su inevitable exposición, no había forma de continuar el trabajo encubierto. La misma noche en que Dao Feng fingió ser atacado, envió mensajes advirtiendo a Gris y Arquero que recogieran todo y se marcharan antes de que el Kuomintang los atrapara.

Rosalind dejó caer la cabeza entre las manos. Esto era cruel. Esos mensajes de advertencia los había enviado ella. Los había echado al buzón, creyendo alegremente todo lo que Dao Feng le decía sin pensarlo dos veces. ¿Estaba condenada a esta narrativa para toda la eternidad? ¿Acaso todos sus seres queridos eran unos mentirosos dispuestos a traicionarla?

Pensó en cada momento con Dao Feng, en cada consejo que le había dado, en cada lección que le había impartido. ¿Cuánta de la atención de Dao Feng hacia ella había sido genuina? Cada vez que pensaba que ya había cerrado sus viejas heridas, otro gran actor se quitaba la máscara y volvía a acuchillarla.

Exhaló lentamente, arrastrando las manos por las mejillas. Su propio superior era un agente doble. Tenía una hermana en el bando contrario. Los nacionalistas nunca volverían a confiar en ella... bueno, ni siquiera ella confiaría en sí misma. Más allá de la palpitante traición que le desgarraba el corazón, casi estaba enojada. Dao Feng podría habérselo dicho. Él sabía que ella no era especialmente leal a los nacionalistas.

¿Por qué no la había llevado *con* él?

Rosalind ignoró sus emociones. Ahora que estaba despierta, tenía asuntos más importantes entre manos.

—Celia —dijo en voz baja—. La madre de Orión se lo llevó. Le clavó una jeringa en el cuello y lo borró...

Celia parecía arrepentida.

—Lo sé —se inclinó hacia la derecha, buscando algo en la mesita de noche. Lentamente, Celia deslizó el periódico ante ella y lo acomodó para que Rosalind leyera el texto.

LANG SHALIN VIVE. HONG LIWEN = HANJIAN.

Los encabezados continuaban en letra grande. Rosalind echó un breve vistazo a la página y vio que decía: "Se disfrazan en Seagreen Press" y "Arrestan a Hong Buyao por colaborar con los japoneses", pero ya no pudo seguir leyendo. Apartó el periódico. Luego lanzó una maldición.

—Ah, se pone peor —dijo Celia. Había otro periódico esperando en la mesa de noche. Celia ni siquiera lo movió con delicadeza. Lo puso directo en el regazo de Rosalind.

LANG SHALIN, ¿ES LA INFAME DAMA DE LA FORTUNA?

Rosalind exhaló despacio.

—Dios mío.

—Tuve una reacción parecida —Celia se llevó los dos periódicos—. No pierdas el tiempo preocupándote de que el Kuomintang ya no confíe en ti porque tu superior tenía las lealtades equivocadas. Ya *no pueden* utilizarte como agente. Tu identidad se filtró a todo Shanghái. En realidad, no me sorprendería que alguien dentro de sus filas lo haya filtrado sólo para que te retiraran de la comisión.

Rosalind sintió que el grito le llegaba a la garganta. Y crecía, crecía y crecía.

—Orión no es hanjian —susurró. De todos los detalles que aparecían en la portada del periódico, ése era el que más le molestaba.

Celia no dijo nada. Dejó que Rosalind se enfureciera.

—Una cosa más —añadió su hermana después de un momento—. Alisa desapareció.

¿Qué? Rosalind se enderezó.

—¿Está en peligro?

—No creo. Vino a darme algo, pero… luego salió corriendo. No entiendo por qué.

Tampoco Rosalind lo comprendía. Teniendo en cuenta cómo había reaccionado Lady Hong ante la caja que Rosalind había destruido, Alisa tenía ahora la única versión del experimento químico que había tenido éxito. Tal vez el Ejército Imperial Japonés iniciara los esfuerzos para recrearlo, pero le tomaría un tiempo considerable.

—Ella estará bien —dijo Rosalind. No sabía si estaba tranquilizando a Celia o a sí misma—. Ella sabe lo que hace.

Entonces llamaron a la puerta, aunque no entró ninguna enfermera. Celia se levantó de un salto y apretó la mano de Rosalind.

—Debo irme.

—¿Ya? —Rosalind sonaba como una niña petulante. Le daba igual. Era casi extraño: aunque las dos habían llegado al mundo al mismo tiempo, Rosalind siempre había considerado que era la mayor. Sólo que ahora Celia parecía mucho mayor, como una auténtica adulta que había adquirido seguridad sobre su lugar en el mundo. Mientras que Rosalind… Rosalind no sabía si alguna vez lo encontraría.

—Puedo verte más tarde. Éste fue mi aviso de cinco minutos antes de que tus nacionalistas lleguen a tu habitación para interrogarte —Celia intentó sonreír—. No causes problemas mientras tanto, ¿entendido?

—¿Cuándo te convertiste en la hermana mayor? —Rosalind refunfuñó.

Celia le apretó la mano una vez más y luego la soltó.

—Cuando cumplí más años que tú —respondió en voz baja—. *Au revoir,* Rosalind. Cuídate.

—Adiós —susurró Rosalind, con una punzada en el corazón cuando Celia se despidió con la mano a través del cristal de la puerta. Parpadeó para ahogar las lágrimas y salió de la cama. Aunque ya había sanado, estaba agotada y le pesaban las piernas cuando caminó hasta la ventana.

Shanghái bullía en el exterior. El hospital estaba en una colina, lo que le permitía ver los tejados de los pabellones inferiores. Más allá de esos tejados estaba el patio delantero y luego el resto de la calle: niños riendo y jugando con sus pelotas de goma, ancianos vendiendo brochetas fritas, mujeres repartiendo folletos de un espectáculo de cabaret.

Rosalind se llevó los dedos a la sien, tratando de aliviar la tensión que sentía. Un juguete de madera rodó por la calle. Cuando un niño pequeño corrió tras él, su madre tiró de su cuello. Desde la habitación del hospital Rosalind no podía escuchar lo que decía la madre, pero su dedo severo lo comunicaba todo.

Dios. Rosalind amaba la ciudad que tenía ante sí. Como una epifanía, el sentimiento la invadió de golpe, tan potente que podría ahogarse con él. Podía rechazarlo. Podía apartarse y fingir que era otra cosa. Pero el amor seguiría existiendo, siempre paciente.

Todo su amor parecía surgir de idéntica manera. No es que un día estuviera ausente y al siguiente presente. Se instalaba sin que ella se diera cuenta, se acomodaba y conquistaba cada vez más espacio, y ella ni siquiera sabía que había un nuevo ocupante en su corazón hasta que empezaba a preguntarse de dónde habían salido todos esos muebles y el amor le dedicaba una sonrisa deslumbrante para saludarla.

Rosalind sintió un dolor sordo en los ojos cuando se apartó de la ventana, demasiado abrumada para seguir observando la escena del exterior. Necesitaba un plan. Necesitaba arreglar esto.

Porque ella lo había abandonado. Ella le dijo que su vida era suya, y luego *lo había abandonado.*

Volvieron a llamar a la puerta. Esta vez, asomó la cabeza una enfermera.

—¿Lang Shalin?

Rosalind tendría que empezar a acostumbrarse a eso: su verdadero nombre, a la vista de todos otra vez. Asintió cansada.

La enfermera le tendió un papel.

—Recibió una llamada telefónica cuando estaba en el quirófano, y la persona que llamó dejó un mensaje.

Rosalind tomó el papel y frunció el ceño. ¿Quién la llamaría mientras estaba en el quirófano? Sus superiores estarían de camino para interrogarla en persona. No necesitaban dejarle un mensaje antes.

—Gracias —dijo Rosalind. Arrugó el papel con la mano, los bordes eran marrones, quizá se había humedecido por un té derramado y se había vuelto a secar en el tiempo que tardó en llegar hasta ella.

La enfermera cerró la puerta, dejando que Rosalind abriera el mensaje y lo revisara una vez, luego otra.

Apretó el papel, causando arrugas a través de la tinta. No importaba: las palabras se grabaron en su mente al instante. Fuera de su ventana, la ciudad seguía su curso, arropando a jugadores de todas las facciones en sus diversos rincones, y todos se preparaban para el combate. Frente a ella, el sentido de propósito de Rosalind se desplegaba como un camino recién pavimentado, dibujando sus próximos pasos.

Puedo ayudarte a recuperarlo.
Encuéntrame en Zhouzhuang.
-JM.

—JM —dijo Rosalind en la habitación vacía—. ¿Quién *demonios* eres?

EPÍLOGO

Phoebe Hong cruzó las puertas del orfanato con la bolsa balanceándose. Sus hombros, rígidos y orgullosos, mantenían una postura vigilante. Llevaba toda la semana contrarrestando simpatías y miradas de reojo, y no podía soportar ni un segundo más. Eso es lo que pasa cuando tus padres resultan ser traidores a la patria y capturan a tu hermano, supuso. No sabía si la gente la miraba porque la compadecían o porque sospechaban que ella sería la siguiente.

—¡Jiějiě!

Un niño pequeño corrió hacia ella con un tarro de mermelada en las manos. Le dedicó a Phoebe una sonrisa desdentada.

—¿Puedes abrirme esto?

Phoebe se agachó con una sonrisa como respuesta y dejó la bolsa sobre la hierba. Tomó la mermelada de Nunu y fingió forcejear con la tapa.

—Ah, ésta es difícil. ¿La hermana Su sabe que estás hurgando en la alacena de la mermelada?

Nunu levantó sus puños regordetes, haciendo un pequeño baile sobre el césped.

—¡Nooo! ¡No me delates!

Phoebe se aguantó la risa y abrió el tarro de mermelada.

—Muy bien, muy bien. Aquí está tu mermelada.

Con una carcajada, Nunu tomó el frasco y salió corriendo, bordeó el césped y se sentó en el patio. El sol de la mañana brillaba a pesar del frío, y a Phoebe le costó abrir del todo los ojos en dirección al orfanato, donde los vitrales reflejaban una docena de colores. A pesar de su aspecto pintoresco, el orfanato era enorme y albergaba múltiples habitaciones disponibles en la parte trasera.

Phoebe tomó su bolsa y entró en el edificio, cerrando tras de sí las pesadas puertas de madera. Dentro, la hermana Su limpiaba el polvo de los bancos, mientras vigilaba a los niños que jugaban alrededor de una mesa de plástico, y Phoebe saludó a la monja con la mano.

—No esperaba verte pronto por aquí —dijo la hermana Su cuando Phoebe se acercó—. Supe lo de tu hermano.

Phoebe tomó aire. Cuando Silas le contó lo sucedido esa noche, tras haber recabado información del Kuomintang al día siguiente, se preparó como si esperara que ella se derrumbara. Para su sorpresa, Phoebe mantuvo la calma. Su hermano no se había convertido en un misterio, ni corría peligro inmediato. Sabían exactamente lo que estaba ocurriendo y sabían que su madre no le haría daño. Los espías del Kuomintang podían seguir rastreando sus movimientos mientras Lady Hong lo arrastraba, moviéndose de base en base con los esfuerzos de movilización japoneses. El problema era encontrarlo en combate. El problema era participar en un rescate sin perder sus propias vidas en el proceso, lo que parecía imposible por el momento.

—Se pondrá bien —dijo Phoebe con firmeza. Ella lo creía. Él era fuerte—. ¿Puedo quedarme?

La hermana Su frunció los labios, sus ojos se desviaron a las habitaciones traseras.

—Supongo que sí. ¿No hay nada más que atender ahora mismo?

Ella sabía lo que la hermana Su le preguntaba.

—No por el momento, no.

Después de que la monja inclinó la cabeza, Phoebe atravesó el orfanato, entró en la cocina y dejó su bolsa. Había una puerta trasera que daba al patio, donde una rueda de caucho colgaba de una gruesa rama. Oyó el susurro de las hojas mientras buscaba en los armarios y se paraba de puntitas para alcanzar una tetera. Las nubes se espesaron con rapidez en tanto ella hurgaba en la cocina. Para cuando encontró una lata de flores de crisantemo secas y sacó dos cucharadas para el té, el sol ya estaba casi cubierto y el entorno se había vuelto lúgubre.

—Mmmm —dijo Phoebe, acercando la cabeza a la ventana mientras el agua hervía en la estufa. Quizá se despejaría más tarde.

El agua terminó de hervir. Llenó la tetera y la dejó sobre la mesa con dos tazas. Justo cuando oyó abrirse una puerta en el pasillo, Phoebe se acomodó en uno de los asientos, sirvió el té y observó cómo se arremolinaba el líquido amarillento.

Cuando Dao Feng entró en la cocina, no pareció sorprenderse de verla. Sólo se sentó y tomó la taza de té que ella le había preparado.

—Hola —dijo Phoebe.

—Me alegro de verla aquí —respondió Dao Feng. Dio un sorbo a su té.

Phoebe se examinó las uñas.

—Tenía que hacer mis preguntas de alguna manera. Confío en que se haya recuperado del todo.

—En efecto, señorita Hong. ¿Ha venido para ver cómo estoy de salud? Qué amable.

Evidentemente, no. Sin más rodeos, Phoebe preguntó:

—Cuando envió a Orión a investigar, ¿usted sabía que era él quien cometía los asesinatos?

—Por supuesto que no —la respuesta de Dao Feng llegó rápido—. No perderíamos nuestro tiempo así.

—¿Cuándo se enteró?

—A mitad de camino. Para entonces, era demasiado tarde para sacarlo de la misión sin levantar sospechas de los nacionalistas. Era más fácil utilizarlo. Esperar pacientemente y ver si podíamos quitarle el activo al final.

Phoebe apretó su taza de té. Era extraño que se supusiera que esto eran negocios, nada personal, pero ¿no era todo personal en la política? ¿Qué sentido tenía la política si no era para las personas a las que se pretendía representar?

—No funcionó, así que usted no hizo un buen trabajo —dijo Phoebe—. ¿Y también tuvo que envenenarse? ¿No podía simplemente esconderse? Qué dramático.

—Me escondí a plena vista, señorita Hong —bebió otro sorbo de té—. Si hubiera desaparecido, me habrían investigado. Los otros dos no habrían tenido tiempo de poner sus asuntos en orden y desaparecer también. Nadie piensa en investigar a un hombre a las puertas de la muerte. Nadie mira en esa dirección.

Phoebe se echó hacia atrás y golpeó la mesa con los dedos. Con cada movimiento, sentía que sus pendientes se balanceaban y las perlas rozaban su piel; todos sus accesorios poco prácticos tintineaban con un sonido constante, interrumpiendo el silencio de la cocina.

—Mi juicio es el mismo. Lo vi caer. *Dramático*.

Dao Feng se enderezó en su silla. Estaba recordando aquella noche, descifrando esta nueva información. Debía haberla vislumbrado cuando se deslizó hacia delante para ver qué demonios se estaba metiendo en el brazo; ella había huido rápidamente cuando alguien más empezó a correr hacia el callejón, convocado por el grito fingido de Dao Feng.

—Era usted —afirmó Dao Feng, como si hubiera resuelto uno de sus propios misterios internos—. Usted tomó el archivo de Lang Shalin. Todavía estaba al acecho esa noche.

—Tuve que echar un vistazo a lo que decía el expediente. Había oído algunos rumores. Necesitaba asegurarme de que todos mis asuntos estaban en orden. A diferencia de los suyos.

Ahora, Dao Feng lo entendía. Soltó su taza de té, se había terminado la bebida, un destello de satisfacción entró en su expresión porque finalmente conectó todos los puntos. Si antes se había preocupado por saber por qué ella estaba sentada en esta cocina, por qué conocía este orfanato como base, ahora ya no.

—Hong Feiyi, es mucho más inteligente de lo que actúa, ¿sabe?

Phoebe sonrió. Era diferente a sus otras sonrisas, tranquila y reprimida, en lugar de una sonrisa brillante que pretendía deslumbrar.

—Eso me dicen.

Dao Feng le tendió la mano. Phoebe extendió los dedos, al encuentro de su apretón entusiasta. Cuando habló a continuación, su voz estaba llena de calidez.

—Es un placer conocerla apropiadamente, Sacerdote.

NOTA DE LA AUTORA

La dificultad de contar un relato basado en la historia radica en que el autor siempre tiene el poder de la retrospectiva, pero los personajes pueden no tener una visión completa hasta que han pasado años o décadas. ¿Dónde está el límite entre omitir información en aras de la exactitud y proporcionar información al lector actual? ¿Hasta qué punto podemos eludir información en aras de una historia?

La escena inicial de *Vil Dama de la Fortuna* es conocida en los manuales de historia como el Incidente de Mukden. El 18 de septiembre de 1931 se produjo una pequeña explosión en el ferrocarril de Manchuria del Sur, que era controlado por Japón. Sin embargo, los daños fueron tan escasos que un tren pasó por el lugar poco después y llegó a Shenyang —o Mukden— alrededor de diez minutos más tarde, sin problemas. Aun así, la explosión sirvió para algo. Los nacionalistas habían estado avanzando por China en una campaña de unificación (*Finales violentos* describió su éxito en la conquista de Shanghái en 1927); los japoneses temían perder Manchuria si los nacionalistas chinos se apoderaban del territorio, en especial porque Manchuria era crucial para defender la colonización japonesa de Corea. En su intento por mantener la zona, los oficiales del ejército japonés prepararon la explosión como un falso ataque chino. Al día siguiente, las tropas japonesas atacaron la guarnición china de Beidaying bajo la apariencia de represalias y ocuparon con éxito Shenyang. En los meses siguientes, usaron este movimiento para ocupar todas las ciudades importantes del noreste de China.

La Liga de las Naciones emitió su Informe Lytton en octubre de 1932 para declarar a Japón como el agresor que había invadido Manchuria injustamente. Para cuando se adoptó esa postura en la escena internacional, Japón ya había asegurado el control. Los rumores en China de que el incidente era un montaje no se confirmaron sino hasta mucho más tarde, cuando los investigadores determinaron que oficiales del ejército japonés habían provocado la explosión sin autorización de su gobierno. En el capítulo seis de *Vil Dama de la Fortuna*, Rosalind, basándose en sus propias observaciones, adivina que los chinos no fueron los responsables, y fue mi decisión dar al lector información histórica antes de que los personajes tuvieran una certeza realista. En todos los libros que escribo, lo más importante que quiero que sepa el lector es que la historia no es un conjunto de hechos y fechas, sino la narración que se cuenta con ellas. En la misma línea, mi ficción con base histórica no pretende ser una representación completa de la época ni un retrato directo de todo lo que ocurría, porque eso no sería posible y no es lo que se pretende hacer con una novela. La investigación exhaustiva es importante con el fin de asegurar que mi historia es fiel a la atmósfera y el clima del Shanghái de los años treinta, pero en última instancia, los acontecimientos históricos de *Vil Dama de la Fortuna* se utilizan para examinar el imperialismo, el nacionalismo y el trauma cultural generacional que ha perdurado hasta nuestros días, y no para proporcionar un relato general de la época. Al igual que con mi díptico anterior, si estás interesado en los acontecimientos que tienen lugar en este libro, te recomiendo la consulta de recursos de no ficción como siguiente paso.

Shanghái en la década de 1930 no sólo era una época tensa por la inminente invasión japonesa, sino también de la guerra civil interna que se prolongó hasta la década siguiente. Había verdaderos espías en cada bando, y la rama encubierta ficticia de este libro se basa libremente en el Departamento de Asuntos Especiales del Juntong (军统), la primera oficina de inteligencia del Kuomintang, creada hacia 1932. Por supuesto, todas las operaciones, asesinatos y acontecimientos provienen de mi imaginación, al igual que la existencia de un brebaje químico sobrehumano por el que luchan todas las facciones. Sin embargo, incluso cuando integro elementos especulativos en escenarios históricos, mi intención siempre es profundizar en las tensiones y matices que sí existieron.

El Peach Lily Palace se basa en el auténtico Peach Lily Palace (桃花宫), construido en Thibet Road en 1928, supuestamente el salón de baile chino más nuevo y glamoroso de los muchos que existen, inspirado en los cabarets de estilo occidental para los círculos intelectuales y artísticos de Shanghái. La mayoría de los nombres de calles mencionados eran lugares reales, al igual que los grandes almacenes Wing On y Sincere. Seagreen Press fue una invención mía, pero los periódicos eran muy importantes en aquella época para la propaganda —tanto china como extranjera— dentro de la ciudad y para llevar las noticias al exterior, al público occidental.

Hasta que llegue la secuela de *Vil Dama de la Fortuna,* aprovecharé este momento para recomendar algo de literatura escrita en el Shanghái de los años treinta para quienes estén especialmente interesados. Las historias de Mu Shiying (穆時英) son algunas de mis favoritas, entre ellas "El hombre que fue tratado como un juguete", "Shanghái foxtrot" y "Craven A". Y sí, los alias de Orión y Rosalind en Seagreen se basaron en su apellido. Esos guiños me definen.

Agradecimientos

A decir verdad, me cuesta creer que hayamos llegado a la sección de agradecimientos de este libro después del viaje que ha supuesto llegar hasta aquí, tanto dentro de estas páginas como fuera de ellas. Escribir una nueva serie es difícil porque inevitablemente será diferente de la primera, que dio a conocer mi obra a los lectores. Escribir una nueva serie que, además, es una continuación de la primera, es aún más difícil cuando se trata de equilibrar contenidos nuevos y desconocidos con elementos viejos y familiares. Así que gracias, lector, si decidiste quedarte en este mundo o si decidiste saltar aquí como punto de entrada. Este libro no existiría sin ti.

También escribí este libro durante el caos que supuso graduarme en la universidad y mudarme a Nueva York, así que no podría haber salido de una pieza sin la ayuda de mi equipo editorial. El mayor de los agradecimientos: a mi agente, Laura Crockett, que hace magia absoluta para que mis días en la editorial transcurran con la mayor fluidez posible. A Uwe Stender y Brent Taylor y a todos en TriadaUS. A mi editora, Sarah McCabe, que ha transformado por completo este libro desde su esquelético estado inicial hasta este bien nutrido producto final. A mi publicista, Cassie Malmo.

A Justin Chanda y a todo el equipo en Margaret K. McElderry Books, incluidos Karen Wojtyla, Anne Zafian, Bridget Madsen, Elizabeth Blake-Linn, Michael McCartney, Lauren Hoffman, Caitlin Sweeny, Lisa Quach, Perla Gil, Remi Moon, Ashley Mitchell, Saleena Nival, Emily Ritter, Amy Lavigne, Lisa Moraleda, Nicole Russo, Christina Pecorale y sus agentes de ventas, y Michelle Leo y su escuadrón orientado en educación/bibliotecas. Al maravilloso equipo de Simon & Schuster Canadá. A Molly Powell, Kate Keehan, Callie Robertson y el resto de la increíble facción en Hodder. Al fantástico equipo de Hachette Aotearoa Nueva Zelanda. Y a los muchos otros equipos de superestrellas que trabajan en *Vil Dama de la Fortuna* en sus diferentes adaptaciones a otros idiomas.

Por supuesto, también tengo que dar las gracias a mis padres, a mi familia y a mis amigos. Un agradecimiento especial a la D.A.C.U. y a mis kiwis —Ilene Lei, Jenny Jiang, Tracy Chen, Vivian Qiu—, que hacen que Nueva York se sienta como casa. Estaría aquí todo el día si escribiera más nombres, así que reitero mi agradecimiento a todos los mencionados en mis dos libros anteriores.

Un enorme agradecimiento a los libreros, bibliotecarios, profesores y a todos los que hacen llegar los libros para jóvenes adultos a las manos de su público objetivo. Este libro sólo puede llegar adonde necesita con la ayuda de quienes lo apoyan, y les estaré eternamente agradecida por su duro trabajo.

Y por último, sé que empecé dando las gracias a los lectores, pero agradezco especialmente a quienes siempre han sido tan generosos con su apoyo. Esto incluye a todos los blogueros, a todas las cuentas de fans, a todos los usuarios de Instagram que publican una foto de mi libro, a todos los usuarios de TikTok que lloran, gritan o se lamentan ante la cámara por mi libro, y a todos los que le echan porras en general. Mis historias son más valiosas gracias a ustedes.

Ah, y uno más: mi eterno agradecimiento a Taylor Swift por proporcionarme los *soundtracks* perfectos mientras redactaba este libro y todos los demás.

Esta obra se imprimió y encuadernó
en el mes de junio de 2023, en los talleres
de Impregráfica Digital, S.A. de C.V.
Av. Coyoacán 100-D, Col. Del Valle Norte,
C.P. 03103, Benito Juárez, Ciudad de México.